해사일록

통신사 사행록 번역총서 12

해사일록

홍치중 지음
허경진 옮김

海槎日録

보고사
BOGOSA

머리말

　임진왜란이 소강상태에 이르자 조선은 포로를 쇄환하고 북방의 후금(만주족, 뒷날의 청나라)을 방어하기 위해 일본과 화해할 필요를 느꼈고, 일본도 새로 정권을 잡은 도쿠가와 이에야쓰 막부가 정통성을 인정받기 위해 조선의 사절단이 와주기를 원했다. 조선에서 세 차례나 사절단을 보냈지만, 통신사라는 명칭이 아니라 회답겸쇄환사(回答兼刷還使)라는 명칭으로 파견하였다. 일본에서 먼저 국교를 재개하자고 요청하였기에 회답을 보낸다는 뜻이었다.

　도쿠가와 요시무네(德川吉宗)가 1716년에 에도막부 제8대 쇼군으로 취임하자 1718년 조선에 사신을 보내어 통신사를 요청하였다. 조정에서 이를 받아들여 호조참의 홍치중(洪致中, 1667~1732)을 정사로, 시강원보덕 황선(黃璿, 1682~1728)을 부사로, 병조정랑 이명언(李明彦, 1674~?)을 종사관으로 정하였다.

　1711년 통신사는 전쟁이 백 년이나 지난 뒤에 파견되었으므로 전쟁의 상처가 이미 아물었고 일본에서도 한문학 작가층이 확대되어 문화교류가 활발해지고, 독자들의 수요도 늘어나『계림창화집』같은 방대한 분량의 필담창화집이 출판되었다. 홍치중이 정사로 파견된 1719년에는 일본의 유학자들이 조선의 영향에서 벗어나 독자적인 길을 걷기 시작하고 문단의 세력 교체가 일어나던 시기였다. 조선의 문인들이 더이상 열광적인 숭배의 대상이 아니었다. 일본의 대표적인 학자 오규

소라이(荻生徂徠)가 통신사에게 주는 서문에서 "몸을 굽혀 대대로 왕업을 보전하는 예를 따라 학사대부들이 무리를 이끌고 옥과 비단 등 여러 물품을 가지고 공손하게 와서 임하였다"고 깔본 것이 그 대표적인 예이다.

9차 통신사 사행원 가운데 여러 명이 사행록을 썼다. 정사 홍치중이 『해사일록(海槎日錄)』을, 제술관 신유한(申維翰, 1681~1752)이 『해유록(海游錄)』을, 자제군관 정후교(鄭後僑, 1675~1755)가 『부상기행(扶桑紀行)』을, 종사관 군관 김흡(金潝)이 『부상록(扶桑錄)』을 기록하였는데, 각자 신분과 직책이 달랐으므로 서로 다른 관점에서 기록한 글을 비교해볼 수 있다.

『해사일록』에는 시가 한 편도 실리지 않고, 일본 견문기 외에 외교적인 의례나 공급되는 물품을 꼼꼼하게 기록하였다. 호행대차왜(護行大差倭)나 집정(執政) 등으로부터 받는 서계(書契), 공식 일정에 관련된 일본 통사의 말을 그대로 기록하였으며, 일본 측에서 받은 일공(日供)이나 하정(下程), 각지의 다이묘(大名)가 보내온 물품도 상세하게 기록하였다. 이것이 제술관이나 군관들의 사행록과 다른 점이다.

그가 외교 의례를 꼼꼼하게 기록한 이유는 전 사행인 신묘사행(1711) 때에 쇼군의 정치 고문 아라이 하쿠세키(新井白石)가 통신사 빙례를 개혁하여 접대 예산을 대폭 축소하였으며, 의례도 간소화했기 때문이다. 이후 아라이 하쿠세키가 실각하여 의례가 다시 복구되었지만, 홍치중은 제대로 복구되었는지 확인하는 차원에서 대조하여 기록한 듯하다. 대표적인 사행록으로 꼽히는 신유한의 『해유록』에서 아라이 하쿠세키의 시집을 칭찬한 것과는 대조가 된다. 일본의 수차(水車)나 축성(築城) 방법에 관해 기록한 것 역시 정사로서의 임무를 의식한 결과인데, 그가 나중에 영의정까지 승진한 것도 이러한 태도와 연관이 될 것이다.

  상당수의 사행록이 국내에 소장된 『해행총재』에 실려 전하는 것과는
달리, 홍치중의 『해사일록』은 국내에 이본이 없고 일본 교토대학에 필
사본이 유일하다. 표제에 '동사록(東槎錄)'이라고 쓰여 있어서 홍치중의
사행록이 『동사록(東槎錄)』이라는 제목으로도 알려졌지만, '동사록(東
槎錄)'은 김현문의 『동사록(東槎錄)』(1711), 홍치중의 『해사일록』(1719),
정후교의 『부상기행(扶桑紀行)』(1719), 조명채의 『일본일기(日本日記)』
(1748)가 함께 실려 있는 총서의 제목이다. 홍치중의 『해사일록』(1719)
상권은 표지에 '東槎錄 樂', 하권은 '東槎錄 射'라고 썼으니, 김현문의
『동사록』(1711) 표지에 '예(禮)'라고 쓴 『동사록(東槎錄)』 총서의 한 부분
임이 확실하다. 지금까지 『동사록(東槎錄)』이라는 제목으로 잘못 알려
졌던 홍치중의 사행록이 이 번역본을 계기로 하여 『해사일록(海槎日錄)』
이라는 올바른 제목을 찾게 되면 다행이겠다.

홍치중의 기해사행 400주년을 바라보면서

허경진

차례

일러두기

1. 일본 교토대학 소장 필사본(東洋史 BXI-G4-1 朝)을 저본으로 하여 번역하였다. 권수제는 『홍북곡해사일록(洪北谷海槎日錄)』 인데, 총서의 다른 사행록과 통일하기 위해 『해사일록』이라는 제 목으로 출판한다.

2. 번역문, 원문, 영인본 순서로 편집하였다.

3. 가능하면 일본의 인명이나 지명, 용어는 일본어 발음으로 표기하 였다. 대부분 『조선시대 대일외교 용어사전』을 참조하였다. 각주 도 모두 이 사전을 참조하였기에 항목마다 출전을 밝히지 않았다.

4. 원문은 고전번역원 표점 지침을 참조하여 입력하였다.

5. 본문에서 한자를 병기할 때에는 '한글(한자)' 형식으로 표기한다. 일본어 표기 역시 같은 형식으로 한다.
   예) 원역(員役), 에도(江戶)

6. 인명, 지명 및 기타 한자 병기가 필요한 단어는 그 단어가 처음 나올 때에만 한자를 병기하되, 본문 내용의 이해를 위해 병기가 필요할 경우에는 거듭 병기하였다.

홍북곡 해사일록 상

洪北谷海槎日錄上

정사(正使) : 호조참의(戶曹參議, 정3품) 홍치중(洪致中)

부사(副使) : 보덕(輔德, 종3품) 황선(黃璿)

종사관(從事官) : 교리(校理, 정5품) 이명언(李明彦)

제술관(製述官) : 교서관 저작(校書著作, 정8품) 신유한(申維翰). 자는 주
백(周伯). 신유년(1681) 생. 을유년(1705) 사마시(司馬試), 계사년
(1713) 증광시(增廣試)에 합격. 영해인(寧海人). 일방(一房)[1]

군관(軍官) : 전부사(前府使) 이사성(李思晟). 자는 여기(汝器). 정사년
(1677) 생. 임오년(1702) 별시(別試)에 합격. 완산인(完山人). 일방병
(一房兵)

전현감(前縣監) 최필번(崔必蕃). 자는 군선(君善). 갑인년(1674)
생. 임오년(1702) 별시에 합격. 경주인(慶州人). 일방(一房)

절충(折衝)[2] 우성적(禹成績), 자는 명부(命敷). 무신년(1668) 생.

---

1 일방 : 정사·부사·종사관을 삼사(三使)라고 하였는데, 배를 타거나 숙소를 배정할 때
에 일방·이방·삼방으로 구분하였다. 서기는 3명이고 군관도 여러 명이어서 3방에 각기
나누어 배정했지만, 제술관은 1명이어서 일방, 즉 정사에게 배정하였다.

2 절충(折衝) : 적의 창끝을 꺾어 막는다는 뜻에서, 외교, 기타의 교섭에서 담판하거나

신미년(1691) 증광시에 합격. 단양인(丹陽人). 일방(一房)

전우후(前虞侯)[3] 박창징(朴昌徵). 자는 사상(士祥). 임자년(1672)

생. 기축년(1709) 알성시(謁聖試)에 합격. 무안인(務安人). 이방(二房)

도총경력(都摠經歷) 홍덕망(洪德望). 자는 대유(大有). 임술년(1682)

생. 을유년(1705) 알성시에 합격. 남양인(南陽人). 이방병(二房兵)

선전관(宣傳官) 원필규(元弼揆). 자는 군필(君弼). 정묘년(1687)

생. 임진년(1712) 정시(庭試)에 합격. 원주인(原州人). 이방(二房)

도총도사(都摠都事) 구칙(具侙). 자는 여대(汝大). 경신년(1680)

생. 계사년(1713) 증광시에 합격. 능주인(綾州人). 일방(一房)

전감찰(前監察) 조담(趙倓). 자는 완백(完伯). 무진년(1688) 생. 을

미년(1715) 식년시(式年試)에 합격. 평양인(平壤人). 삼방(三房)

무겸(武兼) 유선기(柳善基). 자는 필경(必慶). 을해년(1695) 생. 정

유년(1717) 식년시에 합격. 진산인(晉山人). 이방(二房)

비국랑(備局郎) 김흡(金瀹)[4]. 자는 화원(和源). 신미년(1691) 생.

정유년(1717) 식년시에 합격. 안동인(安東人). 삼방(三房)

자제군관(子弟軍官)[5] : 절충(折衝) 한세원(韓世元). 자는 선경(善卿). 무

홍정하는 일. 여기에서는 절충장군(정3품)의 준말이다.

3 우후(虞侯) : 서반 무관 외관직으로 각 도에 두었던 병마절도사와 수군절도사 밑의 부직
(副職)인데, 종3품이다.

4 김흡 : 조선 후기의 무관. 비변사(備邊司) 낭청(郎廳)을 지냈다. 1719년 정사 홍치중(洪
致中)·부사 황선(黃璿)·종사관 이명언(李明彦) 등 통신사 일행이 도쿠가와 요시무네(德川
吉宗)의 습직(襲職)을 축하하기 위해 일본을 방문하였을 때, 종사관군관으로서 종사관 이
명언을 배행하였다. 사행기록 『부상록(扶桑錄)』을 남겼다. 『조선통신총록(朝鮮通信總錄)』
과 필담창화집 『상한훈지(桑韓塤篪)』에는 종사관군관으로 되어 있는데, 『통신사등록(通
信使謄錄)』에는 부사군관(副使軍官)으로 되어 있다.

5 자제군관 : 삼사가 개인적인 목적으로 데려간 수행원인데, 사행을 따르는 자는 무관복

신년(1668) 생. 청주인(淸州人). 삼방례(三房禮)

절충(折衝) 홍득윤(洪得潤). 자는 택지(澤之). 무오년(1678) 생. 남양인(南陽人). 일방(一房)

전만호(前萬戶) 변의(邊儀). 자는 봉래(鳳來). 을미년(1655) 생. 을묘년(乙卯年) 식년시에 합격. 원주인(原州人). 일방례(一房禮)

부사용(副司勇) 정후교(鄭后僑)[6]. 자는 혜경(惠卿). 기묘년(1699) 생. 하동인(河東人). 이방(二房)

부사용(副司勇) 황석(黃錫) 자는 자삼(子三). 계해년(1683) 생. 상주인(尙州人). 삼방례(三房禮)

금려군관출신(禁旅軍官出身): 김한규(金漢圭). 자는 상우(祥佑). 신미년(1691) 생. 무술년(1718) 별시(別試)에 합격. 성주인(星州人). 이방

을 입기 때문에 자제군관이라 하였다.

6 정후교(鄭后僑, 1675~1755): 조선 후기의 무신 겸 문인. 본관은 하동(河東). 자는 혜경(惠卿), 호는 국당(菊塘). 찰방(察訪)·첨지중추부사(僉知中樞府事)·동지중추부사(同知中樞府事) 등을 지냈다. 1719년 정사 홍치중 등이 도쿠가와 요시무네(德川吉宗)의 습직을 축하하기 위해 일본을 방문하였을 때, 부사 황선의 자제군관으로 수행하였다. 사행 당시 부사용(副司勇)이었으나, 부사가 탄 제이기선(第二騎船) 안에서 서기 성몽량과 함께 연구(聯句)로 오언배율 20운(韻)을 지어 시명(詩名)을 떨쳤다. 같은 해 8월 초부터 18일까지 통신사 일행이 풍랑으로 인해 아이노시마(藍島)에 머물고 있을 때, 정후교는 제술관 신유한, 서기 장응두·성몽량, 양의(良醫) 권도, 의원 백흥전·김광사 등과 함께 오노 도케이(小野東溪)와 만나 시와 서신 등을 주고받았으며, 그 시문이 『남도고취(藍島鼓吹)』에 수록되어 있다. 같은 해 9월 15일 미노(美濃) 오가키(大垣)에서 기타오 슌린(北尾春倫)과 만나 시를 주고받았고, 가슴뼈가 앞으로 도드라져 나온 구흉(龜胸)이라는 병의 처방전에 대해 필담을 나누기도 하였다. 이때 나눈 증답시와 의학필담이 『상한훈지(桑韓塤篪)』에 수록되어 있다. 1727년 황선이 경상도관찰사로 부임할 때 그 막좌(幕佐)가 되었다. 저서로 사행록 『부상기행(扶桑紀行)』이 있다. 조엄의 『해사일기(海槎日記)』에 막비(幕裨) 정후교에게 『부상록』 1편이 있다고 하였는데, 『부상기행』을 말하는 것으로 보인다. 정세영이 바로 정후교라는 주장도 있으나, 『통신사등록(通信使謄錄)』과 『조선통신총록(朝鮮通信總錄)』에는 정세영은 사자관으로, 정후교는 부사 황선의 자제군관으로 각각 소개되어 있다.

(二房)

　　출신(出身)[7] 양봉명(楊鳳鳴).　자는 주서(周瑞).　임신년(1692) 생.
무술년(1718) 별시에 합격.　청주인(淸州人).　일방(一房)

서기(書記)： 유학(幼學) 장응두(張應斗).　자는 필문(弼文).　경술년(1670)
생.　단산인(丹山人).　삼방(三房)

　　진사(進士) 성몽량(成夢良).　자는 여필(汝弼).　계축년(1673) 생.　임
오년(1702) 사마시(司馬試)에 합격.　창녕인(昌寧人).　이방(二房)

　　진사(進士) 강백(姜栢).　자는 자청(子青).　경오년(1690) 생.　갑오년
(1714) 사마시에 합격.　진산인(晉山人).　일방(一房)

의원(醫員)： 전주부(前主簿) 백흥전(白興銓).　자는 군평(君平).　정사년
(1677) 생.　임천인(林川人).　이방(二房)

　　부사과(副司果) 김광사(金光泗).　자는 백여(白汝).　경신년(1680)
생.　김해인(金海人).　삼방(三房)

　　양의(良醫)：통덕랑(通德郎) 권도(權道).　자는 대원(大原).　갑자년
(1684) 생.　안동인(安東人).　일방(一房)

역관(譯官)： 가선(嘉善) 박재창(朴再昌).　자는 도경(道卿).　을축년(1685)
생.　을묘년(乙卯年) 식년시(式年試).　무안인(務安人).　이방(二房)의
수역(首譯)

　　절충(折衝) 한후원(韓後瑗).　자는 백옥(伯玉).　기해년(1659) 생.　무
오년(1678) 증광시(增廣試)에 합격.　청주인(淸州人).　일방(一房)의 수역

　　절충(折衝) 김도남(金圖南).　자는 중우(仲羽).　기해년(1659) 생.　무

---

7 출신(出身)：문·무과(文武科) 또는 잡과(雜科)에 급제하고 아직 출사(出仕)하지 못한
사람.

오년(1678) 증광시에 합격. 우봉인(牛峯人). 삼방(三房)의 수역

첨정(僉正) 한중억(韓重億) 자는 시중(時仲). 경자년(1660) 생. 임술년(1682) 증광시에 합격. 일방건(一房乾)

판관(判官) 이장(李樟). 자는 제경(濟卿). 을축년(1685) 생. 계사년(1713) 증광시에 합격. 부산인(釜山人). 이방건(二房乾)

판관(判官) 정창주(鄭昌周). 자는 성지(盛之). 임진년(1652) 생. 을묘년(1675) 식년시에 합격. 온양인(溫陽人), 삼방건(三房乾)

첨정(僉正) 김세감(金世鑑). 자는 백붕(百朋). 갑인년(1674) 생. 계유년(1693) 식년시에 합격. 선성인(宣城人). 삼방(三房)

봉사(奉事) 한찬흥(韓纘興). 자는 기중(起仲). 경신년(1680) 생. 무자년(1708) 식년시에 합격. 청주인(淸州人). 일방(一房)

봉사(奉事) 박춘서(朴春瑞). 자는 화중(和仲). 정묘년(1687) 생. 갑오년(1714) 증광시에 합격. 무안인(務安人). 일방장(一房掌)

봉사(奉事) 김진혁(金震爀). 자는 중명(仲明). 계축년(1673) 생. 계사년(1713) 증광시에 합격. 삼척인(三陟人). 삼방(三房)

오만창(吳萬昌), 권흥식(權興式)은 범금인(犯禁人)이어서 삭제함.

사자관(寫字官) : 호군(護軍) 김경석(金景錫). 자는 천뢰(天賚). 계축년(1673) 생. 보령인(保寧人). 삼방(三房)

호군(護軍) 정세영(鄭世榮). 자는 광보(光甫). 갑인년(1674) 생. 한천인(漢川人). 일방(一房)

화원(畵員) : 부사과(副司果) 성세휘(咸世輝). 자는 군미(君美). 임신년(1692) 생. 강릉인(江陵人). 일방(一房)

별파진(別破陣)[8] : 윤희철(尹希哲). 일방(一房), 김세만(金世萬). 이방(二房)

마상재(馬上才) : 강상주(姜尚周). 삼방(三房), 심중운(沈重雲). 일방(一房)

전악(典樂)[9] : 김중립(金重立). 삼방(三房), 함덕형(咸德亨). 일방(一房)

이마(理馬)[10] : 김남(金男). 일방(一房)

---

8 별파진(別破陣) : 각 군영(軍營)에 두었던 군대 가운데 하나로 조총(鳥銃), 화포(火砲) 등을 주 무기로 하여 편성된 특수부대이다.

9 전악(典樂) : 사절단의 행렬·의식·연회 등의 음악을 담당한 관원. 장악원(掌樂院)에 소속되어 있고, 정6품 잡직의 하나로 체아직(遞兒職)이다. 전악은 원래 진연(進宴) 시 모라복두(冒羅幞頭)를 쓰고 남색주(藍色紬) 안감을 댄 녹초삼(綠綃衫)을 입으며 야대(也帶)를 매고 흑화(黑靴)를 신었다. 고수(鼓手)는 큰북, 동고수(銅鼓手)는 꽹과리, 세악수(細樂手)는 장구·큰북·피리·해금 등을 연주하되, 각 악기의 연주자는 전악의 지휘하에 연주하였다. 이들은 모두 낮은 신분임에도 불구하고 연주 능력이 뛰어났기 때문에 통신사의 악대에 선발되었다. 일본에서 통신사절단을 구분하는 등급 가운데 차관(次官)에 속한다. 통신사행 때 정사와 부사 및 종사관에 각각 배속되는 경우도 있고, 정사와 부사 혹은 정사와 종사관에만 배속되는 경우도 있어, 사행 때마다 그 수가 일정하지 않으나 대체로 2, 3명 정도 사행에 참여하였다. 경외노수(京外路需)로 호조에서 의례에 따라 옷감을 지급하였는데, 전악에게는 각각 철릭[天翼] 용도로 초록 면주(綿紬) 45자, 무명 1필, 포자(布子) 2필, 사미(賜米) 5섬을 내려주었다. 1764년 통신사행 때, 사행 앞으로 각처에서 보내 온 회례은자(回禮銀子) 1만 3천 1백 12냥 중에서 전악이 본청(本廳)에서 대출해 온 1백 50냥을 대신 상환해주었고, 각처(各處) 예단(禮單) 잡물(雜物) 가운데 전악 2명에게는 각각 동대야(銅大也) 1좌, 원반(圓盤) 1좌, 문지(文紙) 20첩, 농주지(濃州紙) 10첩, 황련(黃連) 4냥, 금문지(金紋紙) 10편, 연죽(煙竹) 2개, 원선(圓扇) 1병을 지급하였다.

10 이마(理馬) : 사행 때 말을 다루거나 돌보는 사람. 품계는 6품이 1명, 8품이 2명, 9품이 1명이며, 모두 체아직(遞兒職)으로 사복시(司僕寺)에 소속되어 있다. 일본에서 통신사절단을 구분하는 등급 가운데 차상관(次上官) 혹은 차관(次官)에 속한다. 1427년 전의감(典醫監) 의원들에게 우마의방서(牛馬醫方書)를 배우게 하여 사복시에서 수의사 역할을 맡게 하면서 또 이마에게도 마의방(馬醫方)의 약명과 치료술을 전수하여 질병을 치료하게 하였다. 성종(成宗) 연간에 이르러 『경국대전(經國大典)』이 반포되면서 종9품의 마의(馬醫) 10명이 사복시에 소속되어 잡직을 받게 되었고, 이후 영조 연간에 편찬된 『속대전(續大典)』에서는 마의에 관한 규정이 바뀌어 정3품 마의 3명과 이마 4명이 증설되었다. 사행 때 대개 1명의 이마가 수행하였다. 이마에게는 경외노수(京外路需)로 각각 철릭[天翼] 용도 초록 면주 45자, 무명 1필, 포자(布子) 2필, 사미 5섬을 내려주었다. 공예단(公禮單)으로 준마(駿馬)를 준비했을 경우 부산에 도착하면 이마가 소통사 1명 및 선격(船格) 1명과 함께 먼저 쓰시마로 건너갔다. 1711년 통신사행 때 안영민이 이마가 되어 정사 조태억을 수행하였는데, 6월 26일 부산에서 출발할 때 예단마(禮單馬)를 영거(領去)해야 하고 또 응련마의(鷹連馬醫)였기 때문에 제일선(第一船)에 먼저 올라탔다. 1811년 역지통신(易地通信) 때 에도에서 예출(例出)한 은자(銀子)를 분배함에 있어서 이마에게 50냥이 지급되었고, 또

이상은 서울에 살다가 내려온 이들임.

기선장(騎船將)[11] : 김정일(金鼎一). 일방(一房). 부산(釜山). 절충(折衝)

　　　　서석구(徐錫龜). 이방(二房). 부산(釜山). 절충(折衝)

　　　　김한백(金漢白). 삼방(三房). 좌수영(左水營)

복선장(卜船將)[12] : 송일부(宋逸副). 일방(一房). 좌수영(左水營)

　　　　최섬(崔暹). 이방(二房). 부산(釜山)

　　　　최필장(崔必章). 삼방(三房). 동래(東萊)

도훈도(都訓導)[13] : 장의철(張義哲). 일방(一房)

　　　　김득만(金得萬). 이방(二房)

　　　　신재창(辛再昌). 삼방(三房)

　이상은 좌수영(左水營)

　반당(伴倘)[14] 3명

　향서기(鄕書記)[15] 2명. 삼방(三房). 동래(東萊)

에도에서 보내 온 잡물(雜物)을 분배함에 있어서는 설면자(雪綿子) 3파, 채화보(彩畫褓) 1건, 동주전자(銅酒煎子) 1좌, 유개칠목보아(有蓋漆木甫兒) 1개, 주개남비(朱蓋南飛) 1좌가 지급되었다.

11　기선(騎船) : 기선은 통신사가 타고 바다를 건너는 3척의 배. 통신사의 배는 기선 3척, 복선(卜船) 3척, 합하여 모두 6척이다.

12　복선(卜船) : 통신사행(通信使行)에서 짐을 실어 나르는 배로, 총 3척이다. 각각에 복물(卜物)을 나누어 실으며, 당하역관(堂下譯官)이 각각 2원(員)씩 타고, 원역(員役)이 나누어 승선한다. 복선 3척에 각각 통사왜(通事倭) 2인, 금도왜(禁徒倭) 2인, 사공왜(沙工倭) 2명, 하왜(下倭) 2명이 동승하여 호행한다.

13　도훈도(都訓導) : 훈도(訓導)들의 선임(先任)으로 최일선 행정 실무 직책이다.

14　반당(伴倘) : 사신이 자비(自費)로 데리고 가는 종자(從者)인데, 대개 친척을 데려간다.

15　향서기(鄕書記) : 동래(東萊)와 그 주변 고을의 아전(衙前) 중에서 차출된 서기. 일본에

소동(小童) 16명. 일방(一房) 6명, 2·3방(房) 각 5명

반전직(盤纏直)[16] 3명

사노자(使奴子)[17] 6명

각 원노(員奴) 44명. 일방(一房) 18명, 이방(二房) 15명, 삼방(三房) 11명

소통사(小通事)[18] 10명. 일방(一房) 4명, 2·3방(房) 각 3명

급창(及唱)[19] 6명

서 통신사절단을 구분하는 등급 가운데 『증정교린지』에는 차관(次官)에 속한 것으로, 유상필의 『동사록』에는 중관(中官)에 속한 것으로 되어 있다. 통신사행과 수신사 파견 때, 2인의 향서기가 따라갔다. 1764년 통신사행 때 향서기 2인에게는 잡물(雜物) 가운데 동대야(銅大也) 1좌·납완(鑞盌) 1개·문지(文紙) 20편·농주지(濃州紙) 10첩·연죽(煙竹) 1개·선자(扇子) 1병을 지급하였고, 반전인삼(盤纏人蔘) 15근 중에서는 3전씩 지급하였으며, 사행 앞으로 각처에서 보내 온 회례은자(回禮銀子) 1만 3천 1백 12냥 중에서는 각각 12냥 5전씩을 지급하였다. 1811년 역지통신(易地通信) 때 향서기 2인에게는 에도에서 보내온 잡물 가운데 설면자(雪綿子) 1파를 지급하였고, 쇼군이 상관(上官)·차관(次官)·소동(小童)에게 보내온 은자(銀子) 5백 매 중에서 각각 9냥씩을 지급하였다.

16 반전직(盤纏直) : 일행의 노자로 쓰이는 피륙, 종이 같은 것을 관리하는 하급직이다.

17 사노자(使奴子) : 사신(使臣)의 노자. 사노(使奴)·삼사노자(三使奴子)·사신노자(使臣奴子)라고도 한다. 일본에서 통신사절단을 구분하는 등급 가운데 중관(中官)에 속한다. 통신사행 때 삼사신은 각각 2명의 사노를 데리고 다녔다. 사노는 일행노자(一行奴子)보다 나은 대접을 받았다. 1764년 통신사행 때 각처에서 보내온 예단(禮單)인 반전인삼(盤纏人蔘) 15근 중 사노자 6명에게는 각각 4전씩, 합계 2냥 4전을 지급하였고, 잡물을 나눈 기록을 보면 사노자 6명 각자에게 동대야(銅大也) 1좌·문지(紋紙) 15편·황련(黃連) 4냥·섭자(鑷子) 1개·연죽(煙竹) 2개가 지급되었다. 1811년 역지통신(易地通信) 때 중관(中官)과 하관(下官)에게 쇼군(將軍)과 와카기미(若君)가 보내 온 은자(銀子) 9백 20매[중량 3천 9백 56냥] 중 사노자 4명에게는 각각 15냥 7전 6푼씩 지급하였다. 또한 에도에서 보내 온 잡물 중 사노 2명에게는 각각 설면자(雪綿子) 2파·반목보(班木褓) 1건·주전자 1좌·황련 4냥을 지급하였는데, 중관에 속하는 사령(使令)과 노자(奴子)에게 각각 설면자 1파만 지급하였던 것과는 차이가 있다.

18 소통사(小通事) : 중앙에서 파견되는 왜학역관인 훈도(訓導)·별차(別差)를 보좌하는 하급 역관인데, 대개 동래에서 데려갔다.

19 급창(及唱) : 군아에 속하여 원의 명령을 간접으로 받아 큰 소리로 전달하는 일을 맡아 보던 사내종.

도척(刀尺)[20] 5명. 일방(一房) 1명, 2·3방(房) 각 2명

방자(房子) 3명

악공(樂工) 6명. 각 2명씩 세 배에 나누어 탔다.

취수(吹手) 18명. 삼방(三房) 각 6명

나장(羅將) 16명. 1·2방(房) 각 6명, 삼방(三房) 4명

기수(旗手) 8명. 1·2방(房) 각 4명

포수(砲手) 6명. 각 2명씩 세 배에 나누어 탐.

사공(沙工)[21] 24명. 여섯 척의 배에 각각 4명씩 탑승했다.

격군(格軍)[22] 250명. 1선(船)에 85명, 2선에 84명, 3선에 80명

---

20 도척(刀尺) : 사행 때 음식 만드는 일을 맡은 노복. 칼자·도척노(刀尺奴)라고도 한다. 일본에서 통신사절단을 구분하는 등급 가운데 중관(中官)에 속한다. 삼사신이 각각 2명씩 거느리고 당상관이 1명을 거느려 총 7명이 사행에 참여하였다. 다만, 1811년 역지통신(易地通信) 때에는 정사와 부사가 각각 2명씩 거느리고 당상관이 1명을 거느려 총 5명이 사행에 참여하였다. 1672년 7월 의원 함득일이 쓰시마 도주의 요청에 따라 소동(小童) 1명, 사령(使令) 2명, 소통사(小通事) 1명, 도척 1명, 노자 1명을 거느리고 왜선에 승선한 적이 있다. 1811년 정사 김이교·부사 이면구 등 두 사신이 도쿠가와 이에나리(德川家齊)의 습직을 축하하기 위해 쓰시마에 건너갔을 때, 도척에게는 에도에서 두 사신에게 보내온 은자(銀子) 가운데 3냥 6전 4푼씩을, 잡물 가운데 설면자(雪綿子) 2파(把)·납접시(鑞楪匙) 1개·연죽(煙竹) 1개·주전자(酒煎子) 3좌·전롱(煎籠) 2건을 지급하였다.

21 사공(沙工) : 사신들이 타고 가는 배를 부리는 일을 맡은 사람. 뱃사공·선부(船夫)라고도 한다. 일본에서 통신사절단을 구분하는 등급 가운데 중관(中官)에 속하고, 때로는 사공이 사공왜(沙工倭)·사공왜인(沙工倭人)·왜사공(倭沙工) 등을 지칭하기도 한다. 사공은 때로는 상선사공(上船沙工)·복선사공(卜船沙工)·도사공(都沙工) 등으로 구분되기도 하고, 때로는 배의 노를 젓는 일을 한다는 점에서 격군(格軍)과 같지만, 대개 격군보다 기술이 뛰어난 자들로 구성되어 있다. 통신사행 때에는 대개 삼사선(三使船)과 복선(卜船) 세 척에 각각 4명씩, 총 24명이 배정되었다. 다만 1811년 역지통신(易地通信) 때에는 상선과 복선에 각각 4명씩, 총 16명이 배정되었다.

22 격군(格軍) : 사공의 일을 돕는 수부(水夫) 혹은 노(櫓)를 젓는 사람. 수부 선부(船夫)·선격(船格)·선격군(船格軍)·결꾼·뱃사공이라고도 하였고, 바다를 건너기 때문에 도해격군(渡海格軍)이라고도 하였다. 일본에서 통신사절단을 구분하는 등급 가운데 하관(下官)에 속한다. 통신사행 때에는 격군 270여 명을 보내는데, 삼사신의 배에 각각 60명, 복선

삼행원역(三行員役) 도합 474명

기해년(1719)
4월

11일[계축]. 맑음. 양재역(良才驛)에 도착.

새벽에 대궐에 이르러 대조(大朝)[23]에 숙배하고 하직 인사를 올리자, 중관(中官)에게 명하여 빈청(賓廳)에서 술을 내려주라고 하셨다. 이어서 호피(虎皮), 납약(臘藥)[24], 궁시(弓矢), 유둔(油芚)[25], 호초(胡椒), 부채 등의 물건을 하사하셨다. 동궁(東宮)께서 삼사신(三使臣)을 존현각(尊賢閣) 아래에서 불러 보시고 위로와 함께 당부의 말씀을 주셨다.

절월(節鉞)[26]을 받고서 성의 남문을 나서서 관왕묘(關王廟)에 이르러 편복으로 갈아입었다. 우의정과 참판 김연(金演), 참판 유명홍(兪命弘),

---

(卜船) 3척에 각각 30명이다. 제일선(第一船)·제이선(第二船)·제삼선(第三船)의 기선(騎船)과 복선(卜船)에 격군이 배치되었는데, 이를 총칭하여 삼선격군(三船格軍)이라고 하였다. 그러나 실제 통신사행 때마다 각 배에 배치하는 인원수는 약간의 차이가 있다. 1655년 통신사행 때 정사가 탄 제일선에는 96명, 부사가 탄 제이선에는 95명, 종사관이 탄 제삼선에는 84명의 격군이 탔다. 1636년 9월 30일 정사 임광·부사 김세렴·종사관 황호 등 삼사신은 도쿠가와 막부의 태평을 축하하기 위하여 일본에 건너가기 전 부산에서 격군에게 고시(告示)하기를, 노(櫓)마다 통장(統將) 1인을 정하고 좌우편에 각각 영장(領將) 1인을 정하되 선장이 주관하며, 격군에게 죄가 있으면 통장을 다스린다고 하였다.
23 대조(大朝) : 왕세자(王世子)가 섭정하고 있을 때의 임금을 일컫는 말. 이때는 숙종을 대신하여 경종이 대리청정을 하고 있었다.
24 납약(臘藥) : 납일(臘日)을 전후하여 임금이 근신(近臣)들에게 내리는 약.
25 유둔(油芚) : 비 올 때에 쓰기 위하여 기름 먹인 종이를 이어 붙인 것.
26 절월(節鉞) : 옥절(玉節)과 부월(斧鉞). 고관(高官)에게 증표로 주던 깃발 또는 임명장과 의장용(儀仗用) 도끼.

호남관찰사 신사철(申思哲), 영남관찰사 오명항(吳命恒), 승지 조영복(趙榮福), 정언(正言) 어유룡(魚有龍), 집의(執義) 이봉익(李鳳翼), 기도(圻都) 송진명(宋眞明), 내한(內翰) 이기진(李箕鎭), 주서(注書) 조지빈(趙趾彬), 참판 이동(李洞), 임형(任逈), 한정조(韓鼎朝), 임선(任選), 박민수(朴民秀), 홍계흠(洪啓欽)이 와서 송별하였다.

조금 늦은 시간에 출발하여 나아가는데, 은진(恩津)[27] 유봉일(柳鳳逸), 문의(文義) 윤동로(尹東魯), 주서 유필항(柳弼恒)이 솔숲에 앉았다가 맞아주기에 가마에서 내려 잠시 대화를 나누었다. 한강 나루터에 이르자 김도정(金都正), 한첨정(韓僉正), 서감역(徐監役) 여러 형들과 여일씨(汝一氏)와 중오씨(仲五氏) 여러 숙부들, 사회(士晦), 자용(子容), 치후(致厚), 치기(致期) 여러 아우들 및 좌랑(佐郎) 김정연(金鼎連), 참봉 김성운(金聖運), 정랑(正郎) 정혁선(鄭爀先), 교리(校理) 조상경(趙尙絅), 정랑 신의집(申義集), 좌랑 박창후(朴昌厚), 봉사(奉事) 한건조(韓謇朝), 좌랑 오진주(吳晉周)가 와서 송별해 주었다.

가서 배에 오르자 참판 이광좌(李光佐), 승지 이교악(李喬岳), 양양부사 박내정(朴乃貞), 좌랑 정석삼(鄭錫三), 직장(直長) 조영명(趙永命), 교관 박사한(朴師漢), 수령 성필복(成必復), 김포현령 조태기(趙泰耆), 참의(參議) 이세근(李世瑾)이 이미 먼저 와서 배 안에서 기다리고 있었다. 이에 함께 배를 타고 이야기를 나누었는데, 배가 어느새 강 남쪽 언덕에 이른 줄도 몰랐다. 마침내 서로 손을 잡고 이별하였다.

저녁에 양재역촌(良才驛村)에 도착했다. 제유(濟猷), 진유(晉猷), 박

---

27 은진(恩津) : 이름 앞에 쓴 지명은 그 지역의 수령이라는 뜻인데, 유봉일이 이 무렵에 은진현감이었다. 벼슬이 바뀌어도 계속 쓰는 경우가 있다.

광수(朴光秀), 박용수(朴龍秀), 이종성(李宗城), 이익종(李益宗), 여승(汝承) 부자와 한중휴(韓重休)가 와서 함께 잤다. 이날 30리를 갔다.

12일[갑인]. 종일 비가 내림. 용인(龍仁)에 도착.

일찍 일어나 여러 사람들과 작별하였다. 비를 무릅쓰고 길을 가서 판교(板橋)에 이르러 말에게 꼴을 먹였다. 광주부윤 윤계향(尹季享)이 역에 나와 술과 안주를 갖추어 지대(支待)[28]하였다. 저녁에 용인에서 잤다. 용인현령 홍중징(洪重徵)이 왔기에 만나보았다. 이날 50리를 갔다.

13일[을묘]. 아침에는 비가 왔다가 저녁에는 맑아짐. 죽산(竹山)에 도착.

일찍이 출발하여 양지(陽智)에 이르렀다. 고을 수령 박명동(朴明東)이 나와서 맞이했다. 사성(思晟)도 이미 와서 기다리고 있었다. 이하영(李夏榮)은 서울에서부터 왔다. 저녁에 죽산에서 잤다. 고을 수령 이익필(李益馝)이 나와서 맞이했다. 수보(受甫)가 이호(梨湖)에서 왔기에 만나보았다. 여강(驪江)의 종들도 왔다. 이날 70리를 갔다.

14일[병진]. 맑음. 숭선(崇善)에 도착.

신점산(新占山)에 있는 이하영을 찾아가 만났다. 낮에 무극(無極)에 도착했다. 현감 정술선(鄭述先)이 부사를 지대(支待)하려고 왔기에 만나보았다. 정여망(鄭興望), 최파총자(崔把摠子)[29]와 여주(驪州)의 이만(李熳)이 왔기에 만나보았다. 여주의 종들도 같이 왔다. 출발할 무렵에 표

---

28 지대(支待) : 공적인 일로 지방에 나간 고관의 먹을 것과 쓸 물건을 그 지방 관아에서 바라지하는 일.

29 파총(把摠) : 각 군영(軍營)의 종4품 무관 벼슬.

촌(標村) 뒷산에 머물렀다.

저녁에 숭선(崇善)에서 잤다. 옥천군수 이휘(李暉)가 차원(差員)[30]으로
와서 대접해 주었다. 연원찰방 심숙평(沈叔平)이 마부와 말을 입파(入
把)[31]하는 일로 또 왔기에 만나보았다. 여순(汝順)이 진천(鎭川)에서 뒤
따라 왔기에 함께 베개를 나란히 하고 잤다. 그 기쁨을 말할 수 없다.
이날은 60리를 갔다.

15일[정사]. 맑음. 충주(忠州)에 도착.

여순과 작별하고서 배로 달천(達川)을 건너 낮에 충주에 이르렀다.
청풍부사 윤택(尹澤), 제천현감 이태악(李泰岳), 영춘현감 서문우(徐文
佑)가 왔기에 만나보았다. 고령현감 이군보(李君輔)가 그 아들을 보내
어 문안하였는데, 내외 사정을 모두 갖춘 편지가 있기에 이에 본 고을
수령에게 문안하고서 곧바로 서울로 편지를 부쳤다.

16일[무오]. 맑음. 안보(安保)에 도착.

이산(尼山)의 이발(李浡)을 찾아가 만났다. 낮에 황강(黃江)에 이르러
수암(遂庵)[32] 어른에게 인사를 드렸다. 점심밥을 해먹고는 곧바로 출발
하여 저녁에 안보(安保)의 역관(驛館)에서 잤다. 종사(從事)[33] 일행은 이
미 먼저 와 있었다. 연풍(延豊)과 회인(懷仁) 두 수령이 지대하려고 왔

---

30 차원(差員) : 어떤 임무를 맡겨 다른 곳에 파견하던 벼슬아치.
31 입파(入把) : 관아에서 사용하기 위하여 말을 대기시킴. 또는 그 말. 파(把)는 고삐를
잡는다는 뜻으로 준비나 대기시킴을 의미.
32 권상하(權尙夏, 1641~1721)의 호인데, 이 무렵 좌의정에 임명되고도 나아가지 않고
황강에 머물러 있었다.
33 종사(從事) : 종사관을 종사, 또는 종사관이라고 표기하였다.

기에 만나보았다. 이날은 70리를 갔다.

17일[기미]. 비. 문경(聞慶)에 도착.

비를 무릅쓰고 일찍이 출발하였다. 조령(鳥嶺)을 넘어가는데, 깊은 곳은 진흙탕이라 빠지고 높은 곳은 돌부리들이 켜켜이 쌓여 있어서, 사람과 말이 다 피곤해졌다. 울퉁불퉁 험한 고갯길을 넘는데 앞뒤에 여기보다 더한 곳이 얼마나 되는지조차 알 수 없으니, 여정의 고생스러움이 오늘보다 심한 적은 없었다. 잠시 고개 마루에서 쉬면서 말을 갈아탔다.

저녁에 문경에서 잤다. 고을 현감 유선(柳縎)과 장수찰방 이세주(李世胄)가 차원(差員)으로 같이 왔기에 만나보았다. 이날은 50리를 갔다.

18일[경신]. 맑음. 용궁(龍宮)에 도착.

일찍이 출발하여 유곡(幽谷)에 이르렀다. 선산부사 송요경(宋堯卿)이 지대하려고 왔기에 만나보았다. 오랫동안 헤어져 있다가 이야기를 나누고 보니 기쁘고 위로가 되었다. 김남헌(金南獻)과 변휴징(卞烋徵) 형제도 왔기에 만나보았다.

저녁에 용궁에서 잤다. 고을 현감 윤창래(尹昌來)가 나왔기에 만났다. 김산군수 박치원(朴致遠)과 거창군수 권경(權冏)이 같이 지대관(支待官)으로 왔기에 만나보았다. 상주목사 권명중(權明仲)이 과거시험을 치르던 곳에서 일이 끝나고 난 후 돌아가다가 저녁을 틈타 왔기에 만나 이야기를 나누었다. 이날은 60리를 갔다.

19일[신유]. 맑음. 안동(安東)에 도착.

아침 일찍 권명중과 이별하였다. 예천(醴泉)에서 아침밥을 먹었다. 고을 군수 윤세겸(尹世謙)이 왔기에 만나보았다. 낮에 풍산(豊山)에 이르렀다. 봉화현감 심역(沈溵)이 지대하기 위해 왔기에 만나보았는데, 비장(裨將)이 접대하는 일에 신중하지 못하다 하여 추치(推治, 죄인을 다스려 벌을 줌)하였다. 예천 색리(色吏)³⁴ 7명과 찰방 김간(金柬)이 왔기에 만나보고 저녁에 같이 잤다. 안동 영장(營將) 박정빈(朴廷賓)과 안기찰방 윤상래(尹商來)가 왔기에 만나보았다. 이날은 100리를 갔다.

20일[임술]. 아침에는 맑았다가 저녁에는 비가 내림. 안동에 머물음.

경시관(京試官) 이중협(李重恊)이 마침 시험 장소에서 왔다가 서악사(西岳寺)에 머무르며 반나절 동안 이야기를 나누었다. 저녁 틈을 타서 고을 부사 권이진(權以鎭)에게 가서 만나보았는데, 부사도 밤에 또 왔기에 만났다.

21일[계해]. 맑음. 의성(義城)에 도착.

일찍이 출발하여 영호루(映湖樓)에 이르렀다. 시냇물이 크게 불어나는 바람에 삼선(三船)이 먼저 건너고, 삼행(三行)의 인마(人馬)와 종사(從事)가 먼저 갔다. 부사와 함께 누각에 올라가 경치를 바라보다가, 이어 경시관(京試官)을 맞아 다정하게 이야기를 나누고 헤어졌다. 낮에 일직(日直)에 이르렀다. 청송부사 성경(成璥)이 지대하기 위해 나왔기에 만나보았다.

---

34 색리(色吏) : 감영(監營) 또는 군아(郡衙) 등의 아전.

저녁에 의성에서 잤다. 고을 현령 이구숙(李久叔)과 인동현감 김우화(金遇華)가 모두 왔기에 만나보았다. 밤에 구숙과 함께 문소루(聞韶樓)에서 이야기를 나누었다. 이날은 70리를 갔다.

22일[갑자]. 맑음. 의흥(義興)에 도착.

동헌에 들러 구숙(久叔) 부자를 만났다가 구숙의 아들 편에 서울로 편지를 부쳤다. 육신(六臣)의 사당을 찾아가 절하였다. 낮에 의흥에 도착하였다. 고을 현감 조여겸(曹汝謙)이 왔기에 만나보았다. 박태휘(朴泰彙)가 과거에 급제했다고 와서 인사하였다. 역졸(驛卒) 한 명이 곽란(癨亂)[35]이 일어났는데, 길을 가는 중이어서 살리지 못했으니 참담했다. 고을 수령에게 지시하여 목필(木匹)을 지급하게 하였다. 길가에서 염빈(斂殯, 입관하여 안치함)을 하고 이에 거기서 유숙하였다. 이날은 50리를 갔다.

23일[을축] 맑음. 신녕(新寧)에 도착.

여겸(汝謙)을 찾아가 인사하고 일찍이 출발하여 신녕에 이르렀다. 고을 현감 김윤호(金胤豪)가 나와서 맞이해 주었다. 고령현감 이세홍(李世鴻), 거창군수 권경(權冏), 함양군수 족형(族兄), 칠곡현감 장효원(張孝源)이 모두 지대하려고 왔기에 만나보았다. 부사와 종사 두 동료와 함께 환벽정(環碧亭)에 올라가 방백(方伯)이 행차하기를 기다렸다. 이는 노천(老泉)[36]이 송별 잔치를 열어주려고 하는 모임이었다. 그 때문에 구

---

35 곽란(癨亂) : 음식이 체하여 토하고 설사하는 급성 위장병.
36 노천(老泉) : 이집(李㙫, 1664~1733)의 호인데, 이 무렵에 경상감사로 재직하다가 7월 18일에 형조참판으로 승진하였다. 이튿날인 24일 아침에 잔치를 베풀어 준 방백이 바로 구

숙(久叔)이 문소(聞韶)에서부터 쫓아와서 정자에 올라 앉아 한가롭게 이야기를 나누었다. 조금 늦어서 노천(老泉)이 왔다. 밤이 들도록 놀다가 끝났다. 이날은 40리를 갔다.

24일[병인]. 맑음. 영천에 도착.

방백(方伯)이 아침에 잔치를 베풀어 주었다. 월성(月城)과 화산(花山)과 문소(聞韶)의 관기(官妓)들이 음악을 베풀었는데 잠시 만에 끝났다. 이어 길 떠나는 종사를 보내고 하양(河陽)길로 갔다가 부사와 더불어 영천에서 잤다. 고을 군수 이첨백(李瞻伯)이 왔기에 만나보았다. 조금 늦은 시간에 조양각(朝陽閣)에 올라가 마상재(馬上才)[37]를 구경하였다. 이날은 40리를 갔다.

25일[정묘]. 아침에는 맑았다가 저녁에는 비가 내림. 영천에 머물음.

부사를 먼저 경주로 보냈다. 베개와 이불을 조양각으로 옮겼다.

26일[무진]. 아침에 흐림. 경주에 도착.

일찍 출발하여 구화(仇火)에서 말에게 꼴을 먹였다. 경주에 5리 못미처서 소나기가 갑자기 쏟아지는 바람에 빨리 말을 몰아 관아로 들어갔다. 일행 중 옷이 젖지 않은 이가 없었다. 부사와 이야기를 나누다가 고을 부윤이 왔기에 만나보았다. 영천의 사군(使君)[38] 또한 차원(差員)

경상감사 이집이다.

37 마상재(馬上才) : 말을 타면서 그 위에서 재주를 부리는 기예. 말 위에 서서 달리기, 말 등 넘나들기, 말 위에서 거꾸로 서기, 말 위에 가로눕기, 몸 숨기기, 뒤로 눕기 등이 있다.

으로 뒤따라 왔다. 주인이 밤에 잔치를 베풀어 주어서 닭이 울고서야 끝이 났다. 이 날은 70리를 갔다.

27일[기사]. 맑음. 울산에 도착.

일찍 출발해서 금학헌(琴鶴軒)에 이르러 고을 부윤 및 영천군수와 작별했다. 구어역(仇於驛)에서 말에게 꼴을 먹였다. 접위관(接慰官) 최군서(崔君瑞)가 마침 일을 끝내고 서울로 돌아가는 길이었는데, 이런 여행길에서 만나고 보니 놀랍고도 기뻐서 마치 꿈속 일만 같았다. 그 가는 편에 편지를 부쳤으니 아이들에게 내 소식을 전하려는 것이다.

저녁에 울산에 도착했다. 좌병사(左兵使) 이여옥(李汝玉)이 그 아들 기복(基福)을 데리고 왔기에 만나 보았다. 이에 송별 자리를 베풀었다가 밤이 깊어서야 돌아갔다. 이날은 90리를 갔다.

28일[경오]. 맑음. 용당(龍堂)에 도착.

용당 창선사(倉廳舍)에서 잤다. 장기(長鬐) 수령이 나와서 지대하였다. 이날은 40리를 갔다.

29일[신미]. 맑음. 동래(東萊)에 도착.

일찍 출발하여 동래 십수정(十樹亭)에 도착했다. 종사관이 이미 먼저 와서 기다리고 있었다. 비가 오려고 하는 것 같아 대충 짐들을 점검하였다. 삼사(三使)가 모두 오리정(五里亭)에 이르렀다. 의막(依幕)에서 흑

---

38 사군(使君) : 임금의 명령을 받들고 나라 밖으로나 지방에 온 사신(使臣)의 경칭. 여기에서는 영천군수를 가리킨다.

단령(黑團領)으로 갈아입고, 깃발을 들고 북을 치면서 국서(國書)를 받들고 용정(龍亭)에 올랐다. 동래부사 서지숙(徐止叔)이 앞장을 서서 인도하였고 삼사(三使)는 차례대로 부중(府中)으로 들어가 국서를 대청(大廳) 벽 쪽에 봉안하였다. 부사가 숙배(肅拜)한 후 행차 안부를 묻고서 예를 올렸다. 예가 끝나고는 동헌에서 이야기를 나누었다. 이날은 30리를 갔다.

30일[임신]. 맑음. 동래에 머물음.
황산찰방 조명신(趙命臣)이 차원으로 왔기에 만나보았다. 좌수사(左水使) 신명인(申命仁)도 왔기에 만났다.

5월

1일[계유]. 비. 동래에 머물음.
새벽에 망궐례[39]를 행하였다. 장계를 써서 파발로 보냈다. 저녁에 고을 부사가 와서 만났다.

2일[갑술]. 맑음. 부산에 도착.
새벽에 출발하여 부산에 도착하니 5리 거리였다. 지대관이 부산첨사 수영우후(水營虞侯)인데 국서를 맞이하고 문안하며 예를 올렸다. 예절

---

39 망궐례(望闕禮) : 외지에 가 있는 관리가 명절이나 임금 또는 왕비의 생일에 전패(殿牌)에 절하던 의식.

은 동래에서와 같았다. 이날은 20리를 갔다. 차사원(差使員)은 좌수우후(左水虞侯) 조진(趙畛), 부산첨사 최진추(崔鎭樞)였고, 지대관(支待官)은 김해부사 유정장(柳貞章), 웅천현감 이지장(李之長), 진해현감 남전(南坙), 칠원현감 원차주(元次周), 창원부사 이수신(李守身), 초계군수 하옥(河沃), 사천현감 하필도(河必圖)였다.

3일[을해]. 맑음. 동남풍. 부산에 머물음.

호행대차왜(護行大差倭)[40]가 편지를 주었는데, 그 편지에 이르기를, "시절은 중하(仲夏)이온대, 삼위(三位) 대인(大人) 합하(閤下)께서 도중의 행차가 평온하시오며, 이미 동래부에 이르셨다는 것을 알고서 막 하례를 드리려고 하는 즈음에 또 어느새 상서로운 기운이 부산성에 가까워졌다고 들었습니다. 제가 지난번에 행차를 맞이하려고 조금 오래 합하의 지경에 머물렀는데, 무더위가 사람을 괴롭게 하던 때임에도 삼가 삼위 대인 합하의 수고로우심을 듣고 보니 이는 하늘이 도와 뱃길을 열어주시어 저희 왜(倭)와 잇게 하려 하심이라, 양국 간의 막대한 경사입니다. 그러니 어찌 한낱 저의 개인의 기쁨이라고만 하겠습니까! 이에 감히 받들어 접대하는 정성이 그리 두텁지는 못하나, 대인 합하께옵서는 너그러운 헤아림으로 굽어 살펴주시어 특별히 받아 주시기를 간절히 바랍니다. 대인 합하의 위엄을 모독함에 황송함과 두려움만 더할 뿐입니다. 이만 줄입니다. 기해년 5월 일. 영빙정관(迎聘正官)." 하고 도장을 찍었다.

---

40 호행대차왜(護行大差倭) : 대마도의 정기사절인 연례송사(年例送使)와는 별도로 일본의 막부장군(幕府將軍) 또는 그 명을 받은 쓰시마 도주(對馬島主)가 파견한 임시사절로, 예조참의에게 보내는 서계를 지참했다.

별폭(別幅)에 용안(龍眼)⁴¹ 1곡(曲), 삭면(索麵)⁴² 1곡(曲), 청주(淸酒) 1
준(樽)이라고 되어 있었다. 일행의 원역(員役)에게 나누어 주었다.

4일[병자]. 맑음. 동남풍. 부산에 머물음.

5일[정축]. 맑음. 남풍. 부산에 머물음.
호행차왜(護行差倭)가 또 편지를 주었다.
"부들이 떠도는 이 절기에 엎드려 생각건대, 삼위 대인 합하께서 이
아름다운 때에 건강하시며 다복하시다는 것을 아니 우러러 축하함을
이기지 못하겠습니다. 삼가 갖춤이 두텁지는 못하여 받들어 축하하는
정성이 부족하지만 헤아려 주시어 특별히 받아 주시기를 바랍니다. 이
만 줄입니다."
별폭에 채화대연(彩畵大硯) 1좌(坐), 채화중균경(彩畵中鈞鏡) 1면(面),
목륜도(木輪圖) 1좌, 대주탕기(大酒湯器) 3좌, 백삼합보아(白三合甫兒) 1
좌, 목갑도(木匣刀) 1개라고 되어 있었으며, 절일(節日)에 보내는 음식
은 전례(前例)대로 하기에 다시 보낸다고 하였다. 일행에게 나누어 주
었다. 답장을 쓰고 아울러 생선과 과일 등을 답례품으로 보냈다.

6일[무인]. 맑음. 남풍. 부산에 머물음.
삼행의 비장들에게 배와 노의 위의를 갖추게 하고서 여러 배들을 바

---

⁴¹ 용안(龍眼) : 자양분이 많고 단맛이 있는 과일인데, 용안육(龍眼肉)이라고 하여 식용·
약재로 씀. 중국 남방이 원산지임.
⁴² 삭면(索麵) : 밀가루를 소금물에 반죽하여 기름을 넣고 얇게 밀어서 가늘게 썬 것을
햇볕에 말린 국수.

다 입구까지 왕래해 보게 하였다. 부사와 영가대(永嘉臺)[43]에서 만나 배를 기다렸다가 여러 배들이 돌아와 정박하는 것을 보고서 돌아왔다.

7일[기묘]. 종일 비바람. 부산에 머물음.

8일[경진]. 맑음. 부산에 머물음.

9일[신사]. 맑음. 남풍. 부산에 머물음.

10일[임오]. 맑음. 남풍. 부산에 머물음.

11일[계미]. 맑음. 남풍. 부산에 머물음.
삼행의 편비(褊裨)[44]들에게 각각 기선(騎船)과 복선(卜船)을 타고서 바다 입구까지 시험적으로 항해해 보게 하였다. 부사·종사와 함께 영가대에 모여 저녁이 되어서야 끝나고 돌아왔다.

12일[갑신]. 맑음. 남풍. 부산에 머물음.

13일[을유]. 맑음. 동북풍. 부산에 머물음.

---

43 영가대(永嘉臺) : 부산광역시 동구 자성대(子城臺)에 있는 정자. 통신사 일행이 한양을 출발하여 부산에 도착한 후 이곳에서 해신제(海神祭)를 지냈다. 이 해신제는 길일(吉日)을 택하여 통신사 일행이 부산에서 일본으로 떠나는 바로 그날 거행되었다. 통신사가 일본에서 돌아올 때에도 이곳을 거쳤다.

44 편비(褊裨) : 각 영문(營門)의 부장(副將). 편장(褊將).

좌수사가 객사 동쪽 대청에 잔치 자리를 베풀었다. 빈일헌(賓日軒)[45]
에서 삼사신(三使臣)이 공복(公服)을 갖추어 입고, 좌수사와 함께 동서
로 나누어 마주하고 앉았고, 일행의 원역과 군관들이 차례로 좌정하였
다. 경주·동래·밀양 세 고을의 기생들이 여러 음악을 번갈아 연주하자
악기 소리가 하늘을 울렸다. 구경하는 사람들이 성을 가득 메워 그 수
를 이루 헤아릴 수가 없었다. 열 가지 정도의 음식 맛을 보고 아홉 차례
의 술잔을 들고서야 끝났다.

14일[병술]. 비. 부산에 머물음.

15일[정해]. 가랑비. 새벽에 망궐례를 행함. 부산에 머물음.

16일[무자]. 맑음. 남풍. 부산에 머물음.

17일[기축]. 맑음. 남풍 부산에 머물음.
부사·종사와 함께 부산진 뒷산 정상에 올랐다. 임진년(1592) 때의 명
나라 장수 만세덕(萬世德)[46]의 비(碑)가 있었는데, 새로 세운 것이나 옛
날에 세운 것이나 다 낡아서 읽을 수가 없었다. 멀리 대마도를 바라보
니 쭉 뻗은 푸른 바다 한 자락 가운데의 푸른 연기와도 같아서 바라만

---

45 빈일헌(賓日軒) : 초량 왜관에서 별차(別差)가 머무는 곳.
46 만세덕(萬世德) : 명나라 산서(山西) 편두관(偏頭關) 사람. 무인(武人). 자는 백수(伯修)
다. 만력(萬曆) 25년(1597) 정유재침(丁酉再侵) 때, 명나라의 경리(經理)로 조선을 도와주
었다. 끝까지 조선에 머물면서 왜군을 격퇴하는 데 전력을 다해, 조선에서 그를 위해 생사
당(生祠堂)을 지어 훈공을 기렸다.

보면 그리 먼 것도 아니었다.

18일[경인]. 맑음. 서남풍. 부산에 머물음.

이날은 곧 예조(禮曹)에서 승선(乘船)할 길일을 잡는 날이다. 서계(書契)⁴⁷는 이미 미시(未時)에 당도했지만, 또 풍세가 순조롭지 못하여 바다를 건널 수 없게 되었다. 이미 잡은 날짜를 헛되이 보낼 수도 없었기 때문에 삼사가 바다를 건널 의물(儀物)을 갖추고 각각 배에 올라 선창에서 닻을 올리고는 노를 저어 남쪽을 향해 수십 리를 가서 바다 입구에까지 이르렀다. 종사의 배는 망도(網島) 아래에 정박하였고, 부사가 탄 배는 아직 당도하지 못하였다. 넓고 넓은 파도의 힘을 한번 시험해 보고자 하여 빨리 노를 저어 몇 마장(馬場) 앞으로 가니 큰 바다에 가까이 갈수록 점차 파도의 형세가 더욱 세어지는데다가 바람 때문에도 더 이상 나아갈 수가 없어서 마침내 배를 돌리고 말았다. 부사와 종사의 배가 어느 한 곳에서 만나 저물녘에 돛을 펴고 절영도로 돌아왔다. 지대관이 점심밥을 해안가 백사장 언덕에 준비해 놓았기에 잠시 머무르며 밥을 먹었다. 현풍현감 정명경(鄭明卿)과 함께 배를 타고 부산으로 돌아와 정박했다. 정명경은 종사를 지대하기 위해 나왔다가 출참(出站)한 것이었다. 해외에서 부평초처럼 떠돌다 이런 모임을 갖게 되니 그 기쁨을 알 만하였다.

19일[신묘]. 비. 동남풍. 부산에 머물음.

---

47 서계(書契) : 우리나라에서 일본과 왕래하던 일종의 외교문서. 국서(國書)를 제외한 외교관계를 담당하고 있는 중앙의 예조(禮曹)나 일본과의 외교관계를 분담하던 동래부(東萊府), 또 일본의 막부 이하 관계 부서로부터의 것을 막론하고 서계라고 호칭한다.

20일[임진]. 아침에 맑았다가 저녁에 흐림. 부산에 머물음.
장계를 써서 배지(陪持)[48] 편에 부쳤다.

21일[계사]. 맑음. 남풍. 부산에 머물음.

22일[갑오] 맑음. 남풍. 부산에 머물음.

23일[을미]. 아침에 흐렸다가 저녁에 맑음. 남풍. 부산에 머물음.

24일[병신]. 맑음. 남풍. 부산에 머물음.

왜의 사공과 금도왜(禁徒倭)[49] 및 통사왜(通事倭)들이 작은 배를 타고
항구에 이르러 바다를 건너갈 배와 노를 점검하였다. 예전의 관례대로
라면 통신사 일행이 배에 오를 날짜가 다가오면 왜인들이 반드시 먼저
배와 노를 점검했었는데, 이번에는 정해진 날짜도 이미 지나갔고 예조
의 서계도 아직 당도하지 않아서 끝내 미리 점검하지 못한 것이다. 지
금 들으니, 서계의 환수(還收)를 정달(停達)하라는 기별이 있었고, 또
막 서계가 도착했기에 당역(堂譯)[50]을 시켜 술과 음식을 보내게 하였다.

---

48 배지(陪持) : 변방의 긴급한 군사 정보를 전송하던 파발 제도. 또는 그 정보를 전송하던
사람.

49 금도왜(禁徒倭) : 왜관 내에서 그곳에 거주하는 일본인들을 단속하고 교간(交奸)이나
도둑질을 못하도록 치안을 담당한 쓰시마 관리이다. 모두 22명으로 1년마다 교체했다.
일본에서는 요코메(橫目), 메쓰케(目付)라고 한다.

50 당역(堂譯) : 당상역관의 준말이다. 조선시대 사역원(司譯院)에 소속되어 통역의 임무
를 담당한 역관(譯官)의 우두머리. 정3품으로 수역(首譯)·수역당상(首驛堂上)이라고도 한
다. 당상역관이 되기 위해서는 사역원에 소속된 역관인 교회(敎誨)를 반드시 거쳐야만
한다. 일본에서 통신사절단을 구분하는 등급 가운데 삼사신 바로 아래인 상상관(上上官)

25일[정유]. 맑음. 남풍. 부산에 머물음.

사자관(寫字官) 이일방(李日芳)이 어머니 상을 당하여 달려가 곡하였는데, 참담하였다.

26일[무술]. 맑음. 남풍. 부산에 머물음.

왜인이 배와 노를 점검하는 일로 인해 장계를 써서 배지(陪持) 편에 부쳤다. 예조에서 서계가 당도했다.

27일[기해]. 흐림. 남풍. 부산에 머물음.

28일[경자]. 아침에 흐렸다가 저녁에 비가 내림. 밤에는 큰 번개와 뇌성이 침. 남풍. 부산에 머물음.

유성(有成)이 서울로 돌아가는 편에 편지를 부쳤다.

29일[신축]. 맑음. 남풍. 부산에 머물음.

에 속한다. 당상역관은 당상왜학역관(堂上倭學譯官)과 당상한학역관(堂上漢學譯官)으로 구분되는데, 당상왜학역관의 경우, 조선 사신과 일본 고관과의 통역을 맡고, 사신의 임무 수행에 필요한 제반 잡사(雜事)를 총괄하며, 교역이나 의전 등에 있어서 사전 실무 교섭을 하고, 일본 사정에 어두운 사신들에 대해 자문을 하며, 일본 국왕 이하 각처에 보내는 예물을 마련하고, 사적으로 종사관이 사행을 단속하고 비위를 검속하는 일을 보좌하는 일을 한다. 초량왜관(草梁倭館) 건물을 부분적으로 수리하는 소감동(小監董)에 당상역관 1인과 당하역관 1인을 파견하기도 하였고, 동관(東館)·서관(西館) 등 대규모로 수리하는 대감동(大監董)에 당상역관 3인과 당하역관 3인을 파견하여 각각 동관에 1인, 서관에 2인을 배치하기도 하였다. 조선은 평소 부산 지역의 왜인과 관련된 업무를 훈도(訓導)와 별차(別差)에게 맡기지만, 중요한 공무가 있을 경우에는 변경의 정세를 잘 아는 당상역관을 내려보내기도 하는데, 이를 별견당상관(別遣堂上官)이라고 하였다. 통신사행 때에는 박대근(朴大根)·김지남(金指南)·박재흥(朴再興)·김건서(金健瑞)·최석(崔昔)·현의순(玄義洵) 등이 당상역관으로 사행에 참여하였다.

6월

1일[임인]. 맑음. 남풍. 부산에 머물음.

새벽에 망궐례를 행하였다. 수역(首譯)을 가정(加定, 정원 이외에 더 정한 임시직)하는 일로 장계를 써서 배지(陪持) 편에 부쳤다.

2일[계묘]. 맑음. 남풍. 부산에 머물음.

부사·종사와 함께 영가대로 가서 모여 기풍단(祈風壇)을 점검하고 돌아왔다.

3일[갑신]. 맑음. 남풍. 부산에 머물음.

4일[을사]. 맑음. 남풍. 부산에 머물음.

5일[병오]. 맑음. 남풍. 부산에 머물음.

6일[정미]. 맑음. 남풍. 부산에 머물음.

새벽에 기풍제(祈風祭)를 행하고, 제술관에게 제문을 짓게 하였다. 호행차왜(護行差倭)[51] 평진장(平眞長), 재판차왜(裁判差倭)[52] 평진치(平眞

---

51 호행차왜(護行差倭) : 통신사 호위를 위해 일본에서 특별히 차송(差送)된 사신.

52 재판차왜(裁判差倭) : 조일 간에 특정한 외교문제가 발생했을 때 쓰시마에서 왜관(倭館)에 특별히 파견했던 외교사절. 재판차왜는 조일 간의 실제적인 외교업무를 담당함으로써 조선과 가장 많이 접촉했던 존재였고, 조일 간의 외교현안을 직접 다루었다는 점에서 근세 후기 조일 외교상 중요한 의미를 지닌다. 당초 조선은 일본의 대조선 임시사절인 차왜를 규외의 외교사행으로 처리하여 접대를 허락하지 않았다. 그러나 1637년 겸대제(兼

致)[53], 도선주(都船主)[54] 등이 각각 배를 타고 와서 모두포진(毛豆浦鎭)에

帶制) 시행 이후 조일 간의 통교가 외교실무와 무역업무로 분리되면서 연례송사는 외교기
능보다 무역업무에 치중하게 되었고, 양국의 외교업무를 효율적으로 처리하기 위한 일본
의 외교사절이 필요하게 되었다. 국서개작 사건을 계기로 조선 정부가 차왜를 외교사행으
로 접대하기 시작하자 차왜는 본격적으로 대조선 외교를 담당하게 되었고, 조선 정부는
수행업무에 따라 각종 차왜를 선별하여 외교사절로 접대하였다. 1650년대에는 조일 간의
외교업무나 교섭을 주관하는 차왜라는 뜻에서 '양국간사차왜(兩國幹事差倭)'로 불렸고,
1681년에 이르러 재판차왜로 명명되었다. 『변례집요(邊例集要)』에 의하면 조선 후기 재판
차왜가 파견된 총 횟수는 재판의 명칭이 공식적으로 등장하기 시작한 1681년부터 1822년
까지 96회 정도이고, 재판기록이 남아 있는 것은 1870년까지 121회이다. 재판차왜로 파견
된 인물은 쓰시마의 조닌(町人) 중에서 임명되었는데 1653년부터는 가신단의 하나였던
사분(士分)이 임명되었다. 재판차왜는 한 사람이 장기간 계속 파견되거나 2명이 교대로
파견되는 경우가 많았으므로 쓰시마 측에서도 조선을 잘 알고 외교에 능숙한 전문가가
파견되었다. 재판차왜는 다음과 같은 업무를 수행하였다. 첫째, 에도막부의 장군이나 쓰
시마 도주에게 경조사가 생겼을 때, 절목강정 등을 위해 문위행이 쓰시마번에 갔을 때
이를 호행·호환하였다. 둘째, 통신사행에 앞서 통신사절목강정과 기타 통신사와 관련된
제반 문제를 협의하고, 통신사호행대차왜와 함께 통신사를 호행·호환하는 역할을 수행하
였다. 또 통신사행과 관련하여 집정(執政)이나 종실(宗室)에게 주는 예단 문제, 예단마(禮
單馬)의 차송, 사행날짜의 택일, 삼사(三使)와 수행원의 명단을 쓰시마번에 통보하는 일을
담당했다. 셋째, 공작미의 연한교섭을 담당했는데, 이는 재판차왜의 담당임무 가운데 정
기적이면서도 가장 중요한 사항이었다. 재판차왜는 5년마다 대개 갑(甲)년과 기(己)년에
공작미연한청퇴재판차왜(公作米年限請退裁判差倭)로 나와서 공작미의 기한을 연장하였
다. 이외에도 아명도서(兒名圖書)의 요청, 왜관 수리, 인삼 무역, 범간왜인(犯奸倭人)의
처벌문제 등 외교현안이 발생했을 때 외교일선에서 교섭을 담당하였다. 재판차왜는 정관
1명, 봉진압물 1명, 시봉 1명, 반종 10명, 격왜 40명으로 구성되고, 예조참의 앞으로 보내
는 서계와 별폭 각 1장씩, 동래부사·부산첨사 앞으로 보내는 서계1장, 별폭 2장을 지참하
였다. 접대는 1특송사(一特送使)의 예가 적용되었고, 향접위관의 접대를 받았다.

53 히구치 나이키(樋口內記)라고도 한다. 쓰시마 인으로, 1711년 3월부터 1712년 11월까
지 35대 왜관 관수(館守)였다. 이정신(李正臣)이 동래부사로 있을 때 반종(伴從) 3명, 종왜
(從倭) 8명과 함께 조선에 왔다.

54 도선주(都船主) : 조선에 파견된 일본사신단의 공무 담당자로 여러 선주(船主)들 가운
데 우두머리. 혹은 정관(正官)이나 부관(副官)이 승선하지 않은 배의 우두머리. 도선주왜
(都船主倭)·도선왜(都船倭)라고도 한다. 송사(送使)나 차왜(差倭) 혹은 사신들의 호행(護
行)이나 호환(護還) 차 조선에 자주 나왔다. 1609년 기유약조 체결 이후 처음 도항한 세견
(歲遣) 제1선의 사절단에 도선주가 포함되었고, 도서전급식(圖書傳給式)·연향의(宴享儀)·
진상물건간품식(進上物件看品式)·예단다례(禮單茶禮)와 다례의(茶禮儀) 등에도 참석하였

정박하였으니, 이는 선창에서 호행들이 바람을 기다리기 때문이다.

7일[무신]. 맑음. 남풍. 부산에 머물음.

부사와 함께 제남루(濟南樓)에 올라 멀리 왜선(倭船)이 정박해 있는 곳을 바라보았다. 그믐날에 보낸 집 아이의 편지를 받아 보았다.

8일[기유]. 아침에 흐렸다가 저녁에 맑아짐. 남풍. 부산에 머물음.

종사가 강지평(姜持平) 댁을 찾아갔다. 누이와 이하영(李夏榮)이 성복(成服)을 하고서 같이 의막(依幕)으로 가서 망곡(望哭)하고 돌아왔다.

9일[경술]. 아침에 흐렸다가 저녁에 맑아짐. 남풍. 부산에 머물음.

생선과 과일을 차왜(差倭)[55]에게 보냈다.

다. 도서전급식 때 도선주는 관수(館守)와 함께 대청 앞 계단 위에 나와 엎드리고 있다가 예조 관리가 도서를 높이 받쳐 들고 계단에 오르면 그때 일어나 도서를 받아 정청(正廳) 동쪽 나무 선반 위에 두었다. 진상물건간품식 때 도선주는 관복을 갖추어 입고 공대관(公代官)과 함께 연향청에 이르러 부산첨사와 마주 보고 두 번 읍례를 행한 다음 자리에 나아가 앉는다. 도선주는 사절단의 공무를 담당하고 있기 때문에 하선연(下船宴)·별연(別宴)·상선연(上船宴) 등 삼도연(三度宴)을 증급(贈給) 받았을 뿐만 아니라, 체재비용으로 잡물(雜物)이 지급받았고, 또한 연례 입송사 예단(年例入送使禮單)으로 인삼 10냥과 황모필 5자루를 받았으며, 삼사신 사예단(三使臣私禮單)으로 화석 2장·부채 10자루·장지 2권·황모필 10자루·청심원 3환·잣[栢子] 2말을 받기도 하였다.

55 차왜(差倭): 조선 후기 쓰시마에서 조선에 임시로 파견한 외교사절. 에도막부 쇼군의 명을 받아서, 또는 쓰시마 도주의 필요에 따라 조선과의 특별한 외교임무 수행을 위하여 파견한 사신이다. 팔송사(八送使)가 교역을 위한 정기적인 무역사절이라면 차왜는 외교적인 현안문제가 있을 때마다 임시로 파견하는 외교사절이다. 차왜라는 용어가 처음 보이는 것은『선조실록』1595년 6월 기유조이며, 외교사절로 처음 사용된 것은 1608년에 도래한 겐포(玄昉) 일행 중 '도주차왜(島主差倭) 다치바나 도모마사(橘智正, 幷出彌六左衛門)'의 용례가 처음이다. 일본 측 사료에서는 불시에 보낸 사절이라는 의미에서 '불시지사(不時之使)'로 표기하였다. 차왜의 역할이 정착되고 응접 기준이 정례화된 것은 1680년 이후부터

10일[신해]. 맑음. 서남풍. 부산에 머물음.

11일[임자]. 맑음. 남풍. 부산에 머물음.

12일[계축]. 맑음. 서남풍. 부산에 머물음.

차왜(差倭)가 호초(胡椒)·화당(花糖)·갈분(葛粉) 각 한 근씩을 삼행(三行)에게 보냈기에 일행에게 나누어 주었다. 왜인이 별폭(別幅)에다 '영빙사 착도서(迎聘使着圖書)'라고 썼기에 수역(首譯)에게 '사(使)'라는 뜻으로 일컬어서는 안 된다고 말하게 하였더니, 차왜가 자못 두려워하였다고 한다.

13일[갑인]. 맑음. 남풍. 부산에 머물음.

역관이 심부름으로 돌아가는 편에 서울로 편지를 부쳤다. 삼사가 각각 다담(茶啖) 한 상(床)을 차왜에게 보냈다.

이다. 차왜는 그 사명에 따라 대차왜(大差倭), 소차왜(小差倭), 기타 차왜로 구분할 수 있으며, 차왜 중에 특히 조선 정부로부터 외교사행으로 인정받은 차왜를 별차왜(別差倭)라고 한다. 대차왜는 막부나 통신사에 관한 사항을 취급했으며, 소차왜는 쓰시마 도주나 기타 외교업무에 관한 사항을 취급하였다. 차왜의 파견 목적은 쇼군가(將軍家)나 쓰시마 도주의 경조사(慶弔事), 승습(承襲)·퇴휴(退休)를 알리는 차왜, 쓰시마 도주의 환도(還島)를 알리는 차왜 등 모두 27종이나 되었으며, 파견 목적과 지참하는 서계(書契)에 따라 편성 체제와 접대 규정이 달랐다. 차왜는 각종 연향접대, 식량과 일용 잡물의 지급, 회사 및 개시무역에의 참가 등을 통해 막대한 경제적 이득을 보장받았다. 조선으로부터 외교사행으로 접대받기에 가장 좋은 명분이 쇼군이나 쓰시마 도주의 경조사(慶弔事)였고, 통신사행이나 문위행(問慰行)에 관련된 사항들이었다. 따라서 쓰시마 도주는 이 기회를 이용하여 가능한 한 많은 왕래를 통해 무역량을 증가시켰다. 또한 조선에서도 이들을 허용하여 쓰시마 도주의 외교적 입장을 세워주어 조일 관계를 안정시키고, 또 일본에 대한 정보 수집의 기회로 삼았다.

14일[을묘]. 맑음. 남풍. 부산에 머물음.

파발 편에 사역원(司譯院)으로 공문을 전했다. 수역(首譯)이 가대(加帶)하는 모양을 청하는 일이었는데, 해당 역원에서 저지를 당했기 때문이다.

15일[병신]. 맑음. 남풍. 부산에 머물음.

새벽에 망궐례를 행하였다. 밤에 부사를 만나러 갔다가 달빛을 받고서 돌아왔다.

16일[정사]. 맑음. 남풍. 부산에 머물음.

신녕현감 김윤호(金胤豪)가 지대하기 위해 왔기에 만나보았다.

17일[무오]. 맑음. 남풍. 부산에 머물음.

신녕현감이 돌아가려고 할 때 잠깐 가서 만나보았다. 밤 삼경에 동북풍이 살짝 일었다. 차왜(差倭)가 통사(通詞)를 보내었는데, 왜의 수역(首譯)이 와서 말하기를,

"순풍이 일어나려고 하니 빨리 채비를 하여 날이 밝기를 기다렸다가 출발하는 것이 좋겠습니다."

라고 하였다. 그래서 한편으로는 여러 비장들을 불러 모아 자신들의 임무를 챙기게 하고, 종사는 먼저 선창으로 가서 복물(卜物)을 점검하게 하였다. 또 한편으로는 우리나라의 뱃사람들을 불러서 바람이 순조로운지를 물었더니, 모두 말하기를,

"바람의 형세가 오래가지 못할 것이니, 출발하기 어려울 것 같습니다."

라고 하였다. 하지만 이미 편풍(便風)을 보았으니 마냥 허송할 수가 없

어서 밤에 서둘러 짐을 실었다. 장계가 가는 편에 집에 편지를 부쳤다. 앉아서 날이 밝기를 기다리는데, 아침이 되자 풍력이 점차 약해지더니, 해가 높이 떠오르자 남풍이 다시 불어 부득이 행선(行船)을 중단하였다.

18일[기미]. 맑음. 부산에 머물음.

동풍이 살랑거리며 끊이지 않았다. 밤 사경에 차왜(差倭)가 또 통사왜(通詞倭)를 보내어 '바람이 순조로우나 이날의 동북풍은 전날 밤에 비하여 더욱 약하여 배에 오를 수가 없으니, 천리의 반이나 되는 바다를 건너가는 행차에 이런 약한 바람으로는 배를 출발시킬 수가 없다'는 뜻의 말을 전해왔다. 세상에서는 '왜인들이 바람을 잘 살핀다'고 하지만, 이같이 아무런 증험도 없는 말이 많다. 혹자는 말하기를, '관백(關白)[56]

---

56 관백(關白) : 천황(天皇)을 대신하여 정치를 행하는 직책. 본래부터 율령에 규정된 관(官)은 아니며 영외관(令外官)이다. 실질적인 공가(公家)의 최고위직이며, 경칭은 전하(殿下)이다. 천황이 어리거나 병약하여 대권을 전면적으로 대행하는 섭정과는 다르다. 관백의 경우 최종적인 결재자는 어디까지나 천황이다. 따라서 천황과 관백 어느 쪽이 주도권을 장악해도, 천황과 관백이 협의하여 정무를 추진하는 것이 기본이다. 대개 섭정이 계속해서 관백이 되는 예가 많다. 876년 요제이 천황(陽成天皇, 869~949)이 어린 나이에 즉위하자 후지와라노 모토쓰네(藤原基經, 836~891)가 처음으로 섭정이 되었다. 모토쓰네의 사후 섭정이 중단되었다가, 930년 스자쿠 천황(朱雀天皇, 923~952)의 즉위와 함께 후지와라노 다다히라(藤原忠平, 880~949)가 섭정에 임명되었고, 천황이 성장한 후 941년에 관백의 자리에 올랐다. 이후 오랫동안 후지와라 씨(藤原氏) 가문의 사람들이 관례적으로 관백을 맡아 왔다. 관백은 표면상으로는 천황을 대행하여 정무를 수행했으나 종종 정권의 실세로 행동했다. 그러나 1068년 퇴위한 상황(上皇)이 천황을 대신해 지배체제를 장악하면서 관백의 정치권력은 무너져 갔다. 후지와라 씨 가문 출신이 아닌 관백은 도요토미 히데요시(豊臣秀吉)와 그의 양자 히데쓰구(秀次)뿐이다. 히데요시는 1590년 일본을 재통일하여 자기 지배하에 둘 수 있는 군사적 독재자였지만 쇼군(將軍)이라는 칭호를 사용하지 못했다. 미나모토 씨(源氏) 가문의 후손들만이 장군이 될 수 있었기 때문이었다. 대신 그는 후지와라 씨 가문의 후손이라 선언하고 관백을 자처했다. 이 직책은 도쿠가와 이에야스 말기까지 계속되었으나, 히데요시 이후에는 실권이 없어졌다. 조선에서는 도요토미 히데요시가 관백에 오르고 난 이후 관백을 일본의 최고 통치자라는 의미로 사용했다. 이

의 명령이 있어 도중(島中, 대마도를 가리킴)에서 재촉했기 때문에, 차왜
가 풍력이 오래가지 못할 것을 모르는 바가 아니지만 일부러 이같이
했다'고도 한다. 지숙(止叔)이 와서 만났다.

19일[경신]. 맑음. 동풍. 부산에 머물음.

거창군수 권경(權岡)이 지대하기 위해 왔기에 만났다. 황산찰방이 종
매(從妹, 손아래의 사촌 누이)의 상(喪)을 당하였기에 가서 조문하였다.
차왜가 또 말을 전하기를, '오늘 바람의 형세가 이와 같아서 내일은 반
드시 순풍을 얻을 것이니, 반드시 날이 밝기 전에 출발해야 한다'고 하
였다. 이날 밤에 배를 출발시키겠다는 장계를 써서 역사(驛使)[57] 편에
부쳤는데, 집에도 편지를 써서 행차를 알렸다.

20일[신유]. 맑음. 동북풍. 사스우라(佐須浦)[58]에 도착.

닭이 네 번 울자 일찍 일어나 빗질을 하고 세수를 했다. 부사·종사와
함께 의물(儀物)을 갖추고 국서를 받들고서 식파정(息波亭)으로 나가니,
하늘빛은 이미 밝아오고 있었다. 동래부사·부산첨사·황산찰방·거창
현감[59] 그리고 이필홍(李必弘)과 이찬(李燦) 등 여러 사람들이 와서 이별

와 같은 현상은 조선 후기에도 이어져 에도시대의 실질적인 통치자였던 쇼군의 정이대장
군(征夷大將軍)을 '일본 국왕' 또는 '관백'이라고 부르는 것이 일반적이었다. 관백은 이른
바 교린외교체제(交隣外交體制)에서 조선 국왕의 상대역이 되었다.

57 역사(驛使) : 급한 연락을 취하기 위해 역마(驛馬)로 보내는 심부름꾼.

58 사스우라(佐須浦) : 현재의 쓰시마시(對馬市) 가미아가타마치(上縣町) 사스나(佐須奈)
에 속한다. 조선 측 사료에는 좌수(佐須)·좌수포(佐須浦)·좌수나(佐須奈)·좌수나포(佐須
奈浦)·사사포(沙沙浦)라고 하였다. 쓰시마의 서북에 위치하고 있어 부산포와 가장 가까운
곳이므로 대개 통신사의 최초 입항지 가운데 하나이다.

59 거창의 수령은 군수이다.

하며 조금 이야기를 나누고 난 뒤에 병선(兵船)에서 바다를 건너갈 배로 갈아탔다. 이때는 조수(潮水)가 아직 생기기 전이라 배들이 모두 떠서 항구 밖에 있었기 때문이었다.

마침내 돛을 올리고 출발하였는데, 해는 이미 세 길이나 높이 떠올라 있었다. 바람의 형세가 조금 미약해져서 힘써 노를 저어 가 오륙도(五六島)를 지나 바다 입구로 나오니 동쪽은 막힘이 없었다. 이 때문에 바람이 차츰 거세지더니 배의 속도가 자못 빨라졌다. 하늘에는 구름 한 점 없고 날씨는 청명하였으며, 파도도 치지 않아 배 안이 매우 평온하였다. 왜의 사공들이 '지금껏 이 바다를 건너면서 몇 번이나 어려움을 만났는지 모르는데, 오늘같이 배가 평안하게 가는 적은 없었다'고 한다.

미시 끝 무렵에 앞길이 얼마나 되는지를 물으니, 왜인이 대답하기를, '수종(水宗)[60]을 지나 이미 바다를 건넌 것이 오래되었으니 이미 반은 지나왔다'고 한다. 오면서 특별히 험한 곳을 본 적이 없었는데, 수종을 이미 지났다고 하니, 소위 수종이라는 것이 어찌 예전에는 있었고 지금은 없단 말인가? 또 바람을 억제하고 풍랑을 잠잠케 하는 것을 옛사람들은 몰랐단 말인가?

해가 저녁이 되어가자 풍력이 세어지지 않아 돛을 펴는 것도 힘이 없게 되어 왕골 바람자리를 고쳐 걸고서 항해하였다. 황혼이 되어서야 사스우라(佐須浦)에 도착했다. 포구에는 왜선 15, 6척이 와서 우리 배를 끌어 선창에다 정박시켰다. 부사의 배는 이미 먼저 정박해 있었으나, 1, 2복선(卜船)과 종사의 배만 뒤떨어져 아직 도착하지 못하였기에 비

---

60 수종(水宗) : 물마루. 바다와 하늘이 맞닿은 것처럼 멀리 보이는 수평선의 두두룩한 부분.

선(飛船)[61]을 많이 보내어 그들로 하여금 영접하게 하였는데, 밤이 깊어서야 비로소 앞서거니 뒤서거니 하며 당도하였다. 5백 리 대양을 무사하게 건널 수 있게 되고, 부사의 서기 성몽량(成夢良) 한 사람 외에는 여섯 척의 배에 탔던 모든 사람들이 뱃멀미를 면할 수 있게 된 것은 가히 기이한 일이라 할 만하였다.

도주(島主)가 부교(奉行)[62]인 사부로자에몬(三郞左衛門)이라는 자를

---

61 비선(飛船) : 에도시대 일본의 소형 쾌속선. 세토나이카이(瀨戶內海) 연안에서 화물과 사람을 수송하거나 긴급한 용무에 연락선으로 이용되었다. 근세 한일관계에서는 쓰시마의 차왜(差倭)가 왜관과의 공무 연락에 이용하거나, 무역대금으로 조선에 건네는 일본의 정은(丁銀)을 수송하는 선박으로 이용하였다. 항상 노인(路引, 통항허가증)을 지니고 왕래했고, 조선에서 정식 사절이 승선한 배로 인정하지 않았으므로 공궤(供饋)는 없었다. 매 1척마다 두왜(頭倭) 1인, 격왜 6, 7명이 승선했다. 『동래부사례(東萊府事例)』「왜관」조에는 노인(路引)을 지참하고 왕래하는데 정해진 수는 없다고 기록되어 있으며, 격왜(格倭)는 5명으로 나온다.

62 부교(奉行) : 에도막부 시대 쇼군의 뜻을 받들고 이를 아래에 행한다는 의미를 지닌 번의 직제의 호칭. 봉행왜(奉行倭)·봉행왜인(奉行倭人)이라고도 하고, 통신사와 관련하여 업무를 보는 부교를 신사부교(信使奉行)라고도 한다. 그밖에도 역할과 소속에 따라 호행부교(護行奉行)·호송부교(護送奉行)·영접부교(迎接奉行)·차왜부교(差倭奉行)·집사부교(執事奉行)·중납언부교(中納言奉行)·부교재판(奉行裁判)·쓰시마부교(對馬奉行, 馬島奉行, 馬州奉行)·판성부교(坂城奉行)·사사부교(寺社奉行)·출참부교(出站奉行)·서물부교(書物奉行) 등이 있다. 본래 부교는 윗사람의 명령에 의해 공사(公事) 등을 집행하는 것, 또는 그 담당자를 뜻하는 말이다. 에도시대 초기 로주(老中)제도의 성립기에는 로주에 해당하는 도시요리(年寄)를 부교라고 불렀다. 로주제도가 확립된 시기에는 로주나 와카도시요리(若年寄)의 지배 아래 있으면서 특정한 역할을 수행하였던 장관을 부교라고 부르게 되었다. 중요한 부교직은 로주의 관할이나 신사부교는 쇼군 직속이었다는 설도 있다. 통신사가 일본에 파견되었을 때, 서계(書契)와 예단(禮單)을 막부 부교 6인에게 보내기도 하였다. 이후 일본 집정(執政)과 부교에게 보내는 서계와 예단은 폐지되었지만, 사사부교(寺社奉行)·집사부교(執事奉行)·쓰시마부교(對馬奉行) 등에게 통신 삼사신(三使臣)의 사예단(私禮單)이 지급되었다. 1682년 통신사 일행이 에도에서 도쿠가와 쓰나요시(德川綱吉)의 습직을 축하하고 10월 18일 쓰시마후추(對馬府中)로 돌아와 올린 장계에 의하면, 에도의 부교 등 여덟 사람에 대해서는 예조에서 공·사예단(公私禮單)을 마련하였는데, 에도에 이른 후 여러 곳에 예물을 나누어 지급할 때에 줄 사람 수가 많아 서계와 공예단은 전급(傳給)하지 못하고 다만 사예단만 주었다고 하였다.

보내어 안부를 물었다. 부사와 함께 국서를 받들고 관소(館所)로 갔다. 밤은 이미 새벽이 다 되어 가는데, 왜인이 익힌 음식을 보내왔으니, 전례대로 한 것이라고 한다. 종사는 홀로 배 위에서 잤다. 사스우라는 쓰시마 서북쪽에 위치해 있는데, 초행길로 후추(府中)[63]까지는 2백여 리가 된다. 물가에는 약 천 호 정도의 사람들이 살았고, 산의 동쪽은 바다를 따라 산기슭이 이어졌으며, 서쪽으로 돌아가 물굽이가 에워싼 곳에 한 마을이 있었다. 후추에는 호수가 있어서 수천 척의 배를 댈 만하였다. 종려나무·동백나무·단풍나무·귤나무들이 좌우의 산벼랑 쪽에 울창하여 그 경치는 상당히 볼만하였으나, 관사가 늘어서 있는 곳은 몹시 초라해 보였다. 소위 숙공(熟供, 익은 음식을 제공함)이라는 것은 다만 밥과 국, 생선과 야채로 예닐곱 그릇 정도일 뿐이어서 매우 소략한 것이었다. 배 안에서 시 한 수를 지었는데, 제술관과 서기가 모두 내 시에 차운하였다.

---

63 후추(府中) : 현재의 나가사키현(長崎縣) 쓰시마시(對馬市) 이즈하라(嚴原)에 속하는 행정구역 안. 쓰시마후추(對馬府中), 나카쓰시마(中對馬)에 위치하고 있다. 옛날에는 쓰시마국(對馬國)의 부(府)가 위치한 포구로 고쿠후(國府)라고 불렀으며, 에도시대에 들어와 1국(國) 1성(城)의 조카마치(城下町, 城市)로서 후추(府中)라고 불리다가, 메이지유신(明治維新) 직후인 1868년에 이즈하라로 개칭되었다. 15세기 후반 쓰시마 도주 소 사다쿠니(宗貞國)가 본거지를 사가(佐賀)에서 이즈하라로 옮기면서 쓰시마의 중심이 되었고, 에도막부 시대에는 쓰시마와 중앙정권과의 관계가 더욱 긴밀해지면서 중심지로서 확고해지게 되었다. 이즈하라항은 에도시대 쇄국령이 내려졌던 쇄국시대에도 나가사키와 함께 대외무역항으로서의 기능을 하였다. 조선 후기 통신사행 때마다 사신 일행이 이곳 쓰시마후추에 묵었고, 때로 도주초연(島主招宴)을 베풀거나 망궐례(望闕禮)를 지냈다. 1719년 정사 홍치중·부사 황선·종사관 이명언 등 통신사 일행이 도쿠가와 요시무네(德川吉宗)의 습직을 축하하기 위해 일본을 방문하였을 때, 6월 27일부터 7월 18일까지 22일 동안 이곳 세이잔지(西山寺)에 머물렀고, 6월 30일에는 도주초연에 참가하였으며, 7월 1일에는 망궐례를 지냈다.

21일[임술]. 동풍. 사스우라에 머물음.

도주가 과일과 술을 보내었기에 일행 모두에게 나누어 주었다. 차왜
(差倭)가 문안하고 또 복면(鰒麵)을 올리고서 별폭에다 '영접사(迎接使)'
라고 썼기에 수역(首譯)에게 받은 물품을 도로 돌려주게 하고 '사(使)'라
고 일컫는 것이 부당하다는 뜻을 전하게 했다. 차왜가 곧바로 '영접관(迎
接官)'이라 고쳐 부르고는 다시 물품을 받아줄 것을 청하기에, 이를 받아
서 또 행중(行中)에 나누어 주었다. 호행차왜(護行差倭)와 문안차왜(問安
差倭) 등이 뵙고서 예절에 대해 묻기를 청하니, 수역이 대답하기를,

"차왜가 두 번 읍(揖)을 하면 사신은 서서 손을 들어 답한다"
고 하였다. 사행(使行)이 이르기를,

"옛날의 예법에 차왜는 모두 절을 하였다. 근래의 법은 비록 그렇지
는 않으나 사신이 서서 답할 수는 없다. 차왜가 두 번 읍을 하는 것이야
마땅히 근래의 법이라 허락하겠지만 사신은 마땅히 앉아서 손을 드는
법이다."
라고 하였다. 말이 오가기를 몇 차례나 하였으나 차왜가 근래의 전례를
핑계 삼아 끝내 우리의 말을 듣지 않자 사행이 이르기를,

"만약에 너희들이 그렇게 한다면 반드시 와서 인사할 필요가 없다."
라고 하였다. 그러자 문안차왜(問安差倭)가 얼굴에 노기를 띠고서는 우
리를 보지도 않고 돌아가 버렸다. 도중(島中)의 차왜가 이미 도주의 명
을 받았음에도 사신을 보지도 않고 명을 전하지도 않은 채 곧바로 돌아
가 버렸으니, 이는 몹시 해괴한 일이다.

이날 바다를 잘 건넜다는 장계를 써서 비선(飛船) 편에 부치면서 내
일 안으로 동래부사에게 보내도록 하였다. 종사는 배에서 내려 관소(館
所)에서 잤다.

22일[계해]. 맑음. 동풍. 사스우라에 머물음.

장계를 가지고 가는 비선(飛船)이 오늘 새벽에서야 출발했다고 한다. 종사가 배 위로 나가 앉아서 여섯 척의 복물(卜物)을 점검하였다. 도주가 생돼지 한 마리를 보내오고, 호행차왜가 도미와 소라를 올렸다. 삼행이 각각 민어(民魚) 한 꿰미, 건수어(乾秀魚) 두 꿰미, 석어(石魚) 3속(束)을 호행차왜와 재판차왜와 도선주(都船主)에게 나누어 보냈다.

23일[갑자]. 맑음. 동풍. 도요자키우라(豊碕浦)[64]에 도착.

차왜가 말을 전해 오기를, '악어(鰐魚) 물길이 가장 위험하여 반드시 조수가 불어날 때를 틈타서 지나가야 하니, 반드시 사시에 출발하는 것이 좋다'고 하였다. 삼행이 배 위에서 빨리 밥을 먹고 돛을 올려 항해해 갔다. 차왜의 배는 앞에 있었고, 삼사의 배는 뒤에 있었으며, 나머지 배들도 차례대로 나아갔다. 바람이 거세고 물이 마구 뛰어 놀아 배가 매우 빠르게 가는 바람에 얼마 안 되어 와니우라(鰐浦)[65] 30리까지

---

64 도요자키우라(豊碕浦) : 현재 쓰시마시(對馬市) 가미쓰시마초토요(上對馬町豊). 가미쓰시마(上對馬) 북부에 위치하고, 『통신사등록』에는 풍포(豊浦) 이외에도 풍기포(豊崎浦) · 풍기현(豊崎縣)이라고 하였으며, 사행록에는 풍기(豊埼)라고도 하였다. 1719년 통신사 일행이 도쿠가와 요시무네(德川吉宗)의 습직을 축하하기 위해 일본에 건너갔을 때, 6월 23일 이곳 도요우라 선상에서 묵었다. 이때 제술관 신유한은 "풍포는 풍산 밑에 있는데 산이 등을 구부려 바닷물을 마시는 것과 같으므로 풍기(豊埼)라 하고, 활처럼 큰 바다를 당겨서 배를 댈 수 있는 곳을 풍포라고 한다."라고 하였다.

65 와니우라(鰐浦) : 현재의 쓰시마시(對馬市) 가미쓰시마초(上對馬町)에 위치. 통신사의 최초 입항지(入港地) 가운데 하나이다. 조선 후기 통신사행 가운데 1711년 · 1719년 · 1763년 · 1811년 통신사행을 제외한 사행 때마다 사신 일행이 이곳에서 잠시 머물거나 묵었다. 1703년 2월 소 요시자네(宗義眞)의 조문 및 신임 도주 소 요시미치(宗義方)의 습봉을 축하하기 위해 역관 한천석(韓天錫)이 이끄는 역관사(譯官使) 일행 108인과 쓰시마 측 4인이 이곳 와니우라로 들어가던 중 조난을 당해 전원이 실종되는 사고가 발생하였다. 1748년 사행 때에는 2월 16일부터 22일까지 6일 동안 이곳 와니우라에서 묵었는데, 2월 16일

갔다. 바다 바닥에는 거대한 바위들이 울퉁불퉁 솟아나 있어서 배가 한번이라도 잘못되면 부서져 뒤집어져 버리는 것은 순식간이다. 한천석(韓天錫)이 사고를 당한 곳도 바로 이 부근이라고 한다.[66]

조수가 물러가니 바위가 드러나게 되어 배가 운행할 수가 없게 되자, 왜선 10여 척이 우리 배들을 끌어 앞길을 인도하였다. 돛을 내리고 힘써 노를 저어 간신히 위험한 곳은 벗어났으나 바람의 형세가 순조롭지가 못하여 앞으로 나아갈 수가 없어서 도요우라(豊浦) 항구 안에 정박하여 머물렀다. 이곳은 와니우라와의 거리가 10리로 가깝다고 한다. 이곳의 풍경은 사스우라와 거의 같았으나 넓고 확 트인 것은 사스우라보다 나았다. 포구 가에는 시골집 수십 호만 있었는데, 남녀노소 구경하는 자들이 언덕에 가득 차 있었다. 여인들 가운데 시집을 간 자들은 이를 검게 칠하였고 시집을 가지 않은 자들은 칠하지 않았다. 여자 아이는 안고 남자 아이는 업었는데, 손가락으로 가리키며 재잘대는 모습이 특이하였다. 다만 어린아이가 울고 웃는 소리는 우리나라와 다를 바가 없었으니, 하늘의 조화는 중국이나 오랑캐나 다를 것이 없었다.

종사와 함께 배에서 내려 잠시 언덕 위 솔숲 사이에서 쉬고 있는데, 정신의 기운이 상쾌해지면서 문득 무더위의 고생을 잊어버릴 만했다.

부사 남태기가 탄 부사선(副使船)에 화재가 발생하여 인삼 72근, 흰 무명 20필, 부용향(赴蓉香) 3백 10매 등 예물과 양미(糧米)·노자(路資)·의과(衣袴)·장복(章服) 등 일행의 제반 물품이 모두 불에 탔고, 죽은 사람이 2명, 데인 사람이 10여 명이나 되었다. 남용익의 『부상록』6월 13일(병인) 기사에 "와니우라는 우리 배가 도착한 첫머리였다. 돌산이 뾰죽뾰죽하고 인가는 양쪽 언덕을 따라 50여 호쯤 되었다. 공해(公廨)가 있고 또 작은 절이 있으며 항구는 빙 둘러싸여서 배를 정박하기에 알맞다."라고 하였다.

66 1703년(숙종 29년) 2월 5일 부산을 떠난 한천석(韓天錫) 이하 108명의 역관사(譯官使) 일행이 와니우라(鰐浦)에 입항하기 직전, 조난을 당해 전원이 사망하였다. 와니우라 언덕에 조선국역관사순난지비(朝鮮國譯官使殉難之碑)가 세워져 있다.

하지만 부사가 병으로 자리를 같이 하지 못한 것이 아쉬울 뿐이었다. 차왜가 술과 안주와 배를 올렸기에 제호탕(醍醐湯)[67] 한 그릇을 보내어 사례하였다. 이날 밤에는 배 위에서 잤는데, 달이 뜨기를 기다렸다가 운행하려고 해서였다. 바다를 건너온 전례대로 5일치 하정(下程)[68]을 받았고, 다음 날에 와서도 바쳤는데, 조치가 미흡하였다. 오늘은 비로소 먼저 와서 바쳤으나 오히려 물건의 종류가 많이 갖춰지지 않았으니, 섬 안의 물력(物力)이 많이 딸리는 것으로 짐작되었다.

　　24일[을축]. 맑음. 니시도마리우라(西泊浦)[69]에 도착하여 사이후쿠지(西福寺)[70]에서 유숙.

---

67 제호탕(醍醐湯) : 오매육(烏梅肉)·사인(砂仁)·백단향(白檀香)·초과(草果) 따위를 곱게 가루로 만들어 꿀에 재워 끓였다가 냉수에 타서 마시는 청량제.

68 하정(下程) : 사신이 숙소에 도착하면 주식(酒食) 등 일상 수요품을 공급하는 것. 하정이란 본래 '노잣돈'을 뜻하는데, 일본 사신이 왜관(倭館)에 도착하면 5일에 한 번씩 술과 음식을 공급하는 것을 말한다. 조선에서는 왜사(倭使)가 왜관에 도착하면 국왕사(國王使)와 거추사(巨酋使)에게는 모두 세 차례, 규슈탄다이(九州探題)의 사자와 특송사(特送使)에게는 모두 두 차례에 걸쳐 술·떡·과일·소채(蔬菜)·해채(海菜)·각종 생선 등의 물품을 예조(禮曹)에서 계품(啓稟)하여 지급했다. 지급하는 횟수와 지급품의 종류·수량은 접대의 후박(厚薄), 인원의 다과, 체류기간의 장단에 따라 가감하여 정했다. 규례에 따라 지급했으므로 '예하정(例下程)'이라고 했으며, 5일에 한 번씩 지급했으므로 '오일차(五日次)'라고도 했다. 일본의 경우, 통신사 일행에게 5일마다 양식을 주었으므로 오일하정(五日下程)이라고 불렸다. 1일 반미(飯米)의 수는 각 역참마다 정해진 예가 있었고, 술과 간장·생선·야채 이하 모든 물품은 각 역참에서 생산되는 각기 다른 산물을 지급했고, 수량에 가감이 있었다.

69 니시도마리우라(西泊浦) : 현재의 쓰시마시(對馬市) 가미쓰시마초(上對馬町) 니시도마리(西泊). 서박포(西泊浦). 가미쓰시마(上對馬) 동북 해안에 위치하고 있다. 1617년과 1624년 통신사행을 제외한 나머지 사행 때마다 사신 일행이 이곳에서 묵었다. 1719년 통신사 일행이 도쿠가와 요시무네(德川吉宗)의 습직을 축하하기 위해 일본을 방문하였을 때에는 6월 24일에 후가쿠잔(富嶽山)의 사이후쿠지(西福寺)에서 묵었고, 그 이듬해 정월 2일부터 5일까지 귀국하면서 다시 니시도마리우라 선상에서 묵었다.

닭이 울자 출발하여 꿈결에 30리를 가서 니시도마리우라에 도착하니 해는 이미 높이 떠올라 있었다. 언덕 위에서 구경하는 자들이 도요자키우라(豊碕浦)보다 더 많았다. 도주가 심부름꾼을 보내어 안부를 묻고서 조지점(糟漬鮎) 한 통(桶)과 술 한 단지를 보냈다. 조금 늦게 차왜가 도주의 뜻이라면서 수박 각 다섯 통을 보냈고, 재판왜(裁判倭)가 자두 한 그릇, 마른 오징어 한 소반을 보냈다. 차왜가 또 복숭아와 사과 한 상자를 올렸다.

부사의 병고(病苦)에다 바람까지 역풍이라 앞으로 나아갈 수가 없게 되어 배에서 내려 사이후쿠지에서 쉬었다. 절은 후가쿠잔(富嶽山) 아래 가장 높은 곳에 있었는데, 지은 것이 초라하여 볼만하지는 않았으나 동백나무, 종려나무, 귤과 유자나무, 물푸레나무가 울창하게 그늘을 이루어 뜨락자리까지 그 그늘을 드리우고 있어서 앉아보니 다소 마음이 시원해졌다. 벽에는 신묘(1711) 사행 때 이미백(李美伯)[71]이 읊은 시

---

70 사이후쿠지(西福寺) : 현재의 나가사키현(長崎縣) 쓰시마시(對馬市) 가미쓰시마초(上對馬町) 니시도마리(西泊) 곤겐야마(權現山)의 기슭에 위치한 천태종(天台宗) 사원. 서복사(西福寺). 산호(山號)는 후가쿠잔(富嶽山)이며, 원래 가이켄안(海見庵)이라고도 하였는데 뒤에 사이후쿠지가 되었다. 쓰시마 소가(宗家) 15대 소 하루야스(宗晴康)의 위패를 안치하여 명복을 비는 보리사(菩提寺)이다. 통신사행 때 사신 일행이 이곳 사이후쿠지에 들러 휴식을 취하거나 하룻밤 묵은 적이 있다. 1719년 정사 홍치중 등 삼사신이 도쿠가와 요시무네의 습직을 축하하기 위해 일본에 건너갔을 때에는 6월 24일 부사 황선이 더위로 인해 병이 나 사이후쿠지에서 잠시 휴식을 취하였다. 이때 신유한(申維翰)은 사이후쿠지를 둘러보다가 1711년 통신사행 때 종사관 이방언이 지은 '푸른 대 푸른 솔이 작은 뜰을 덮었네[翠竹蒼松蔭小庭]'라는 절구 한 구절을 보았다고 하였다.

71 이미백(李美伯, 미백은 이방언의 자) : 본관은 전주(全州). 자는 미백(美伯), 호는 남강(南岡). 1696년 병자 식년시(式年試) 진사(進士)에 3등 하였고, 1702년 임오 식년시(式年試) 을과(乙科) 문과에 장원급제하였다. 사간원정언(司諫院正言)·세자시강원설서(世子侍講院說書)·홍문관 교리(校理)·경연시독관(經筵侍讀官) 등을 역임하였다. 사행에 앞서, 삼사신은 숙종으로부터 통신사가 가지고 갈 예단(禮單) 중 인삼에 대해 특별히 그 품질과 진위에 문제가 없도록 검속하라는 명을 받았고, 이방언은 통신사가 타고 갈 배의 돛을

한 수가 족자로 걸려 있었다. 부사가 먼저 그 시에 차운하였고, 나 또한 그 시에 화답하였다. 이날은 이 절에서 유숙하였다.

25일[병인]. 흐렸다 맑았다 함. 가랑비가 내리다가 금세 갬. 긴우라 (琴浦)[72]에 도착.

어제 오늘 계속해서 남풍이 불어 운행할 수가 없어서 반나절을 선당 (禪堂)에서 서기들과 한가롭게 앉아 시를 주고받았다. 미시 끝 무렵에 차왜가 말을 전해 오기를, '늦게야 바람의 형세가 다소 그치고, 파도도 조금 고요해졌으니 출발하는 것이 좋겠다'고 하였다. 부사가 괴로워하는 것도 이미 좀 나아졌고, 행색이 또 지체해서는 안 되겠기에 마침내

면포(綿布)로 만들 것을 아뢰어 허락을 받기도 하였다. 1711년 통신부사(通信副使)가 되어 정사 조태억·부사 임수간 등 통신사 일행과 함께 도쿠가와 이에노부(德川家宣)의 습직을 축하하기 위해 일본에 건너갔다. 사행 중 정사 조태억 등과 함께 아라이 하쿠세키(新井白石)·벳슈 소엔(別宗祖緣)·하야시 호코(林鳳岡) 부자 등 일본 문사들과 교유하였고, 이때 주고받은 시가 『계림창화집(鷄林唱和集)』·『칠가창화집(七家唱和集)』·『한객사장(韓客詞章)』 등 여러 필담창화집에 수록되어 있다. 사행 중 도모노우라(鞆ノ浦)의 후쿠젠지(福禪寺)에 있는 대조루(對潮樓)에서 본 조망을 '日東第一形勝'이라고 상찬(賞贊)하였고, 그 친필 현판이 지금까지 대조루에 걸려 있다. 1712년 귀국 후 쓰시마 도주의 간계에 속아 일본에서 가지고 온 국서(國書)가 격식에 어긋났다는 이유로 조태억·임수간과 함께 관작이 삭탈되고 문외출송(門外黜送)되었다가 이듬해 풀려났다.

72 긴우라(琴浦) : 가미쓰시마(上對馬) 동쪽 해안에 위치. 금포(琴浦). 현재의 나가사키현 (長崎縣) 쓰시마시(對馬市) 가미쓰시마초킨(上對馬町琴)에 속한다. 1624년 통신사행 때 사신 일행이 10월 3일에 긴우라 젠코지(善光寺)에서 묵었고, 1719년 사행 때에는 6월 25일에 긴우라 선상에서 묵었으며, 1763년 사행 때에도 10월 26일 이곳 긴우라 선상에서 묵었다. 조엄의 『해사일기』 '10월 26일(기유)' 기록에 "진시에 배를 띄워 수십 리를 가니 바람이 점차 반대 방향으로 불므로 노 젓기를 독촉하여 가서 겨우 금포로 들어갔다. 포구가 매우 얕고 바닷문[海門]이 곧게 통했는데, 배를 정박할 곳에 바위뿌리가 울퉁불퉁하고 수세(水勢)가 깊지 않았으며, 또 모진 바람이 불어 배가 흔들려서 파도 속에 배를 운행하는 때와 다름이 없었다. 사공들을 거듭 단속하여 닻줄을 돌의 모서리에다 단단하게 매도록 하고 조심하며 지냈다."라고 하였다.

부사·종사와 함께 배에 올라 힘써 노를 저어 40리를 가서 긴우라(琴浦)
항구 안에 이르니, 날은 이미 어두워져 가고 있었다. 중류(中流)에 닻을
내리고 배 위에서 잤다. 이곳은 산수가 뛰어나서 더욱 볼만한 것이 많
았으나 날이 저무는 바람에 두루 돌아볼 수 없는 것이 한스러웠다.

 26일[정묘]. 맑음. 오후 늦게 비가 조금 내림. 후나코시우라(船頭
浦)^{73}에 도착.

새벽에 출발하여 노를 저어 70리를 가서 좌하포(佐下浦)를 지나 후나
코시우라에 이르니 잠깐 만에 날은 이미 정오가 되었다. 도주가 심부름
꾼을 보내어 안부를 묻고 과일 한 꾸러미를 보내었다. 포구 위에는 선
두사(船頭祠)가 있었는데, 옛날 임진년에 도요토미 히데요시(平秀吉)^{74}

---

73 후나코시우라(船頭浦) : 현재 쓰시마시(對馬市) 미쓰시마마치(美津島町) 오부나코시
(小船越)에 속하고, 나카쓰시마(中對馬) 동쪽 해안에 위치. 선월포(船越浦). 사행록에는
선월(船越)·소선월(小船越)·선여관(船餘串)·후나고시(後羅古施)·선두(船頭)·선두항(船
頭港)·선두포(船頭浦)라고 하였다. 1443년 조선과 쓰시마 도주 간에 세견선(歲遣船) 등
무역에 관해 맺은 계해약조(癸亥約條)에 오부나코시(小船越)를 조선에 왕래하는 기항지로
약정하였다. 1607년·1617년·1624년·1655년·1719년 통신사행 때 이곳 후나코시우라에
배를 정박하고, 때로는 선상에서 때로는 바이린지(梅林寺)에서 묵었다. 1617년 회답겸쇄
환사(回答兼刷還使)가 오사카 평정을 축하하고 임진왜란과 정유재란 때 잡혀간 피로인(被
虜人)을 데리고 돌아오던 중, 10월 13일 저물녘에 역풍으로 인해 파도가 거세게 일어 일행
모두 뱃멀미가 나 후나코시우라에 배를 정박하고 근처 사찰 바이린지에서 묵었다. 1719년
통신사 일행이 도쿠가와 요시무네(德川吉宗)의 습직을 축하하기 위해 일본을 방문하였을
때, 에도로 향하던 6월 26일에는 후나코시우라에 배를 정박하고 선상에서 묵었고, 조선으
로 돌아오던 이듬해 1월 1일에는 이곳 선상에서 망궐례(望闕禮)를 지냈다.

74 도요토미 히데요시(豊臣秀吉) : 아즈치모모야마시대(安土桃山時代)의 무장·정치가.
풍신수길(豊臣秀吉). 아명은 히요시마루(日吉丸), 뒤에 기노시타 도키치로(木下藤吉郎)·
하시바 히데요시(羽柴秀吉)로 개명. 하시바 지쿠젠노카미(羽柴筑前守). 미장(尾張) 나카
무라향(中村鄕) 하층민 출신. 기노시타 야에몬(木下彌右衛門)의 아들. 조선에서는 풍신수
길 이외에도 평수길(平秀吉)·원면왕(猿面王)·원왕(猿王)·풍왕(豊王)·풍공(豊公)·태합왕
(太閤王)·풍적(豊賊)·평적(平賊)이라고도 하였다. 1585년 관백(關白)에 임명된 이래 다조

가 군대를 일으켜 우리나라로 쳐들어 올 때 행차가 이곳에 이르렀다가 바람의 형세가 고르지 못하자, 그때 뱃사람 중 아무개가 조언하기를,

"바람과 파도가 이와 같으니, 결단코 이 바다 가운데서는 배를 운행하기가 어려울 것입니다. 그러니 이곳 북쪽 산기슭을 잘라 섬을 만들고 바닷물을 끌어들여 호수를 만들어서 양쪽 벼랑을 묶은 듯이 하고 겨우 배 한 척만 지나갈 수 있게 하여 이곳을 통해 지나갈 수 있게 한다면 걱정할 것이 없을 것입니다."

라고 하였다. 하지만 도요토미 히데요시는 그 말을 망언으로 여겨, 바로 그 사람의 목을 베고 말았다. 그런데 배를 운행하자 과연 풍랑이 내리치는 바람에 많은 병사들이 익사하고 말았다. 그 후 전쟁이 끝나고 돌아올 때 샛길을 따라 시험해 보았더니, 과연 그 뱃사람의 말과 같이 조금도 어긋남이 없었다. 그제서야 히데요시가 뉘우치고는 그곳에 사당을 세워 그를 제사지내 주었다고 한다.

사당 앞에는 돌을 깎아서 기둥을 만들고 석문(石門) 한 칸을 만들었는데, 그 만든 것이 제법 정교하였다. 그런데 배를 정박시킬 때 선판(船板)에 부딪치는 바람에 기둥이 부러지고 문이 파손되고 말았으니 애석한 일이다. 늦은 시간에 비가 내려 여섯 척의 배를 모두 쑥대로 덮었다.

다이진(太政大臣)이 되었으며 천황으로부터 도요토미(豊臣)라는 성을 하사받아 도요토미 히데요시로 불리게 되었다. 16세기 오다 노부나가(織田信長)가 시작한 일본 통일의 대업을 완수했고, 해외침략의 야심을 품고 조선을 침략하였다. 1592년 명나라로 가는 길을 내달라는 구실로 임진왜란을 일으켰으며, 1596년 재차 조선을 침략하여 정유재란을 일으켰으나 뜻을 이루지는 못하였다. 1598년 전쟁과 후계자 문제 등 혼란 속에서 병사할 때까지 최고위직인 다이코(太閤, 1585~1598)를 지냈다. 노[能] 연기를 잘 했고 선사(禪師)인 센 리큐(千利休)에게서 다도(茶道)를 배워 종종 다도회를 베풀었다. 히데요시의 전국통일 정책은 도쿠가와 이에야스(德川家康)에게 그대로 계승되어 도쿠가와막부시대의 기초가 되었다.

저녁이 다 되어갈 무렵에야 비가 개었으나 날은 이미 저물어 더 이상 나아갈 수가 없어서 거기서 그대로 유숙하였다. 호행차왜(護行差倭)가 잠수부와 어왜(漁倭)를 보내어 앞 호수에다 그물을 설치하였는데, 그 만든 그물이 우리나라에서 후릿그물을 쳐서 물고기를 잡는 것과도 같 았으나 조잡하기 짝이 없었다. 잠수부가 전복 하나를 땄을 뿐, 물이 얕 아서 어망은 칠 수가 없었다고 한다.

27일[무진]. 맑음. 쓰시마후추(馬島府中)[75]에 도착.

새벽에 출발하여 70리를 가서 가모세우라(鴨瀬)[76]와 게이치우라(慶知 浦) 등을 지나 정오에 쓰시마후추에 도착하였다. 10리 밖에서 도주가 채선(彩船)을 타고 나와 맞이해 주었다. 삼사가 공복(公服)을 갖추고서 서로 만나기를 기다렸다가 도주와 함께 각각 의자에서 내려와 두 번 읍하는 예를 행하였다. 이테이안(以酊菴)[77] 장로(長老)[78]가 배에 올라와

75　쓰시마후추(對馬府中) : 현재의 나가사키현(長崎縣) 쓰시마시(對馬市) 이즈하라(嚴原) 에 속하는 행정구역 안. 나카쓰시마(中對馬)에 위치하고 있다. 옛날에는 쓰시마국(對馬國) 의 부(府)가 위치한 포구로 고쿠후(國府)라고 불렸으며, 에도시대에 들어와 1국(國) 1성 (城)의 조카마치(城下町, 城市)로서 후추(府中)라고 불리다가, 메이지유신(明治維新) 직후 인 1868년에 이즈하라로 개칭되었다. 15세기 후반 쓰시마 도주 소 사다쿠니(宗貞國)가 본거지를 사가(佐賀)에서 이즈하라로 옮기면서 쓰시마의 중심이 되었고, 에도막부 시대에 는 쓰시마와 중앙정권과의 관계가 더욱 긴밀해지면서 중심지로서 확고해지게 되었다. 이 즈하라항(嚴原港)은 에도시대 쇄국령이 내려졌던 쇄국시대에도 나가사키와 함께 대외무 역항으로서의 기능을 하였다. 조선 후기 통신사행 때마다 사신 일행이 이곳 쓰시마후추에 묵었고, 때로 도주초연(島主招宴)을 베풀거나 망궐례(望闕禮)를 지냈다.

76　가모세우라(鴨瀬浦) : 현재의 쓰시마시(對馬市) 미쓰시마초가모이세(美津島町鴨居瀬). 나카쓰시마(中對馬) 동쪽 해안에 위치. 사행록에는 압뢰(鴨瀬)·압뢰(鴨賴)·주길탄(住吉 灘)·가모세(加毛世)라고도 하였다.

77　이테이안(以酊菴) : 이테이안을 건립한 게이테쓰 겐소(景轍玄蘇)의 대조선 외교업무를 이어받은 기하쿠 겐포(規伯玄方)가 1635년 국서개작 사건(國書改作事件, 柳川一件)으로

서 맞이하고 마주 보고서 읍을 하였는데, 도주의 예와 같았다. 중류에
서 배를 멈추고 도주의 배를 기다렸다가 장로의 배가 먼저 들어가고
나서야 배를 선창에다 정박시켰다. 의물(儀物)과 고취(鼓吹)를 갖추고
국서를 받들고는 배에서 내려 세이잔지(西山寺)[79]에 봉안하였다.

───────────

유배된 뒤, 대조선외교의 실무자 자격을 잃은 쓰시마번은 겐포를 대신할 한문에 능통한
인재를 얻을 수 없어서 에도막부에 원조를 요청했다. 막부는 같은 해 도후쿠지(東福寺)의
교쿠호 고린(玉峰光璘)을 이테이안에 파견하였다. 이후 막부는 교토고잔(京都五山)의 선
승 중에서도 특히 오산석학(五山碩學)으로 불린 사람들을 조센슈분쇼쿠(朝鮮修文職)로 임
명하여 이테이안에 1년(후에 2년) 교체의 윤번제로 파견하여 외교문서 작성이나 조선통신
사절의 응접, 무역의 감시, 『본방조선왕복서(本邦朝鮮往復書)』와 같은 쌍방의 왕복서신
정리 등을 담당하게 하였다. 조선에서는 통신사행 때, 이테이안 윤번승에게 전례에 따라
서계와 별폭을 갖추어 보냈다. 특히 삼사신은 또 다른 호행장로인 가반장로(加番長老)와
함께 이테이안 윤번승에게 사예단(私禮單)으로 인삼 1근, 백저포 3필, 벼루 1면, 색종이
2권, 황모필 20자루, 참먹 10개, 부채 10자루, 유둔(油芚) 1부, 청심원 5환, 석린(石鱗)
1근 등을 각각 내려주었다. 쓰시마에서 교토로 돌아간 후에는 원래의 사찰 주지에 다시
임명되었고, 교토 오산의 필두(筆頭)인 난젠지(南禪寺)의 명예직 주지 임명장인 좌공문(坐
公文)을 받았다. 1867년 1월 마지막 이테이안 윤번승 교칸 모리토시(玉澗守俊)가 도후쿠지
로 귀환한 뒤, 메이지(明治) 원년인 1868년에 이테이안은 폐사(廢寺)되었다.

78 장로(長老) : 통신사를 호행하기 위한 가로(家老). 장로는 에도막부의 가로에 대한 조
선식 호칭이다. 통신사가 쓰시마에서 출발하면 이테이안 윤번승(以酊庵輪番僧)과 가번장
로(加番長老) 및 쓰시마 도주가 에도까지 통신사를 호위하며 갔다. 통신사가 에도까지
올라가는 동안 거치는 번(藩)은 대략 15개 정도인데, 각 번에서는 별도로 한두 명의 호행
책임자를 임명하고 해상 경비, 예선(曳船)과 수선(水船)의 준비는 물론 다음 기항지까지
호행을 책임져야 했다. 통신사가 임무를 마치고 귀환할 때도 마찬가지로 중도에 숙박을
담당하는 번에서 담당 가로를 지정하고 통신사 접대와 호행에 만전을 기하도록 했다.

79 세이잔지(西山寺) : 현재의 나가사키현(長崎縣) 쓰시마시(對馬市) 이즈하라마치고쿠부
(嚴原町國分)에 위치한 임제종(臨濟宗) 사원. 서산사(西山寺). 슈쿠보쓰시마세이잔지(宿坊
對馬西山寺)이다. 857년에 도분지(島分寺, 國分寺의 별명)가 불에 탄 이듬해, 고다케(國府
嶽) 기슭에 다이니치도(大日堂)를 세워 다이니치지(大日寺)라고 칭하였는데, 이것이 이
절의 기원이다. 1512년 소 사다쿠니(宗貞國) 부인의 보리사(菩提寺)가 되어 그 법호(法號)
를 따서 세이잔지라고 바꾸었다. 1732년 히요시(日吉)에 있었던 이테이안(以酊庵)이 소실
(燒失)되어 세이잔지로 이전해왔기 때문에, 세이잔지는 나카무라(中村)의 즈이센인(瑞泉
院)으로 옮겼는데, 1867년에 이테이안이 폐사(廢寺)되어 다시 옛터로 돌아왔다. 본당에
겐소(玄蘇)·겐포(玄方)의 조상(彫像)이 있으며, 이테이안의 유품(遺品)이 전승되고 있다.

　절은 서쪽 산 아래 절벽에 있었는데, 선창과의 거리는 가까웠다. 지세(地勢)가 몹시 기울어져 있어서 안배(按排)되지 않았다. 관사는 돌을 포개어 계단을 만들어 그 모양이 마치 성을 쌓은 것 같았고, 높이는 10여 길이나 되어 그 용력이 거창하고 제작은 공교로웠으나 우리나라의 솜씨에는 미칠 바는 아니었다. 절의 좌우에는 새로 지은 관사가 백 칸 가까이 갖추어져 있어 삼사행(三使行)과 원역(員役)들을 머물게 하고 접대하였다. 위로는 사신이 거처하는 곳으로부터 아래로는 주방과 화장실에 이르기까지 모두 패를 달아 표시해 두었으며, 사방 벽에는 능화(菱花)를 그려서 늘어놓았다. 이 또한 모두 새로 지은 것으로 비록 넓고 확 트이지는 못했으나 정갈하고 깨끗한 것은 사랑할 만하였다. 왜의 풍속엔 본래 방에 돌을 깔지 않고 대청에 자리를 겹으로 깔아 추위와 더위를 지난다. 하지만 이곳에서는 뒤쪽에 반침(半寢)[80]을 만들고 돌을 깔아 놓아 불을 때는 것과도 같아서, 사행이 추위를 만나면 이곳에다 잠자리를 베풀었다.

　산세(山勢)는 북쪽에서부터 내려와 동서 양 기슭은 바다로까지 이어져 들어가고 굽어 돌아 서로 마주하였다. 남쪽 방향은 완전히 막힌 데가 없는 망망한 대양이라 곧장 이키노시마(一岐島)[81]와 더불어 서로 바

에도시대에는 조선과의 외교를 담당했던 외교승이 기거했던 곳이며, 조선 후기 1643년·1711년·1719년·1748년·1763년 통신사행 때에 사신 일행이 묵었던 곳이다. 현재는 유스호스텔 쓰시마세이잔지라는 숙박시설로 바뀌어 있다.

80　방 옆에 딸리어 이불이나 기타 살림을 간직하는 작은 방.

81　이키노시마(一岐島) : 규슈(九州) 북방 현해탄(玄海灘)에 접해 있고, 후쿠오카현과 쓰시마의 중간에 위치하고 있는 섬. 일기도(壹岐島), 이키(壹岐)로도 알려져 있다. 쓰시마와 함께 예전부터 규슈 본토와 한반도를 연결하는 해상교통의 중계지로서 역할을 담당해왔다. 율령제(律令制) 하에서 이시다(石田)·이키(壹岐) 2군(郡)을 관할하는 구니(國)에 준하는 대우를 받았으며, 뒤에 이키노쿠니(壹岐國)로 불렸다. 조선 후기 통신사행 가운데

라보고 있어서 매번 구름이 걷혀 하늘이 맑아지면 한 점의 푸른 땅이
파도 사이로 은은히 드러나는데, 그곳이 바로 이키노시마라고 한다.
땅은 좁고 인구는 많아 마을의 집들이 붙어 있어서 바다 언덕과 산벼랑
이라 하더라도 거의 한 조각 비어 있는 곳이 없었으니, 한 섬의 민가치
고는 대단하였다.

왜인들이 숙공(熟供)과 찬품(饌品)과 그릇을 내어 놓았는데, 사스우
라에 비해서 꽤 성대하게 차렸다. 왜의 아이들 수십 명이 각각 그릇을
잡고는 차례대로 무릎을 꿇고서 음식을 바쳐 올렸는데, 그 예절이 더욱
볼만하였다. 크고 작은 마을 입구에는 걸핏하면 대사립문을 설치하여
사람의 출입을 금하였다. 금도왜(禁徒倭)들은 곳곳에 막을 지어 놓고
낮에는 칼을 차고 꼿꼿이 앉아 있고, 밤에는 딱따기를 치면서 경계하며
지켰다. 왜선 백 여척은 혹 선창에다 정박해 놓기도 하고 혹은 항구
안에 머물러 두게 하여 매번 황혼이 지고 난 뒤에는 여러 배들이 일시
에 등을 달아 놓았는데, 배마다 각각 4, 5개의 등이 있었다. 그 찬란함
이 마치 밝은 별과도 같아 그 빛이 해문(海門)에까지 미쳤으니, 이는
참으로 바다를 건너 온 후로 보는 일대 장관이었다. 바다 입구 일대에
는 등불을 일자로 쭉 늘어놓아 밤이 다하도록 그 빛이 줄어들지 않았으
니, 이는 파수하는 왜선이 있는 곳이라 한다. 저 사람들의 수비가 엄격
함이 볼만하였다. 이날은 70리를 갔다.

1811년을 제외한 사행 때마다 사신 일행이 주로 이키노시마 가자모토우라(風本浦, 勝本浦)
의 류구지(龍宮寺)와 차야(茶屋)에서 묵었다. 1643년·1655년·1682년 통신사행 때마다 마
쓰라 시게노부(松浦鎭信)가 관반(館伴)이 되어 이키노시마 가자모토우라에서의 조선 사신
접대 임무를 맡았다. 1763년 통신사행 때 이키노시마에서 정사 조엄이 탄 일기선(一騎船)
의 치목이 부러져 예비 치목으로 갈아 꽂은 일이 있었다.

28일[기사]. 맑음. 남풍. 세이잔지에 머물음.

수역(首譯)을 보내 공예단(公禮單)을 도주와 두 장로 및 부교들에게 전하고 인사하게 하였다. 예절에 대해서는 수역들에게 누차 쟁변하게 하였으나 끝내 바꾸려 하지지 않았다. 임술년(1682) 사행[82] 때 역관 김 도남(金圖南)의 일기를 참고해 보면 그 때의 사신도 자리에 서서 손을 들어 답했다고 한다. 임술년(1682)과 신묘년(1711) 때 이미 서서 답했다 는 규정이 있는데도 근래엔 이 두 차례의 사행 때 이미 행했던 전례를 버리고 백 년 전의 오래되고 먼 일들을 끌어들여 그 고집을 끝내 관철 시키려고 티격태격 다투니, 서로 이기기도 어려울 듯하다. 게다가 이 렇게 작은 일 하나로 저들과 더불어 시끄럽게 지껄이며 따지는 것이 심하다 보니 피로감 또한 없지 않고, 또 기회를 잡아 못된 행실을 부리 려 하는 게 아닌가 하는 염려도 되었다. 그래서 도주가 질의하는 인편 을 허락해 주고 수역에게 예절을 서로가 지켜야 하는 이유를 말하게 하여, 도주가 그것이 조선의 예모(禮貌)라고 여기게끔 말해준다면 진실

---

82 임술사행 : 1682년 도쿠가와 쓰나요시(德川綱吉)의 습직을 축하하기 위해 이루어진 사행. 임술신사(壬戌信使), 임술신행(壬戌信行), 임술통신사. 1682년 도쿠가와 이에쓰나 (德川家綱)의 동생 도쿠가와 쓰나요시(德川綱吉)의 습직을 축하하기 위해 이루어진 사행 이다. 정사 윤지완, 부사 이언강, 종사관 박경후, 제술관 성완, 서기 임재·이담령, 역관 박재흥·변승업·홍우재, 사자관 김삼석·이화립, 화원 함제건, 양의 정두준, 의원 이수번· 주백, 자제군관 홍세태 등이 파견되었으며, 1682년 5월 8일 한양을 떠났으며, 6월 18일 부산을 출발하여 10월 30일에 돌아왔다. 이번 사행에는 조선 정부로부터 쓰시마번에 대한 규제와 감시체제 강화의 교섭 임무가 특별히 부과되었고, 양의 직임이 신설되었으며, 총 12차에 걸친 통신사행 중에서, 안정된 국제관계를 바탕으로 실제 양국 문사의 교류가 활 발해지기 시작한 시기이다. 양국의 필담창화 담당층이 형성되었으며, 이후 양국 문사 교 류 전개의 기초를 마련하였는데, 정중한 외교적 언사의 필담과 한시의 창수뿐만 아니라, 특정 주제에 관한 긴 대화를 기록한 필담이 등장하여, 양국 문인의 교류에 질적 변화를 보인다. 본 사행과 관련된 기록으로 김지남의『동사일록(東槎日錄)』, 홍우재의『동사록 (東槎錄)』, 필담창화집인『한사증답(韓使贈答)』,『학산필담(鶴山筆談)』등이 있다.

로 이와 같을 뿐이다. 전례가 있던 일을 하루아침에 변개한다고 해서 부교들이 억울해 하는 것 또한 괴이할 것도 없으니, 하물며 부교들이 비록 이 섬의 책임을 맡고 있는 자라 하더라도 이미 우리를 호행(護行) 하고 있고 또 삼사신이 거느리고 있는 바인데, 어찌 특별히 헤아려주는 도리가 없다는 말인가? 그러니 충분히 생각하여 선처하는 대로 따라준 다면 태수에게도 심히 다행스러운 일이 될 것이라는 뜻으로 말을 전하 였다. 이에 도주가 이미 간절하게 요청한 말이 있었고, 또 이로 인해 허락해 준 것도 있고 또 너무 야박한 것 같기도 하여 마침내 부사 및 종사와 상의하여 근래의 전례를 따라 들어와 인사하도록 허락하였다.

왜인들이 5일치 하정(下程)을 바쳤는데, 전후 두 차례나 돼지 다리는 모두 빠뜨렸고, 참기름도 많지 않았다. 섬 안의 돼지와 기름이 몹시 귀 하여 모두 부산에서 사 들이기 때문에 이와 같다고 한다. 도주가 심부 름꾼을 보내어 문안하였다. 이날부터 출발하는 날까지 매일 도주가 스 기주(杉重)[83] 한 조(組)를 보내주었다. 스기주란 삼나무로 만든 삼층합 으로 제일층은 두 가지 색의 떡을 담았고, 제이층은 갖가지 색의 엿을

---

83 스기주(杉重) : 삼나무로 얇게 판을 떠서 만든 찬합. 찬합은 충충이 포갤 수 있는 서너 개의 그릇을 한 벌로 만든, 음식을 담는 그릇이다. 삼중합(三重盒)이라고도 하였다. 보통 3층짜리를 한 조로 삼아서 맨 위에는 떡 따위를 담고, 가운데 함에는 과일과 나물을, 맨 아래층에는 어육 등을 담은 후 녹색 명주끈으로 띠를 둘렀다. 녹색의 끈으로 띠를 두르는 것을 예(禮)로 여겼다. 회중(檜重)은 조금 작은 삼중인데, 검은 칠을 하였고 흰 쌀밥과 생선, 채소를 담았다. 백절(白折)은 조그맣고 하얀 나무상자이고, 화절(花折)은 백절에다 채색 그림을 그린 것이다. 삼중 가운데 큰 것은 가운데 오층의 시렁을 만들어 놓은 것으로, '주(櫥)'라고 불렀다. 1682년 통신사행 때 쓰시마 도주와 파견승 란시쓰 겐신(蘭室玄森), 당시 이테이안(以酊菴) 윤번승이었던 다이쿄 겐레이(太虛顯靈)가 사행단을 맞이해 문안하 고 삼중을 공궤(供饋)로써 바치며 대접하였다. 스기주는 사행단을 접대한 음식으로 자주 등장하는데, 1711년·1719년·1748년·1763년·1811년 통신사행 때까지 주로 쓰시마에서 쇼군 및 도주의 중요 접대 물품이었다.

담았으며, 제삼층은 생선과 나물 종류를 담은 것이다. 나중에 보낸 것
도 모두 이와 비슷했다. 행중(行中)에 나누어 주었다. 저녁이 지나 부산
에서 비선(飛船)이 도착했다. 동래부사 및 이필홍(李必弘)의 편지와 또
집의 아이가 보낸 편지를 받아 보았다. 여행길의 심사에 매우 위로가
되었다.

29일[경오]. 맑음. 동풍. 세이잔지에 머물음.

식후에 부교 4인이 공복을 갖추고 와서 인사하였다. 삼사는 정청(正
廳, 건물 정중앙의 대청) 북쪽 벽 아래에 앉아 있다가, 부교가 그 자리
앞에 이르자 사신이 삼중석(三重席)[84]에서 일어났다. 부교가 두 번 읍하
는 예를 행하였고 사신은 손을 들어 답하였다. 그리고 그들에게 자리를
내려주고서 인삼차를 내고, 또 술과 과일로 대접하였다. 술이 세 번 오
가고서 곧 끝나고 나갔다. 재판차왜 2명이 또 뵙기를 청하고 두 번 읍
하는 예를 하자 삼사가 앉아서 손을 들어 답하였고, 또 다과를 대접하
였다.

조금 늦게 도주가 와서 인사하려고 하기에 정청에다 객은 동쪽에 주
인은 서쪽에 자리를 잡게 하고 뜰아래에 깃발과 절월(節鉞)과 고취(鼓
吹)를 성대하게 베풀어 놓고서 기다렸다. 이윽고 도주가 문밖에 이르러
서는 검(劍) 한 자루를 풀고 계단 아래에 이르러 신발을 벗었고, 삼사가
영외(楹外)[85]로 나가 맞아들여 자리 앞에 이르자 서로 마주 보고 서서
각각 두 번 읍하는 예를 행하였으며, 이테이안(以酊菴) 장로도 이어서

---

84 삼중석(三重席) : 세 겹으로 겹쳐 깔아 놓은 좌석. 극진한 예(禮)로써 대접할 때 쓴다.
85 영외(楹外) : 지붕을 받치고 있는 바깥 기둥의 바깥쪽 마루.

서로 읍하기를 도주의 예와 같이 하였다. 장로는 곧 에도(江戶)[86]에서 파견하여 양국 간의 문서를 주관하게 한 자라고 한다. 세이잔지의 승려도 이르러 장로와 같이 두 번 읍을 하였고, 사신은 앉아서 손을 들어 답하였다.

도주는 곧 전(前) 도주 소 요시미치(宗義方)[87]의 아우로 이름은 미치노부(方誠)[88]이며, 나이는 26세인데, 모습이 특출하지 않고 정신도 또렷하

---

86 에도(江戶) : 현재의 도쿄도(東京都) 지요다구(千代田區) 지요다(千代田)에 위치. 강호(江戶). 옛날에는 무사시국(武藏國) 도시마군(豊島郡)의 일부였으나, 헤이안(平安)시대 말기에 지치부헤이 씨(秩父平氏)의 일족인 에도 씨(江戶氏)가 현재의 도쿄 지역에 저택을 지었고, 무로마치(室町)시대에 우에스기 씨(上杉氏)의 무장(武將)인 오타 도칸(太田道灌)이 에도성을 축성하면서 성시(城市)로 발달하였다. 1590년 도쿠가와 이에야스(德川家康)가 입성(入城)한 이래 막부(幕府)의 소재지로 번영하였다. 1868년 7월 메이지유신(明治維新) 때 도쿄(東京)로 개칭하였고, 그 이듬해인 1869년에 수도가 되었다. 조선 후기 통신사행 가운데 1617년, 1811년을 제외한 나머지 사행 때마다 사신 일행이 이곳에 묵었다. 1719년 통신사 일행이 도쿠가와 요시무네(德川吉宗)의 습직을 축하하기 위해 일본을 방문하였을 때에는 9월 27일에 최종 목적지인 이곳 에도에 도착하여 조선으로 돌아가기 전인 10월 14일까지 히가시혼간지(東本願寺)에서 묵었다. 10월 1일에 망궐례를 지내고 국서전명식에 참석하였으며, 그 외에도 5일에는 마상재를 하였고, 9일에는 쓰시마 도주의 별원에서 설행하는 별연(別宴)에 참석하였으며, 11일에는 상사(上使)가 사견(辭見, 송별인사)을 하였고, 13일에는 상마연(上馬宴, 귀국시 여는 연회)에 참석하였다. 에도성에서의 국서전명식과 연향의례에 참석할 때에 통신사 일행은 에도성의 32개의 출입문 가운데 사쿠라다몬(櫻田門)과 오테몬(大手門)을 이용하였다.

87 소 요시미치(宗義方) : 쓰시마번의 5대 번주(藩主). 1684년 1월 19일, 제3대 번주 소 요시자네(宗義眞)의 넷째 아들로 태어났다. 형인 소 요시쓰구(宗義倫)가 부친을 이어 제4대 번주가 되었고, 소 요시쓰구의 사후 그의 양자가 되어 가계를 이어 제5대 번주가 되었다. 이 무렵 조선무역의 부진과 은 산출량의 감소 등으로 인하여 쓰시마번의 재정상태가 악화되었고, 이를 재건하기 위하여 소 요시미치는 1705년에 검약령(儉約令)을 발표했지만 그다지 효과는 없었다. 1711년 통신사가 도쿠가와 이에노부(德川家宣)의 습직을 축하하기 위해 일본을 방문하였을 때, 에도까지 통신사를 접대했다. 이때의 공적으로 히젠(肥田)의 다시로(田代)에 있는 번령(藩領) 1,560석 정도를 도비치(飛地, 역외 영지)로 가증(加增)받아, 석고(石高)가 1만 3,300석이 되었다. 1718년 9월 5일 향년 35세로 사망하고 동생 요시노부(義誠)가 뒤를 이었다.

88 1725년 소 미치노부(宗方誠)가 6대 도주가 되어 요시노부(義誠)로 이름을 바꾸고 (도서

지 않았다. 넓은 소매의 검은 단령복을 입었고, 머리에는 길고 뾰죽한 검은 사모를 썼으며, 황금으로 꾸민 단검을 찼다. 손에는 상아부채를 잡았는데, 잠시도 손에서 놓지 않았다. 좌정하고는 부교를 시켜서 전 례를 따라 노고를 치하하고 맞이하는 말을 하게 하였다. 사신이 물어보 면 도주는 대략 입을 여는 시늉만 할 뿐이지 실제는 부교가 모두 자기 뜻으로 대신해서 답변하였으니, 그 사람됨이 지혜롭지 못함을 또한 알 만하였다. 차를 마시고 난 뒤에 술과 음식을 차려 대접하였다. 술이 세 차례 돌아간 뒤에 끝이 나고 인삼차를 대접하였으니, 왜인들의 주례(酒 禮)가 이와 같다고 한다. 그 때문에 이들의 풍속을 따라서 행하고 끝낸 것이다. 돌아갈 때에 또 마주 보고 읍을 하기를 처음과 같이 하고서 영외(楹外)로 나가 배웅하였다. 도주가 돌아간 뒤에 스기주(杉重)와 수 박을 보내 주었기에, 행중(行中)에게 나누어 주었다.

30일[신미]. 아침에는 비가 내리다가 오후에는 갬. 남풍. 세이잔지 에 머물음.

도주가 쥘부채 열 자루와 설탕 세 근, 수박 열 통을 보냈기에 행중에 나누어 주었다. 수역(首譯) 이하에게도 모두 보냈는데, 수박과 제백(諸 白)은 일행 모두에게 주었다. 제백이란 술을 말하는 것인데, 쌀로 빚어 서 만든 것으로 왜의 술 가운데 최고로 좋은 것이라고 한다.

도주가 제술관, 사자관, 화원 그리고 마상재(馬上才) 보기를 청하기

청개차왜(圖書請改差倭)를 보내) 도서(圖書)를 고쳐 주기를 요청하여 허락하였다. 사행선 단의 구성은 정관(正官)·도선주(都船主)·봉진압물(封進押物) 각 1명, 시봉(侍奉) 2명, 반 종(伴從) 16명, 격왜(格倭) 70명이고, 다례와 연향은 하선다례(下船茶禮), 하선연(下船宴), 별연(別宴), 예단다례(禮單茶禮), 상선연(上船宴)을 각 1차례 베풀었다.

에 모두 허락해 주었다. 날이 저물어서야 비로소 끝이 나서 돌아왔다.
제술(製述)은 애당초 지어달라고 청하는 일이 없었고, 다만 우삼동(雨森
東)[89]과 더불어 술을 나누다가 돌아왔다. 화원들이 제각각 시험 삼아 몇

---

89 아메노모리 호슈(雨森芳洲, 1668~1755) : 에도시대 전-중기 유학자. 본성(本姓)은 다
치바나(橘), 씨(氏)는 아메노모리(雨森), 이름은 도시요시(俊良)·노부키요(誠清). 자는 하
쿠요(伯陽), 호는 호슈(芳洲)·쇼케이도(尚絅堂)·깃쇼(橘窓), 통칭은 도고로(東五郎). 오미
(近江) 출신, 기요노리(清納)의 아들. 일설에는 오미 출신이 아닌 의사인 아버지가 개업하
고 있던 교토 출신이라고도 한다. 조선에서는 우삼동(雨森東)으로 알려졌고, 우백양(雨伯
陽)이라고도 하였다. 처음에는 의사인 아버지의 영향으로 의학에 뜻을 두었지만 얼마 후
이토 진사이(伊藤仁齋) 등을 배출한 당시 교토 학풍의 영향을 받아 유학으로 전향하였다.
18세 무렵 에도에서 기노시타 준안(木下順庵)의 문하에 들어갔고, 아라이 하쿠세키(新井
白石)·무로 규소(室鳩巢) 등과 함께 목문오선생(木門五先生)이라 일컬어졌다. 1689년 22
세 때 스승의 추천으로 쓰시마후추(對馬府中)에서 일했다. 조선방좌역(朝鮮方佐役, 조센
호사야쿠)으로 조선과의 외교를 담당하였고, 참판사(參判使)나 재판역(裁判役) 등 외교사
절로서 조일외교의 실무에 정통하였다. 중국어와 조선어에 능통하여 조선통신사가 일본
에 오면 외교문서를 기초하거나 해독하는 신분야쿠(眞文役)가 되었고, 대개 에도까지 통
신사를 배행하기도 하였다. 1701년 9월 도주승습고경차왜(島主承襲告慶差倭)가 되어 소
요시미치(宗義方)의 도주 직임을 알리기 위해 예조참판에게 올리는 서계를 가지고 조선에
왔다. 1711년 통신사가 도쿠가와 이에노부(德川家宣)의 습직을 축하하기 위해 일본을 방
문하였을 때, 조선통신사를 호행하였는데 오와리(尾張)에서 수창한 시가 『신묘한인내빙
미양창화록(辛卯韓人來聘尾陽倡和錄)』에 수록되어 있다. 또한 아메노모리 호슈는 무로 규
소(室鳩巢)·이노 자쿠스이(稻生若水)·벳슈 소엔(別宗祖緣) 등과 조선의 제술관 이현, 서
기 홍순연·엄한중·남성중 등이 수창한 시 등을 모아 『호저풍아집(縞紵風雅集)』을 편찬하
기도 하였다. 이 무렵 아메노모리 호슈는 무역입번(貿易立藩)인 쓰시마의 입장에서 도쿠
가와 이에노부(德川家宣)의 정치고문이 된 아라이 하쿠세키와 통신사의 대우와 국왕의
호(號) 개변(改變) 문제 및 은(銀) 수출에 관계되는 경제논리 등을 두고 의론을 격렬하게
벌였다. 1719년 통신사가 도쿠가와 요시무네의 습직을 축하하기 위해 일본을 방문하였을
때에도 동문의 유학자 마쓰우라 가쇼(松浦霞沼)와 함께 조선 사신과 교유하였고, 이때
지은 시가 『상한성사답향(桑韓星槎答響)』·『향보사년한객창화(享保四年韓客唱和)』에 수
록되어 있다. 1727년 교류의 장에서 중요한 역할을 담당하는 통역을 조명하여 그 대우개
선을 도모하는 한편, 후진교육을 위해 번(藩)을 설득해서 조선어통사양성소(朝鮮語通詞養
成所)를 쓰시마후추에 창설하였다. 이 학교는 재지(才智)·독실(篤實)·학문(學問)을 겸비
한 통사(通詞) 육성을 이상(理想)으로 하여 아메노모리 호슈 자신이 지은 『교린수지(交隣
須知)』나 당시 경시되고 있던 한글로 쓰인 소설을 교재로 사용하는 등, 독자적인 교육이념
과 방법을 펼쳤으며, 메이지시대까지 많은 통사(通詞)를 배출시켰다. 1728년 참된 교류가

폭 그렸더니 그림이 상당히 좋다고 하였다. 마상재는 도주가 직접 가서
보았는데, 길 옆 높은 누각에서 구경하다가 신기하다며 극구 찬탄하였
다. 구경하는 자들이 모두 신묘(1711) 사행 때의 마상재보다 훨씬 더 뛰
어나다고 했다 한다.

상통사(上通事)[90]를 보내어 사예단(私禮單)을 도주와 암환(巖丸)[91]에게
보냈다. 암환은 곧 태수의 아들로서 나중에 당연히 습봉(襲封)[92]할 자라
고 한다. 호행차왜(護行差倭)가 노랗고 흰 국화 몇 가지를 올렸는데, 꽃
이 막 활짝 피어 우리나라의 학령(鶴翎)[93]과도 같았다. 하지만 6월에 국
화라니 또한 이상하였다.

무엇인지 늘 고민한 결과『교린제성(交隣提醒)』을 지어 서로 속이지 않고[不欺], 다투지
않으며[不爭], 진실로 교제함을 성신(誠信)이라고 하는 성신외교(誠信外交)의 도를 설명하
였다. 1730년 성신외교의 지론에 공감한 역관 현덕윤이 왜관(倭館)의 역관옥(譯官屋)을
개축하여 성신당(誠信堂)이라고 명명하자, 아메노모리 호슈는 그 뜻에 대해「성신당기(誠
信堂記)」를 지었다. 저서로『방주영초(芳洲詠草)』·『다파례구좌(多波禮具佐)』·『치요관견
(治要管見)』·『인교시말물어(隣交始末物語)』·『전일도인(全一道人)』·『조선풍속고(朝鮮風
俗考)』·『천룡원공실록(天龍院公實錄)』·『조선천호연혁지(朝鮮踐好沿革志)』·『귤창다화
(橘窓茶話)』 등이 있다.

90 상통사(上通事) : 통사 가운데 상급의 통사를 말함. 통역관은 관품에 따라 명칭이 달
라, 품계가 정3품인 통역관은 역관, 그 아래인 통역관은 통사라 했다. 상통사 이외에도
차상통사(次上通事)·소통사(小通事) 등이 있다.

91 암환(巖丸) : 쓰시마 도주 소 요시노부(義誠)의 아명(兒名)이다. 아명은 쓰시마 도주의
적자가 도주를 계승하기 전의 이름인데, 소 요시미치(宗義方)의 적자였으며, 1725년에 도
주가 되었다.

92 습봉(襲封) : 제후(諸侯)의 아들이 윗대의 영지(領地)를 물려받아 제후로 봉해지는 제도.

93 학령(鶴翎) : 국화의 품종 이름. 황색·홍색·백색의 세 종류가 있다.

7월

1일[임신]. 비. 세이잔지에 머물음.

새벽에 관소에서 망궐례를 행하였다. 도주가 돼지 두 마리를 보냈다. 삼행(三行)에게 똑같이 나누어 주었다.

2일[계유]. 맑음. 세이잔지에 머물음.

몸이 이역(異域)에 있는지라 상(喪)을 만난 뒤의 날들은 그 정리(情理)가 갑절이나 더 아프게 느껴진다. 역관을 보내어 사예단(私禮單)을 이테이안 장로와 반쇼인(萬松院)[94]과 세이잔지의 승려와 여러 부교 이하 각처에 전했다. 정암 장로가 스기주(杉重) 한 조(組)를 보냈기에 행중에 나누어 주었고, 또 각각 일률적으로 삼행에 나누어 보냈다. 삼사가 모두 한가롭지 못하여 시에 화답하여 보낼 수가 없다는 뜻으로 편지를 써서 답을 하였다.

---

94 반쇼인(萬松院) : 역대 쓰시마 도주와 그 가족들이 묻혀 있는 묘역. 쓰시마 중심지인 이즈하라초(嚴原町)에 있다. 1615년 소 요시토시(宗義智)가 48세로 사망하자, 당시 번주가 살고 있던 성인 긴세키야카타(金石屋形)의 서쪽에 있는 시즈미야마(淸水山) 봉우리에 묘를 만들었다가 1647년 이후 현재의 위치로 옮겨왔다. 제20대 쓰시마 도주 소 요시나리(宗義成)가 선조 대대로 위패를 모시기 위해 묘소 아래에 보리사(菩提寺)를 지었는데, 그가 죽은 후 붙여진 불교식 이름을 따서 반쇼인이라 명명하였다. 반쇼인은 수백 년씩 된 삼나무 숲속에 자리 잡고 있고, 123개나 되는 돌계단을 올라가야 볼 수 있다. 그 규모와 경관 면에서 일본 삼대 묘역의 하나로 꼽히고 있다. 반쇼인의 창건과 유지에 드는 비용은 임진왜란 이후부터 19세기 중엽까지 조선이 부담하였다고 한다. 소 요시토시는 임진왜란 종결 직후 도쿠가와 이에야스(德川家康)의 지시를 받아 조선과 일본의 국교 재개를 위한 교섭을 주도한 인물로, 조선은 그의 공로를 인정하여 사후 만송원송사(萬松院送使) 파견을 허락하였고, 쓰시마는 조선으로부터 받은 쌀과 목면 등을 반쇼인의 유지 경비에 충당하였다. 반쇼인에는 번주 사망 때 조선 국왕이 하사한 삼구족(三具足)을 소장하고 있으며, 소 씨의 위패와 별실에 도쿠가와 역대 쇼군의 위패 및 도쿠가와 이에야스의 화상이 있다.

3일[갑술]. 맑음. 남풍. 세이잔지에 머물음.

오후에 태수의 잔치 자리에 갔다. 어제 부교들이 와서, '오늘 잔치를 베푼다'는 뜻으로 태수의 말을 전했기 때문이다. 이어 수역에게 이르기를,

"상상관(上上官)과 군관 이하는 전례대로 마땅히 두 번 절을 해야 합니다."

라고 하였다. 수역이 와서 이 말을 사행에게 전하니 종사가 말하기를,

"부교가 이미 사신에게 두 번 읍을 했으니, 사행이 거느리는 원역들이 어찌 유독 두 번 절을 할 필요가 있겠는가 하여 이는 다투지 않을 수가 없는 것이라고 하나, 신묘(1711) 사행 때에 이미 배례(拜禮)를 행하였고, 임술(1682) 사행 때의 전례도 그러하였으니, 오늘은 굳이 따질 것이 없습니다."

라고 하였다. 그 때문에 내가 말하기를,

"사신이 태수와 함께 동서로 서로 마주하고 원역은 북쪽을 향하여 두 번 절하는데, 오늘 이 배례(拜禮)는 사신을 위한 것이요 오로지 태수를 위한 것만은 아닙니다."

라고 하여 이런 뜻으로 사신의 말을 전하게 하였다.

이날 아침 재판왜(裁判倭)가 잔치 때의 의주(儀注)를 가지고 와서 수역에게 보여주며 '기타 절목(節目)은 모두 옛날 관례대로 한다'고 하였으나, 그 가운데 '태수는 남쪽을 향하게 한다'는 규정이 있다고 하였다. 하지만 이는 필시 우리가 어제 나타내 보인 것을 싫어하여 태수가 절을 받으려고 하는 뜻이니, 그 속셈이 극히 간교하였다. 그 때문에 내가,

"객은 동쪽에 위치하고 주인은 남쪽을 향하는 것은 사신을 빈주(賓主)의 예로 대등하게 대우하는 것이 아니니, 어찌 이와 같은 도리를 허락할 것인가? 이 한 가지 규정은 삭제하지 않을 수 없으니, 그 항목에

곧바로 점을 찍어 주도록 하라.”

라고 하자, 재판차왜가 말하기를,

“그렇다면 마땅히 시키신 대로 하겠습니다.”

라고 하였다.

그 아랫단 사연(私宴) 조항에는 또 이르기를,

“제술관이 들어와서 두 번 읍을 하면 태수는 앉아서 손을 들어 답
한다.”

라고 되어 있었다. 이에 내가 또 말하기를,

“신묘(1711) 사행 때 태수의 잔치에서는 제술관과 서기가 읍을 하면
태수는 자리에 내려가 서서 손을 들어 답하였다. 일기에 실려 있는 것이
아직도 생생하여 가히 참고할 만한데 오늘 갑자기 깎아내려 새로운 규
정을 적용하려고 하니, 이는 비단 제술관을 우습게 보는 것일 뿐만 아
니라 사행 자체를 우습게 여기는 태도이니 결단코 허락할 수가 없다.”

라고 하였다. 그러자 재판차왜들이 도리어 도중(島中)의 등록(謄錄)을
가지고서 수역에게 누누이 다투듯 말하며 핑계를 대기에 사행이 이르
기를,

“이 예는 바꾸지 않을 것인즉 연례(宴禮)가 비록 중단되더라도 단연
코 갈 수가 없다.”

라고 하였다. 그리고 이어 군의(軍儀)를 철거하게 하고 군령(軍令)을 중
단하게 하고는 수역을 태수에게 보내어 잔치에 갈 수가 없다는 뜻을
전하게 하였다. 그러자 태수가

“사소한 예절을 가지고서 이렇듯 괴롭게 논쟁할 필요가 없으니, 만
일 제술관을 접견할 일이 있다면 마땅히 지시하신대로 할 것이요, 막중
한 공적 연회를 어찌 갑자기 중단할 수 있겠습니까? 바라건대 곧바로

와 주십시오."

라고 하였다 한다. 그래서 삼사가 마침내 공복을 갖춰 입고 고취(鼓吹)
와 위의를 갖추어 차례대로 행차하였다.

거의 7, 8리 사이로 좌우의 집들이 이어져 있는데, 그 가운데 부교의
집은 문과 담장이 있는 집으로 으리으리하였고, 길가에서 구경하는 남
녀들의 수를 이루 헤아릴 수가 없었다. 도주가 있는 후추(府中)에 이르
니 골짝 깊은 곳에 집이 너무도 크고 화려하여 참람하게도 제 분수를
넘은 것이 많았으니, 신하된 자가 거처할 만 곳이 아니었다.

군관과 원역들은 제3문 밖에서 말에서 내렸고, 당역(堂譯)과 제술관
은 제2문 밖에서 가마에서 내렸으며, 삼사는 제1문 밖에서 가마에서
내렸다. 문에 들어가니 부교 4인이 좌우로 나누어 앞을 인도하였는데,
계단을 거쳐 대청에 올라 복도를 따라서 중방(重房) 복벽(復壁)으로 나
아가니 몹시 깊고 아늑하였다. 행차가 연청(宴廳)에 이르자 태수와 장
로가 영외(楹外)로 나와 맞이하고 잔치 자리로 안내했다. 탁자 앞에서
동서로 나누어 서로 마주 보고 서서 각각 두 번 읍하는 예를 행하였고,
또 장로와도 마주 보고 읍하기를 태수의 예와 같이 하였다. 태수는 대
략 몸을 비스듬히 남쪽으로 향해 서서 마치 절을 받는 것처럼 하였다.
내가 당역에게 일단 들어가서 절하지 말 것을 당부하고, 이어 수역에게
'남향하면 안 된다'는 뜻으로 분명하게 말을 전하게 하니, 태수가 곧바
로 몸을 동쪽으로 돌려 마주하고 섰다. 당역은 영내(楹內)[95]에서 두 번
절하였고, 군관·제술관·양의(良醫)·원역들은 영외(楹外)에서 두 번 절
하였으며, 중관(中官)은 계단 위에서 절하였고, 하관(下官)[96]은 뜰 가운

---

95 영내(楹內) : 지붕을 받치고 있는 바깥 기둥의 안쪽 마루.

데서 절하였다.

예를 다 끝내고 각자 의자에 앉았다. 마루는 상하층이 있는데, 높이
는 반 척(尺) 정도에 지나지 않았다. 잔치 탁자는 아래층 마루 가운데에
설치했는데 붉은 비단 휘장으로 감쌌으며, 탁자 위에는 미리 높이 괴어
놓은 과일 다섯 그릇과 각양 음식 수십 종을 모두 은그릇에 담아놓았
다. 빈주(賓主)가 각각 세 번 잔질한 후에 나와 태수가 술잔을 잡고 마
시면 부사와 종사도 그와 같이 술잔을 잡고 마시기를 마쳤다. 그러고
나서 다시 석 잔을 올리고 전후를 통해 모두 아홉 잔을 마시는데, 매번
한 잔마다 안주 하나를 올렸고, 장로 또한 별도로 술 한 잔을 권하였다.

주례(酒禮)가 끝나자 태수가 조금 쉬기를 청하여 각자 의자에서 내려
와 한 번 읍을 하고 벽을 사이에 둔 대청으로 나와 앉았다. 삼사가 편복
(便服)으로 갈아입었다. 왜인이 수박 하나, 설탕 한 종(鍾)을 놋숟가락
을 갖추어 높은 다리가 있는 소반에 담아내어 놓았다. 이는 태수의 뜻
으로 와서 바친 것으로, 날이 덥기 때문에 해갈하라고 특별히 올린 것
이라고 한다. 당역(堂譯) 이하는 각각 앉은 자리에다 병풍과 장막으로
가리고서 별도로 음식을 내어 놓았는데, 신묘(1711) 사행 때보다 양도
크게 줄었고 볼품이 없었다. 그럼에도 왜인들은 손을 깍지 끼고서 음식
을 구걸하는 자가 매우 많았다. 중관(中官)들에게는 음식이 그 절반도
되지 않아서 이 일로 바로 일어나버리자, 왜인들이 다투어 와서 모시고
가면서 극히 시끄러웠다고 한다. 섬사람들의 가난과 굶주림, 그리고

---

96 하관(下官) : 통신사(通信使)에 대한 일본 측 등급 중의 하나. 사신단에서 풍악수(風樂
手)·도우장(屠牛匠)·격군(格軍)을 일본 측에서 구분하여 부르는 호칭이다. 일본 측에서는
통신사(通信使)의 등급을 삼사(三使)·상상관·상관·차관·중관·하관 등으로 구분했다. 하
관이 받는 사예단(私禮單)은 관백이 보내 준 은자 500매, 약군이 보내 준 은자 150매이다.

기율이 엄격하지 못함을 미루어 알 만하였다.

몇 식경(食頃)이 지난 뒤에 태수가 부교에게 시켜 들어와 앉기를 청하여 삼사가 의관을 바르게 하고 정문을 따라 들어가니, 잔치 탁자와 의자가 모두 철거되어 없고 다만 위층 마루에 비단 무늬 방석만을 깔아 놓았다. 빈주(賓主)가 들어와 자리 앞에서 서로 마주하고서 한 번 읍을 하고서 앉았고 장로도 자리하였다. 북쪽 벽 아래에 먼저 대화상(大花床) 한 자리를 베풀었고, 잠시 후에 또 나누어 소화상(小花床)을 올렸는데, 각각 하나씩을 손님과 주인 앞에 놓았다. 꽃은 각각 특이한 모양과 제 각각의 색으로 똑같지가 않았으며, 꽃잎과 가지가 진짜인지 가짜인지 잘 구분이 되지 않았으니, 그 정교함은 어디에도 비길 데가 없었다.

내가 수역을 시켜서 감사의 뜻을 전하게 하고, 이어서 표인(漂人, 풍랑에 휩쓸려 표류된 사람)에 관한 일에 대해 말하였다.

"우리나라 표해인(漂海人)이 당신들의 영해(領海)로 왔을 때에 배가 부서지고 사람이 죽은 일 외에는 별차사(別差事)를 보내지 말라고 하였소. 하지만 임술년(1682) 사행 때에 이미 약조한 것이 있음에도 당신네들이 점차 이를 준행하지 아니하기에 조정에서는 여러 차례 단단히 타일렀건만, 또한 이를 받들어 따르지 아니하였소. 그래서 늘 이 일로 다투었는데, 이는 교린(交隣)과 성신(誠信)의 도에 심히 벗어났으며, 생각건대 도리에 있어서도 역시 타당하지 않소. 사신이 하직하는 날에 조정에서 별도로 분부하심이 계셨고, 사신이 바다를 건너온 뒤에도 다시 '사행을 중단함이 마땅하다'고 하셨소. 그 때문에 내가 이 자리에서 서로 마주하는 때에 이런 말을 하게 된 것이오. 배가 부서지고 사람이 죽게 된 것은 곧 배가 부서져서 사람이 엄몰(渰沒)하게 된 것을 이르는 것인데도 당신네들은 억지로 이 두 가지를 구별하고 나누려 하며, 심지

어는 배의 노가 조금 파손된 것조차도 배가 부서진 것이라고 하고 사격
(沙格)[97]들 중의 병이 든 자도 또 죽었다고 하여 걸핏하면 무한정 별차
사를 보내달라고 하니 이것이 어찌 당초 서로 약조한 본래의 뜻이라
하겠소. 전후로 별차사를 이 때문에 내어보낸 것인데, 조정에서는 이
를 엄하게 배척하여야 체모를 얻는 것임을 모르는 바는 아니나 이미
온 뒤에 다시 되돌려 보내는 것은 관대한 도를 내려주는 것 같소. 그렇
기 때문에 비록 일단은 접대를 허락하지만 앞으로는 받아들이지 않을
것이고, 따로 변통하지도 않을 것이오. 하물며 또한 조정에서 당신네
들을 대우해 줌이 몹시 두터워 공작미(公作米)[98]에 물을 섞은 자를 한
가지 죄로만 단정하고, 쌀과 베를 거두지 못한 자라 해도 칙령으로 계
속해서 공급해 주어 그 목숨을 잇게 하였으니, 이미 내린 이런 덕스러
운 뜻으로도 알 수 있거늘 당신네들은 유독 그 덕을 갚을 도리를 생각
지 아니한단 말이오? 일 년에 아홉 차례씩이나 사신을 보내는 것도 많
지 않다 말할 수 없고, 비록 배가 부서지고 사람이 죽은 일 같은 것이라
할지라도 또한 순부(順付)[99] 출송하여 피차간에 다툴 단서를 없게 하여
야 일이 매우 마땅하게 될 것이니, 반드시 부교들이 이를 상의하여 계
획하는 즉시로 시행한다면 크게 다행할 것이오."

그러자 태수가 눈을 휘둥그레 뜨고는 아무런 말이 없었고, 섭정(攝
政)하는 부교와 말을 전하는 부교가 서로 의논하는 모습을 보이더니 태
수의 말을 다시 전하여 이르기를,

---

97 사격(沙格) : 사공과 그 옆에서 일을 도와주는 격군을 아울러 일컫는 말.

98 공작미(公作米) : 대마도에서 솜을 들여오고 그 대가로 수출하던 쌀.

99 순부(順付) : 항해하다가 풍랑에 표류되어 온 이들을 표민(漂民)이라고 하고, 이들을
돌아오는 인편에 같이 보내는 것을 순부(順付)라고 한다.

"조정에서 그토록 마음을 써 주셔서 저희 고을이 여기까지 왔으니, 무슨 말로 다 감축하겠습니까? 부서진 배와 사람이 죽은 일 하나로 도중(島中)에서는 본디 다투고자 하려 아니합니다. 하지만 한 폭의 서계 (書契)를 조정에서 끝까지 허락해 주지 않으시기 때문에 아직도 에도(江戶)에서 변통하지 못하고 있으니, 만약 서계를 얻게 된다면 어찌 이렇게까지 다투겠습니까? 그러니 돌아가셔서 반드시 이 일을 조정에 아뢰어 주시어 즉시로 선처해 주시기 바랍니다."

라고 하였다. 내가 대답하기를,

"이 일은 반드시 에도에서도 아직 모르는 바이고 또 반드시 에도의 공문을 기다려야 할 터인데, 어찌 하필 조정에 아뢰어 달라는 말이오. 비록 사신이 또한 에도에 변통할 수 있다 하더라도 모름지기 의심하지 말아야 할 것이니, 부교들에게 문의하여 즉시 잘 처리하는 것이 마땅할 것이오."

라고 하였다.

잠시 뒤에 왜인이 술을 올렸고, 태수와 삼사가 잔을 잡고 마셨으며, 장로 또한 삼사와 함께 술잔을 잡은 뒤에 또 전례대로 각각 세 번씩 잔질을 하니 날이 이미 캄캄해졌다. 집 안에는 등불이 줄을 지어 켜졌고 사방이 적막해졌다. 종사가 우리나라의 배를 점검할 때에 왜선은 태수가 있는 곳으로부터 해서 그 일체를 점검하겠다는 뜻을 수역을 통해 말을 전하게 했더니, 태수가 곧바로 허락하였다. 장로가 삼층으로 된 은합(銀盒)에 각양 색깔의 떡과 과일 및 나물을 담았는데, 스기주(杉重)를 나누어 삼사 앞에 올린 것과 같았다. 왜인들이 큰 토배(土杯) 하나를 각각 화상(花床) 위에 놓았는데, 술병을 잡은 자가 그 위에 술을 따르면 빈주(賓主)가 받아서 마셨다. 토배는 왜인의 예기(禮器)로, 존경하는 자의 자리에는 반드시 이 잔을 사용한다. 그렇기 때문에 잔치가 끝난 뒤에는 특별히 이 잔으로 마치는 것이 예를 두터이 하는 뜻이라고 하였다.

왜인이 붓과 벼루를 올리고 짧은 두루마리 한 축을 삼사 앞에 놓고서 부교가 태수가 하는 말이라고 하며 시 짓기를 청하였는데, 모두 '능하지 못하다'고 사양하였다. 장로가 즉석에서 율시 한 수를 지어 보여주었으나, 또한 '배운 바가 아니었기에 받들어 화운(和韻)할 수가 없어서 깊이 미안하다'는 뜻을 담아 답하였다. 이어서 수역을 시켜 철상(撤床)하라는 뜻을 전하자, 왜인이 청다(青茶) 한 그릇을 올렸다. 차를 마신 뒤에 곧바로 일어나 각각 자리 앞에 서서 서로 마주 보고 처음처럼 두 번씩 읍을 하였다. 태수와 장로가 영외(楹外)에까지 나와 읍을 하고 배웅하였고, 부교 4인이 또 앞을 인도하여 문까지 이르렀다가 물러갔다. 문을 나오니 촉롱(燭籠)[100]을 잡고서 수행하는 자가 이미 늘어서 있었고, 좌우 길가엔 집집마다 등을 달아놓아 7, 8리에까지 이어지도록 등불이 끊어지지 않았다. 관소(館所)에 이르니 밤이 이미 깊어 있었다. 태수가 심부름꾼을 보내어 문안 인사를 했다. 이날은 남풍이 크게 일면서 파도가 심하게 쳐, 세 척의 기선을 선창 안으로 옮겨 정박시켜 놓았다.

4일[을해]. 맑음. 남풍, 비가 내림. 세이잔지에 머물음.

부교 히라타 하야토(平田隼人)[101]가 대통에다 물을 담아 난초 몇 가지

---

100 촉롱(燭籠) : 종이나 무명을 발라서 긴 네모꼴로 만든 도구인데, 촛불을 넣어 들고 다녔다.

101 히라타 가즈에(平田主計) : 조선 후기의 쓰시마인. 히라타 하야토(平田隼人)라고도 하며, 『변례집요(邊例集要)』와 『동사일기』·『증정교린지(增正交隣志)』 등에는 평방직(平

를 꽂아 가지고 와서 바쳤는데, 꽃잎이 신선하고 맑은 향이 스치는 것
이 사랑스러웠다. 부교 오우라 주자에몬(大浦忠左衛門)[102]은 곧 쓰시마
에서 가차(加差, 관원을 정원 외에 임명하는 것)로 호행(護行)하는 자로 전
복 열 개, 소면(素麪) 한 소반, 수박 다섯 과(顆)를 바쳤다. 행중에 나누
어 주었다. 조금 늦은 오후에 재판차왜가 와서 말하기를, 오늘 밤에 대
풍이 반드시 일어날 것이니 모든 배들을 마땅히 선창으로 들이라고 하
기에 선졸(船卒)들에게 신칙하여 일제히 모두 선창 안으로 이동 정박시
켰다. 그날 밤 과연 대풍에다 비가 내리고 파도가 매우 크게 쳤으니,
왜인들이 바람의 징후를 잘 알아낸다고 말할 만하다. 도주가 별도로
하정(下程)을 보내었으니, 또한 전례에 따른 것이라고 한다. 행중(行中)
에 나누어 주었다.

소면(素麪) 1갑(匣), 표고버섯 1갑, 말복채(茉葍菜, 靑根) 10파(把), 가

方直)으로 되어 있다. 1702년 10월에 신도서개청차왜(新圖書改請差倭) 정관으로서 도선주
(都船主) 가세 가리노스케(加瀬狩之介, 平正直), 봉진압물(封進押物) 후나바시 우효에(船
橋右兵衛) 등과 함께 도항하였다. 새로운 도주 소 요시쓰구(宗義倫)가 사용할 도서를 요청
하기 위해서 왔으며, 1702년 10월 16일부터 1703년 2월 14일까지 왜관에 체류하였다. 1711
년 3월에는 통신사호행대차왜(通信使護行大差倭)로, 1738년 3월에는 관백생손고경대차
왜(關白生孫告慶大差倭)로서 각각의 임무를 수행하기 위해 도항(渡航)하였다. 특히 1738
년에는 도쿠가와 요시무네(德川吉宗)가 손자를 낳았으므로 도선주(都船主) 쇼노 로쿠로키
미에몬(少野六郎君右衛門), 봉진압물(封進押物) 오기 한에몬(扇半右衛門) 등과 함께 와서
3월 7일부터 왜관에 체류하였는데 얼마 지나지 않아 히라타 가즈에가 사망하자 스기무라
나카(杉村仲, 平誠一)가 그의 업무를 대신하였다.

102 오우라 주자에몬(大浦忠左衛門) : 에도 초기의 관리. 대포충좌위문(大浦忠佐衛門). 평
성승(平成承)이라고도 한다. 1682년 정사 윤지완 등 삼사신이 도쿠가와 쓰나요시(德川綱
吉)의 습직을 축하하기 위해 일본에 건너갔을 때, 6월 25일 쓰시마 후추(府中)에서 부교(奉
行)인 히라타 하야토(平田準人)·스기무라 이오리(杉村伊織)·오케구치 마고자에몬(桶口孫
佐衛門)·다다 요자에몬(多田與左衛門)과 재판(裁判)인 다지마 주로베(田島十郎兵衛), 그
리고 서승(書僧) 고야마 도모카즈(小山朝三)와 함께 조선 사신이 묵고 있는 관소에 찾아가
문안하였다.

지 17개, 석결명(石決明, 生鰒) 10개, 말린 오징어 75마리, 대엽우(帶葉芋, 土蓮莖) 25개, 절인 방어 2마리, 돼지 1소반, 닭 5마리, 소 1마리, 청주 1동이.

5일[병자]. 비가 내리고 큰 바람이 붐. 세이잔지에 머물음.

이날 바람이 맹렬하게 불고 비가 마구 쏟아졌는데, 종일토록 그치지 않았다. 선창 안에 정박시켜 놓은 배들조차 심하게 흔들렸으니, 만일 선창 밖에 두었다면 그 위태로움이 어떠했을지 짐작되었다. 쓰시마의 지형은 남쪽이 막힘이 없어서 바람을 받는 것이 아주 심하기 때문에 바닷가에다 배를 대는 것은 편치 않은 일이어서, 돌을 쌓아 제방을 만들었다. 보통 때는 이 제방 밖에다 배를 정박시켜 두다가, 큰 바람이 일면 제방 안으로 배를 옮겨 정박시켜 둔다. 앞에서 선창내(船滄內)라고 한 것이 이 제방 안을 말한 것이다. 하지만 이 안은 물이 얕고 또 폭이 좁아서 배를 많이 댈 수는 없다. 신묘년(1711) 사행 때 부사의 복선(卜船)이 부서졌던 것은 석축(石築) 바깥에다 배를 대어 놓았기 때문이었는데, 지금 왜인들이 마음을 다하여 우리를 돌보아주는 것은 신묘년(1711)의 그 일이 교훈이 되었기 때문에 그런 것이라고 한다. 이날 왜선 한 척이 선창 바깥에 대어두었다가 풍랑에 부딪쳐 부서지고 말았다.

도주가 삼자(杉煮)[103]와 술과 음식 몇 그릇을 보냈고, 당역(堂譯)과 여러 비장에 이르기까지 또 담배 1궤(樻), 은연죽(銀烟竹) 4개를 보냈으며, 당역과 상통사(上通事)에게는 각각 차등 있게 하여 전례대로 하였다고 한다. 담배는 받아서 보관하고, 담뱃대는 행중에 이미 비치된 것

---

103 삼자(杉煮) : 어육과 채소 등 갖가지 재료를 섞어서 술과 장을 타서 오래 달인 것.

이 있어서 더 쌓아 두는 것은 긴요한 일이 아니었기에 바로 돌려주었
다. 도주가 심부름꾼을 다시 보내어 누누이 간청하고, 이로 인해 자질
구레한 물품들이 오고감으로 또한 일이 몹시 번거로웠다. 그래서 할
수없이 받아서 여러 비장들에게 나누어 주었다.

6일[정축]. 큰 바람이 불고 비가 내림. 세이잔지에 머물음.

이날 풍랑이 어제보다 더 심해 항구 안에 떠 있던 왜선들이 심한 파
도에 두려웠던지라, 왜인들이 각각 작은 배를 타고 와서 시끄럽게 소리
지르며 배를 보살폈다. 재판 히구치 마고자에몬(樋口孫左衛門)[104]이 당
오동(唐梧桐) 한 병을 바쳤는데, 잎이 오동잎 같고 꽃 색깔이 매우 붉어
볼만하였다. 도주가 사자관과 화원 세 사람에게 각각 은(銀) 1매(枚)씩
을 보내왔고, 또 마상재(馬上才) 두 사람에게 각각 은 2매씩을 보냈으
니, 이는 상급으로 준 것이었다. 왜의 은 1매는 우리나라에서 4량(兩)
3전(錢)에 해당한다고 한다. 도주가 과일 1비(備)를 보냈고, 부교 평륜
지(平倫之)가 선복(鮮鰒) 1소반, 소면(素麵) 1소반, 수박 5덩이를 보냈기
에 바로 행중에 나누어 주었다.

7일[무인]. 맑음. 세이잔지에 머물음.

도주가 소면 한 상자, 수박 3덩이, 도미 2마리, 염청(鹽鯖) 50마리,

---

104 쓰시마번의 가로(家老). 스기무라 우네메(杉村采女)·오우라 주자에몬(大浦忠左衛門)·
스기무라 사부로자에몬(杉村三郎左衛門) 등과 같이 쓰시마번 도시요리슈(年寄衆)의 한 사
람이다. 1721년 최상집(崔尙㠎)에 의한 인삼 밀무역 사건의 처리문제를 다루었다. 인삼
밀무역 사건을 계기로 도해역관(渡海譯官)의 왕래에는 (1) 신체검사의 실시, (2) 잠상(潛
商)의 방지, (3) 공물의 검사, (4) 누케부네(抜船)의 방지, (5) 역관이 선내에 잔류하는 것을
금지한 법이 작용되어 조선·쓰시마 간의 통교규정의 개혁을 초래했다.

술 한 통을 보냈다. 청(鯖)은 고등어를 말하는 것으로, 절일(節日)이었기 때문에 전례를 따라 보낸 것이었다. 곧 바로 행중에 나누어주었다. 재판 요시카와 로쿠로자에몬(吉川六郎左衛門)[105]이 가지 1소반, 생리(生梨) 1소반을 바쳤는데, 이 사람 또한 대마도에서 가차(加差)로 호행(護行)하는 자이다. 또 행중에 나누어 주었다.

8일[기묘]. 맑음. 남풍. 세이잔지에 머물음.

삼행의 하정(下程)을 거둬보니 남은 쌀이 18석이 되어 대령해 있는 여러 왜인들에게 지급하였다. 이날은 곧 도주가 우리 배가 출발할 날을 잡아 오기로 한 날이다. 호행과 부교들이 와서 도주의 말을 전하기를, '내일 바람이 순조로우면 통보를 기다렸다가 즉시로 출발하기를 바란다'고 하였다. 사행은 행선할 날짜가 자꾸 지체되어 하루가 급하다고 여기니 만일 바람이 순조로우면 비록 오늘 밤이라도 출발하겠다는 뜻으로 답을 보냈다. 여섯 척의 배를 모두 선창 밖으로 내어 놓으라고 분부했다. 서급(書笈)[106]과 옷은 모두 보내고 배 안에는 단지 이불과 베개만 있을 뿐이다. 재판이 도주의 뜻이라고 하며 와서 말하기를, '정원 외에 가대(加帶)하는 일은 강호에서 만일 소문이 나게 되면 일이 당황스럽게 되어 편치 않게 될 것이니 오사카 성에 도착한 뒤에는 뱃사람들에게 신칙하여 저들이 임의로 출입하지 않도록 하는 것이 어떻겠는가'라고 하였다. 내가 답변하여 말하기를,

---

105 평성상(平成尙)이라고도 한다. 1663년 3월부터 1664년 10월까지 12대 관수(館守)였다. 이성징(李星徵)이 동래부사로 있을 때 반종왜(伴從倭) 3명과 격왜(格倭) 40명 등과 함께 조선에 왔다.

106 서급(書笈) : 책이나 문서를 넣어 등에 지고 다니도록 만든 상자.

"비록 정원 내의 사람이라 하더라도 감히 사적으로 출입하는 일이 없을 것이요, 가대(加帶)하는 것과 같은 것은 임술년(1682)과 신묘년(1711) 사행 때에 이미 행한 전례가 있거늘, 하물며 금번 사행은 신묘년(1711) 사행과 비교해 볼 때 그런 일이 크게 줄어들었고 또 임술년(1682) 등록(謄錄)에 따르고 있음에랴. 에도에서 비록 행중(行中)에게 묻는 일이 있다 하더라도 마땅히 전례에 근거하여 대답할 것이니, 도주가 염려할 바는 아니오."
라고 하였다. 재판이 말하기를,

"이 일이 도중(島中)에서야 감히 다른 뜻이 있는 것이 아닙니다만, 혹이라도 도주에게 허물이 돌아올까 봐 이것 때문에 지나치게 염려하는 것입니다."
라고 하였다. 내가 말하기를,

"그곳에 간 뒤에 마땅히 일을 따라 잘 대답할 것이고, 반드시 도주에게 무슨 일이 생기지 않도록 할 터이니, 염려하지 않아도 좋소."
라고 하였다. 그러자 재판이 "예예"하면서 물러갔다. 이날 밤 도주와 장로가 모두 배에 올랐다.

9일[경진]. 큰 바람이 불고 비가 내림. 세이잔지에 머물음.

이날 성문이 열린 후에 이어 첫 나발이 불기에 일어나 세수하고 머리를 빗고 앉아 기다렸다. 재판이 와서 말하기를, '해가 뜬 후에야 바람의 형세를 알 수 있으니, 두 번째 나팔 소리가 있을 때까지는 일단 지체하는 것이 좋겠다'고 하였다. 하늘빛이 조금 훤해질 무렵 구름이 짙어져 점차 뒤덮더니, 밥 먹을 무렵에는 비가 내리면서 남풍이 바다를 말듯이 불어제치고 성난 파도가 집채만 하여 선창 밖의 여러 배들이 물속으로

나왔다 들어갔다 하며 마구 뛰놀았으나 선창 안의 물이 역류하는 바람
에 배를 옮겨 들일 수도 없었다. 재판이 여러 왜인들을 거느리고 선창
으로 나가 여러 비장들을 지휘하여 배들을 끌어 모으면서 돌보았으나,
기선 한 척은 바람과 파도에 내몰리어 막 석축에 부딪치게 될 형세였
다. 모두가 놀라서 소리를 지르면서 함께 힘써 구해보려고 하였으나
역부족이어서 참으로 황급한 지경에 놓이게 되었다. 이때 비장 구칙(具
侙)과 금군(禁軍) 양봉명(楊鳳鳴)이 각각 긴 노를 잡고 힘껏 버티면서 배
가 나아가지 못하게 하여 마침내 부딪치게 될 걱정은 면하게 되었다.
보는 자들이 모두 장하다고 하였다. 조수가 불어나기를 기다렸다가 모
든 기선들을 선창 안으로 옮겼다. 조금 늦은 오후에 도주와 장로가 모
두 배에서 내려 돌아갔다.

10일[신사]. 맑음. 남풍. 세이잔지에 머물음.
바람의 모양새가 순조롭지 않아 출발을 무기한 연기하고 났더니, 그
만 시름겨워졌다.

11일[임오]. 맑음. 세이잔지에 머물음.
이날은 마침 날씨가 청명하여 멀리 동남쪽 사이를 바라보니 꼭 주먹
만 한 섬이 이키노시마와 더불어 마주하고 있었다. 왜인에게 물어 보았
더니, 말하기를,
"저곳은 하려도(罷驢島)인데, 지쿠젠슈(筑前州)[107] 소속으로 백성들이

---

107 지쿠젠슈(筑前州) : 현재의 후쿠오카현(福岡縣) 북서부 지역. 복강번(福岡藩). 축전국
(筑前國, 지쿠젠노쿠니)이라고도 하며, 축후국과 합하여 축주(筑州, 지쿠슈)라고도 한다.
남용익의『문견별록(聞見別錄)』「주계(州界)」에 "축전주: 바다 가운데 있어서 서쪽으로는

살고 있으며, 쓰시마와 6백여 리 정도 떨어져 있습니다."

라고 하였다. 쓰시마후추(馬島府中)의 인가는 만여 호이며, 사찰은 마흔 여덟 곳이다. 그 가운데 가이잔지(海岸寺)[108]는 서남쪽에 있고, 입귀암(立貴庵)[109]은 정동(正東)에 있는데, 모두 세이잔지를 바라보고 있으며, 절 뒤에는 반드시 인가와 장지(葬地)가 있다. 왜의 풍속에는 귀천을 막론하고 사람이 병이 들어 그 목숨이 끊어지려 하면 바로 나무통에 안치했다가 이어 산에다 묻고 그 위를 돌로 덮고서 또 비석을 세워 표시한다. 귀인과 부자는 바위를 뚫어서 구멍을 내고 그 구멍에다 시신을 넣고 돌로 비석을 세우며, 또 목책을 설치하여 그 사면을 두르고 세계(細契)를 빼곡하게 배치하니, 이는 우리나라의 홍살문과 같은 것으로 그 위에 검게 칠을 하여 사람의 출입을 막았으나 분묘의 형태는 없다. 한 집안의 장지(葬地)가 한 곳에 있으면, 각각 그것을 주관하는 자가 있다고 한다. 화장(火葬)하는 법을 어떤 사람들은 폐하고 쓰지 않는 것일까?

녹도에 가깝고, 북쪽으로는 박다진·문자성이 있다. 소속된 군은 15군이고, 화정(火井)이 있어서 해가 비칠 적에는 연기와 불꽃이 하늘 높이 솟으며 물이 끓어 넘치고 엉키어 유황(硫黃)이 생산된다.[筑前州: 在海中, 西近鹿島, 北有博多津文字城, 屬郡十五, 有火井, 日照則煙焰漲天, 水沸而溢, 凝爲硫黃.]"라고 하였다.

108 가이잔지(海岸寺) : 현재의 나가사키현(長崎縣) 쓰시마시(對馬市) 이즈하라마치쿠타미치(嚴原町久田道)에 있는 사원. 해안사(海晏寺)로 되어 있는 곳도 있다. 정토종(淨土宗) 지온인(知恩院)의 말사(末寺) 사원이며, 산호(山號)는 조요잔(常葉山)이다. 이즈하라항(嚴原港)의 서측, 다테가미이와(立龜巖)를 바라보는 양지바른 산중턱에 있다. 오다가(小田家)의 보리사(菩提寺)이며, 1470년에 곤요상인(根譽上人)이 마에하마(前濱) 부근에 창건한 것이 시초이다. 그 후 여러 번 이전을 거쳐 1580년에 현재의 위치로 옮겼다. 조선 후기 통신사행 가운데 1624년과 1655년 사행 때에 사신 일행이 이곳에 묵었다. 남용익의 『부상록』 7월 18일 기록에 "의성이 연달아 사람을 보내 육지에 내려오기를 청하므로 부득이 저녁때에 다시 가이잔지(海岸寺)에 내려가서 두 사신과 한자리에서 잤다."라고 하였다.

109 다테가미이와(立龜巖)를 잘못 쓴 듯하다.

오후에 재판이 도주의 말이라 하면서 전하기를, '내일은 바람이 순조로울 것이니, 미리 배와 노를 정리하고서 기다리라'고 하였다. 이날 밤에 도주와 장로가 다시 배에 올랐다. 비선(飛船)이 부산에서 와서 동래부사의 편지를 받았고, 이어 집 아이가 6월 18일에 보낸 편지도 받았다. 보통 때보다 갑절이나 위로를 받았지만, 최강진(崔康津) 집이 홍역으로 적자(嫡子)와 서자(庶子)의 자녀 여섯 명을 잃어버렸다는 소식을 들으니, 참담하였다. 집을 떠난 지 4개월 만에 처음으로 집에 돌아가는 꿈을 꾸었다.

12일[계미]. 아침에는 맑았다가 오후 늦게 비가 내림. 세이잔지에 머물음.

성문이 열린 뒤에 이어 첫 나발이 불어 도주의 기별을 기다렸다. 해가 뜬 이후로 바람이 순조롭지 못한데다 또 비까지 오려고 하는 것 같아 또 이곳에 머물러야 함을 면하지 못하게 되었으니, 그 시름을 말로 표현하기 어려웠다. 종사가 선소(船所)로 내려가 배가 부서진 것을 점검하였다. 도주가 재판감공(裁判監供)을 보내 조면(調麵)과 술과 음식 몇 그릇을 바쳤다. 여섯 척의 배를 모두 쑥대로 덮고 선창 안으로 옮겨 정박시켰다.

13일[갑신]. 종일 비가 내림. 세이잔지에 머물음.

역관을 도주가 있는 배로 보내어 안부를 묻고, 아울러 어제 보내준 음식에 대해 사례하였다. 도주가 지금 애첩과 함께 배 안에 있기 때문에 역관이 곧바로 그 배가 있는 곳으로 갈 수가 없어서 부교의 배가 정박해 있는 곳으로 가서 말을 전하고 왔다. 저녁 후에 도주가 수박

5덩이와 설탕 3근을 보내 왔기에 행중에 나누어 주었다.

14일[을유]. 비. 세이잔지에 머물음.

도주가 말린 오징어 한 소반과 청주 한 통을 보냈다. 내일이 절일(節日)이어서 보낸 것이라고 하기에, 행중에 나누어 주었다. 이테이안 장로가 또 수박 5덩이를 보냈다. 저녁 후에 도주가 비를 무릅쓰고 배에서 내려 돌아갔다.

15일[병술]. 비. 세이잔지에 머물음.

비가 새벽이 되어도 그치지 않아 의례를 준비할 수가 없어서 망궐례를 행하지 못하였다. 왜의 풍속에는 7월 보름이 최고의 절일이라 집집마다 굿을 하고 곳곳에서 놀이를 하며 북을 둥둥 치는 소리가 끊이지 않는다. 또 산소에 가서 밤새도록 등을 달아놓고 그 자손의 많고 적음에 따라 각각 등불을 밝히는데, 많이 하는 사람은 구슬을 꿴 것처럼 열 줄이나 하는 자도 있다. 3일 전부터 매일 밤마다 이같이 하다가 이날이 되면 음식을 차려놓고 제사를 지내는데, 기일(忌日)이라면 반드시 절에 가서 제사를 지낸다고 한다.

16일[정해]. 가랑비가 내리다가 오후 늦게 갬. 남풍. 세이잔지에 머물음.

비바람이 열흘이나 계속되자 출발이 기약이 없게 되어 오래 동안 관소에 머물게 되니 나그네 시름만 더욱 풀기 어려워지는데, 왜인들이 접대하는 물품도 궁핍해져서 공급하기가 어려워 걱정이라고 한다. 도주가 과일 1비(備)를 보내었기에 행중에 나누어 주었다. 이날은 7월 기망(旣望, 보름 다음날)이어서 삼행의 비장이 제술관 및 서기와 함께 왜선 세 척을 빌려 적공(笛工)을 태우고 월전포(月前浦)에 배를 띄우고는 흥이 다하도록 놀았다. 소동파(蘇東坡)가 적벽(赤壁)에서 유람한 것도 참으로 천고에 멋진 일이었지만, 오늘 이 절해의 바깥 훼복(卉服)[110]의 나라에서 이렇듯 멋있게 놀았으니 동파옹이 임술년(1082)에 놀았던 것과 비교해 보아도 더욱 희한하고 기이한 일이라 하겠다.

17일[무자]. 맑음. 남풍. 세이잔지에 머물음.

이날은 왜의 풍속에서 행차하는 것을 금기(禁忌)하는 날인데다 바람 또한 순조롭지 않아 출발할 수가 없었다. 왜인이 도주의 뜻이라고 하면서 비선(飛船) 다섯 척을 갖추어 보냈는데, 여러 비장 및 제술관, 서기와 함께 시를 지으며 놀기 위한 것이라고 한다. 비장들이 앞 포구에 배를 띄워 놀다가 저녁이 되어서야 끝나고 돌아왔다.

18일[기축]. 맑음. 동풍. 세이잔지에 머물음.

바람이 조금 순조로워졌으나 왜인이 또 금기라고 하여 행차하려고 하지 않아 부득이 또 유숙하였다. 안타까운 일이다. 도주가 만두 한 그릇과 돼지 2마리를 보냈다. 만두라는 것은 우리나라에서의 상화병(霜華餠)과 같은 것으로 맛이 꽤 괜찮기에 행중에 나누어 주었다. 이날 밤에 도주가 다시 배에 올랐다.

19일[경인]. 맑음. 동북풍. 이키노시마(一岐島) 가자모토우라(風本浦)

---

110 훼복(卉服) : 풀로 만든 옷. 오랑캐의 옷을 이른다.

에 도착.

도주가 새벽에 재판을 보내어 '오늘은 순풍이 일 것이니, 반드시 배에 올라 도주의 배에서 북이 울릴 때까지 기다렸다가 일제히 출발하는 것이 좋겠다'고 하였다. 마침내 부사 및 종사와 더불어 세수하고 머리 빗고 세 번 나팔 소리가 울린 뒤에 국서를 받들고 의장을 갖추고서 배에 오르니, 날은 새벽이 되어가고 있었다. 도주의 배에서 북소리가 세 번 울리자 삼사의 배를 선두로 하여 차례대로 출발하였다. 포구에 이르러 크고 작은 백여 척의 배들이 일시에 돛을 올리자 구름 같은 배의 돛들이 바다를 뒤덮었고 북소리와 피리 소리가 하늘을 울려, 행역(行役) 가운데 일대 장관이었다. 바다 한가운데로 나오자 바람이 팽팽하게 불고 물결이 뛰어놀아 배가 화살처럼 나아가니 시간이 많이 걸리지 않았다. 수백 리를 가다 뒤를 돌아보니 부사와 종사가 탄 배와 쓰시마 호행의 여러 배들은 거의 다 뒤쳐졌고, 오직 왜선 몇 척과 상사와 부사의 복선(卜船)만이 앞뒤로 따라왔다.

날이 저물어가자 바람이 차츰 사나워지고 파도가 더욱 커져 마치 눈 덮인 산과 은으로 된 집 같은 물결이 하늘에 닿을 듯 일어나 서로 부딪쳤다가 솟구치며 흩어졌다. 그 소리가 우레 소리 같았고, 배와 노가 기울어져 물속에 빠졌다가 나오는 것이 가벼운 나뭇잎을 희롱하는 것 같았다. 물속에 빠지면 바닥이 없는 곳으로 들어가는 것 같았고, 나오면 높은 허공 위에 떠 있는 것 같았다. 배에 있는 왜인 사격(沙格)들이 거의 절반이나 정신을 잃고 엎드려져 서로 깔고 뭉개졌으며, 막중(幕中)[111]의 여러 사람들 가운데 최필번(崔必蕃) 한 사람 이외에는 쓰러지지 않

---

111 막중(幕中) : 사신을 따라다니며 일을 돕던 무관.

은 이가 없었다. 나 또한 오래 동안 앉아 견디지 못하고 구토하다가
베개에 기대어 간신히 진정할 수 있었다. 왜인들이 어찌 물에 익숙하지
않겠는가만, 또한 뱃멀미를 걱정해 본다면 오늘의 풍랑은 위험했다고
하겠다.

처음 이키노시마(一岐島)를 보았을 때는 겨우 한 터럭처럼 보였는데,
이리저리 돌아보는 사이에 차츰 분명하게 보였다. 삽시간에 살짝 잠이
들었다가 일어나 보니 섬이 불쑥 우리 눈앞에 다가와 있었고, 배가 얼
마나 빠르게 가는지 날아가는 새라도 따라올 수 없을 것 같았다. 이키
노시마 포구에 이르니, 해는 막 정오를 지났다. 묘시가 되어 닻줄을 풀
었고, 오시에 돛을 내려 불과 네 차례의 시간이 지났을 뿐인데 5백 리
대양을 지나왔으니, 이 어찌 장쾌한 일이 아니랴!

이키노시마의 작은 배들이 와서 환영해주었는데, 거의 백여 척이나
되었다. 배를 끌어 포구 안에 들이고 배를 멈추고서 잠깐 기다리니, 뒤
떨어졌던 여러 배들이 차례대로 와서 모였다. 부사와 종사 두 사신도
비록 구토하는 것을 면치 못했으나 그래도 모두 무사하게 왔으니, 참으
로 다행하고도 다행한 일이다. 마침내 가자모토우라(風本浦)[112] 선창에

---

112 가자모토우라(風本浦) : 현재의 나가사키현(長崎縣) 이키시(壹岐市) 가쓰모토초(勝本
町) 가쓰모토우라(勝本浦). 풍본포.(風本浦) 이키노시마(壹岐島)의 북부에 위치하고 있고,
에도시대에는 어업권만을 부여받아 고래잡이로 번영한 어촌이다. 조선 후기 통신사행 중
마지막 1811년을 제외한 사행 때마다 사신 일행이 주로 이곳 류구지(龍宮寺)와 차야(茶屋)
에 묵었고, 이키를 관할하는 히라도(平戶) 도주(島主)의 접대를 받았다. 당시에는 가쓰모
토항(勝本港)의 쇼무라만(正村灣)의 수심이 얕아서 본선(本船)을 매어둘 수 없었기 때문에
일본의 재래식 목선에 옮겨 타고 항구로 들어갔다. 1402년 예조전서(禮曹典書) 최운사(崔
云嗣)가 회례사가 되어 사행하던 중 가자모토우라 근처에서 풍랑을 만나 목숨을 잃었고,
뒤에 사당이 세워졌다. 1763년 정사 조엄 등 통신사 일행이 도쿠가와 이에하루(德川家治)
의 습직을 축하하기 위해 일본을 방문하였을 때, 날씨가 좋지 않아 11월 13일부터 12월
2일까지 18일 동안 묵었는데, 11월 15일과 12월 1일에는 망궐례(望闕禮)를, 11월 18일 동지

와서 정박시켰다.

산이 에워싼 형세에 호수가 넓어 경치가 매우 볼만하였다. 포구 가에
는 관아와 민가가 백여 호나 되었다. 언덕 위에서 구경하는 자들이 거
의 수천 수백이나 되었는데, 붉은 옷을 입은 자가 절반을 넘었고, 붉고
흰 색깔이 서로 섞여서 빛나 마치 숲속에 꽃이 만발한 것 같으니 이
또한 하나의 기이한 볼거리였다.

선창 안에는 물이 얕아 배가 언덕 가까이 갈 수 없기 때문에, 배를
이어서 다리를 만들고 그 위에다 나무판을 깔았다. 좌우에 대나무로
만든 난간이 거의 수십 보가 되었다. 국서를 받들고 배에서 내려 관소
(館所)에 이르니 새로 지은 관사가 백 칸이 넘었으며, 병풍과 휘장을
쳐서 지극히 깨끗하였다. 다만 삼사의 관소가 30여 칸으로 모두 한 시
렁 안에 있었으며, 칸칸마다 가림막으로 분리하고 벽면마다 꾸며서 방
문을 만들었으나 또 가장 뒤쪽 절벽 아래에 위치해 있고 앞뒤로 다 막
아놓아 햇빛이 들어오지 않는 바람에 상당히 답답하니, 결코 오래 머물
곳은 못 되었다.

이키노시마는 히젠노카미(肥前守)의 소관이며, 태수 마쓰라 아쓰노
부(松浦篤信)는 히라도시마(平戶島)[113]에 있는데, 이곳과의 거리는 170

(冬至)에는 망하례(望賀禮)를 지냈다. 관반(館伴) 마쓰라 사네노부(松浦誠信)가 가자모토
우라에서의 조선 사신 접대 임무를 맡았다. 22일에는 이 지역 문서를 관장하는 아사오카
이치가쿠(朝岡一學, 紀蕃實)가 제술관 남옥(南玉)을 찾아와 아메노모리 호슈(雨森芳洲)와
기노시타 준안(木下順庵)의 문집 및 일본의 문풍과 문사에 대해 필담을 나누었다.

113 히라도시마(平戶島) : 현재의 나가사키현(長崎縣) 북서부의 섬. 이키쓰키시마(生月島)·다
쿠시마(度島)·아즈치오시마(的山大島) 등을 행정구역으로 하는 히라도시에 속하며, 나가
사키현과 규슈(九州) 본토의 시로서는 최서단에 위치한다. 옛 히라도번(平戶藩) 마쓰라
씨(松浦氏)의 성시(城市)로서 쇄국(鎖國) 전에는 중국·포르투갈·네덜란드 등과의 국제무
역항으로 대외무역의 중심이었다. 1607년 정사 여우길·부사 경섬·종사관 정호관 등 삼사

리가 된다. 도중(島中)의 산록은 곳곳마다 개간이 되어 땅이 기름지다고 들었다. 그 때문에 이곳 사람들은 별로 힘들이지 않고 농사를 짓는다고 한다. 쓰시마 도주가 사람을 보내 안부를 물었고, 히젠노카미(肥前守)는 곤포 한 상자, 도미포 한 상자, 역(鰑) 한 상자, 술 1하(荷)를 보냈다. 조(鯛)는 마른 도미(道味)요 역(鰑)은 마른 오징어요, 1하(荷)는 2통(桶)인데, 술은 반드시 어준(御樽)이라고 하니 왜의 풍속이 대개 모두 그러하였다. 행중(行中)에 나누어주었다.

이키노시마의 사람들이 일찬(日饌)을 바쳤는데, 일찬은 하루 두 차례 정해진 시간에 바치는 것으로 신묘(1711) 사행 때의 등록(謄錄)의 기록과 비교하면 그리 많은 숫자는 아니었다. 예전에 들으니, 쓰시마의 왜인 거간꾼이 주장하는 전례가 많아 부당한 이득을 취하는 폐단이 있다고 하였다. 그 때문에 수역에게 분부하여 저들을 단단히 타이르게 하고, 이키노시마 사람들이 바로 와서 바치게끔 하여 저들이 간섭하지 못하게 하였더니, 바치는 것을 빠뜨리지 않았다. 쓰시마에서의 넉넉함과 후덕함에 비하면 이는 쓰시마 사람을 시험해 보려는 계책에서 나온 것이니 참으로 악하였다. 역관을 쓰시마 도주의 배가 정박해 있는 곳으로 보내어 안부를 물었다. 이날은 480리를 갔다.

백미 4되. 감장(甘醬) 1되 5홉. 간장 6홉. 초(醋) 6홉. 술 2되. 기름 5홉. 소금 5홉. 진말(眞末) 4홉. 후추 5전(錢). 향물(香物) 3개. 과자 2봉

신이 양국의 수호(修好)를 다지고 임진왜란과 정유재란 때 잡혀간 피로인(被虜人)을 데려오기 위해 회답겸쇄환사(回答兼刷還使)로 일본을 방문하였을 때, 히젠(肥前) 히라도번(平戶藩)의 제3대 번주인 마쓰라 다카노부(松浦隆信)가 관반(館伴)이 되어 이키(壹岐) 가자모토우라(風本浦, 勝本浦)에서 조선 사신을 접대하였다. 지리상 가까워 이 섬에 포로로 잡혀간 조선인이 상당수 있었다.

지. 초 5자루. 차 1합(榼). 담배 2량(兩). 생소어(生小魚) 5개. 가지 2개.
생복(生鰒) 4개. 생도미(生道味) 2마리. 강고도리(羌古道里) 4개. 염도미
(鹽道味) 2마리. 오징어 6마리. 소라 3개. 닭 2마리. 달걀 16개, 염저(鹽
猪) 2각(脚). 청근(菁根) 15개. 가지 13개. 우경(芋莖) 2묶음. 토란 2파
(把). 생간(生干) 3본(本). 동배태(東培太) 2묶음. 우방(牛房) 1묶음. 유자
4개. 산약(山藥) 3개. 파 1묶음. 포(泡) 2정(丁). 동과(冬瓜) 1개. 청태(靑
太) 2묶음. 녹말전(菉末煎) 2정(丁). 탄(炭) 1석(石). 자(紫) 2묶음. 상상관
(上上官) 이하 각각 차등 있게 하였다.

20일[신묘]. 맑음. 동풍. 이키노시마에 머물음.
　쓰시마 도주가 심부름꾼을 보내어 인사하였는데, 출발한 뒤부터 매
일 있는 일이었다. 이테이안 장로가 율시 한 수를 보내었지만 차운할
수 없다는 뜻으로 답하였다. 히젠노카미(肥前守)가 스기주(杉重) 한 조
(組)를 보냈기에, 행중에 나누어 주었다.

21일[임진]. 맑음. 서남풍이 약간 불다가 다시 동풍으로 바뀜. 이키
노시마에 머물음.
　종사가 선소(船所)로 가서 배가 부서진 곳을 점검하였다. 호행(護行)
인 부교(奉行) 스기무라 도네리(杉村舍人, 平眞長)가 매화주 한 병과 담
배 한 궤짝을 바쳤다. 매화주란 바로 소주(燒酒)인데, 매실을 담갔다가
설탕과 섞은 것으로 맛이 달고 강렬하여 아주 좋았다. 여러 비장들에게
주어서 나누어 마시게 하였다.

22일[계사]. 맑음. 동풍. 이키노시마에 머물음.

삼행이 각각 제호탕(醍醐湯)을 내어 도주와 장로에게 보냈다. 저녁 뒤에 삼행이 마침 마주 앉아 한가롭게 이야기를 나누었다. 내가 말하기를,
"예전에 오추탄(吳楸灘)[114]과 이석문(李石門)[115]이 통신사로 바다를 건너오다 풍랑을 만났을 때, 추탄은 구토하고 석문은 구토하지 않았소. 석문이 말하기를, '나 같은 사람은 뱃멀미가 합격시켜주지 않으니 겨우 차하(次下)에나 해당이 됩니다.'라고 하자 추탄이 말하기를, '나야 차하(次下)가 되겠지만 자네는 구토하지 않았으니 차하가 되기에도 부족한 게지.'라고 했다고 하오. 이 말이 모두 일기에 실려 지금까지 재미있는 이야기로 전해지고 있는데, 우리의 뱃멀미는 어느 정도로 차지하겠소?"라고 하니, 종사가 말하였다.

"이번 사행에는 삼사가 모두 구토했으니 충분히 다들 삼망(三望)[116]에 들겠지만, 누가 수망(首望)에 해당하는지는 모르겠습니다."

내가 말하기를,

"직급으로 우선하자면 내가 수망을 해도 무방하겠구려."라고 하자 부사가 말하기를,

"만약에 뱃멀미의 경중으로 그 차례를 정하자면 제가 수망이 되어도 아무런 의심이 없을 것입니다."라고 하였다. 종사가 말하기를,

"부사께서는 지금 당로(當路)[117]에 계시니, 뱃멀미의 등급에 들기를

---

114 오윤겸(吳允謙, 1559~1636) : 호가 추탄(楸灘)인데, 1617년 사행의 정사이다.

115 이경직(李景稷, 1577~1640) : 호가 석문(石門)인데, 1617년 사행의 종사관이다.

116 삼망(三望) : 조선시대 공정한 인사 행정을 위해 운영된 3배수 추천제도. 비삼망(備三望)·천망(薦望)이라고도 하였다.

117 당로(當路) : 요로(要路)를 담당한다는 뜻으로, 일국의 정치를 좌우하는 것을 말한다.

바라시더라도 또한 넉넉히 높은 등급에 드실 수 있을 것입니다. 뱃멀미
라는 것 또한 가히 세태를 말한다 하겠습니다."
라고 하였다. 마침내 서로 크게 웃다가 끝났다.

23일[갑오]. 아침에는 맑았다가 저녁에는 비가 내리고 큰 바람이
붐. 이키노시마에 머물음.

쓰시마 도주가 삼자(杉煮, 스키야키)를 보냈는데, 전에 비해 맛이 꽤
좋았다. 여러 비장들과 함께 맛을 보았다. 날이 저문 뒤에 동풍이 크게
일고 비가 쏟아져 여섯 척의 배를 모두 쑥대로 덮었다. 나는 가벼운
감기 증세가 있어서 가미위령탕(加味胃苓湯)을 복용했다. 삼행에게 각
각 매일 바쳐 올리는 술과 음식을 호행과 부교와 재판과 도선주(都船主)
등에게 나누어 보냈다.

24일[을미]. 큰 바람이 불고 비가 내림. 이키노시마에 머물음.

새벽부터 비바람이 다시 일어나더니 아침 식사 뒤에는 비가 마구 쏟
아지면서 맹렬한 바람이 땅을 팔 듯하였고, 판옥(板屋) 위를 눌러 놓았
던 돌들이 언덕 위로 날아가 떨어졌다. 아름드리나무가 거의 절반이나
부러졌고, 중하관(中下官)이 거처하던 곳은 새로 지은 집인데도 일시에
무너졌다. 마침 날이 밝은 때였는지라 사람들이 압사당하는 일은 없었
으니 참으로 다행하고도 다행스러운 일이었다. 동남쪽 해문(海門) 일대
는 거세게 뛰노는 파도가 하늘에 닿을 듯하였고, 항구 내 호수의 하얀
물결은 집채만 하여 정박해 있던 여러 배들이 바람과 파도에 휩쓸리면
서 서로 부러지고 상하는 것이 매우 많았으며, 서로 이어 놓았던 닻줄
이 끊어져 거의 온전치 못했다. 일행의 선졸(船卒)들과 허다한 왜인들

이 종일 소리를 지르며 힘써 구호하였다. 다행히도 저녁 이후에는 바람이 다소 가라앉아 겨우 무사할 수 있었다.

이날의 비바람은 우리가 출발한 이후뿐만 아니라 실로 내 평생에 본 적이 없는 것이어서, 사람으로 하여금 가슴이 떨리게 하여 편안치 못했다. 일기선(一騎船)이 부선(副船)과 부딪치는 바람에 난간 판 다섯 칸이 모두 부러지거나 부서져버렸다. 쓰시마 도주가 이 소식을 듣고는 기술자를 보내어 곧바로 수리하게 하였다. 이키노시마의 부교 주령(主鈴)이 와서 안부를 물었고, 도주와 장로가 각각 심부름꾼을 보내어 안부를 물었는데, 내가 병이 들었으니 쓰시마의 왜인들이 대령해 있다고 하였다. 삼행이 각각 술과 어물(魚物)과 곶감을 왜인들에게 나누어주었다. 그것은 신참 차지(次知)[118]가 매일 바치는 것을 받아먹었다고 여겼기 때문인데, 그날 이후로 사람들이 이키노시마의 찬물(饌物)은 두렵다고 하여 곶감만 받고 다른 것은 모두 사양하였다.

25일[병신]. 잠시 흐렸다가 잠시 맑아졌고, 서풍이 바뀌어 동풍이 됨. 이키노시마에 머물음.

이날 아침에 약간 서풍이 있었으나 내가 몸이 완전히 낫지 않아서 출발할 수 없었다. 오후에 쓰시마 도주와 장로가 편복 차림으로 왔기에 억지로 일어나 세수하고 빗질하였다. 삼사가 영외(楹外)로 나가 맞아들이고 각각의 자리 앞에 서서 두 번 읍하는 예를 행하고 좌정하였다. 내가 수역을 시켜 전례를 따라 계절에 따른 인사말을 전하자 도주가 답하여 말하기를,

---

118 차지(次知) : 각 궁방(宮房)의 일을 맡아 보던 사람.

"근래에 오래 동안 와서 인사드리지 못하였고, 게다가 정사(正使)께서 몸이 안 좋으시다는 소식을 들었기에 안부 인사도 드릴 겸 또 아뢸 일도 있고 해서 이렇게 왔습니다."

라고 하면서 품속에서 작은 종이 한 장을 꺼내 주었다. 부교가 말하기를,

"에도의 집정(執政)에게 보고할 것을 말로써 하게 되면 상당히 길어지는 어려움이 있어서 언어로 자세하게 전달하여야 하겠기에 대략 문자를 갖추어 갖고 왔습니다."

라고 하였다. 수역이 그것을 가지고 와서 내게 보여주었는데, 문자의 태반이 왜의 글자가 섞여 있어서 이해할 수가 없기에 내가 수역에게 우리말로 번역하도록 시켰다. 그 말은 대개 이러하였다.

"지난번에 집정(執政)으로부터 허락을 받아 계선(繼船)[119]을 타고 와서 국서(國書)의 행차가 하루 만에 급속하게 에도에 도달한다는 뜻의 보고가 있었고 에도에서도 또한 그렇게 알고 있었지만, 계절상 점차 바람이 세어지고 혹 도중에 파도가 심하지 않을까 하는 걱정이 있어서 일이 심히 염려가 되었습니다. 반드시 바람의 빠름을 잘 살펴 호행하고 삼사신(三使臣) 또한 잘 보살펴서 미리 육지에 오르게 하여 어려운 일이 없도록 하게 하라고 태수에게 분부하셨으니, 이웃 간의 우호를 두터이 하고 사신을 위하시는 뜻에서 나온 말씀입니다. 이는 전례가 없었던 일인 데다 특별한 뜻으로 말씀하시고 생각해 주신 것이니, 관백(關白)께서 귀국의 후의를 두텁게 여기신 데 대해서는 태수 또한 몹시 감격하고 있기에 금일 오로지 이 뜻을 전달하고자 온 것입니다. 지난번의 일

---

119 계선(繼船) : 기별을 빨리 하기 위하여 수참(水站)의 배를 갈아타며 이어가는 것. 또는 그 배.

은 오로지 관백의 두터운 배려에서 나온 것이니, 사행의 치사(致謝)하는 뜻을 제가 심부름꾼이 되어 달려가 집정에게 보고하게 된 것은 성신(誠信)의 지극한 뜻이 아님이 없습니다. 삼사신 또한 관백의 뜻에 감사하고 있으시니, 에도 객관에 당도하고 난 후에 반드시 가까이서 모시고 서로 만나는 때에 은근히 다시 감사하는 일이 있을 것입니다. 제가 경황 중에 알려드리는 것입니다만, 모름지기 간절한 이 뜻을 헤아려 주신다면 감사하기 그지없어 매우 다행입니다."

계선(繼船)이란 곧 비선(飛船)을 말한 것이다. 집정에게 보고하는 바가 과연 모두 이와 같은 것인지는 모르겠으나, 이 어찌 별종의 특별한 일이겠느냐마는 이것 때문에 와서 자기의 덕색(德色)을 드러내려고 하니 참으로 가소로운 일이었다. 수역을 시켜 장로에게 말을 전하기를,

"전후로 세 번씩이나 시를 지어 보내신 그 후의는 감사하지만 평소에 시율을 한가로이 몸에 익히지 못하였고, 또 중책을 맡은지라 정신이 흩어져 있어서 음영(吟詠) 또한 할 수가 없었기에 모두 화답하여 보내지 못하였으니, 모름지기 헤아려 용서해 주시기를 바랍니다."

라고 하였다. 장로가 손을 깍지 낀 채 대답하기를,

"이전부터 이테이안(以酊菴)이 통신사행의 필적을 얻어 보지 않은 적이 없었습니다. 구애 받지 마시고 조만간에 한번 덕음(德音)을 내려주시면 천만 다행이겠습니다."

라고 하였다. 먼저 인삼차를 권한 뒤에 대략 술과 안주를 갖추어 대접하였다. 술이 세 번 돌고서 상을 치우고 또 차를 권하였다. 차 마시는 것이 끝난 뒤에는 곧바로 일어나 서로 마주 보고서 두 번 읍을 하고, 삼사(三使)가 영외(楹外)로 나가 읍하고서 장로를 보냈다. 장로가 돌아간 뒤에 바로 심부름꾼을 보내어 안부를 물었다. 저녁쯤에 역관을 보내 쓰시마

도주의 안부를 묻게 하고, 이어 장로에게도 안부의 말을 전하였다.

26일[정유]. 맑음. 동풍. 이키노시마에 머물음.
히라도(平戶) 부교(奉行) 주령(主鈴)과 쓰기부교(次奉行) 손지윤(孫之尹)이 와서 안부를 물었다. 이날 밤 꿈에 동호(桐湖)의 누이를 만났고 또 집안의 여러 사람들을 보았다.

27일[무술]. 맑음. 동풍. 이키노시마에 머물음.
쓰시마 도주가 수박 5덩이, 설탕 2근, 조지점(漕漬鮎) 한 그릇을 보냈다. 고등어를 술지게미에 담근 것을 조지점이라고 하는데, 왜인들이 별미라고 부르는 것이라 한다. 행중에 나누어 주었다.

28일[기해]. 맑음. 남풍. 이키노시마에 머물음.
마쓰라 히젠노카미(松浦肥前守)가 안등장병위(安藤庄兵衛)를 보내어 안부를 물었다. 이키노시마의 왜인 가운데 부교(浮橋)를 관리하는 자 수십 명이 주야로 대기하며 살피는 것이 자못 수고로워 보여 일찬(日饌)을 지급하고 남은 쌀 10여 석을 나누어서 먹으라고 하였더니, 왜인들이 이는 나라에서 금하는 일이라고 하여 사양하면서 끝내 받지 않고 가버렸다. 쓰시마인이 그 가운데 있어서 어떤 위험이 자기들에게 돌아올까 봐 두려워한 것 같기에 매우 안타까웠다.

29일[경자]. 맑음. 서남풍. 이키노시마에 머물음.
이날은 순풍이 불 징조가 있어서 수역을 시켜 재판에게 말을 전하기를, "오늘은 순풍이 불 것이라고 하는데도 부교들이 와서 고하는 일이 없으니 무슨 까닭인가?"라고 하였다. 이어 우리나라의 선장 및 사공을 왜의 사공들과 함께 작은 배에 태워 바다 입구까지 나가 바람을 살펴보고 오게 하였다. 하지만 왜인들은 끝내 순조롭지 않다고 하면서 바로 떠날 생각이 없었고 도주가 또 사람을 보내어 말을 전하기를, '사행이 믿지 않는다'고 하며 자못 성내는 듯했다. 그 때문에 하는 수 없이 그냥 머무르게 되었으니 한탄스러운 일이었다.

8월

1일[신축]. 새벽에 비가 내리더니 아침에는 갬. 서남풍. 아이노시마 (藍島)[120]에 도착.

관소에 섬돌이 없어서 망궐례를 행하지 못하였다. 식후에 도주가 순풍이 일어날 것이라고 하면서 '배 안에서 기다렸다가 북을 치면 동시에 출발하는 것이 좋겠다'는 말을 전해 왔다. 삼사가 국서를 받들어 배에 올랐고, 차례대로 닻을 올리며 나아가 바다 입구로 나와서는 일시에 돛을 올렸다. 쓰시마의 호행선(護行船)과 이키노시마의 여러 예람선(曳纜船) 140여 척이 앞뒤로 나열하였는데, 쓰시마의 배는 모두 흰색 천으로 된 돛을 사용하였고, 이키노시마의 배는 청색 천으로 된 돛을 썼으며, 배 위의 기표(旗標)는 모두 '품(品)'자를 써서 문양을 하였고, 크고 작은 돛의 폭이 서로 섞여 직물 모양 같았다. 배의 행렬이 몇 리나 되어

---

120 아이노시마(藍島) : 지쿠젠 아이노시마(筑前藍島). 현재의 후쿠오카현(福岡縣) 가스 야군(糟屋郡)에 속하며 상도(相島)라 불린다. 12차례 통신사행 때마다 조선 사신이 이곳 차야(茶屋)에 묵었다.

뱃머리와 꼬리가 끊어지지 아니하여 멀리서 보면 마치 하나의 길과도 같았고, 흰 구름이 반공에 걸쳐 있어 장관이라 이를 만하였다.

이키노시마를 지난 뒤부터 남쪽 바닷가로는 산세가 이어져 아이노시마(藍島)에 이르기까지 계속되었으니, 모두 지쿠젠슈(筑前州) 지방이라고 한다. 바람의 형세가 사납지 않아 배가 시원하게 나아가지 못하였다. 수백여 리를 가자 풍력이 점차 그쳐지고 날 또한 저물어서 노꾼들이 한 목소리를 내면서 노를 저었고, 왜선도 힘을 다하여 줄로 끌었다. 아이노시마의 왜인들 또한 큰 배를 타고 와서 맞이하면서 중로에서 함께 힘써 끌어당겨 백여 리를 가니, 멀리 불빛이 보이는데 천점 만점의 불빛이 구름과 바다 사이로 휘황찬란했다. 왜인에게 물었더니, 이곳이 아이노시마라고 하였다. 선창에 이르러 정박하니 밤은 이미 절반이나 지나 있었다.

배에서 내려 관소로 들어가니 새로 지은 집이 천 칸 가까이 되었으며, 칸 수의 넓이가 아주 넓고 병풍과 휘장이 선명하였다. 문의 지도리는 모두 검은 칠을 하여 광택이 나서 사람을 비출 정도였다. 곳간, 다방(茶房), 주방, 욕실, 화장실 같은 곳이 각각 별도로 되어 있었고, 또한 아주 깨끗하였다. 아이노시마는 지쿠젠슈 소관이며, 태수의 성명은 원선정(源宣政)이고, 거처하는 곳은 후쿠오카(福岡)로 아이노시마 동남쪽 50리 밖에 있다. 후쿠오카에서 10리쯤 떨어진 곳에 하카타노쓰(博多津)[121]가 있는데, 왜의 발음으로는 '화가다(和家多)'라 하고 세칭 패가대(覇家臺)라고 하니, 이는 와전된 것이라 생각된다. 신라의 충신 박제상

---

121 하카타노쓰(博多津) : 규슈(九州) 북부 지쿠젠노쿠니(筑前國)로 현재의 후쿠오카현(福岡縣) 후쿠오카시(福岡市). 조선에서는 하카타와 음이 비슷하고 총독이 있던 곳이라 하여 패가대(覇家臺)라고 불렀다.

(朴堤上)이 죽음으로 절개를 지킨 곳이요, 포은 정몽주가 사신으로 갔다가 억류되었던 곳이 또한 이곳이라 하여 찾아보았으나 그곳에 사는 사람들이 모두 알지 못하였으니, 그 옛날의 일을 자세하게 얻어 들을 길이 없는 것이 그저 한스러울 뿐이었다. 태수가 과일 한 그릇, 곤포(昆布)[122] 한 상자, 생복(生鰒) 한 소반, 도미포 한 상자, 술 1하(荷)를 보냈기에 행중에 나누어 주었다. 그 별폭(別幅)에 '히젠노카미(肥前守) 마쓰다이라(松平)'라고 썼는데, 이는 대개 이키노시마의 태수와 나누어서 관장하기 때문에 모두 '히젠노카미(肥前守)'라고 일컫는다고 하였다. 이날은 350리를 갔다.

2일[임인]. 잠깐 흐렸다가 잠깐 맑아짐. 동남풍. 아이노시마에 머물음. 바람이 순조롭지 않은데다 바다 기운이 짙게 가려져 출발할 수가 없

---

122 곤포(昆布) : 갈조식물 미역과의 바닷말. 조간대(潮間帶) 하부에서 서식하며 다시마 대용으로 식용된다. 가지가 나서 복잡하게 얽힌 뿌리와 1개의 긴 원기둥 모양의 줄기가 있으며 그 끝에 잎이 있다. 빛깔은 짙은 갈색인데, 건조시키면 흑색으로 변하고, 매우 질기다. 다시마와 혼동하기 쉬운데, 이시진(李時珍, 1518~1593)의 『본초강목』에 해대(海帶)와 곤포(昆布)를 각각 품종이 다른 다시마로 구분하였다. 성질은 차고 맛은 짜다. 짠맛은 주로 딱딱한 조직을 연하게 하고 기운이 뭉쳐진 것을 흩어버리는 작용과 성질이 차서 열을 내리고 담을 해소하는 효능이 있다고 한다. 그래서 예부터 갑상선종이나 목 부위에 염주알처럼 혹이 생기는 경부 임파선종 등을 치료하는 약으로 사용되어 왔다. 1716년에 에도막부의 제8대 쇼군이 된 도쿠가와 요시무네(德川吉宗)에 의해 1721년부터 조선약재조사(朝鮮藥材調査)가 시작되었다. 하야시 료키(林良喜)와 그의 후임 고노 쇼안(河野松庵), 니와 쇼하쿠(丹羽正伯) 등이 30년에 걸쳐 조사에 임했는데, 조선국산(朝鮮國産)의 약재를 중심으로 하는 조사 명령은 이미 1718년에 쓰시마의 유학자 마쓰우라 가쇼(松浦霞沼)에게 전달되어 있었다. 이에 마쓰우라 가쇼는 조선토산품(朝鮮土産品) 조사라는 명목으로 우리나라의 조수(鳥獸)와 초목, 약재는 물론이고 광물에 이르기까지 170여 종 물품의 목록을 조사중심항목, 추가항목, 신항목으로 나누어 광범위하게 작성하였다. 곤포는 조사중심항목 중 69번째 항목으로 조사되었다. 자료에서 바닷말의 한가지인 '아라메(あらめ[荒布])'로 소개하고 있다.

었다. 역관을 보내어 쓰시마 도주의 안부를 물었다. 도주가 향주머니 다섯 개를 보냈는데, 무늬가 있는 고운 비단으로 만들었다. 여러 가지 향을 담고 아구리를 꿰매었는데, 길이와 넓이가 세 치 정도 되었으며, 소뇌(小腦, 향 종류의 하나) 향기와 같았으니, 우리나라의 의향(衣香)[123]과 비슷하였다. 하나만 양의(良醫)에게 주고, 나머지는 모두 되돌려 주었다.

3일[계묘]. 큰 바람이 불고 비가 내림. 아이노시마에 머물음.

새벽부터 비바람이 크게 일어나고 파도가 하늘에 닿을 듯하였다. 기선(騎船)과 복선(卜船) 여섯 척이 풍랑에 휩쓸려 부딪치면 상하게 될 것 같아, 모두 왜의 쇠못에 5, 6개 가닥의 줄로 붙들어 호수 가운데 놓아 두었다. 하지만 해문(海門)이 막히지 않았기에 바람과 파도가 곧바로 때려 모든 배가 파도에 빠졌다 나왔다 하는 것이 보기에도 몹시 위태로웠다. 부교와 재판 등이 왜인 수백 명을 거느리고 빗속에서도 선창에 서서 소리치기를 그치지 않았다. 도주가 자신이 데리고 다니는 부교를 보내 안부를 묻고는 이어 배를 살펴보게 하였다. 삼행과 비장들도 모두 정신없이 뛰어다녔으나, 바람이 워낙 거세고 풍랑이 급하여 비선(飛船)으로도 서로 구할 수 없었으니 참으로 위급한 지경이었다. 그래서 부사와 함께 문밖에 걸어 나와 바깥을 보는데, 몹시 두려워 몸을 지탱하기도 어려웠다. 다행히도 바람이 다소 가라앉는 바람에 겨우 배가 뒤집어지는 것을 면할 수 있었으니 참으로 다행중의 다행이라 하겠다. 마쓰다이라 히젠노카미(松平肥前守)가 하카타(博多) 지방의 삭면(索麵) 1권(捲), 건설어(乾鰈魚) 1절(折), 하카타의 연주(練酒) 1준(樽)을 보냈기에 행중

---

123 의향(衣香) : 좀이 먹지 않도록 옷장 속에 넣어 두는 향.

에 나누어 주었다. 설(鱈)은 곧 대구(大口)를 소금에 담근 것이고, 연주(練酒)는 우리나라의 이화주(梨花酒)와 같은 것이다.

4일[갑진]. 잠깐 흐렸다가 잠깐 맑아짐. 동풍. 아이노시마에 머물음.

이날도 바람이 순조롭지 않은데다 비 올 조짐이 없지 않아 출발할 수 없으니 답답했다. 약과, 소주, 건어물 등을 쓰시마 도주와 장로 및 호행과 여러 왜인들에게 보냈다. 상사와 부사의 기선이 어제 풍랑에 부딪쳐 상당히 많이 부러지는 바람에 왜인들에게 재목을 구해 오게 하여 즉시 수리하였다.

5일[을사]. 맑음. 동풍. 아이노시마에 머물음.

왜인이 계속해서 일찬(日饌)을 올렸는데, 그 소득에 따라 색깔을 바꾸어 와서 바쳤다. 그 때문에 이키노시마에서 바친 것에 비해 색깔이 혹 같지는 않았으나 종류의 수는 서로 같았다. 삼행의 하루 두 차례 먹거리로는 활계(活鷄)가 3백 마리, 계란이 천여 개나 되었으니, 얼마나 많이 사용하는지 알 만하였다. 저녁 후에는 비가 올까 염려되었는데, 밤이 되자 풍랑이 일기에 기선과 복선을 모두 중류에 머물러 있게 하였다.

6일[병오]. 종일 비가 내림. 아이노시마에 머물음.

새벽부터 비가 내리더니 종일 그치지 않았다. 관소에서 시름을 읊조려 보아도 나그네 회포를 삭이기 어려웠다. 마쓰다이라 히젠노카미(松平肥前守)가 조지복(糟漬鰒) 한 통, 상주(桑酒) 한 병을 보냈기에 행중에 나누어 주었다. 상주(桑酒)는 어떻게 빚는지 알 수가 없었으나 그 맛이 소주에 꿀을 섞은 것 같았다. 밤이 깊은 후에 호행과 부교가 와서 말하기를, '오늘 밤에 큰 바람이 점점 일어날 것 같으니, 모든 배들에 단단히 타일러 달라'고 했다. 그 때문에 여러 비장을 보내어 배를 점검하고 닻줄을 더 지급하여 밤새도록 경계하며 지키게 하였다.

7일[정미]. 잠깐 흐렸다가 잠깐 맑아짐. 동풍. 아이노시마에 머물음.
쓰시마 도주가 조선 사행원들에게 여러 날 음식을 제공하다 보니 상당한 어려움을 겪고 있다고 하는 말을 들었다. 그 때문에 삼행이 매일 바쳐 올리는 닭과 생선 같은 것들을 쓰시마의 왜인들에게 나누어 주었다.
우삼동(雨森東), 즉 호를 호슈(芳洲)라고 하는 자와 도선주(都船主), 즉 왜에서 가쇼(霞沼)[124]라고 부르는 자, 그리고 지쿠젠노카미(筑前守)와

---

124 마쓰우라 가쇼(松浦霞沼) : 에도시대 전-중기의 유학자. 송포하소(松浦霞沼). 이름은 마사타다(允任), 자는 데이쿄(楨卿), 호는 가쇼(霞沼), 통칭은 기에몬(儀右衛門). 하리마(播磨) 출신. 부친 모리오키(守興)는 히메지번(姬路藩) 마쓰다이라가(松平家)를 섬긴 낭인이었고, 어머니는 국학자(國學者) 게이추(契冲)의 여동생이었다. 어려서 난부 소주(南部草壽)로부터 학재(學才)를 격찬받았고, 13세에 쓰시마후추번(對馬府中藩)의 가신이 되었다. 기노시타 준안(木下順庵)에게 배웠으며, 시문에 뛰어나 뒤에 목문십철(木門十哲) 가운데 한 사람으로 꼽혔다. 1703년 쓰시마로 부임하여 주로 조선 통교와 관련된 일을 주관하였다. 1711년 통신사 일행이 도쿠가와 이에노부(德川家宣)의 습직을 축하하기 위해 일본을 방문하였을 때, 동문(同門) 유학자 아메노모리 호슈(雨森芳洲)와 절친하여 그와 함께 조선 사신 접대 임무를 맡았으며 때로 제술관 이현(李礥) 등 조선 문사와 시를 주고받았다. 1719년 통신사 일행이 도쿠가와 요시무네(德川吉宗)의 습직을 축하하기 위해 일본을 방문하였을 때에는 에도까지 호행하는 도중 우시마도(牛窓)와 무로쓰(室津) 등지에서 조선의 제술관 신유한, 서기 성몽량·장응두 등과 시를 주고받았고, 그 시가 『상한창수집(桑韓唱酬集)』에 수록되어 있다. 또한 아메노모리 호슈와 함께 조선 사신의 응접을 담당하면서 지은 시가 『상한성사답향(桑韓星槎答響)』에도 수록되어 있다. 신유한은 마쓰우라 가쇼에 대해 "나이 40인데 키가 자그마하며 편편(翩翩)한 재사(才士)의 기상이 있었다. 시에 대한 의논이 특이하였고 작품도 간간이 좋은 것이 있다." 혹은 "시를 짓는 것이 자못 재치(才致)와 정(情)은 있으나 기력이 미치지 못하여 고담(孤澹)한 것을 면하지 못하였다."라고 평하였다. 마쓰우라 가쇼는 친자식이 없어 아메노모리 호슈의 차남 산지(贊治, 龍岡)를 입양하였

시 짓는 왜인 몇 사람이 날마다 제술관 및 서기를 찾아와서 창화(唱和)
하였고, 이테이안 장로의 사제(師弟) 또한 꽤 많은 시를 지어 보내면서
화답해 주기를 요구하였다. 글을 좀 알든 그렇지 않든 할 것 없이 모두
가슴에 종이 한 폭씩을 품고 와서는 글을 써 주기를 애걸하는 자들이
날마다 이르러, 제술관들이 이에 응대해 주느라 정신이 없어서 한가한
틈이라곤 거의 없었다.

8일[무신]. 맑음. 동풍. 아이노시마에 머물음.

일전에 도주에게 술과 과일을 보내면서 보내는 물품이 소략하여 물
품 단자를 갖추지 않고 다만 역관에게 말만 전하게 하여 보낸 적이 있
었다. 그러자 부교들이 와서 수역에게 말하기를,

"도주는 보내는 물품이 있을 때마다 별폭을 갖추어 보내었는데, 사
행은 그렇게 하지 않으시니 일을 행하심에 공평치가 못합니다. 그러니
지금이라도 단자를 내려주시기 바랍니다."

라고 하였다. 그 때문에 삼행이 마침내 상의하여 장무관(掌務官) 박춘
서(朴春瑞)를 시켜서 단자를 써서 지급하게 하였다. 그리고는 수역을
시켜 부교에게 말을 전하여 이르기를,

"당초에 단자가 없었던 것은 다른 뜻이 있어서가 아니라, 다만 보내
는 물품이 좋지 않아서 의례와 단자를 갖추기가 마음에 심히 미안하여
처음에 단자를 빠뜨린 것이오. 지금 뒤늦게 단자를 써주는 것은 비록

다. 1725년 번의 지시로 조선시대 한일관계 외교자료집인 『조선통교대기(朝鮮通交大紀)』
를 편찬하였고, 이어서 『분류기사대강(分類紀事大綱)』을 편찬하였다. 또한 부하 주임(主
任) 고시 쓰네에몬에게 명하여 『죽도기사(竹島紀事)』를 편찬하였다. 그 외 저서로는 『하소
시집(霞沼詩集)』이 있다.

엎어질 듯 급하게 달려와 힘써 청하는 것을 듣고 허락해 준다고 하더라
도 이는 그대들에게 사행이 다른 뜻이 없었음을 알게 하고자 함일 따름
이오."
라고 하였다. 도주가 화원과 사자관(寫字官) 보기를 청하기에 허락하고
보내주었다. 도주가 용안(龍眼)과 생리(生梨)를 보내주었기에 행중에
나누어 주었다.

9일[기유]. 맑음. 동풍. 아이노시마에 머물음.

10일[경술]. 아침에는 맑았다가 밤에는 비가 내림. 지노시마(地島)[125]
에 도착.

밤 삼경에 재판이 도주의 뜻이라고 하며 와서 말을 전하기를, '오늘
좀 늦은 오후부터 순풍이 있을 것 같으니 이른 조수(潮水)를 타고 출발
하는 것이 좋겠다'고 하였다. 그래서 삼사가 곧바로 일어나 세수하고
빗질을 하였다. 그러고 나서 세 번째 나팔 소리가 울릴 때 국서를 받들
고 배에 올랐다. 도주의 배가 곧바로 출발하지 않아 지체하며 기다리노
라니 하늘빛이 약간씩 밝아왔다. 비로소 차례대로 행선하여 바다 입구
까지 나와 뒤를 돌아보니, 아이노시마의 지형은 남북이 매우 좁고 동서
는 1리도 채 되지 않았으며, 거주민이 아주 적어 수십 호에 지나지 않았

---

125 지노시마(地島) : 지쿠젠 지노시마(筑前地島). 현재의 후쿠오카현(福岡縣) 무나카타
시(宗像市)에 속한다. 오시마(大島)의 동쪽에 위치한 섬으로 일명 자도(慈島)이다. 『해유
록(海游錄)』 '8월 10일'조에 "지도는 일명 자도(慈島)인데 지역이 협착하고 누추하여 거처
할 만한 관사(官舍)가 없었고, 주민이 수십 호쯤 되는데 초가집으로 쓸쓸하였다."라고 하
였다.

다. 그러나 하얀 모래와 잔잔한 호수, 빼어나게 아름다운 여러 산들이
꽤나 맑고도 아름다웠다. 해문(海門)에는 바위가 물속에 우뚝 솟아 있
는데, 바위에 두 개의 구멍이 뚫려 있어 마치 콧구멍과도 같아 이곳에
사는 사람들이 비굴(鼻窟)이라 일컫는다고 하였다.

중류에서 돛을 올렸으나 풍력이 매우 약하여 배가 몹시 더디게 갔다.
지쿠젠슈(筑前州)의 큰 배 2척이 좌우로 나뉘어 줄로 끌어당겼으며, 또
작은 배 12척이 그 앞에 늘어서서 힘을 다해 당겼다. 배 안의 격졸(格卒)
들 또한 목소리를 맞추어가며 힘써 노를 저어 70리를 가 지노시마(地
島) 앞 여울을 지났다. 또 60여 리를 가서 종옥(鍾屋)에 이르렀다. 종옥
이라는 말은 옛날에 큰 종이 바다 바닥으로 가라앉아 버렸기 때문에
생긴 지명이라고 한다.

오후에 동풍이 크게 일어나더니 바닷물이 아주 사납고 급하게 뛰어
한 치 나아가면 다시 한 자 뒤로 물러나는 형편이라 배가 앞으로 나아
가지 못하고 있는데, 갑자기 보니 도주가 배를 돌려버렸다. 그러자 크
고 작은 모든 배들이 일시에 모두 배를 돌려 바람을 타고 돛을 걸고는
아이노시마로 향해 돌아가 버리고 말았다. 예전 길은 바람이 급하고
파도가 솟구쳐 배가 심하게 뛰어노는 바람에 배 안의 사람들 중에는
정신을 잃고 엎어진 자가 절반이나 넘었지만 그래도 간신히 돌아 나와
지노시마에 정박하니 날은 이미 캄캄해져 있었다. 삼사가 마침내 배에
서 내려 세이잔지(西山寺)에서 묵었다. 절은 해운산(海雲山) 아래에 있
었는데, 선창과의 거리는 멀지 않았으나 암자가 오래되고 낡아서 볼만
한 것이 없었다. 하지만 위치한 곳이 상당히 높아 시야가 탁 트여 오시
마(大島)는 서쪽에 있었고, 종기(鍾錡)는 남쪽에 있어서 모두 불과 십
리 정도로 가까웠고, 멀리 바라보면 여러 산들이 겹겹으로 펼쳐져 끝이

없었다.

왜인들은 이키노시마 이후로는 산세가 계속해서 이어진다고 여겼다. 이곳은 곧 사이카이도(西海道)의 규슈(九州)라고는 하나 섬이 작아 탄환과도 같고, 인가는 약간밖에 없는데 모두 초가라 쓸쓸했고 몹시 피폐하였다. 이곳에 사는 사람들은 농사를 주업으로 하면서 집집마다 소를 키웠는데, 햇곡식이 올라오는 때라 그래도 제법 전가(田家)의 흥취가 있었다.

11일[신해]. 아침에는 비가 내리더니 오후 늦게 맑아짐. 지노시마(地島)에 머물음.

비 내리는 기세는 비록 수그러들었으나 어제의 성난 파도는 여전히 잔잔해지지 않아 출발할 수가 없었다. 역관을 보내 도주와 장로의 안부를 물었다.

12일[임자]. 맑음. 동북풍. 지노시마에 머물음.

이날 맞바람이 크게 일고 파도가 매우 심해 그냥 머무를 수밖에 없어 마음이 답답했다. 도주가 사람을 보내어 조세면(調細麵)을 보내고 또 여러 종류의 찬거리를 가지고 와서 삼행에게 베풀었다. 밤이 깊은 후에 왜의 작은 배에 불이 났는데, 곧바로 껐다고 한다.

13일[계축]. 흐림. 동풍. 지노시마에 머물음.

부교들이 와서 말하기를, '이마(理馬, 말을 관리하는 자)가 탄 배는 이미 지난 달 28일에 오사카성(大坂城)에 이르러 정박했다'고 한다.

14일[갑인]. 가랑비가 내림. 지노시마에 머물음.

비가 올 듯한 기세가 그치지 않고 바람도 순조롭지 않아 출발은 기약이 없게 되니, 답답한 마음을 어찌할 수 없다.

15일[을묘]. 큰 비가 종일토록 내리고, 밤에는 큰 바람이 붐. 지노시마에 머물음.

새벽에 망궐례를 행하였다. 날이 밝은 후에 비가 내리고 큰 바람이 불었으며, 또 파도가 놀라 뛰고 부딪쳤는데, 오후에 이르러 점차 더 심해져서 정박시켜 놓은 모든 배들이 서로 부딪치는 바람에 선상의 난간들이 거의 다 부러지고 상해버렸다. 처음에는 암자가 협소하여 국서를 배 안에 봉안하였다가 풍랑이 갈수록 심해지는 바람에 걱정되어 할 수 없이 국서를 받들어 관소에 봉안하였다.

삼행의 비장들이 비를 무릅쓰고 선창에 서서 격졸(格卒)들을 지휘하며 배를 구호하였다. 사람들이 모두 비에 젖었으나 어쩔 수 없었으니, 얼마나 경황이 없었는지를 가히 알 만하였다. 밤이 깊어진 뒤에야 바람이 다소 진정되어 무사할 수 있었다. 오늘은 중추절 보름날이었지만 달빛을 볼 수 없어 안타깝다. 도주가 삭면(索麵) 한 소반을 보냈다.

16일[병진]. 맑음. 지노시마에 머물음.

맞바람이 그치지 않고 파도도 아주 심하여 출발할 수 없었다. 지쿠젠슈에서 매일 바치는 음식이 크게 줄었으며 종류도 제대로 갖추어지지 못하였으니, 여러 날 공궤(供饋)인데다 풍랑 때문에 물품을 운송할 수 없어서 그런 것 같았다. 그래서 나중에 지급해도 된다고 허락하고, '이제부터는 이런 일이 없게 하라'는 뜻으로 분부하였다.

17일[정사]. 맑음. 지노시마에 머물음.

아침에 부교가 와서 말하기를, '오늘 오후 들어 순풍이 점차 일어날 것 같으니 조수를 기다렸다가 출발하는 것이 좋겠다'고 하였다. 식후에 또 와서 말하기를, '오후 들어 바람이 다시 맞바람으로 바뀌어 출발하기 어렵다'고 하였다. 또 머물러야 한다고 생각하니 몹시 우울하였다. 날마다 바치는 물품도 어제에 비해 더욱 모양새가 갖춰지지 않아, 더 이상 바치지 못하게 하였다.

18일[무오]. 맑음. 동풍. 아카마가세키(赤間關)[126]에 도착.

닭이 울자 부교가 먼저 와서 말하기를, '오늘은 맞바람이 없을 것 같으니 조수를 타고 출발할 수 있을 것 같다'고 하였다. 재판이 또 도주의 뜻이라고 하며 와서 '행선하겠다'는 뜻을 전하였다. 삼행이 새벽에 세수하고 빗질하고서 이어 세 번째 나팔 소리가 들린 뒤에 국서를 받들고 배에 오르니 아침 해가 막 떠올랐다. 왜인 통사(通詞)를 시켜 지쿠젠슈(筑前州)의 부교에게 말을 전하였다.

"어제 매일 바치는 찬물(饌物)이 소략하다고 들었는데, 너희 고을의 물력이 다 하여서 그런 줄로 안다. 어제 바치지 못한 것도 이런 이유에서일 터이니, 어제 받지 못한 것과 함께 아울러 모두 탕척(蕩滌)해 버릴 것이다. 이 뜻을 알았으면 좋겠다."

그러자 부교가 황송함과 부끄러움을 이기지 못하였다고 한다.

---

126 아카마가세키(赤間關) : 나가토슈(長門州)에 속하며, 현재의 야마구치현(山口縣) 시모노세키시(下關市)이다. 아카마가세키(赤馬關, 또는 세키바칸), 혹은 약칭으로 바칸(馬關)이라고도 일컬었다. 12차 통신사행을 제외한 나머지 사행 때마다 조선 사신이 주로 이곳 아미다지(阿彌陀寺)에서 묵었다.

　도주의 배에서 북을 칠 때까지 기다렸다가 모든 배들이 일시에 출발하였다. 바다 입구까지 나가니 남풍이 조금 불 조짐이 보여, 여섯 척의 배가 돛을 올리고 빠르게 노를 저어 60리를 가서 종옥(鍾屋)에 이르렀다. 동풍이 또 점차 일어나 마침내 돛을 내리고 힘써 노를 젓기도 하고 끌기도 하였는데, 작은 배 4척을 더해 크고 작은 18척의 배가 힘을 다하여 끌어 또 수십 리를 갔다. 북쪽에는 조련도(藻連島)와 종옥(鍾屋)이 서로 마주 보고 있었고, 동쪽에는 조련도만 있을 뿐 산은 없고 다만 작은 들판만이 나란히 있는데, 소반처럼 생겼다. 두 섬 사이의 거리는 수십 리가 되었고 모두 인가가 있었다. 이곳은 나가토슈(長門州)[127] 소관이라고 한다.

　또 수십 리를 가니 남쪽에 고쿠라현(小倉縣)이 있고 그 옆 바닷가에 성을 만들어 놓았다. 성에는 굽이마다 초루(譙樓, 성문 위에 세운 망루)가 있었으며, 바닷물을 끌어들여 참호(塹濠, 성 둘레에 파 놓은 구덩이)를 만들고 그 위로 긴 다리를 설치하여 사람이 왕래하도록 해놓았다. 성문은 5층 누각으로 설치되어 불쑥 공중에 솟아있고, 숲은 울창하였으며, 거주하는 백성도 많았다. 멀리서 보면 웅장하고 아름다워 한낱 작은 고을이 아닌 것 같았다. 이곳은 부젠슈(豊前州)[128] 소관이라고 한다. 고쿠라

---

127 나가토슈(長門州) : 현재의 야마구치현(山口縣) 서부 지역. 나가토노쿠니(長門國)·조슈(長州)라고도 한다. 나가토노쿠니는 바다를 사이에 두고 조선과 마주보는 위치에 있기 때문에 옛날에는 호쿠부큐슈(北部九州)에 준해서 외교·방위상 중시되었다. 통신사행 때 조선 사신이 휴식을 취하거나 묵었던 미나미도마리(南泊)·아카마가세키(赤間關)·나가토모토야마원산(長門元山) 등이 이 지방에 속한다. 남용익(南龍翼)의 『문견별록(聞見別錄)』「주계(州界)」에 "나가토슈 : 동쪽으로는 주방에 이르고, 서·남·북쪽으로는 바다에 닿아 장문도와 어로도에 가깝다. 소속된 군은 5군이고, 구리·철과 검은 소가 생산된다.[長門州 : 東抵周防, 西南北距海, 近長門島, 於路島, 屬郡五, 産銅鐵黑牛.]"라고 하였다.
128 부젠슈(豊前州) : 현재의 후쿠오카현(福岡縣) 동부와 오이타현(大分縣) 북부 지역. 부

현에서 큰 배 한 척과 작은 배 9척이 나와 지쿠젠슈의 사람들과 교대로 배를 끌어 아카마가세키에 이르고 난 뒤에야 물러갔다. 가는 도중에 수십여 리를 지나지 않아 큰 배 4척이 마중 나왔다. 사면을 비단 휘장으로 둘렀고 그 위에는 큰 표기(標旗)를 달았는데, 깃발의 색은 사행(使行) 본선(本船)의 깃발 색을 사용하였다. 그 배는 앞서 온 예선(曳船)이었다.

　아카세키(赤關) 5리 못 미친 즈음 호수 가운데에 말 모양의 석등(石燈)이 있었는데, 조수가 물러가면 드러났다. 임진년에 도요토미 히데요시가 탄 배가 이곳에서 좌초되자 뱃사람들을 죽이고 그 위에 비석을 세워 다른 사람들의 경계를 삼았는데, 지금까지도 비석이 선명하였다. 북쪽 언덕에는 백마총(白馬塚)이 있었다. 민간에서 전해지는 이야기에 의하면, '신라가 군대를 보내 왜를 침공하였을 때, 군대가 이곳에 이르자 왜인들이 청하여 백마 모양을 만들어서 맹세하고 이곳에다 그 백마를 묻었다'고 한다.

　멀리 바라보니 사방이 산으로 둘러싸여 있고, 넓은 호수를 이룬 곳에는 민가가 즐비하며 집들은 그 규모가 매우 컸다. 산천이 수려하고 민가도 그 수가 엄청나게 많아서, 쓰시마 이후로는 처음 보는 광경이었다. 이곳에서부터 에도까지는 육지로 연결되는 지역이니, 일본 관방(關防)으로서는 가장 중요한 곳이라 하겠다.

　어스름 저녁에 선창에 이르렀는데, 선창은 돌로 되어 있지 않고 대목(大木) 열 그루를 물 가운데 포개어 늘어놓았다. 그 위에 나무판을 깔아

젠노쿠니(豊前國)라고도 하고, 분고노쿠니와 합쳐서 호슈(豊州)라고도 한다. 남용익의 『문견별록』「주계(州界)」에 "부젠슈 : 바다 가운데 있어서 동쪽으로는 이량하(里良河)가 있다. 소속된 군은 8군이고, 철이 생산된다.[豊前州 : 在海中, 東有里良河, 屬郡八, 産鐵.]"라고 하였다.

놓아 널다리 모양 같았다. 그 넓이는 6, 7간이었고 길이도 그와 같았으며 높이는 언덕과 나란하여 육지를 이루었다. 배를 선창가에 대었는데, 사용된 모든 인력과 재력(材力)으로 보면 규모가 몹시 큰 편이었다.

삼사가 국서를 받들고 관소에 들어갔다. 관소는 모두 새로 지은 것으로 크기는 아이노시마보다는 못했으나 꾸며놓은 것은 아주 깨끗하였다. 아카마가세키는 나가토슈(長門州) 소관으로 태수는 원길원(源吉元)이며 적성(荻城)에 거처하는데, 이곳과는 170리 거리라고 한다. 태수가 회중(檜重, 노송나무 찬합)[129] 1조(組), 역(鰑) 1상자, 술 1하(荷)를 보냈기에 일행에게 나누어 주었다. 별폭(別幅)에는 '송평민부대보길원(松平民部大輔吉元)'이라고 쓰여 있었다고 하였다. 이세노카미(伊勢守) 정연(正緣)이 색면(色麵) 1권(棬)을 보냈는데, 이는 곧 앞선 길의 지대관(支待官)으로서 먼저 사람을 보내어 문안한 것이라고 한다.

왜인이 일찬(日饌) 몇 종류를 바쳤는데, 지쿠젠슈(筑前州)와 한가지였고, 상통사(上通事) 이하에게 바친 것은 신묘년 사행에 비해 상당히 줄어든 것이라고 한다.

모토노리 덴노(元德天皇)의 사당이 아미타지(阿彌陀寺) 옆에 있다고 하였으나 마침 가벼운 감기 기운이 있고 또 유람하기에도 불편하여 가서 보지는 못하였다. 하지만 돌아가는 길을 기다렸다가 한번 찾아보는 것도 늦지 않을 것이기 때문에 미루었다. 호행과 부교 등이 수고롭게 먼 길을 왔지만 한 번도 대접해 주지 못하였기에 삼사가 두 부교를 불

---

129 회중(檜重) : 얇은 노송나무 판으로 만든 찬합(饌盒). 통신사가 참(站)에 머무를 때 관반이 대접했던 찬합의 일종이다. 스기주(杉重)와 용도는 같으나 스기주는 삼나무로 만들어진 반면, 회중은 노송나무로 만들어졌다. 단자(單子)에 '회중(檜重)'이라고 씌어 있고 검은 칠을 했다. 속에는 백반(白飯), 어채(魚菜), 과일, 떡, 과자 등이 들어있었다.

러서 만나보고 위로하여 보냈다. 이날은 140리를 갔다.

일찬(日饌) 백미 4되. 술 2되. 감장(甘醬) 1되 5홉. 간장 6홉. 초(醋) 6홉. 소금 6홉. 참기름 5홉. 초 5자루. 탈다(梲茶) 1통. 절초(折草) 2량 (兩). 닭 1마리. 꿩 1마리. 도미 1마리. 농어 1마리, 생포(生鮑) 4개. 호박 (虎朴) 1개. 오징어 6마리. 강고도리(羗古道里) 4개. 계란 16개. 호초(胡 椒) 5전(錢). 진말(眞末) 4홉. 과자 2봉지. 서과(西瓜) 1개. 동과(冬瓜) 1 개. 토련(土蓮) 1묶음. 가지 6개. 산(蒜) 3본(本). 두부 2정(丁). 표고 1봉 지. 강근(薑根) 6본(本). 파 2묶음. 생강 1묶음. 연청(軟菁) 2묶음. 산약 (山藥) 2개. 청근(菁根) 6본(本). 우방(牛房) 6본(本). 지과(漬瓜) 2개. 지 청(漬菁) 2개. 갈분(葛粉) 1봉지. 설탕 1봉지. 적두(赤豆) 1봉지.

19일[기미]. 맑음. 동풍. 아카마가세키에 머물음.

이날 맞바람이 불어서 출발할 수 없었다. 나가토슈(長門州) 지대(支 待) 부교(奉行)가 태수의 뜻이라고 하면서 조면(調麵)을 또 베풀고, 네 종류의 음식을 가지고 와서 군관과 역관 이하 중하관(中下官)에 이르기 까지 모두 대접하였다. 신묘년 사행 때도 이러한 예가 있었기 때문에 전례에 따라 행하는 것이라고 하였다. 이테이안 장로가 연초 한 봉(封) 과 인동주(忍冬酒) 한 병을 보내왔다.

20일[경신]. 아침에는 맑았다가 저녁에는 비가 내림. 아카마가세키 에 머물음.

쓰시마 도주가 연초 각 1봉지와 호초(胡椒) 각 2봉지를 보냈기에, 행 중에 나누어 주었다. 나가토슈 태수가 생리(生梨) 1롱(籠), 선조(鮮鯛) 1절(折)을 보냈기에 일행 상하 모두에게 두루 나누어 주었다.

오후에 서풍이 급하게 일어나 수역을 시켜 호행과 여러 왜에게 출발하겠다는 뜻을 전하게 했더니, 날이 저물었다고 하여 내일 일찍이 갈 것을 약속했다. 저녁 후에 비가 올 조짐이 보이더니 황혼 무렵부터 비가 내리기 시작하여 밤새도록 그치지 않았다.

21일[신유]. 종일토록 비가 내림. 아카마가세키에 머물음.

비가 밤까지 쏟아 붓더니 밤이 새도록 그치지 않았다. 하지만 다행히도 풍랑은 일지 않아 배와 노는 무사했다. 나가토슈(長門州)의 부교가 삼색(三色) 과일 한 그릇, 찬미(饌味) 몇 종류와 양품주(兩品酒) 각 한 병을 올렸다.

22일[임술]. 비가 내리기도 하고 흐리기도 함. 동풍. 아카마가세키에 머물음.

비 올 조짐이 그치지 않은데다 맞바람까지 있어서 행선할 수 없었으니, 시름을 견디기 어려웠다.

23일[계해]. 가벼운 동풍이 있었음. 아카마가세키에 머물음.

맞바람이 그리 대단하지는 않아 조수를 타고 배를 띄울 만하였으나, 쓰시마의 여러 왜들은 금세 갈 듯이 없었다. 그래서 도주에게 '내일 새벽에 출발하자'고 말을 전했더니, 도주가 '내일 바람이 없다면 마땅히 조수가 생기기를 기다렸다가 통보하겠다'고 답하였다 한다. 도주가 과일 한 그릇과 음식 몇 종류 및 양색주(兩色酒)를 보냈다.

24일[갑자]. 맑음. 북풍. 미타지리(三田尻)[130]에 도착.

이날은 동풍이 일지 않았다. 아침 해는 이미 높이 떠올랐으나 도주에게서는 아무 연락이 없었다. 그래서 역관을 보내어, '이미 행선하기로 약속해 놓고서도 가든지 말든지 간에 아직도 이렇다 저렇다는 말이 없으니, 이는 주객이 서로 공경하는 도리가 아닐 것인데, 도대체 무슨 곡절이 있는지 모르겠다'고 하였다. 그러자 거듭 답하기를, '바람의 조짐을 좀 더 자세하게 살펴 통보하려다 보니 이렇게 조금 지체되었다'고 하였다. 이어서 행선하기를 청하였다. 묘시에 닻줄을 풀어 문자성(文字城)을 지나 조수를 타고 노 젓기를 재촉하였으며, 채선(彩船) 4척이 끌고 나아갔다. 좌우의 여러 산들이 꾸불꾸불 이어져 그림과 같았고, 바닷물이 이곳에 이르러 긴 호수가 되었으니, 백사장에는 푸른 소나무요 물굽이는 굽이굽이마다 있었다.

고쿠라현(小倉縣) 이후부터는 강호(江湖)의 흥취가 있었고, 기이한 절경도 자주 보였다. 4, 5십 리를 가다 보니 서북풍이 꽤 팽팽해져, 중류에서 닻을 올리자 배가 매우 빠르게 갔다. 지나는 곳에 모토야마(元山)[131]라는 곳이 있었는데, 이곳을 지나던 이전의 사행들은 이 산을 '원산(猿山)'이라고 불렀고, 일기에서는 이 산에 원숭이가 많이 살고 있다

---

130 미타지리(三田尻) : 현재의 야마구치현(山口縣) 호우시(防府市) 미타지리(三田尻)이다.
131 모토야마(元山) : 현재의 야마구치현(山口縣) 산요오노다시(山陽小野田市)에 위치한 산인데, 지금은 나가토(長門) 모토야마(本山)로 불리고 있다. 1719년 통신사 일행이 도쿠가와 요시무네(德川吉宗)의 습직을 축하하기 위해 일본을 방문하였을 때, 조선으로 돌아오던 도중 12월 4일에 이곳 나가토 모토야마 선상에서 묵었다. 신유한의 『해유록』에 "적간관(赤間關) 동쪽에 원산(猿山)이 있는데 산에 원숭이가 많이 산출되어 원숭이 소리가 들을 만하다는데, … 바다 위에서 왼쪽에 있는 조그마한 산을 바라보았는데, 이름을 원산(元山)이라 하였다. 산에는 새나 짐승도 없었는데, 전하는 사람이 한 번 잘못하여 원자(猿字)로 만들었고, 두 번 잘못하여 원숭이가 산출된다고 전하였으며, 또 원숭이 소리가 들을 만하다고 보태었으니, 이것은 농장(弄獐)의 그릇된 것보다 심하니, 참으로 사람으로 하여금 포복절도할 일이었다."라고 하였다.

고 하였다. 하지만 특별히 한쪽 강 언덕이 잘려져 나가 있어서 결코 원숭이가 살 수 있는 곳은 못 되니, 참으로 이상한 일이었다.

황혼에 미타지리(三田尻)에 이르렀는데, 이곳 또한 나가토슈 지방이다. 물가의 시골집들은 10여 호밖에 없었고, 선창의 물이 얕아 해안 가까이 갈 수가 없어 중류에 닻을 내리고 그대로 배 안에서 잤다. 이날은 140리를 갔다.

25일[을축]. 맑음. 오후에는 흐림. 서풍. 가미노세키(上關)에 도착.

도주가 새벽에 행선하기를 청하기에, 날이 밝기 전에 출발하였다. 이른 조수가 막 불어났고 서풍 또한 팽팽했다. 쓰시마의 호행선(護行船)과 나가토슈의 수행선(隨行船), 크고 작은 4백여 척이 일시에 돛을 달고 바다를 뒤덮듯이 나아갔다. 무코우라(向浦), 덕산(德山), 가사도(笠戶) 등을 지나고 오무라(大村)를 지나니, 물과 채소 및 생선 등을 실은 작은 배가 우리 배를 맞이하여 물품을 바치고 갔다. 이는 태수가 미리 알고서 대접하라고 지시한 것이라 한다.

물이 두 길로 나뉘면서 가운데 한 산이 가로 막는데, 한쪽은 가사도우라(笠戶浦) 앞에서 이어 나가 샛길이 되었고, 한쪽은 덕산(德山)에서 곧장 가미노세키(上關)[132]에 이르러 큰 길이 되었다. 바람이 순조롭지

---

132 가미노세키(上關) : 현재의 야마구치현(山口縣) 구마게군(熊毛郡) 가미노세키초(上關町). 에도시대에는 스오노쿠니(周防國)에 속하였다. 세토나이카이(瀬戶內海)의 최서단(最西端)에 위치하여 가미노세키해협을 사이에 두고 무로쓰항(室津港)과 마주 보고 있는 가미노세키항(上關港)은 헤이안(平安)시대에는 세토나이카이 항로상의 주요 항구로서 역할을 다하였고, 무로마치(室町)와 에도시대에는 통신사가 기항하거나 상륙한 것 외에도 상선·기타마에부네(北前船, 운송선) 등에 의해 항구가 번창하였다. 이에 하기번(萩藩)이 가미노세키에 오차야(御茶屋)·가미노세키 오반쇼(上關御番所, 해상경찰, 세관)·오후나구라(御船藏, 선창) 등의 시설도 설치하였다. 조선 후기 통신사행 가운데 1811년을 제외한

못하면 가사도(笠戶) 길을 따라 행선한다고 한다. 무코우라(向浦)[133]는 아카마가세키(赤關)와의 거리가 180리로 조수(潮水)가 이곳에 이르러서야 비로소 넓어지니, 사이카이도 규슈(九州)의 땅이 여기에서 끝이 난다. 남도(南道) 네 개 주(州)의 산은 여기에 속하지 않는다. 그 때문에 그 사이엔 대양이 서로 이어져 끝이 없고, 북쪽으로 바라보면 산줄기가 끝없이 내리달려 끊이지 않는다. 이는 모두 북도(北道)의 여러 산으로 나가토슈 소관이며 바다가 임해 있고 땅이 다한 곳이라고 한다.

무로즈미(室積)[134]를 거쳐 신시 끝 무렵 가미노세키에 도착하였다. 바

나머지 사행 때마다 사신 일행이 가미노세키에서 묵었다. 1719년 통신사행 때에는 8월 25일 이곳에 상륙하여 차야에서 묵었고, 조선으로 돌아오는 길에도 11월 28일부터 12월 2일까지 이곳에서 4일 동안 묵었는데, 처음에는 선상에서 묵었다가 나중에 상륙하여 묵었으며 12월 1일에는 망궐례(望闕禮)를 지냈다.

133 무코우라(向浦) : 현재의 야마구치현(山口縣) 호우시(防府市) 무코시마(向島)의 포구로 추정. 에도시대에는 스오노쿠니(周防國)에 속하였다. 물결이 매우 급하여 지나가기가 쉽지 않아 형편에 따라 선상에서 머물다가는 곳 가운데 하나이다. 1636년 11월 1일 밤이 깊어 이곳 무코우라에 배를 정박하였는데, 나가토 번주가 사람을 보내 문안하였고, 겐쇼(玄召)가 과일 한 그릇을 바쳤다. 1636년 통신사행 때에는 사신 일행이 11월 1일 이곳 선상에서 묵었고, 1643년 사행 때에는 5월 14일에 이곳 선상에서 묵었으며, 1655년 사행 때에는 8월 13일 이곳에 상륙하여 묵었다. 1748년 정사 홍계희·부사 남태기·종사관 조명채 등 통신사 일행이 도쿠가와 이에시게(德川家重)의 습직을 축하하기 위해 일본을 방문하였을 때 4월 7일 오후 4시경에 무코우라에 닿았는데, 정사는 감기가 들어 마을에 내려가서 자고 부사와 종사관은 배에서 잤다.

134 무로즈미(室積) : 현재의 야마구치현(山口縣) 히카리시(光市) 무로즈미무라(室積村). 스오노쿠니(周防國)에 속하였고, 만(灣)을 따라 발달한 항구도시이다. 조선 후기 통신사행 가운데 1617년과 1811년을 제외한 대부분의 사행 때마다 사신 일행이 이곳 무로즈미 차야(茶屋)나 선상에서 묵었다. 1624년 통신사가 도쿠가와 이에미쓰(德川家光)의 습직을 축하하고 임진왜란과 정유재란 때 잡혀간 피로인(被虜人)을 데려오기 위해 회답겸쇄환사(回答兼刷還使)로 일본을 방문하였을 때, 이듬해 2월 3일 귀로에 이곳 무로즈미 선상에서 묵었다. 1748년 통신사행 때에는 4월 8일 이곳 무로즈미를 지나가는데, 여러 척의 작은 배가 땔나무·물·물고기·채소 등을 싣고 기선(騎船) 가까이 다가오려다가 풍랑에 밀려 조선의 배 밑으로 들어가 거의 가라앉을 뻔하였다. 이때 조선 격군이 배의 난간에서 왜선을 무사히 구조하였다.

람이 참 좋아 행중(行中)에서는 좀 더 많이 앞으로 나가기를 권하였으
나 하늘을 보니 비가 올 것만 같았을 뿐 아니라 전참(前站)도 먼지 가까
운지를 알 수가 없어서 부득이 선창에다 정박시키고 내려가 관소에서
잤다. 이곳은 곧 스오슈(周防州)[135] 소관으로 새로 지은 것도 아니었고,
휘장 및 제반 모든 것들이 아카마가세키(赤關)보다는 못했다. 관중(館
中)에는 2층 누각이 있었으나 위치한 곳이 꽤 깊어서 시야가 탁 트이지
못하다고 하기에 올라가서 보지는 않았다. 이곳의 산수 또한 뛰어났으
나 아카마가세키에 비한다면 많이 양보해야 할 것이다. 아카마가세키
는 일명 시모노세키(下關)라고도 하는데, 일본에서 이를 상하관(上下關)
이라고 부르는 것은 관방(關防)의 요충지라는 뜻을 취하였기 때문이라
고 한다.

　나가토슈의 태수가 노송나무 찬합 1조(組), 조(鯛) 1절(折), 술 1하(荷)
를 올렸다. 땅은 비록 스오(周防)에 속해 있다고 하나 나가토슈의 태수
가 스오를 겸해 관할하기 때문에 이렇게 보낸 것이라고 한다. 우리 일
행에게 바친 것은 도주에게 보내고, 부사의 일행에게 바친 것은 호행과
부교 및 재판에게 나누어 주었다. 나가토슈의 지대(支待)인 부교가 스
기주(杉重) 1조(組), 곶해삼[串海鼠][136] 1상자, 반국주(盤國酒) 1준(樽)을

---

135 스오슈(周防州) : 현재의 야마구치현(山口縣) 동부 지역. 스오노쿠니(周防國)·호슈(防
州)라고도 한다. 통신사행 때 조선 사신이 휴식을 취하거나 묵었던 무코우라(向浦)·미타
지리(三田尻)·가사도세키(笠戸關)·미시구치우라(西口浦)·무로즈미(室積)·가미노세키
(上關) 등이 이 지방에 속한다. 남용익의 『문견별록(聞見別錄)』 「주계(州界)」에 "스오슈
: 동쪽으로는 아키, 서쪽으로는 나가토, 남쪽으로는 바다, 북쪽으로는 이즈모에 이른다.
소속된 군은 6군이고, 온천이 있으며, 하엽록이 생산된다.[周防州 : 東抵安藝, 西抵長門,
南距海, 北抵出雲, 屬郡六, 有溫井, 産荷葉綠.]"라고 하였다.
136 곶해삼[串海鼠] : 원문의 해서(海鼠)는 해삼이다. 곶해서(串海鼠)는 해삼을 곶감처럼
꼬치에 꿴 것이다.

올렸기에, 선격(船格)들에게 나누어 주었다. 이날은 160리를 갔다.

26일[병인]. 맑음. 서북풍. 황혼 무렵에 소나기가 오다가 바로 그침. 가마가리(鎌刈)에 도착.

날이 밝자 출발하여 가미노세키(上關) 동쪽 양 해안을 따라 가다보니 해안이 너무 좁아서 겨우 통과하였다. 노를 젓기도 하고 돛을 올리기도 하면서 반나절을 항해하여 가무로(加室)를 거쳐 쓰와(津和)[137]에 이르렀다. 가로(加老)를 넘어가는 사이에는 섬들이 서로 뒤섞여 줄을 지어 있었고, 물은 굽이치면서 빙빙 돌았으며 여울은 얕고 물살은 급해 뱃길이 아주 힘들었다. 가마가리(鎌刈)[138]에 도착하려면 아직 수십 리가 남았는데 날은 이미 캄캄해졌고, 바람과 바닷물이 모두 거꾸로 되어 한 치를

---

137 쓰와(津和) : 현재의 에히메현(愛媛縣) 마쓰야마시(松山市) 쓰와지지마(津和地島). 에도시대에는 이요노쿠니(伊豫國)에 속하였고, 에히메현 북서부의 세토나이카이(瀬戸內海)에 떠 있는 구쓰나제도(忽那諸島)의 서단(西端)에 있는 섬이다. 1624년 통신사가 도쿠가와 이에미쓰(德川家光)의 습직을 축하하고 임진왜란과 정유재란 때 잡혀간 피로인(被虜人)을 데려오기 위해 회답겸쇄환사(回答兼刷還使)로 일본을 방문하였을 때, 11월 5일 사신 일행은 쓰와 앞 포구에 배를 멈추고 소 요시나리(宗義成)와 야나가와 시게오키(柳川調興)가 오기를 기다렸다. 저녁 조수를 이용하여 다시 배를 띄우려 하였는데 날이 저물고 바람도 순하지 않으므로 배 위에서 그대로 묵었다. 야나가와 시게오키가 등자[橙]·귤·침리(沈梨)를 보내왔다. 1636년 11월 3일 통신사행 때에도 이곳 쓰와에 배를 정박하였다. 바람이 사납고 소나기가 쏟아지므로 소 요시나리(宗義成)가 민가를 청소하였음을 알리며 뭍에 내려서 쉬기를 청하였으나 사신 일행은 배에서 잤다. 1748년 4월 10일 사행 때에도 해질 무렵 쓰와에 배를 대었다. 정사가 환우가 있어 이 고을 태수의 차야(茶屋)을 빌렸다. 선창이 좁아서 기선(騎船)으로 들어갈 수 없으므로 삼사신 모두 각각 채선(彩船)으로 옮겨 타고 갔고, 원역(員役)은 배 안에 머물렀다. 태수가 사자를 보내 문안하였다.

138 가마가리(鎌刈) : 포예(蒲刈), 포기(蒲碕), 가망가리(加亡加里)라고도 한다. 아키슈(安藝州)에 속하고, 현재의 히로시마현(廣島縣) 구레시(吳市) 시모가마가리초시모지마(下蒲刈町下島)이다. 12차 통신사행 중 1차와 12차를 제외한 나머지 사행 때마다 조선 사신이 이곳에 묵었다.

나가면 한 자를 물러서야만 했다. 또 소나기까지 내려 배 안은 미처 쑥대를 덮지 못하는 바람에 한바탕 시끄러웠으나 바로 날이 개여 사람들이 비로소 다소 안정되자 힘써 노를 저었다. 하지만 조수를 거슬러 가는 것이 어려워하는 수 없이 닻을 내리고 배에서 잤다. 이날은 2백 리를 갔다.

27일[정묘]. 맑음. 동풍. 가마가리에 머물음.

닭이 울고 난 후에 조수를 타고 올라가 비로소 도착하여 정박했는데, 졸다가 일어나 보니 해가 이미 높이 떠올라 있었다. 바람이 순조롭지 않아 앞으로 나아갈 수 없어서 마침내 배에서 내려 관소로 갔다. 부계(浮階)가 설치된 세 곳에 삼사의 배가 정박하였다.

선창에서부터 관사까지는 백여 걸음이었는데, 새로 지은 행각(行閣)엔 모두 붉은 양탄자가 깔렸으며, 집이 매우 크고 아름다웠고, 병풍과 휘장도 화려하고 아름다웠다. 화장실의 틀나무는 모두 검게 칠하여 찬란하게 반사되었고, 하관(下官)이 묵고 있는 곳도 모두 금으로 된 병풍이 설치되어 있었다. 날마다 산닭을 바쳤고, 차관(次官)[139]에 이르기까지 모든 것이 다 풍부하게 제공되어 지금껏 지나온 역참(驛站)과는 비길 바가 아니었다.

이곳은 아키슈(安藝州)[140] 소속으로 태수는 원길장(源吉長)이며 히로

---

139 차관(次官) : 통신사에 대한 일본 측 등급 중의 하나. 사신단의 마상재(馬上才)·전악(典樂)·이마(理馬)·반당(伴倘)·선장(船將)을 일본 측에서 구분하여 부르는 호칭이다. 일본 측에서는 통신사의 등급을 삼사·상상관·상관·차관·중관·하관 등으로 구분했다. 마상재, 전악은 각 2명이며 이마는 1명이고, 반당과 선장은 각 3명으로 삼사가 각 1명씩을 거느렸다.

140 아키슈(安藝州) : 현재의 히로시마현(廣島縣) 서부 지역. 아키노쿠니(安藝國)·게이슈

시마성(廣島城)에 거처한다. 지대(支待) 부교 아사노 나이젠(淺野內膳) 과 아마노 덴베에(天野傳兵衛)를 시켜서 도미포 1상자, 곳해삼 1상자, 삼원주(三原酒)[141] 2준(樽)을 올렸기에, 일행에게 나누어 주었다.

28일[무진]. 맑음. 도모노우라(鞆浦)에 도착.

한밤중에 도주가 사람을 보내어 행선할 것을 청하기에, 삼사가 닭 울음소리를 따라 배에 올랐다. 하지만 바람이 매우 거세고 하늘빛이 캄캄하여 출발할 수가 없었다. 날이 밝아서야 비로소 돛을 올리고 나아 갔는데, 바람이 순조롭고 조수가 불어나서 배가 매우 빠르게 갔다. 다 카사키(高崎)를 거쳐 수십 리를 가다보니 멀리 왼쪽 해안에 분첩(粉堞, 성 위에 낮게 쌓아 석회를 바른 담)이 우뚝 솟아 있고, 조수를 따라가며 그 일대에 민가가 매우 많았다. 이곳은 곧 아키슈(安藝州)의 대관(代官) 이 거처하는 곳으로 지명을 미하라(三原)라고 한다.

다지마(田島)로 가다가 도모노우라 10리 못 미친 곳에 석벽(石壁)이

(藝州)라고도 한다. 통신사행 때 조선 사신이 휴식을 취하거나 묵었던 가로시마(加老島)·가마 가리(鎌刈) 등이 이 지방에 속한다. 남용익의 『문견별록』「주계(州界)」에 "아키슈 : 동쪽으 로는 빈고, 서쪽으로는 스오, 남쪽으로는 바다, 북쪽으로는 이즈모에 이른다. 소속된 군은 8군이다.[安藝州: 東抵備後, 西抵周防, 南距海, 北抵出雲, 屬郡八.]"라고 하였다.

141 삼원주(三原酒) : 일본 혼슈(本州) 히로시마현(廣島縣) 남부 도시인 미하라(三原)에서 만든 술. 미하라는 경수(硬水)와 연수(軟水)의 중간 경도인 중경수(中硬水)가 나오는 지역 으로, 술 빚기에 적합한 양질의 쌀 재배와 최상의 기상조건 등의 혜택을 입어 오래 전부터 주조업이 발달하였다. 삼원주(三原酒)는 일본에서 쇼군에게 진헌하는 술 중의 하나이다. 1682년 정사 윤지완 등 삼사신(三使臣)이 도쿠가와 쓰나요시(德川綱吉)의 습직을 축하하 기 위해 일본에 갔다가 귀국할 때, 아키노쿠니의 히로시마 번주 아사노 쓰나나가(淺野綱 長, 源綱長, 松平綱長)가 참왜(站倭)를 시켜 사행단에게 삼원주 2통을 바쳤다. 아키노쿠니 는 지금의 히로시마현 서부 지역으로, 통신사행 때 조선 사신이 휴식을 취하거나 묵었던 가로시마·가마가리 등이 이 지방에 속한다.

바닷가에 있는데, 뾰족하게 솟아 칼로 깎은 것 같았다. 그 꼭대기 작은 암자에 승려가 살고 있는데, 이곳이 해조산(海潮山) 반다이지(盤臺寺)이다. 이전부터 객선이 이곳을 지나갈 때에 승려가 반드시 종을 울려서 신호를 보내면 배 안에 있는 사람들은 저마다 쌀을 거두어 승려에게 보내 주었다. 승려들이 그 덕분에 살아간다기에, 쌀 2석을 지급해 주도록 했다.

신시 초에 도모노우라에 도착했다. 포구엔 날이 아직 일렀고 바람도 매우 순조로워, 이곳에서 바로 유숙하기는 아까웠다. 그래서 삼사가 의논하여 돛을 올리고 앞으로 나아가려 하자, 왜의 금도(禁徒)와 사공과 통사(通詞)들이 한 목소리로 간절하게 호소하며 말하였다.

"도주가 아직 오지 않았는데 이 역참(驛站)을 그냥 지나가버리면, 저희들은 반드시 죽음을 면치 못합니다. 간절히 바라건대, 도주가 오기를 조금만 기다리셨다가 두 번을 오고 간다 해도 늦지 않을 것입니다."

그 말이 자못 일리가 있는 것 같았고, 기다렸다가 상의하지도 않은 채 곧바로 먼저 가버린다는 것은 주객의 도리에도 맞지 않는지라, 중류에 닻을 내리고는 일단 머물러 있기로 하였다. 도주의 배가 뒤따라 이르렀을 때는 날이 이미 어두워졌다. 배에서 그냥 자기도 불편한데다 도주가 유숙할 것을 간청하기에, 하는 수 없이 들어가 선창에 정박하였다.

그런데 종사가 자신의 배에 탄 금도왜(禁徒倭)와 사공들이 나쁜 습관이 많다고 말을 전하게 하여, 도주가 그 죄를 다스릴 것을 청하였다. 하지만 도주가 답한 바에 아무런 결정도 없자, 종사가 자기 말을 따르지 않았다고 노하여 배에서 내리려 하지 않았다. 그 때문에 나와 부사가 역관을 보내어 도주에게 예의가 없음을 꾸짖고 육지에 내릴 수 없다는 뜻을 말하게 하였다. 그러자 도주가 비로소 두려워하며 사공들을 엄하게 처벌할 것을 허락하고 재판을 보내어 재빨리 사과하였다.

  삼사가 그제서야 국서를 받들고 관소로 갔다. 관소는 가이간잔(海岸
山) 후쿠젠지(福禪寺)로, 문이 큰 바다에 마주하고 산천이 수려하여 지
금까지 지나온 길에서 보지 못했을 정도로 경치가 좋았다. 민가가 많은
것도 아카마가세키(赤關) 이후의 여러 역참과 비길 바가 아니었다. 이
곳은 빈고슈(備後州)로 이세노카미(伊勢守) 아베 마사토미(阿部正福)[142]
의 소관이며, 태수는 후쿠야마성(福山城)에 거처하는데, 지난번에 심부
름꾼을 보내어 아카마가세키에서 우리를 맞이하고 문안했던 자이다.
부교 지대(支待)가 도미포 1상자, 곤포(昆布) 1상자, 술 2하(荷)를 보내
주었고, 또 부채 20파(把), 과자 1절(折)을 올렸기에 행중에 나누어 주
었다. 이날은 140리를 갔다.

  29일[기사]. 맑음. 북풍. 히비무라(日比村)에 도착.

  해가 뜬 후에 출발하였다. 중류에서 돌아보니 호수를 따라가며 일대
가 돌을 쌓아 만든 제방이었는데, 층층 누대와 굽은 난간이 숲 사이로
비쳤다. 높은 곳에 올라가 바라보면 더욱 좋을 만큼 경치가 뛰어났다.
솜씨가 뛰어난 화가라 할지라도 그대로 그려낼 수는 없으리라.

---

142 아베 마사토미(阿部正福, 1700~1769) : 에도시대 전-중기 다이묘(大名). 아부정복(阿
部正福). 관위는 이세노카미(伊勢守)·종사위하(從四位下)·오사카조다이(大坂城代). 에도
출신. 빈고(備後) 후쿠야마번(福山藩) 아베가(阿部家) 초대 번주인 아베 마사쿠니(阿部正
邦)의 4남. 1715년 부친의 죽음으로 후쿠야마번 아베가 제2대 번주가 되었다. 1745년 11월
47세로 로주(老中)에의 등용문인 오사카조다이에 취임하였으며, 후대 아베 씨(阿部氏)가
보대(譜代)의 명문으로서 막각(幕閣)에 등장하는 발판을 만들었다. 1719년 통신사 일행이
도쿠가와 요시무네의 습직을 축하하기 위해 일본을 방문하였을 때, 관반(館伴)이 되어
도모노우라(鞆浦)에서 조선 사신 접대 임무를 맡았다.

배에 올라 돛을 달고 백석도(白石島)를 지나 하진촌(下津村) 앞에 이
르니 말과 같은 작은 섬이 있는데, 돌 비탈길이 가로로 이어졌으며 사
납고 급한 물이 소용돌이쳤다. 배를 타고 그 물을 거슬러 달리다 섬과
거의 부딪칠 뻔하였다. 나는 겨우 위험에서 벗어날 수 있었지만, 부사
의 복선(卜船)은 미처 피하지 못해 얕은 곳에 걸리는 바람에 왜선 백여
척이 일시에 와서 짐을 풀어내고 간신히 구조하여 다시 갈 수 있었다.

하실(賀室)을 지나니 비전국주(備前國主) 종사위(從四位) 겐 쓰구사마
(源繼政)가 부교를 보내어 작은 배를 타고 와서 등호해태(藤戶海苔) 1궤
(櫃), 사당지과(砂糖漬菓) 한 병, 술 두 동이를 올렸기에, 행중에 나누어
주었다. 앞길에 섬이 많고 바람의 형세도 역풍이어서 출발할 수가 없어
히비무라(日比村)의 항구 내로 옮겨 정박하고 배 안에서 유숙하였다.
부사의 복선(卜船)은 밤이 깊은 뒤에야 비로소 뒤늦게 도착했다. 이날
은 140리를 갔다.

홍북곡 해사일록 하

洪北谷海槎日錄下

기해년(1719)

9월

1일[경오]. 맑음. 우시마도(牛窓)에 도착.

새벽에 배 안에서 망궐례를 행하였다. 도주가 오화당(五花糖)[1] 1곡(曲), 습이(濕飴) 한 병을 보냈다. 사시에 출발하여 조수를 타고 힘써 노를 저어 갔다. 물이 얕고 또 급하여 항로가 몹시 위험하므로 왜선(倭船)이 힘을 다해 끌어당겼고, 작은 배 수백 척이 또한 좌우로 나누어 늘어섰다. 한쪽 길은 열어 놓은 채 일행의 모든 배들이 일자(一字)로 행렬을 이루어 고기를 꿴 듯이 하여 나아갔는데, 수미(首尾)가 계속 이어져 거의 5리 정도 되었으니 이 또한 기이한 광경이라 할 만하였다.

해가 저물 무렵에 우시마도(牛窓)[2]에 도착하여 정박하고 배에서 내려

---

1 오화당(五花糖) : 오색으로 물들여 만든 둥글납작한 사탕. 맷돌사탕, 또는 옥춘(玉椿)이라고도 하는데, 제사나 잔치 상차림에 높이 괴어서 쓰기도 한다. 1710년 4월에 차왜(差倭) 히라타 사네카타(平田眞賢, 平眞連)가 통신사 파견을 요청하기 위해 쓰시마 도주 소 요시미치(宗義方)의 서계를 가지고 왔는데, 이때 접위관(接慰官) 정도복(丁道復)에게 별폭으로 오화당(五花糖) 2근(斤) 등을 선물하였다.

관소로 들어갔다. 포구 내에는 천여 호 인가가 대부분 기와집이었고, 구경하는 남녀들이 산 위에도 꽉 차고 길 옆에도 가득 메워져 그 수를 셀 수가 없었다. 땅은 비젠슈(備前州)에 속했고, 태수는 겐 쓰구사마(源繼政)[3]로 오카야마성(岡山城)에 거처했는데, 이곳과의 거리는 백 리라고 한다.

쓰구사마(繼政)가 박지홍어(粕漬紅魚) 1통(桶), 스기주(三重) 1궤(櫃), 인동주(忍冬酒) 1도(陶)를 올렸다. 주(櫃)는 5층으로 된 큰 그릇이요, 홍어(紅魚)는 바로 방어(魴魚)이다. 행중 모두에게 나누어 주었다. 도주와 장로가 왔기에 만나 보았다. 이날은 80리를 갔다.

2일[신미]. 맑음. 동북풍. 무로쓰(室津)에 도착.

사시 끝 무렵에 조수를 기다렸다가 출발하였다. 배를 끌어당기며 갔는데, 50여 리를 가다 보니 멀리 왼쪽에 분첩(粉堞)이 쭉 이어져 있고 층층 누각이 물에 어렸다. 이곳은 하리마슈(播磨州) 소관이며, 삼화천수(森和泉守)가 거처하는 곳으로 성의 이름은 아코(赤穗)라고 한다.

저녁이 될 무렵에 무로쓰(室津)[4]에 도착하였다. 항구는 물굽이로 감싸고 있어서 천여 척의 배를 댈 만한 곳으로 모든 연해에서 가장 우수한 곳이었다. 배에서 내려 관소로 들어갔는데, 관사 또한 매우 넓었다.

---

2 우시마도(牛窓) : 현재의 오카야마현(岡山縣) 세토우치시(瀬戸內市) 우시마도초우시마도(牛窓町牛窓)이다. 에도시대 비젠슈(備前州)에 속하고, 우저(牛渚)·우주(牛洲)·우전(牛轉)이라고도 한다.

3 오카야마번 이케다가 제3대 번주인 이케다 쓰구마사(池田繼政)이다.

4 무로쓰(室津) : 현재의 효고현(兵庫縣) 다쓰노시(たつの市) 미쓰초무로쓰(御津町室津)이다. 12차례 통신사행 가운데 12차를 제외한 나머지 사행 때마다 조선 사신이 이곳에 묵었다.

땅은 하리마슈(播磨州) 소속이니 시키부다이후(式部大輔)[5] 사카키바라
마사쿠니(榊原政邦)[6]의 소관으로 태수는 히메지성(姬路城)에 거처하며,
이곳과의 거리는 백 리라고 한다.

마사쿠니(政邦)가 증병(蒸餠) 1기(器), 박지조(粕漬鮴) 1통(桶), 노주(魯
酒) 쌍준(雙樽)을 올렸다. 조(鮴)는 곧 은어구(銀口魚)이다. 행중에 나누
어 주었다. 이날은 백 리를 갔다.

3일[임신]. 맑음. 동북풍. 효고(兵庫)에 도착.

축시에 출발하여 노를 젓기도 하고 돛을 올리기도 하며 50여 리를
가니 멀리 북쪽 포구 해안에 성이 있었는데, 낭니성(娘尼城)이라 부른
다고 하였다. 70여 리를 더 가다 왼편 평야 가운데를 보니 성첩(城堞)으
로 둘러싸인 곳에 인가가 즐비하였다. 이곳은 하리마슈(播磨州)로 사효
에노카미(左兵衛督) 마쓰다이라 나오쓰네(松平直常)[7]의 소관이며, 거처

---

5 시키부다이후(式部大輔) : 시키부쇼(式部省)의 두 번째 관직인데, 대개 유학자가 담당
하였다.
6 사카키바라 마사쿠니(榊原政邦, 1675~1726) : 에도시대 전-중기 다이묘(大名). 신원정
방(榊原政邦). 별명은 도라노스케(虎之助)·가쓰노리(勝乘)·마사토키(政辰). 관위는 식부
대보(式部大輔)·종사위하(從四位下). 사카키바라 가쓰나오(榊原勝直)의 장남. 에치고(越
後) 무라카미번(村上藩) 초대 번주이고, 사카키바라 본가(榊原本家)인 사카키바라 마사토
모(榊原政倫)의 양자가 되었으며, 1683년 무라카미번 사카키바라가 제2대 번주가 되었다.
그 후 1704년 하리마(播磨) 히메지번(姬路藩)으로 전봉(轉封)되어 사카키바라가 초대 번주
가 되었다. 1711년에는 통신사 일행이 도쿠가와 이에노부(德川家宣)의 습직(襲職)을 축하
하기 위해, 1719년에 통신사 일행이 도쿠가와 요시무네(德川吉宗)의 습직을 축하하기 위
해 일본을 방문하였을 때, 관반(舘伴)이 되어 하리마 무로쓰(室津)에서 조선 사신 접대
임무를 맡았다. 가집(歌集)으로 『마사쿠니공가집(政邦公歌集)』이 있다.
7 마쓰다이라 나오쓰네(松平直常, 1679~1744) : 에도시대 전-중기의 다이묘(大名). 초명
은 나오타케(直武). 마쓰다이라 사효에노카미 나오쓰네(松平左兵衛督直常)라고도 한다.
마쓰다이라 나오아키라(松平直明)의 아들로, 1701년 하리마(播磨) 아카시번(明石藩)의 마
쓰다이라가(松平家) 제2대 번주가 되었다. 1711년 10월 16일 통신사가 오이소(大磯)에서

하는 곳은 아카시성(明石城)인데 지명은 또한 아카시우라(明石浦)라고
한다.

　나오쓰네(直常)가 부교를 보내 채선(彩船)을 타고 호행하게 하였다.
그리고 조지조(糟漬鯛) 2통(桶), 간과자(干菓子) 1상자, 석결명(石決明)
30개, 술 1하(荷)를 올렸기에, 행중에 나누어 주었다. 남쪽을 바라보니
수많은 산들이 있고 바닷물은 망망하여 하늘과 함께 끝이 없었으며,
4주(州)의 땅이 여기에서 다하여 다시 대양과 서로 이어지는 것 같았다.

　신시에 효고(兵庫)[8]에 이르러 정박하고 배에서 내려 관소로 들어갔
다. 도토미노카미(遠江守) 마쓰다이라 다다타카(松平忠喬)[9]가 호초 1갑,
남초(南草) 1갑, 술 2준(樽)을 올렸다. 행중에 나누어 주었다. 다다타카
가 또 스기주(杉重) 1조(組)를 올렸기에 호행과 부교에게 주었다. 이곳

점심을 먹을 때, 마쓰다이라 나오쓰네가 접대역(接待役)으로 와서 지대를 관할하고 찬합
[杉重]을 바쳤다. 이 사행의 접대로 인해 선대로부터 궁핍했던 번의 재정이 한층 더 곤궁
하게 되었다. 『일관요고(日觀要攷)』에 "명석성재(明石城宰), 원직상(源直常)이다. 파마주
대관(代官)이다"라고 한 것이 마쓰다이라 나오쓰네로 보인다.

8　효고(兵庫) : 셋쓰슈(攝津州)에 속하고, 현재의 효고현(兵庫縣) 고베시(神戶市) 효고구
(兵庫區) 효고초(兵庫町)이다. 고베항(神戶港)이 인접한 항구도시.

9　마쓰다이라 다다타카(松平忠喬) : 에도시대 전-중기의 다이묘(大名). 초명(初名)은 도
모타케(俱武), 별명은 가쓰치요(勝千代), 통칭은 요시치로(與七郎). 관위는 종사위하(從四
位下)·도토미노카미(遠江守)·이와미노카미(石見守). 시나노(信濃) 이야마번(飯山藩) 마
쓰다이라가(松平家) 초대 번주인 마쓰다이라 다다토모(松平忠俱)의 손자. 부친인 다다쓰
구(忠繼)가 병약하여 폐적(廢嫡)되자 1696년 14세 때 이야마번 제2대 번주가 되었다. 뒤에
도토미(遠江) 가케가와번(掛川藩)를 거쳐 1711년 셋쓰(攝津) 아마가사키번(尼崎藩) 마쓰다
이라가(松平家) 초대 번주가 되었다. 1711년에는 도쿠가와 이에노부(德川家宣)의 습직을,
1719년에는 도쿠가와 요시무네(德川吉宗)의 습직을, 1748년에는 도쿠가와 이에시게(德川
家重)의 습직을 축하하기 위해 통신사 일행이 일본을 방문하였을 때, 관반(館伴)으로서
효고에서 조선 사신 접대 임무를 맡았다. 1711년 9월 14일 통신사절단이 셋쓰 효고에 도착
하자, 당시 도토미노카미였던 마쓰다이라 다다타카는 사람을 보내 문안하고 담배·물고기·
술 등을 보내왔다.

은 기내(圻內)로 셋쓰슈(攝津州) 소속이요, 관백(關白)의 장입지(藏入地, 조세를 관백이 사용하는 직할지)이며, 다다타카는 액기성(厄崎城)에 거처하는데, 지대(支待)하기 위해서 온 것이라고 한다. 관백이 따로 사람을 보내어 지공(支供)을 점검하고, 이어 백목절(白木折) 하나, 스기주(杉重) 1조(組), 술 1하(荷)를 가져다주었다. 절(折)은 곧 대목궤(大木樻)로 떡과 과일, 안주 같은 것을 담는 것이다. 행중의 모두에게 나누어주었다. 이날은 180리를 갔다.

4일[계유]. 맑음. 오사카성(大坂城)에 도착.

한밤중에 조수를 타고 출발하여 노를 저어 백 리를 가서 정오에 하구(河口)에 이르렀다. 민가가 꽤 많았고 또 관사도 있었는데, 종전의 사행 중에는 이곳에서 묵고 가는 경우도 있었다고 한다. 왕왕 산기슭이 내리달아 호수 가운데로 들어가 섬을 이루게 된 것을 노옥(蘆屋)이라고 부르기도 하고 점포(店浦)라고 부르기도 하는데, 모든 인가가 몹시 촘촘하였다. 양 언덕 갈대숲에서는 물새가 날아다니며 울고, 솔숲에는 이지러진 울타리들이 서로 이어져 경치가 아주 뛰어났다.

누선(樓船) 10여 척이 이미 와서 근처에 배를 대고 있었다. 대개 이곳에서부터 오사카(大坂)에 이르기까지는 물이 얕아 큰 배가 다닐 수 없기 때문에 예전에도 반드시 이 누선을 타고 이동했었다. 역관들이 말하기를, '삼사(三使)의 누선은 관백(關白)이 타는 배'라고 하였다. 그래서 역관을 도주에게 보내어 '사리와 체면으로 보아 편치 않다'고 하고 다른 배로 바꿔 타겠다는 뜻으로 말을 전하였다. 그러자 도주가 이것은 관백이 타는 배가 아니라 사행을 위해 특별히 만든 배로 남겨 둔 것이기에 구태여 사양할 필요가 없다고 하였다.

그래서 마침내 작은 배에서 누선으로 바꿔 탔다. 누선은 위에 층각(層閣)을 설치하였고, 위아래 모두 검은 칠을 해서 사람을 비추게 할 정도로 빛이 났으며, 서까래와 난간도 황금으로 장식했다. 창과 벽 사이에는 금박을 입혔으며, 은빛 휘장과 주렴은 사치스러움과 아름다움을 마음껏 부렸다. 또 잡색(雜色) 융사(絨絲)로 배꼬리에 금방울 두개를 매어 달아, 때때로 이 금방울을 끌어당겨 배의 키를 움직이는 신호로 삼았다. 누런색 거북이 무늬 옷을 입은 자 수십 명이 붉은 노를 잡고 뱃노래를 한목소리로 부르는 것이 청아하여 들을 만하였다. 깃발이 배의 가장 앞에 위치했고, 창검이 그 다음이요, 고각(鼓角)이 그 다음이었다. 국서(國書)를 받든 배가 앞서 가고 삼사가 뒤이어 나아갔다. 당역(堂譯)과 상통사가 탄 배도 모두 태수가 타는 배로 또한 휘황찬란하여, 사신이 탄 배와 큰 차이가 없었다.

강은 넓기도 하고 좁기도 하였으며, 깊이는 한 길도 채 되지 않았다. 하구(河口)에서 오사카에 이르기까지 30리 사이에는 좌우로 모두 돌을 쌓아 둑을 만들어 놓았다. 상류에서 갈라져 강으로 들어오는 물줄기가 대여섯 곳이나 되었으며, 홍교(虹橋)를 설치한 것도 무려 수백 개나 되었는데 아주 높고 크게 만들어 배들이 모두 그 다리 아래로 왕래하였다.

양쪽 언덕에는 층층 누각과 웅장한 전각들이 지붕을 맞대고 용마루가 이어져 있어 땅 한 조각도 비어 있는 곳이 없었다. 크고 작은 상선들이 정박해 있는데, 강 언덕 쪽에 있는 것은 수미(首尾)가 서로 이어져 수십 리에 이르도록 끊이지 않았다. 그 사이에는 장식한 담장이 있는데, 크고 화려하여 어디에 비길 데가 없었다. 모두 각 주(州) 태수의 차야(茶屋)[10]로, 물을 끌어들여 해자(垓字)를 만들고 목책을 설치하여 배를 대어 놓았다. 배는 아주 화려하여 사행이 타고 온 누선과 같은 종류였다.

구경하는 남녀가 언덕 위에까지 가득 차서 천 명인지 만 명인지 알 수가 없을 정도였고, 번화함과 뛰어난 규모가 북경의 통주(通州)와도 방불한데 그 부유함과 화려함은 더 낫다고 한다.

큰 다리 일곱 개를 지나 저물녘에 오사카에 도착했다. 선창에는 나무 판을 깔아 부계(浮階)를 놓았는데 그 높이가 뱃전과 나란하였으며, 양 쪽으로는 대나무 난간을 설치하였는데 매우 정교하게 만들었다. 왜인 들이 옥교(屋轎, 덮개 있는 가마)를 내어 주었는데, 사창(紗窓)에 붉은 칠 을 한 것으로 몹시 화려하였다.

배에서 내려 가마를 탔는데, 가마꾼 열두 명이 메고서 갔다. 당역과 제술관과 양의(良醫)는 모두 현교(懸轎)를 탔고, 중관(中官) 이상은 모두 말을 탔다. 말의 안장은 금 안장에다 금으로 된 언치로 화려하기가 비 할 데가 없었다. 노예와 같은 이들은 모두 쌍견(雙牽)을 잡고 뒤를 따라 왔다.

6, 7리 정도를 가서 관소에 도착했다. 좌우의 긴 회랑은 모두 상점이 었는데, 층층으로 된 누각이 모두 널찍했다. 구경하는 자들이 늙은이 젊은이 할 것 없이 집에 꽉 차고 또 길거리를 메워, 강 언덕에서 구경하 던 사람들에 비해 훨씬 더 많았다. 승려 속인 할 것 없이 서로 어깨를 맞대고 등을 붙이고 있어서 남녀를 전혀 분별할 수 없었으니 너무 누추 해서 차마 볼 수가 없었다. 십자(十字)로 된 길들은 정연하고 곧았으며, 인가는 60간마다 1정(町)으로 삼아 매 정(町)마다 반드시 이문(里門)을

---

10 차야(茶屋) : 에도시대 길가의 숙소로 여행자 등에게 식사나 차, 과자 등을 제공하는 휴게소였다.

두었다.

　일본 사람들은 몸과 밭과 집에 모두 세금이 있는데, 이 세 가지 세금 외에는 평생 역(役)이라곤 없었고, 역이 있다면 반드시 그 비용을 내고서 고용해야 했다. 집은 칸을 계산하여 세금을 징수하고, 밭 또한 정법(町法)으로 크고 작음을 헤아려서 세금의 많고 적음을 정한다고 한다. 사람이 번성하고 민가가 크기로는 동래에서 떠난 이후로 최고의 장관이라 하겠다.

　관사는 니시혼간지(西本願寺)인데, 지은 것이 크고 아름다워 거의 천 칸에 가까웠다. 불전(佛殿)의 기둥들은 모두 괴목(槐木)을 써서 무늬 결에 빛이 났으며, 영내(楹內) 수십 개의 기둥들은 황금으로 칠을 하여 눈이 부셨는데, 왜의 풍속으로 집들이 사치하고 화려함이 다 이와 같았다.

　이곳은 셋쓰슈(攝津州)[11]에 속해 있지만, 그 땅을 셋으로 나누어 둘은 관백의 장입(藏入)으로, 하나는 이요노슈(伊豫州)[12] 태수가 주관하기 때문에 에도에서 마치부교(町奉行)[13] 2인을 정해서 보내어 관장하게 한다. 이곳은 어성(御城) 5리쯤에 있어서 성벽이 몹시 견고하고 완전한데, 가

---

11 셋쓰슈(攝津州) : 현재의 오사카부(大阪府) 북중부(北中部) 및 효고현(兵庫縣) 고베시(神戶市) 스마구(須磨區) 이동(以東) 지역인데, 단 다카쓰키시(高槻市) 가시다(樫田)와 도요노초마키(豊能町牧)·데라다(寺田), 고베시 스마쿠 수마뉴타운 서부와 북구 오고마치(淡河町)는 제외된다. 셋쓰쿠니(攝津國)·섭주(攝州)·섭양(攝陽)이라고도 한다. 남용익(南龍翼)의 『문견별록(聞見別錄)』「주계(州界)」에 "동쪽으로는 왜경(倭京), 서쪽으로는 하리마(幡摩), 남쪽으로는 이즈미(和泉), 북쪽으로는 산성에 이른다. 소속된 군은 14군이고 목화(木花)가 생산된다."라고 하였다.

12 이요노슈(伊豫州) : 현재의 에히메현(愛媛縣) 지역. 이요노쿠니(伊豫國)·요수(豫州)라고도 한다. 남용익(南龍翼)의 『문견별록(聞見別錄)』「주계(州界)」에 "이요노슈: 바다 가운데 있어서 서쪽으로는 휴가(日向), 북쪽으로는 당호도에 가깝다. 소속된 군은 14군이다. [伊豫州: 在海中, 西近日向, 北近當戶島, 屬郡十四.]"라고 하였다.

13 마치부교(町奉行) : 중요 도시의 민정(民政)을 맡아 보는 벼슬아치.

까운 주의 태수가 번갈아 와서 지키게 한다고 한다. 도주와 장로 및 접반 장로 류쇼(龍菖)[14]라는 자가 왔기에 만나보았다. 이어 대청에 연향(宴享)을 베풀었는데, 상관(上官)[15] 이상에게는 모두 화상(花床)을 놓았다. 하지만 음식은 소략하여 볼만한 것이 없었다. 밤이 깊어서야 끝났다. 이날은 130리를 갔다.

5일[갑술]. 맑음. 오사카성에 머물음.

관반(館伴)[16]인 미노노카미(美濃守) 오카베 나가야스(岡部長泰)[17]와 마

14　류쇼(龍菖) : 에도시대 전-중기의 승려 겸 시인. 석상용창(石霜龍菖). 법명은 류쇼(龍菖), 도호(道號)는 세키소(石霜). 창장로(菖長老)·창서당(菖西堂)·갈장로(葛長老)라고도 하고, 이테이안(以酊庵)의 가번장로(加番長老)라고도 하며, 신유한의『해유록』에는 "이름은 용창(龍菖), 자는 석상(石霜), 호는 와운산인(臥雲山人) 혹은 매주의묵옹(梅州宜嚜翁)"이라고 하였다. 임제종(臨濟宗) 승려로 도후쿠지(東福寺) 소쿠슈인(卽宗院) 장로이다. 다이지지(大慈寺) 제4대 주지 및 도후쿠지 제254대 주지를 역임하였다. 1716년 3월부터 1718년 5월까지 이테이안의 제49번 윤번승으로서 대조선 외교업무를 수행하였다. 1719년 통신사 일행이 도쿠가와 요시무네(德川吉宗)의 습직을 축하하기 위해 일본을 방문하였을 때, 에도 전중(殿中)에서 황사삼(黃紗衫)을 입고 와서 겟신 쇼탄(月心性湛)의 다음 자리에 앉아 조선 사신을 접견하였다. 신유한은 세키소 류쇼의 사람됨이 단정하고 깨끗하다고 평하였다. 세키소 류쇼의 시「묵죽찬사(墨竹贊辭)」·「과청견관(過淸見關)」·「부사산(富士山)」등이『상한훈지(桑韓塤篪)』권1에 수록되어 있고, 저서로는『석상화상어록(石霜和尚語錄)』·『석상소집소고(石霜所集疏藁)』·『본방조선왕복서(本邦朝鮮往復書)』등이 있다.

15　상관(上官) : 통신사에 대한 일본 측 등급 중의 하나. 통신사행에서 상통사(上通事)·제술관(製述官)·양의(良醫)·차상통사(次上通事)·압물관(押物官)·사자관(寫字官)·의원(醫員)·화원(畫員)·자제군관·군관·서기·별파진(別破陣)을 묶어 부르는 일본 측 등급명이다. 일본에서는 통신사의 등급을 삼사·상상관·상관·차관·중관·하관 등으로 구분했다. 상관이 받은 사예단(私禮單)은 차관과 동일하여, 관백이 보내 준 은자 500매, 약군이 보내 준 은자 200매이다.

16　관반(館伴) : 외국 사신의 접대와 향응을 담당하던 관직.

17　오카베 나가야스(岡部長泰) : 에도시대 전-중기의 다이묘(大名). 초명(初名)은 노부나리(宣就), 통칭은 다이토(帶刀). 관위는 종사위하(從四位下)·빈고노카미(備後守)·미노노카미(美濃守). 에도 출신. 이즈미(和泉) 기시와다번(岸和田藩) 제2대 번주인 오카베 유키

치부교(町奉行) 2인이 공복을 갖추고서 만나러 왔기에 삼사도 마침내 단령복(團領服)으로 갈아입고 대청으로 나가 접견하였다. 예는 도주를 만나는 의례대로 하였으나, 관반이 너무 연로하여 정신이 어두웠기에 예를 제대로 차릴 수가 없었다. 그래서 호행하는 왜인들이 관반이 이와 같음을 알기에 감히 낮에 뵙지 못하고 밤을 틈타서 온 것이라고 한다. 차를 한 순배 들고서 마쳤다.

6일[을해]. 맑음. 오사카성에 머물음.

왜인이 관백의 명으로 우리 모든 일행의 이부자리 475건을 지어 올렸다. 삼사와 당역은 모두 비단으로 꾸몄고, 차관 이상은 세목(細木)으로, 중하관은 무명으로 하였는데, 어떤 것은 푸르고 어떤 것은 붉었으며 모두 무늬가 있었다. 이불은 소매가 있어서 왜인들이 입는 옷 모양과 같았지만 지은 솜씨가 정교하지 않았다. 중관 이하에 지급한 것은 순면(純綿)을 쓰지 않고 다른 것을 섞었는데, 쓰시마인들이 값을 받고 방납(防納)하는 것이기 때문에 이같이 간교함을 부렸다고 한다. 사행에게 바친 것을 기선과 복선의 선장에게 나누어 주었다.

이테이안 장로가 소만두(燒饅頭) 1절을 올렸고, 접반장로(接伴長老)가 종(粽) 50파(把)를 올렸다. 종(粽)은 백병(白餠)이니 죽엽(竹葉) 속에

타카(岡部行隆)의 장남. 1686년에 부친의 직위를 계승하여 기시와다번 제3대 번주가 되었다. 유학(儒學)을 좋아하여 에도에 있을 때 하야시 호코(林鳳岡)에게 배웠으며, 자신도 강사가 되어 번사(藩士)에게 유학을 가르쳤다. 와카(和歌)를 즐기고 무예를 좋아하였다. 1711년 통신사 일행이 도쿠가와 이에노부(德川家宣)의 습직을 축하하기 위해 일본을 방문하였을 때와 1719년 통신사 일행이 도쿠가와 요시무네(德川吉宗)의 습직을 축하하기 위해 일본을 방문하였을 때에 관반(館伴)이 되어 오사카에서 조선 사신을 접대하였다. 특히 1711년 9월 16일 조선 사신이 관소 혼간지(本願寺)에 도착했을 때 문 밖까지 나와 맞이하는 등 예모가 공손하였다.

넣어 쪄서 만든 것으로, 모양이 죽순(竹筍) 같으며 10과(裹)가 1파(把)이다. 모두 행중에 나누어 주었다. 참관(站官)이 소금에 절인 고래 고기를 소금으로 덮어 보냈기에 도주 및 호행, 부교, 재판과 대령해 있는 왜인들에게 나누어 보냈다.

7일[병자]. 맑음. 오사카성에 머물음.
관반(館伴)이 스기주(杉重) 1조(組)를 올렸기에, 행중에 나누어 주었다.

8일[정축]. 맑음. 오사카성에 머물음.
별폭(別幅)의 예단(禮單) 물건을 계수(計數)하여 내어 주어 왜인들이 다시 싸서 봉하고 에도로 운반하게 하였는데, 전례도 그러하였다.

9일[무인]. 아침에는 개었다가 저녁에는 비가 내림. 오사카성에 머물음.
도주가 와서 문안하고 삭면(索麵) 1소반, 오징어 1소반, 술 1준(樽)을 보냈는데, 절일(節日)이기 때문에 이렇게 보낸 것이다. 호행과 부교가 홍시(紅柿)와 송용(松茸) 각 1소반을 올렸기에 모두 행중에 나누어 주었다.
이역에서 중양절(重陽節)을 만나니, 나그네 시름이 더 심하였다. 곳곳에 국화가 이미 만발하여 절기가 이른 것임을 알 수 있었다. 삼행이 말린 양식을 각각 소찬으로 갖추었다. 저녁 후에 비가 내리기 시작하여 밤새도록 크게 쏟아졌다.

10일[기묘]. 아침에는 맑음. 밤에 길을 가다가 배에서 잠을 잠.
아침이 되자 비가 비로소 개었다. 가마를 타고 선창으로 나와 누선

(樓船)에 올랐다. 관반(館伴)이 스기주(杉重) 1조(組)를 올렸다. 선장 이하 109명은 배에 남기고 그 나머지는 모두 따라갔다. 배가 출발하려고 할 때 선장과 사격(沙格)들이 절하며 하직 인사를 하였다. 강 언덕에서 떠나고 머무는 정으로 인해 슬퍼졌다. 술과 밥을 보내어 위로하였다.

　마침내 출발하여 큰 다리 두 개를 거쳐 7, 8리 정도 가자 강 위쪽에 성이 우뚝 서 있었고 이초(麗譙, 성곽 위의 높은 파수대)와 분벽(粉壁)이 소나무와 전나무 사이에 어른거렸는데, 왜인들이 어성(御城)이라고 하는 곳이었다. 이곳을 지난 뒤부터 민가가 차츰 드물어져 향촌(鄉村) 분위기가 있었으며, 때때로 강가 언덕이 잘린 곳에 귤나무와 대나무가 무성하였고, 초가 수십 채가 그림처럼 정갈하였다. 주렴을 걷고 멀리 바라보니 피로마저 저절로 사라지는 듯하였다. 푸른 옷을 입고 배를 줄로 잡아당기는 자들이 거의 백 명에 가까웠으나, 물을 거슬러 가느라 배가 무거워 가는 것이 더디었다.

　어두워진 후에야 히라카타(平方)[18] 50리 지역에 도착했다. 중하관을 보내 관소에 들어가 숙공(熟供)을 받아오게 하였다. 참관(站官)이 사람을 보내어 문안 인사를 하고는 일찬과 잡물을 올리고, 관백의 명이라고 하여 절(折) 1합(合), 스기주(杉重) 1조(組), 준(樽) 1하(荷)를 가지고 왔다. 스기주(杉重)와 술 한 통은 호행과 부교들에게 지급하였다. 데와노카미(出羽守) 다니 모리미치(谷衛衝)[19]가 과자 1절(折)을 올렸는데, 그는

18　히라카타(平方) : 오사카에서 교토 쪽으로 50리 가면 히라카타시(平方市)가 된다. 평평한 지역이어서 히라카타(平方)라고도 불렀다고 한다.

19　다니 모리미치(谷衛衝, 1700~1763) : 에도시대 중기의 다이묘(大名). 아명은 가쓰치요(勝千代). 관위는 종오위하(從五位下)·데와노카미(出羽守). 단바(丹波) 야마가번(山家藩)의 제4대 번주인 다니 모리요리(谷衛憑)의 장남. 부친이 1717년 은거함에 따라 대를 이어 야마가번 제5대 번주가 되었다. 1719년 통신사 일행이 도쿠가와 요시무네(德川吉宗)의

이곳을 지키는 관리라고 한다. 배에 있는 왜의 사공과 금도왜와 통사들에게 나누어 주었다. 달빛을 받으며 행선하다 밤이 깊어 이부자리를 펴고 배 안에서 잤다. 이날은 밤낮으로 80리를 갔다.

11일[경인]. 맑음. 왜경(倭京)에 도착.

하늘이 밝아 졸다가 일어나니 이미 배는 요도우라(淀浦)[20]에 정박해 있었고 가마도 와서 대기하고 있었다. 육지에 내려 관소로 들어가니, 강가에 쌓은 성이 견고하고 넓었다. 성 밖에는 수차(水車)를 설치하여 저절로 돌아가도록 해놓았고, 물을 끌어당기는 수십 개의 통이 성 안으로 물을 쏟아 부었다. 그 만든 것이 매우 기묘하여 비장 이장흥(李長興)과 구도사(具都事)를 보내어 그 제작 양식을 살피고 오게 하였다. 성 동쪽 몇 리쯤에 대총산(大塚山)이 있는데, 그 위에는 왜황(倭皇)의 묘가

습직을 축하하기 위해 일본을 방문하였을 때, 관반(館伴)이 되어 가와치(河內) 히라카타(枚方)에서 숙공(熟供)을 설치하고 조선 사신 접대를 주관하였으며, 돌아올 때에는 쇼군의 명을 받들어 별도로 등급에 따라 조선 사신에게 선물을 주었다.

20 요도우라(淀浦) : 현재의 교토부(京都府) 교토시(京都市) 후시미구(伏見區) 요도혼마치(淀本町)에 있는 옛 포구. 에도시대에는 야마시로국(山城國)에 속하였고, 정천(淀川)·정강(淀江)·정하(淀河)·요은도(要隱刀)라고도 하였다. 우지가와(宇治川)·가쓰라가와(桂川)·구기즈가와(舊木津川)의 3개의 하천 합류지점이다. 에도시대 때 요도의 노소(納所) 지역은 후시미(伏見)와 함께 요도가와(淀川) 수운(水運)의 본거지를 이루었고, 또한 군사상의 요충지이기도 하였다. 조선 후기 통신사행 가운데 1811년 사행을 제외한 나머지 사행 때마다 사신 일행이, 다이묘(大名)들이 제공하는 배를 타고 요도우라에 닿아 휴식을 취하거나 묵었다. 1624년 사행 이후 통신사들이 관례처럼 탔던 가와고자부네(川御座船)가 오사카에서 출발하여 요도우라까지 거슬러 왔고, 요도우라부터는 육로로 갔다. 1719년 통신사 일행이 도쿠가와 요시무네(德川吉宗)의 습직을 축하하기 위해 일본을 방문하였을 때, 9월 11일 낮에 요도우라에 상륙하여 다옥(茶屋)에서 휴식을 취하였고, 돌아오는 11월 3일에는 이곳 요도우라에서 묵었다. 1763년 정사 조엄은 요도우라에서 왜수차를 보고 별파진(別破陣) 허규와 도훈도(都訓導) 변박을 시켜 왜수차의 제도를 살펴보고 그 모양을 그림으로 그리도록 하였다.

많다고 한다. 땅은 야마시로슈(山城州)[21]에 속한다.

이즈미노카미(和泉守) 마쓰다이라(松平)가 부교 지대(支待)를 보내어 정절(程折) 1합(合)을 보냈기에, 행중에 나누어 주었다. 밥을 먹고서 출발하려는데, 인마(人馬)의 태반이 수가 고르지 못해 행중의 복물(卜物)을 많이 실어 운반할 수가 없었다.[22] 참관(站官)이 세운 복마(卜馬)가 많지 않은 것은 아니었지만, 쓰시마 사람들을 먼저 운송하고 저들의 짐은 그 배가 다시 돌아오기를 기다렸다가 다시 운송하고자 하였기 때문에 이와 같이 되었다고 한다. 그 행태가 악할 뿐만 아니라, 사신을 대우하는 도리 또한 부당하기가 이와 같았다. 처음에는 행차를 중단하고 그냥 머물려 했지만, 부교와 재판들이 황송하고 민망해서 어쩔 줄을 몰라 하며 직접 와서 한 목소리로 애걸하며 인마를 계속해서 수송하자기에 할 수 없이 조금 늦게 출발하였는데, 종 대여섯 명과 복물(卜物) 일부는 어쩔 수 없이 뒤처졌다.

가마는 오사카에서 타던 것으로 8명이 어깨에 메었는데, 대개는 특

---

21 야마시로슈(山城州) : 현재의 교토부(京都府) 교토시(京都市) 이남 지역인데, 사쿄쿠(左京區)·히로가와라(廣河原)·우쿄쿠(右京區)·게이네쿠(京北)는 제외. 야마시로노쿠니(山城國)·조슈(城州)·요슈(雍州)라고도 한다. 남용익의『문견별록』「주계(州界)」에 "동쪽으로는 오미(近江), 서쪽으로는 단바(丹波), 남쪽으로는 셋쓰(攝津), 북쪽으로는 단고(丹後)의 경계에 이른다. 소속된 군(郡)은 8군이며, 지금의 왜경(倭京)이고, 칠(漆)이 생산된다."라고 하였다.

22 통신사 사행원들의 인마(人馬) 배정에 관한 일본 측 기록인『信使方人馬下知役勤方』9월 11일 기록을 참조할 것.
"신사(信使)의 정해진 하마(荷馬)가 375마리였는데, 이 가운데 중마(中馬) 180마리도 덧붙여 있도록, 인마할(人馬割) 어대관(御大官)이 명심하고 있다가, 이 가운데에서 180마리를 떼어놓아 중마 쪽에 건네셨기에, 그만큼 하마(荷馬) 쪽이 부족하였다. 하마(荷馬)의 운송에 지장이 있어, 삼사(三使)가 출발하지 않고 지연이 되었다. 겨우 미시(未時)에 요도를 출발하여 술시(戌時)에 교토에 도착하였다. 이 말에 지장이 있던 사정은 신사(信使) 부교(奉行)의 일장(日帳)에 자세히 실려 있다." (이재훈 번역)

별히 정한 장정 30명이 서로 교대하면서 메고 간다고 한다. 당역(堂譯)
이하는 모두 오사카에서 육지에 내릴 때의 위의(威儀)와 다를 것이 없
었다.

10여 리를 가다가 멀리 동남쪽을 바라보니 성의 분첩(粉堞)이 은은히
비쳤는데, 후시미성(伏見城)[23]이라는 곳으로 옛날 우리의 적(賊)이 거처
하던 곳이다. 요도우라와의 거리는 15리라고 한다. 수십 리를 더 가니
크고 작은 촌락이 계속 이어지면서 끊이지 않았고, 좌우에는 벌판과
이리저리 난 길들이 있었다. 곡식 가운데 미처 수확하지 못한 벼가 아
직 논에 있었는데, 토양이 기름짐을 짐작하게 하였다. 오사카 이후부
터 에도까지는 거의 모두 농사에 힘쓴다고 한다.

짓소지(實相寺)에 이르러 공복으로 갈아입었다. 황혼에 왜경(倭京)[24]

---

23 후시미성(伏見城) : 교토시(京都市) 후시미구(伏見區) 모모야마초(桃山町)에 위치. 도
요토미 히데요시(豊臣秀吉)가 자신의 은거 후 거처로 삼기 위해 1592년에 착공하여 1594
년에 완공하였다. 1596년에 지진으로 무너지자, 500미터 떨어진 고바타야마(木幡山)에
새로 축성하였고, 도요토미 히데요시가 이 성에서 1598년 사망하였다. 1600년 전투로 소
실되었다가, 1602년 도쿠가와 이에야스(德川家康)에 의해 재건되었다. 이후 쇼군의 선하
(宣下) 의식의 장소로 사용되었으나, 그 의식이 오사카성(大阪城)으로 옮겨가면서 1619년
폐성(廢城)되어 성의 건조물은 교토의 신사나 사원 및 여러 다이묘(大名)들에게 교부되어
각지에 후시미야구라(伏見櫓)의 이름을 남기게 되었다. 1604년 사명대사(四溟大師)와 손
문욱(孫文彧)이 선조의 명을 받들어 12월 17일 교토를 방문하였는데, 그 이듬해 3월 4일
막부의 명을 받은 쓰시마 도주 소 요시토시(宗義智)와 사자(使者) 야나가와 시게노부(柳川
調信)의 도움으로 후시미성에서 도쿠가와 이에야스(德川家康)를 만났으며, 혼다 마사노부
(本多正信)·세이쇼 조타이(西笑昇兌)와 강화교섭에 대해 협의하였다. 1617년 삼사신이 도
쿠가와 이에야스(德川家康)의 오사카 평정을 축하하고 임진왜란과 정유재란 때 잡혀간
피로인(被虜人)을 데려오기 위해 회답겸쇄환사(回答兼刷還使)로 일본을 방문하였을 때,
8월 23일 사신 일행이 후시미성에 가 고미즈노오테이(後水尾帝)를 만난 적이 있다.

24 왜경(倭京) : 경도(京都, 교토)를 조선식으로 표현한 명칭. 에도시대 야마시로국(山城
國)에 속하고, 현재의 교토부(京都府) 교토시(京都市) 중심부에 위치. 경도(京都). 조선
후기 통신사행 가운데 1811년 사행을 제외한 나머지 사행 때마다 사신 일행이 이곳에 묵었
다. 1719년 사행 때에는 9월 11일 이곳 혼노지(本能寺)에서 묵었고, 조선으로 돌아오는

에 도착하였는데, 등롱(燈籠)을 가지고 와서 영접하는 자가 10여 리에까지 이어져 있었다. 왜경 8, 9리 못 미친 길에 동사(東寺)가 있었는데, 이층으로 된 문루(門樓)가 아스라이 허공에 솟았고 집은 크고 높아 궁궐의 모양과도 같았다. 그 좌우엔 민가가 수없이 서로 이어져 있었고, 시전(市廛)의 융성함과 인물의 풍성함은 오사카보다 갑절이나 했다.

관소는 혼노지(本能寺)로 매우 컸다. 도주와 두 장로가 왔기에 만나보았다. 조금 있다가 경윤(京尹)이 이르자 도주가 바깥문에 이르러 그를 맞이하고 앞을 인도하여 들어왔다. 삼사가 공복을 갖추고 영외(楹外)로 나가 맞이하여 들이고는 서로 마주하고 두 번 읍을 하였다. 경윤은 공복을 입고 길게 각이 진 사모(紗帽)를 머리에 썼으며, 손에는 상아부채를 잡았는데, 의젓하게 자리로 가 앉았다. 나이는 25, 6세로 거동과 외모가 단정했으며 행동거지가 편안하고 자상하였다. 방래수왜경(方來守倭京)이라는 관직은 에도의 집정(執政)에 비견된다고 한다. 도주에게 말을 전하게 하였더니 도주가 대청에 몸을 굽히고 그 명령에 오직 삼가며 움츠리고 뒤로 물러나 감히 들어와 앉지를 못하였는데, 그 모습이 자못 분명하였다. 몇 마디 말을 주고받고 차를 한차례 마시고 나서 끝이 났다. 대청에서 연향을 베풀었는데, 이는 관백이 명한 것이라고 한다. 찬품(饌品)과 의절(儀節)은 오사카와 마찬가지였다.

11월 1일부터 2일까지 이틀 동안 다시 이곳 혼노지에 묵으면서 망궐례(望闕禮)를 지냈다. 1763년 통신사 일행이 도쿠가와 이에하루(德川家治)의 습직을 축하하기 위해 일본을 방문하였을 때에는 익년 1월 28일에 이곳 혼코쿠지(本國寺)에서 묵었고, 조선으로 돌아오는 4월 3일에도 역시 이곳 혼코쿠지에서 묵었다. 이때 치안을 담당하였던 교토쇼시다이(京都所司代)의 회례(回禮)가 있었다. 오기노 겐가이(荻野元凱, 荻凱)·무라세 고테이(村瀨栲亭)·기타오 슌린(北尾春倫)·다치바나 마사유키(橘正之) 등 수많은 일본문사들이 조선 사신에게 화답시를 청한 곳이기도 하다.

경윤(京尹) 이가노카미(伊賀守) 마쓰다이라(松平)가 도미포 1광(筐), 곤포(昆布) 1광(筐), 궐준(蕨樽) 1하(荷)를 올렸다. 궐(蕨)은 술의 이름이라고 한다.

접반(接伴) 시모우사노카미(下總守) 혼다(本多) 등원강(藤原康)이 명하여 조종(篠糉) 5백 파(把)를 올렸는데, 이는 또한 떡의 이름이라고 한다. 접반 장로가 외랑병(外郞餅) 10간(竿)을 올렸다. 외랑병(外郞餅)은 길면서 사각형 모양인데 댓잎에 싸서 찐 것으로 맛은 달고 색은 붉었다. 죽엽(竹葉)으로 겉을 쌌기에 죽간(竹竿)과도 같아서 '간(竿)'이라고 부른다.

이테이안(以酊菴) 장로가 홍시 1롱(籠)을 올렸고, 부교 스기무라 우네메(杉村釆女)가 생리(生梨)와 소감(小柑) 1광(筐), 소금 1합(合)을 올렸다. 소금은 별도로 만든 것이라고 한다. 행중의 상하 모두에게 나누어 주었다. 소위 왜황의 궁(宮)은 어디에 있으며 출입하는 곳이 어느 곳에 있는지 모른다. 이날은 40리를 갔다.

12일[신사]. 맑음. 오쓰(大津)에 도착함.

식후에 출발하여 시가(市街)를 지나 몇 구비인지는 모르겠으나 저자 거리를 따라 10여 리를 갔다. 한 큰 널다리를 지나는데, 난간 기둥마다 구리로 그 머리를 씌웠고 난목(欄木)으로 합해 이어 붙인 곳에 모두 긴 쇳조각으로 덮었다. 높이는 10여 길이나 되었고 그 아래는 백여 걸음이 채 되지 않았다. 또 한 작은 고개를 넘어가는데, 길옆의 인가가 모두 주점(酒店)이었다. 이곳을 지난 이후에는 촌락이 점점 드물어져 혹 3, 4리에 하나, 혹은 7, 8리에 하나 정도 있을 뿐이었다. 쇠락함과 성대함이 한결 같지는 않았으나 10여 리를 지나도 인가가 없지는 않았으니,

이곳에서부터 에도까지는 다 그러했다. 길 좌우에는 흙을 쌓아 긴 둑을 만들어 놓았고, 좁은 길에는 소나무를 심었으며, 매 10리마다 큰 토돈 (土墩)을 쌓고 그 위에 괴목(槐木)을 심었는데, 이것을 '이총(里塚)'이라 불렀다. 10리라는 거리가 매우 가까워 우리나라에서 리(里)를 계산하는 것과 비교해 보면 불과 7, 8리에 지나지 않는다.

신시 초에 오쓰(大津)[25]에 이르렀다. 민가와 인민이 또한 상당히 성대 했는데, 관사는 혼초지(本長寺)[26]였다. 땅은 오미슈(近江州) 소관이어서 아오야마 이나바노카미(青山因幡守)[27]가 지대(支待)로 찬품(饌品) 1누협

---

25 오쓰(大津) : 현재의 시가현 오쓰시(大津市). 에도시대 오미노쿠니(近江國)에 속하고, 시가현(滋賀縣) 남서부에 위치한 도카이도(東海道) 53차 역원(驛院) 중 최대 역원이었다. 비와코(琵琶湖)의 남서안(南西岸)에 있으며, 시역(市域)은 L자형이다. 조선 후기 통신사행 가운데 1617년과 1811년 사행을 제외한 나머지 사행 때마다 일행이 이곳에서 휴식을 취하 였다. 1719년 통신사 일행이 도쿠가와 요시무네(德川吉宗)의 습직을 축하하기 위해 일본 을 방문하였을 때, 9월 12일 오쓰에서 묵었고, 돌아오는 10월 29일에도 다시 오쓰에 있는 혼초지(本長寺)에서 묵었다.

26 혼초지(本長寺) : 시가현(滋賀縣) 오쓰시(大津市) 후다노쓰지(札の辻)에 위치. 일련종 (日蓮宗)이며, 산호(山號)는 묘코잔(妙光山)이다. 원래는 등각원(等覺院)이라는 천태종(天 台宗) 사원이었으나, 현재의 위치로 옮긴 후 묘광산본장사(妙光山本長寺)라고 개칭하였다.

27 아오야마 이나바노카미(青山因幡守) : 에도시대 전-중기의 다이묘(大名). 아오야마 다 다시게(青山忠重). 아오야마 시모스케노카미 다다시게(青山下野守忠重)·아오야마 이나 바노카미 다다시게(青山因幡守忠重)라고도 하고, 사행록에는 청산 하야수(青山下野守) 혹 은 청산 인번수(青山因幡守)라고 하였다. 관위는 종오위하(從五位下)·시모스케노카미(下 野守)·이나바노카미(因幡守). 시나노(信濃) 고모로(小諸) 출신. 도토미(遠江) 하마마쓰번 (浜松藩) 번주인 아오야마 무네토시(青山宗俊)의 3남. 형인 하마마쓰번(浜松藩) 제2대 번 주 아오야마 다다오(青山忠雄)의 양자가 되었고, 형의 죽음으로 하마마쓰번 제3대 번주가 되었다. 1702년 단바(丹波) 가메야마번(龜山藩)으로 이봉(移封)되어 아오야마가(青山家) 초대 번주가 되었으며, 1714년 이나바노카미로 전임되었다. 1711년 통신사 일행이 도쿠가 와 이에노부의 습직을 축하하기 위해 일본을 방문하였을 때, 관반(館伴)이 되어 가와치(河 內) 히라카타(枚方)에서의 조선 사신 접대 임무를 맡았다. 다이칸(代官) 만넨 조주로(萬年 長十郞)가 직접 사신을 접대하였다. 1719년 통신사 일행이 도쿠가와 요시무네의 습직을 축하하기 위해 일본을 방문하였을 때에는 오미(近江) 오쓰(大津)에서 조선 사신을 접대하 였다.

(累籃)을 올렸는데, 찬품이란 스기주(杉重)와 같은 종류이다. 행중에 나
누어 주었다. 이곳에 이르러서 내가 왜경(倭京)에서부터 앓은 곽란(癨
亂) 증세가 더 심해져 부득이 유숙하게 되었다. 이날은 30리를 갔다.

13일[임오]. 가랑비가 내림. 모리야마(守山)에 도착.
일찍 밥을 먹고 출발하였다. 민가를 지나 5리쯤을 가니 신당(神堂)과
불사(佛舍)와 민가가 서로 섞여 있고 종소리와 경쇠 소리가 길에 들렸
으며 승려와 여자가 섞여서 구분이 안 되니, 이는 왜의 풍속이 귀신과
부처를 숭봉하기 때문이다. 쓰시마 이후로 가는 곳마다 다 그러했다.
비와코(琵琶湖)라는 긴 호수가 끝없이 펼쳐져 그 끝이 보이지 않았는
데, 오미슈(近江州)에 있기 때문에 오미코(近江湖)라고도 부른다. 물이
3, 4백 리나 넘실거리니 일본 호수 가운데 가장 크다. 갈대꽃이 흐드러
지게 피어 있는 곳에 고깃배가 둥실 떠 있고, 섬 사이로 기러기와 오리
가 떼를 이루고 있었다. 마치 한 폭의 그림과도 같아 길 가던 사람의
발걸음을 멈추게 할 만하였다. 강가에 제제(膳所)라는 성이 있는데, 혼
다 오키노카미(本多隱岐守)[28]가 거처하는 곳이라고 한다.
초진교(草津橋)를 지나 또 세다대판교(勢多大坂橋)를 거쳐 저녁에 모
리야마(守山)[29]에 이르렀다. 관소는 도린지(東林寺)로 모리야마(森山)라

---

28 혼다 야스노부(本多康命) : 에도시대 중기의 다이묘(大名). 아명은 만지로(萬次郎). 혼
다 야스요시(本多康慶)의 장남. 오미(近江) 제제번(膳所藩) 제5대 번주. 1719년 통신사가
도쿠가와 요시무네의 습직을 축하하기 위해 일본을 방문하였을 때, 9월 11일 마쓰다이라
다다치카(松平忠周)와 함께 통신사의 숙소인 교토(京都) 혼노지(本能寺)를 찾아가 도미포
와 술 등을 접대하였다. 신유한의 『해유록(海遊錄)』에 따르면 사행원들은 혼다 야스노부
가 거처하고 있던 제제성(膳所城)을 구경하기도 하였다.
29 모리야마(守山) : 오미슈(近江州)에 속하고, 현재의 시가현(滋賀縣) 모리야마시(守山

고도 하는데, 이 또한 오미슈(近江州)[30] 지방이다. 오미노카미(近江守) 이타구라 시게하루(板倉重治)[31]가 삼절(杉折) 1조(組)를 올렸기에, 가마 꾼들에게 나누어 주었다. 이날은 50리를 갔다.

14일[계미]. 맑음. 사와성(佐和城)에 도착.

날이 밝자 출발하여 정오에 하치만야마(八幡山)에 이르렀다. 관소는 전수사(專修寺)였는데, 뜰 앞의 기암괴석들과 꽃과 나무들이 아주 보기 좋았다. 가몬노카미(掃部頭) 이이 나오노부(井伊直惟)[32]가 스기주(杉重)

市)이다. 모리야마(森山). 강홍중의 『동사록(東槎錄)』 11월 27일 기사에 "미시(未時) 말에 모리야마(森山)에 다다르니, 모리야마는 일명 모리야마(守山)라고도 하는데, 또한 오미슈(近江州) 소속이며 서천관음사(西川觀音寺) 조현(朝賢)이 다스리는 곳이다."라고 하였다.

30 오미슈(近江州) : 현재의 사가현(滋賀縣) 지역. 오미노쿠니(近江國)·고슈(江州)라고도 한다. 남용익의 『문견별록(聞見別錄)』「주계(州界)」에 "오미슈 : 동남쪽으로는 비와코, 서 쪽으로는 야마시로, 북쪽으로는 와카사에 이른다. 소속된 군은 24군이며, 비옥한 들이 넓어서 거의 수백여 리에 이른다.[近江州: 東南距琵琶湖, 西抵山城, 北抵若狹, 屬郡二十四, 沃野平廣, 幾至數百餘里.]"라고 하였다.

31 이타구라 시게하루(板倉重治) : 에도시대 중기의 다이묘(大名). 아명은 신주로(新十郎), 뒤에 시게하루(重治)로 개명. 관위는 종오위하(從五位下)·오미노카미(近江守). 이세(伊勢) 가메야마번(龜山藩)의 제2대 번주인 이타쿠라 시게후유(板倉重冬)의 장남. 1709년 에 부친의 죽음으로 대를 이어 가메야마번의 제3대 번주가 되었다. 1710년에는 시마(志摩) 도바번(鳥羽藩) 번주로 이봉(移封)되었는데, 1717년에 다시 가메야마번으로 되돌아갔다. 1719년 통신사 일행이 도쿠가와 요시무네의 습직을 축하하기 위해 일본을 방문하였을 때, 17세 나이로 관반(館伴)이 되어 오미 모리야마에서 조선 사신을 접대하였다. 용모와 자태 가 여인처럼 아름다웠다고 한다.

32 이이 나오노부(井伊直惟) : 에도시대 중기의 다이묘(大名). 아명은 긴조(金藏). 관위는 사쇼쇼(左少將)·가몬노카미(掃部頭). 오미(近江) 히코네번(彦根藩) 제4대 번주인 이이 나 오오키(井伊直興)의 13남. 부친의 대를 이은 두 형 나오미치(直通)와 나오쓰네(直恒)가 일 찍 죽었기 때문에 은거해 있던 부친 이이 나오오키(井伊直興, 뒤에 直該로 개명)가 히코네 번 번주를 다시 맡았는데, 1714년에 다시 은거하게 되자 14세의 어린 나이로 히코네번 제8대 번주가 되었다. 시정시찰(市井視察)을 강화하고 히코네성의 축벽을 개수(改修)하였 다. 1719년 통신사 일행이 도쿠가와 요시무네의 습직을 축하하기 위해 일본을 방문하였을

1조(組)를 올렸고, 이즈미노카미(和泉守) 가토 요시노리(加藤嘉矩)[33]가 오미슈 수구(水口)의 성주로 관반(館伴)이 되어 또 과자 1절(折)을 올렸다. 모두 행중에 나누어 주었다.

　밥을 먹은 후에 출발하여 길옆 차야(茶屋)에서 조금 쉬었다가 저녁에 사와성(佐和城) 소안지(宗安寺)[34]에 도착했다. 절 뒤에 히코네야마(彦根山)가 있었기 때문에 일명 히코네(彦根)라고 한다. 땅은 오미슈 소속이며 이이(井伊) 문중에서 대대로 가몬노카미 태수를 맡는 곳이다. 이 성은 민가와 인물이 성대하여 또 하나의 큰 도회지였다. 일본의 성과 연못은 모두 평야에 있는데, 이 성만은 한쪽이 산을 등지고 있다. 초루(譙樓)와 분벽(粉壁)이 숲 사이로 불쑥 솟았고, 참호(塹濠)는 깊고 넓어 몹시 견고하고 완전하였다. 이 왜성(倭城)의 구조를 보면 문마다 옹성(甕

때, 관반(館伴)이 되어 오미 히코네와 미노(美濃) 이마스(今須)에서의 조선 사신 접대 임무를 맡았다. 무예를 장려하였고, 대규모의 매사냥을 즐겨하였으며, 회화와 시문에도 능했다.

33 가토 요시노리(加藤嘉矩) : 에도시대 중기의 다이묘(大名). 통칭은 사젠(左膳). 관위는 종오위하(從五位下)·이즈미노카미(和泉守). 가토 아키하루(加藤明治)의 장남. 1712년 시모쓰케(下野) 미부번(壬生藩) 번주인 백부 아키히데(明英)의 대를 이어 미부번(壬生藩) 제2대 번주가 되었으며, 같은 해에 오미(近江) 미나쿠치번(水口藩)으로 이봉(移封)되어 번주가 되었다. 1719년 통신사 일행이 도쿠가와 요시무네(德川吉宗)의 습직을 축하하기 위해 일본을 방문하였을 때, 관반이 되어 오미 하치만(近江八幡)에서 조선 사신 접대 임무를 맡았다.

34 소안지(宗安寺) : 시가현(滋賀縣) 히코네시(彦根市)에 위치한 정토종(淨土宗) 사원. 이이 미치마사(井伊道政)가 정실인 도바이인(東梅院)의 양친을 기리기 위해 고즈케국(上野國) 미노와(箕輪)에 건립한 안코쿠지(安國寺)를 사와야마(佐和山) 산기슭으로 옮기면서 소안지(宗安寺)라고 개명한 것이 이 사원이다. 이후 히코네성(彦根城)을 축성하면서 현재의 위치로 이전하게 되었다. 통신사가 사와야마에서 유숙한 사원으로, 1607년과 1811년 통신사를 제외한 사행록에서 이 사원에 머물렀다고 기록하고 있다. 소안지는 육로 중에서 가장 화려하고 번성한 숙소로 묘사되고 있다. 현재 소안지에는 신원 미상의 통신사 초상화 〈조선인적장속진향인물(朝鮮人赤將束眞向人物)〉이 소장되어 있다. 그림 속의 인물은 그 복장으로 보아 당상관인 정사로 보이며, 1701년 사원이 전소된 이후인 1711년 신묘사행 때부터 1763, 4년 계미사행[갑신사행] 때까지의 통신 정사 중 누군가의 초상화로 추정된다.

城)을 쌓고 중문을 설치하였으며, 성에 반드시 흐르는 물을 끌어들여 참호를 만들었으니, 우리나라 성의 제도로도 얼마든지 할 수 있는 것이었다. 하지만 치첩(雉堞)을 설치하지 않고 다만 성 위에 나무 기둥을 줄지어 심고 토벽을 만들어 회칠을 하고서 안팎 사이에 총 구멍을 내고 그 위를 기와로 덮어 놓았는데, 보기에는 비록 화려하고 아름다운 것 같았으나 방어하기에는 견고하지 않은 듯하였다.

관사는 화려하고 병풍과 휘장은 선명하며 무늬가 있는 이불을 비치해 놓았는데, 방 가운데에 이불과 베개를 놓았다. 일찬(日饌)으로 바치는 것과 갖추어 접대하는 모든 것들이 지나온 여러 역참보다 갑절이나 더 좋아서 중관 이하에게도 숙공(熟供)과 은수저가 있었고, 소동(小童)의 경우엔 떡과 음식을 보내주었다고 한다. 이날은 120리를 갔다.

15일[갑신]. 맑음. 오가키(大垣)에 도착.

새벽에 망궐례를 행하였다. 날이 밝자 출발하여 절통(絶通)과 접가(摺鉐) 두 고개를 넘어가다 잠시 길옆 차야(茶屋)에서 쉬었다. 끝없는 들판이 모두 논과 밭이었는데, 벼는 이미 무르익어 누런 물결이 들판에 구름처럼 일렁거리고 있어서 올해 농사의 풍년을 짐작하게 하였다. 이마스(今須)[35] 10여 리를 못 미쳐서 한 큰 마을을 지나가는데, 호행과 부

---

35 이마스(今須) : 에도시대 미노노쿠니(美濃國)에 속하고, 현재의 기후현(岐阜縣) 후와군(不破郡) 세키가하라초이마스(關ケ原町今須). 조선 후기 통신사행 가운데 1617년과 1811년 사행을 제외한 나머지 사행 때마다 사신 일행이 낮에 이곳에서 쉬었다. 1763년 사행 때에는 익년 2월 1일 이곳에서 아침 일찍 망궐례(望闕禮)를 지낸 후 휴식을 취하고 오가키(大垣)로 갔으며, 조선으로 돌아오는 4월 1일에도 역시 이곳에서 아침 일찍 망궐례를 지낸 후 휴식을 취하고 히코네(彦根)로 갔다. 1636년과 1643년 통신사행 때에는 오카다 요시마사(岡田善政)가, 1682년 사행 때에는 야마구치 시게사다(山口重貞)가, 1719년 사행 때에는 이이 나오노부(井伊直惟)가, 1748년 사행 때에는 이이 나오사다(井伊直定)가, 1764년 사

교들이 굳이 조금 쉬었다 가기를 청하기에 마침내 길옆 넓은 집에 들어
가 앉았다. 집 뒤에는 수석(水石)이 있어서 좋았고, 하류를 막아 작은
연못을 만들었는데, 고기들이 팔팔 뛰며 놀아 그 수조차 셀 수 있을
정도였다.

이곳은 오미슈(近江州)의 태수가 에도를 왕래할 때 휴식하는 곳이라
고 한다. 이마스(今須) 참관에서 점심을 먹고 밤에 오가키(大垣)[36]에 이
르렀다. 마중 나온 이들의 등롱(燈籠)이 수십 리에까지 이어졌다. 관사
인 가린인(花林院)은 예쁘게 꾸민 담장으로 감쌌고, 해자를 깊게 파서
둘러놓았다. 좌우의 민가들 또한 매우 성대하였다. 땅은 미노슈(美濃
州)에 속했고 우네메노카미(采女正) 도다 우지사다(戶田氏定)가 지킨다
고 한다. 당고(糖糕) 1협(篋)을 올렸기에 행중에 나누어 주었다. 이날은
백 리를 갔다.

16일[을유]. 나고야(名護屋)에 도착.

해가 뜬 뒤에 출발하여 스노마타(洲股) 지역의 큰 다리 세 개를 지났
다. 모두 배로 연결하여 나무판을 깔았으며, 양쪽으로 큰 줄을 설치하
고 쇠고리로 당겨서 묶어 놓았다. 오코시가와(起川)에 이르니, 연결해
놓은 배가 3백 척이나 되었고, 그 길이가 천여 걸음은 되었으니, 그 공
역을 기울인 것이 참으로 대단하다고 할 만하였다. 양쪽 언덕에서 구경

행 때에는 이이 나오히데(井伊直幸)가 관반이 되어 미노 이마스에서의 조선 사신 접대
임무를 맡았다. 이마스에서 조선 문사들과 교유한 일본 문사로는 쓰지 모리미쓰(辻守參)·
덴 가쓰야마(田勝山)·이토 류잔(伊東龍山)·고야 덴추(小屋天柱) 등이 있다.

36 오가키(大垣) : 미노슈(美濃州)에 속하고, 현재의 기후현(岐阜縣) 오가키시(大垣市)이
다. 12차례 통신사행 가운데 제2차, 제12차를 제외한 나머지 사행 때마다 조선 사신이
이곳에 묵었다.

하는 남녀들의 수를 셀 수가 없을 정도였고, 배를 타고서 구경하는 자
또한 매우 많았다.

오코시가와 참중(站中)에서 점심을 먹었다. 나곤(納言) 오와리슈(尾張
州)의 태수 도쿠가와 쓰구토모(德川繼友)[37]가 떡 1대궤(大樻)를 올렸기
에, 가마꾼과 길을 인도한 금도왜(禁徒倭)들에게 나누어 주었다. 밥을
먹은 후에 곧 바로 출발하여 20리를 가다보니, 길 왼쪽에 새로 지은
차야(茶屋)이 있었는데, 오와리노카미(尾張守)가 술과 음식을 준비하여
대접한다고 하였다. 하지만 날이 저무는 바람에 들어가지는 못하고 가
마 안에서 차만 마시고 갔다.

또 민가를 지나 수십 리를 가서 비로소 나고야(名護屋)[38]에 이르렀는

---

37 도쿠가와 쓰구토모(德川繼友) : 에도시대 중기의 다이묘(大名). 아명은 하치사부로(八
三郎), 관례 후 미치유키(通幸)·미치아키(通顯)로 개명, 1713년 쇼군인 도쿠가와 이에쓰구
(德川家繼)가 한 글자를 하사하고, 조부인 미쓰토모(光友)로부터 한 글자를 취하여 쓰구토
모(繼友)로 개명. 관위는 사코노에곤쇼쇼(左近衛權少將)·오스미노카미(大隅守)·종삼위
(從三位)·곤추나곤(權中納言)·우효에노카미(右兵衛督). 오와리번(尾張藩) 제3대 번주인
도쿠가와 쓰나나리(德川綱誠)의 11남. 1713년에 형인 도쿠가와 요시미치(德川吉通)가 25
세로 요절하고 조카인 고로타(五郎太)도 3세의 어린 나이로 급사하여 쓰구토모가 오와리
번 제6대 번주가 되었다. 번 재정을 개선하기 위해 노력하였으나 1731년 홍역을 앓다가
39세의 나이로 급사하였다. 1719년 통신사 일행이 도쿠가와 요시무네의 습직을 축하하기
위해 일본을 방문하였을 때, 관반(館伴)이 되어 오와리 나고야(名古屋)와 나루미(鳴海)에
서의 조선 사신 접대 임무를 맡았다. 9월 16일 당시 에도에 있었기 때문에 다이칸(代官)을
보내 접대하였는데, 공급이 매우 풍성하여 중관과 하관의 숙소에도 이불과 요를 갖추었을
정도였다.

38 나고야(名護屋) : 현재의 아이치현(愛知縣) 나고야시(名古屋市). 명고옥(名古屋). 에도
시대에는 오와리국(尾張國)에 속하였다. 1610년 도쿠가와 이에야스(德川家康)가 바다와
육지의 연락이 편리한 나고노(那古野) 대지에 축성공사를 시작함에 따라 기요스(淸洲)의
사민(士民)이 이주하여 시가지가 형성되었고, 그 후 오와리국의 중심 도시가 되었다. 1871
년 폐번치현(廢藩置縣) 정책에 따라 나고야현(名古屋縣)이 설치되었고, 1872년 아이치현
으로 개칭(改稱)되었다. 조선 후기 통신사행 가운데 1617년과 1811년을 제외한 나머지 사
행 때마다 사신 일행이 이곳에 묵었다. 나고야에서 조선 사신과 교류한 주요 인물로 마쓰

데, 성곽의 인민들이 매우 많은 것은 실로 오사카 이후로 처음 보는 것이었다. 관소는 쇼코인(性高院)[39]으로 건물이 또한 매우 웅장하고 아름다웠으며, 성 안의 사찰은 무려 열 곳이나 되었다. 오와리노카미(尾張守)가 또 떡 1궤(樻)를 올렸기에 행중에 나누어 주었다. 태수는 삼종실(三宗室) 가운데 한 사람이다. 이 때문에 성읍이 이처럼 성대하였다. 일본의 장창과 날카로운 칼이 모두 이곳에서 나온다고 한다. 이날은 110리를 갔다.

17일[병술]. 맑음. 오카자키(岡畸)[40]에 도착함.

다이라 군잔(松平君山, 源君山)・마쓰다이라 가쿠잔(松平霍山, 源霍山)・마쓰다이라 난잔(松平南山, 源南山)・오카다 신센(岡田新川)・지무라 보타쿠(千村夢澤) 등이 있다.

39 쇼코인(性高院) : 현재의 아이치현(愛知縣) 나고야시(名古屋市) 지쿠사구(千種區) 고가와초(幸川町)에 위치한 정토종(淨土宗) 진제이파(鎭西派) 사원. 산호(山號)는 다이유잔(大雄山)이다. 1589년에 마쓰다이라 다다요시(松平忠吉)가 모친 호다이인(寶臺院)의 보리(菩提)를 빌기 위해서 미치요 겐도(滿譽玄道)를 창립자로 하여 창건했다. 원래는 쇼주인(攝受院) 쇼가쿠지(正覺寺)라고 하였으나, 뒤에 마쓰다이라 다다요시의 법명을 따서 쇼코인으로 고쳤다. 오와리 도쿠가와가(尾張德川家) 관련 위패가 많이 안치되어 있으며, 또한 경내에는 마쓰다이라 다다요시 외에 저명한 학자인 마쓰다이라 군잔(松平君山)과 아마노 사다카게(天野信景)의 묘가 있다. 마쓰다이라 군잔은 1764년 통신사행 때 제술관 및 삼서기(三書記)와 필담을 나누며 시문을 주고받았던 문사이다. 조선 후기 통신사행 가운데 1636년부터 통신사 일행이 나고야에 머물렀는데, 그때마다 쇼코인은 정사(正使)의 숙관(宿館)으로 제공되었다. 현재 마쓰다이라 다다요시의 화상(畵像)과 범종(梵鐘) 및 쌍체지장석비(雙體地藏石碑), 마쓰다이라 다다요시가 애용하던 시쓰젠(漆膳)과 완(椀) 등이 나고야시 문화재로 지정되어 있다.

40 오카자키(岡崎) : 에도시대 미카와노쿠니(三河國)에 속하고, 현재 아이치현(愛知縣) 오카자키시(岡崎市)에 위치한 도시. 니시미카와(西三河) 지방 경제의 중심지역이며, 혼다씨(本多氏)의 조카마치(城下町)・도카이도(東海道)의 역원(驛院)으로 발전하였다. 도쿠가와 이에야스(德川家康)의 출생지이기도 하다. 조선 후기 통신사행 가운데 1617년, 1811년을 제외한 나머지 사행 때마다 사신 일행이 이곳에 묵었다. 1719년 통신사 일행이 도쿠가와 요시무네의 습직을 축하하기 위해 일본을 방문하였을 때에는 9월 17일 이곳 차야(茶屋)에서 묵었으며, 돌아오는 10월 24일에도 다시 이곳에서 묵었다. 신유한의『해유록』9월 17

일찍이 출발하여 수십 리를 가니 길옆에 사찰이 많았는데, 천림산(天林山) 동탑(銅塔)은 최고로 볼만하였다. 나루미(鳴海)[41]에 도착하기 5리 쯤 전에 비로소 물이 바다로 꾸불꾸불 흘러들어가는 것이 보였고, 이따금 저 멀리 떠 있는 돛단배가 사람의 심사를 시원하게 뚫어주었다.

점심을 나루미(鳴海) 참관에서 먹었다. 오와리노카미(尾張守)가 떡 1궤(橫)를 올렸기에 가마꾼들에게 나누어 주었다. 저물녘에 아야(阿野)를 지나다 잠시 차야에서 쉬었다가 또 시적천(矢荻川) 대교(大橋)를 지났는데, 일본의 다리 가운데 가장 큰 다리라고 한다.

이경(二更)에야 비로소 오카자키에 도착하였다. 성의 해자와 인가의 웅장함은 오와리(尾張)와 서로 비등했다. 땅은 미카와슈(三河州)에 속했다. 이즈노카미(和泉守) 미즈노 다다유키(水野忠之)[42]가 절(折) 1합(合)

일조에 "오카자키(岡崎)에 도착하니 성(城)과 참호, 누각, 시가의 부유한 것이 나고야(名護屋)와 1, 2위를 다툴 만하였다. 여기는 미카와슈(三河州)의 땅인데, 태수 원충지(源忠之)는 현재 에도(江戶)에서 집정(執政)으로 있고 식봉이 5만 석이라 한다. 관백이 파견한 문위사(問慰使) 평조원(平助元)이 이미 와서 기다리고 있었는데, 밤이 깊었기 때문에 내일 아침에 들어와 뵙기로 약속하였다."라고 하였다.

41 나루미(鳴海) : 오와리슈(尾張州)에 속하고, 현재의 아이치현(愛知縣) 나고야시(名古屋市) 미도리구(綠區) 나루미정(鳴海町)이다. 12차례 통신사행 가운데 2차, 12차를 제외한 나머지 사행 때마다 조선 사신이 이곳에서 잠시 휴식을 취하였다.

42 미즈노 다다유키(水野忠之, 1669~1731) : 에도시대 중기의 다이묘(大名). 호는 쇼가쿠(祥岳), 별명은 사이구(齋宮), 통칭은 몬도(主水). 관위는 다이켄모쓰(大監物)·종사위하(從四位下)·시종(侍從)·이즈미노카미(和泉守). 에도 출신. 미카와(三河) 오카자키번(岡崎藩)의 제2대 번주인 미즈노 다다하루(水野忠春)의 4남. 1674년 문중의 하타모토(旗本) 미즈노 다다치카(水野忠近)의 양자가 되어 대를 이었다. 1697년 오쓰카이반(御使番)이 되었고, 1698년에는 닛코 메쓰케(日光目付)·닛코 후신부교(日光普請奉行)가 되었다. 1699년 1월 오카자키번의 제3대 번주인 실형(實兄) 다다미쓰(忠盈)의 양자가 되었고, 9월 형이 죽자 뒤를 이어 오카자키번의 제4대 번주가 되었다. 1705년에는 다이묘(大名)나 하타모토(旗本) 및 외국 사신 등이 쇼군을 만날 때에 중간에서 이들을 소개하거나 예물 등을 전달해 주는 역할을 하는 소자반(奏者番)이 되고, 1717년 로주(老中)가 되어 쇼군 도쿠가와 요시무네(德川吉宗)의 교호의 개혁(享保의改革)을 추진하였다. 1719년 통신사 일행이 도쿠가

을 올렸기에 행중에 나누어 주었다. 에도의 사자(使者) 스오노타이슈(周防太守) 평조원방(平助元方)이 와서 기다리고 있었는데, 밤이 깊어서 내일 명(命)을 전하겠다고 한다. 이날은 90리를 갔다.

18일[정해]. 요시다(吉田)에 도착함.

날이 밝자 도주와 장로가 와서 만나보았다. 잠시 후에 에도의 사자가 와서 삼사가 공복을 입고 영외(欞外)로 나가 맞이하였다. 사자 또한 공복을 입었다. 서로 양보하며 들어와 자리 앞에서 서로 마주하고서 두 번 읍하고 앉았다. 사자가 도주에게 관백의 명을 전하게 하였는데, 대개 수고로움에 대한 인사말이었다. 삼사가 잠깐 자리에서 떨어져 그 말을 듣기 위해 일어났다가 다시 돌아가 앉았고, 이어 전례를 따라 감사하다는 말로 답하였다. 차를 한 순배 돌아가며 마시고서 끝내고 영외(欞外)로 나가 읍하고 보냈다.

식후에 출발하여 정오에 아카사카(赤坂)에 도착하였다. 이키노카미(壹岐守) 미우라 아카히로(三浦明敬)가 지대(支待)로서 도중에 먼저 사람을 보내어 문안 인사를 하고 이어서 스기주(杉重) 1절(折)을 올렸기에 여러 왜인들에게 나누어 주었다. 밥을 먹은 후에 바로 출발하여 한 큰 나무다리를 지나 황혼 무렵에 요시다(吉田)[43]에 도착하였다.

와 요시무네의 습직을 축하하기 위해 일본을 방문하였을 때, 관반(館伴)으로서 미카와(三河) 오카자키(岡崎)에서 조선 사신 접대 임무를 맡았다. 9월 28일 에도에서 네 명의 집정 가운데 한 사람으로 조선 사신을 접대하였는데, 당시 일각모(一角帽)를 썼고, 붉은 갓끈과 검은 공복(公服)에 칼을 차고 있었으며, 손에는 상아(象牙) 부채를 들고 있어서 복색이 마치 쓰시마 태수와 비슷하였다고 한다. 1722년 재정을 전담하는 최고책임자인 가쓰테가카리 로주(勝手掛老中)가 되어 조세 증수 및 신전(新田) 개발 등을 적극적으로 추진하여 막부를 재정 위기에서 구해냈다.

이곳 또한 미카와슈(三河州) 소관으로 이즈노카미(伊頭守) 마쓰다이
라 노부토키(松平信祝)가 지키고 있는 곳이다. 호수 가에 성을 쌓았는
데, 민가가 매우 성대하였다. 관소는 고호잔(孤峰山)의 고신지(悟眞寺)
로 절이 매우 크고 아름다웠는데, 연못과 꽃들이 참 보기 좋았다. 노부
토키(信祝)가 스기주(杉重) 1조(組)를 올렸기에 행중에 나누어 주었다.
이날은 70리를 갔다.

19일[무자]. 아침에는 흐렸다가 오후에는 맑아짐. 하마마쓰(濱松)에
도착함.

날이 밝자 출발하여 40리를 가서 한 작은 고개를 지나 산을 끼고 바
다를 따라갔다. 또 10여 리를 가다 아리이(荒井)[44]에서 점심을 먹었다.
이곳은 도토미슈(遠江州) 소관이라고 한다. 이즈노카미(伊頭守) 마쓰다

---

43 요시다(吉田) : 현재의 아이치현(愛知縣) 도요하시시(豊橋市) 이마하시초(今橋町)의 도
요하시공원(豊橋公園) 내에 있는 요시다성(吉田城) 부근. 에도시대에는 미카와노쿠니(三
河國)에 속하였고, 도카이도(東海道) 53차의 에도에서부터 34번째 역원(驛院)이었다. 요
시다성이 유명한데, 센고쿠(戰國)시대인 16세기 초에 축성되었으며, 16세기말에 개축되
었다. 센고쿠시대에는 미카와노쿠니 지배의 중요 거점 중 하나였고, 에도시대에는 요시다
번(吉田藩)의 정청(政廳) 역할을 하였다. 축성 당시에는 이마하시성(今橋城)이라고 하였
고, 메이지유신 이후 도요하시성(豊橋城)이라고도 불렀다. 조선 후기 통신사행 가운데
1617년과 1811년 사행을 제외한 나머지 사행 때마다 사신 일행이 이곳 요시다에 묵었다.
1719년 통신사 일행이 도쿠가와 요시무네의 습직을 축하하기 위해 일본을 방문하였을 때,
9월 18일에 요시다 고신지(悟眞寺)에서 묵었고, 조선으로 돌아오는 10월 23일에도 다시
이곳 요시다에서 묵었다.

44 아리이(荒井) : 현재의 시즈오카현(靜岡縣) 남서부와 고사이시(湖西市) 아라이초아라
이(新居町新居). 아라이(新居). 에도시대 도토미노쿠니(遠江國)에 속한다. 도카이도(東海
道) 53차 슈쿠바마치(宿場町, 역참마을)인 아라이숙(新居宿, 옛 이름 荒井宿)으로 번영을
누렸으며, 1600년에 이곳에 이마기레세키쇼(今切關所)인 아라이세키쇼(新居關所)가 설치
되었다. 조선 후기 통신사행 가운데 1607년과 1617년 및 1811년 통신사행을 제외한 나머지
사행 때마다 사신 일행이 이곳에서 낮에 잠시 휴식하였다.

이라 노부토키(松平信祝)가 스기주(杉重) 1조(組)를 올렸다. 지대(支待)로서 부교를 보내어 대접하는 것이기에 일행에게 나누어 지급하였다.

밥을 먹은 후에 금절하(金絶河)[45]에 이르렀다. 강과 관소와의 거리는 겨우 예닐곱 걸음밖에 안 되었다. 이곳에 이르러 행중(行中)의 마부와 말을 비로소 교체하였다. 이 때문에 비장과 원역들은 모두 걸어서 선창에 이르러 검은 칠로 지붕을 꾸민 배에 나누어 타고 차례대로 나아갔다. 강의 넓이는 수십 리가 되었다. 예전 통신사 일행이 예단과 은화를 모두 이 강에다 던졌기 때문에 '금절(金絶)'이라는 이름이 생겼다고 한다. 왜인이 동북방 구름 가를 가리키면서 고하였다.

"저기가 후지산(富士山)인데, 구름이 끼어서 분명하게 보이지 않는 것이 흠입니다."

배가 동쪽 해안에 정박하자 사람과 말이 이미 정연하게 대기하고 있었다. 배에서 내려 육지에 올라 30리를 가서 황혼 무렵에 하마마쓰(濱松)[46]의 관소에 도착하였다. 관소는 시장 사이에 있었는데, 그리 넓지는

---

45 금절하(金絶河) : 1636년 병자사행 때 부사 김세렴(金世濂)이 금(金)을 던져버린 일본의 지명. 투금하(投金河)·금절하(今絶河)라고도 한다. 1636년 정사 임광·부사 김세렴·종사관 황호 등 사신 일행이 도쿠가와 막부의 태평을 축하하고 돌아올 적에 쓰고 남은 일공미(日供米) 수백 섬을 왜인에게 돌려주자 왜인이 그것을 황금으로 바꾸어 주므로 통신부사 김세렴 등이 다른 나라의 물건은 받을 수 없다고 하여 그것을 강물에 던져버렸다. 그후 이곳을 투금포라고 하였다. 『증정교린지』 권5 「하정(下程)」에는 통신사가 일본에서 조선으로 돌아오는 여정 가운데 하나로 나올 뿐 정확한 위치는 미상이다. 그러나 김지남의 『동사일록』과 남옥의 『일관기』에는 도토미노쿠니(遠江國)의 하마마쓰(濱松)와 아라이(新居) 사이에 있는 이마기레(今切) 나루로 기록되어 있다. 1643년 통신사행 때에는 일공하고 남은 쌀 840표(俵)를 쓰시마 도주가 금 61냥으로 몰래 바꾸었는데, 병자년처럼 바다에 버릴까 두려워 부산에 도착한 뒤에 비로소 전하여 주었기 때문에 부득이 다른 예단을 공목의 값에 셈하여 감하였다.

46 하마마쓰(濱松) : 현재의 시즈오카현(靜岡縣) 하마마쓰시(濱松市). 에도시대에는 도토미노쿠니(遠江國)에 속하였다. 시즈오카현 서부에 있는 정령지정도시(政令指定都市)이

않았다. 이곳은 도토미슈(遠江州)⁴⁷ 태수가 에도를 왕래할 때 묵는 곳이라고 한다. 호키노카미(松平伯耆守) 마쓰다이라(松平)가 떡 1절(折)을 올렸기에 가마꾼들에게 나누어주었다. 호키노카미와 부교가 지대(支待)로 와서 문안 인사를 하였고, 도주가 구비이(求肥飴) 1기(器)와 양명당(養命糖) 1기(器)를 보냈기에 여러 비장과 제술관과 서기와 양의(良醫)에게 나누어 주었다. 이날은 90리를 갔다.

20일[기축]. 맑음. 가케가와(懸川)에 도착.

밤에 우레가 치고 비가 내리다가 새벽에 개었다. 날이 밝자 출발하여 덴류가와(天龍川)⁴⁸를 백 여 걸음이 되는 배다리로 건넜다. 40리를 가서 점심을 먹었다. 미쓰케(見付)⁴⁹ 참에서 호키노카미(伯耆守)가 또 각색의

며, 시즈오카현에서 최대 인구 및 면적을 가진 도시이다. 조선 후기 통신사행 가운데 1617년과 1811년을 제외한 나머지 사행 때마다 사신 일행이 이곳에 묵었다.

47 도토미슈(遠江州) : 현재의 시즈오카현(靜岡縣) 서부 지역. 도토미노쿠니(遠江國)·엔슈(遠州)라고도 하는데, 옛날에는 도호쓰아하해(遠淡海)라고도 하였다. 남용익의『문견별록』「주계(州界)」에 "도토미슈: 동쪽으로는 스루가(駿河), 서쪽으로는 미카와(三河), 남쪽으로는 바다, 북쪽으로는 시나노(信濃)에 이른다. 소속된 군은 13군이다.[遠江州: 東抵駿河, 西抵三河, 南距海, 北抵信濃, 屬郡十三.]"라고 하였다.

48 덴류가와(天龍川) : 시즈오카현 서부를 남쪽으로 흐르다가 엔슈나다(遠州灘)에 합류하는 강. 현재의 나가노현(長野縣) 스와코(諏訪湖)를 발원으로 한다. 에도시대 큰 강에는 다리가 없는 경우가 많았기 때문에, 통신사가 통행할 때 임시적인 다리를 세웠다. 통신사가 엔슈(遠州)에서 스루가(駿河)로 향할 때 배다리를 가설하여 덴류가와를 건넜다. 배다리를 설치할 때 사용하는 연(筵)이나 노끈에 들었던 비용은 미쓰케야도(見付宿)에서 부과하였다.

49 미쓰케(見付) : 현재의 시즈오카현 이와타시(磐田市) 중심부에 위치. 교토에서 에도로 향할 때에 처음으로 후지산이 보이는 장소라는 뜻이며, 에도시대에는 도토미노쿠니(遠江國)에 속하였다. 조선 후기 통신사행 가운데 1617년과 1811년을 제외한 나머지 사행 때마다 사신 일행이 이곳에서 낮에 잠시 휴식을 취하였다. 1682년 통신사행이 8월 14일 낮 미쓰케에 이르러 점심을 먹었는데, 오키노카미(隱岐守)인 니시오 다다나리(西尾忠成)가 직접 와서 문안하고 찬합[杉重]을 바쳤다. 이 역참부터는 쇼군이 특별히 이이 호키노카미

떡 1절(折)을 올렸다. 호행에게 나누어 주었다. 금도왜인(禁徒倭人)이
늦게야 왔다.

　하늘빛이 청명하여 비로소 후지산(富士山)[50]이 보였는데, 저 하늘 바
깥에 우뚝 솟은 산 빛이 희어서 흰 구름과 제대로 구분되지 않았다.
옛날에 갑령(甲嶺)에 올라 백두산을 바라보았을 때도 그 크고 작음이
비록 가지런하지는 않았으나 그 모양과 색이 서로 같아 기이하였었다.

　신시(申時) 끝 무렵에 가케가와(懸川)에 도착하였다. 이곳도 도토미
슈(遠江州) 소관이라고 한다. 사도노카미(佐渡守) 오가사와라 조칸(小笠
原長寬)[51]이 관소에 와서 문안 인사를 하고 찬합 1조(組)를 올렸기에 행

(井伊佰耆守)를 보내 접대하는 일을 점검하였는데, 전에는 없던 일이었다. 대체로 오사카
까지 오기 전에는 해당 주(州)에서 접대를 했고, 오사카 이후부터는 쇼군이 각 역참에
지대관을 보내 접대하게 했었는데, 이번에 호키노카미를 별도로 보낸 것은 특별히 우대하
는 뜻에서 나온 것이라 하였다. 1748년 사행도 5월 12일 낮에 미쓰케 참(站)에 이르니
이즈노카미(伊豆守)가 사자를 보내 문안하고, 찬합과 귤을 공궤하였다.

50　후지산(富士山) : 부산(富山). 비유적 표현으로 부용(芙蓉)·팔엽(八葉)·팔엽봉(八葉峰)·
백설(白雪)·부악(富嶽)·용악(蓉嶽)·함담봉(菡萏峯)이라고도 하였다. 혼슈(本州) 중부 야
마나시현(山梨縣)과 시즈오카현의 태평양 연안에 접해 있다. 12차 통신사행 가운데 1617
년 2차와 1811년 12차를 제외한 나머지 사행 때마다 조선 사신은 이곳을 멀리서 바라보았
다. 그 결과 필담창화집에 후지산을 두고 읊은 시가 많이 수록되어 있다.

51　오가사와라 나가히로(小笠原長熙) : 에도시대 중기의 다이묘(大名). 관위는 종오위하
(從五位下)·이키노카미(壹岐守)·사도노카미(佐渡守)·야마시로노카미(山城守). 무사시(武
藏) 이와쓰키번(岩槻藩) 초대 번주인 오가사와라 나가시게(小笠原長重)의 차남. 오가사와
라 조칸(小笠原長寬)이라고도 하였고, 사행록에는 소립원 산성수 장신(小笠原山城守長
信), 소립원 좌도수 장관(小笠原佐渡守長寬)이라고도 하였으며, 『통항일람(通航一覽)』에
는 오가사와라 나가히로라고 하였다. 1710년 부친의 대를 이어 이와쓰키번 오가사와라가
(小笠原家) 제2대 번주가 되었으며, 이듬해 도토미(遠江) 가케가와번(掛川藩)으로 이봉(移
封)되어 오가사와라가(小笠原家) 초대 번주가 되었다. 그 후 번 재정 확립에 진력하여 1722
년에는 치수사업을 추진하였다. 1719년 정사 홍치중 등이 도쿠가와 요시무네(德川吉宗)의
습직을 축하하기 위해 일본을 방문하였을 때, 도토미 가케가와(掛川)와 가나야(金谷)에서
조선 사신 접대 임무를 맡았다.

중에 나누어 주었다. 이날은 80리를 갔다.

21일[경인]. 아침에는 흐렸다가 오후 늦게 갬. 후지에다(藤枝)에 도착.

날이 밝자 출발하여 30리를 가서 잠시 가나야(金谷) 고개 아래 차야(茶屋)에서 쉬었다. 고개를 넘어 또 20리를 가서 가나야 참관(站館)에 이르렀다. 조칸(長寛)이 찬합 1조(組)를 올렸다.

점심을 먹고 바로 출발하여 오이가와(大井川) 가에 이르니 왜인 수백 명이 이미 기다리고 있었다. 가자(架子)를 만들어 그 사면에 난간을 설치하고 앞뒤로 그 양 곁을 비워 다리를 안정되게 하고서 그 위에 가마를 올리고는 수십 명이 메고서 강을 건넜다. 마침 물이 얕아서 쉽게 건넜는데, 물이 불어났다면 건너기가 몹시 어려웠을 것이다. 신묘년(1711) 사행 때는 물에 막혀 이 강에서 이틀이나 머물며 지체하였다고 하는데, 조금도 이상할 것이 없었다.

섬 마을을 지나가는데 건물들이 금방 지은 것처럼 펼쳐져 있어서 그곳에 사는 사람에게 물어보니, 7월에 불이 나서 70여 채가 타버리는 바람에 최근에 고쳐 세운 것이라고 한다.

30리를 가서 저녁에 후지에다(藤枝)[52]에 도착하였다. 땅은 스루가슈(駿河州)[53]에 속했다. 단고노카미(丹後守) 도키 요리토시(土岐賴稔)[54]가

---

52 후지에다(藤枝) : 스루가슈(駿河州)에 속하고, 현재의 시즈오카현 후지에다시(藤枝市) 후지에다(藤枝)이다. 시즈오카현 중부에 위치. 12차례 통신사행 가운데 2차, 12차를 제외한 나머지 사행 때마다 조선 사신이 이곳에 묵었다.

53 스루가슈(駿河州) : 현재의 시즈오카현 중동부 지역. 스루가노쿠니(駿河國)·슨슈(駿州)라고도 한다. 남용익의『문견별록』「주계(州界)」에 "스루가슈: 동쪽으로는 이즈(伊豆), 서쪽으로는 도토미(遠江), 남쪽으로는 바다, 북쪽으로는 후지산이 막혀 있다. 소속된 군은 7군이다.[駿河州: 東抵伊豆, 西抵遠江, 南距海, 北阻富士山, 屬郡七.]"라고 하였다.

부교를 보내 지대(支待)하였는데, 떡과 과일 1중합(重盒)을 올렸기에 행
중에 나누어 주었다. 이날은 70리를 갔다.

22일[맑음]. 에지리(江尻)에 도착.

날이 밝자 출발하여 30여 리를 가서 우쓰(宇津) 고개에 도착하여 고
갯길 위에 있는 차야에서 잠시 쉬었다. 산길은 높고 험준하여 넘어가기
가 몹시 힘이 들었다.

20리를 더 가서 아평천(阿平川)을 건너고 민가 10여 리를 지나 스루
가후추(駿河府中)[55]의 호타이지(寶泰寺)에 도착했다. 절에는 숲이 우거
진 동산이 있었고 수석(水石)이 참 보기 좋았다. 이곳은 곧 이에야쓰(家
康)의 원당(願堂)으로 관백이 가끔씩 와서 분향한다고 한다. 이즈모노
카미(出雲守) 다치바나 슈켄(立花種甄)[56]이 지대(支待)로 와서 노송나무

54 도키 요리토시(土岐賴稔) : 에도시대 중기의 다이묘(大名). 아명은 효부(兵部), 초명은
요리토시(賴俊), 뒤에 다쿠미(內匠)·요리토시로 개명. 관위는 종사위하(從四位下)·단고노
카미(丹後守). 오사카 출신. 스루가(駿河) 다나카번(田中藩) 초대 번주인 도키 요리타카(土
岐賴殷)의 장남. 1713년 부친으로부터 대를 물려받아 다나카번 도키가(土岐家) 제2대 번주
가 되었다. 오사카조다이(大坂城代)를 거쳐 1734년 교토쇼시다이(京都所司代)가 되었고,
1742년 로주(老中)에 올랐다. 1719년 정사 홍치중 등이 도쿠가와 요시무네의 습직을 축하
하기 위해 일본을 방문하였을 때, 관반(館伴)이 되어 스루가(駿河) 후지에다(藤枝)에서 조
선 사신 접대 임무를 맡았다. 이때 관소는 도운지(洞雲寺)였다.
55 스루가후추(駿河府中) : 현재의 시즈오카현(靜岡縣) 시즈오카시(靜岡市) 아오이구(葵
區). 에도시대에는 스루가노쿠니(駿河國)에 속하였다. 정무를 집행하는 기관이 설치된 도
시인 고쿠후(國府)였고, 메이지시대에 시즈오카로 개칭되었다. 조선 후기 통신사행 가운
데 1617년과 1811년 사행을 제외한 나머지 사행 때마다 사신 일행이 이곳에서 낮에 잠시
휴식을 취하였다. 1719년 통신사 일행이 도쿠가와 요시무네(德川吉宗)의 습직을 축하하기
위해 일본을 방문하였을 때, 9월 22일 낮에 스루가후추에 있는 호타이지(寶泰寺)에서 휴
식을 취하였고, 조선으로 돌아오는 10월 20일에도 다시 이곳 호타이지에서 휴식을 취하였
다. 이때 와카사노카미(若狹守) 교고쿠 다카모치(京極高或)가 스루가후추에서의 조선 사
신 접대 임무를 맡았다.

찬합 1조(組)를 올렸기에 제술관과 서기들에게 지급하였다.

점심을 해먹고서 출발하여 30리를 가서 에지리(江尻)[57] 숙참(宿站)에 도착하였다. 관소는 부유한 사람의 집으로 매우 넓었으며, 집 뒤 예쁘게 꾸민 담장 밖에는 맑은 시내가 감돌았고, 뜰에는 매화·귤나무·소나무·대나무·소철을 심어 놓아 매우 깔끔하였다. 와카사노카미(若狹守) 교고쿠 다카모치(京極高或)가 와서 문안 인사를 하고 노송나무 찬합 1조(組)를 올렸기에 삼행(三行)의 가마꾼들에게 나누어 주었다. 와카사노카미가 사자관의 글씨 얻기를 청하기에 각각 몇 폭씩 써서 주도록 하였다. 이날은 80리를 갔다.

23일[임진]. 맑은 날씨에 바람이 붐. 미시마(三島)에 도착.

이날은 역참이 멀어 닭이 울면 곧바로 출발하려고 하였으나 짐과 말이 갖춰지지 못하는 바람에 호행과 부교가 조금 지체할 것을 청하기에[58] 기다리다 보니 하늘이 이미 밝아오고 있었다. 도주가 사행이 먼저

---

56 다치바나 야스나가(立花貫長) : 에도시대 중기의 다이묘(大名). 아명은 손치요마루(孫千代丸), 별명(別名)은 나가마사(長當)·슈켄(種甄), 통칭은 민부(民部). 관위는 종오위하(從五位下)·이즈모노카미(出雲守). 지쿠고(筑後) 미이케번(三池藩) 제3대 번주인 다치바나 다네키라(立花種明)의 장남. 1699년 부친 사망 후 대를 이어 미이케번 다치바나가(立花家) 제4대 번주가 되었고, 1724년 슨푸가반(駿府加番)이 되었다. 1719년 정사 홍치중 등이 도쿠가와 요시무네의 습직을 축하하기 위해 일본을 방문하였을 때, 관반(館伴)이 되어 스루가후추(駿河府中)에서 조선 사신 접대 임무를 맡았다.

57 에지리(江尻) : 현재의 시즈오카현(靜岡縣) 시즈오카시(靜岡市) 시미즈구(淸水區) 에지리초(江尻町)이다. 예지리(刈之里). 12차례 통신사행 가운데 1차, 2차, 3차, 12차를 제외한 나머지 사행 때마다 조선 사신이 이곳에 묵었다.

58 통신사 사행원들의 인마(人馬) 배정에 관한 일본 측 기록인『信使記錄103 御參向京都御發駕(より)江戶御着迄御道中每日記』中 9월 23일 기사를 참조할 것.
"오늘 새벽 寅時 上刻에 江尻를 출발하실 것이었는데, 人馬에 지장에 있다고 들어서, 人馬割 御代官인 神尾甚三郎殿과 岩手彦兵衛殿方에게, 어젯밤 樋口吉右衛門과 一宮助左衛

출발할 것을 청하기에 날이 밝자 길을 떠나 살수령(薩陲嶺)을 넘어 바다를 따라 갔다. 30리를 가서 길옆 역관(驛館)에서 잠시 쉬었다가 또 40리를 가서 배다리로 후지가와(富士川) 두 곳을 건너 요시와라(吉原) 참사(站舍)에 도착했다. 이곳도 스루가슈(駿河州) 소속이라고 한다.

이곳은 후지산과의 거리가 불과 수십 리밖에 안 될 정도로 가까웠다. 이날은 운무(雲霧)가 활짝 개어 산 전체가 하늘 밖으로 드러나, 멀리서 바라보면 우뚝하여 매우 높고 컸다. 위아래 모두 돌이 없는 하나의 거대한 흙덩어리로, 산꼭대기는 희어서 햇빛이 비치면 은은하였다. 그곳에 사는 사람들은 흰 눈 색깔이라고도 하고 흙 색깔이라고도 하는데, 어느 말이 옳은지 잘 모르겠지만 백두산을 이미 체험해 본 경험으로는 눈 색깔이라고 하는 것이 맞을 것 같다. 봉우리의 둘레가 수십 리이고 봉우리의 높이도 백 리에 가깝다고 하니, 해외의 명산이라 할 만하였다. 산허리 아래에는 초목이 무성하고, 산허리 위에는 윤택한 나무들이 없었으니, 산이 높아서 기온이 차가워 초목이 자라지 못해 그러한 것이었다. 남과 북의 기슭이 멀리까지 내리달아 뻗어나갔기에 어느 방향에서 끝이 나는지, 얼마나 멀리 뻗어나갔는지 알 수가 없었다.

오네메노카미(采女正) 마쓰다이라 사다모토(松平定基)가 지대관(支待

門를 몇 차례나 보내서 재촉했는데 오늘 밤에 위 두 사람이 이쪽 본진에 와서, 大浦忠左衛門을 만나시겠다고 하시어, 나갔더니, 말씀하시길 '人馬가 지장이 있어서 役人들을 종종 보내서서 재촉하는 것은 지당하다고 생각합니다. 하청을 받은 자들이 점점 확정이 되질 않아, 마부에게 賃銀을 건네지 않았기에, 예약해 놓은 말도 벽을 부수고 점점 逃散하여, 아무리 해도, 손에 넣질 못합니다. 지금에 이르니, 하청을 받은 자들도 欠落하여, 한 명도 없습니다. 手代向之者가 2, 3인이 있는 것을 잡아 놓아두었습니다. 이와 같이 하청을 받은 자들에게는 재촉할 상대도 없기 때문에 駿府 奧津에도 말에 관해 이야기했기 때문에 밤이 밝으면 점점 갈(參) 것이니 출발은 잠깐 상황을 봐 주시라고 잘 말씀드려 주십시오.'라고 하는 것…" (이재훈 번역)

官)이 되어 노송나무 찬합 1조(組)를 올렸기에 행중과 가마꾼들에게 나누어 주었다. 점심을 먹은 후에 출발하여 60리를 가서 삼경에 미시마(三島) 숙참(宿站)에 도착했다. 아리마 사에몬자(有馬佐衛門佐) 스미히사(純壽)[59]가 또한 지대관이 되어 노송나무 찬합 1합(合)을 올렸기에 배행(倍行)하는 원역(員役)들에게 나누어 주었다. 이곳은 이즈슈(伊豆州)[60] 소속이라고 한다. 이날은 130리를 갔다.

24일[계사]. 맑음. 오다와라(小田原)에 도착.

날이 밝자 출발하여 민가를 지나 7, 8리쯤 가니 마을이 끝나는 곳이 하코네(箱根)[61] 고개였다. 반나절을 걸어 오르며 40리를 가서야 비로소

---

59 아리마 가즈노리(有馬一準) : 에도시대 중기의 다이묘(大名). 초명은 마사즈미(眞純), 후에 히사즈미(壽純), 스미히사(純壽) 등으로 불렸다. 아리마 기요스미(有馬淸純)의 장남. 1703년 에치젠(越前) 마루오카번(丸岡藩) 아리마가(主有馬家)의 제2대 번주가 되었다. 1719년 정사 홍치중 등이 도쿠가와 요시무네의 습직을 축하하기 위해 일본을 방문하였을 때, 9월 23일 이즈(伊豆) 미시마(三島)에서 통신사 접대를 담당하였다. 아리마 사에몬자 스미히사(有馬佐衛門佐純壽)라고도 한다.

60 이즈슈(伊豆州) : 현재의 시즈오카현 이즈반도(伊豆半島)와 이즈제도(伊豆諸島) 지역. 이즈노쿠니(伊豆國)·즈슈(豆州)라고도 한다. 남용익의 『문견별록』「주계(州界)」에 "이즈슈: 동쪽으로는 사가미, 서쪽으로는 스루가, 남쪽으로는 바다에 닿아 팔도와 팔장도지국에 가깝고 북쪽으로는 가이에 이른다. 소속된 군은 13군이다. 온정이 2개소, 화정이 1개소 있다. 유황이 생산된다.[伊豆州: 東抵相模, 西抵駿河, 南距海近八島八丈島支國, 北抵甲斐, 屬郡十三, 有溫井二所, 火井一所, 産硫黃.]"라고 하였다.

61 하코네(箱根) : 현재의 가나가와현(神奈川縣) 아시가라시모군(足柄下郡) 하코네마치(箱根町). 에도시대에는 이즈노쿠니(伊豆國)에 속하였다. 시즈오카현 동쪽 하코네 칼데라 부근 일대를 지칭하며, 산과 호수 및 계곡 같은 경관이 많고, 온천의 용출이 많아서 후지하코네이즈국립공원(富士箱根伊豆國立公園)의 중심부이다. 예로부터 도카이도(東海道)의 요충지이며, 천하의 험지로 알려져 있는 하코네도계의 기슭에는 역참 슈쿠바(宿場)와 관소(關所)가 설치되어 있었다. 근대 이후에는 휴양지와 관광지로 발전하였다. 조선 후기 통신사행 가운데 1617과 1811년 사행을 제외한 나머지 사행 때마다 사신 일행이 이곳에서 낮에 잠시 휴식을 취하였다.

고갯마루에 올라갈 수 있었다. 산봉우리로 둘러싸인 곳에 한 골짜기가 있었고, 후추(府中)에는 큰 호수가 있었다. 둘레가 수십 리나 되었고, 물은 검고 깊어서 헤아릴 수가 없었으며, 소나무·삼나무·단풍나무·대나무가 양쪽 언덕에 울창하였다. 호수 주변 마을 또한 번성하여, 참관(站館)은 이 호수 가의 경치 가운데 가장 절경이었다. 이 고개는 후지산(富士山)의 한 기슭으로 그 높이가 40리에 이를 정도로 멀었다. 멀리 후지산을 바라보니 평지에서 보던 것과 다를 것은 없었으나, 어디에도 비힐 데 없이 높고도 컸다.

가가노카미(加賀守) 오쿠보 다다히데(源忠英)[62]가 스기주(杉重) 1조(組)를 올렸기에 행중에 나누어 주었다. 점심을 먹은 후 바로 고개를 내려왔다. 돌길이 험하여 길을 가는 것이 힘들었다. 초경에 오다와라(小田原)[63]에 도착하였다. 이곳은 곧 사가미슈(相摸州) 태수가 거처하는 곳으로 민가와 백성이 매우 많았다. 밤에 국수와 술과 예닐곱 가지 안주를 베풀어 대접해 주었다. 가가노카미가 또 노송나무 찬합 1조(組)를 올렸기에 일행과 가마꾼에게 나누어 주었다. 이날은 80리를 갔다.

---

62 오쿠보 다다마사(大久保忠方) : 에도시대 중기의 다이묘(大名). 본명은 다다히데(忠英). 오쿠보 다다마스(大久保忠增)의 여섯째 아들. 사가미(相模) 오다와라번(小田原藩) 오쿠보가(大久保家)의 제3대 번주. 1719년 정사 홍치중 등이 도쿠가와 요시무네의 습직을 축하하기 위해 일본을 방문하였을 때, 9월 24일 사가미 하코네(箱根)와 오다와라(小田原)에서 통신사 접대를 담당하였다. 그의 아버지 오쿠보 다다마스는 1682년, 1711년에, 장남 오쿠보 다다오키(大久保忠興)는 1748년에 이곳에서 통신사를 접대하였다. 오쿠보 가가노카미 다다히데(大久保加賀守忠英)라고도 한다.
63 오다와라(小田原) : 사가미슈(相摸州)에 속하고, 현재의 가나가와현(神奈川縣) 오다와라시(小田原市)이다. 가나가와현의 남서단에 위치. 12차례 통신사행 가운데 2차, 12차를 제외한 나머지 사행 때마다 조선 사신이 이곳에 묵었다.

25일[갑오]. 맑음. 후지사와(藤澤)에 도착.

날이 밝자 수십여 리를 가서 잠시 길 옆 차야에서 쉬었다. 사가미노카미(相摸守)가 사람을 시켜 떡·감·포도·빙당(氷糖) 등의 맛있는 것을 대접해 주었다. 또 떡과 과일을 작은 그릇 두 개에다 바쳤는데, 가마에 가져가도록 준비한 것이니 접대하는 뜻이 매우 성실했다.

20리를 더 가서 오이소(大磯)[64] 관사에서 점심을 먹었다. 단바노카미 (丹波守) 도리이 다다아키라(鳥居忠瞭)[65]가 지대로서 노송나무 찬합 1조 (組)를 올렸기에 행중에 나누어 주었다. 바뉴가와(馬入川)를 배다리로 건너 40리를 가서 저녁에 후지사와(藤澤) 숙참(宿站)에 도착했다. 관소는 민가로 상당히 비좁았다. 호리 사교노스케(堀左京亮) 나오유키(直爲)[66]가 관반(館伴)으로 와서 문안 인사를 하고 이어 과자(菓子) 한 그릇

---

64 오이소(大磯) : (원문의 대의(大蟻)는 오이소(大磯)의 오기이다.) 현재의 가나가와현(神奈川縣) 나카군(中郡) 오이소마치(大磯町)이며, 가나가와현의 중남부에 위치. 에도시대 사가미노쿠니(相模國)에 속하고, 사가미만(相模灣)에 접해있다. 도카이도(東海道) 53차의 8번째 역원(驛院)이었다. 오이소 동부에는 고구려에서 건너온 도래인이 거주했다는 역사가 있으며, 이곳의 고마산(高麗山)과 다카쿠신사(高來神社)라는 명칭이 여기에서 유래하였다고 한다. 조선 후기 통신사행 가운데 1617년과 1811년 사행을 제외한 나머지 사행 때마다 사신 일행이 이곳 오이소에서 낮에 잠시 휴식을 취하였다.

65 도리이 다다아키라(鳥居忠瞭) : 에도시대 중기의 다이묘(大名). 도리이 단바노카미(鳥居丹波守). 도리이 다다노리(鳥居忠則)의 5째 아들. 도리이 다다테루(鳥居忠英)의 양자. 시모쓰케노쿠니(下野國) 미부번(壬生藩) 제2대 번주(藩主)가 되었다. 1719년 정사 홍치중 등이 도쿠가와 요시무네의 습직을 축하하기 위해 일본을 방문하였을 때, 오이소(大磯)에서 고치소야쿠(御馳走役)로서 통신사 일행의 접대를 담당하였다.

66 호리 나오유키(堀直爲) : 에도시대 중기의 다이묘(大名). 호리 사교노스케(堀左京亮)라고도 하였다. 호리 나오토시(堀直利)의 둘째 아들. 에치고노쿠니(越後國) 무라마쓰번(村松藩) 제3대 번주(藩主)를 지냈다. 1719년 정사 홍치중 등이 도쿠가와 요시무네의 습직을 축하하기 위해 일본을 방문하였을 때, 후지에다(藤枝)의 고치소야쿠(御馳走役)로서 통신사 일행의 접대를 담당하였다. 신유한의 『해유록(海游錄)』에서는 후지사와(藤澤)에서 접대하였다고 나온다.

을 올렸는데, 삼행에게 올린 것은 도주와 부교 및 재판에게 나누어 보냈다. 호행과 부교가 수역(首譯)에게 말을 전하여 이르기를,

"아침에 에도에 머물고 있는 부교가 말을 전해 왔는데, '사행이 에도에 도착하는 날 관백이 두 아들을 데리고 구경을 나올 것이라고 하니, 군물(軍物)을 앞에 배치하고 반드시 가지런히 정렬할 것이며, 행중은 반드시 화려하고 선명한 옷을 입어서 과시하고 빛내는 자리가 되면 좋겠다'고 합니다."

라고 하였다. 이날은 80리를 갔다.

26일[을미]. 맑음. 시나가와(品川)에 도착함.

새벽에 출발하여 30여 리를 가니 하늘빛이 비로소 밝아왔다. 또 40리를 가서 도쓰카(戶塚)·신덴(新田)·오무라(大村)를 지나 가나가와(神奈川) 참관에 도착했다. 가이노카미(甲斐守) 구로다 나가사다(黑田長貞)[67]가 관반(館伴)으로 와서 문안 인사를 하고 이어 노송나무 찬합 1누협(累篋)을 올렸기에 행중에 나누어 주었다. 점심을 먹은 후에 곧바로 출발하여 30리를 가서 로쿠고가와(六鄕川)에 이르니, 채선(彩船) 네 척이 이미 와서 대기하고 있었다. 그 중 한 척의 배에 국서를 모시고 삼사는 각각 한 척씩 나누어 탔다. 이 밖에 사람과 말들도 배로 건넜는데, 그 수를 알지 못하겠다.

---

67 구로다 나가사다(黑田長貞) : 에도시대 중기의 다이묘(大名). 아명은 다쓰사부로(辰三郎), 노무라 스케하루(野村祐春)의 아들. 구로다 나가노리(黑田長軌)의 양자. 지쿠젠노쿠니(築前國) 아카즈키번(秋月藩) 제4대 번주(藩主)가 되었으며, 구로다 가이노카미(黑田甲斐守)를 계승하였다. 1719년 정사 홍치중 등이 도쿠가와 요시무네의 습직을 축하하기 위해 일본을 방문하였을 때, 가나가와(神奈川)의 관반(館伴)으로 통신사 일행의 접대를 담당하였다.

강을 건너 30여 리를 가서 시나가와(品川)⁶⁸에 도착했는데, 민가가 매
우 번성하고 길 옆에는 절이 무척 많았다. 관소는 도카이지(東海寺)였
다. 부젠노카미(豊前守) 마쓰다이라 스미나오(松平澄猶)⁶⁹가 관반으로
와서 스기주 1누협(累篋)을 올렸기에 차지(次知) 오일(五日)과 차지(次
知)의 왜인 마부에게 나누어 주었다. 요시와라(吉原) 이후로는 줄곧 바
다를 따라서 가는데, 멀기도 하고 가깝기도 하였다. 가나가와와 시나
가와는 모두 해변이 있었다. 이로 미루어 본다면 에도 또한 바다에서
멀지 않을 것이다. 이곳은 무사시슈(武莊州)⁷⁰에 속한다. 사가미슈(相摸
州)와 무사시슈 사이에 빌어먹는 장님들이 가장 많았는데, 이 또한 풍
기(風氣)가 유별나서 그러한 것인가? 몹시 이상한 일이다. 이날은 백
리를 갔다.

---

68 시나가와(品川) : 현재의 도쿄도(東京都) 시나가와구(品川區) 북동부 지역. 에도시대에
는 무사시노쿠니(武藏國)에 속하였고, 옛 슈쿠바마치(宿場町, 역참마을)였다. 조선 후기
통신사행 가운데 1617년과 1811년 사행을 제외한 나머지 사행 때마다 사신 일행이 이곳에
서 낮에 휴식을 취하거나 혹은 묵었다. 1719년 정사 홍치중 등이 도쿠가와 요시무네의
습직을 축하하기 위해 에도를 향하던 9월 26일에 시나가와 도카이지(東海寺)에서 묵었고,
조선으로 돌아오는 10월 16일에도 시나가와 도카이지에서 묵으면서 망궐례(望闕禮)를 지
냈다.

69 마쓰다이라 스미나오(松平澄猶, 1692~1753) : 에도시대 전-중기의 다이묘(大名). 이
케다 나카테루(池田仲央)라고도 한다. 1703년 돗토리(鳥取) 히가시다테(東館) 신덴번(新田
藩)의 제2대 번주(藩主)가 되었다. 1719년 정사 홍치중 등이 도쿠가와 요시무네의 습직을
축하하기 위해 일본을 방문하였다. 9월 26일 관반(館伴)으로 시나가와(品川)에 있는 도카
이지(東海寺)에서 통신사를 접대하였다.

70 무사시슈(武藏州) : 현재의 도쿄도(東京都), 사이타마현(埼玉縣) 및 가나가와현(神奈川
縣) 가와사키시(川崎市)·요코하마시(橫濱市) 지역. 무사시노쿠니(武藏國)·부슈(武州)라
고도 한다. 남용익의『문견별록』「주계(州界)」에 "무사시슈: 동쪽으로는 히타치노, 서쪽으
로는 사가미, 남쪽으로는 가즈사, 북쪽으로는 시모스케에 이른다. 소속된 군은 24군이고
에도에 소속된다.[武藏州: 東抵常陸, 西抵相模, 南抵上總, 北抵下野, 屬郡二十四, 卽江戶所
屬也.]"라고 하였다.

27일[병신]. 살짝 흐림. 에도에 도착.

일찍 밥을 먹은 후에 삼사는 공복을 갖추어 입고, 원역은 단령(團領)을 착용하였으며, 군관은 융복(戎服)에 동개(筒箇)[71]를 차고 앞에서 모시면서 차례로 출발하였다. 민가 가운데로 10리쯤 갔는데, 왜의 통사(通詞)가 이미 에도(江戶)에 도착했다고 고했다. 그 사이의 인가들이 서로 이어져 있어서 한 번도 끊어진 적이 없었다. 첫 번째 성문을 들어가 다시 오사카바시(大坂橋)를 지나고 또 성문을 나갔다. 통틀어 따져보니 30여 리 사이에 있는 좌우의 집들이 모두 층층으로 된 누각이었고 한 조각 빈틈이 없었으며, 집 앞에는 모두 작은 우물이 있었고 옥상에는 물통을 두어 화재를 막는 도구를 갖추지 않은 집이 없었다.

남녀노소가 마치 벌떼나 개미떼처럼 모여들어 수십 리에까지 끊어지지 않았는데, 그 중 나이가 어린 여자는 반드시 무늬가 빛나는 비단옷을 입고 있어서 사람의 눈을 어지럽게 하였다. 시장 사람들이 왜경(倭京)에 비해 갑절이나 번화하고 풍성했다.

미시에 관소에 도착하였다. 이곳은 예전엔 히가시혼간지(東本願寺)[72]

---

71 동개(筒箇) : 화살집과 활을 넣는 통을 한 줄로 묶어 왼편 어깨에 메게 줄로 연결된 제구.

72 히가시혼간지(東本願寺) : 현재의 도쿄도(東京都) 다이토구(臺東區) 니시아사쿠사(西淺草)에 있는 사원. 정토진종 히가시혼간지파(淨土眞宗東本願寺派)의 본산이며, 정식명칭은 조도신슈 히가시혼간지하 혼잔 히가시혼간지(淨土眞宗東本願寺派本山東本願寺)이다. 통신사의 에도에서의 숙관(宿館)은 당초 세이간지(誓願寺)에서 담당했었는데, 1657년 메이레키(明曆)의 대화재로 세이간지가 후카가와(深川)로 이전했기 때문에, 이후 숙관은 아사쿠사혼간지(淺草本願寺)에서 맡았다. 1711년 통신사 일행이 도쿠가와 이에노부(德川家宣)의 습직을 축하하기 위해 에도를 방문하였을 때, 히가시혼간지에서 묵었다. 이를 위해 같은 해 3월부터 막부의 명으로 이 절의 개수작업을 시행하여 7월에 완료하였는데, 개수 비용으로 금 192,301냥 2푼, 은 10돈 1푼, 쌀 5,385석 4두 8되 6홉, 부목(榑木) 54,645정(挺)이 들었다. 또한 향응(饗應)을 위해 우선 753상(膳)이 제공되었는데, 이는 먹기 위한

로 불리던 곳이었으나 불이 나는 바람에 다시 짓고 난 뒤에는 짓소지(實相寺)라 부른다고 한다. 관사는 상당히 웅장하고 아름다웠다. 뜰 앞에는 물을 끌어들여 못을 만들었고, 흙을 쌓아 산 모양을 만들어 꽃과 나무를 많이 심었으며, 거기에다 작은 다리를 걸쳐 놓아 사람이 왕래하도록 하였으나 휘장과 장막 같은 것은 몹시 초라하였다. 일찬(日饌)으로 바치는 것은 연도(沿道)의 여러 역참과 다를 것이 없었다.

(먼저 도착한) 이마(理馬) 김남(金男)과 소통사(小通詞)가 문밖으로 나와 절하였는데, 자못 기뻐하고 환영하는 얼굴빛이었다. 도주가 와서 외청(外廳)에 이르렀다가 문안 인사를 하고 갔다. 에도의 풍경은 탁 트인 들판이 아주 멀리 보였으며, 사방에 산기슭으로 막힌 곳이라곤 없었다. 오직 관백의 궁성(宮城) 뒤쪽만 지세(地勢)가 조금 높긴 했으나 언덕에 지나지 않았고, 남쪽으로는 바다와의 거리가 10여 리여서 바닷물을 끌어와 참호를 만들었는데 성 밖을 왕래하는 작은 배들이 매우 많았다. 이날은 110리를 갔다.

28일[정유]. 맑음. 에도에 머물음.

두 관반(館伴)과 지대(支待) 부교, 세 사람이 관소에 와서 문안 인사를 하였다. 식후에 관반과 부교들이 뵙기를 청하기에 삼사가 공복을 갖추고 정청(正廳)에 나가 서로 읍하고 앉아 관례대로 몇 마디 말을 주고받은 뒤에 차를 한 차례 마시고서 끝났다. 이어 연향(宴享)을 베풀었

것이 아니라 환영의 뜻을 표하는 의식의 일환이었다. 신유한의 『해유록』에 "사관(使館)은 실상사(實相寺)인데 일명 본서사(本誓寺)요 옛날에는 동본원사(東本願寺)"라고 하였고, 임수간의 『동사일기』 1711년 10월 18일 기록에는 "2경에 비로소 동본원사(東本願寺)에 도착했는데, 그 절은 수천 칸이나 되었다."라고 하였다.

는데, 그릇과 음식들은 대략 오사카(大坂)나 왜경(倭京)의 예와 같았으나 결코 낮아 보이는 물품은 없었다. 그리고 당역관과 비장, 원역 이하와 소동(小童) 같은 경우는 대략 서로 같게 하여 크게 차별하지 않았으니, 소동에게 차려준 연상(宴床)에도 역시 관반이 와서 점검하였다고 한다.

연례(宴禮)가 끝난 뒤 조금 늦게 관백이 사자를 시켜 문안하였는데, 집정(執政) 가와치노카미(河內守) 이노우에 마사미네(源正矣)[73], 이즈미노카미(和泉守) 미즈노 다다유키(水野忠之) 등이 왔다. 우두머리 집정인 가와치노카미가 문에 들어오려 할 때 북을 치고 피리를 불며 기다렸고, 도주와 관반이 앞을 인도하여 왔다. 대청으로 오를 때 삼사가 영외(楹外)로 나가 맞이하여 들이고 자리 앞에 서서 마주 향해 두 번씩 읍을 하고 앉았다. 우두머리 집정이 도주를 불러서 관백의 말을 전하였다.

"먼 길인데도 무사하게 당도하셨으니, 매우 기쁘고 다행스러운 일입니다. 그래서 사자를 보내어 문안드립니다."

삼사가 자리를 뜨는 것처럼 하며 일어났다가 다시 앉자, 집정이 또 관백의 말을 전하였다.

"국왕께옵서는 건강이 어떠하신지요?"

삼사가 다시 자리를 뜨고서 말을 다 들은 뒤에 다시 앉았다. 내가

---

73 이노우에 마사미네(井上正矣) : 에도시대 중기의 다이묘(大名)이며 로주(老中). 1639년 미노(美濃) 구조번(郡上藩) 4만 7000석의 번주가 되었다. 1695년 소자반(奏者番), 1696년 사사부교(寺社奉行)를 역임하였고, 1699년 와카도시요리(若年寄)가 되었으며, 1705년부터 1722년 5월까지 제7대 쇼군 도쿠가와 이에노부(德川家宣)와 제8대 쇼군 도쿠가와 요시무네(德川吉宗)의 로주(老中)를 맡았다. 1719년 정사 홍치중 등이 도쿠가와 요시무네의 습직을 축하하기 위해 일본을 방문하였을 때, 9월 28일 도다 다다자네(戶田忠眞)와 함께 통신사의 숙소인 히가시혼간지(東本願寺)를 찾아가 문위하였다.

수역에게 말을 전하였다.

"듣건대, 대군(大君)께서 건강이 좋으시다니 기쁩니다. 대군께서 두 나라 간의 우호를 두텁게 하심이 우리 사신의 행차에까지 미치셨고, 이미 도중에 사자를 보내시어 노고에 대해 물어 주셨으며, 또 오늘 번거롭게도 두 분 집정(執政)께서 와 주셨으니 감사를 드립니다."

이어 차를 한 순배 마셨다. 사자가 인사하고 돌아가려 하자, 삼사가 자리를 뜨며 말하였다.

"국왕께서는 기체가 만안하시옵니다. 이렇게 사행을 돌아보아 주시고 집정을 보내시어 위문해 주시니 감사함을 이기지 못하겠습니다."

집정이 마침내 일어나 서로 읍하고 처음과 같이 영외(楹外)로 나가 보내었다. 오카자키(岡崎)에 있을 때 에도의 사자가 와서 관백의 말을 전할 때에는 사신이 직접 회답하는 것이 일의 이치와 체면상 불가하였기에 감사하다는 뜻을 사자에게 말하고 이 뜻을 전달하게 하였었다. 부교들이 여러 번 수역에게 말을 전하였다.

"관백이 물을 때 사신이 아무런 답이 없게 되면 일이 당혹스럽고 편치 않게 됩니다. 게다가 일본에서는 바로 답하지 않으면 이상하게 생각하니, 이제부터는 반드시 답을 해주시는 것이 좋겠습니다."

도주도 이런 말을 했기에 오늘은 이렇게 답을 해 준 것이다. 도주와 장로가 저녁을 틈 타 왔기에 만났다. 외청으로 나가 서로 마주 보고 몇 마디 말을 대략 주고받았다. 도주가 '국서(國書)를 전명(傳命)할 날을 초1일로 하려 하니, 지체되는 염려가 없게 해준다면 매우 다행스럽겠다'고 하였다. 차를 한 순배 들고서 끝나고 돌아갔다.

29일[무술]. 밤에 비가 내리다가 아침에는 갬. 에도에 머물음.

관반이 문안 인사를 하고 이어 노송나무 찬합 1조(組)를 보냈기에 삼
행에게 나누어 주었다. 홍문원(弘文院) 태학두(太學頭)[74] 겸 국자좨주(國
子祭酒)를 맡고 있는 하야시 호코(林鳳岡)[75]가 아들 류코(信充)과 가쿠켄
(確軒, 信智)을 데리고 와서 뵙기를 청하기에 마침내 부사가 내가 있는
관소에서 맞이하여 만나 보았다. 서로 읍하고 앉아보니 나이는 올해
76세로 이마가 넓고 동안(童顔)이었으며 사람됨이 순박하고 근실하여
좋아할 만하였다. 그의 두 아들은 모두 소년으로 현재 경연강관(經筵講

---

74 태학두(太學頭, 다이가쿠노카미) : 율령제 관사(官司)로서 중앙의 관리를 양성하는 기
관인 다이가쿠료(大學寮)의 우두머리. 다이가쿠료노카미(大學寮頭)의 약칭이며 종오위(從
五位)에 해당한다. 대학두(大學頭)라고도 한다. 에도시대에는 쇼헤이자카가쿠몬조(昌平坂
學問所)의 장관이었다. 막부의 유자(儒者)로 경전(經典)의 진강(進講)과 문학에 관한 일을
주관하였다. 1691년 하야시 호코(林鳳岡, 林信篤)가 임명된 뒤로 19세기 말까지 린케(林
家)가 세습하였다. 이들은 외교문서를 관장하였기 때문에 조선에서 통신사가 올 때면 에
도에서 사신을 접대하였고, 이때 조선의 문사들과 창화시를 통해 문학적 기량을 겨루기도
하였다. 『한객필어(韓客筆語)』·『신묘한객증답(辛卯韓客贈答)』·『조선대시집(朝鮮對詩集)』·
『삼림한객창화집(三林韓客唱和集)』 등에 조선 문사들과 주고받은 이들의 시문과 필담이
남아 있다.

75 하야시 호코(林鳳岡, 1644~1732) : 에도시대 전-중기의 유학자. 이름은 도(戇) 혹은
노부아쓰(信篤), 자는 지키민(直民), 별호는 세이우(整宇), 통칭은 하루쓰네(春常). 에도
출신. 하야시 가호(林鵞峰)의 차남. 1682년 통신사 일행이 도쿠가와 쓰나요시(德川綱吉)의
습직을 축하하기 위해 일본을 방문하였을 때, 에도에서 제술관 성완·서기 이담령·자제군
관 홍세태 등 조선 문사와 교류하였고 이때 나눈 필담과 증답한 시가 『상한필어창화집(桑韓
筆語唱和集)』·『한사수구록(韓使手口錄)』·『화한창수집(和韓唱酬集)』·『임술한사창화(壬
戌韓使唱和)』·『천화이년한객창화(天和二年韓客唱和)』에 수록되어 있다. 1691년 도쿠가와
쓰나요시(德川綱吉)의 명으로 우에노(上野) 시노부가오카(忍岡)의 저택 내에 있는 공자묘
[聖堂]를 유시마(湯島) 쇼헤이자카(昌平坂)로 옮겼다. 또한 환속을 허락받아 무사의 신분
이 되어 다이가쿠노카미(大學頭)에 임명되었다. 1719년 통신사 홍치중 일행이 도쿠가와
요시무네의 습직을 축하하기 위해 일본을 방문하였을 때, 에도에서 조선 문사와 교류하였
고, 이때 증답한 시가 『삼림한객창화집(三林韓客唱和集)』과 『조선인대시집(朝鮮人對詩集)』
에 수록되어 있다. 한때 『동의보감(東醫寶鑑)』의 약재명을 일본어로 바꾸라는 도쿠가와
요시무네(德川吉宗)의 명을 받든 적이 있으나, 성공하지는 못했다. 저서로 『사서강의(四書
講義)』, 편저로 『무덕대성기(武德大成記)』 등이 있다.

官)이다. 호코(鳳岡)은 곧 하야시 라잔(林羅山)[76]의 손자로 대대로 문장을 주관해온 사람인데, 현재 사한(詞翰)의 책임을 전적으로 담당하고 있다고 한다.

부자 세 사람이 각각 품속에서 시축(詩軸)을 꺼내어 문필을 올렸는데, 볼만한 것이라곤 없었다. 술과 음식을 차려 대접하고, 또 말하기를, '사신의 일이 아직 마치기도 전인데, 한가로이 시를 읊조리는 일은 도리에 편치 못하니 일을 마치고 돌아갈 때에 마땅히 화답해 주겠다'고 하자 "예예" 하고서 갔다.

마상재(馬上才)가 도주의 집 마장(馬場)에 가서 말을 시험해 보고서 왔다.

---

76 하야시 라잔(林羅山, 1583~1657) : 에도시대 전기의 유학자. 본성(本姓)은 후지와라(藤原), 아명은 기쿠마쓰마루(菊松丸), 이름은 노부가쓰(信勝)·다다시(忠), 자는 고노부(子信), 별호는 세키간코(夕顏巷)·라후코(羅浮子)·라후산인(羅浮山人), 승호(僧號)는 도슌(道春), 통칭은 마타사부로(又三郎). 교토 출신. 후지와라 세이카(藤原惺窩)에게 주자학을 배웠다. 라잔의 주자학은 중국으로부터 직접 받아들인 것이 아니라, 도요토미 히데요시의 조선 출병을 계기로 유입된 조선의 주자학을 자각적, 선택적으로 받아들였다. 라잔의 호도 조선본 『연평문답(延平問答)』에서 유래한 것이다. 1605년 도쿠가와 이에야스(德川家康)에게 종사하였고, 이후 4대에 걸쳐 쇼군의 시강(侍講)을 담당하였다. 법령 제정, 외교문서 작성, 전예(典禮)의 조사와 정비에도 관여하였다. 1636년 통신사행 때 통신부사 김세렴(金世濂)과 사단칠정(四端七情)을 논변(論辨)하였고, 이때 아들 가호(鵞峰)·돗코사이(讀耕齋)와 함께 조선 문사와 주고받은 시문이 『조선통신총록(朝鮮通信總錄)』에 수록되어 있다. 또한 라잔의 개인 시문집에는 당시 조선의 삼사신의 시에 차운한 시 16수가 수록되어 있다. 한편, 라잔의 필담은 이시가와 조잔(石川丈山)의 필담과 함께 『통항일람(通航一覽)』 제108권에도 수록되어 있다. 1643년 통신사행 때 아들 돗코사이 등과 함께 7월 7일부터 8월 5일까지 에도 혼세이지(本誓寺)에서 종사관 신유·독축관(讀祝官) 박안기 등과 교류하였는데, 이때 주고받은 필담과 창화 및 서신이 『한사증답일록(韓使贈答日錄)』과 『한객필어(韓客筆語)』에 수록되어 있다. 저서로 『춘감초(春鑑抄)』·『성리자의언해(性理字義諺解)』·『관영제가계도전(寬永諸家系圖傳)』·『본조편년록(本朝編年錄)』·『임나산문집(林羅山文集)』·『임나산시집(林羅山詩集)』 등이 있다.

30일[기해]. 맑으면서 바람이 붊. 에도에 머물음.

별폭(別幅)과 예단(禮單)을 정돈하고, 잡물은 외청에 늘어놓고서 삼사가 나가 점검한 뒤에 내보냈다. 왜인과 도주 및 장로가 와서 만났다. 전명(傳命)할 때의 의주(儀注, 예법을 적은 글)를 처음엔 가지고 와서 직접 얼굴을 마주 보고 의논하자 했지만 아직 베껴서 내지 못한데다가 밤이 깊어지려 하기에 부교에게 분부하여 다 베낀 후에 바치도록 하였으며, 그 대체는 임술년(1682) 사행 때의 예법에 따르기로 하였다. 차를 마신 후에 끝내고 곧바로 돌아가서 소위 의주(儀注)를 속히 쓰게 하였으나, 아메노모리 호슈(雨森芳洲)가 병으로 누운 데다가 또 문자를 아는 자가 없어서 다만 왜인의 글로 써서 새벽녘에야 비로소 와서 들이었다.

10월

1일[경자]. 맑음. 강호에 머물러 국서(國書)를 전함.

새벽에 망궐례를 행하였다. 의주(儀注)가 아직 사리에 맞지 않아서 섣불리 먼저 전명할 수가 없었다. 그래서 도선주(都船主) 원의(源儀)를 급히 불러서 한 통 써내게 하였으나, 갑작스러운 일이라 글을 쓰기가 어렵다고 하였다. 그 때문에 부득이 장무관(掌務官)[77] 박춘서(朴春瑞)[78]

---

77 장무관(掌務官) : 사행 중 삼사신을 도와 직접 사무를 도맡아 보는 관원. 장무역관(掌務譯官)·장무통사(掌務通事)라고도 한다. 왜관(倭館)에는 1인이 있어 사무를 총괄하였다. 사행 역관 중에서 1인을 뽑아 정하였고, 정사를 따라 제일선(第一船)을 타고 갔다. 일본에서 온 회답서계와 각처의 공사(公私) 회례물(回禮物)을 기록 보관하거나 사행 도중 문제가 발생하였을 때 삼사신의 뜻을 받들어 일본 측에 알리는 일 등을 전담하였다. 1763, 4년 통신사행 때에는 압물통사(押物通事) 현계근이, 1876년 수신사 김기수가 일본에 파견되었

를 시켜서 우리나라 음으로 번역하여 읽게 하고 부사가 또 그것을 따라서 한 통을 기록하게 하고 보았더니, 대체로 임술년(1682) 사행 때 박재흥(朴再興)[79]의 일기에 기록된 것과 서로 같았다. 다만 임술년 때는 술을 마실 때와 하직 인사를 할 때 모두 두 번만 절하도록 되어 있었으나, 이번에는 네 번 절하도록 되어 있는 것이 다를 뿐이었다. 공예단(公禮單)과 사예단(私禮單)을 펼쳐 놓은 후에는 이미 모두 네 번 절한 것인데,

---

을 때에는 통역관 현제순이 장무관 임무를 수행하였다. 1764년 통신사행 때, 각처에서 보내 온 회례은자(回禮銀子) 1만 3천 1백 12냥 중에서 장무관에게는 은 54냥 6전이 지급되었고, 각처에서 보내온 예단인 설면자(雪綿子)의 원수(元數) 1천 4백 30파(把) 중에서 10파가 지급되었으며, 각처에서 보내온 잡물 중에서 금병풍(金屏風) 1좌(坐)·동대야(銅大也) 1좌·색견(色絹) 1필·석완(錫盌) 1개·금문지(金紋紙) 10편·주홍(朱紅) 2냥·농주지(濃州紙) 10첩·문지(文紙) 36편·정촌지(程村紙) 5첩·원반(圓盤) 1개·연죽(煙竹) 2개가 지급되었다.

78 박춘서(朴春瑞) : 조선 중기의 역관. 본관은 무안(務安). 자는 화중(和仲) 왜학교회(倭學敎誨)였고, 품계가 통정대부(通政大夫)에 이르렀다. 1719년 통신사 일행이 도쿠가와 요시무네의 습직을 축하하기 위해 일본에 건너갔을 때, 압물통사(押物通事)로서 사행에 참여하였다. 사행 당시 부사맹(副司猛)이었다. 1738년 쇼군 도쿠가와 요시무네(德川吉宗)가 손자를 낳고 쓰시마 도주 소 요시유키가 쓰시마로 돌아왔으므로 당하역관 김정균과 함께 당상역관으로 파견되어 경사를 치하하고 문위하였다. 이때 조선 표류민이 사망한 경우 이외에는 차왜(差倭)를 보내지 않기로 도주에게 말하고, 그로 하여금 에도에 아뢰게 하여 이듬해 도주가 돌아올 때에 겸대하기로 하고, 관수(館守) 다와라 슈젠(俵主膳, 藤方紹)의 수표(手標)를 받아왔다. 이 규정이 1739년 표인물고외물위송사사정식(漂人物故外勿爲送使事定式)으로 정해졌다.

79 박재흥(朴再興, 1645~?) : 조선 후기의 왜학 역관. 본관은 무안(務安). 자는 중기(仲起). 1663년 식년시 역과에 합격하였다. 우어청(偶語廳)의 왜학 훈상당상(訓上堂上)을 역임하였으며, 1682년 통신사행 때 정사 윤지완의 수역(首譯)으로 일본에 다녀왔다. 1684년에는 일본을 정탐할 목적으로 쓰시마에 파견되었다가 돌아왔는데, 그 후로 일본의 실정을 잘 아는 자로 인정받아 주로 문위하는 임무를 맡았다. 1695년에는 쓰시마에서 온 사신을 소환하고, 왜관에서 함부로 나간 일본인을 포박해 보내라는 요청을 쓰시마 도주에게 보냈다. 1697년 사역원(司譯院)에서 사치스러운 생활에 관한 상소를 올려 심문을 받았고, 1702년에는 동래 역관 박유년의 죄를 덮어주려다가 사형을 선고받고 옥에 갇혔다. 그러나 숙종이 사형을 감해주어 외딴섬으로 유배되었다.

가장 마지막에 두 번 절하는 것은 일의 체재가 뒤섞이게 된 것이니, 이전에도 이런 전례가 있었는지 모르겠고, 신묘년(1711) 사행 때에 이미 행한 일을 지금에 와서 굳이 따질 것까지야 없었다. 그래서 다만 따지지 않겠다는 뜻으로 부교에게 말했다.

진시에 삼사가 조복(朝服)을 갖추고 국서를 모시고서 관백궁(關白宮)으로 나아갔다. 제1성문으로 들어가니 좌우에 민가가 있어서 구경하는 자들이 즐비하게 늘어 차 있었고, 층각(層閣) 위에서 발을 드리우고 엿보는 자도 많았다. 제2성문으로 들어가니, 붉은 대문에 으리으리한 집들이 늘어서 있었다. 모두 집정(執政) 태수의 집이라고 하는데, 제도가 극히 굉장하고 사치스러웠다. 제3중(重) 성문은 바로 대궐문으로 모두 참호와 포루(砲樓)가 있었고, 장대함을 비길 데가 없었다. 상관(上官) 이하는 모두 말에서 내렸고, 깃발은 놓아두고 북과 피리 연주도 그쳤으며, 군관은 동개(筒箇)와 칼을 풀고 궁문에 이르렀다. 삼사가 가마에서 내리니 도주와 두 장로 및 관반 2인이 공복을 갖추고서 문 안에서 맞이하여 읍을 하고 앞서 인도하여 현관문에 이르렀다.

수역(首譯)이 국서를 받들고 앞서 가고 삼사가 그 뒤를 따라 문 안으로 들어가니, 붉은 옷을 입고 사모(紗帽)를 쓴 자 7, 8명이 맞이하며 읍을 하면서 앞을 인도하였다. 외헐청(外歇廳)에 이르러 국서를 상(床) 위에 봉안하였다. 삼사는 서쪽을 향해 앉고 도주는 동쪽을 향해 앉았으며, 서쪽 벽 아래에는 계급이 높은 왜관(倭官) 4, 5인이 마주 앉았으나 누구인지는 알 수 없었다.

조금 있다가 대충 도주에게 말을 전하니 도주가 수역에게 전하고, 수역이 '안으로 들어가겠다'는 뜻을 고하였다. 삼사가 마침내 일어나고 수역이 국서를 받들어 앞서 갔다. 복도를 따라 가다가 왜인이 마쓰노마

(松之間)[80]라 하는 곳에 이르러 국서를 탁자 위에 봉안하였으니, 이곳은
관백전(關白殿)과 벽을 사이에 두고 있는 곳이다. 여러 주(州)의 태수들
이 공복을 갖추어 앉았고, 맨발인 자들은 차례로 두 겹줄로 앉았으며,
삼사는 동쪽에 앉았고 도주는 남쪽으로 가서 구석진 곳에 앉았다. 조금
있다가 우두머리 집정이 도주를 불러 국서를 먼저 받든다는 뜻을 전하
자, 수역이 국서를 받들고 나가 문지방에 이르러 무릎을 꿇고 도주에게
전하였다. 도주가 무릎을 꿇고서 받아 전내(殿內)로 들어가 집사에게
전하였으며, 집사가 받들어서 관백의 자리에 놓았다. 공예단(公禮單)을
하단 마루 밖에 펼쳐놓고, 예단마(禮單馬)는 안장을 갖추어서 뜰에 세
워두었다.

잠시 후에 도주가 삼사를 인도하여 전내(殿內)로 들였는데, 전(殿)에
는 세 가지 급(級)이 있었고 급의 높이는 3, 4촌(寸)에 지나지 않았다.
관백은 제1급 겹방석에 앉았는데, 옥색 천담복(淺淡服)에 각이 진 긴 오
모(烏帽)를 쓰고 있었다. 앉아 있는 곳은 꽤 깊었으며 좌우에는 주렴이
드리워져 있어서 얼굴이 또렷하게 잘 보이지 않았다. 대체로 민첩하고
사나운 듯했으며, 얼굴은 마르고 누래서 건장함은 부족하였다. 삼사가
계단 중급 대청 위에서 네 번 절하는 예를 행하고 다시 휴식처로 나왔
다. 잠시 후에 도주가 또 인도하여 들어가 사예단(私禮單)을 마루 바깥
남쪽에다 펼쳐 놓고 삼사가 또 하급 대청 위에서 네 번 절하고서 휴식
처로 물러 나왔다. 왜관(倭官) 중에서 공복을 입은 자가 폐물(幣物)을
거둬들이는 것을 보았다. 조금 있다가 세신(世臣) 정이소부두(井伊掃部

頭) 등원직유(藤原直惟)와 우두머리 집정이 와서 관백의 말을 전하였다.

"사신께서 위험한 바다를 건너 이처럼 멀리까지 오시느라 참으로 노고가 많으셨을 것이니, 이에 주례(酒禮)를 행할 것을 청합니다."

삼사가 잠깐 자리를 떴다가 각각 감사의 말을 전하였다. 집정들이 일어나서 가자 도주가 삼사를 인도하여 들어가 동쪽 벽 아래에 앉았다. 검은색 공복을 입은 자 몇 명이 소목반(素木盤)을 관백 앞에 바쳤다. 또 붉은색 공복을 입은 자 3인이 각각 소목반을 삼사 앞에다 바쳤다. 소반에는 세 개의 그릇이 있었으나 소략하기 그지없었다. 먹을 때 은술잔을 잡은 자 두 사람이 폐전(陛殿) 위에서 관백에게 먼저 토배(土盃)로 술을 받아 마셨다. 도주가 내게 눈짓하기에 내가 중급 대청 위로 나아가 엎드리고 앉자, 한 사람이 토배를 바쳤고 한 사람은 술을 부었다. 내가 헌수(獻壽)를 하고서 마시고 잔을 오른쪽에다 놓고는 부복하고 일어났다가 그 잔을 잡고 다시 소반 위에다 놓았다. 관백이 또 한 잔을 마시고 부사가 계단에서 마시기를 나와 같이 하고, 종사도 계단에서 마시기를 의례와 같이 하였다. 왜관(倭官)이 잔과 소반을 거두자 삼사가 일어나 네 번의 절을 행하고서 휴식처로 나왔다. 이에 당역(堂譯)은 영내(楹內)에서 절하고, 모든 상관(上官)들은 영외(楹外)에서 절하였으며, 차관(次官)과 소동(小童)들은 대청에서 물러나 조금 머리를 숙였고, 중관(中官)들은 뜰아래에서 절하였다. 조금 있다가 정이소부두(井伊掃部頭)와 우두머리 집정이 와서 관백의 말을 전하였다.

"종신(宗臣)들에게 대신해서 연례(宴禮)를 행하게 하려 하니, 편하게 연향을 즐기시기 바랍니다."

도주가 삼사를 인도하여 다시 하급 대청 위로 들어가 인사하는 예를 보이고서 나왔다. 조금 있다가 도주가 자리로 들어오기를 청하여 삼사가 마침내 들어갔다. 기이 주나곤(紀伊中納言) 도쿠가와 쓰쿠토모(源繼友), 미토 중장(水戶中將) 도쿠가와 무네나오(源宗直) 두 사람이 공복을 입고 이미 먼저 하급 대청 서쪽 벽 아래에 있었고, 사신은 동쪽 벽으로 가서 서로 향하여 두 번 읍을 하고서 앉았다. 채색 주렴을 중급 대청 위에다 드리워놓아 안에서 허다한 사람들이 엿보았는데, 관백의 들음 또한 그 가운데 있었다고 한다.

붉은 옷을 입은 자가 각각 주인과 손님 앞에 음식을 바쳤고, 또 화상(花床)에다 과일 수십 그릇을 높이 늘어놓았으며, 금화(金花)를 꽂아 북쪽 벽 아래에 늘어놓았다. 술 석 잔이 돌아가서 끝이 나자 상에 이르러 또 서로를 향해 두 번 읍을 하고 나왔다. 군관과 원역 이하는 다른 곳에서 나누어 연향을 하였다. 수역을 시켜서 도주에게 감사하다는 말을 전하게 하고, 또 집정에게 말하여 관백과 도주에게 나갈 것을 청하게 하고서 삼사가 마침내 일어나서 나갔다. 집정 4인이 따라와서 읍하고 행각문(行閣門) 안에서 배웅하였으며, 관반과 두 장로는 가마를 타는 곳에서 읍하고 배웅하였다. 삼사가 마침내 각각 군의(軍儀)와 고취(鼓吹)를 펴면서 관소로 돌아왔다.

관백궁의 문달(門闥)과 전각은 그리 웅장하거나 아름답지는 않았으며, 궁전의 뜰은 협소하여 중관이 절하러 들어갈 때 줄을 지어 설 수가 없었다. 전(殿)을 본뜬 것임에도 그 규모가 이와 같았으니, 참으로 이상한 일이었다. 게다가 안팎으로 한 사람이라도 무장을 하고 있는 자를 볼 수 없었고, 또한 군위(軍衛)를 늘어놓은 곳도 없었으니, 이것이 어찌 사신을 접견한다고 해서 일부러 철거한 것이겠는가. 관문 밖에도 크고 작은 아문(衙門)을 설치하지 않았고, 관리로서 직책이 있는 자는 각각 그 집에 대한 일을 다스릴 뿐이라고 하였다. 도주와 장로 및 관반이 같이 와서 문안 인사를 하였다. 부교들이 통역관들에게 이렇게 말하였다.

"오늘 관백께서 하야시(林) 태학두(太學頭)에게 하시는 말씀을 들었는데, 매양 조선은 예의의 나라라고 말씀하셨습니다. 오늘 보니 여러 사신의 예모(禮貌)가 과연 그러 하시오니, 우리들도 덩달아 생색이 납니다."

2일[신축]. 맑음. 에도에 머물음.

경윤(京尹)과 부교 등의 성명을 미처 탐문하지 못했기에 예조의 서계(書契)를 전달하지 못하였다. 태학두 하야시 호코가 또 두 아들을 데리고 와서 만나기를 청했지만, 나와 종사가 마침 몸이 아파 나가 접견할 수가 없어서 부사만 나가 맞이하고 술과 음식을 갖추어 대접하였다. 이 사람은 '관백이 사신을 칭찬한다'는 말을 듣고서 한번 자신의 실력을 과시해보고자 왔다고 한다. 에도에 있는 쓰시마의 부교 스기무라 이오리(杉村伊織)가 종화(種花) 1비(備), 천치이(淺治飴) 1갑을 올렸다. 꽃은 모란꽃 조화이고 이(飴)는 곧 천문동(天門冬, 백합과에 속한 여러해살이풀)에 설탕을 섞은 것이다.

3일[임인]. 맑음. 에도에 머물음.

경윤(京尹)의 성명은 비로소 탐문하여 왔으나, 부교 8인은 이미 그 정원을 줄였다고 한다. 서계(書契) 바깥 면에 글을 써 넣은 후에 예단과 잡물을 왜인에게 내어주고 당역관과 여러 왜인들에게 가서 집정들에게 전달하게 하였더니, 부교들이 '임술년(1682)의 전례와는 차이가 있으니 5, 6일을 물려서 전해야 한다'고 하고, 집정들이 계속되는 공무로 인해

겨를이 없기 때문에 일단 6일까지는 기다려보았다가 나누어 전하는 것
이 좋겠다고 하였다. 해당 관서의 서계(書契)는 비록 국서와는 다르다
고 하더라도 전명(傳命)한 후에 곧바로 전달되지 않는다면 일이 편치
못하게 되기에 누차 독촉하여 반드시 금일 내로 나누어 보내게 하였으
나 부교들이 임술년의 지난 전례를 핑계대면서 반드시 조금 늦추고자
하니, 이는 반드시 그 사이에 특별한 곡절이 있을 것이다. 그렇다고 해
서 반드시 억지로 다투며 소란을 야기할 것까지야 없겠지만 그 때문에
부득이 지체하며 기다려야 하게 되었으니, 심히 통탄스러운 일이다.

도주가 마상재(馬上才) 보기를 청하기에 상선방(上船房)의 비장 각 1
인과 상통사(上通事) 1인에게 거느리고 가게 하였더니, 저녁이 되어서
야 끝나서 돌아왔다. 일본 태의(太醫)의 아들이 와서 우리의 여러 의원
들과 만나 약성(藥性)과 의리(醫理, 의학상의 이론)에 대해 논란을 벌이
다가 갔다.

4일[계묘]. 맑음. 에도에 머물음.

유생(儒生) 10여 명이 찾아와 제술관의 숙소에서 여러 서기와 함께
창화(唱和)하다가 갔다. 당역(堂譯) 3인이 집정 4인을 찾아가 보고 와서
말하기를, '집정의 집에서 술과 과일로 대접해 주었다'고 하였다. 도주
가 부교를 시켜 회답 서계 초본을 봉하여 보냈는데, 그 글을 보니 온당
치 못한 곳이 없지 않았다. 하지만 오랑캐의 문자에 대해 꾸짖으며 무
리하게 요구할 수도 없었고, 또 업신여겨 함부로 하는 말이 있어서 따
질 곳도 없었으니, 그나마 다행이라 하겠다.

5일[갑진]. 맑음. 에도에 머물음.

관백이 마상재를 보자고 해서 삼행의 병비(兵裨)와 세 명의 당역(堂譯)을 보냈더니, 오후에야 끝내고 돌아왔다. 마장(馬場)은 후원(後苑)에 있었고, 궁궐 담장 바깥에 별도로 층각(層閣)을 지어 놓고서 구경하였으며, 각 주의 태수와 여러 모시는 신하들은 모두 그 누각 아래에서 구경하였는데, 마상(馬上)에서의 여러 가지 기예들을 하나도 실수하지 않아 모두들 '신묘년(1711) 사행 때보다 훨씬 더 뛰어났다'고 말했다 한다.

유생 열 명이 또 제술관의 숙소에 모여 창화하다가 갔는데, 이들은 모두 태학두 하야시 호코의 제자들이라고 한다. 신묘년 사행 때는 아라이 하쿠세키(新井白石)[81]가 권세를 잡고 있었기 때문에 그와 더불어 왕

---

81 아라이 하쿠세키(新井白石) : 에도시대 중기의 정치가·경세가·학자·시인. 아명은 긴미(君美), 호는 하쿠세키(白石)·못사이(勿齋)·시요(紫陽)·덴샤쿠도(天爵堂), 통칭은 덴조(傳藏)·가게유(勘解由). 에도 출신. 가즈사(上總) 구루리번(久留里藩) 번사(藩士)인 아라이 마사나리(新井正濟)의 아들. 원여(源璵)·황정백석(荒井白石)이라고도 하였다. 처음에는 아버지와 함께 구루리 번주 쓰치야 도시나오(土屋利直)를 섬겼고, 1682년에 다이로(大老) 홋타 마사토시(堀田正俊)에게 출사하였으며, 1693년에 스승인 기노시타 준안(木下順庵)의 추천에 의해 고후코(甲府侯) 도쿠가와 쓰나시게(德川綱豊)를 섬겼다. 1682년 통신사행 때 친구 니시야마 준타(西山順泰)의 소개로 제술관 성완·서기 이담령·홍세태 등을 만나 시를 주고받았으며, 이때 자작시집인『도정시집(陶情詩集)』에 대한 비평을 부탁하고 성완에게 서문을 부탁할 정도로 교류에 적극적이었다. 그러나 1709년 쓰나시게가 이에노부(家宣)로 개명하고 제6대 쇼군에 즉위한 이후 막부정치에 참여하면서 조선관에 변화가 생겼다. 1711년에는 쇼군의 정치 고문의 입장에서 내정과 외교의 대개혁을 주도하였고 대조선외교에도 쇄신을 실행하였다. 하쿠세키는 대등·간소화·화친을 골자로, 통신사의 대우를 간소화하고, 연석(宴席)은 아카마가세키(赤間關)·도모(鞆)·오사카·교토(京都)·나고야(名古屋)·슨푸(駿府)의 6개소에 한정하였으며, 숙소에서는 식료의 제공을 벗어나지 않도록 하였고, 접대에는 통과하는 각 번(藩)의 번주가 나가지 않아도 좋다고 하였다. 이러한 노력으로 접대비용을 100만 냥에서 60만 냥으로 줄였다. 또한 쇼군 호칭을 다시 일본 국왕으로 변경함으로써 도쿠가와 쇼군이 실질적인 의미의 군주적 성격을 지니고 있음을 분명히 하였다. 그런데 이 변경은 통신사가 일본에 오기 직전에 일방적으로 통고되었기 때문에, 심각한 외교마찰로 발전하였으며, 쇼군의 명분을 둘러싸고 하야시 노부아쓰(林信篤)나 쓰시마번 번유인 아메노모리 호슈(雨森芳洲)도 연루되었다. 그리하여 1719년 통신사행 때 도쿠가와 요시무네(德川吉宗)는 명분론에 깊이 관여하지 않고 다시 '대군'

래하며 창수(唱酬)하는 자들은 모두 그의 문인이었는데, 새로운 관백이 아라이 하쿠세키를 쫓아내고 하야시 호코를 가까이 하고 신임하여 모든 사한(詞翰)의 책임을 하야시 호코가 주장하게 하였다. 하야시 호코와 아라이 하쿠세키는 이전부터 서로 맞지 않았는데, 신묘년(1711)에 국서를 놓고서 다툴 때에도 하야시 호코는 바로 개찬(改撰)하자고 강하게 주장했으나 실권이 없기 때문에 인정받지 못했다. 지금도 양가(兩家)의 문생들이 당론(黨論)을 만들어 매사에 서로 어긋나는데, 하야시 호코의 사람됨을 보건대 나이도 들고 순박하고 근실하며 화평의 논의를 주장하여 아라이 하쿠세키와는 같지 않은 것 같았다.

도주가 수과(水果) 1협(篋)을 보냈는데, 수과는 포도다. 행중에 나누어 주었다. 부교 평륜(平倫)이 수과 1협(篋)과 전채화(剪綵花) 1소반을 올렸다.

6일[을사]. 맑음. 에도에 머물음.

당역(堂譯)들이 예조의 서계와 예단, 그리고 사신의 사예단(私禮單)을 여러 집정들에게 전달하고 밤이 깊어서야 돌아왔다. 우두머리 집정

으로 변경하고 대우도 대대로 내려온 법을 준수한다는 이유로 전면적으로 1682년 사행 때 수준으로 돌아갔다. 1711년 통신사행 때 에도에서 조선 사신과 함께 나눈 필담이『좌간필어(坐間筆語)』와『강관필담(江關筆談)』에 수록되어 있다. 폭넓은 인문·사회과학 분야에 걸친 학문적 업적으로『신정백석전집(新井白石全集)』(전6권) 등 수많은 저서를 남겼다. 이덕무,『청장관전서』「청령국지(蜻蛉國志)」에는 다음과 같은 평이 있다. "원여(源璵)의 호는 백석(白石)이다. 원여는 재주가 있으나 경박하여, 스승의 학설을 준수하되 자기를 뽐내고 남에게 오만하였는데, 역시 버림받아서 죽었다. 임신독(林信篤)과 원여가 문파(門派)를 나누어 서로 맞섰는데, 신독은 온후하고 남을 사랑하였으나, 여는 강팍하고 제 고집을 세웠다. 그가 임 씨(林氏)의 직권을 빼앗으려 하였으나 이 때문에 실패하였다."라고 하였다.

에게 말을 전하기를, '차집정(次執政) 이하는 품계가 나와 한가지여서 보낸 물건의 많고 적음이 일정하지 않아 받음에 마음이 편치 않을 것으로 생각된다'고 하였다. 누차 왕복하느라 그래서 밤이 깊어서야 전달했다고 한다. 이것은 동료를 생각해서 겸양의 말을 하게 된 것일 뿐이다. 여러 집정들이 각각 부교를 보내어 감사의 말을 전했다.

관반인 나가오카 성주(長岡城主) 스루가노카미(駿河守) 마키노 다다토키(牧野忠辰)[82]가 감과 포도 1롱(籠), 규(鮭) 2척(尺)을 올렸다. 규(鮭)는 연어(鰱魚)다. 삼행에게 각각 나누어 주었다. 도주가 밤에 와서 9일에 일찍 연향에 참석해 주신다면 자기의 얼굴빛이 날 것이라고 청하기에 허락하였다.

7일[병오]. 맑음. 에도에 머물음.

동래부사가 부친 편지 편에 아들이 9월 9일에 보낸 편지를 받아보았다. 안부를 묻는 편지였는데, 말할 수 없이 위로를 말로 받았다. 다만 전하의 환후가 더 심해지셔서 약방(藥房)을 주원(廚院)으로 옮겨 설치했다고 하는데, 문안을 드릴 길이 없어 초조하고 답답한 마음을 이루 말할 수 없다. 당역(堂譯) 1인과 상통사(上通事) 2인이 사예단(私禮單)을 나곤(納言, 관직명) 등 여러 곳에 전하고 돌아왔다.

쓰시마의 부교들이 수역에게 편지를 주었는데, '풍랑에 휩쓸려 표류

---

82 마키노 다다토키(牧野忠辰) : 에도시대 전-중기의 다이묘(大名). 에치고(越後) 나가오카번(長岡藩) 제3대 번주(藩主). 에도 출생. 1719년 통신사 일행이 도쿠가와 요시무네의 습직을 축하하기 위해 일본을 방문하였을 때, 9월 27일 현재의 도쿄도(東京都) 다이토구(台東區) 니시아사쿠사(西淺草)에 있는 사원인 히가시혼간지(東本願寺)에서 나카가와 히사타다(中川久忠)와 함께 통신사를 접대하였다. 글에 능통하지 않으나 통신사와의 필담 창수 자리에 참석하였다.

된 사람에 관한 일은 이미 임술년(1682)에 약조한 것이 있고 에도에서
도 허락하지 않아 내용을 고치는 것은 어려운 형편이다'고 하였다. 에
도에 핑계 대는 모습에 몹시 분통스러웠다.

도주가 동개(筒箇)와 궁시(弓矢) 보기를 청하기에 허락해 주었더니,
저녁이 지나서야 돌려보내 주었다. 관백의 뜻이라고 하였다.

한밤중에 어떤 이가 종사에게 고발한 일로 인해 권흥식(權興式)[83]과
오만창(吳萬昌)[84]의 복물(卜物)을 조사하였더니, 흥식의 짐 가운데 인삼
12근, 은자 1,150냥, 황금 24냥이 있었고, 만창의 짐 가운데는 인삼 10
근만 있을 뿐, 다른 물건은 없었다. 인삼과 금은은 한 가지 죄로 정해

---

83 권흥식(權興式, 1666~1719) : 조선 후기의 역관(譯官). 본관은 안동(安東). 자는 군경
(君敬). 1687년 22세 때 정묘 식년시 역과에 1위로 합격하였고, 한학(漢學)을 전공하여
구압물(舊押物)·첨정(僉正) 등을 지냈다. 1719년 정사 홍치중 등 삼사신이 도쿠가와 요시
무네의 습직을 축하하기 위해 일본을 방문하였을 때, 압물통사(押物通事)로서 사행에 참
여하였다. 같은 해 10월 7일 에도에서 종사관 이명언이 막하장교(幕下將校)의 고발로 역관
의 행장을 수색하였는데, 이때 권흥식의 행장 속에서 인삼 12근·은 2천 1백 50냥·황금
24냥이 나왔고, 왜학역관 오만창의 행장 속에서도 인삼 10근이 나왔다. 권흥식은 오만창
과 함께 형틀에 묶였고, 이 일로 삼사신은 인삼 밀무역으로 금령을 범하였기 때문에 본국
의 경계에 들어가면 참형(斬刑)을 집행하겠다는 장계를 올렸다. 권흥식은 12월 28일 쓰시
마에서 독약을 마시고 자살하였다. 죄는 비록 용서하기 어려우나 매우 불쌍하다 하여 종
사관이 배 위에 나와서 검시(檢屍)하고 여러 역관으로 하여금 초상을 치르게 하였다.

84 오만창(吳萬昌, 1668~?) : 조선 후기의 역관. 본관은 해주(海州). 자는 천로(天老).
1687년 22세 때 기사 증광시 역과에 6위로 합격하였고, 왜학(倭學)을 전공하였으며, 총민
(聰敏)과 봉사(奉事)를 지냈다. 1719년 통신사 일행이 도쿠가와 요시무네의 습직을 축하하
기 위해 일본을 방문하였을 때, 압물통사(押物通事)로서 사행에 참여하였다. 사행 당시
부사맹(副司猛)이었다. 같은 해 10월 7일 에도에서 종사관 이명언이 막하장교(幕下將校)
의 고발로 역관의 행장을 수색하였는데, 이때 역관 권흥식의 행장 속에서 인삼 12근·은
2천 1백 50냥·황금 24냥이 나왔고, 이어 오만창의 행장 속에서도 인삼 10근이 나왔다.
오만창은 권응식과 함께 형틀에 묶였고, 이 일로 삼사신은 인삼 밀무역으로 금령(禁令)을
범하였기 때문에 본국의 경계에 들어가면 참형(斬刑)을 집행하겠다는 장계를 올렸다. 오
만창은 귀국 후 유배되었다.

금지한 것인데도 이들이 죽을 줄 알면서도 범금하였으니, 태사공(太史公)이 소위 "탐부(貪夫)는 재화를 따라서 죽는다."는 말이 바로 이러한 것이 아니겠는가?

8일[정미]. 비가 내림. 에도에 머물음.

도주가 관백의 뜻이라고 하면서 만나기를 청하기에 후포(帿布, 베로 만든 과녁)를 자로 재어서 가지고 갔다.

9일[무신]. 맑음. 에도에 머물음. 도주의 집 연향에 감.

이날 도주의 집에 가기로 했는데 종사가 몸이 아파서 같이 갈 수가 없었다. 진시에 나와 부사가 공복을 갖추어 입고 5리쯤 가서 도주의 집에 이르렀다. 문과 담장과 건물이 몹시 크고 사치스러웠다. 문 안으로 들어가 가마에서 내리니, 부교 한 명이 앞을 인도하여 들어갔다. 잠시 휴식처에 앉아서 기다리자, 부사가 퇴청을 따라 들어왔다. 도주와 두 장로가 나와 맞이하여 대청 위에 이르러 두 번 읍하는 예를 행하였다. 당역(堂譯) 이하가 차례대로 예를 행한 뒤에 도주가 내청(內廳)으로 인도하여 들이었다.

이미 교의(交椅, 다리가 긴 의자)와 연탁(宴卓) 및 화상(花床)이 설치되어 있었으니, 쓰시마에서의 연향과 같은 의례였다. 아홉 번의 잔질과 일곱 번의 음식을 든 뒤에 도주가 잠시 쉬기를 청하여, 부사와 함께 나와 별당에 앉았다. 조금 있으니 부교가 와서 말하기를, '도주의 가까운 친족인 여러 태수들이 만나 보기를 청한다'고 하였다. 부사와 함께 다시 연향 자리로 들어가니 연탁(宴卓) 같은 것들은 이미 다 치워져 있었다. 붉은 양탄자가 깔린 곳에 서로 마주하고 섰다. 여러 태수들이 두 손을 맞잡고 나왔는데, 검은 옷에 검은 사모(紗帽)를 착용한 자가 먼저 두 번 절하는 예를 행하였으니, 이 사람은 이즈미노카미(和泉守) 도도 다카토시(藤堂高敏)라고 한다. 붉은 옷에 모자를 쓴 자 세 명이 또 두 번 읍하는 예를 행하고 나서 마주 앉아 차를 마시고 몇 마디 말을 주고받은 뒤에 다시 휴식처로 나가 편복으로 갈아입었다.

도주가 공연을 볼 것을 청하기에 외당으로 나가 앉았다. 악공이 비파를 뜯고 피리를 불며 부(缶)를 치고, 미동(美童) 열 명이 채색 옷을 입은 여인으로 분장하여 번갈아가며 서로 춤을 추었다. 광대들도 각가지 기예를 부렸는데, 거의 10여 종이나 되었다. 자주 남녀가 서로 시시덕거리며 희롱하기에 수역을 시켜 왜인에게 말하였다.

"외설스러운 놀이는 보고 싶지 않으니 당장 금지시켜 주시오."

음악은 모두 들을 만한 게 없었고, 노래는 범음(梵音)이었으며, 춤은 때리고 찌르는 몸짓이었다. 정희(呈戲)[85]하는 도구들은 기이하고 정교한 것들이 많았으나 역시 볼만한 것이 없었다.

초저녁에 도주가 다시 내당으로 들어오라고 청하였다. 다시 화상(花床)을 설치하고 음식을 차려 놓았는데, 잔을 바꿔가며 아홉 번이나 잔질을 하고서야 끝났다. 상을 치운 뒤에 내가 수역을 시켜서 말을 전하였다.

"오늘 행사 가운데의 일이 몹시 소략하고 간략하여, 부교들에게 말해 보아도 해결되지 않았소. 돌아갈 날도 멀지 않았으니, 반드시 담당자를 단단히 타일러서 올 때와 같은 이런 일은 없게 했으면 좋겠소."

---

85 정희(呈戲) : 가무(歌舞)의 일종. 대체로 정재(呈才)와 같되, 그보다 극적 요소가 많이 들어 있음.

도주가 말하였다.

"단단히 타일러서 주의를 주겠습니다."

내가 또 말하였다.

"풍랑에 휩쓸려 표류하는 사람의 일에 대해서는 사신이 조정의 명으로 인해 직접 얼굴을 대면하고서 말할 것이니, 태수가 가부간 회답해 주어야 할 것이요, 부교를 시켜 수역에게 답하는 것은 일의 도리상 온당치 않소. 또한 이 일은 이미 약조한 바가 있으니, 귀주(貴州)가 양단(兩段)을 공평하게 해야 함에도 끝내 약조한 것을 외면하였소, 이제부터는 별차(別差)[86]가 비록 조정에 나온다 하더라도 결단코 접대를 허락하지 않을 것이니, 이 뜻을 잘 알았으면 좋겠소. 말로 전하는 것은 자세하지 못하니 마땅히 문자로써 주고받아야 할 것이오."

라고 하였다. 도주가 말하기를,

"에도의 뜻이 이와 같아서 변통할 수가 없는 것인데, 오늘처럼 이런

---

86 별차(別差) : 조선시대 왜관의 훈도(訓導)를 보좌하여 대왜(對倭) 문정(問情)을 비롯하여 왜관 업무를 담당한 일본어 통역관. 1623년 영의정 이원익이 조선의 자제들이 일본어를 배우지 않아 일본어에 능숙한 자가 적어지는 것을 염려하여 일본어 학습을 장려하려는 목적에서 일본어 교회(敎誨) 중에서 아직 훈도를 거치지 않은 자와 총민(聰敏) 중에서 장래성 있는 자를 골라 1년씩 윤번으로 배치하여 왜관에 파견하여 일본어에 숙달하도록 한 것에서 유래하였다. 이들은 왜관 내에서 훈도를 보좌하여 왜관 사무를 담당하는 것이 주임무였다. 왜관에서 훈도를 보좌하여 일본에서 오는 사자들의 대왜 문정을 관할하였고, 왜관에서 이루어지는 개시(開市)에 조선 측의 개시 담당관으로 참여하여 밀무역을 단속하였으며, 감관(監官)과 더불어 왜관 건물을 정기적으로 점검하여 썩거나 무너진 곳이 있으면 수리하도록 동래부에 보고하기도 하였다. 특히 경상좌도에 표착하는 일본인의 문정과 왜관에 거주하는 일본인들이 봄가을의 사일(社日) 등을 당하여 성묘하기 위해 두모포왜관을 출입하는데 필요한 절차 임무를 담당하였고, 훈도를 보좌하여 왜관 내 조일 양국인의 왕래에 관한 통제사무에도 종사하였다. 별차는 왜관 업무가 원활하지 않거나 왜관 거주 일본인들의 난출(闌出)이나 조일 양국인 간에 살인사건과 같은 마찰이 발생하였을 때에는 관리소홀로 처벌의 대상이 되기도 하였다. 한편, 왜관업무와 달리 민간의 상황이나 관리들의 근무상태 등을 살피기 위해 중앙에서 임시로 별차를 파견하기도 하였다.

성대한 모임에서 하필이면 이 같은 일을 말씀하시는지요?"

라고 하면서 마땅히 다시 상의하여 따르겠다고 하였다. 마침내 끝나서 관소로 돌아오니 밤은 이미 깊어 있었다.

10일[기유]. 맑음. 에도에 머물음.

관백이 우리나라의 사예(射藝)를 보고 싶어 미복 차림으로 한 태수의 집에 와서 앉아 도주를 시켜 (조선의) 말 타고 활 쏘는 사람을 보자고 청한다기에, 삼행의 군관 4명과 원사(遠射) 군관 2명, 마상재(馬上才) 2명을 보냈다. 오후에 끝나서 돌아왔다. 후전(帿箭)을 6량(兩), 기추(騎 蒭)를 각각 한 차례씩 쏘았는데, 변의(邊儀)[87]만 후전과 기추에서 모두 다섯 발을 명중시켰고, 그 나머지 말을 타고 활을 쏘는 자도 모두 네 발을 명중시켜서 그런대로 무색하지는 않았다.

11일[경술]. 맑음. 에도에 머물음.

집정 야마토노카미(太和守) 구제 시게유키(久世重之)[88]와 호전산성수

---

87 변의(邊儀, 1679~?) : 조선 후기의 무관. 본관은 원주(原州). 자는 제숙(制叔). 한양에 거주. 1699년 21세 때 기묘년 식년시(式年試) 무과에 합격하였고, 부사과(副司果)를 지냈다. 1719년 통신사 일행이 도쿠가와 요시무네의 습직을 축하하기 위해 일본을 방문하였을 때, 정사군관(正使軍官)으로서 사행에 참여하였다. 사행 당시 만호(萬戶)였다. 1732년 홍원현감이 되었으나 집안의 내력이 본래 낮고 한미하다는 이유로 다른 사람으로 바뀌었다.

88 구제 시게유키(久世重之, 1660~1720) : 에도시대 중기의 로주(老中). 아명(幼名)은 가쓰노스케(勝之助). 야마토노카미(大和守). 제4대 쇼군 도쿠가와 이에쓰나(德川家綱)의 로주였던 구제 히로유키(久世廣之)의 셋째 아들. 1679년 아버지 히로유키의 죽음으로 시모우사(下總) 세키야도번(關宿藩) 구제가(久世家)의 제2대 번주가 되었고, 1705년에는 와카도시요리(若年寄), 1713년에는 로주(老中)가 되었다. 1711년 11월 12일 통신사의 숙소인 히가시혼간지(東本願寺)에 삼사(三使)의 어사(御使)로서 파견되었다. 1719년 통신사 일행이 도쿠가와 요시무네의 습직을 축하하기 위해 일본을 방문하였을 때, 10월 초 에도에서

(戶田山城守) 등원충진(藤原忠眞) 두 사람이 국서에 대한 회답을 전하러 왔다. 삼사가 공복을 갖추고서 외청으로 나가니 도주가 먼저 서계(書契) 함을 받들어 정청 책상 위에 놓았다. 두 집정이 그 뒤를 따라 이르렀고, 삼사는 영외(楹外)로 나가 읍을 하며 맞이하여 같이 대청 위에 이르렀다가 서로 마주 보고 두 번 읍을 하고서 동서로 나누어 앉았다. 집정이 도주를 불러 관백의 말을 전하였다.

"여러 날을 관소에 머무시며 어떻게 지내셨는지요? 돌아가실 날도 멀지 않았는데, 조심해서 대해(大海)를 잘 건너시고 여정이 평안하시기만을 바랍니다. 회답서와 별폭의 회례(回禮)를 모두 잘 받아주십시오."

삼사가 자리를 떴다가, 그 말을 듣기 위해 일어났다 다시 앉았다. 차를 한 순배 돌리고 집정이 답변 듣기를 청하기에 삼사가 수역을 시켜 감사하다는 말로 답하게 하였다. 붉은 옷을 입은 관원이 은면(銀綿)에 쓴 종이 세 폭을 수역을 시켜 각각 삼사에게 전하였다. 자리를 떠서 그 종이를 받았고, 당역 3인과 상통사 1인, 제술관과 비장 1인은 각각 무릎을 꿇고서 받았다. 중하관(中下官) 각 1인이 받은 뒤에 삼사가 수역을 시켜 말을 전하였다.

"'사행을 생각해 주시고, 또 이렇게 성대한 선물을 내려주심에 깊이 감사드립니다. 높으신 분께서 주시는 것이기에 감히 힘써 사양하지는 못하겠으나, 물건이 너무 많음에 마음이 심히 편치 않습니다.'라는 뜻으로 돌아가 고하는 것이 좋겠습니다."

집정이 마침내 하직 인사를 하고 일어나 처음과 같이 읍하였고, 영외

의 국서전달의식에서 오사키다치(御先立)로서 선도(先導)를 맡았고, 10월 11일 도다 다다자네(戶田忠眞)와 함께 회답국서(回答國書)와 별폭(別幅)을 지참하고 히가시혼간지(東本願寺)의 통신사를 찾아갔다.

(檻外)에 이르러 한 번 읍하고 보내자 끝이 났다.

회례(回禮) 물종(物種)을 모두 대청 가운데 늘어놓고서 대략 점검해 보고, 쓰시마의 왜인들에게 내어 주었다. 대개 쓰시마 사람이 부산에서 수입하여 바치는 것이 이전부터의 관례라고 한다. 사행이 하사받은 은자(銀子)는 오사카에 있는 장입(藏入)하는 자에게 옮겨 바쳐야 하기에 다만 쪽지에 그 매수(枚數)만 썼다. 면자(綿子)는 이미 서쪽 벽 아래에 줄지어 놓았기에 역관에게 간수하도록 하게 하였으나 마음에 몹시 부끄러웠다.

초저녁에 도주가 부교를 시켜서 집정이 보낸 편지를 전해 주었는데, 그 편지는 이러하였다.

"오늘 예조의 참판 김공이 내게 주신 물품은 여러 같은 직급에 있는 삼원(三員)에 비해 그 수가 더 많으니, 이는 예전의 관례로 본다면 이상할 뿐입니다. 게다가 주신 편지에는 아무런 기록도 없었으니 그게 어떤 뜻인지 모르겠습니다. 그렇기 때문에 주신 물품은 국법을 어기면서까지 받아들이기 어려워 모두 당신에게 돌려보내오니, 오직 답장에 감사하다는 예만 표할 뿐입니다. 삼사께서 들으시고 혹 괴이하게 여기실까 봐 미리 알려드립니다."

부교가 도주의 뜻이라고 하며 간절하게 말하기를,

"일이 되어가는 기틀이 이같이 되었으니 몹시 괴롭습니다만 이 일은 오로지 수역이 잘못 전달한 죄로 말미암은 것이니, 만일 수역의 잘못이라는 뜻으로 글을 써서 주신다면 그런대로 이 문제가 봉합이 될 것 같습니다."

라고 하였다. 내가 말하기를,

"수역이 참으로 죄가 있지만, 당시 대차왜(大差倭)[89] 또한 집정 3인이

었고, 집사(執事)는 관례대로 그렇게 하겠다는 뜻으로 수표를 받아들였
으니, 어찌 오로지 수역의 책임이라고만 할 수 있겠소? 조정에서는 다
만 수역의 수본(手本)과 차왜(差倭)의 수표 및 별폭의 물건을 차등 있게
한 것이니, 이는 조정이 잘못한 것도 아닌데 해당 관서의 별폭을 되돌
려 보낸다면 일의 이치와 체면상 대단히 불가한 일이요, 사신이 반드시
번거롭게 글을 써줄 필요도 없으니, 도주는 이러한 뜻으로 집정에게
자세히 말하여 그 곡절을 알게 해주면 좋겠소."
라고 하자 부교가 누누이 말하고는 가버렸다.

절목(節目)[90]을 강정(講定)할 때에 집정을 4인으로 해서 써서 보내었
더니, 묘당(廟堂)에서 임술년(1682) 사행 때의 전례와 어긋난다고 하여
한후원(韓後瑗)[91]을 시켜서 다시 부산에 가서 차왜(差倭)에게 말하여 세

---

89 대차왜(大差倭) : 에도막부(江戸幕府) 쇼군(將軍)의 업무를 대신하여 쓰시마 도주(對馬
島主)가 파견하는 차왜.

90 절목(節目) : 통신사의 일정과 의식 등을 정한 조목을 신사절목(信使節目)이라 한다.
절목은 규칙의 조목, 조항, 또는 항목을 말한다. 쓰시마에서 통신사를 청하는 대차왜(大差
倭, 通信使請來差倭)를 보내면, 조선 조정에서는 접위관(接慰官)과 차비관(差備官)을 보내
고부사(告訃使)와 마찬가지로 접대한다. 이후 비변사에서 통신사 및 종사관, 금단절목(禁
斷節目), 증여할 예단의 물목, 통신사와 수행 역원 모두의 직위·성명, 선물로 줄 잡물의
각도 분정(分定) 등 구체적인 조목을 마련하고 국왕의 재가를 얻어서 시행한다.

91 한후원(韓後瑗, 1659) : 조선 후기의 왜학 역관. 본관은 청주. 자는 백옥(伯玉). 1678년
증광시 역과에 합격하였다. 1681년 쓰시마 도주 소 요시자네(宗義眞)가 쓰시마로 돌아왔
을 때 변이표와 함께 쓰시마로 가 문위하였고, 통신사행의 절목을 정하는 임무를 맡았다.
1703년에 쓰시마 도주 소 요시미치(宗義方)가 쓰시마로 돌아오고 구(舊) 도주 요시자네(義
眞)가 사망하였으므로 조정에서 한천석을 비롯한 역관들을 보내어 문위하고 조문하도록
하였으나 도중에 파선하여 일행이 몰살하는 일이 발생하였다. 이에 조정에서는 이듬해인
1704년에 다시 한후원과 오윤문을 보내어 문위하도록 하였다. 1718년에는 쓰시마 도주
요시미치(義方)가 쓰시마로 돌아오고 통신사 절목을 정하기 위해 당상역관을 요청하였으
므로 김도남·현덕윤과 함께 쓰시마로 가 절목을 정하는 임무를 담당하였다. 1719년 통신
사행 때 역관으로 일본에 다녀왔다. 품계는 가선대부(嘉善大夫)에 이르렀으며, 관직은 사
역원 교회(敎誨)를 지냈다.

집정으로 줄이고 한결같이 전례대로 하게 하였다. 이에 한후원이 이를 누차 쟁변하였지만 차왜가 고집을 부리면서 따르지 아니하자, '원(員)의 수는 비록 줄이지 않더라도 물건은 집사의 예와 같이 한다면 피차 손해 볼 것은 없다'고 하여 마침내 이것이 사리에 합당하다고 여겼다. 하지만 그 실제는 '집정 4인에게 모두 집사의 예로 물건을 보낸다'는 뜻이었으니, 한후원의 수본(手本)의 말뜻은 별로 또렷하지 못했고, 묘당 또한 세밀하게 살펴보지 못한 것이다. 그래서 마침내 우두머리 집정과 버금 집정을 차등 있게 하게 된 것인데, 이 우두머리 집정이 마침 조선의 일을 담당하는 자였다. 이 때문에 '혹 관백의 의심을 사지는 않을까' 하는 마음이 있었으며, 이는 동료 간에도 공평하지 못한 말이었기에 그가 깊이 불안함을 느껴 주저하게 되었다고 한 것이다.

12일[신해]. 맑음. 에도에 머물음.

관반(館伴) 나카가와 나이젠노카미(中川內膳正)[92]와 나카가와 하사타다(中川久忠)[93]가 감과 포도 1롱(籠)과 규(鰄) 2척(尺)을 보냈다. 부교들이 집정에게 전해 줄 글을 얻어가기를 원했다. 그것이 그저 미봉책에

---

92 나카가와 나이젠노카미(中川內善正) : 에도시대 중기의 관리. 1719년 통신사가 도쿠가와 요시무네의 습직을 축하하기 위해 일본을 방문하였을 때, 마키노 다다토키(牧野忠辰)와 함께 아사쿠사(淺草) 히가시혼간지(東本願寺)의 고치소야쿠(御馳走役)로서 통신사 일행의 접대를 담당하였다.

93 나카가와 하사타다(中川久忠, 1697~1742) : 에도시대 중기의 다이묘(大名). 원구충(源久忠)이라고도 한다. 나카가와 히사미치(中川久通)의 셋째 아들. 분고(豊後) 오카번(岡藩) 제6대 번주(藩主). 1719년 통신사 일행이 도쿠가와 요시무네의 습직을 축하하기 위해 일본을 방문하였을 때, 9월 27일 현재의 도쿄도(東京都) 다이토구(台東區) 니시아사쿠사(西淺草)에 있는 사원인 히가시혼간지(東本願寺)에서 마키노 다다토키(牧野忠辰)와 함께 통신사를 접대하였다.

불과하다고 여겼지만 또 종이 한 장에 조목을 삼단으로 나열하여 써넣고, 말은 이에 따라 짓기를 바란다고 하였으나, 나는 잘못한 것이 없으니 반드시 자세하게 말할 것까지야 없었다. 그래서 하나같이 당초의 사실에 따라 한 통을 써서 박춘서를 시켜 정서하게 하고 도장을 찍어 지급하였다. 부교들은 편지의 말이 이와 같으면 결코 주선하기 어렵다고 여겨, 그대로 놓아두고는 도주에게 전하지 않았다. 한후원이 이미 쓰시마의 차왜(差倭)와 서로 주고받아 강정(講定)하였다면 저들에게도 죄가 있을 것이다. 그 때문에 반드시 이를 숨기고자 하여 실상을 모호하게 하는 말을 하고 모든 잘못을 역관 한후원에게 돌리려고 하니, 그 마음이 악한 것이다.

13일[임자]. 맑음. 에도에 머물음.

상마연(上馬宴)[94]을 외청에 베풀었는데, 연례(宴禮)는 의례와 같았다. 내가 역관을 시켜 부교들에게 말을 전하였다.

"사행이 보낸 편지의 내용이 너희들의 바람에 부응하지 않는다 할지라도 도주에게 전하여 '주선하기 어렵다'는 뜻으로 글을 써서 주고받는다면 그런대로 괜찮겠으나, 아무런 답도 없이 돌려보낸다면 일의 이치로나 체면으로나 크게 불가한 일이다. 부교들이 어찌 이것을 처리하지

---

94 상마연(上馬宴) : 외국 사신이 임무를 마친 뒤 귀국하기 위해 말을 타기 전에 행하는 잔치. 임무 수행을 위해 목적지에 도착했을 때에 베풀어주는 하마연(下馬宴)과 함께 성대한 공식 연회이다. 하마연과 마찬가지로 엄선된 일본의 궁중악무 아악(雅樂, 가가쿠)이 연행된다. 1711년 통신사 일행이 도쿠가와 이에노부(德川家宣)의 습직을 축하하기 위해 일본을 방문하였을 때, 쇼군의 내전(內殿)에서 통신사 일행을 위해 상마연이 행해졌는데, 이때 조보라쿠(長保樂)·닌나라쿠(仁和樂)·고토리소(古鳥蘇)·린가(林歌)·나소리(納蘇利) 등 다섯 곡이 연주되었다. 이 곡들은 모두 지금도 일본 궁중음악으로 연주되고 있는 24곡 가운데 고려악(高麗樂, 고마가쿠)에 속하는 일본 아악이다.

못하는가?"

저녁을 틈 타 비로소 편지를 받아 갔다가 초저녁에 답장이 왔는데, 그 편지에 이렇게 썼다.

"즉시 편지를 받고나서 말씀하신 뜻을 잘 알았습니다. 하지만 중간에서 주선하기에 어려움이 있으니, 어제 보내신 편지에서 3건의 일 가운데 가장 위의 것과 가장 아래의 것은 그 사연이 곡절하여 편지를 주신 것만으로도 대충 무마가 되었습니다만, 출발하실 날이 아직 어떻게 될지를 몰라서 처음에는 바로 답장을 보내드리려고 하지 않았습니다. 다시 생각해 보니 집정이 처한 형세가 이미 불가하여 싫으면서도 받아야 하게 되었고, 받지 않는다면 또 전례를 따라 회답할 수가 없게 되며, 또 일이 끝난 후에 이 자잘한 예절로 인해 혹 서로가 부여잡고 지체하는 일이 있게 된다면 일이 당황스럽고 불편하게 될 것입니다. 하물며 이미 그 원(員)의 수를 줄였고 같은 집사의 반열에서도 내렸다면 국가적으로도 손실이 없을 것이니, 사신께서 편의대로 변통하시는 것 또한 불가하지는 않을 것입니다."

그 때문에 마침내 부사 및 종사와 상의하여 다시 편지 한 통을 쓰고, 또 사자관(寫字官)에게 별도로 별폭(別幅)에 필사하게 하고서 여러 집정에게 한 전례와 같이 사신의 도장을 찍어서 보냈다.

14일[계축]. 맑음. 에도에 머물음.

정오쯤에 부교가 도주의 뜻이라며 와서 말하기를, '그 편지를 가지고 가서 집정과 상의했더니 겨우 무사하게 마무리되었다'고 하였다. 참으로 다행스러운 일이다. 우두머리 집정이 이 편지를 받고서 고친 내용과 별폭을 여러 동료들에게 돌려가며 보았기에 스스로 밝혀져 증명이 되

었다고 여겼다. 그런 뒤에야 비로소 회답서계(回答書契)와 회례(回禮)⁹⁵
물건을 보냈다. 다른 집정들은 모두 관망만 하고 서계를 보내지 않고
있다가 저녁 이후에야 비로소 일제히 보내왔다.

15일[갑인]. 맑음. 시나가와(品川)에 머물음.

오시에 에도를 출발하였다. 도주와 장로가 앞서 가고, (내가) 문을
나서는데 두 관반이 영외(楹外)에서 읍하며 배웅하였다. 사행의 일이
순조롭게 이루어지고 속히 채비하여 나가게 되자 일행들이 모두 기세
가 올랐다. 어스름 저녁에 시나가와에 도착하여 도카이지(東海寺)에서
잤다. 부젠노카미(豊前守) 스미나오(澄猶)가 관반으로 와서 인사하고
생과(生果) 3종(種)을 올렸기에 행중에 나누어 주었다.

16일[을묘]. 종일 비가 내림. 후지사와(藤澤)에 도착.

인시에 출발하여 수십 리를 가다 보니 비가 내렸다. 그 비를 무릅쓰
고 로쿠고가와(六鄕江)을 건너, 정오에 가나가와(神奈川)에 도착했다.
가이노카미(甲斐守) 구로다 나가사다(黑田長貞)가 관반으로 와서 인사

---

95 회례(回禮) : 회답으로 사례의 뜻을 표하는 예(禮)나 혹은 예물. 회사(回謝)라고도 한
다. 회례와 관련된 용어로는 조선 전기 일본에서 보내온 사절에 대한 답례로 조선에서
일본으로 보내던 사절인 회례사(回禮使) 이외에도 회례단(回禮單)·회례은(回禮銀)·회례
별폭(回禮別幅)·예조회례물(禮曹回禮物) 등이 있다. 1655년 11월 9일 통신사 일행이 도쿠
가와 이에쓰나(德川家綱)의 습직을 축하하기 위하여 에도로 향하면서 전례에 의거하여
셋쓰노카미(攝津守)에게 약간의 예단을 주었는데, 귀국할 때 백피(白皮) 2백 장으로 회례
하므로 사양하여 물리친 적이 있다. 1764년 4월 3일 통신사 일행이 교토에 도착, 혼코쿠지
(本國寺)에 관소를 정하자 수역(首譯)이 먼저 와서 서경윤(西京尹)에게 공사(公私)의 예단
을 전하고 또 전례대로 회례를 받았다. 같은 해 6월 16일 쇼군이 원역(員役)에게 증여한
은자가 9천 8백 4냥이었고, 사신에게 한 회례가 은자로 1만 3천 1백 12냥이었다.

하고 감과 배와 포도 1롱(籠)을 올렸기에 행중에 나누어 주었다. 밥을 먹은 후에 곧 바로 출발하여 후지사와에 도착했다. 사교노스케(左京亮) 호리 나오유키(堀直爲)가 관반으로 와서 인사하고 삭면(索麵) 한 상자를 올렸기에 행중에 나누어 주었다.

17일[병진]. 흐렸다가 비가 쏟아짐. 오다와라(小田原)에 도착.

날이 밝기 전에 출발하여 오이소(大磯) 참관에 도착했다. 단바노카미 (丹波守) 도리이 다다아키라(鳥居忠利)가 관반으로 와서 감과 배 1롱(籠) 을 올렸기에 행중에 나누어 주었다. 밥을 먹은 뒤에 곧바로 출발하여 저녁에 오다와라에 도착했다.

가가노카미(加賀守) 오쿠보(大久保)가 만두 한 상자를 올렸기에 가마 꾼들에게 나누어 주었다. 밤에 술과 음식을 올린 것은 에도로 갈 때와 같았다. 시나가와 이후 오다와라에 이르기까지는 대체로 곳곳이 산길 이었고, 긴 숲에 비단처럼 아름다운 나무들이 꽃과 같아서 길 가는 노 고를 잊어버리게 하였다. 후지사와와 시나가와 사이에 걸식하는 자가 가장 많았다. 그곳에 사는 사람에게 물어보았더니, '이곳은 살기가 몹 시 어려워 사행이 지나간다는 소식을 들으면 걸식하는 자들이 모두 모 여든다'고 대답해 주었다.

18일[정사]. 맑음. 미시마(三島)에 머물음.

등불을 밝히면서 출발하여 10리쯤 가다보니 날이 비로소 밝아왔다. 하코네미네(箱根嶺)에 이르자 비가 온 뒤라 길은 진흙창이요 돌은 미끄 러워 사람과 말이 발을 디딜 수가 없었다. 잠시 차야(茶屋)에서 쉬었다 가 간신히 고개 마루에 올라 관사에 이르렀다. 가가노카미(加賀守)가

또 감자(柑子) 1롱(籠)을 올렸기에 행중에 나누어 주었다. 호수가의 경
물은 갈 때와 같이 완연하였으나 구름과 안개가 짙게 뒤덮어 후지산의
면목이 보이지 않아 흠이었다.

밥을 먹은 후에 고개를 내려가 황혼녘에 미사마의 관소에 도착했다.
지대(支待) 부교 아리마자에몬(有馬左衛門) 스미히사(佐純壽)가 삭면(索
麵) 1곡(曲)을 올렸다. 두 장로가 사람을 보내어 문안 인사를 하였다.
역관을 보내어 도주의 안부를 묻고, '내일 새벽에 가겠다'는 뜻을 전하
였다.

19일[무오]. 맑음. 에지리(江尻)에 머물음.

축시에 출발하여 30리를 가자 하늘이 밝아올 무렵에 요시와라(吉原)
관사에 도착했다. 이요슈(伊藝州) 태수가 부교와 지대(支待) 참관(站官)
우네메노카미(采女正) 마쓰다이라 사다모토(松平定基)를 보내어 밀감 1
롱(籠)을 보내었기에 행중에 나누어 주었다.

밥을 먹은 뒤에 바로 출발하여 잠시 길옆 차야에서 쉬었다가 초저녁
에 에지리(江尻)에 도착하였다. 날이 저물어 행차가 바빴기에 세이켄지
(淸見寺)⁹⁶ 문 앞을 지나면서도 들어가 보지는 못하였다. 와카사노카미

---

96 세이켄지(淸見寺) : 현재의 시즈오카시(靜岡市) 시미즈구(淸水區)에 있는 임제종(臨濟
宗) 묘신지파(妙心寺派)의 사원. 원명은 세이켄 고코쿠젠지(淸見興國禪寺)이며, 산호(山
號)는 고고산(巨鼇山)이다. 1300년 전 덴무천황(天武天皇) 때 동북지방의 에조(蝦夷)에 대
비하여 이 지역에 관소(關所)인 기요미가세키(淸見關)가 설치되었는데, 이 관소를 보호하
기 위해 불당을 건립한 것이 세이켄지의 시초로 전해지고 있다. 절 부근의 지세가 산과
바다 등 자연의 요새가 되어 전란시 쟁탈지가 되었는데, 특히 전국시대(戰國時代)에는
이마가와(今川)·도쿠가와(德川)·다케다(武田)·호조(北條) 등의 다이묘(大名)들이 이 절
에 들어와 성(城)으로 사용하여 극심한 전화를 입었으며, 이때 이마가와 요시모토(今川義
元)의 후원을 받은 다이겐 스후(太原崇孚) 선사가 세이켄지를 부흥시켰고, 세이켄지의 제1

(若狹守) 교고쿠 다카모치(京極高或)가 관반으로 와서 문안 인사를 하고
서 삭면 한 상자를 올렸기에 가마꾼에게 나누어 주었다.

20일[기미]. 맑음. 후지에다(藤枝)에 도착.

날이 밝자 출발하여 스루가(駿河) 후추(府中)에 도착하였다. 호타이
지(寶泰寺)의 경물은 완연하여 어제와 같았고, 처마 앞에 무르익은 감
자(柑子)는 열매를 3, 40개나 맺었다. 갈 때는 푸른빛으로 덜 익었는데
지금은 절반이 노란빛이었다. 히토쓰야나기 쓰시마노카미(一柳對馬守)
말곤(末昆)이 홍시 1롱(籠)을 올렸기에 행중에 나누어 주었다. 밥을 먹
은 후에 길을 재촉하여 신시 초에 후지에다(藤枝)에 도착하였다. 도키
(土岐) 단고노카미(土岐丹後守)가 해삼(海蔘) 1협(篋)을 올렸기에 금도왜
와 가마꾼들에게 나누어 주었다. 도주가 밀감 1소반을 보냈다. 부교 사
부로자에몬(三郎左衛門)이 생밤과 감 한 그릇을 올렸기에 행중에 나누
어 주었다.

대 주지가 되었다. 도쿠가와 이에야스(德川家康)는 어린 시절 이마가와 씨의 인질이 되어
슨푸(駿府)에 머물 때 다이겐 스후선사에게 교육을 받았으며, 뒤에 은거할 때에는 제3대
주지인 다이키화상(大輝和尙)에게 귀의하였다. 조선 후기 통신사행 가운데 1617과 1811
년을 제외한 나머지 사행 때마다 사신 일행이 이곳을 지나갔고, 1607년과 1624년에는
숙박하기도 하였다. 1607년 귀국길에 사신 일행은 이 절에 숙박하였는데, 이때 고향인
슨푸에 은거하고 있던 도쿠가 이에야스를 예방하였고, 이에야스가 빌려준 그의 전용
어좌선(御座船) 5척을 타고 세이켄지 앞 스루가만(駿河灣)을 관광하였다. 사신 일행은 세
이켄지 전경과 절 앞에 펼쳐진 스루가만, 미호마쓰바라(三保松原) 및 멀리 솟아 있는 후지
산의 절경에 감탄하여 시를 짓기도 하고 사행록에 기록하기도 하여 이후 사신단의 세이켄
지에 대한 호기심을 갖도록 하였다. 지금도 세이켄지에는 시(詩)·서(書)·화(畵) 등 총 50
여 점이 넘는 통신사 관련 유물이 남아 있다. 1994년 10월 11일에 히로시마현(廣島縣) 후쿠
야마시(福山市) 도모초(鞆町)의 후쿠젠지(福禪寺), 오카야마현(岡山縣) 세토우치시(瀬戸
內市) 우시마도초(牛窓町)의 혼렌지(本蓮寺)와 함께 조선통신사유적(朝鮮通信使遺跡)으로
서 일본 국가의 사적으로 지정되었다.

21일[경신]. 맑음. 가케가와(掛川)에 머물음.

미시에 출발하여 가나야(金谷) 참관에 도착하였다. 사도노카미(佐渡守) 오가사와라 조칸(小笠原長寛)이 지대로 와서 감자(柑子) 1롱(籠)을 올렸기에 행중에 나누어 주었다. 밥을 먹은 후에 고개를 넘어가다 잠시 길옆 차야에서 쉬었다.

신시에 가케가와(掛川)[97] 관소에 도착했다. 사도노카미가 또 감 1롱(籠)을 올렸다. 역관을 도주에게 보내어 어제 감을 보내준 뜻에 감사의 말을 전하게 하고, 이어 두 장로의 안부도 물었다.

22일[신유]. 아침에는 비가 내리다가 오후 늦게 갬. 하마마쓰(濱松)에 도착.

비가 밤까지 쏟아져서 새벽이 되어도 그치지 않았다. 날이 밝자 비를 무릅쓰고 출발하여 수십여 리를 가다보니 비로소 개었다. 미쓰케(見付) 참에 이르자 마쓰다이라(松平) 호키노카미(伯耆守)가 지대로서 부교를 보내어 감 1롱(籠)을 올렸기에 행중에 나누어 주었다.

밥을 먹은 후에 길을 재촉하여 소 덴류가와(小天龍川)를 배다리로 넘어 저녁에 하마마쓰(濱松)에 도착했다. 호키노카미(伯耆守)가 또 간과자(干果子) 한 상자를 올렸기에 금도왜와 가마꾼들에게 나누어주었다.

23일[임술]. 맑음. 바람이 불고 차가움. 요시다(吉田)에 도착.

새벽 어스름에 출발하여 금절하(金絶河)를 넘어가는데 맞바람이 크

---

97 가케가와(掛川) : 도토미슈(遠江州)에 속하고, 현재의 시즈오카현(靜岡縣) 가케가와시(掛川市)이다. 현천(懸川)이라고도 한다.

게 일어, 간신히 건너 아라이(荒井) 참관에 도착했다. 일명 '신거(新居)'
라고도 한다. 이즈노카미(伊豆守) 마쓰다이라 노부토키(松平信祝)이 지
대로서 밀감 1롱(籠)을 올렸기에 행중에 나누어 주었다.

밥을 먹은 후에 50리를 가서 이천(二川)과 오무라(大村)를 지나 저녁
에 요시다(吉田)의 고신지(悟眞寺) 관소에 도착했다. 노부토키(信祝)가
또 감 1롱(籠)을 올렸기에 행중에 나누어 주었다.

24일[계해]. 약간 흐림. 오카자키(岡崎)에 도착함.

날이 밝자 문을 나서 민가를 지나 10리 정도를 가니 산세가 낮고 들
판이 광활한데, 눈에 들어오는 것은 모두가 논밭이었다. 어유대촌(御油
大村)을 지나 30리를 가서 아카사카(赤板) 참관에 도착했다. 이키노카
미(壹岐守) 미우라 아카히로(三浦明敬)가 지대로서 배와 감 1롱(籠)을 올
렸기에 행중에 나누어 주었다.

밥을 먹은 후에 바로 출발하여 산과 들판 사이로 나있는 길로 가서
후지카와(藤川)와 오무라(大村)를 지나고 오사카바시(大板橋)를 두 번이
나 지나 30리를 가서 저녁에 오카자키(岡崎)에 도착했다. 이즈미노카미
(和泉守) 미즈노 다다유키(水野忠之)는 집정(執政)으로 에도에 있었던
자인데, 부교를 시켜 밀감 1롱(籠)을 올렸다. 일행 모두에게 나누어 주
었다. 길을 지나는데 크고 작은 가게나 길에서 등에 지고 다니며 물건
을 파는 자들이 모두 감과 귤을 팔았다. 이는 이 지역의 토산품이어서
지천으로 널렸는데, 큰 감은 아직 익지 않고 작은 것부터 먼저 익었다
고 한다.

25일[갑자]. 아침에는 비가 내리다가 오후 늦게 갬. 나고야(鳴護屋)

에 도착.

비가 밤새도록 내려 새벽이 되도 여전히 개이지 않았다. 날이 밝기도
전에 비를 무릅쓰고 출발하여 10리쯤 가자 하늘이 비로소 밝아졌는데
인가가 끊어지지 않으니, 민가가 얼마나 많은지 알 수 있었다. 대천(大
川)에 널다리를 걸쳐놓았는데, 높이가 10여 길에 길이는 몇백 보나 되
었다. 만든 솜씨가 아주 견고하여 멀리서 바라보면 무지개가 공중에
가로질러 놓인 것 같으니 장대하다고 할 만하였다.

35리를 가서 지리부대촌(池鯉鮒大村)을 지나 잠시 길 옆 관사에서 쉬
었다. 또 30리를 가다 보니 차야가 있었는데, 이곳은 오와리슈(尾張州)
지방이다. '태수가 술과 음식을 보내 대접한다'며 부교가 들어와 주기
를 몹시 간청하기에, 어쩔 수 없이 잠깐 들어가 앉았다. 부사와 종사의
행차가 오기를 기다렸다가 같이 이르기에 잠시 이야기를 나누다 일어
나니, 비가 비로소 개이면서 하늘이 맑아졌다.

나루미(鳴海) 참관에 이르니, 오와리슈의 태수가 사람을 보내어 문안
인사를 하고 생리(生利) 1롱(籠)을 올렸다. 삼행에게 각각 올린 것을 호
행, 부교, 재판, 금도왜, 통사들에게 나누어 주었다. 마을 사람 중에
도씨안민(島氏安敏)이라는 자가 죽통에 동백화(冬柏花)를 올렸기에 오
언절구 한 수로 사례하였다.

밥을 먹은 뒤에 길을 재촉하여 30리를 가서 저녁에 나고야(名護屋)에
도착하여 쇼코인(性高院)에서 유숙하였다. 태수가 사람을 보내어 문안
인사를 하고 또 스기주 1절(折)을 올렸기에 행중 모두에게 나누어 주었
다. 도주와 두 장로가 와서 만났다. 도주가 소도(小刀) 열 자루를 보내
주었기에 여러 비장과 제술관과 서기와 양의(良醫)에게 나누어 주었다.

26일[을축]. 맑음. 오가키(大垣)에 도착.

날이 밝기 전에 출발하여 민가 수십 리를 지나는데, 좌우로 층각(層閣)이 지붕을 잇대어 있어 그 웅장함과 아름다움이 사와(佐和)와 더불어 쌍벽을 이루었다. 성문을 나서 큰 다리를 지나 40리를 가다보니 산천과 들판이 오카자키(岡崎)와 비슷했다. 길옆 차야에 들어가니 금도왜들이 술과 음식을 바쳤는데, 이 또한 오와리슈에서 제공하는 것이었다.

30리를 더 가서 오코시(起) 참에 이르니, 오와리슈 태수가 부교를 보내 문안 인사를 하고 감자(柑子) 1롱(籠)을 올렸는데, 부사의 행차에 올린 것은 모두 두 장로에게 보냈다. 밥을 먹은 후에 곧 바로 출발하여 오코시가와(起川)의 배다리를 건넜다. 구경하는 남녀들이 양 언덕에 가득 찼으며, 모래사장에 천막을 치고 밥을 해먹는 자들도 매우 많았는데, 먼 지역에서 와서 기다리고 있었던 자들인 것 같았다.

또 스노마타(洲股)에서 세 곳의 배다리를 건너 40리를 가서 초저녁에 오가키(大垣)에 도착하였다. 우네메노카미(采女正) 도다 우지사다(戶田氏定)가 건시(乾柿) 1협(篋)과 황귤(黃橘) 1롱(籠)을 올렸기에 행중에 나누어 주었다.

27일[병인]. 흐리고 밤에 비가 내림. 사와성(佐和城)에 도착함.

날이 밝기도 전에 출발하여 50리를 가서 이마스(今須) 참관에 이르렀다. 점심밥을 먹은 후에 곧 바로 출발하여 스리하리레이(摺針嶺)를 넘었다. 고개 위에는 보코테이(望湖亭)가 있어서 부사 및 종사와 함께 잠시 들러 쉬었다. 멀리 비와코(琵琶湖)를 바라보니 넓고 아득하여 끝이 없었다. 언덕이 있는 한 점의 작은 섬이 호수 가운데 있었는데, 이는 동정호(洞庭湖)에 군산(君山)이 있는 것과도 같아 경치가 기가 막히게

좋았다. 보코테이 벽에는 신묘년(1711) 사행 때 종사(從事)가 쓴 작은 족
자가 걸려 있었다.

또 절통령(絶通嶺)을 넘어 저녁에 사와성(佐和城)에 도착했다. 가몬노
카미(掃部頭) 이이 나오노부(井伊直惟)가 지금 에도에 있으면서 돌아오
지 못해 부교를 시켜 지공(支供)하게 하고, 이어 밀감 1롱(籠)을 올렸다.

28일[정묘]. 흐림. 바람이 불고 차가움. 모리야마(守山)에 도착.

밤에 비가 내리다 새벽에 개었지만 바람은 상당히 차가웠다. 새벽에
출발하여 성문을 나서 저자 거리를 지나 수십 리를 가자 하늘이 비로소
밝아졌다. 오후 들자 바람이 더욱 드세지더니 한기가 매서워졌다. 60
리를 더 가서 하치만야마(八幡山) 전수사(專修寺)에 도착하였다. 오미노
슈(近江州) 미나쿠치번(水口藩) 성주 이즈미노카미(和泉守) 가토 요시노
리(加藤嘉矩)가 황귤 1롱(籠)을 올렸기에 행중에 나누어 주었다.

점심밥을 해먹고 40리를 가서 모리야마(守山)에 도착했다. 오미지(近
江寺) 이타구라 시게하루(板倉重治)가 지대로 관소에 와서 문안 인사를
하고 이어 감 1롱(籠)을 올렸기에 또 행중에 나누어 주었다.

29일[무진]. 맑음. 바람이 불고 차가움. 오쓰(大津)에 도착함.

해가 뜨자 출발하여 초진촌(草津村)을 지나 세다교(勢多橋)를 거쳐 50
리를 가서 오쓰에 도착하였다. 관소는 혼초지(本長寺)로 이곳은 미이데
라(三井寺)와의 거리가 매우 가까웠다. 절은 호숫가 절벽 위에 있었는
데, 비와코(琵琶湖)의 절경을 그 앞에 다 옮겨 놓은 듯했다. 누각에 올
라 한 번 바라보니 절경을 미루어 짐작해 볼 수 있었다. 이 근방에서
최고로 뛰어난 경치라고 하였으나 유람하고 싶어도 게을러 결국 가서

보지는 못하였다.

아오야마 이나바노카미(靑山因幡守)가 관반으로 와서 문안 인사를 하고 이어 밀감 구년무(九年冊) 1롱을 올렸다. 구년무는 큰 감(柑)의 이름이다. 행중에 나누어 주었다. 비선(飛船)을 통해 8월 25일에 쓴 아들의 편지를 받아 보니 객중의 회포가 꽤 위로가 되었다. 다만 엎드려 듣건대 '왕의 환후가 계속 차도가 없어 아직도 평안의 기쁨이 없다'고 하니, 애타는 마음을 어쩔 수 없었다.

두 장로가 사람을 보내어 인사를 했다. 도주도 부교를 보내어 말을 전하였다.

"내일 가시는 길에 마땅히 다이부쓰지(大佛寺)[98]에 들리셔야 하는데, 이미 관백의 명으로 미리 분부하신 일이 있으시니, 어김이 없으시기를 바랍니다."

내가 '들어가 보지 않겠다'는 뜻으로 답을 보내었더니 도주가 다시 사람을 보내어 힘써 청하기를 그치지 아니하기에, 내가 말하였다.

---

98 실제 이름은 도운지(洞雲寺). 현재의 시즈오카현(靜岡縣) 후지에다시(藤枝市)에 위치한 사찰. 728년 세이호 하쿠간(靑峰白眼) 화상이 창건했다고 알려져 있으며, 조동종(曹洞宗)에 속한다. 개창(開創) 이후 800여 년 동안 황폐해져 이름만 남은 절을 1510년 4월 자이텐 소류(在天祖龍) 대화상이 재건하였고, 산호(山號)는 류치잔(龍池山)이다. 도운지에는 도요토미 히데요시(豊臣秀吉)의 위패가 봉안되어 있다. 1600년 도쿠가와 이에야스(德川家康)가 세키가하라 전투(關ヶ原の戰い)에 참전할 때 이곳에서 휴식하였으며, 그 인연으로 절 소유지 내 죽목(竹木) 벌채를 금지하는 주인장(朱印狀, 공문서)을 하사받았다. 조선 후기 통신사행 중 교토까지만 사행을 한 1617년과 역지통신(易地通信)이 이루어진 1811년을 제외한 대부분의 사행 때마다 사신 일행이 이곳에서 묵었다. 1711년 통신사 일행이 도쿠가와 이에노부(德川家宣)의 습직을 축하하기 위해 일본을 방문하였을 때, 10월 12일 사신 일행이 후지에다에 이르러 도운지에 관소를 정했는데, 이때 기이노카미(紀伊守) 나이토 가즈노부(內藤弌信)가 먼저 와 기다리고 있다가 찬합을 대접하였다. 이 날 해가 아직 많이 남아 있었으나 출발하지 않고 유숙하였는데, 이곳이 본래 숙참(宿站)이었기 때문이다.

"예전에 이 절이 히데요시(秀吉)의 원당(願堂)이라고 들었으니, 의리 상 들릴 수 없소. 아무리 간청한다 하더라도 결코 들어줄 수가 없소."

그러자 부교들이 또 내 얼굴을 직접 보고서 말씀 드리겠다기에 들어 와 뵙게 하였더니, 부교 2인과 재판 2인, 아메노모리 호슈가 모두 들어 와 앉아 다시 앞서의 말을 계속하기를 그치지 않았다. 내가 말하였다.

"내가 유람하기를 좋아하지 않는 성격이오. 쓰시마에서부터 에도(江 戶)에 이르기까지 왕복 삼천 리나 되어 그 사이에 구경한 곳만 해도 손 가락으로 헤아릴 수 없을 정도이기는 하나, 집 안에 구경거리가 있다 해도 계단과 뜰을 한걸음이라도 내려가 본 적이 없었다는 것은 그대들 이 아는 바이오. 그렇다 하더라도 아무런 까닭이 없는 곳이라면 관백이 이미 명을 내리고 도주가 또 힘써 간청하니 잠시 들린다고 무슨 어려움 이 있겠소만, 이미 그곳이 히데요시의 원당(願堂)이라는 말을 들었소. 평적(平賊)[99]은 우리나라의 백대 원수이니, 의리상 한 하늘을 이고 살 수가 없거늘, 하물며 우리들이 그곳을 찾아갈 수가 있겠소?"

부교들이 말하기를,

"원당이라는 말을 일본인도 듣지 못했는데, 어떻게 조선에까지 전해 질 수가 있단 말입니까?"

라고 하였다. 내가 말하기를,

"나의 뜻은 확고하여 결단코 바꿀 수가 없으니, 바로 돌아가서 도주 에게 고하는 것이 좋을 것이오."

라고 하였다. 부교들이 마침내 우울해 하며 물러갔다.

---

99 풍적(豊賊) : 도요토미 히데요시(豊臣秀吉)를 적대시하는 명칭. 조선에서는 풍신수길 (豊臣秀吉) 이외에 평수길(平秀吉)·원면왕(猿面王)·원왕(猿王)·풍왕(豊王)·풍공(豊公)· 태합왕(太閤王)·풍적(豊賊)·평적(平賊)이라고도 하였다.

11월

1일[기사]. 맑음. 왜경(倭京)에 도착.

새벽에 망궐례를 행하였으나 나는 감기로 참석할 수 없었다. 부교들이 새벽에 도주의 말을 가지고 와서 수역에게 전하였다.

"다이부쓰지(大佛寺)로 가는 것을 사행이 끝내 고집하며 허락하지 않으시니 참으로 어쩔 수 없기는 합니다만, 관백이 분부하신 일 또한 아무런 이유도 없이 폐기시킬 수 없습니다. 내일 절문 밖에 별도로 천막을 설치할 텐데, 지나오신 길의 차야(茶屋) 같은 규모입니다. 잠시 들리셔서 음식을 받고 지나가신다면 피차에 모두 편할 것이니, 이렇게라도 선처해 주시기를 바랍니다."

"관백이 바치는 것인데다 절문 밖이니, 잠깐 들리는 것이야 큰 해가 되지는 않을 것입니다."

그래서 마침내 부사 및 종사와 상의하여 허락하였다. 하지만 들판 가운데 천막을 설치하는 것은 또한 구차하고 소략한 것 같아, 조금 멀리 떨어진 곳에 한 민가를 택하여 기다리라 하고 이에 출발하여 왜경(倭京)에 도착하였다.

경윤(京尹)이 사람을 보내어 문안 인사를 하고, 만두 1절(折)을 올렸기에 행중의 상하와 가마꾼들에게 나누어 주었다. 점심밥을 먹은 후 출발하려고 할 때 도주가 말을 전해 오기를, '지금 경윤(京尹)을 만나면 무어라고 말하는 바가 있을 것 같아 그때 가서 상의할 수밖에 없으니, 일단 출발하지 말고 기다려 달라'고 하였다. 잠시 뒤에 도주가 두 장로와 함께 와서 외청에 앉아 수역에게 말을 전하였다.

"가서 경윤(京尹)을 만났더니, '의막(依幕)을 설치하고 바치는 음식을 받겠다'는 뜻은 경윤이 절대로 안 된다고 합니다. 일이 순조롭지가 않을 것 같은데, 이 사태를 깊이 헤아리시어 좋은 쪽을 따라 처리해 주셔서 저희들에게 아무런 일이 생기지 않도록 해주시는 것이 어떻겠습니까?"

내가 말하였다.

"사행이 고집하는 도리는 심히 마땅한 일이니, 아무리 관백의 말이 있다 하더라도 결코 들어줄 수가 없소. 하물며 경윤(京尹)의 말로 어찌 놀라 흔들릴 것이며, 이미 함께 강정한 것을 또 변개시키고자 하니 일에 있어서 아무런 근거도 없이 어찌 달리 선처할 수가 있겠소?"

그러자 도주가 말을 전하였다.

"사행이 고집하시는 의리는 지극히 당연하지만, 정말 이것이 원당(願堂)이라면 제가 어찌 감히 들리시기를 청하겠습니까? 잘못 전해진 말인데도 이를 고집하시는 바람에 명령을 받은 도주가 에도의 질책을 받게 되었으니, 이 어찌 심히 답답한 일이 아니겠습니까?"

반나절 동안 가지도 않고 장로와 여러 차례 말을 주고받았으나 끝내 허락하지 않았다. '내가 고집하는 바를 바꾸기는 끝내 어려우니, 이후로는 말을 전할 필요 없이 에도에 아뢰는 것이 좋으며, 우리들은 수천 리 겹겹의 바다를 넘어 오느라 이미 죽고 사는 것을 마음에 두지 않았기에 해를 넘겨 지체하더라도 양보하는 일은 없을 것이다'고 하였더니, 도주가 마침내 물러갔다.

2일[경오]. 맑음. 왜경(倭京)에 머물음.

식후에 재판이 한 책자를 가지고 와서 말하기를,

"경윤(京尹)의 집에 소장하고 있는 책인데, 보여드리라고 하시기에 가지고 왔습니다."

라고 하였다. 이어서 말하기를,

"이 책은 연대기(年代記)로 된 것으로, 일본의 역사에 관한 책입니다. 다이부쓰지의 창건과 훼손, 그 모든 시말이 다 실려 있지만, 도요토미 히데요시의 원당(願堂)이라고 의심할 만한 자취는 없으며, 도쿠가와 이에미쓰(德川家光)가 관백이 되던 해에 중건한 것이니, 도쿠가와 집안에서 어찌 히데요시를 받들 리가 있겠습니까? 이것만 보아도 원당이라는 말은 와전된 것임을 분명하게 알 수 있습니다."

라고 하였다. 잠시 뒤에 부교들이 또 도주의 뜻으로 그 책자에 관해 말하였다. 하지만 이미 원당이라는 말을 들었으니 들어가 보는 것을 허락하지 않는 것이 사리에 당연하다. 원당이라는 말은 본래 왜인에게서 전해들은 것인데 이미 그것이 와전(訛傳)이라 해놓고는 저들 나라에 비밀리에 전해 내려온 역사 기록을 가지고 와서 보여주니, 원당이라고 실제로 전해들은 우리가 억지를 쓴다는 말인가? 간곡한 요청으로 잠깐 들린다 하더라도 우리나라 사람이면 모두가 원수를 잊어버리지 못하는 마음은 의리에 있어서도 일본에 널리 알려져 있는데, 이로 인해 서로 고집함으로써 더 지체하게 된다면 임기응변이 못 될 것이다.

마침내 부사와 상의하니, 부사의 생각도 나와 같았다. 종사만은 안 된다고 하였으나, 그 견해가 반드시 일치될 수는 없는 일이다. 그래서 마침내 '잠깐 들르겠다'는 뜻으로 답장을 보냈다. 도주가 경윤을 만나러 가서 의막(依幕)을 설치하자고 말하자, 경윤이 말하기를,

"일이 몹시 구차하고 소략하게 되어 결코 그렇게 할 수는 없다. 사행이 원당이라고 한 주장에 대해 어물어물 미루기만 했다는데, 만일 원당의 진위가 가려지기만 한다면 사행이 반드시 허락하지 않을 도리가 없을 것이니, 우리 집에 소장하고 있는 이 책자를 주도록 하라."

라고 했다 한다.

3일[신미]. 맑음. 요도성(淀城)에 도착.

식후에 출발하려는데 종사가 몸이 아파 같이 갈 수가 없었다. 도주가
사람을 보내어 행차할 것을 청하고, 종사에게도 '같이 출발해야 한다'
고 말했다. 나는 '종사의 병세가 이와 같은데도 반드시 같이 가게 하여
내어 모는 듯이 하는 것이 무슨 도리인가? 당황스럽고 경악스러우니
다시는 이 같은 말을 하지 말라'고 따져 물었다.

마침내 부사와 함께 먼저 출발하였다. 동남쪽으로 10리 정도를 가서
다이부쓰지(大佛寺)에 이르렀다. 불상이 크고 훌륭했으며, 높이가 대여
섯 길이나 되었다. 관백의 명으로 스기주를 1절(折)씩 바쳤고, 술과 과
일도 바쳤다. 모든 비장과 원역들은 각각 잔이 있었으며, 중하관(中下
官)에게도 모두 술과 과일을 베풀었는데, 아주 풍성하였다. 도주가 별
도로 마련한 곳에서 술과 음식을 베풀면서 잠깐 갈 것을 청하기에 마침
내 가마를 타고 갔다. 절은 33칸으로 일 자(一字)로 된 긴 회랑과 간가
(間架)가 33개였고, 칸마다 여러 불상을 앉혔는데 3만 3천 3백 3십 불
(佛)이라 부른다고 한다.

바쳐 올린 찬품(饌品)이 꽤 정갈하였다. 술 석 잔을 올리면서 권하였
으나 그만 두었다. 또 스기주를 올렸다. 두 장로 또한 노송나무 찬합을
1절(折)씩 올렸고, 군관 이하 중하관에 이르기까지 모두 대접하였다.
이어서 길을 재촉하여 앞서 가는데, 가는 길에 비총(鼻塚)[100]이란 것이

---

100 비총(鼻塚, 코무덤) : 일본군이 전공의 증거물로 베어간 조선·명군의 귀와 코를 묻은
무덤. 정유재란 당시 도요토미 히데요시는 '남녀, 노소, 승속(僧俗)을 가리지 말고 모두
베어 버리라'는 명령을 내렸다. 이에 따라 왜군은 전공의 표식으로 무겁고 부피가 큰 머리

보이지 않아 심히 의아스러워 여러 군관들에게 물었더니, 대나무 울타리를 열 길 이상으로 높이 설치하여 가려버린 것이라고 한다. 사행이 절에 들어가기를 난처하게 여겼기 때문에 갑작스럽게 울타리를 설치한 것이며, 사행이 반드시 이곳을 거쳐 갈 것이므로 이 또한 존대하는 뜻에서 나온 것이라고 한다. 길에서 종사의 행차를 만났다. 황혼녘에 요도성(淀城) 관소에 도착했다. 마쓰다이라(松平) 이즈미노카미(和泉守)가 밀감 1롱(籠)을 올렸기에 행중 모두에게 나누어 주었다.

4일[임신]. 맑음. 오사카성(大板城)에 도착.

인시에 출발하여 선창(船滄)에 이르니, 누선(樓船)이 이미 대기하고 있었다. 곧바로 행선(行船)하여 진시에 평방(平方)에 이르렀다. 중하관(中下官)이 받은 숙공(熟供)은 관백의 명으로 가지고 온 것으로 스기주 1조(組), 어준(御樽) 1하(荷)였다. 재판과 배를 탄 왜인들에게 나누어 주

를 베는 대신 조선 군민(軍民)과 명군(明軍)의 코와 귀를 베어 소금에 절인 후 일본으로 가져갔으며, 히데요시의 명에 따라 이곳에 매장했다. 정유재란 당시 왜군의 전공품으로 희생된 조선 군민 및 명군의 수는 12만 6천여 명에 이른다. 일본에서는 중세 이래 적의 치휘관급 장수는 사체의 목을 잘라갔고, 하급 병졸은 코나 귀를 잘라가서 전공의 증거로 삼았다. 검사가 끝나면 전몰자로서 위령제를 지내주어 원귀(冤鬼)의 재액(災厄)을 막는 것이 관습이었다고 한다. 귀무덤은 1597년에 축조했고, 동년 9월 28일 히데요시의 명으로 교토 오산승(五山僧)을 초빙하여 성대한 시아귀공양(施餓鬼供養: 무연고자, 사고로 죽은 자의 원혼을 달래주는 법회)을 베풀었다. 무덤 위에는 오륜석탑(五輪石塔)이 세워져 있는데, 희생된 조선인의 원혼을 누르기 위하여 조성된 것이라고 한다. 이곳은 귀무덤으로 알려져 있지만 실제로는 코무덤이다. 일본에서도 원래는 코무덤이라 불렸으나, 에도시대 초기의 유학자 하야시 라잔(林羅山)이 그 명칭이 지나치게 야만적이라 하여 귀무덤으로 부르자고 한 뒤부터 귀무덤으로 부르게 되었다고 한다. 교토시는 이곳을 이총공원(耳塚公園)으로 조성했는데, 2003년 3월에 설치한 안내판에 이총과 비총을 병기하고 있다. 교토시 히가시야마구(東山區)에 있는 도요쿠니신사(豊國神社, 도요토미 히데요시의 사당)에서 100여 미터 떨어진 곳에 있다.

었다. 데와노카미(各出羽守) 다니 모리미치(谷衛衢)가 지대로서 단파율
(丹波栗) 1롱(籠)을 올렸다.

신시에 오사카에 정박하였다. 남아 있던 배의 선장과 사공들이 나타
났는데, 한 사람도 병든 자가 없어 그 기쁨과 위로를 말할 수가 없었다.
저들 또한 환영하지 않는 이가 없었으니 사람의 정이란 참으로 다 이와
같은 것이리라. 혼간지(本願寺)에서 묵었다. 도주와 두 장로가 사람을
보내어 문안 인사를 하였고, 관반인 미노노카미(美濃守) 오카베 나가야
스(岡部長泰)도 사람을 보내어 문안 인사를 하였다.

5일[계유]. 맑음. 오사카성(大坂城)에 머물음.

이세노카미(伊勢守) 아베 마사토미(阿部正縁)가 지시(枝柿) 한 상자를
올렸고, 관반 또한 황귤 1롱(籠)을 올렸기에 행중에 나누어 주었다. 역
관을 도주와 장로에게 보내어 어제 와서 문안해 준데 대해 감사하고,
이어 속히 출발해야겠다는 뜻을 전하였다. 도주가 9일에 승선하게 될
것이라고 약속했다.

6일[갑술]. 맑음. 오사카성에 머물음.

마치부교(町奉行)[101]가 와서 문안 인사를 하고서, 이어 내일 길들인
원숭이를 보여주겠다는 뜻을 보내왔다. 도주가 에도에 있을 때 미처

---

101 오사카마치부교(大阪町奉行) : 1619년 막부가 오사카에 설치한 부교(奉行). 동(東)과
서(西) 각각 1명씩 임명된 오사카히가시마치부교(大阪東町奉行)와 오사카니시마치부교(大
阪西町奉行)가 한 달마다 교체하면서 지방정치, 소방, 질서유지 등의 업무를 맡았다. 1624
년부터 1682년까지 통신사가 오사카에 머물 때 마카나이카타(賄方)와 함께 접대를 담당하
였다. 1682년 이후에는 기시와다 성주(岸和田城主) 오카베가(岡部家)가 오사카마치부교의
역할을 계승하게 되었다.

주선하지 못했기 때문에 관반에게 부탁한 것이라고 한다.

7일[을해]. 맑음. 오사카성에 머물음.

두 장로가 사람을 보내어 문안 인사를 하였다. 관반이 세 마리의 길들인 원숭이를 보내서 보여주었다. 두 마리는 암컷이었고, 수컷 한 마리는 아직 새끼로 작은 색동옷을 입혔다. 뜰아래에서 재주를 보였는데, 펄쩍펄쩍 뛰고 빙빙 돌며 춤을 추면서 사람이 시키는 대로 따라하였다. 하지만 우리나라 사람들이 원숭이 재주 보기를 싫어하여 매번 피하려고만 하였기 때문에 제각각의 재주를 보통 때처럼 보여줄 수 없었다고 한다.

8일[병자]. 종일 비가 내림. 오사카성에 머물음.

애당초 내일 출발하기로 되어 있었는데, 도주가 사람을 보내어 '비가 이렇게 내리니 짐을 모두 배에 실을 수가 없으므로 내일은 출발하기가 어렵겠다'고 하며 '하루를 더 미루어 출발하자'고 청하였다. 하지만 '귀국 날짜를 연기할 수 없으며 미루어서는 안 된다'는 뜻으로 답장을 보내었더니, 사람을 보내어 거듭 청하기를 그치지를 않아 부득이 허락하고 말았다.

9일[정축]. 맑음. 오사카성에 머물음.

관반이 와서 문안 인사를 하였다. 짐을 먼저 작은 배에 실어서 가와구치(河口)로 보냈다. 도주와 두 장로가 밤에 와서 만났는데, 출발하기에 앞서 사신을 만나보는 것이 전례이니, 내일 도주의 집에 들러주기를 청하면서 이 또한 예전의 법이라기에 허락하였다.

10일[무인]. 맑음. 서풍. 가와구치(河口)에 도착.

일찍 출발하여 선창을 지나 널다리를 건너 도주의 집으로 갔다. 부교
와 재판이 가마를 내린 곳에서 앞서 인도하여 갔다. 도주와 두 장로가
영외(楹外)로 나와서 맞이하여 들였다. 중당(中堂)에 이르러 서로 마주
보고서 읍을 하고 앉아 전례를 따라 인사말을 주고받은 후에, 수역을
시켜 접반(接伴) 장로에게 말하게 하였다.

"오늘 한번 헤어지고 나면 다시 서로 만날 기약이 없을 터이니, 사람
의 정리상 어찌 슬프지 않겠습니까?"

이어 칠언근체(七言近體)로 이별시 한 수를 지어 보여주었더니, 장로
가 받고서 이마에 손을 올려 보고서는 품속에다 넣었다. 잠시 뒤에 술
과 음식을 올렸고, 석 잔을 마시고서 끝났다. 전재판(前裁判) 평진치(平
眞致)[102]는 부산에서부터 따라온 장로 호행으로 사람됨이 자못 순박하
고 착하여 모든 일에 있어 두루 편의를 도모해 주었는데, 병이 들어
교체되는 바람에 오사카에 남아 있으려 한다기에 그를 자리로 불러 위
로해 주고 일어났다.

다시 선창으로 가서 마침내 채선(彩船)에 올라 강을 따라 내려가다
중류에 이르러 빙 둘러보니 풍경이 절경이었다. 좌우에 구경하는 자들
은 에도로 갈 때보다 더 많았다. 길가의 남녀들이 모두 '잘 가라'고 말
해주었으니, 이는 에도에서부터 이미 그러했는데 이곳에서는 더욱 그
러했다. 저녁에 가와구치에 도착하자 접반 장로가 채선을 타고 뒤따라
와서 이별 인사를 하고 갔는데, 사람의 마음을 자못 처연하게 했다. 마

---

102 히구치 나이키(樋口内記) : 조선 후기의 쓰시마인. 통구내기(樋口内記). 평진치(平眞
致)라고도 한다. 1711년 3월부터 1712년 11월까지 35대 관수(館守)였다. 이정신(李正臣)이
동래부사로 있을 때 반종(伴從) 3명, 종왜(從倭) 8명과 함께 조선에 왔다.

침내 우리 배로 옮겨 타니 선졸(船卒)들이 모두 환영해 주었다. 선루(船樓)에 올라 막(幕)을 펴고 앉으니, 마음이 매우 시원하여 이미 집으로 돌아간 것만 같았다. 배 안에서 잤다. 이날은 30리를 갔다.

11일[기묘]. 맑음. 가와구치(河口)의 배 안에 머물음.

수심이 얕아서 출발할 수가 없었다. 바람은 그런대로 괜찮아 갈만 하였지만, 종일 닻줄을 매고 있자니 시름을 견디기 어려웠다. 접반 장로가 오사카에서 송별시를 보내왔기에 차운하여 감사하였다. 도주가 밀감 한 상자를 보냈기에 행중에 나누어 주었다. 호행과 부교가 금귤수(金橘樹) 1분(盆)을 올렸는데, 열매가 가지에 가득하고 동글동글한 것이 사랑스러웠으니, 돌아가서 여러분에게 보여주지 못하는 것이 안타까울 뿐이었다. 밤에 제술관 및 서기와 더불어 연구(聯句) 20수를 짓고, 부사가 보내준 시에 차운하였다.

12일[경진]. 아침에는 개었다가 오후에는 비가 내림. 가와구치(河口)의 배 안에 머물음.

새벽에 동지(冬至) 망하례(望賀禮)를 배 위에서 행하였다. 부교들이 와서 말하기를, '연일 사람을 보내어 수심을 살펴보았으나 여울이 낮아 배가 갈 수 없으니, 조수가 조금 차기를 기다렸다가 출발하는 것이 좋겠다'고 하였다. 오후 들자 비가 내리더니 밤새도록 그치지 않았다. 쑥대로 덮은 곳에 깊숙이 앉아 있자니 견디기 어려웠다. 부교 평륜구(平倫久)[103]가 금귤(金橘) 작은 나무 1분(盆)과 생율(生栗) 1롱(籠)을 올렸다.

---

[103] 스기무라 사부로자에몬(杉村三郎左衛門, 平倫久) : 1713년 5월에 도쿠가와 이에쓰구

역관을 도주의 배로 보내어 안부를 묻고 아울러 어제 밀감을 보내준 데 대해 감사하였다.

13일[신사]. 서풍. 가와구치(河口)의 배 안에 머물음.

새벽에는 비가 개였으나 서남풍이 또 일어나더니 바람이 거세졌다. 물이 얕고 또 좁아 다행히도 배가 크게 뒤흔들지는 않았지만, 종사가 탄 배는 바람에 내몰려 물이 얕은 섬에 걸려 뜰 수 없게 되었으니, 바람이 얼마나 거센지를 알 만하였다. 종일 창을 닫고 앉아 있자니 더욱 우울해졌다. 장로가 사람을 보내어 문안 인사를 하였다.

14일[임오]. 맑음. 가와구치(河口)의 배 안에 머물음.

이날도 맞바람이 그치지 않아 출발할 수 없었다. 여섯 척 배의 선졸들을 모으고 또 여러 왜인들의 힘을 모아 녹로(轆轤)[104]로 종사의 배를 끌어냈다. 배가 진흙탕 속에 빠진 바람에 끌어내서 길을 연 뒤에야 비로소 움직일 수 있었다고 한다.

15일[계미]. 동풍. 효고(兵庫)에 도착.

새벽에 망궐례를 배 위에서 행하였다. 도주가 사람을 보내어 행차할 것을 청하여, 날이 밝자 여섯 척의 배가 일제히 출발하였다. 내가 탄 배가 낮은 여울에 걸리는 바람에 가장 뒤에 처졌다가 수심이 낮은 항구

(德川家繼)가 새로운 관백이 되었음을 알리는 관백승습고경차왜(關白承襲告慶差倭) 정관(正官)으로 동래에 왔있다.

104 녹로(轆轤) : 활차(滑車, 도르래)를 이용하여 무거운 물건을 들어 올리는 데 쓰이던 기구.

를 지나서야 곧바로 돛을 걸었다. 바람이 순조로워 배가 안온하여 마치 평지에 있는 것 같았다.

미시 끝 무렵에 효고에 도착하여 정박하였다. 부사와 종사의 배는 이미 먼저 와 있었다. 복물(卜物) 중 왜선(倭船)에 있던 것을 비로소 옮겨 실었고, 관소에 두었던 치목(鴟木, 배의 키로 사용하는 나무)과 닻줄도 모두 다시 실었다. 도주가 '육지에 내리자'는 말을 전해 왔으나, 관사가 썰렁하고 왕래하는 것이 고생스러워 사양하고 그냥 배 안에서 잤다.

참관(站官)이 일찬(日饌)을 올렸는데, 모든 물품이 정갈하고도 넉넉하여 올 때에 비해 더욱 좋아졌을 뿐만 아니라 여러 왜인들 또한 모두 바쁘게 움직이며 정성을 다하였다. 그래서 그 이유를 탐문해 보았더니 '관백이 특별히 지시한 것이라 우리가 어찌 그렇게 하지 않을 수 있겠느냐'고 답했다 한다. 육로로 갈 때 왜인에게 전해들은 말로는 '사행을 각 주(州)에서 제대로 접대하지 않아, 사자를 보내어 각 역참을 염탐한다'고 한다. 그 때문에 종전의 사행은 갈 때와 올 때 접대하는 것이 같지가 않았는데, 이번에는 그렇지 않다는 것이다. 이 지역에서 접대하는 것으로 보건대, 전해들은 말이 맞는 말 같았다.

도토미노카미(遠江守) 마쓰다이라 다다타카(松平忠喬)가 오리 5마리, 계란 백 개, 조(鯛) 2마리를 올렸고, 또 농어 5마리, 석결명(石決明) 15, 조지조(糟漬鯛) 1통(桶)을 올렸다. 모두 나누어 주었다. 이날은 백 리를 갔다.

16일[갑신]. 맑음. 무로쓰(室津)에 도착.

축시에 도주가 행차하자고 전하기에 곧바로 출발하여 힘써 노를 저어 50리를 가서 명포(明浦)[105]를 지났다. 마쓰다이라 사효에노카미(松平

左兵衛督)가 조지조(糟漬鯛) 1통(桶), 밀감 1롱(籠), 준(樽) 2하(荷)를 올렸다. 조(鯛)와 술 한 통은 금도왜와 통사에게 주었다. 왜인들이 바람을 타고 돛을 걸어 배가 매우 **빠르게** 달릴 수 있는 것을 두고 천명이라 하였다. 오후 들며 바람이 바뀌어 맞바람이 되었는데, 돛을 내리고 재빨리 노를 저어 신시에 무로쓰(室津)에 이르러 정박하였다. 그대로 배 안에서 잤다.

시키부 다이후(式部大輔) 사카키바라 마사쿠니(榊原政邦)가 지대로 증병(蒸餠) 1그릇, 조어(鯛魚) 2마리, 노주(魯酒) 2준(樽)을 올렸다. 조(鯛)는 호행과 부교에게 나누어 보냈다. 일찬(日饌)의 종품(種品)은 효고에 비해 훨씬 많았다. 삼행에게 바친 돼지 한 마리와 닭 일곱 마리는 도주에게 나누어 보냈고, 돼지 한 마리는 또 부교와 재판들에게 주었다.

17일[을유]. 맑음. 우시마도(牛窓)에 도착.

사카키바라(榊原) 시키부(式部)가 또 납촉(蠟燭) 한 상자, 박지복(粕漬鰒) 한 통을 올렸다. 새벽에 출발하여 노를 젓기도 하고 돛을 올리기도

---

105 아카시(明石) : 현재의 효고현(兵庫縣) 남부 아카시시(明石市)와 고베시(神戶市) 다루미구(垂水區)·니시구(西區)·스마구(須磨區) 지역. 명석(明石). 에도시대에는 하리마국(播磨國) 아카시번(明石藩)에 속하였다. 사행록에는 명석포(明石浦)라고 하였다. 해구(海口)의 요충으로 관소는 없지만 교대하는 참(站)이 있어 통신사행 때 가끔 머문 곳이기도 하다. 1624년 정사 정립(鄭岦) 등 삼사신이 도쿠가와 이에미쓰(德川家光)의 습직을 축하하고 임진왜란과 정유재란 때 잡혀간 피로인(被虜人)을 데려오기 위해 회답겸쇄환사(回答兼刷還使)로 일본을 방문하였을 때, 그 이듬해 1월 29일 주장(主將) 우콘다유(右近大夫)가 숙공(熟供)을 보내왔다. 사양하였으나 5리 밖까지 따라와 간청하므로 부득이 약간의 물건을 받아 예선(曳船) 왜인과 일행 격군에게 나누어주었다. 1636년 통신사행 때에는 11월 9일 통신사 일행을 위해 공장(供帳)을 성대히 베풀고 기다렸는데, 사신배가 순풍을 만나 아카시에 들르지 않고 바로 효고로 향하자, 단바노카미(丹波守)가 뒤쫓아 와 하정(下程, 예물)을 올렸다. 품목이 많았으나 전례에 따라 다과(茶果) 몇 가지만 받고 돌려보냈다.

하면서 갔는데, 도중에 비전국주(備前國主) 사위시종(四位待從) 원계정
(源繼政)이 갈분(葛粉) 1궤(樻), 스기주(杉重櫃) 1조(組), 박주(薄酒) 양준
(兩樽)을 올렸기에 기복선의 격졸(格卒)들에게 주었다.

맞바람이 또 일어나 배가 매우 느리게 가는 바람에 미시 끝 무렵에야
우시마도에 도착하였다. 도주가 잠깐만 관소에 들어와 연향을 받기를
청하였으나, 나와 종사가 다 같이 몸이 아파 움직일 수가 없어서 부사
만 홀로 갔다. 음식을 베풀어서 대접해 주었다고 했다. 돌아오는 길에
내가 탄 배에 들러 이야기를 나누다가 돌아갔다. 이날 밤은 배 안에서
잤다.

18일[병술]. 동북풍. 구름이 끼고 흐리다가 오후에 비가 내림. 도모
노우라(鞱浦)에 도착.

지난 밤 삼경이 지난 뒤부터 순풍이 일자 삼행 기선(騎船)의 선장들
이 밤인데도 불구하고 한목소리로 바다를 건너가기를 청하였다. 하지
만 이는 만전을 기하는 도리가 아닌데다 왜인들이 반드시 따르지 않을
것이요, 또한 우리만 출발하기도 어려워 마침내 허락하지 않았다. 새
벽에야 비로소 돛을 올리고 출발하여 항구를 나섰다. 바람을 타고 배가
빠르게 나아가자 여러 배들이 모두 뒤처져버렸다.

시모쓰(下津)를 지나자 비전국주(備前國主)[106]가 또 연초 1궤(煙草) 1궤

---

106 이케다 쓰구마사(池田繼政, 1702~1776) : 에도시대 중기의 다이묘(大名). 지전계정
(池田繼政). 아명은 시게타로(茂太郎)·미네치요(峯千代), 초명(初名)은 야스노리(保敎),
뒤에 쓰구마사(繼政)로 개명, 호는 구잔(空山). 관위는 종사위하(從四位下)·오이노카미(大
炊頭)·사코노에곤쇼쇼(左近衛權少將). 히젠(備前) 오카야마번(岡山藩) 이케다가(池田家)
제2대 번주인 이케다 쓰나마사(池田綱政)의 4남. 이케다 오이노카미 쓰구마사(池田大炊頭
繼政)라고도 하였고, 사행록에는 비전국주 종사위 시종 계정(備前國主從四位侍從繼政)·

(橫), 견절(鰹節) 1궤(橫), 박주(薄酒) 양준(兩樽)을 올렸다. 물살이 험한 곳을 지날 때면 왜선들이 서로 모여 멈추면서 행선할 곳을 가리켜 주었다. 미시에 도모노우라에 이르러 정박하니, 하늘이 흐리고 비가 내리기 시작하여 모든 배들을 쑥대로 덮었다. 비가 온 뒤에 바람이 불어 파도가 크게 일어날 것이 염려되어 어쩔 수 없이 부사와 함께 배에서 내려 관소에 들어가 잤다.

지대(支待) 부교가 밤에 조면(調麵)과 찬미(饌味) 몇 가지를 올렸고, 이세노카미(伊勢守) 아베 마사토미(阿部正福)이 곤포(昆布) 1상자, 술 1하(荷)를 당역(堂譯) 이하 중하관(中下官)에 이르기까지 올렸다. 각각 꿩을 별도로 보내 주었는데, 그 수가 3백여 마리나 되었다.

19일[정해]. 아침에는 맑았다가 서풍이 불면서 저녁에 소나기가 내림. 다다노우미(忠海)에 도착.

새벽에 이세노카미(伊歲守)가 또 스기주 1조(組)를 올렸기에 기복선(騎卜船)의 격졸들에게 나누어 먹였다. 비가 이미 맑게 개이고 순풍이 불려 하였다. 닭이 울자 배에 올라 도주가 행차하자고 청하기를 기다렸으나 해가 높이 떠올랐건만 끝내 아무런 말이 없어, 사람을 보내어 출발하기를 재촉해 보려 하였다. 그러나 우리가 먼저 가겠다는 뜻을 보이

송평 대취두(松平大炊頭)라고 하였으며, 『통항일람(通航一覽)』에는 송평 대취두(松平大炊頭)라고 하였다. 1714년 부친의 죽음으로 대를 이어 오카야마번 이케다가 제3대 번주가 되었다. 선정(善政)을 베풀어 명군(名君)으로 불렸다. 1719년 정사 홍치중 등 통신사 일행이 도쿠가와 요시무네의 습직을 축하하기 위해 일본을 방문하였을 때, 관반(館伴)으로서 히젠 히비(日比)와 우시마도(牛窓)에서 조선 사신 접대 임무를 맡았다. 일본 회화(繪畵) 사상 최대 유파인 가노파(狩野派)의 그림을 익혔다. 그림 그리는 것과 가면음악극 노가쿠(能樂)를 좋아하여 노(能, 가면극) 햐쿠로쿠반(百六番)의 무대도(舞台圖)인 〈풍형도(諷形圖)〉 5권을 그렸다. 문장과 회화 및 서예 등에도 조예가 깊었다.

면 자기들을 조종한다는 폐단이 있을까 하여, 모든 배들에게 움직이지
말라고 조심시키고는 동정을 살폈다. 그러자 오후 늦게야 비로소 부교
가 말을 전해오기를, '조수를 기다렸다가 출발하자'고 하였다. 잠시 뒤
에 북을 치면서 나아가니, 모든 배들이 마침내 연이어서 출발하였다.
처음에는 약한 동북풍이 있어 돛을 달고 갔는데, 10리도 채 못가서 갑
자기 변하여 서풍이 되었다. 그래서 모든 배들이 일시에 돛을 내리고
힘껏 노를 저어 7, 80리를 갔다. 맞바람이 점점 거세져 음산한 비가
사방을 막더니, 비가 또 요란하게 퍼부었다. 호행과 부교가 '비바람이
이와 같고, 날 또한 저무는데다 앞길에는 정박할 한 곳도 없으니, 이곳
에서 수십 리 떨어진 곳에 있는 다다노우미에 일단 유숙하였다가 내일
출발하는 것이 어떻겠느냐'고 하기에 마침내 허락하였다.

 격졸들이 있는 힘을 다하여 노를 저었지만 바람을 거슬러 가느라 배
가 매우 더디게 가는 바람에 캄캄해진 뒤에야 비로소 다다노우미[107]에
도달할 수 있었다. 가까운 해안은 수심이 얕았고 또 선창도 없어서 부
득이 중류에 닻을 내리고 배 안에서 잤다. 밤이 깊어진 뒤에야 짙은
구름이 사라지고 맞바람도 다소 진정이 되어 달빛이 그림 같았고, 바다
의 파도가 거울 같아졌다. 타루(柁樓)에 올라 사방을 바라보니 홀연 신
선이 되어 날아갈 것만 같은 기분이었다. 이날은 백 리를 갔다.

---

107 다다노우미(忠海) : 현재의 히로시마현(廣島縣) 중남부 다케하라시(竹原市) 다다노우
미나카마치(忠海中町), 충해(忠海). 에도시대에는 아키노쿠니(安藝國)에 속하였고, 세토
나이카이(瀬戸内海)의 주요 항구로 미요시번(三次藩), 뒤에 히로시마번(廣島藩)의 미곡 출
하항구였다. 1617년·1655년·1719년·1748년 통신사행 때에 사신 일행이 이곳에 묵었고,
1763년 정사 조엄(趙曮) 등 통신사 일행이 도쿠가와 이에하루(德川家治)의 습직(襲職)을
축하하기 위해 일본을 방문하였을 때, 그 이듬해 1월 10일 다다노우미에 있는 세이넨지(誓
念寺)에서 묵었고, 이때 아베 마사스케(阿部正右)가 관반(館伴)이 되어 다다노우미에서
조선 사신을 접대하였다.

20일[무자]. 맑음. 큰 바람이 붐. 다다노우미(忠海) 세이넨지(誓念寺)에 머물음.

서풍이 아침부터 크게 일더니 오후 들어 더욱 심해지면서 파도가 놀라 뛰어, 배 안이 몹시 불편하였다. 부교들에게 말했더니 마을 안에 있는 한 절을 찾아주어, 부사와 함께 작은 배를 타고 육지에 내려 바람을 피했다. 절 이름은 '세이넨(誓念)'으로 꽤나 깔끔하였다. 민가도 많아 거의 수 백호가 되었다. 이곳은 아키슈(安藝州) 소속이었으나 지대(支待)가 오지 못했기 때문에 이세노카미(伊勢守)가 뒤쫓아 사람을 보내어 일찬(日饌)을 제공해 주었다고 한다.

21일[기축]. 맑음. 서풍이 불면서 눈발이 날림. 세이넨지에 머물음.

이날도 맞바람이 여전히 그치지 않아 출발할 수 없기에 답답했다. 정오쯤에 눈발이 살짝 날리다가 그치자 날씨가 조금 추워졌다. 11월도 절반이나 지났으니 비로소 겨울의 날씨를 보인 것이다. 암자 앞에는 오래된 매화나무 몇 그루가 있었는데, 꽃술이 이미 터져 나와 얼마 안 있으면 꽃이 필 것 같았으니, 만물의 현상이 너무 이르다고 하겠다.

도주가 사람을 보내어 면(麵)과 또 몇 종류의 술과 음식을 보내왔다. 저녁이 지난 뒤에 아키슈(安藝州)의 지대 부교가 와서 문안 인사를 하고는, 이어 태수의 뜻이라고 하면서 조면어탕(鯛麵魚湯) 몇 그릇을 올렸고, 아키노카미(安藝守) 마쓰다이라 요시나가(松平吉長)가 대전지(大田紙) 한 상자, 염조(鹽鯛) 1통(桶), 삼원주(三原酒) 양준(兩樽)을 올렸다. 행중에 나누어 주었다.

22일[경인]. 살짝 흐렸다가 다시 살짝 갬. 가마가리(鎌刈)에 도착.

도주가 새벽에 사람을 보내어 행차하기를 청하기에 바로 일어나 세수하고 머리를 빗고 나서 포구 가에 도착하니, 날이 어느새 밝아왔다. 마침내 작은 배를 타고 가다 배에 올라, 노를 젓기도 하고 돛을 달기도 하며 반나절 동안 70여 리를 갔다. 만조(晚潮)가 막 올라와 물이 역류가 되어 배가 더디게 가는 바람에 간신히 길을 가서 저녁에야 가마가리에 이르렀다. 배 안에서 잤다.

아키노카미(安藝守)가 또 담배 한 상자, 염점(鹽鮎) 1통(桶), 밀감 1롱(籠)을 올렸기에 행중에 나누어 주었다.

23일[신묘]. 맑음. 가마가리에 머물음.

도주가 말을 전하기를, '사람을 바다 입구로 보내어 바람의 상태를 엿보았는데 바람이 순조롭지 않고, 도중에 정박할 만한 곳도 없어 행선(行船)하기가 어렵다'고 하였다. 날이 청명하지는 않았지만 이미 대단한 맞바람은 사라졌는데도 지체하며 출발하지 못하고 있으니, 참으로 그 까닭을 알 수가 없어서 조금 우울해졌다.

24일[임진]. 맑음. 서북풍. 가마가리에 머물음.

이날 맞바람이 불어 배가 다닐 수 없어, 그대로 배 안에서 잤다. 아키노카미(安藝守)가 또 삼원지(杉原紙) 한 상자, 박지조(粕漬鯛) 1통을 올렸다. 이미 두 번이나 받았는데, 또 연일 지공(支供)을 하니 너무나 폐를 끼치게 되어, 줄 때마다 받는 마음이 몹시 편치 않았다. 그 때문에 어쩔 수 없이 받은 것을 행중에 나누어 주었다. 장로가 사람을 보내어 문안 인사하였다.

25일[계사]. 맑음. 가마가리에 머물음.

맞바람이 어제에 비해 더욱 심해져 출발할 수 없고 돌아갈 날은 점점 더 지체가 되니 답답함을 어떻게 표현할 수가 없다.

26일[갑오]. 맑음. 가마가리에 머물음.

맞바람이 여전히 그치지 않아 또 출발할 수가 없었다. 도주가 부교를 보내어 연일 배 안에서 유숙하면 몸을 다칠 우려가 있을까 염려되니, 육지로 내려 관사로 가는 것이 좋겠다고 하였다. 하지만 '관사는 썰렁하여 몸조리하기에 좋지 못하고, 또 풍랑도 없으니 육지에 내릴 필요가 없다'는 뜻으로 답장을 보냈다.

27일[을미]. 맑음. 쓰와(津和)에 도착함.

도주가 새벽에 말을 전해 오기를, '오늘은 바람이 다소 가라앉는 것 같으니, 일찍이 출발하는 것이 좋겠다'고 하였다. 그래서 북을 치며 앞서 갔고 모든 배들이 연이어 출발하였으나 바람이 오히려 도와주지 않아 간신히 노를 저으며 갔다. 오후가 되자 바람과 물이 모두 거슬려 앞으로 나아가는 것이 어려웠다. 미시에 쓰와(津和) 항구 안에 정박하여, 중류에 닻을 내리고 배 안에서 잤다.

황혼녘에 비선(飛船)을 통해 역관들이 집에서 온 편지를 받아보았는데, '9월 28일에 진연(進宴)[108]을 베풀었다'고 한다. 엎드려 생각건대, 왕의 환후에 차도가 있으시어 연례(宴禮)가 이루어졌다고 하니 경사스럽고 다행한 마음을 무어라 표현할 수가 없다. 그러나 연령군(延齡君)[109]

---

108 진연(進宴) : 나라에 경사가 있을 때 궁중에서 베풀던 잔치.

이 10월 초2일에 상(喪)이 났다는 소식을 듣고서 너무도 뜻밖의 일이라
지극히 놀랍고도 참담하였다. 이날은 7리를 갔다.

28일[병신]. 맑음. 서북풍. 가미노세키(上關)에 도착.

날이 밝자 출발하였다. 동북풍이 자못 팽팽하여 돛을 걸고 5백여 리
를 갔다. 오후 들자 바람이 바뀌어 맞바람이 불기에 돛을 내리고 힘써
노를 저었으며, 왜선도 힘껏 끌어당겼다. 신시 끝 무렵에 가미노세키
에 도착했다. 5리 정도 되는 두 해안 사이가 목이 좁아 물살이 세고
아주 급하여 배가 나아갔다가는 금세 밀리는 바람에 앞으로 나아갈 길
이 없었다. 어쩔 수 없이 닻을 내리고 잠시 머물렀다가, 황혼녘에 조수
가 물러가기를 기다려 비로소 선창에 정박할 수 있었다. 배 안에서 잤
다. 이날은 120리를 갔다.

29일[정유]. 아침에 흐렸다가 오후에 갬. 서북풍. 가미노세키(上關)
에 머물음.

서북풍이 밤까지 그치지 않다가 아침에 더욱 심해져 출발할 수가 없
었다. 민부대보(民部大輔) 마쓰다이라 요시모토(松平吉元)가 노송나무
찬합 1조(組), 역(鯣) 1상자, 준(樽) 1하(荷)를 올렸기에 배의 격졸들에게
나누어 주었다. 요시카와 사교(吉川左京) 경영(經永)이 반국편절지(磐國
片折紙) 1상자, 견절(鰹節) 1상자, 청주(淸酒) 양준(兩樽)을 올렸다. 종이
와 견(鰹)은 행중에 나누어 주었고, 술은 격졸에게 주었다.

---

109 연령군(延齡君) : 숙종의 여섯 째 아들. 휘는 훤(昍), 자는 문숙(文叔), 시호는 효헌(孝
憲). 21세의 젊은 나이에 병으로 죽었다.

오후 들자 바람이 다시 급해져서 배가 상당히 많이 흔들리는 바람에 부사와 함께 육지에 내려 관사로 들어갔다. 역참(驛站) 사람들이 술과 음식을 바쳤다. 요시모토가 또 지시(枝柿) 1상자, 선조(鮮鯛) 1절(折)을 올렸다. 경영(經永)이 또 원과(園果) 1롱(籠)을 올렸는데, '과(果)'는 곧 감(柑)과 귤(橘)과 유자(柚子) 3종으로 모두 행중에 나누어 주었다.

30일[무술]. 맑음. 가미노세키(上關)에 머물음.
이날 아침에 동북풍이 불다가 조금 늦은 오후에 북풍으로 바뀌었다. 그래도 행선할 만하였으나, 도주가 순조롭지 못하다고 둘러대면서 끝내 가자고 청하지 않아 다시 그대로 묵게 되었으니 한스럽기만 하였다. 도주가 땔감을 얻기를 청하기에 매일 공급해 주고 부교와 재판들에게도 나누어 주었는데, 또한 각각 차등 있게 나누어 주었다. 도주 이하는 본래 땔감을 공급해주는 규정이 없어서 모두 스스로 마련해야 했기 때문에 매번 궁핍함을 걱정한다고 하였다.

12월

1일[기해]. 맑음. 서풍. 가미노세키에 머물음.
새벽에 관소에서 망궐례를 행하였으나 종사는 병으로 불참하였다.

2일[경자]. 맑음. 서풍. 가미노세키에 머물음.

3일[신축]. 가사도(笠戶)에 도착.

도주가 일찍이 사람을 보내어 '서풍이 비록 그치지는 않았으나 대단치는 않을 것이고 파도도 다소 가라앉는 것 같으니, 행선하는 것이 좋겠다'고 하였다. 마침내 부사와 함께 배에 올라 노 젓기를 독려하여 50리를 가서 무로즈미(室積)를 지났다. 본포(本浦) 대관(代官)[110]이 어채(魚菜) 몇 종류를 올렸다.

오후 들자 맞바람이 상당히 거세져, 간신히 30리를 가서 가사도(笠戸)에 이르러 정박하여 중류에 닻을 내리고 그대로 배 안에서 잤다. 대관(代官)이 또 어채(魚菜)를 올렸기에 배 안에 있는 금도왜와 통사들에게 나누어 주었다. 도주가 희이(饐飴) 1병, 황귤(黃橘) 1소반을 보냈고, 길천좌경영(吉川左京永)이 가미노세키(上關)에서부터 뒤쫓아 와 향용(香茸) 1권(捲), 선조(鮮鯛) 1절(折)을 올렸다. 이날은 80리를 갔다.

4일[임인]. 맑음. 서풍. 무코우라(向浦)에 도착.

날이 밝자 출발하여 50여 리를 가는데, 서풍이 또 크게 일어 격졸들이 있는 힘을 다해 노 젓기를 재촉하였으나 배가 한 치도 빨리 나아갈 수가 없었다. 신시에 겨우 무코우라에 이르러 정박하고 닻을 내려 배 안에서 잤다. 본포 대관(代官)이 어채(魚菜) 약간을 올렸다. 역관을 도주에게 보내어 안부를 물었다. 이날은 90리를 갔다.

---

110 대관(代官) : 관영무역(官營貿易)을 관리하기 위하여 쓰시마에서 왜관(倭館)에 파견한 역인(役人). 본대관(本代官) 또는 표대관(表代官)이라고도 하며, 조선쪽에서는 대관왜(代官倭)라고 불렀다. 사무역(私貿易)을 담당하는 모토가타야쿠(元方役) 내지 쇼바이가카리(商賣掛)와 업무상 구분되며, 대관은 조선이 왜관에 지급하는 공작미(公作米)와 공목(公木) 및 이와 관련된 문서를 담당했다. 본래 야나가와 씨(柳川氏)의 가신(家臣)이 담당했으나 1635년 국서개작 사건 이후 쓰시마 도주(對馬島主)의 지배 아래로 들어갔다. 1635년에 도주 소 요시나리(宗義成)가 24명으로 정했으나 1684년에 10인으로 줄이고 3년마다 교체했다. 그 중 제1대관, 제3대관 2인이 공무목미(公貿木米)와 문서 등의 일을 주관했다.

5일[계묘]. 살짝 흐렸다가 살짝 맑아짐. 서풍. 무코우라에 머물음.

새벽 사이에 비가 쏟아졌다가 금세 개었다. 날이 밝자 도주가 배 안에서 북을 치며 행선할 것을 청하였다. 그런데 잠시 후에 도주가 사람을 보내어 '출발하려고 했지만 외양(外洋)에서 풍랑이 점차 일어난다고 해서 행선하기 어려우니 그대로 머물려 한다'고 하였다. 오후 들자 풍랑이 크게 일고 파도가 상당히 심했으며, 저녁 무렵엔 비가 또 요란하게 쏟아지면서 하늘이 캄캄해져 모든 배들을 쑥대로 덮었다. 밤이 깊어지자 풍랑이 다시 급해지면서 배가 심하게 뛰어놀아 편안하게 잠을 잘수가 없었다.

6일[갑진]. 맑음. 서풍. 무코우라에 머물음.

새벽에 눈이 조금 내리다가 바로 개었다. 서풍이 크게 일어 출발할수가 없었다.

7일[을사]. 맑음. 모토야마(元山)에 도착.

새벽에 서풍이 일지 않아 드디어 출발하여 구미기(九尾崎)를 지났다. 대관(代官)이 수어(秀魚) 5마리를 올렸다. 50리를 가서 신박포(新泊浦)를 지나니 약간의 남풍이 불어 마침내 돛을 올리고 30여 리를 갔다. 하지만 바람이 차츰 약해져 노 젓기를 독려하며 몇십 리를 갔는데, 하늘이 흐려지면서 비가 올 것 같더니 갑자기 동북풍으로 바뀌었다. 신시끝 무렵에 모토야마에 도착하여 그대로 배 안에서 잤다.

8일[병오]. 맑음. 저녁에 비가 내림. 아카마가세키(赤間關)에 도착.

날이 밝기 전에 출발하여 노를 젓기도 하고 돛을 올리기도 하면서 미시에 아카마가세키에 도착하였다. 저녁이 지난 뒤에 동풍이 불고 비가 내리는 바람에 부사와 함께 배에서 내려 관소에서 잤다.

민부대보(民部大輔) 마쓰다이라 요시모토(松平吉元)가 과자 1상자, 곶포(串鮑) 1상자, 준(樽) 1하(荷)를 올렸다. 곶포(串鮑)는 전복(全鰒)이다. 모두 기복선(騎卜船)의 격졸(格卒)들에게 주었다. 비가 밤새도록 크게 퍼부었다.

9일[정미]. 서풍. 아카마가세키에 머물음.

비가 종일토록 그치지 않고 서풍 또한 크게 일어 배가 심하게 흔들린다고 하였다. 부교가 몇 종류의 술과 음식을 바쳤고, 담장로(湛長老)[111]가 면(麵) 1협(篋)을 보냈다.

10일[무신]. 종일 비가오고 흐림. 아카마가세키에 머물음.

---

111 겟신 쇼탄(月心性湛) : 에도시대 전-중기의 임제종 승려 겸 한시인(漢詩人). 월심성담(月心性湛). 이름은 쇼탄(性湛), 자는 겟신(月心), 호는 가타케(可竹). 교토에 있는 덴류지(天龍寺) 신주인(眞乘院)의 자사사문(紫賜沙門)이며, 월심장로(月心長老)·담장로(湛長老)로도 알려져 있다. 1708년 4월부터 1710년 4월까지 이테이안(以酊菴)의 제45번 윤번승(輪番僧)으로서 대조선 외교업무를 수행하였다. 이후 1718년 5월부터 1720년 5월까지 제50번 윤번승으로 재임되었다. 1719년 정사 홍치중 등 통신사 일행이 도쿠가와 요시무네의 습직을 축하하기 위해 일본을 방문하였을 때, 이테이안의 윤번승으로서 조선 사신을 영접하였다. 이때 제술관 신유한, 서기 강백·성몽량·장응두 등 조선 문사와 교유하면서 주고받은 시와 필담 및 서신 등이 『성사답향(星槎答響)』에 수록되어 있고, 이 가운데 시만 모아 『성사여향(星槎餘響)』을 엮었다. 또한 에도의 전중(殿中)에서 지은 시 〈산수찬사(山水贊詞)〉·〈병진해안산즉사(鞆津海岸山卽事)〉·〈낭화가루선(浪華駕樓船)〉 등은 『상한훈지(桑韓塤篪)』 권1에도 수록되어 있다. 신유한은 『해유록』에서 겟신 쇼탄은 불경에 통달하였고 인품이 예스럽고 단아하여 속된 기색이 없다고 하였다.

11일[기유]. 흐리고 눈이 오면서 바람이 붐. 아카마가세키에 머물음.

종사가 찾아와 하루 종일 이야기를 나누다가 끝났다. 지대(支待) 부교가 감(柑)을 각각 한 그릇씩 올렸다.

12일[경술]. 맑음. 동남풍. 아이노시마(藍島)에 도착.

도주가 새벽에 사람을 보내어 행선할 것을 청하여, 마침내 부사와 함께 배에 올라 날이 밝자 출발하였다. 고쿠라(小倉)를 지난 이후로는 바다가 차츰 넓어지며 날마다 대풍이 일어난 끝인지라 성난 파도가 그치지 않았고 바람도 세지 않아 배가 심하게 요동쳤다. 신시 끝 무렵 아이노시마(藍島)에 이르러 정박하여, 배에서 내려 관소에서 잤다.

마쓰다이라(松平) 지쿠젠노카미(筑前守)가 과자 1그릇, 교맥분(蕎麥粉) 1권(捲), 곤포(昆布) 1상자, 도미포 1상자, 준(樽) 1하(荷)를 올렸다. 그 중 삼행에게 올린 것은 도주, 장로, 부교, 재판 등에게 나누어 보냈다.

13일[신해]. 맑다가 밤에 비가 내림. 동남풍. 이키노시마(一岐島)에 도착.

닭이 울자 도주가 행선하기를 청하여 곧바로 배에 올라 출발하였다. 바람이 상당히 약해지고 해류도 순조롭지 않아 날이 밝기 전에는 겨우 80여 리밖에 가지 못하였다. 그러나 날이 밝은 뒤에는 바람이 차츰 거세지고 파도도 마구 뛰어 어제보다 더 심해졌다. 배가 물속으로 들어갔다 나왔다하고 기울지는 것이 예전에 이키노시마를 지날 때보다 갑절이나 되어, 종일 드러누워 있다 보니 견디기 아주 어려웠다. 유시 초에 가자모토우라(風本浦)에 이르러 정박하여 배에서 내려 관소에서 잤다. 부교와 재판들을 불러 만나보았다.

송포비전수(松浦肥前守)가 곤포(昆布) 1상자, 도미포 1상자, 준(樽) 1
하(荷)를 올렸기에 오일차지(五日次知) 왜인에게 주었다. 밤이 깊어진
뒤에 비가 내리기 시작하여 밤새도록 그치지 않았다.

14일[임자]. 비. 이키노시마에 머물음.
비가 종일 그치지 않다가 저녁이 지난 뒤에야 비로소 조금 개었다.
히젠노카미(肥前守)가 또 스기주 1조(組)를 올렸기에 왜인들에게 나누
어 주었다.

15일[계축]. 맑음. 서풍. 이키노시마에 머물음.
관소에 섬돌이 없어서 망궐례를 행할 수 없었다. 도주가 삼자(杉
煮)[112]를 보냈다. 장로가 편지로 문안 인사를 보내고, 아울러 시에 화운
(和韻)해 줄 것을 요청했다.

16일[갑인]. 서풍. 이키노시마에 머물음.

---

112 승기악(勝妓樂, 스키야키) : 조어(鯛魚, 도미)·숙복(熟鰒)·계란·미나리·파 등을 함
께 넣어 끓인 음식. 스키야키(鋤燒)를 음차한 것이며, 승기악이(勝其岳伊)·승기악탕(勝妓
樂湯)·승기악이갱(勝其岳伊羹)이라고도 한다. 그 맛이 일미라 하여 승기악이라고 하였고,
또 마을사람들이 삼나무[杉木] 밑에 모여앉아 각자 제 집에서 한 가지씩 가지고 온 것으로
만들어 먹었기 때문에 삼자(杉煮)라고도 하였다. 1748년 3월 20일 정사 홍계희·부사 남태
기·종사관 조명채 등 삼사신이 도쿠가와 이에시게(德川家重)의 습직을 축하하기 위해 에
도로 가는 도중 이키(壹岐) 가자모토우라(風本浦, 勝本浦)에서 머물고 있던 날, 쓰시마
도주의 사자가 거느리고 온 왜인이 승기악을 손수 만들어 대접하였다. 조명채는 승기악을
두고 조선의 열구자잡탕(悅口資雜湯)과 같은데, 희고 탁하며 장맛이 나면서 몹시 달다고
하였다.

17일[을묘]. 눈이 내리고 서풍이 크게 일어남. 이키노시마에 머물음.

종일 눈이 내렸지만 땅에 닿자마자 바로 사라져버려 들판에 눈이 쌓이지는 않았다.

18일[병진]. 맑음. 서풍. 이키노시마에 머물음.

날마다 맞바람이 불어 언제 출발할게 될지 몰라 쓰시마 선장들이 성녀사(聖女祠)에 기도했다고 한다.

19일[정사]. 눈이 내림. 이키노시마에 머물음.

종일 눈이 내리고, 바람은 다소 가라앉았다. 도주가 오화당(五花糖) 1권(捲)을 보냈다.

20일[무오]. 맑음. 북풍. 이키노시마에 머물음.

왜인들이 '바람이 바뀌어 북풍이 되었다'고 하면서 며칠 내로 반드시 순풍을 얻을 것이라고 하였다. 이키노시마의 왜인들이 큰 고래 한 마리를 외양(外洋)에서 잡아, 힘을 합하여 끌고 들어 왔다. 여러 비장들이 가서 보고 와서 말하기를, '길이는 7, 8파(把)요, 검기는 바위 모양 같고, 입은 커서 몇 파(把)나 되는지 모르겠고, 눈은 작은 주발과도 같았다'고 했는데, 그래도 이놈은 고래 중에서 작은 편이다. 왜인들이 일시에 배를 가르자 바닷물이 모두 붉게 물들었다고 한다.

21일[기미]. 맑음. 동북풍. 쓰시마 세이잔지(西山寺)에 도착.

지난 밤 삼경에 도주가 행선하자고 청하는 말을 보내왔기에, 마침내 부사와 함께 배에 올라 곧바로 출발하였다. 달빛은 그림 같았고, 풍랑도 일지 않았다. 타루(柁樓)에 올라 사방을 바라보니 하늘과 바다가 한 가지 빛이요, 넓고도 넓음이 끝이 없어 사람의 흉금을 툭 트이게 해주었다. 바다 입구로 나가 돛을 걸었으나 바람이 매우 약해 밤새도록 노 젓기를 독려하여 수백 리를 갔다.

날이 밝아진 뒤에야 바람이 차츰 거세져, 오후가 되자 배가 매우 빠르게 내리달려 미시 끝 무렵에 쓰시마에 이르러 정박하였다. 파도가 심하지 않았고 배도 심하게 흔들리지 않아 편안하게 대해(大海)를 지나올 수 있었으니, 참으로 다행하고도 다행스러웠다. 삼경이 되어서야 마침내 육지에 내려 관소로 갔다.

도주가 스기주 1조(組)를 보내고, 또 술과 음식을 올렸다. 상관(上官) 이하 모두가 제공 받았다. 밤이 깊어지자 비바람이 크게 일었다. 모든 배들에 각각 닻줄을 더 걸어놓아 간신히 밤을 지날 수 있었다.

22일[경신]. 맑음. 세이잔지에 머물음.
식후에 삼사(三使)가 자리를 열어 죄인 오만창(吳萬昌)과 권흥식(權興式) 등을 모두 봉초(捧招, 죄인에게서 구두(口頭)로 진술을 받음)하였다. 흥식은 사스우라(佐須浦)에 이르러 감단(勘斷, 죄를 심리(審理)하여 처단함)하여 큰칼을 씌워 삼복선(三卜船)에 가두었고, 만창은 흥식에게 책임을 전가시키려 하였기 때문에 형추(刑推, 죄인의 정강이를 때리며 캐어묻는 일)를 한 차례 더한 뒤에 큰칼을 씌워 부복선(副卜船)에 가두었다.

23일[신유]. 맑음. 밤에 비바람이 침. 세이잔지에 머물음.
도주와 장로가 만나러 왔기에 전례에 따라 술을 주고받은 뒤에 표차사(漂差使)¹¹³에 대해 강조하여 말했다. 도주가 바로 답장을 써서 답하였는데, '미처 정서(正書)하기 전이라 정서가 끝나면 마땅히 보내 올리겠다'고 하면서 '자세한 것은 모두 글 가운데 다 있다'고 하고는 차를 마신 뒤에 인사하고 갔다.

선래장달(先來狀達)[114]과 집에 보낼 편지를 봉하여 내가 데리고 있는 군관 최필번(崔必蕃)과 부사(副使)의 군관 한세원(韓世元), 역관(譯官) 한중억(韓重億)을 정하여 보내려고 하였으나 바람이 순조롭지 못해 바로 출발하지 못하였다. 밤이 되자 비바람이 크게 일어 모든 배들이 요란하게 흔들려 부서질까 걱정이 되었는데, 한밤중이 되어서야 다소 진정이 되었다.

……수(守)의 죄로 옥사장(獄鎖匠) 두 사람 모두에게 형추(刑推)를 한 차례 시행하였다.[115]

29일[정묘]. 맑음. 북풍. 미나미가와(南川)에 머물음.

해가 뜬 뒤에 배에 오르려고 했으나 도주가 끝내 와서 보지 않기에, 수역을 시켜 부교들을 꾸짖게 하였다.

---

113 표차사(漂差使) : 풍랑을 만나 표류하는 사람에 관한 문제를 해결하기 위해 일본에서 파견한 관리.
114 선래장달(先來狀達) : 외지에 나간 사신이 귀환에 앞서 올리는 장계.
115 24, 25, 26, 27, 28일자 일기는 결락(缺落)이 되고 없음. 10월 7일 에도에서 인삼 밀무역을 하다가 발각된 권홍식과 오만창을 본국 경계에 들어가면 참형(斬刑)을 집행하겠다는 장계(狀啓)를 올렸는데, 권홍식은 12월 28일 쓰시마에서 독약을 마시고 자살하였다. 죄는 비록 용서하기 어려우나 매우 불쌍하다 하여 종사관이 배 위에 나와서 검시(檢屍)하고 여러 역관으로 하여금 초상을 치르게 하였다. 이 부분의 기록이 예민한 내용이어서 후일에 없어진 듯한데, 큰칼을 쓰고 옥 안에 갇혀 있던 권홍식이 자살한 것은 옥사장의 죄이므로 옥사장을 벌한 듯하다.

"연향(宴享) 뒤에 도주가 마땅히 사례(謝禮)하는 예가 있어야 하거늘 며칠을 미적거리면서 끝내 한 번도 오지 않고, 오늘 출발하려고 하는데도 역시 아무런 소식도 없으니 주인과 손님의 도리에 어찌 이럴 수가 있다는 말인가?"

그러자 부교들이 '도주가 감기에 걸려 머리를 깎을 수가 없기 때문에 와서 사례의 뜻을 표할 수가 없었으며, 어제 심부름꾼을 시켜 말을 전하였는데, 수역(首譯)이 잊어버리고 고하지 않았다'고 하면서 '송별하기 위해 오늘 나오려 한다'고 하였다. 하지만 삼사가 배에 올라 떠나려고 하는데도 도주는 역시 오지 않고 있다가, 날이 저문 뒤에야 비로소 배를 타고 와서 이별 인사를 하고 갔다. 이는 반드시 표차사(漂差使)에 관한 일로 질책하게 되면 답변하기가 어렵기 때문에 회피해 보려는 수작이니, 가소롭기도 하고 사악하기도 하였다.

이날 바람의 형세가 바로 맞바람이 되었고 해가 저물자 나아갈 수도 없어서, 미나미가와(南川) 항구로 이동해 정박했다가 그대로 배 안에서 잤다. 도주가 영양병(迎陽餠) 1그릇, 염어(鹽魚) 1마리, 술 1준(樽)을 보내고, 또 스기주 1비(備)를 보냈다. 이는 새해를 맞는 절일(節日)이라고 보낸 것이기에, 행중에 나누어 주었다. 부사가 밤에 왔기에 배 위에서 다정하게 이야기를 나누었다.

경자년(1720)
1월

1일[무진]. 맑음. 선두항(船頭項)에 도착.

새벽에 망궐례를 배 위에서 행했다. 나그네 길에 새해를 맞고 보니 집안과 나라 소식이 막연하여 그리움을 풀기 어렵고 견딜 수도 없어 종사와 함께 부사를 보러 갔다. 날이 밝자 조수를 타고 출발하였다. 맞바람이기는 했으나 조수는 순조롭기에, 노를 저어 70리를 가서 신시에 선두포(船頭浦)에 도착하여 그대로 배 안에서 잤다. 부사와 함께 종사가 탄 배로 갔다가 밤이 깊어서야 돌아왔다.

2일[기사]. 맑음. 니시도마리우라(西泊浦)에 도착.

날이 밝자 출발하여 좁은 목을 따라 지름길로 해서 노 젓기를 독려하여 50리를 갔다. 긴우라(琴浦)를 지나자 바람과 물이 다 거꾸로 되어 배가 한 치 나아가면 다시 한 자 뒤로 밀리는 바람에 배를 돌려 긴우라로 돌아가려 했는데, 마침 북풍을 만났다가 다시 살짝 서풍으로 바뀌어 돛을 걸고 앞으로 나아갔다. 신시 끝 무렵 니시도마리우라(西泊浦)에 이르러 정박하여 그대로 배 안에서 잤다.

부사와 종사가 왔기에 다정하게 이야기를 나누었다. 이곳에 사는 사람들의 말을 들어보니, '선래군관(先來軍官)[116]이 지난 달 29일에 와서 이 포구에서 자고 어제 아침에 떠났다'고 하는데, 지금은 어느 곳에 머물고 있는지 모르겠다.

3일[경오]. 맑음. 북풍. 니시도마리우라(西泊浦)에 머물음.

이날 바람이 크게 일면서 종일 그치지 않아 어쩔 수 없이 그대로 머

---

116 선래군관(先來軍官) : 외국에 갔던 사신이 돌아올 때, 장계를 가지고 그보다 앞서 돌아오던 군관.

물렀다.

4일[신미]. 맑음. 북풍. 니시도마리우라에 머물음.

왜인이 선래군관(先來軍官)의 소식을 전해왔는데, 지금 모두 와니우라(鰐浦)에 머물러 있을 것이라고 하면서, '이날 출발하여 바다 어구까지 나갔다가 바람이 바뀌는 바람에 다시 돌아와 정박했다'고 한다.

5일[임신]. 맑음. 니시도마리우라에 머물음.

새벽에 왜의 작은 배를 보내어 선래군관에게 편지를 부치면서, 아울러 찬물(饌物)도 보냈다. 저녁쯤에 왜인이 와서 말하기를, '선래군관이 탄 배가 오늘 아침에 이미 부산을 향해 떠났다'고 하였다.

6일[계묘]. 아침에는 맑았다가 저녁에는 비가 조금 내림. 동풍. 부산에 도착.

날이 밝자 부교가 말을 전하기를, '오늘은 바람이 순조로울 것 같으니 배에 오르시라'고 청하였다. 여섯 척의 배가 마침내 일제히 바다 어구로 나와 돛을 걸고 매우 빠르게 나아갔다. 풍기(豊碕, 도요우라)를 지나 와니우라(鰐浦) 석뢰(石瀨)로 내려오니, 동풍이 매우 거세지면서 파도는 고요해졌다. 종사가 말을 전하기를, '부산으로 향하자고 하였으나 이미 부교들과 상의도 않았으니, 일이 자칫 경솔하게 될까 하여 마침내 배를 멈추고서 통사를 보내어 부교와 상의한즉 바람의 형세는 비록 순조로우나 사스우라(佐須浦) 참관에서 바람을 기다렸다가 갈지 아니면 그냥 갈 것인지를 고민하는 중이라고 답했다' 한다. 그런데 바람이 결국 순해져 참관(站館)에 들어갈 필요가 없어서 종사의 배 또한 이미 먼저 떠나버린 마당에, 우리만 갈지 아니면 남아 있을지를 달리할 수가 없었다. 그래서 부사와 말을 주고받은 끝에 마침내 부산으로 배를 돌렸으니, 이때는 이미 사시 초였다.

여섯 척의 배가 앞뒤로 하여 모두 같이 나아갔는데, 배가 상당히 평온하게 갔다. 물마루[水宗]를 지나자 바람이 차츰 약해져 배가 빨리 가지 못하고 날이 저물어 가는데, 하늘은 흐려져 비가 내리기 시작했다. 멀리 바라보니 절영도(絕影島)가 수백 리쯤에 있었지만 북풍이 또 차츰 일어나자 배가 나아갈 수 없었다. 그래서 돛을 내리고 노 젓기를 독려하여 백여 리를 갔다. 격졸들은 있는 힘을 다하였고, 밤은 칠흑과도 같아 배 안에 있는 사람들은 몹시 걱정이 되었지만, 선졸들이 죽을힘을 다해 노를 저어 밤 오경에 비로소 부산에 이르러 정박하였다.

부산첨사와 군관 이찬(李燦)이 배 안으로 와서 인사하였다. 삼사(三使)가 마침내 육지에 내려 객사(客舍)로 가니 닭이 이미 요란하게 울고 있었다. 동래부사가 부중(府中)에서 급하게 달려왔기에 만나 보았다. 만 리 먼 길에서 살아 돌아와 다시 고국의 여러 사람들을 대하고 보니 놀랍고도 기뻤다. 아득히 안개를 따라 갔던 것 같다는 말이 참으로 빈말이 아니었다.

東槎錄 (樂)
洪北谷海槎日錄上

正使。戶曹參議。洪致中。

副使。輔德。黃璿。

從事官。校理。李明彦。

製述官。校書著作。申維翰。周伯。辛酉。乙酉司馬。癸巳增廣。寧海人。一房。

軍官。前府使。李思晟。汝器。丁巳。壬午別試。完山人。一房兵。

　　　前縣監。崔必蕃。君善。甲寅。壬午別試。慶州人。一房。

　　　折衝。禹成績。命敷。戊申。辛未增廣。丹陽人。一房。

　　　前虞侯。朴昌徵。士祥。壬子。己丑謁聖。務安人。二房。

　　　都摠經歷。洪德望。大有。壬戌。乙酉謁聖。南陽人。二房兵。

　　　宣傳官。元弼揆。君弼。丁卯。壬辰庭試。原州人。二房。

　　　都摠都事。具伏。汝大。庚申。癸巳增廣。綾州人。一房。

　　　前監察。趙俠。完伯。戊辰。乙未式年。平壤人。三房。

　　　武兼。柳善基。必慶。乙亥。丁酉式年。晉山人。二房。

　　　備局郎。金瀾。和源。辛未。丁酉式年。安東人。三房。

子弟軍官。折衝。韓世元。善卿。戊申。清州人。三房禮。

　　　折衝。洪得潤。澤之。戊午。南陽人。一房。

　　　前萬戶。邊儀。鳳來。己未。乙卯式年。原州人。一房禮。

　　　副司勇。鄭后僑。惠卿。己卯。河東人。二房。

副司勇。黃錫。子三。癸亥。尙州人。三房禮。
禁旅軍官。出身。金漢圭。祥佑。辛未。戊戌別試。星州人。二房。
　　　　出身。楊鳳鳴。周瑞。壬申。戊戌別試。淸州人。一房。
書記。幼學。張應斗。弼文。庚戌。丹山人。三房。
　　　　進士。成夢良。汝弼。癸丑。壬午司馬。昌寧人。二房。
　　　　進士。姜栢。子靑。庚午。甲午司馬。晉山人。一房。
醫員。前主簿。白興銓。君平。丁巳。林川人。二房。
　　　　副司果。金光泗。白汝。庚申。金海人。三房。
　　　　良醫 通德郎。權道。大原。甲子。安東人。一房。
　　　　譯官 嘉善。朴再昌。道卿。己丑。乙卯式年。務安人。二房首譯。
　　　　折衝。韓後瑗。伯玉。己亥。戊午增廣。淸州人。一房首。
　　　　折衝。金圖南。仲羽。己亥。戊午增廣。牛峯人。三房首。
　　　　僉正。韓重億。時仲。庚子。壬戌增廣。○○人。一房乾。
　　　　判官。李樟。濟卿。乙丑。癸巳增廣。釜山人。二房乾。
　　　　判官。鄭昌周。盛之。壬辰。乙卯式年。溫陽人。三房乾。
　　　　僉正。金世鑑。百朋。甲寅。癸酉式年。宣城人。三房。
　　　　奉事。韓纘興。起仲。庚申。戊子式年。淸州人。一房。
　　　　奉事。朴春瑞。和仲。丁卯。甲午增廣。務安人。一房掌。
　　　　奉事。金震爀。仲明。癸丑。癸巳增廣。三陟人。三房。
　　　　吳萬昌。權興式。以犯禁人拔去。
寫字官。護軍。金景錫。天賚。癸丑。保寧人。三房。
　　　　護軍。鄭世榮。光甫。甲寅。漢川人。一房。
畫員。副司果。咸世輝。君美。壬申。江陵人。一房。
別破陣。尹希哲。一房。
　　　　金世萬。二房。
馬上才。姜尙周。三房。
　　　　沈重雲。一房。

典樂。金重立。三房。

　　　咸德亨。一房。

理馬。金男。一房。以上達下居京。

騎船將。金鼎一。一房。釜山。折衝。

　　　徐錫龜。二房。釜山。折衝。

　　　金漢白。三房。佐水營。

卜船將。宋逸副。一房。佐水營。

　　　崔暹。二房。釜山。

　　　崔必章。三房。東萊。

都訓導。張義哲。一房。

　　　金得萬。二房。

　　　辛再昌。三房。以上佐水營。

伴倘。三人。

鄕書記。二人。三房。東萊。

小童。十六人。一房六人, 二三房各五人。

盤纏直。三人。

使奴子。六名。

各員奴。四十四名。一房十八名, 二房十五名, 三房十一名。

小通事。十名。一房四名, 二三房各三名。

及唱。六名。

刀尺。五名。一房一名, 二三房各二名。

房子。三名。

樂工。六名。各二名分乘三船。

吹手。十八名。三房各六名。

羅將。十六名。一二房各六名, 三房四名。

旗手。八名。一二房各四名。

砲手。六名。各二名分乘三船。

沙工。二十四名。六船各四名。

格軍。二百五十名。一船八十五名，二船八十四名，三船八十名。

三行員役。合四百七十四。

〔己亥〕
四月

十一日〔癸丑〕晴。次良才驛。

晨詣闕，拜辭大朝，命中官宣醞于賓廳，仍頒虎皮、臘藥、弓矢、油
芚、椒、扇等物。東宮引接三使臣于尊賢閣下，慰諭之敎。受節鉞，出
城南門，到關王廟，改着便服。右相金參判演、兪參判命弘、湖南伯申
思哲、嶺南伯吳命恒、趙承旨榮福、魚正言有龍、李執義鳳翼、圻都
宋眞明、李內翰箕鎭、趙注書趾彬、李參判洞・任逈・韓鼎朝・任選・
朴民秀・洪啓欽來別。差晚發行前進，柳恩津鳳逸、尹文義東魯、柳注
書弼恒，坐松林要別，遂下轎少話而罷。到漢江津頭，金都正、韓僉
正、徐監役諸兄、汝一氏、仲五氏諸叔，士晦、子容、致厚、致期諸弟，
及金佐郎鼎連、金參奉聖運、鄭正郎爀先、趙校理尙絅、申正郎義
集、朴佐郎昌厚、韓奉事謇朝、吳佐郎晉周來送。行及登舟，李參判光
佐、李承旨喬岳、朴襄陽乃貞、鄭佐郎錫三、趙直長永命、朴敎官師
漢、成令必復、趙金浦泰耉、李參議世瑾已先來待舟中。仍與同舟穩
話，不知舟之已泊江南岸矣。遂相與握別乘。夕抵良才驛村。濟猷、晉
猷、朴光秀、龍秀、李宗城、益宗，汝承父子及韓重休來宿。是日行二
十里。

十二日〔甲寅〕雨終日。次龍仁。

早起與諸人作別，冒雨作行，到板橋抹馬。廣尹尹季享，以支待出站，

具酒餚來餞。夕宿龍仁。主倅洪重徵來見。是日行五十里。

　十三日〔乙卯〕朝雨晚晴。次竹山。
　早發到陽智。主倅朴明東出見。思晟已來待矣。李夏榮自京而來。
夕宿竹山。主倅李益馝出見。受甫自梨湖來會，驪江奴輩亦來現。是日
行七十里。

　十四日〔丙辰〕晴。次崇善。
　歷見李夏榮新占山。午到無極。陰竹守鄭述先，以副使支待來見。鄭
興望、崔把摠子，及驪邑李爗來見。驪邑奴輩並來現。臨發置標村後山。
夕宿崇善。沃川守李暉，以差員來待。連源督郵 沈叔平，因夫馬入把，
亦爲來見。汝順自鎭川追到，聯枕而宿，喜可知也。是日行六十里。

　十五日〔丁巳〕晴。次忠州。
　與汝順作別，舟渡達川，午到忠州。清風守尹澤、提川守李泰岳、永
春守徐文佑來見。李高靈君輔，送其胤子來問，內外俱有書，仍本州問
安，便付京書。

　十六日〔戊午〕晴。次安保。
　歷見李尼山浮。午到黃江，拜邃庵丈。打午飯卽發，夕宿安保驛館。
從事一行已先到矣。延豊、懷仁兩守，以支待來見。是日行七十里。

　十七日〔己未〕雨。次聞慶。
　冒雨早發。踰鳥嶺，深處泥濘沒潰，高處石角稜層，人馬俱困，間關
度嶺，前後過此，不知其幾，而跋涉之艱，未有甚於今日也。少憩嶺上
遞馬。夕宿聞慶。主守柳緽、長水察訪李世冑，以差員並來見。是日行
五十里。

十八日〔庚申〕晴。次龍宮。

早發到幽谷。善山守宋堯卿, 以支待來見。久別作話, 猶覺欣慰。金南獻、卞烋徵, 兄弟亦來見。夕宿龍宮。主守尹昌來出見, 金山守朴致遠, 居昌守權因, 並以支待官亦來見。尙牧權明仲, 自試所罷歸, 乘夕來話。是日行六十里。

十九日〔辛酉〕晴。次安東。

早別明仲, 朝飯于醴泉。主守尹世謙來見。午到豊山。奉化守沈濟, 以支待來見, 因裨將供饋之, 不謹推治。醴泉色吏七人, 金察訪湅來見夕宿。安東營將朴廷賓, 安奇察訪尹商來來見。是日行百里。

二十日〔壬戌〕朝晴夕雨。留安東。

京試官李重協, 適自試所來, 住西岳寺來話半日, 而乘夕入見主守權以鎭, 主守亦夜來見。

二十一日〔癸亥〕晴。次義城。

早發到映湖樓。因溪水大漲, 以三船先濟, 三行人馬從事先行。與副使坐樓上睡望, 仍邀京試官穩話而別。午到日直。靑松守成瓊, 以支待來見。夕宿義城。主守李久叔, 仁同守金遇華皆來見。夜與久叔會話于聞韶樓。是日行七十里。

二十二日〔甲子〕晴。次義興。

歷東軒, 見久叔父子, 付京書於久叔子。行歷拜六臣祠宇。午到義興。主守曹汝謙來見, 朴泰彙以新恩來謁。驛卒一人患瘧, 在道不救可慘。飭主守覓給木疋, 斂殯于路側, 仍留宿。是日行五十里。

二十三日〔乙丑〕晴。次<u>新寧</u>。

歷辭<u>汝謙</u>。早發馳到<u>新寧</u>。主守<u>金胤豪</u>出迎。<u>高靈</u>守<u>李世鴻</u>、<u>居昌</u>守<u>權囧</u>、<u>咸陽</u>郡守<u>族兄</u>、<u>柴谷</u>守<u>張孝源</u>，皆以支待來見。與副從兩僚，登<u>環碧亭</u>，待方伯之行。盖<u>老泉</u>爲餞宴將來會，故亦<u>久叔</u>，自<u>聞韶</u>追至，方坐亭上閑話。差晚泉令始到，入夜而罷。是日行四十里。

二十四日〔丙寅〕晴。次<u>永川</u>。

方伯朝設餞會。<u>月城</u>、<u>花山</u>、<u>聞韶</u>官妓，若而人張樂，少選而罷。仍作行送從事，赴<u>河陽</u>路，與副使宿<u>永川</u>。主守<u>李瞻伯</u>來見。差晚登<u>朝陽閣</u>，觀馬上才。是日行四十里。

二十五日〔丁卯〕朝晴晚雨。留<u>永川</u>。

送副使先向<u>慶州</u>。移枕衾于<u>朝陽閣</u>。

二十六日〔戊辰〕朝陰。次<u>慶州</u>。

早發，抹馬<u>仇火</u>。未及<u>慶州</u>五里，驟雨忽作，疾驅入府。一行上下無不沾濕。與副使會話。主守來見。<u>永川</u>使君，亦以差員追至。主人夜設餞，鷄鳴而罷。是日行七十里。

二十七日〔己巳〕晴。次<u>蔚山</u>。

早發，歷<u>琴鶴軒</u>，別主倅及<u>永川</u>使君。抹馬<u>仇於</u>。接慰官<u>崔君瑞</u>，適竣事還京，客中邂逅，驚喜如夢。付書其行，傳報行信於兒輩。夕到<u>蔚山</u>。左兵使<u>李汝玉</u>，率其子<u>基福</u>來見，仍設餞，夜深辭歸。是日行九十里。

二十八日〔庚午〕晴。次<u>龍堂</u>。

宿<u>龍堂</u>倉廊舍。<u>長鬐</u>出站。是日行四十里。

二十九日〔辛未〕晴。次東萊。

早發到東萊十樹亭。從事官已先來待矣。因有雨意, 略略搜檢卜駄。三使臣齊到五里亭。依幕改着黑團領, 具旗幟鼓樂, 奉國書上龍亭。東萊府使徐止叔, 前導先行, 三使以次入府, 奉安國書于壁大廳。府使肅拜後, 行問上禮。禮罷會話于東軒。是日行三十里。

三十日〔壬申〕晴。留東萊。

黃山察訪趙命臣, 以差員來見。左水使申命仁亦來見。

五月

初一日〔癸酉〕雨。留東萊。

曉行望闕禮。修狀達付撥。夕往見主倅。

初二日〔甲戌〕晴。次釜山。

曉發到釜山。五里程, 支待守令釜山僉使水營虞侯, 迎國書問上禮等, 禮節如東萊儀。是日行二十里。差使員左水虞侯趙畛、釜山僉使崔鎭樞、支待官金海府使柳貞章、熊川縣監李之長、鎭海縣監南崒、柒原縣監元次周、昌原府使李守身、草溪郡守河沃、泗川縣監河必圖。

初三日〔乙亥〕晴。東南風。留釜山。

護行大差倭貽書。其書曰: "時惟仲夏, 伏承三位大人閣下, 途中旌纛無恙, 已屆來府, 方欲區區修賀之間, 又俄聞紫氣之轉, 近在釜城矣。僕向以迎聘之, 差久冒貴域, 而當此炎威逼人之時, 拱聞三位大人閣下賢勞, 天祐開船, 有日委係, 是兩國間莫大之慶, 豈徒謂私心欣幸而已哉! 此敢具不腆恭效奉接之忱, 切願三位大人閣下, 俯垂盛諒, 特賜監納。冒瀆威嚴，伏增惶恐。肅此不備。己亥五月日。迎聘正官〞着圖書。別幅，龍眼一曲。索麵一曲。淸酒一樽。分賜一行員役。

初四日〔丙子〕晴。東南風。留釜山。

初五日〔丁丑〕晴。南風。留釜山。
護行差倭，又貽書曰：〝節屆泛蒲，伏惟三位大人閤下，履此佳辰，尊候多福，不勝仰賀之至，謹具不腆，少效奉祝之忱，伏冀垂諒，特賜監納，肅此不備。〞別幅，彩畫大硯一坐。彩畫中鉤鏡一面。木輪圖一坐。大酒湯器三坐。白三合甫兒一坐。木匣刀一箇。節日饋遺，自是前例。故有此再送云。分賜一行。作答書兼，送魚果之屬以謝之。

初六日〔戊寅〕晴。南風。留釜山。
使三行裨將具舟楫威儀，乘渡海諸船往來洋口。與副使會永嘉臺，待船回泊往見諸船而歸。

初七日〔己卯〕風雨終日。留釜山。

初八日〔庚辰〕晴。留釜山。

初九日〔辛巳〕晴。南風。留釜山。

初十日〔壬午〕晴。南風。留釜山。

十一日〔癸未〕晴。南風。留釜山。
三行褊裨，各以其行騎卜船試于洋口。與副使從事會于永嘉臺，乘夕罷還。

十二日〔甲申〕晴。南風。留釜山。

十三日〔乙酉〕晴。東北風。留釜山。
左水使設宴于客舍東廳。賓日軒三使臣具公服, 與水使分東西對坐,
一行員役軍官以次定坐合。慶州、東萊、密陽三邑妓, 衆樂迭奏, 笙鼓
喧天。觀者塡城, 不可勝計。十味九酌而罷。

十四日〔丙戌〕雨。留釜山。

十五日〔丁亥〕微雨。曉行望闕禮。留釜山。

十六日〔戊子〕晴。南風。留釜山。

十七日〔己丑〕晴。南風。留釜山。
與副使從事, 登釜山鎭後山頂上。有壬辰天將萬世德碑, 新舊兩石,
皆頑缺不可讀矣。遙見對馬島, 如一抹靑煙, 橫亙海濤之中, 望之不甚
遠矣。

十八日〔庚寅〕晴。西南風。留釜山。
是日卽禮曹所擇乘船吉日。書契旣未來到, 又不得順風勢, 不能渡海,
而旣擇之日, 不容虛度。故三使具渡海儀物, 各登其船, 自船滄擧碇搖
櫓, 向南而行, 行可數十里至洋口。從事船泊在網島下, 副使船未及
到。欲試洋洋中波濤之勢, 催櫓前行數馬場, 漸近大洋, 濤勢益壯, 而
因風迸不得進遂回船。與副從船會在一處, 向晚張帆, 還到絶影島。支
待官具午飯於海邊沙岸, 遂少留打飯。與玄風倅鄭明卿, 同舟回泊釜山。
盖明卿以從事支待, 適出站故也。海外萍會喜可知也。

十九日〔辛卯〕 雨。東南風。留釜山。

二十日〔壬辰〕 朝晴暮陰。留釜山。修狀達付陪持。

二十一日〔癸巳〕 晴。南風。留釜山。

二十二日〔甲午〕 晴。南風。留釜山。

二十三日〔乙未〕 朝陰晚晴。南風。留釜山。

二十四日〔丙申〕 晴。南風。留釜山。
倭沙工、禁徒倭、通事倭等, 乘小船來到港口, 看審渡海舟楫。古例
信使之行, 登船擇日將近, 則倭人等必先看檢舟楫, 而今番則擇日已過,
而因禮曹書契未到, 終無看審之擧矣。今聞書契還收, 停達之報, 始爲
來到, 令堂上譯官, 饋酒饌送之。

二十五日〔丁酉〕 晴。南風。留釜山。
寫字官李日芳, 遭母喪, 奔哭慘矣。

二十六日〔戊戌〕 晴。南風。留釜山。
以倭人看審舟楫事, 修狀達付陪持。禮曹書契來到。

二十七日〔己亥〕 陰。南風。留釜山。

二十八日〔庚子〕 朝陰晚雨。夜大雷電。南風。留釜山。
有成還京付書。

二十九日〔辛丑〕晴。南風。留釜山。

六月

初一日〔壬寅〕晴。南風。留釜山。
曉行望闕禮。以首譯加定事，修狀達付陪持。

初二日〔癸卯〕晴。南風。留釜山。
與副使從事往會永嘉臺，看檢祈風壇而歸。

初三日〔甲辰〕晴。南風。留釜山。

初四日〔乙巳〕晴。南風。留釜山。

初五日〔丙午〕晴。南風。留釜山。

初六日〔丁未〕晴。南風。留釜山。
曉行祈風祭。令製述官撰祭文。護行差倭平眞長，裁判差倭平眞致，都船主等各乘船來，泊毛豆浦鎭，船滄爲護行待風故也。

初七日〔戊申〕晴。南風。留釜山。
與副使登濟南樓，望見倭船所泊處。得晦日出家兒書。

初八日〔己酉〕朝陰晚晴。南風。留釜山。
從事過姜持平宅，娣氏及李夏榮，成服同往依幕望哭而歸。

初九日〔庚戌〕朝陰晚晴。南風。留釜山。
送魚果于差倭處。

初十日〔辛亥〕晴。西南風。留釜山。

十一日〔壬子〕晴。南風。留釜山。

十二日〔癸丑〕晴。西南風。留釜山。
差倭致胡椒、花糖、葛粉各一斤于三行, 分與一行。倭人別幅書以迎
聘使着圖書, 使首譯言其不可稱使之意, 差倭頗懼然云矣。

十三日〔甲寅〕晴。南風。留釜山。
付京書于出使譯官之歸。三使各以茶啖一床送于差倭等處。

十四日〔乙卯〕晴。南風。留釜山。
撥便傳譯院關文。首譯加帶狀請之事, 爲該院所沮塞矣。

十五日〔丙辰〕晴。南風。留釜山。
曉行望闕禮。夜往見副使, 乘月而歸。

十六日〔丁巳〕晴。南風。留釜山。
新寧倅金胤豪, 以支待來見。

十七日〔戊午〕晴。南風。留釜山。
新寧倅將歸, 乍往見之。夜三更東北風微起, 差倭送通詞, 倭首譯來
言曰：“順風將作, 急急裝船, 待明發船爲可”云。一邊招集諸神治任, 從
事先往船滄搜檢卜物。一邊招致我國船人, 問風順否, 則皆言：“風勢不

長, 似難發船。"云, 而旣見便風, 不可虛送, 故當夜催促載卜。修狀達治家書。坐而待明, 朝來風力漸微, 日高而南風復作, 不得已停行。

十八日〔己未〕晴。留釜山。

東風微微不絶。夜四更差倭, 又送通詞倭, 報順風而是日東北風, 視前夜尤微, 不可登船。故以半千里越海之行, 不可以微風發船之意言送。世稱倭人善候風, 而其言之無驗多如此。或言島中, 關白之令, 有催促之事。故差倭非不知風力之不長, 而故爲如是云矣。止叔來會。

十九日〔庚申〕晴。東風。留釜山。

居昌倅權昀, 以支待來見。黃山督郵, 遭其從妹服往問之。差倭又送言, 今日風勢如此, 明日則必得順風, 必須趁未明發船云。是夜修發船狀, 達封付驛使, 治家書報行。

二十日〔辛酉〕晴。東北風。次佐須浦。

鷄四鳴, 早起梳洗。與副使從事具儀物奉國書, 出往息波亭, 天色已向曙矣。東萊府使、釜山僉使、黃山察訪、居昌縣監, 及李必弘、李燦諸人來別, 少話而罷, 以兵船遆登渡海船。是時潮水未生, 船隻皆浮在港外故也。遂擧帆而行, 日已三竿矣。風勢稍微, 督櫓而行, 過五六島出洋口, 則東方無阻。故風力漸緊, 舟行頗快。天無點雲, 日候淸明, 波濤不作, 舟中甚穩。倭沙工以爲前後涉此海, 不知其幾遭, 而船行之安穩, 未有如今日云。時方未未問前路幾許, 則倭人對, 以過水宗旣久涉海, 已過半云。來時未曾見別有險處, 而曰水宗已過, 所謂水宗, 豈舊有而今無耶? 抑風恬浪平, 故人未知耶? 日色將晚, 而風力有不猛, 布帆又無力, 故改掛莞風席而行。黃昏到佐須浦。浦口倭船十五六隻來, 曳船到泊於船滄。副船已先泊, 而獨一二卜船, 及從事船落後未及到, 多送飛船使之迎接。夜深後始爲先後而來。五百里大洋, 能無事得渡,副使書記成夢良一人之外, 六船所載上下諸人, 具免水疾, 可謂奇矣。
島主送奉行三郞左衛門者問候。與副使奉國書下館所。夜已向晨, 倭
人饋以熟供, 盖前例云。從事獨宿船上。佐須浦卽對馬島西北邊, 初程
距府中二百餘里。水邊人居僅若千戶, 山之東一麓遶海, 而西回轉彎
抱作一洞, 府中成湖水, 可藏數千艘。棕櫚、冬柏、楓橘之屬, 蔚然於
左右山崖, 景致殊可觀, 而館宇鋪陣屛帳之類, 極其草草。所謂熟供, 只
飯羹魚茱, 六七器而已, 亦甚薄略矣。舟中得一絶. 製述官書記, 皆次
其韻。

二十一日〔壬戌〕東風。留佐須浦。
島主送饋果酒, 分與一行上下。問安差倭, 又呈鰒麵, 而別幅書以迎
接使, 令首譯還給其物, 仍言不當稱使之意。差倭卽改稱迎接官, 復請
呈納許, 受之又分與行中。護行差倭及問安差倭等, 請謁問其禮節, 則
首譯對, 以差倭再揖, 則使臣立而擧手答之云。使行曰:"古禮則差倭,
皆拜謁矣。近規雖不然, 使臣不可立答, 差倭再揖之節, 當許近規, 而
使臣則當坐而擧手矣。"往復數次, 差倭諉以近例, 終不聽, 使行曰:"若
爾則不必入見。"云。問安差倭, 怒形于色, 不見而歸。島中差倭旣受 島
主之命, 不見使臣則便非傳命, 而徑自還歸, 殊可駭異矣。是日修渡海
狀達付飛船, 使於明日內 送傳東萊。從事下宿館所。

二十二日〔癸亥〕晴。東風。留佐須浦。
持狀達飛船, 今曉始發云。從事出坐船上, 搜檢六船卜物。島主送饋
生猪一口, 護行差倭呈道味小螺。三行各以民魚一尾, 乾秀魚二尾, 石
魚三束, 分送護行差倭裁判都船主處。

二十三日〔甲子〕晴。東風。次豊碕浦。
差倭送言, 鰐魚水路最險, 必乘潮漲之時, 可以經過, 須於巳時發船

爲可云。三行催食上船，擧帆而行。差倭船在前，三使船在後，以次而進。風猛水湧，舟行甚疾，不多時而到鰐浦三十里之地。海底巨石齒齒，舟一失勢，破碎傾覆在俄頃。韓天錫之敗，盖在差處云。潮退則石出，舟不得行，故倭船十餘隻，曳纜前導，落帆督櫓，艱辛越險，而風勢不順，不可前進，留泊豊浦港內。距鰐浦十里而近云。此地形勝彷彿佐須，而開朗廣闊則勝之。浦邊村家僅數十戶，男女老少之觀光者滿岸。女人之嫁者柒齒，未嫁者不柒。抱女負子，指點啁啾之狀，足爲異觀，而但小兒啼笑之聲，與我國無異，造化天機，可謂無別於華夷也。與從事下船，乍憩岸上松陰之間，神氣爽涼，頓忘炎暑之苦，而副使以病不能會，可恨。差倭呈酒餚生梨，送醍醐湯一器以謝之。是夜仍宿船上，盖將待月行船故也。五日下程，例於渡海，翌日來呈，而因其未及措辦。今日始先來納，而物種猶多未備，可想島中物力之凋弊也。

二十四日〔乙丑〕晴。次西泊浦。宿西福寺。

鷄鳴發船，睡裏行三十里，到泊西泊浦，日已高矣。岸上觀者視豊碕尤盛。島主送伻候問，送糟漬鮎一桶，酒一樽。差晩差倭以島主之意，送西果各五箇，裁判倭饋李實一器，乾烏賊魚一盤。差倭又呈，榧實林檎一筐。因副使病苦，且値風逆，不得前進，下憩西福寺。寺在富嶽山下最高處，結搆雖草草無可觀，而冬栢、棕櫚、橘柚、木犀樹，蔥鬱成陰，遍蔭一庭，坐來稍覺爽懷。壁上有李美伯辛卯使行時題詠一簇，副使先次其韻，余亦和之。是日仍留宿焉。

二十五日〔丙寅〕或陰或晴。往往微雨旋霽。次琴浦。

昨今南風連吹，不得行船，半日禪堂，與書記輩唱酬閑坐。未末差倭送言，晩來風勢少止，波濤稍靜，可以發船云。副使所苦旣減，行色又不可遲滯。遂與副使從事，登船督櫓，行四十里，到琴浦港內，日已向昏矣。下碇中流，仍宿船上。此地山水之勝，尤多可觀，而日暮不得周覽可恨。

二十六日〔丁卯〕晴。晚小雨。次船頭浦。

曉發櫓役, 而行七十里, 過佐下浦到船頭, 頃日已午矣。島主送伻候問, 饋以果品一備。浦上有船頭祠, 昔在壬辰年, 平秀吉擧兵東來, 行到此地, 風勢不順, 其時船人名某者諫曰："風濤如此, 決難行船於洋中, 此處北邊山麓中斷爲島, 海水逈入爲湖, 兩崖如束, 僅通一艦, 若由此過去, 則可保無虞。"平秀吉以爲妄言卽斬之, 及行船果爲風浪所擊, 士卒多溺死。其後罷兵歸時, 從間路試之, 果如船人之言, 無少差爽。秀吉悔之, 立祠祭之云。祠前斲石爲柱, 作石門一間, 制造頗精工。泊舟時, 爲船板所觸, 柱折門毀可惜。晚後雨作, 六船皆掩篷。向夕雨霽, 而日勢已暮, 不得前進, 仍留宿。護行差倭, 送潛水人及漁倭, 設網前湖, 其網制如我國揮罹, 而粗疎莫甚。潛水人摘得一鰒, 而水淺不能網魚云。

二十七日〔戊辰〕晴。次馬島府中。

曉發行七十里, 過鴨瀨、慶知浦等地, 午到馬島府中。十里外島主乘彩船來迎。三使具公服, 以待相遌, 與島主各下交椅, 行再揖禮, 以酊菴長老, 所乘船來迎對揖, 如島主禮。中流停舟待島主, 長老船先入, 始泊舟船滄。具儀物鼓吹, 奉國書下船, 奉安于西山寺。寺在西山下絶岸, 相距船滄最近。地勢逼仄, 不能按排, 館宇纍石爲階, 狀如築城, 高可十餘丈, 其用力之鉅, 制作之工, 殆非我國所能及。寺之左右, 新刱館舍, 近百間以備, 三使行及員役留接之所, 上自使臣所處, 下至廚房溷厠, 皆懸榜以標之, 四壁塗以菱花鋪陳, 亦皆新造結搆, 雖不廣敞, 精洒可愛。倭俗本無房堗, 設重茵於廳上, 以過寒暑, 而此則後面作半寢鋪堗, 蒸火似爲, 使行當寒, 寢處而設也。山勢自北而來, 東西兩麓, 透迤入海, 彎回對峙, 而南方一面, 全無阻敵, 大洋茫茫, 直與一岐島相望, 每當天晴雲捲, 則一點靑巒隱約於海濤之間者, 乃是一岐島云. 地峽人多, 閭里接屋, 雖海岸山崖, 殆無一片空曠處, 一島民戶, 可謂盛矣. 倭人進熟供饌品器皿, 視佐須浦頗盛設, 而倭童數十人, 各執其器, 以次跪獻進上, 有節尤可觀矣. 大小巷口, 輒設竹扉, 禁人出入. 禁徒倭等, 處處結幕, 晝則帶劍危坐, 夜則擊柝警守焉. 倭船百餘隻, 或泊在船滄, 或浮留港內, 每於黃昏之後, 諸船一時懸燈, 而船各有四五燈, 燦若明星, 光遍海門, 此誠渡海後, 第一壯觀. 海口一帶, 燈光羅列, 擺成一字, 竟夜不滅, 此則把守倭船之所在云. 彼人守備之嚴可見矣. 是日行七十里.

二十八日〔己巳〕晴. 南風. 留西山寺.

送首譯傳公禮單於島主及兩長老奉行等以現謁. 禮節屢次爭卞於首譯輩, 而終不撓改矣. 取見壬戌使行時, 譯官金圖南日記, 則其時使臣, 亦立於席上擧手答之云. 壬戌辛卯旣有立答之規, 則近捨兩年已行之例, 欲援百年前久遠之事, 所執終涉齟齬爭之, 恐難得力, 而因一微事, 與渠輩呶呶較絜殊甚, 疲勞亦不無, 乘機作梗之慮, 因島主許問訊之便, 使首譯言及禮節相持之由, 則島主以爲以朝鮮禮貌言之, 則固當如此而已. 有前例之事, 一朝變改, 則奉行輩之稱冤, 亦不足怪, 況此奉行, 雖是島中之任, 旣已護行, 則便是三使臣所率, 豈無別樣軫恤之道乎? 十分顧念, 從便善處 則, 於太守亦萬幸云云. 島主旣有懇乞之語, 則因此許之, 似有節拍, 遂與副從兩使相議遂許, 從近例入謁. 倭人供五日下程, 而前後兩次, 猪脚並闕之, 眞油亦多未收. 島中猪與油絶貴, 皆貿得於釜山, 故如此云. 島主送伻問候. 自此至發船之日, 日以爲常, 島主送杉重一組, 所謂杉重, 以杉木作三層函, 第一層盛兩色餠, 第二層盛各色飴, 第三層盛魚菜之類, 後皆倣此. 分與行中. 夕後飛船, 自釜山至, 得茶伯及李必弘書, 又得家兒平信, 殊慰客中之懷.

二十九日〔庚午〕晴。東風。留西山寺。

食後, 奉行四人, 具公服來謁。三使坐正廳北壁下, 奉行詣席前。使臣起立, 三重席上。奉行行再揖禮, 使臣擧手答之, 而仍賜之坐, 餽以蔘茶, 又以酒果待之。酒三行卽罷出。裁判二人, 又請謁行再揖禮, 三使坐以擧手答之, 亦以茶果待之。差晚島主將來見, 設客東主西之位於正廳, 盛陳旗纛節鉞鼓吹, 於庭下以待之。俄而島主至門外, 解一劍至階下脫草履, 三使臣出楹外迎入, 詣席前相向立, 各行再揖禮, 以酊菴長老, 繼之相揖, 如島主禮。長老卽江戶所差遣, 而主管兩國文書者云。西山僧亦至, 再揖如長老, 使臣坐而擧手答之。島主卽前島主平義方之弟, 而名曰方誠, 年方二十六歲, 貌旣不揚, 又無精魄。着團領濶袖之黑衣, 戴上尖角長之烏帽, 所佩短劍, 餙以黃金, 手執牙扇, 須臾不釋。坐定使奉行傳循例迎勞之語, 而使臣所問, 則島主輒略作開口之狀而已, 其實奉行皆以已意替答, 爲人之不慧, 亦可知矣。茶罷後, 設酒饌待之, 酒三巡以罷, 又饋以蔘茶, 盖倭人酒禮如此云。故循俗而爲之罷。歸時又對揖如初, 出楹外送之。島主歸後, 送杉重、西瓜, 分與行中。

三十日〔辛未〕朝雨晚晴。南風。留西山寺。

島主送摺扇十柄, 雪糖三斤, 西瓜十箇, 分與行中。首譯以下, 亦皆有送, 而西瓜諸白, 則遍及一行。所謂諸白酒, 卽純米所釀, 倭酒中最高美者云。島主請見製述官、寫字官、畵員及馬上才, 並許之。日暮後始罷還, 製述卽初無請製之事, 只與雨森東酬酢而歸。畵員各試數幅, 畵則頗稱善。馬上才則島主親往, 路傍高閣上觀光, 極口稱奇, 觀者皆言大勝於辛卯馬上才云矣。送上通事, 傳私禮單於島主及嚴丸處。嚴丸卽前太守之子, 而後當襲封者云。護行差倭呈黃白菊各數莖, 而花方盛開, 如我國之鶴翎, 六月菊花, 亦異常矣。

七月

初一日〔壬申〕雨。留西山寺。
曉行望闕禮於所館。島主送生猪二口, 三行共分。

初二日〔癸酉〕晴。留西山寺。
身在異域, 遇喪餘之日, 情理一倍痛隕。送譯官, 傳及私禮單於以酊
菴萬松院西山僧諸奉行以下各處。以酊菴長老送杉重一組, 分與行中, 又
各以一律分送三行。三使皆以不閑, 聲律未能和送之意, 作書答之。

初三日〔甲戌〕晴。南風。留西山寺。
晚赴太守宴席。昨者奉行輩, 以今日設宴之意, 來傳太守之語, 仍言
於首譯曰:"上上官及軍官以下, 例當再拜矣。"首譯以此來傳於使行,
從事曰:"奉行旣已再揖於使臣, 則使行所帶員役, 何可獨爲再拜耶? 此
則不可不爭云, 而辛卯旣行拜禮, 壬戌前例亦然, 則今不必爭執。", 故
余曰:"使臣方與太守, 東西相對, 而員役北向再拜, 今此拜禮爲使臣
也。非專爲太守。"以此意使之言送矣。是日朝裁判倭, 以宴時儀注來
示首譯, 他餘節目, 皆倣舊例, 而其中有太守斜南向之節, 此必嫌我昨
日之日顯示, 太守受拜之意, 其情態極狡。故余曰:"客在東位, 而主人
南向, 則是不以敵禮待使臣賓主之禮, 寧有如許道理? 此一節, 不可不
抹去, 卽以筆打點以給。"裁判曰:"然則當依敎爲之。"云云。其下段私
宴條, 又曰:"製述官入而再揖, 則太守坐而擧手答之。"云云。余又曰:
"辛卯年太守宴時, 製述官書記揖, 則太守下席立擧手答之。日記所載
斑斑可考, 而到今猝然降殺欲行新規, 此不但慢製述, 乃所以慢使行,
決不可許施。"云。則裁判等, 猶以島中謄錄, 爲諉縷縷爭話於首譯, 使
行曰:"此禮不改, 則宴禮雖停, 斷不可往。"仍令撤軍儀停軍令, 送首譯
於太守, 許以不得往赴之意言及, 則太守以爲些少禮節, 不必苦爭, 如

有接見製述之事, 當如敎處之, 莫重公宴何可遽停? 願卽來臨云。故三
使遂具公服, 備鼓吹威儀以次行相去。幾七八里之間, 左右閭舍, 接屋
連甍, 其中奉行之家, 則門墻第宅, 無不宏侈, 路傍男女之觀光者, 不可
勝計。至島主府中, 洞壑幽邃, 屋宇壯麗, 僭踰者多, 殆非人臣之居
矣。軍官員役, 下馬於第三門外, 堂譯製述官, 下懸轎於第二門外, 三
使臣下轎於第一門外。入門則奉行四人分左右前導, 歷階陞廳從閣道,
以進重房復壁, 極其深奧。行到宴廳, 則太守與長老出楹外, 迎入詣宴。
卓前分東西相對, 而立各行再揖禮, 又與長老對揖, 如太守禮。太守略
側身向南而立, 若將受拜。余飭堂譯姑勿入拜, 仍令首譯傳語, 極言不
當南向之意, 太守卽回身東面對立。堂上譯官再拜于楹內, 軍官、製述
官、良醫、員役等, 再拜於楹外, 中官拜於階上, 下官拜於庭中。禮畢
各坐椅上。盖廳有上下層, 高不過半尺許。設宴卓於下層廳中, 宴卓圍
以紅錦帳, 卓上預設, 高排果五器, 各樣饌品十數種, 而皆盛以銀器。
賓主各行三酌後, 余與太守援盃而飮, 副使從事亦如之援飮訖, 更進三
酌, 通前後爲九爵, 每一爵進一味, 長老又別勸一酌。酒禮罷, 太守請
少休, 各下椅一揖, 而出坐隔壁廳中。三使改着便服。倭人以西瓜一
顆, 雪糖一鍾, 具鑰匙盛之。高足小盤, 太守之意來獻, 日熱故爲解渴
別進云矣。堂譯以下, 各有坐處, 而輒隔屛帳, 以別之饌品, 草草大減
於辛卯, 而倭人之叉手乞食者甚多。中官輩則食猶未半, 而因事乍起,
則倭人輩爭來護去, 極其紛沓云。島人之貧餒, 紀律之不嚴, 可以推知
矣。數食頃後, 太守使奉行請入坐, 三使整衣冠, 由正門而入, 則宴卓
交椅皆已撤去, 只設紋錦方席於上層廳上。賓主入席前, 相對一揖而
坐, 長老亦在座矣。北壁下先設大花床一座, 俄又分進小花床, 各一於
賓主之前。花各異樣各色不同, 而花葉枝幹, 眞假難辨, 可謂精巧無比
矣。余使首譯傳中謝之意, 仍及漂人事曰："我國漂海人領來時, 破船殞
命之外, 勿送別差事。壬戌使行旣有約條, 而貴州漸不遵行, 朝廷屢加
申飭, 而亦不奉承, 輒事爭執, 甚非交隣誠信之道, 而顧在道理, 亦未妥

當。使臣辭朝之日，朝廷別有分付，使於渡海後，更爲停當，故玆以發說於相對之時矣。大抵破船殞命，卽指船隻破碎，以致人物渰沒之謂，而貴州强爲區別分作兩段，甚至於舟楫之少損者，混稱破船，沙格之病斃者，亦爲殞命，輒送別差將無限節，此豈當初相約之本意哉！前後別差之爲此出送也。朝廷非不知嚴斥之爲得體，而旣來之後，還爲退送，似有乖於寬大之道，故雖姑許接待，而今後則不容，不另爲變通，況且朝廷所以待貴州者，極其優渥，公作米和水者，斷以一罪米布之未收者，飭令繼給成命，旣下德意可見，則貴州獨不念酬報之道乎？ 一年九送使，不可謂不多矣。雖破船殞命之類，亦爲順付出送，俾無彼此爭執之端，事甚得宜，須與奉行等相議，劃卽施行幸甚。”太守則瞠然無語，以所謂攝政奉行與傳語奉行有相確之狀，以太守之言來復曰：“朝廷之軫念，弊州至此感祝何言？ 破船殞命一事，島中本不欲爭執，而一幅書契，朝廷終始不許，故尙不得變通於江戶，若得書契，何至今若爭乎？ 須以此事歸稟朝廷，卽當善處。”云云。余答曰：“此事未必江戶所知，而必待關由於江戶，則何必歸奏朝廷？ 雖使臣亦可以變通於江戶，須勿持疑，問議於奉行等，卽爲善處爲宜。”俄而倭人進酒，太守與三使臣援杯而飮，長老亦與三使臣援杯後，又循例各行三酌，日已昏黑矣。堂中列燭，四座闃然。從事以我國船搜檢時，倭船則自太守所一體搜檢之意，使首譯傳語，則太守卽許之。長老以三層銀盒，盛各色餠果蔬荣，如杉重兼分呈三使之前，倭人以一大土杯，各置花床之上，執樽者斟酒其上，賓主受而飮之。土杯乃倭人之禮器，尊敬之地，必用此器。故宴後特以此終焉者，重禮之意云云。倭人進筆硯，及以一軸短紙於三使之前。奉行以太守之言請製詩，皆以不能辭焉。長老卽席題一律以示，而亦以非其所學，不得奉和，深用未安之意答之。仍使首譯傳撤床之意，倭人進靑茶一鍾。茶罷卽起，各立席前相對，兩揖如初，太守長老向出楹外揖送，奉行四人又前導至門而退。旣出門持燭籠，隨行者羅列，左右路傍人家處處，懸燈連亘七八里，燭光不絶。至館所夜已深矣。太守送伻問候。是日南風大作，波濤蕩激，移泊三騎船於船滄之內。

初四日〔乙亥〕晴。南風雨。留西山寺。

奉行平田隼人，以竹筒盛水，挿蘭草數枝而來呈，花葉方新，淸香襲人，足令人愛玩。奉行大浦忠左衛門，卽自馬島加差護行者，呈生鰒十箇，素麪一盤，西瓜五顆，分與行中。差晩裁判來言，今夜大風必起，諸卜船宜並入船滄，遂申飭船卒，一齊移泊於滄內。其夜果大風雨波濤極盛，倭人可謂善占風候矣。島主送別下程，亦循前例云。分與行中。

素麪一匣，香蕈(蕈古)一匣，茉蔗荣(靑根)十把，茄子十七顆，石決明(生鰒)十箇，乾烏賊七十五箇，帶葉芋(土蓮莖)二十五箇，醃鰰(方魚)二尾，家猪一盤，鷄五隻，牛一頭，淸酒一樽。

初五日〔丙子〕雨大風。留西山寺。

是日獰風急雨，終日不止。滄內所泊諸船，猶蕩漾靡定，若在滄外，則其危可知。大抵馬島地形，南方無阻，故受風最甚，不便於藏船海邊，築石爲堤，常時則泊船於堤外，有大風則移泊於堤內。向所謂滄內，卽是堤內，而水淺且狹，不能多容船隻。辛卯年副卜船之敗，盖在石築之外，而倭人之盡心看護，亦懲於辛卯而然云矣。是日倭船一隻，爲風浪所擊破碎於船滄之外。島主送饋杉煮，及數器酒饌，至及於堂譯諸裨，又送南草一櫃，銀烟竹四箇，以及堂譯上通事，各有差亦前例云。南草則受而留之，煙竹則行中旣有所儲，加置不緊，故卽爲授還矣。島主旋使人還送，縷縷爲請，因此鎖細之物，累次往復，亦涉多事。故不得已勉受，分與諸裨。

初六日〔丁丑〕大風雨。留西山寺。

是日風浪比昨尤盛，倭船之浮留港內者，出沒波濤，所見可怕，故倭人輩各乘小船，叫噪救護。裁判樋口孫左衛門，呈唐梧桐一甁，葉如常

桐, 而花色甚紅可觀。島主送銀各一枚於寫字官畫員三人處, 又送各
二枚於馬上才二人, 盖是賞給。倭銀一枚, 卽我國之四兩三錢云矣。島
主送果品一備, 奉行<u>平倫</u>之呈鮮鰒一盤, 素麪一盤, 西果五顆, 卽分與
行中。

初七日〔戊寅〕晴。留<u>西山寺</u>。
　島主送素麪一箱, 西瓜三顆, 鯛二尾, 鹽鯖五十尾, 酒一樽。鯛卽道
味, 鯖卽古道魚, 以節日故有是饋循前例也。卽分與行中。裁判<u>吉川六郎
左衛門</u>, 呈茄子一盤, 生梨一盤, 此亦自<u>馬島</u>加差護行者, 又分與行中。

初八日〔己卯〕晴。南風。留<u>西山寺</u>。
　收聚三行下程, 餘米得十八石, 分給待令諸倭。是日卽島主所擇來
船之日, 護行奉行輩, 以島主之言來言, 明日若有順風, 待此通報, 卽爲
發船爲望云。使行以行期漸遲, 一日爲急, 如得順風, 雖夜當發之意答
送。分付六船皆出滄外。書笈衣色盡送, 舟中只留枕衾而已。裁判以島
主之意來言, 定額外加帶之類, <u>江戶</u>若或聞知, 則事涉不便, 到<u>大坂城</u>
後, 申飭在船人, 俾不得任意出入如何云。余答曰: "雖額內之人, 固不
敢私自出入, 而加帶之擧, 自是壬戌辛卯已行之例, 況今番比辛卯 則
大減, 一依壬戌謄錄。<u>江戶</u>雖有問行中, 自當據例爲對, 非島中所可慮
矣。" 裁判曰: "此事島中, 則非敢有他意, 而或恐歸咎於島主, 有此過
慮。" 云云。余曰: "到彼後, 自當隨事善對, 必不生事於島主, 勿慮爲宜。"
裁判唯而退。是夜島主長老皆登船。

初九日〔庚辰〕大風雨。留<u>西山寺</u>。
　是日開門後, 仍爲初吹, 起而梳洗, 坐而待之。裁判來言, 日出後可
知風勢, 二吹則姑遲之爲可云。天色微明, 而雲陰漸塞, 至食時而雨作,
南風捲海, 怒濤如屋, 滄外諸船, 出沒跳蕩, 而滄內水退, 猝不能移入。

裁判率諸倭出船滄, 指揮諸裨, 亦聚會看護, 一騎船爲風濤所驅, 將有
衝撞石築之勢。上下驚噪, 並力救之, 而力不能敵, 正在遑急之境, 裨
將具伐, 禁軍楊鳳鳴, 各持長楫, 極力撑拒, 舟不得進, 遂免觸擊之患,
觀者壯之。待潮生移諸騎船於滄內。差晚島主長老, 皆下船而歸。

初十日〔辛巳〕晴。南風。留西山寺。
風色不順, 發船無期, 令人愁菀。

十一日〔壬午〕晴。留西山寺。
是日適天氣淸明, 遙望東南間, 有島如拳, 與一岐對峙。問諸倭人
曰："此乃殷盧島, 卽筑前州之所屬, 而有居民焉。距馬島六百餘里"云。
馬島府中人家萬餘戶, 寺刹有四十八所。其中海岸寺在西南邊, 立貴庵
在正東, 並與西山寺相望, 而寺後必有人家葬地。倭俗無論貴賤, 人病
將絶, 則輒坐置木桶, 仍埋于山, 以鍊石盖其上, 又立碑以表之。貴人
富家, 則斲石爲坎, 置於坎覆之, 以石旣立碑, 又設木欄, 環其四面, 密
排細契, 如我國紅箭門, 而加柒其上, 以防人出入, 而無墳形。一家則
葬在一處, 各有主者云。火葬之法, 豈或廢而不用耶。午後裁判以島主
言來言, 明日將有順風, 預爲整理舟楫以待云。是夜島主長老復登船。
飛船自釜山至, 得萊伯書, 仍送家兒六月十八日平書, 披慰倍常, 而聞
崔康津家, 以紅疹喪其嫡庶六子女慘矣。離家四朔, 始有還家之夢。

十二日〔癸未〕朝晴晚雨。留西山寺。
開門後, 仍爲初吹, 以待島主之報。日出以後, 風勢不順, 且有雨意,
又未免停行, 愁菀難言。從事下往船所抽挫搜檢。島主送裁判監供, 調
麵及數器酒饌。六船皆掩蓬, 移泊船滄內。

十三日〔甲申〕雨終日。留西山寺。

送譯官於島主船, 問其安否, 兼謝昨日之餽饌之意。島主方與其愛妾
同在船中, 故譯官不得直就其船所徑往, 奉行船所泊處傳語而來。夕
後島主送西瓜五顆, 雪糖三斤。分與行中。

十四日〔乙酉〕雨。留西山寺。

島主送乾烏賊一盤, 淸酒一樽。明日是節日, 故有此餽遺云。分與行
中。酊菴長老又送西瓜五顆。夕後島主冒雨, 下船而歸。

十五日〔丙戌〕雨。留西山寺。

雨勢達曙不止, 無以備儀, 不得行望闕禮。倭俗以七月望日爲節日之
最, 家家賽神, 處處遊戲, 擊鼓之聲, 坎坎不絶, 且於其墳山徹夜懸燈,
而隨其子孫多少, 人各爇燈, 多者或至累十列若貫珠。此則前期三日,
每夜如此而至, 是日盛設饌祭之, 惟忌日則必設祭於僧舍云矣。

十六日〔丁亥〕微雨晚晴。南風。留西山寺。

風雨經旬, 發船無期, 久淹蠻館, 客懷轉覺難聊, 而倭人以接待之需,
亦有窘乏難支之患云。島主送果品一備。分與行中。是日卽七月旣望,
三行神將與製述書記, 借得倭船三隻, 載笛工泛月前浦, 興盡而罷。蘇
長公赤壁之遊, 固爲千古勝事, 而今於絶海之外, 卉服之邦, 乃能辦此
勝遊視坡翁壬戌之遊, 尤可謂稀異矣。

十七日〔戊子〕晴。南風。留西山寺。

是日卽倭俗出行禁忌之日, 而風勢又不順, 不得發船。倭人以島主意,
送飛船五隻以備, 諸神及製述書記遊賞賦詩之資云。裨將輩泛舟浦口,
乘夕罷歸。

十八日〔己丑〕晴。東風。留西山寺。

風勢稍順, 而倭人又以拘忌不行, 不得已仍宿, 可恨。島主送饅頭一
器, 生猪二口。所謂饅頭卽我國之霜華餠, 而品味頗佳。分與行中。是
夜島主復登船。

十九日〔庚寅〕晴。東北風。次一岐島。風本浦。

島主曉送裁判, 以爲今日將有順風, 須卽登船, 待島主船打鼓, 齊發
爲宜云。遂與副使從事, 梳洗而起, 三吹後奉國書備儀乘船, 日將向曙
矣。島主船中打三鼓, 發船先導三使船以次而行至浦口, 大小諸船百餘
隻, 一時擧帆, 雲帆蔽海, 鼓吹震天, 足爲行役中, 一壯觀矣。及出洋
中, 風緊浪湧, 船往如箭, 不多時而已。行數百餘里, 回顧則副從兩船,
及馬島護行諸船, 擧皆落後, 獨倭船數隻, 與上副卜船, 先後而來。晚
來風力漸猛, 波濤益壯, 雪山銀屋, 接天而起澎湃盪潏。聲若雷吼, 舟
楫之傾仄, 出沒如弄輕枚。沒則如入無底之中, 出則如在高空之上。在
船倭人沙格輩, 太半昏倒, 相與枕藉, 幕中諸人, 崔必蕃一人之外, 無不
頹臥。余亦不耐久坐, 嘔吐倚枕, 董能鎭定。倭人豈不習水, 而亦患水
疾, 則今日風浪, 可謂險矣。初見一岐島, 董如一髮, 顧眄之頃, 漸覺分
明, 翌時假寐, 起而視之, 倐已近在眼前, 舟行之迅急, 雖飛鳥不能過
矣。到一岐浦口, 日纔過午, 卯時而解纜, 落帆於午時, 不過消了四箇
時而過, 得五百里大洋, 豈不快哉! 一岐小船之來, 迎者殆百餘隻。曳
船入浦內停舟, 乍待則落後諸船, 次第來會。副從兩使, 雖亦不免於嘔
吐, 而皆得無事而來, 誠幸幸。遂來泊於風本浦船滄。山勢環抱, 湖水
平潤, 景致殊可觀。浦邊公私家舍, 百有餘戶。岸上觀光者, 殆可千百
數, 而着紅衣者過半, 紅白相錯爛, 若林花盛開, 亦一異觀矣。滄內水
淺, 舟不得近岸, 故連船作橋, 鋪板其上, 設竹欄於左右者, 幾數十步。
奉國書下船到館所, 新刱館舍過百間, 屏帳鋪陳, 極其鮮潔, 而但三使
所館, 三十餘間, 並在一架之內, 間間隔以藏子, 面面粧成房闥, 而又處

於最後面, 絶壁之下, 前後障蔽, 日光不入, 壅鬱殊甚, 決難久留矣。二岐島卽松浦肥前守所管, 而太守源篤信居在平戶島, 距此一百七十里。島中山麓處處開墾, 盖聞土品膏沃, 故居人無不力農云。馬島主送伻候聞, 肥前守送昆布一箱, 干鯛一箱, 鰑一箱, 酒一荷, 鯛卽乾道味, 鰑卽乾烏賊, 一荷卽二桶, 而稱酒必曰御樽, 倭俗大抵皆然矣。分與行中。一岐人供日饌, 日饌卽兩時所供, 而比諸辛卯膽錄, 多有未足之數。曾聞馬島倭人居間, 主張例多, 漁利之弊云。故分付首譯使之申飭, 仍令一岐人, 直爲來納, 俾不得干涉, 則所供無闕。視馬島優厚, 此出於馬島人嘗試之計, 良可惡也。送譯官於馬島主船泊處, 問其安否。是日行四百八十里。

白米四升。甘醬一升五合。艮醬六合。醋六合。酒二升。油五合。鹽五合。眞末四合。胡椒五錢。香物三箇。菓子二佾。燭五柄。茶一榼。南草二兩。生小魚五箇。加子二箇。生鰒四箇。生道味二尾。羌古道里四箇。鹽道味二尾。烏賊魚六尾。小螺三箇。鷄二首。卵子十六箇。鹽猪二脚。菁根十五箇。茄子十三箇。芋莖二束。土卵二把。生干三本。東培太二束。牛房一束。柚子四箇。山藥三箇。蔥一束。泡二丁。冬瓜一箇。靑太二束。泉末煎二丁。炭一石。紫二束。上上官以下各有差。

二十日〔辛卯〕晴。東風。留一岐島。
馬島主伻候, 此亦發行以後, 日以爲常。以酊菴長老送一律以不能次韻之意爲答。肥前守送杉重一組。分與行中。

二十一日〔壬辰〕晴。微有西南風, 轉變爲東風。留一岐島。
從事往船所抽挫搜檢。護行奉行平眞長, 呈梅酒一瓶, 南草一櫃。所謂梅酒卽燒酒, 浸梅實和以雪糖者, 味甘烈極佳。給諸裨使之分飮。

二十二日〔癸巳〕晴。東風。留一岐島。

三行各出醍醐湯送島主及長老處。夕後三行適對坐閑話。余曰："昔吳楸灘、李石門，爲通信使渡海時，遇風浪，楸灘則嘔吐，石門則不吐，石門曰：'吾輩水疾，亦不得入格，董可爲次下矣。'楸灘曰：'吾則可爲次下，而君則不吐，只可爲更不足爲次下。'云。此語具在日記，至今傳爲美談，吾輩水疾則將何居？"從事曰："今行則三使皆吐，足以備擬三望，而第未知誰當爲首也。"余曰："職次居先，以余擬首無妨耶。"副使曰："若以水疾輕重定次，則吾爲首望無疑矣。"從事曰："副使方當路，故雖水疾之望，亦能高擬，所謂水疾，亦可謂之世情矣。"遂相與大噱而罷。

二十三日〔甲午〕朝晴暮雨。大風。留一岐島。

馬島主送餽杉煮，比前味頗佳。與諸裨共嘗之。晩後東風大起，雨勢驟作，六船皆掩蓬。余有微感候，服加味胃苓湯。三行各以日供所捧酒桶饌物，分送於護行奉行裁判都船主等處。

二十四日〔乙未〕大風雨。留一岐島。

自曉風雨復大作，食後雨下如注，盲風刮地，板屋上所鎭石子，片片飛下岸上，拱木太半摧折，而中下官所處，新創屋宇，一時頹圮。適在天明之時，人物得免於壓傷，誠幸幸。東南海門一帶，驚濤接天，港內湖水白浪如屋，停泊諸船爲風濤所盪，互相觸搏折傷者甚多，碇索相繼斷絕，幾不得保，一行船卒，及許多倭人，終日叫噪，並力救護。幸因夕後，風勢少定，董能無事。是日風雨，不但發行以後，所未有實生平之所罕見，令人懍懍不自安矣。一騎船爲副船所觸，欄板五間，盡爲折破。馬島主聞之使匠手，卽爲修補。一岐奉行主鈴來問候，島主長老各送伻問，余病馬島倭人待令之類。三行各以酒桶魚物及乾柿，分與倭人等，以爲今方次知，日供而受喫。一岐饌物，則日後人言可畏，只受乾柿他皆辭焉。

二十五日〔丙申〕乍陰乍晴。西風轉爲東風。留一岐島。

是日朝微有西風, 而因余病未完, 不得行船。午後馬島主與長老, 以便服而來, 强疾梳洗。三使出楹外迎入, 各於席前, 行兩揖禮坐定。余使首譯傳循例, 寒喧之語, 島主答曰: "近日久不來拜, 且聞正使有所患, 專爲問候, 兼有告達之事, 故此委來"仍自懷中出一小紙給與。奉行曰: "江戶執政有所報而說話, 頗長有難以言語細傳, 故略具文字而來。"云。首譯持以示余, 所謂文字太半, 以倭書相錯, 爲不可曉解, 余使首譯飜以我國語讀之。其語槩曰: "頃自執政許, 以繼船來, 報國書之行, 一日爲急速, 到江戶之意, 江戶亦爲知之, 而但節漸風烈, 或有中路波濤之患, 則事甚可慮。須看風汎, 善爲護行, 而三使臣亦爲詳審, 預爲登陸, 俾無難事云, 如是分付於太守者, 盖出重隣好爲使臣之意也。此無前例, 而有此別旨言念, 關白重貴國之厚誼, 太守亦甚感激, 今日專欲達此意而來也。上項之事, 專出關白之厚念, 自使行致謝之意, 僕當專人馳告於執政, 而此莫非誠信之至意, 幸望三使臣亦感關白之意, 到江戶客館之後, 必有近侍相接之時, 愍勤更謝之事, 僕當臨時告知, 須諒此意懇懇, 稱謝不勝幸甚。"云云。所謂繼船, 卽飛船之稱也。執政所報不知, 果皆如此, 而此何足爲別樣稀異之擧, 爲此來見顯示德色, 良可笑也。使首譯言于長老曰: "前後三惠詩律, 厚意可感, 而非但平日素不閑習身, 膺重任留意於閑漫, 吟詠亦所不可, 故皆不得和送, 幸須諒恕也。"長老叉手答曰: "自前以酊菴未有不得信使筆跡之時, 勿拘早晚一賜德音萬幸。"云。先勸蔘茶後, 略具酒饌以待之。酒三行而撤床, 又勸茶。茶罷卽起, 相對兩揖而出, 三使出楹外, 揖送長老。歸後卽送伻問候。夕間送譯官問安否於馬島主, 仍令致言於長老。

二十六日〔丁酉〕晴。東風。留一岐島。

平戶奉行主鈴, 次奉行孫之尹來問候。是夜夢拜桐湖娣氏, 且見一家諸人。

二十七日〔戊戌〕晴。東風。留一岐島。

馬島主送西瓜五顆, 雪糖二斤, 漕漬鮎一器, 以古道魚沈糟糠者, 名曰漕漬鮎, 而倭人稱爲別味云。分與行中。

二十八日〔己亥〕晴。南風。留一岐島。

松浦肥前守送安藤庄兵衛問候。一岐倭人之看守浮橋者數十人, 晝夜待候, 頗有勤苦, 故給日饌, 餘米十餘石, 使之分食, 則倭人輩以國禁爲辭, 終不受去。似是馬島人居中, 恐動之致, 殊可痛也。

二十九日〔庚子〕晴。西南風。留一岐島。

是日有順風之候, 使首譯言于裁判曰:"今日將有順風云, 而奉行等無來告之事, 何也?"仍令我國船將及沙工與倭沙工, 同乘小船出洋口, 覘風而來。倭人則終托以非順, 頓無行意, 而島主又送人傳語, 以使行之不相信, 頗有慍怒之意, 故不得已仍留可歎。

八月

初一日〔辛丑〕曉雨朝晴。西南風。次藍島。

所館無庭除, 不得行望闕禮。食後, 島主送言, 順風將作, 待船中, 擊鼓同時發船爲可云。三使奉國書登船, 次第擧碇, 而行出之洋口, 一時擧帆。馬島護行船, 及一岐曳纜諸船, 一百四十餘隻, 羅列前後, 馬島船皆用白布帆, 一岐船以靑布爲帆, 而船上旗標, 皆以品字爲紋, 大小帆幅相錯如織。連亘數里, 首尾不絶, 望之若一道, 白雲橫帶半空, 可謂壯矣。過一岐以後, 南邊海際, 山勢連綿, 至藍島相續, 此皆筑前州地方云。風勢不猛, 舟行不快, 行到數百餘里, 而風力漸止, 日勢且暮, 櫂夫齊聲蕩櫓, 倭船極力曳纜。藍島倭人, 又乘大船來迎, 中路並力曳

挽, 行可百餘里, 遙望燈光, 千萬点照, 輝於雲海之間。問諸倭人, 此是
藍島云。到泊船滄, 夜已過半矣。下船入館所, 新創館宇近千間, 間架
廣敞, 屏帳鮮明, 戶闥之機, 皆着黑柒, 光澤暎人。至於庫間、茶房、廚
屋、浴室、溷厠之類, 各有別處, 亦極精洒矣。藍島卽筑前州所管, 而
太守姓名卽源宣政, 其所居卽福岡, 在藍島東南五十里外。距福岡十
里許有博多津, 倭音謂和家多, 而世稱覇家臺, 想是傳訛也。新羅忠臣
朴堤上, 死節之處, 鄭圃隱奉使被留, 亦此地云而訪, 諸居人皆不識, 故
事無由得其詳可恨。太守送果一器, 昆布一箱, 生鰒一盤, 干鯛一箱,
酒一荷。分與行中。其別幅書, 以松平肥前守, 盖與一岐守分沿, 故皆
稱肥前守云矣。是日行三百五十里。

初二日〔壬寅〕 乍陰乍晴。東南風。留藍島。

風勢不順, 海氣陰翳, 不得發船。送譯官問馬島主安否。島主送香袋
五枚, 盖以文錦作袋, 盛以雜香縫其口, 長廣可三寸許, 香氣如小腦, 似
是我國衣香之類。只留其一, 給與良醫, 其餘則盡還之。

初三日〔癸卯〕 大風雨。留藍島。

自曉風雨大作, 波濤接天。騎卜六船, 恐爲風浪所盪致有觸傷之患,
皆以倭鐵釘五六索, 浮留湖中, 而海門無阻, 風濤直撞, 故諸船出沒波
浪, 所見極危。奉行裁判等, 率諸倭數百兩立船滄, 叫號不已。島主亦
送其所帶奉行問候, 仍令看護船隻, 三行神將輩, 擧皆蒼黃奔走, 而風
獰浪急, 飛船不得出無以相救, 正在危急之境。故與副使步出門外觀之,
懍懍然若難支保。幸賴風少定, 得免顚覆, 誠幸幸。松平肥前守送博多
索麵一捲, 乾鱈魚一折, 博多練酒一樽, 分與行中。鱈卽大口之沈鹽者,
練酒如我國之梨花酒。

初四日〔甲辰〕午陰午晴。東風。留藍島。

是日風勢不順，雨意猶未已，不得發船，可菀。送藥果、燒酒、乾魚
等物於馬島主・長老，及護行諸倭等處。上副騎船爲昨日風浪所觸，頗
有折傷處，故覓材於倭人，卽爲修補。

初五日〔乙巳〕晴。東風。留藍島。

倭人連呈日饌，而隨其所得，換色來供。故比之一岐所供，名色雖或
不同，種數則相等。三行兩時之饌，活鷄至三百首，鷄卵千有餘箇，其
靡費之多可知也。夕後有雨意或慮，夜來有風浪，騎卜船並令浮留中流。

初六日〔丙午〕雨終日。留藍島。

自曉雨作終日不止，蠻館愁吟，客懷殊不自聊。松平肥前守送糟漬鰒
一桶，萊酒一壺。分與行中。所謂萊酒不知釀法如何，而味如燒酒和蜜
者矣。夜深後護行奉行夜言，今夜似有大風之漸，俾令申飭諸船云。故
出送諸裨看檢，添給碇索，使之達夜警守。

初七日〔丁未〕午陰午晴。東風。留藍島。

聞馬島主作客多日饌供，頗艱乏云。故三行各以日供鷄魚之屬，分
送馬島倭人。雨森東・號芳洲者，都船主倭號霞沼者，及筑前守，詩倭
數人，日與製述書記來唱和，以酊菴長老師弟，亦頗送詩律要和，而無
論識字與不識字，懷紙幅乞書者，逐日沓至，製述輩應接不暇，殆無閑
隙矣。

初八日〔戊申〕晴。東風。留藍島。

日前送酒果於島主，而草草所饋，不必具單，只令譯官傳語而送之矣。
奉行等來言於首譯曰：“島主則凡有所送，輒具別幅，而使行則獨無之，
事涉不均，顧得追書而惠。”云。故三行遂相議，使掌務官朴春瑞，書單

子出給, 仍令首譯言于奉行等曰: "當初之無單, 非有他意, 只爲不腆之
物, 備儀具單, 心甚歉然, 初果闕之矣. 到今追書, 雖似顚倒而黽勉聽
許者, 欲使君輩, 知使行之無他意耳." 島主請見畫員、寫字官, 許送
之. 島主送龍眼、生梨. 分與行中.

初九日〔己酉〕晴. 東風. 留藍島.

初十日〔庚戌〕朝晴夜雨. 次地島.
　夜三更, 裁判以島主意來言, 今日差晩似有順風, 乘早潮發船爲可
云. 故三使卽起梳洗, 仍行三吹, 奉國書登船. 島主船不卽發, 遲待之
際, 天色已微明矣. 始次第行船, 出洋口回望, 則藍島地形, 南北甚狹,
東西不滿一里, 居民鮮少, 戶不過數十, 而白沙平湖, 羣山秀美, 頗有淸
絶之勝. 海門有石屹立水中, 石有兩穴穿, 若鼻孔, 故居人稱以鼻窟云
矣. 中流擧帆, 而風力甚微, 舟行頗遲. 筑前州大船二隻分左右牽纜,
小船十二隻, 又擺列在前, 極力曳挽, 而船中格卒, 亦齊聲督櫓, 行七十
里, 過地島前灘. 又行六十餘里, 到鍾屋. 所謂鍾屋者, 昔有大鍾沈于
海底, 故因爲地名云. 午後東風大作, 水勢悍急, 寸進尺退, 舟不得前
進, 忽見島主回船, 大小諸船, 一時皆回, 乘風掛帆, 還向藍島. 舊路風
急浪湧, 出沒傾蕩, 舟中之人, 昏倒者過半, 僅得回泊地島, 日已昏黑
矣. 三使遂下船, 宿西山寺. 寺在海雲山下, 去船滄不遠, 而庵古且弊,
一無可觀, 而處地頗高, 眼界敞豁, 大島在西, 鍾錡在南, 皆不過十里而
近, 望見諸山重疊橫亘不絶. 倭人以爲一岐以後, 山勢連綿. 比卽西海
道九州之地云, 但島小如彈丸, 人家若干戶, 皆草屋蕭條, 極其疲殘而
居民以農作爲業, 家家養牛, 新穀登場, 殊覺有田家之趣矣.

　十一日〔辛亥〕朝雨晚晴. 留地島.
　雨勢雖歇, 而昨日怒濤猶未平, 不得發船. 送譯官問島主長老安否.

十二日〔壬子〕晴。東北風。留地島。

是日逆風大作, 波濤極盛, 不免留滯, 可菀。島主送人, 調細麵, 又設數種饌味來餽三行。夜深後, 倭小船失火, 旋卽撲滅云。

十三日〔癸丑〕陰。東風。留地島。

奉行等來言, 俚馬所騎船, 已於前月二十八日, 到泊大坂城云。

十四日〔甲寅〕微雨。留地島。

雨意未已, 風勢不順, 發船無期, 悶鬱如何。

十五日〔乙卯〕大雨終日, 夜大風。留地島。

曉行望闕禮。天明後, 雨作大風, 又作驚濤蕩激, 晚來漸甚, 停泊諸船, 互相衝撞, 船上欄檻, 擧皆折傷。初因庵屋狹隘, 國書則仍奉于船上, 風浪轉劇, 不能無慮, 不得已奉國書, 安于館所。三行神將輩, 冒雨出立船滄, 指揮格卒, 救護諸船。人皆霑濕, 而亦不假避, 其蒼黃可知矣。夜深後, 風勢少定, 始得無事。今日卽中秋望日, 而不得見月色, 可恨。島主送索麵一盤。

十六日〔丙辰〕晴。留地島。

逆風不止, 波濤極盛, 不得發船。筑州日供大縮, 種數多未備, 以其供饋多日, 又經風浪勢, 似未及輸致, 故許令捧之後, 次則俾無如此之意, 使之分付。

十七日〔丁巳〕晴。留地島。

朝者奉行來言, 今日晚後, 似有順風之漸, 待潮可以行船云矣。食後又來言, 晚來風勢, 轉變爲逆勢, 難發船云。又不免仍留, 極菀。日供比昨, 尤不成樣, 故使之勿捧。

十八日〔戊午〕晴。東風。次赤間關。

鷄鳴護行奉行先言, 今日似無逆風, 可以乘潮發船云。裁判又以島主
意來, 傳作行之意。三行曉起梳洗, 仍行三吹, 奉國書登船, 朝日纔昇
矣。使通詞倭人言于筑前奉行曰："聞昨日日供苟簡, 想汝邑力殆盡, 故
昨日不捧, 盖出於此, 並與前日未收, 而盡數蕩滌, 此意知悉可也。"則
奉行不勝惶愧云矣。待島主船打鼓, 諸船一時齊發。出洋口微有南風之
候, 六船擧帆催櫓, 行六十里, 到鍾屋。東風又漸起, 遂落帆督櫓曳纜,
小船又添四隻, 大小十八隻, 極力牽曳, 又行數十里。北有藻連島, 與
鍾屋相對, 又其東有地藻連島而無山, 只有小野平行似盤形, 兩島相去
數十里, 而皆有人家, 此卽長門州所管云。又行數十里, 南有小倉縣,
傍海爲城, 城曲輒有譙樓, 引海水爲濠塹駕長橋, 其上以通人往來。城
門設五層樓, 突兀半空, 林木翳菀, 村居極盛, 望之壯麗, 不似小縣模
樣, 此卽豐前州所管云。小倉出大船一隻, 小船九隻, 與筑前人交遞曳
纜, 到赤間關地方而退。其間不過數十里餘, 有大船四隻, 四面圍以錦
帳, 上設一大標旗, 而旗色用使行本船旗色, 前來曳船。未到赤關五里
許, 湖水中有石燈如馬, 潮漲則沒, 潮退則出。壬辰秀吉所乘船觸敗於
此, 遂戮其船人, 立碑其上以戒他人, 至今石碑宛然矣。北邊岸上有白
馬塚, 諺傳, 新羅遣兵攻倭, 兵到此地, 倭人請成刑白馬而盟, 埋其馬於
此云。遙望四山環抱, 仍成平湖。閭閻櫛比, 屋宇宏傑, 山川之秀麗, 人
戶之殷盛, 馬島以後所初見也。自此至江戶, 始爲連陸之地, 而實日本
關防之最緊處矣。薄暮抵船滄, 所謂船滄非石, 以大木累十柱列植於
水中, 鋪板其上, 如板橋狀。廣可六七間, 長亦如之, 高與岸齊, 便成陸
地, 泊船其邊, 以便人上下材力之費, 極其浩大矣。三使奉國書入館
所, 館所皆新創, 廣敞減於藍島, 而鋪設頗鮮潔矣。赤間關卽長門州所
管, 太守源吉元, 居於荻城, 去比一百七十里云。太守送檜重一組, 鯣
一箱, 酒一荷。分與一行。別幅書以松平民部大輔吉元云。向部伊勢守
正緣送色麵一楪, 此卽前路支待之官, 而爲探候先送人云矣。倭人呈

日饌種數, 與筑前州一樣, 而上通事以下所供, 比辛卯頗減云。元德天
皇之廟, 在阿彌陀寺傍云, 而適有微感, 又不便於遊覽, 不得往見, 姑待
歸路一訪未晚故耳。護行奉行等, 勤苦遠來, 未嘗一接, 故三使同坐招
見兩奉行, 慰諭而送之。是日行一百四十里。

日饌白米四升。酒二升。甘醬一升五合。艮醬六合。醋六合。鹽六
合。眞油五合。燭五柄。梲茶一桶。折草二兩。鷄一首。生雉一首。生
道味一尾。鱸魚一尾。生鮑四箇。虎朴一箇。烏賊魚六箇。羌古道里
四箇。卵子十六箇。胡椒五錢。眞末四合。果子二袋。西瓜一箇。冬
瓜一箇。土蓮一束。茄子六箇。蒜三本。豆腐二丁。蕈古一袋。庚根
六本。蔥二束。生羌一束。軟菁二束。山藥二箇。菁根六本。牛房六
本。漬瓜二箇。漬菁二箇。葛粉一袋。雪糖一袋。赤豆一岱。

十九日〔己未〕晴。東風。留赤間關。
是日風逆, 不得發。長門州支待奉行以太守之意, 調麵又設, 四種饌
味來呈軍官諸譯以下, 至中下官, 皆有餽。辛卯有此例, 故依前例擧行
云矣。以酊菴長老送煙草一封, 忍冬酒一瓶。

二十日〔庚申〕朝晴夜雨。留赤間關。
馬島主送煙草各一封, 胡椒各二袋。分與行中。長門太守送生梨一籠,
鮮鯛一折。遍分一行上下。午後西風急起, 使首譯言發船之意於護行諸
倭, 則托以日晚, 約以明日早行。夕後有雨意, 自黃昏始雨, 達夜不止。

二十一日〔辛酉〕雨終日。留赤間關。
雨達夜如注, 終夕不止, 而風浪幸不作, 舟楫得無事。長門州奉行呈
三色果一器, 數種饌味, 及兩品酒各一小壺。

二十二日〔壬戌〕或雨或陰。東風。留赤間關。
雨意未已, 且有逆風, 不得作行, 愁菀難堪。

二十三日〔癸亥〕微有東風。留赤間關。
逆風不至大段, 猶可乘潮發船, 而馬島諸倭, 頓無行意。故送言于島
主, 勸以明曉發船, 島主答以明若無風, 則當待潮生通報云云。島主送
餽一器果, 數種饌, 兩色酒。

二十四日〔甲子〕晴。北風。次三田尻。
是日東風不作。朝日已昇, 而島主無所報。故送譯官責, 以旣與約
行, 而去留間, 尙無皁白, 殊非主客相敬之道, 未知有何曲折云。再則
答以欲詳知風候而仰報, 故姑此差遲云。仍請行船, 卯時解纜, 過文字
城, 乘潮催櫓, 四隻彩船, 又牽曳而行。左右諸山, 逶迤似畵, 海水至
此, 便作長湖, 白沙靑松, 曲曲成灣。自小倉以後, 却有江湖之趣, 往往
有絶勝處矣。行可四五十里, 西北風頗緊, 中流擧帆, 舟行甚快。歷所
謂元山, 從前使行之過此者, 而元山稱爲猿山, 日記中多言, 此山之産
猿, 而特一江岸斷隴, 決非猿猱之所居, 良可異也。黃昏到三田尻, 此
亦長門地方, 而水邊村家, 只十餘戶, 船滄水淺, 不得近岸下碇中流, 仍
宿船上。是日行一百四十里。

二十五日〔乙丑〕晴。晚陰西風。次上關。
島主曉送言請行, 未明發船。早潮方漲, 西風又緊。馬島護行船及長
門州隨行船, 大小並四百餘隻, 一時掛帆, 蔽海而行。過向浦、德山、
笠戶等處, 所經大村, 則輒以小船載水與蔬菜魚鮮之屬, 迎船來供而
去, 蓋其太守預爲知委待候云矣。水分兩岐, 中隔一山, 一自笠戶浦前
迤出, 此爲間路, 一自德山直達上關, 此爲大路。若置風勢不順, 則從
笠戶行船云。向浦距赤關, 一百八十里, 而潮水至此始廣闊, 蓋西海道

九州之地, 盡於此處. 與南道四州之山不相屬, 故其間大洋相連, 一望
無際, 北望山勢, 奔騰連亘不絶. 此皆北道諸山, 而止於長門州所管,
臨海地窮之處云矣. 歷室積, 申末到上關. 風色猶好, 行中多勸前進,
而不但天有雨意, 前站遠近又未能知, 不得已入泊船滄下宿館所. 此地
卽周防州所管, 非新刱, 供帳凡百, 多不及於赤關. 館中有二層樓, 而
處地頗深, 眼界不甚敞豁云, 故不爲登見. 此地山水亦勝, 而比諸赤關
則多讓矣. 赤關一名卽下關, 日本之稱爲上下關者, 取其關防要衝之義
云耳. 長門州太守呈檜重一組, 鯛一折, 酒一荷. 地雖屬於周防, 長門
州太守兼管周防, 故有是餽云. 吾行所呈, 則送于島主, 副行所呈, 則分
與護行奉行及裁判. 長門支待奉行呈於杉重一組, 串海鼠一箱, 盤國酒
一樽. 分與船格. 是日行一百六十里.

二十六日〔丙寅〕晴. 西北風, 黃昏驟雨卽止. 次鎌刈.
平明發船, 從上關東兩岸間作行, 岸狹如束, 董通一水. 或櫓或帆,
半日行舟, 歷加室至津和. 加老渡之間, 島嶼羅列相錯, 水勢屈曲縈廻,
灘淺水急, 船路極艱. 未到鎌刈數十里, 日已昏黑, 風水俱逆, 寸進尺
退, 驟雨又作, 未及掩蓬舟中, 一場喧鬧, 旋得開霽, 人始少定, 而櫓手
力盡, 勢難逆潮而行, 不得已下碇仍宿. 是日行二百里.

二十七日〔丁卯〕晴. 東風. 留鎌刈.
鷄鳴後乘潮上, 始得到泊. 睡起已日高三竿矣. 風勢不順, 勢難前進,
故遂下船詣館所, 設浮階三所以備, 三使船停泊. 自船滄至館舍, 百餘
步之間, 新創行閣, 皆鋪以紅氈, 館宇宏麗, 屏帳華美, 溷室機木, 亦着
黑柒, 燦然照映, 下官宿處, 盡設金屏. 日供活雉, 至及次官, 凡百豊
侈, 殆非所經諸站之比. 地屬安藝州, 太守源吉長, 居廣島城. 使支待
奉行, 淺野內膳、天野傳兵衛, 呈干鯛一箱, 煎海鼠一箱, 三原州酒兩
樽. 分與一行.

二十八日〔戊辰〕晴。次韜浦。

夜半島主送人請行, 三使趂鷄鳴乘船。風勢太猛, 天色黝黑, 故不得發船。黎明始擧帆而行, 風順潮漲, 舟行甚疾。歷高崎行數十里, 遙望左邊海岸, 粉堞嵯峨, 沿潮一帶, 村閭極盛。此卽安藝州代官所住之地, 而地名三原云。又行適田島, 未及韜浦十里許, 見石壁臨海, 陡起峭峻如削, 結小菴於其巓, 有僧居之。此是海潮山盤臺寺, 而自前各船過此, 僧必鳴鐘以應之。船中各損米斛, 以遺居僧, 賴此資活云, 故命給二石米。申初到韜浦, 浦口日色尙早, 風勢甚順, 正宿可惜。故三使相議, 將欲擧帆前進, 倭禁徒‧沙工、通詞等, 合辭懇訴曰: "島主未及來, 而若有過站之擧, 則吾輩必不免死, 切願少待島主之至, 往復進退未晩。"云云。其言頗似有理, 不待通議徑先獨行, 有歉於主客之道, 故下碇中流, 姑爲遲留。島主船始追到, 而日勢已暮。宿站不便, 且島主懇請留宿, 不得已入泊船滄, 而從事船禁徒、倭沙工等, 多可惡之習送言, 島主請治其罪, 而所答不決, 從事怒其不從, 不欲下船。故余與副使送譯官, 責島主之失禮, 仍及不可下陸之意。島主始爲懼然, 許以重治沙工等, 送裁判催謝。三使遂奉國書詣館所, 館是海岸山福禪寺, 門臨大海, 山川秀麗, 景致之勝, 歷路所未見, 而閭里之盛, 亦非赤關以後, 諸站之比。此則備後州阿部伊勢守源正緣所管, 太守居在福山城, 曾送使者, 迎問於赤關者也。送奉行支待呈干鯛一箱, 昆布一箱, 酒二荷, 又呈扇子二十把, 菓子一折。分與行中。是日行一百四十里。

二十九日〔己巳〕晴。北風。次日比村。

日出後發船。中流回望沿湖一帶, 築石爲堤, 層軒曲檻, 隱映於林木之間, 視諸登眺之時, 不翅倍勝, 若非工畵者, 殆不可以模寫矣。乘船掛帆, 過白石島, 到下津村前, 有小島如馬, 石磧橫亘, 波流盤渦, 水勢悍急。余乘船倒流所駏, 幾乎觸嶼, 堇免於危。副卜船則不及回避, 掛罤於淺處, 倭船百餘隻, 一時來集, 解卸卜物, 艱以救得行。過賀室, 備前國主從四位侍從。源繼政送奉行，乘小船呈藤戶海苔一櫃，砂糖漬菓一壺，酒酒雙樽。分與行中。前路多島嶼，風勢又逆，不得行船，移泊於日比村港內，仍宿舟中。副卜船，夜深後始爲追到。是日行一百四十里。

東槎錄 (射)

洪北谷海槎日錄下

〔己亥〕
九月

初一日〔庚午〕晴。次牛窓。

曉行望闕禮於舟中。島主送五花糖一曲, 濕飴一壺。巳時發船, 乘潮督櫓而行。水淺且急, 船路極險危, 倭船盡力牽挽, 小船累百隻, 又左右分列, 只開一條路, 一行諸船一字成行, 魚貫而進, 首尾連亘, 幾五里許, 亦可奇觀矣。晡時到泊牛窓, 下船入館所。浦內人家千餘戶, 太半瓦屋, 男女觀光者, 彌滿山上, 塡咽路傍, 殆不可勝計。地屬備前州, 太守源繼政, 居在岡山城, 距此百里云。繼政呈粕漬紅魚一桶, 三重櫉一櫃, 忍冬酒一陶, 櫉是五層大器, 紅魚卽魴魚也。分與行中上下。島主長老來見。是日行八十里。

初二日〔辛未〕晴。東北風。次室津。

巳末待潮發船。牽曳而行, 行可五十餘里, 遙望左邊粉堞逶迤, 層樓隱映。此卽播靡州所管, 森和泉守所居, 而城名赤穗云。向晡抵室津, 港口彎抱, 可容千餘艘藏船之所, 最優於沿海諸處矣。下船入館所, 館舍亦甚軒敞。地屬播靡州, 卽榊原式部大輔政邦所管, 而太守居在姬路城, 距此百里云。政邦呈蒸餠一器, 粕漬鱵一桶, 魯酒雙樽。鱵卽銀口魚。分與行中。是日行一百里。

初三日〔壬申〕晴。東北風。次兵庫。

丑時發船, 或櫓或帆, 行五十餘里, 遙望北邊浦岸有城, 稱是娘尼城云。又行七十餘里, 見左邊平野之中, 城堞環繞, 人居櫛比。此是播麿州, 所管松平左兵衛督直常, 所居明石城, 而地名亦稱明石浦云。直常送奉行, 乘彩船護行。仍呈糟漬鯛二桶, 干菓子一箱, 石決明三十箇, 酒一荷。分與行中。南望群山處, 海水茫茫, 與天無際, 似是四州之地, 始盡於此, 復與大洋相連矣。申時到泊兵庫, 下船入館所。松平遠江守忠喬呈胡椒一匣, 南草一匣, 酒二樽。分與行中。忠喬又呈杉重一組, 給護行奉行。此地屬於圻內攝津州, 關白藏入之地, 而忠喬居在厄崎城, 以支待來到云。關白別送人, 看檢支供, 仍致白木折一, 三重一組, 酒一荷。折卽大木樻, 盛以餠餌菓餚之類者。並分與行中上下。是日行一百八十里。

初四日〔癸酉〕晴。次大坂城。

夜半乘潮發船, 櫓役行一百里, 午抵河口。村居頗盛, 亦有館舍, 從前使行, 或有止宿之時云。往往山脚之迆入湖中爲島嶼者, 或稱蘆屋或稱店浦, 而皆有人家, 極其稠密。兩岸蘆葦, 水禽飛鳴, 松竹之間, 籬落相連, 景致頗絶勝。樓船十餘隻已來, 艤於近處。盖自此至大坂, 水淺不能容大船, 故前例必移乘樓船, 而譯輩言三使樓船, 乃關白所乘之船云。故送譯官於島主, 以事體未安, 願易他船之意爲言, 則島主以爲此非關白所乘, 乃是爲使行別造留待者, 不必固辭云。遂以小船迤登樓船。船制上設層閣, 上下皆着黑柒, 燦然照人, 椽桶欄檻, 亦餙黃金, 窓壁之間, 塗以金箔, 銀帳朱簾, 窮極侈美。又以雜色絨絲索繫二金鈴於船尾, 時時掣鈴以爲運柁之號。着黃班龜紋衣者數十人, 持朱楫欄船棹歌齊唱, 清越可聽。旗纛所載船最居前, 槍劍次之, 鼓角又次之。國書先行, 三使繼進。堂譯及上通事所乘者, 皆太守之船, 亦皆輝煌, 與使臣船無甚差別。河廣或濶或狹, 深不過丈餘。自河口至大坂, 三十里之間, 左右並築石爲堤。上流之分派入河者, 殆五六處, 輒設虹橋, 無慮百數, 而制甚高大, 舟楫皆從橋下往來焉。兩岸層樓傑閣, 接屋連甍, 殆無一片空曠之地。大小商船之泊, 在江岸者, 首尾相接, 數十里不絶。間有粉墻, 華搆宏麗無比者, 皆是各州太守之茶屋, 而輒引水爲塹設柵藏船, 船制之華侈, 與使行所乘樓船一樣矣。男女觀光者, 彌滿岸上, 不知幾千萬人, 其繁華形勝, 彷彿北京之<u>通州</u>, 而富麗則過之云。過七大橋, 薄暮到大坂。船艙鋪板爲浮階, 高與船舷齊, 兩傍設以竹欄, 制甚精緻。倭人進屋轎, 紗窓柒杠, 亦極華奢。遂下船乘轎, 十二人肩擔而行。堂譯、製述、良醫, 皆乘懸轎, 中官以上並騎馬, 金鞍金韉, 華麗無雙。奴隸之類, 亦皆有雙牽後陪。行可六七里, 始到館所, 左右長廊, 俱是市肆, 而無非層樓廣廈。觀者老少充溢房屋, 塡咽街巷視江岸尤盛, 而男女僧俗, 摩肩帖背, 全無分別陋矣。不足觀也。十字架路, 井井方直, 以人家六十間爲一町, 每町必有里門。聞<u>日本</u>之人, 身田宅俱有稅, 而三稅之外, 終年無役, 有役則必給價雇之。宅則計間徵稅, 田亦以町法, 量其大小, 定其多寡云。人物之繁盛, 里閭之殷富, 足爲東來後, 第一壯觀矣。館舍卽所謂<u>西本願寺</u>, 而結搆宏麗, 殆近千間。佛殿柱木, 皆用槐木, 紋理燦然, 楹內數十柱, 塗以黃金, 觸目輝煌, 倭俗第宅之侈靡類多如。此地屬<u>攝津州</u>, 而三分其地, 二爲關白藏入, 一則<u>伊豫州</u>太守主之, 故自<u>江</u>戶定送町奉行二人來管。此地所謂御城在五里許, 城壁極其堅完, 以近州太守輪番遞守云矣。島主長老及接伴長老<u>龍菖</u>者來見。仍設宴享於大廳, 上官以上, 皆設花床, 而飮食草草無可觀。夜深乃罷。是日行一百三十里。

初五日〔甲戌〕 晴。留<u>大坂城</u>。

館伴岡部美濃守藤原長泰, 及町奉行二人, 具其公服來見, 三使遂改着團領, 出大廳接見。禮如見島主之儀, 而館伴年老耄昏, 禮貌不能成樣。護行倭人等, 以爲館伴如此, 故不敢晝見, 乘夜而來云。行茶一巡而罷。

初六日〔乙亥〕 晴。留大坂城。

倭人以關白之命製, 呈一行上下衾褥四百七十五件。三使與堂譯, 並
以錦段爲之, 次官以上則以細, 中下官則以木, 而或青或紅, 皆是班紋。
衾則有袖, 如倭人所着衣樣, 而製造多不致精。中官以下所給, 則不用
純綿, 雜以他物, 此是馬島人受價防納, 故用奸如此云。使行所呈, 則
分給騎卜將。以酊菴長老呈燒饅頭一折, 接伴長老呈粽五十把。粽是白
餠, 以竹葉裹而蒸成者, 狀似竹筍, 每十裹爲一把。並分與行中。站官
送鹽庇鹽鯨, 分送島主及護行奉行裁判及待令倭人。

初七日〔丙子〕 晴。留大坂城。

館伴呈杉重一組。分與行中。

初八日〔丁丑〕 晴。留大坂城。

別幅禮單物件, 計數出付, 倭人使之改封裹, 運納於江戶, 前例然也。

初九日〔戊寅〕 朝晴夕雨。留大坂城。

島主來候, 且送索麵一盤, 烏賊魚一盤, 酒一樽, 以節日故有是餽
也。護行奉行呈紅柿、松茸各一盤。並分與行中。異域逢重九佳節, 客
懷殊覺作惡。處處菊花已爛開, 可想節侯之早矣。三行乾粮, 各具小饌。
夕後始雨, 終夜大注。

初十日〔己卯〕 朝晴。夜行仍宿船上。

朝來雨始晴。乘轎出船滄, 登樓船。館伴呈杉重一組。船將以下一百
九人留船, 其餘皆從行。將發船將沙格等拜辭。江岸去住關情, 令人悵
然, 餽酒食以慰之。遂發船歷二大橋, 行七八里許, 有城屹然於江上, 麗

譙粉壁, 掩暎於松檜之間者, 卽倭人所謂御城云。過此以後, 人居漸稀,
便有鄕村氣像, 而往往斷岸臨江, 橘竹成林, 草屋數十, 瀟洒如畵, 褰簾
眺望, 却自忘疲。着靑衣曳纜者, 殆近百人, 而逆沂而行, 舟重行遲。
昏後始達平方五十里之地。送中下官, 入館所受熟供。站官送人問候,
仍呈日饌雜物, 以關白命致折一合, 杉重一組, 樽一荷。三重及酒一
桶, 則給護行奉行輩。谷出羽守衛衝, 又呈菓子一折, 此是守土之官云。
分給在船倭沙工及禁徒通詞等。乘月行船, 夜深設寢具, 仍宿舟中。是
日晝夜行八十里。

十一日〔庚寅〕晴。次倭京。

天明睡起, 已泊舟淀浦, 轎亦來待矣。下陸詣館所, 臨江築城, 城堅
濠濶。城外設水車, 能自回幹, 挹水數十桶, 仍以灌注於城中。制甚奇
妙, 故送神將李長興、具都事, 往審制樣而來。城東數里許, 有大塚山,
其上盖多倭皇之塚云。地屬山城州, 而松平和泉守送奉行支待, 程折一
合。分與行中。飯後將發, 而人馬太半不齊, 行中卜物多不得載運。盖
聞站官所立卜馬, 不爲不多, 而馬島之人先運, 渠輩卜駄, 待其回還, 欲
爲再運, 故如此云。不但情狀可惡, 待使臣之道, 亦不當如是。筍簡初
欲停行仍留矣。奉行裁判等, 惶悶罔措, 親來哀乞一邊鳩集, 人馬陸續
輸送, 不得已差晩發行, 而五六從人及如干卜物, 猶未免落後矣。轎是
大坂所乘, 而八人肩擔, 盖別定壯丁三十人相替 而擔行云。堂譯以下,
並與大坂下陸時, 威儀無異矣。行可十餘里, 望見東南間, 有城粉堞隱
映, 此卽所謂伏見城, 而舊日乎賊所居之處。距淀爲十五里云。又行數
十里, 大小村落, 連延不絶, 左右原野阡陌縱橫, 諸穀之未及收穫者, 穊
稴在畝, 可想土品之膏沃, 而大坂以後至江戶, 擧皆力農云。到實相寺,
改着公服。黃昏到倭京, 燈籠之來迎者, 橫亘十餘里。未及倭京八九里,
路在有東寺, 二層門樓, 縹緲半空, 屋宇宏崇, 有如宮闕之狀。左右閭
里, 鱗鱗相接, 市廛之壯, 人物之盛, 比大坂不啻倍蓰焉。館于本能寺,

亦甚宏傑矣。島主兩長老來見，俄而京尹來至，島主至外門迎之先導
而入。三使具公服，出楹外迎入，相對再揖。京尹着公服，戴長角紗帽，
手執牙扇，昂然就坐。年可二十五六歲，儀貌端整，舉止安詳。方來守
倭京，而秩視江戶執政云。使島主傳言，島主俯大廳，命惟謹退縮，不
敢入坐，其體貌頗截然矣。酬酢數語，行茶一巡而罷，仍設宴享於大
廳，此亦關白之命云。饌品儀節，與大坂一飯矣。京尹松平伊賀守呈干
鯛一筐，昆布一筐，蕨樽一荷，蕨卽酒名云。接伴本多下總守，藤原康
命呈篠粽五百把，此亦餅名云。接伴長老呈外郎餅十竿，外郎餅，長而
有四隅，裹竹葉蒸熟，味甘色赤，衣以竹葉狀如竹竿，故稱之以竿。以
酊菴長老呈紅柿一籠，奉行杉村采女呈生梨，小柑一筐，鹽一合，鹽是
別造云。並分與行中上下。所謂倭皇宮在於何處而出入，皆不知其所
在。是日行四十里。

十二日〔辛巳〕晴。次大津。
食後發行，穿過市街，不知其幾曲，從闤闠中，行十餘里。過一大板
橋，欄柱輒以銅頭冒之，欄木合縫處，皆以長鐵片掩之，高可十餘丈，亦
不下百餘步，又踰一小嶺，路傍人家，俱是酒店。過此以後，村落漸稀，
或三四里，而一遇之，或至七八里而始有之。雖其殘盛不一，未有過十
餘里，而無人家，自此至江戶皆然。路左有築土爲長堤，夾路栽以青
松，每十里對築大土墩，上植槐木，名曰里塚，而十里相去甚近，較諸我
國里數，不過爲七八里矣。申初抵大津。閭里人民，亦頗殷盛。館于本
長寺，地卽近江州所管，而青山因幡守，以支待呈饌品一累篋，所謂饌
品，卽亦杉重之類。分與行中。此是過站，而余自倭京患癨亂，到此頗
苦，不得已留宿。是日行三十里。

十三日〔壬午〕微雨。次守山。
早食後發行。穿閭閻中，行五里餘，神堂佛舍與民戶相錯，鐘磬之聲，

相聞於道, 僧人女子雜處無別, 倭俗崇奉神佛, 故如此云。此則馬島以後, 到處皆然。有長湖迷茫, 不見其際, 此卽所謂琵琶湖, 以其在近江州, 故又曰近江湖。瀰漫於三四百里之間, 日本湖水中最鉅者。蘆花叢裡, 漁舟泛泛, 島嶼之間, 鷗鷺成群, 宛如畫中光景, 令人便欲忘行。臨江有城, 名曰膳所, 本多隱岐守所居云。過草津橋, 又歷勢多大坂橋, 夕抵守山。館于東林寺, 一名稱以森山, 此亦近江州地方。板倉近江守重治呈杉折一組。分與轎夫。是日行五十里。

　十四日〔癸未〕晴。次佐和城。
　平明發行, 午抵八幡山。館于專修寺, 庭前有奇巖怪石, 花木之勝。井伊掃部頭源直惟呈杉重一組, 加藤和泉守藤原嘉矩, 以近江州水口城主爲館伴, 又呈菓子一折, 並分與行中。飯後卽發, 少憩路傍茶屋, 暮到佐和城宗安寺。寺後有彦根山, 故一名彦根。地屬近江州, 而井伊掃頭部以世臣方守。此城閭閻人物之盛, 亦一大都會也。日本城池, 皆在平野, 而獨此城一面據山。譙樓粉壁, 突兀於林木之處。濠塹深闊, 極其堅完。此倭城之制, 有門輒築甕城設重門, 有城必引流水爲深濠類, 我國城制所能及, 而但不設雉堞, 只於城上列植柱, 爲土壁塗灰, 內外間置銃穴, 上盖以瓦, 所見雖似華美, 守禦似不堅固矣。館宇華麗, 屏帳鮮明, 備置紋衾, 衾褥及枕席於房中。日饌所供, 及凡接待之具, 倍優於沿路諸站, 中官以下熟供有銀匙, 小童之類, 設餠饌以餽云。是日行一百二十里。

　十五日〔甲申〕晴。次大垣。
　曉行望闕禮。平明發行, 踰絶通摺鉢兩嶺, 暫憩路傍茶屋。極目原野, 無非田畓, 禾穀已熟, 黃雲遍野, 可想年事之豐登矣。未及今須十餘里, 行過一大村, 護行奉行輩, 固請少憩, 遂入坐路傍廣厦宅。後有水石之勝, 塞水下流作爲小池, 遊魚潑潑, 歷歷可數。此是近江州太守,

往來江戶時, 休息之所云。午飯于今須站館, 夜抵大垣。迎候燈籠, 連
亘數十里。館宇花林院, 繚以粉牆, 環以深壕。左右民戶, 亦甚殷盛。
地屬美濃州, 戶田采女正氏定守之云。呈糖糕一篋, 分與行中。是日行
一百里。

　十六日〔乙酉〕 次名護屋。
　日出後發行, 過洲股三大橋。皆聯舟鋪板, 兩邊置大索, 與鐵鎖以撑
結之。及至起川, 則連船三百隻, 可千餘步, 功役之費, 可謂鉅矣。兩
岸男女, 不記其數, 乘舟縱觀者, 亦甚盛。午飯于起站中。納言尾張州
太守源繼友呈餠一大櫃。分給轎夫與前導禁徒。飯後卽發行二十里,
路左新搆茶屋, 尾張守備待酒饌云。因日暮, 不得歷入, 住轎啜茶而
行。又穿過閭里數十里, 始抵名護屋, 城郭人民之盛, 實大坂以後初
見。館宇性高院, 院宇亦甚壯麗, 城內寺刹, 無慮累十所矣。尾張守又
呈餠一櫃, 分與行中。太守以三宗室中一人, 故所守城邑, 若是殷富,
而日本之長槍利劒, 皆出於此云。是日行一百十里。

　十七日〔丙戌〕 晴。次岡奇。
　早發數十里, 路傍多寺刹, 而天林山銅塔, 最高可觀。未及鳴海五里
許, 始見海水逆入, 時有遠遠風帆, 令人意緒頗暢豁。午飯于鳴海站
館。尾張守呈餠一櫃, 分給轎夫。晚過阿野, 暫憩茶屋, 又過矢荻川大
橋, 日本橋梁中, 此橋爲最大云。二更始抵岡奇。城壕里閭之壯, 可與
尾張相埒矣。地屬三河州, 而水野和泉守忠之守之呈折一合, 分與行
中。江戶使者, 周防太守平助元方來待, 而因夜深明將傳命云。是日行
九十里。

　十八日〔丁亥〕 次吉田。
　平明, 島主長老來見, 俄而江戶使者來到, 三使公服出楹外迎之。使

者亦着其公服, 相讓而入, 就席前相對兩揖而坐。使者使島主傳關白之
命, 盖是勞問之辭。三使乍離席, 聽之起而還坐, 仍以循例, 致謝之語
答之。行茶一巡而罷, 出楹外揖送。食後發行, 午抵赤坂。三浦壹岐守
明敬, 以支待先送人問候於中路, 仍呈杉重一折, 分給諸倭。飯後卽發,
過一大坂橋, 黃昏到吉田。此亦三河州所管, 而松平伊頭守信祝方守
之。臨湖築城, 民戶極盛。館于孤峰山悟眞寺, 寺甚宏麗, 且有池沼花
卉之勝。信祝呈杉重一組, 分與行中。是日行七十里。

十九日〔戊子〕朝陰晩晴。次濱松。

平明發行, 行四十里, 過一小嶺, 傍山遵海。又行十餘里, 午飯荒
井。此地卽遠江州所管云。松平伊頭守信祝呈杉重一組, 盖以支待送奉
行來待云。分給一行。飯後到金絶河, 河距館所, 董六七步。行中夫馬
到此始交替, 故裨將員役, 皆步至船滄, 分乘黑柒粧屋之舟, 以次而行,
河廣可數十里矣。在昔信使之行, 禮單銀貨, 皆投之此河, 故仍以金絶
爲名云。倭人指東北方雲際而告曰: "此是富士山云, 雲陰不分明可欠。"
舟泊東岸, 人馬已整待, 故下船登陸, 行三十里, 黃昏到濱松館所。館
在市井之間, 甚不軒敞。此乃遠江州太守, 江戶往來時, 所館之處云。
松平伯耆守呈餠一折, 分與轎夫。伯耆奉行以支待來問候, 島主送求
肥飴一器, 養命糖一器, 分與諸裨及製述、書記、良醫。是日行九十里。

二十日〔己丑〕晴。次懸川。

夜雷雨曉晴。平明發行, 過天龍川, 舟橋百餘步。行四十里午飯。見
付站伯耆守, 又呈各色餠一折。分給護行。禁徒倭人晩來。天色淸明,
始見富士山, 屹立天表, 嶽色晧然, 直與白雲無別。記昔登甲嶺, 望白
頭山, 其大小雖不侔, 形色正相類奇矣。申末抵懸川, 此亦遠江州所管
云。小笠原佐渡守長寬來館所問候, 呈杉重一組。分與行中。是日行八
十里。

二十一日〔庚寅〕朝陰晚晴。次藤枝。

　平明發行, 行三十里, 暫憩金谷嶺底茶屋。踰嶺又行二十里, 抵金谷
站館, 長寬呈杉重一組。午飯卽發, 到大井川邊, 倭人累百, 已待候
矣。作架子設欄于於四面, 而前後虛其兩傍以安橋杠, 仍載轎其上, 數
十人擔護而渡。適値水淺, 得以利涉, 而若遇水漲, 則渡涉極艱。辛卯
使行之阻水, 此川二日留滯無怪矣。行過島田村, 結搆方張, 問諸居
人, 則七月失火, 燃燒七十餘戶, 今方改造云。行三十里, 夕到藤枝。
地屬駿河州, 土岐舟後守源賴稔送奉行支待, 仍呈餠果一重盒。分與
行中。是日行七十里。

二十二日。晴。次江尻。

　平明發行, 行三十餘里, 到宇津嶺, 小憩嶺上茶屋。山路高峻, 艱得
踰越。又行二十里, 渡阿平川, 穿過閭閻十餘里, 抵駿河府中寶泰寺。
寺有林園, 水石之勝。此卽家康願堂, 關白時來焚香云。立花出雲守,
種甀以支待, 呈檜重一組, 給製述書記。打午飯發行, 行三十里, 到江
尻宿站。所館卽富人私家, 而屋宇廣敞, 宅後粉墻之外, 淸溪環帶, 庭
有梅、橘、松、竹、蘇鐵之植, 極其瀟灑矣。京拯若狹守高或來問候, 仍
呈檜重一組。分餽三行轎夫。若狹守, 請得寫官筆, 命書給各數幅。是
日行八十里。

二十三日〔壬辰〕晴風。次三島。

　是日站遠, 初欲鷄鳴卽發, 因卜馬未備, 護行奉行請少遲之, 等待之
際, 天色已曙。島主又請使行先發, 故平明啓行, 踰薩埵嶺, 遵海而行。
行三十里, 午憩路傍驛館, 又行四十里, 以舟橋渡富士川兩處, 到吉原
站舍。此亦駿河州所屬云。此去富士山, 不過數十里而近。是日雲霧開
豁, 一山全體露出天表, 望之屹然, 極其高大, 而上下無石确, 特一大
土, 峯絶頂皓白, 皎然照日。居人或言雪色, 或稱土色, 未知何說爲是,

而白頭山已驗者觀之, 雪色之說, 似得之矣。峯上有他周回, 可數十里,
峯高近百里云, 足可爲海外名山矣。山腰以下草木葱蔚, 半腰以上, 則
濯濯無樹, 似是山高氣寒, 草木不得生而然矣。南北支麓之奔騰而去
者甚多, 不知終止於何方, 而其延袤, 亦幾許也。松平采女正定基, 以
支待官呈檜重一組, 分與行中及轎夫。午飯後發行, 行六十里, 三更抵
三島宿站。有馬在衛門佐純壽, 亦以支待呈檜重一合, 分與倍行員役。
此地屬伊豆州云。是日行一百三十里。

二十四日〔癸巳〕晴。次小田原。
　平明發行, 穿過閭里, 殆七八里, 村家盡處, 卽是箱根嶺。路半日登
陟, 行四十里, 而始到得上頭, 峰巒環抱重疊作一洞, 府中有大湖水, 周
回數十里, 水蒼黑深不可測, 松杉楓竹, 葱蔚於兩岸, 湖邊村家亦盛, 站
館壓臨湖水, 景致殊絶勝。此嶺卽富士山之支麓, 而其高至於四十里
之遠, 望見富嶽屹立, 與在平地時所見無異, 其爲高大特絶可知也。大
久保加賀守源忠英呈杉重一組, 分與行中。午飯後卽下嶺, 而石路崎
嶇, 艱得作行。初更抵小田原。此卽相摸州太守所居, 里閭人民極其殷
盛。夜設麵酒, 及六七品餚饌以待之。加賀守又呈檜重一組, 分與一行
及轎夫。是日行八十里。

二十五日〔甲午〕晴。次藤澤。
　平明行數十餘里, 暫憩路傍茶屋。相摸守設餠、柿、葡萄、氷糖等味,
使人來待。又進餠果各二小器, 以備轎上携去之資, 其接待之意, 頗勤
矣。又行二十里, 午飯大蟻館舍。鳥居丹波守忠利, 以支待呈檜重一組,
分與行中。渡馬入江舟橋, 行四十里, 夕抵藤澤宿站。所館卽閭舍, 頗
狹窄矣。堀左京亮直治, 以館伴來問候, 仍呈菓子一器, 各以三行所
呈, 分送島主及奉行裁判處。護行奉行言于首譯曰: "朝者江戶所留奉
行送言, 以爲使行到江戶之日, 關白將率其兩兒子觀光云, 軍物前排, 必

令齊整, 行中必着華鮮之服, 俾爲誇輝之地爲可。"云云。是日行八十里。

二十六日〔乙未〕晴。次品川。

曉發行, 行十餘里, 天色始曙。又行四十里, 過戶塚、新田、大村, 到
神奈川站館。黑田甲斐守長治, 以館伴來問候, 仍呈檜重一累篋, 分與
行中。午飯後卽發行, 三十里到六鄕江, 彩船四隻已來待。其一奉國
書, 三使分乘各一隻, 此外人馬渡涉, 船隻不知其數。渡江行三十餘里
抵品川, 閭里極盛, 路傍佛寺甚多。館于東海寺。松平豊前守澄猶, 以
館伴呈杉重一累篋, 分給次知五日, 及次知夫馬倭人。自吉原以後, 一
面濱海, 或遠或近, 而神奈川及品川, 皆在海邊, 以此推之, 江戶亦去海
不遠矣。此地屬武莊州, 而相摸武莊之間, 盲人之乞食者最多, 此亦風
氣有別而然耶。殊可異也。是日行一百里。

二十七日〔丙申〕午陰。次江戶。

早食後, 三使改具公服, 員役着團領, 軍官以戎服佩筒箇, 前陪以次
而發。由閭里中, 行十許里, 倭通詞告以已到江戶。其間人家相接, 未
甞斷絶。入一城門, 再過大坂橋, 又出城門。通計三十餘里之間, 左右
閭舍, 皆是層樓, 比屋連簷, 全無一片空缺處, 宅前俱有小井, 屋上輒置
水桶, 禁火之具, 無不畢具。老少男女如蜂屯蟻聚, 數十里不絶, 而其
中年少女子, 則必着斑爛錦繡之衣, 眩人眼目。市肆人物之繁華富盛,
比之倭京, 尤有倍焉。未時到館所, 此舊所稱東本願寺, 而失火改搆,
今稱實相寺云。館宇頗壯麗, 庭前引水作池, 築土爲造山, 多植花木,
架以小橋, 通人往來, 而帷帳之屬甚覺草草。日饌所供, 與沿道諸站無
異矣。理馬金男與小通詞來拜於門外, 頗有欣迎之色矣。島主來到外廳
問候而去。江戶形勝, 開野最遠, 四方無山麓之阻, 獨關白宮城之後,
地勢稍高, 不過丘陵, 而止南去海十餘里, 引海水爲壕塹, 小小船隻之
往來城外者甚多矣。是日行百十里。

二十八日〔丁酉〕晴。留江戶。

兩館伴及支待奉行三人來館所問候。食後館伴奉行等請謁，三使具
公服，出正廳相揖而坐，循例酬酢數語後，行茶一巡而罷。仍設宴享，
器皿饌品，略如大坂、倭京之例，而絶無下著之物，仍及堂譯裨將員役
以下小童之類，大略相等無甚差別，小童宴床之設，館伴亦來看檢云。
宴禮罷後，差晚關白問安，使者執政，井上河內守源正岑、水野和泉守
源忠之等來到，河內守卽首執政云。將入門設鼓吹待之，島主及館伴
前導而來，將上堂，三使出楹外迎入，立席前，相向兩揖而坐，首執政招
島主，到關白之語曰：“遠路無事作行，深用喜幸，故遣使者問安。”三使
似離席起而更坐，執政又致關白之語曰：“國王氣候何如？”復離席聽訖
還坐。余以首譯傳語曰：“來聞大君氣候乎安深以爲喜，大君以重隣好
之誼，推及於使介之行，旣送使者勞問於中路，又於今日之煩，兩執政
之來往，拯用感謝。”仍行茶一巡。使者將辭歸，三使離席言曰：“國王氣
體萬安矣。軫念使行，至使執政委問，不勝感荷矣。”執政遂起相揖，如
初出楹外送之。在剛崎時，江戶使者來致關白之語，而使臣之直爲回
答，事體不可，故只以感謝之意言於使者，使之轉達此意矣。奉行輩屢
言於首譯曰：“關白有問，而使臣無答語，事涉未安，且日本則不以直答
爲嫌，此後必須回復爲可云。島主亦以爲言，故今以此答之。島主與長
老，乘夕來見，出外廳，相對語略以數語往復。島主以爲國書傳命之
日，定於初一日，將無遲滯之慮，極可幸云。行茶一巡而罷歸。

二十九日〔戊戌〕夜雨朝晴。留江戶。

館伴問候，仍呈檜重一組，分給三行。所率弘文院太學頭，兼國子祭
酒林信篤，率其子信充、信智來請謁，遂與副使邀見於吾所館，相揖而
坐，年今七十六歲，厖眉童顏，爲人淳謹可愛。其兩子皆少年，方爲經
筵講官。信篤卽林道春之孫，以世襲主文之人，今方專掌詞翰之任云矣。
父子三人，各出詩軸于懷中，以呈文筆，則無可觀矣。設酒饌以待，且

言使事未畢之前, 閑漫吟詠, 道理未安, 竣事歸時, 當奉和云, 則唯唯而
去矣。馬上才往島主家馬場, 試馬而來。

三十日〔己亥〕晴風。留江戶。
整頓別幅禮單, 雜物列置外廳, 三使出往點視後出付。倭人島主與兩
長老來見, 以爲傳命時, 儀注初欲持來面議矣。未及謄出, 而夜色將
深, 故分付奉行, 使之畢謄後呈納, 而大抵一依壬戌舊例矣。茶罷卽歸,
所謂儀注督令速書, 而雨森東病臥, 又無解文字者, 只以倭書書出, 曉
頭始爲來納。

十月

初一日〔庚子〕晴。留江戶。傳國書。
曉行望闕禮。儀注未停當之前, 不可輕先傳命。故使之急招都船主源
儀, 書出一本, 而倉猝之間, 卒難搆書云。故不得已使掌務官朴春瑞,
以我國音飜讀, 副使隨錄一本而見之, 則大抵與壬戌使行時, 朴再興日
記所錄相符, 而但壬戌則行酒時辭見時皆再拜, 而今番則以四拜磨鍊,
此爲差異矣。然陣公私禮單後, 旣皆行四拜, 則最後再拜, 事涉斑駁,
不知曾前何以有此例, 而辛卯所已行之事, 到今不必爭執, 故只以不爲
爭執之意, 言于奉行。辰時, 三使具朝服, 陪國書進關白宮。入第一城
門, 則左右閭舍, 櫛比觀光者塡咽, 層閣之上, 垂箔而窺者亦多。入第
二城門, 則朱門甲第羅列, 其中皆是執政太守之家云, 而制度極其宏侈
矣。第三重城門, 卽其闕門, 而皆有濠塹砲樓, 壯固無比。上官以下皆
下馬, 留旗纛停鼓吹, 軍官解筒簡與劍至宮門。三使下轎子, 則島主兩
長老, 及館伴二人, 具公服迎揖於門內, 先導而行, 至玄關門。首譯奉
國書先行, 三使隨後步, 從入門內, 則又有着紅衣紗帽者, 七八人迎揖,

而前導至外歇廳, 安國書于床上。三使西向坐, 島主東向坐, 西壁下有
秩高倭官, 四五人對坐, 而不知其爲何人也。少頃大目付言于島主, 島
主傳于首譯, 首譯告入內之意。三使遂起立, 首譯奉國書前行, 諸倭官
皆先導, 從閣道而行, 至倭人所謂松之間, 安國書于卓上, 此卽關白殿
隔壁之處。諸州太守具公服, 跣足者列坐重行, 三使坐於東邊, 島主南
行曲坐。少頃首執政招島主, 傳國書先奉之意, 首譯奉國書而出至門
限, 跪傳于島主, 島主跪受入殿內, 傳于執事, 執事奉置又關白之坐。
陳公禮單於下段之椽外, 禮單馬其鞍立於庭。俄而島主引三使入殿內,
殿有三級, 而級高不過三四寸許, 關白坐於第一級重茵之上, 服淺淡玉
色袍, 戴角長烏帽, 坐處頗深, 左右垂帷簾, 面目依微不分明。大抵似
精悍而面瘦, 黃欠豐偉矣。三使陞中級廳上, 行四拜禮, 還出歇所。俄
而島主, 又引而入陳私禮單於椽外之南邊, 三使又四拜於下級廳上, 退
出歇所。見倭官公服者, 撤入幣物撤入。少頃世臣井伊掃部頭藤原直惟
與首執政來, 傳關白之言曰:"使臣涉重溟遠來, 良爲勞苦, 請行酒禮。"
三使遂乍離席, 各致謝語。執政等起去, 島主引三使, 而入坐於東壁下,
着黑色公服者數人, 進素木盤於關白之前, 又有着紅色公服者, 三人各
進素木盤於三使之前。盤有三器, 而草略不堪。食持銀罌者, 二人陞殿
上, 關白先以土盃受酒而飲, 島主目余, 余進詣中級廳上, 俯伏而坐, 一
人進土盃, 一人斟酒, 余稱觴而飲, 置盃於右, 俯伏而起, 持其盃復位置
於盤上。關白又飲一盃, 副使陞飲如余, 關白又飲一盃, 從事亦陞飲如
儀。倭官撤盃盤, 三使起行四拜, 出就歇所。於是堂譯拜於楹內, 諸上
官拜於楹外, 次官小童輩於稍低退廳, 中官則拜於庭下。少頃, 井伊掃
部頭, 與首執政來, 傳關白之言曰:"將以宗臣, 代行宴禮, 願任便受
享。"島主引三使, 復入下級廳上, 辭見禮而出。少頃, 島主請入席, 三
使遂入。紀伊中納言源繼友, 水戶中將源宗直, 二人着公服, 已先在於
下級廳西壁之下, 使臣就東壁, 相向再揖而坐。垂彩簾於中級廳上, 內
有許多人, 窺見之狀, 關白聞亦在其中云矣。紅衣者, 各進饌於主客之

前, 又以花床及高排果十數器, 挿以金花, 陳於北壁之下。酒行三盃而
罷, 床訖又相向再揖而出。軍官員役以下, 分享於他所。遂令首譯傳致
謝之語於島主, 使之言於執政, 俾達關白島主請出, 三使遂起而出。執
政四人, 隨來揖送於行閣門內, 館伴及兩長老, 揖送於乘轎之處。三使
遂各陳軍儀鼓吹而還館所。大抵關白之宮門闤殿閣, 不甚壯麗, 宮庭狹
窄, 中官入拜之時, 不能容成列。此是其法殿, 而規模如此, 良可異也。
且內外不見有一人戎裝者, 亦無軍衛陳列之處, 豈爲接見使臣, 故令撤
去耶。關門之外, 不設大小衙門, 有官守者, 各於其家治事云矣。島主
長老館伴, 並來問候。奉行等言於譯輩曰: "聞今日關白言於林太學曰,
每稱朝鮮爲禮義之邦, 今見諸使臣禮貌果然矣。吾輩亦有光色。"云云。

初二日〔辛丑〕晴。留江戶。
　因京尹奉行等姓名, 未及探問, 禮曹書契未得傳。太學林信篤, 又率
其兩子來請見, 余與從事適皆病, 不得出接, 副使獨邀見, 具酒饌以待。
盖聞此人, 聞關白稱道使臣之言, 欲爲誇張而來云。在江戶、馬島奉行平
眞賢, 呈種花一備, 淺治飴一匣。花是牧丹假花, 飴是天門冬和雪糖者。

初三日〔壬寅〕晴。留江戶。
　京尹姓名, 始爲探問而來, 而奉行八人, 已減其員額云。書契外面塡
書後, 出給禮單雜物於倭人, 使堂譯及諸倭, 往傳執政輩, 則奉行等以
爲壬戌前例旣差, 退五六日而傳之, 且執政輩, 連以公故無暇, 姑待初
六日, 分傳爲宜云。該曹書契, 雖與國書有異, 傳命後不卽傳致, 事涉
未安, 累次督迫, 必令今日內分送, 而奉行等, 諉以壬戌舊例, 必欲差
退, 此必其間有甚曲折, 而亦不必强爭起鬧, 故不得已姑爲遲待, 殊可
痛也。島主請見馬才, 使上船房裨將各一人, 上通事一人領送, 乘夕始
罷還。日本太醫之子來見諸醫, 論難藥性醫理而去。

初四日〔癸卯〕晴。留江戶。

儒生十餘人來會, 製述官所與諸書記唱和而去。堂譯三人, 往見四執
政而來言, 執政家各以酒果待之云。島主使奉行封送回答書契草本, 觀
其書辭, 不無未安處, 而蠻人文字, 不可責備, 且無慢辭, 可以爭卜處,
可幸。

初五日〔甲辰〕晴。留江戶。

關白欲觀馬才, 送三行兵裨, 及三堂譯領送, 午後罷還。馬場在於後
苑, 宮牆之外, 別搆層閣而觀之, 各州太守及諸侍臣, 皆在樓下觀光, 而
馬上各技, 並無失勢之患, 皆言比辛卯大勝云矣。儒生十人又會, 製述
所酬唱而去, 此皆林太學門生云。辛卯使行時, 則源璵秉權, 故所與往
來唱酬者, 皆其門人, 而新關白屛黜源璵, 親信林信篤, 凡詞翰之任, 林
皆主張。林與源自前不相能, 辛卯國書爭話之時, 林則多主促便改撰
之論而無權, 故不能見售。卽今兩家門生, 便成黨論, 每事不相合, 而
林則見其爲人, 年老淳謹, 議主和平, 似與源璵不同矣。島主送水果一
篋, 水果卽葡萄也。分與行中。奉行平倫之呈水果一篋, 剪綵花一盤。

初六日〔乙巳〕晴。留江戶。

堂譯輩傳禮曺書契禮單, 及使臣私禮單於諸執政, 夜深始還。傳言首
執政, 以爲次執政以下, 品秩與我一般, 而所送物件, 多寡不齊受之, 不
安於心云。累次往復, 故自致夜深云。此出於慮其同僚, 有言爲此辭遜
之言云耳。諸執政各送奉行致謝語。館伴長岡城主, 牧野駿河守源忠辰,
呈柿葡萄一籠, 鮭二尺。鮭卽鰱魚也。三行各分。島主夜來請於初九,
趂早臨宴, 以生光色云云。遂許之。

初七日〔丙午〕晴。留江戶。

因萊伯書得家兒, 九月初九書, 盖平信也。慰不能言。但聞王候有加,

藥房移設廚院云, 而更無由承候, 焦莞難狀。堂譯一人, 與上通事二人,
傳私禮單於納言諸處而還。馬島奉行等, 貽書首譯, 以爲漂人事, 旣有
壬戌約條, 江戶亦不許, 改勢難變通云云。假託江戶之狀, 殊可絶痛。
島主請見筒箇弓矢, 遂許之, 夕後始還送。此關白之意云。夜半從事因
人發告, 搜驗權興式、吳萬昌卜物, 興式卜中, 人蔘十二斤, 銀子一千
一百五十兩, 黃金二十四兩, 萬昌卜中, 得人蔘一斤而已, 無他物。蔘
貨之禁斷以一罪, 而此輩抵死冒禁, 太史公所謂貪夫殉財者, 不其然乎?

初八日〔丁未〕雨。留江戶。
島主以關白之意請見, 帿布尺量而去。

初九日〔戊申〕請。留江戶。赴島主家宴。
是日將赴島主家, 從事以病不得偕。辰時, 余與副使具公服, 行五里
餘到島主家。門墻第宅, 極其宏侈。下轎於門內, 奉行一人前導而入,
少坐歇處待, 副使俱從退廳而入。島主兩長老, 出迎至大廳上, 行兩揖
禮。堂譯以下, 以次行禮後, 島主引入內廳。已設交椅, 宴卓花床, 如
馬島宴時之儀。行九酌七味後, 島主請少歇, 遂與副使出坐別堂。少頃,
奉行來言, 島主近族諸太守請見云。與副使復入宴處, 宴卓之屬已撤去,
相對鋪紅氈矣。就位而立, 則所謂諸太守拱手而出, 着黑衣 黑紗帽者
一人, 先行再拜禮, 此卽藤堂和泉守高敏云。紅衣着帽者三人, 又行再
揖禮, 對坐行茶, 以數語往復後, 復出歇處, 改着便服。島主請陳戲具,
遂出坐外堂。樂工彈琵琶, 吹笛擊缶, 美童十人, 扮作彩衣女人狀, 迭
相獻舞, 戲子陳各技, 殆至十餘種, 往往有男女調謔之戲, 使首譯謂倭
人曰: "藝慢之戲, 所不欲觀, 卽令禁止之。" 大抵音樂皆不足聽, 歌是梵
音, 舞有擊刺之勢, 而呈戲之具, 雖多奇巧之狀, 亦無可觀。初昏島主
復請入內堂, 更設花床陳饌, 換杯九酌而罷, 撤床後, 余使首譯傳語曰:
"今番行中事, 甚苟簡多不成樣, 此由於奉行輩, 不解事之致, 歸期不

遠, 須申飭任事者, 俾無如來時爲可。"云。 則島主曰："當別爲申飭矣。"
余又曰："漂人一事, 使臣因朝令, 面言於相對時, 則可否間, 太守宜自
回報, 而汎使奉行作答於首譯, 事體未安矣。且事旣有約條, 而貴州之
分作兩段, 終是約條之外, 今後則別差, 雖或出來朝廷, 決不許接待, 此
意知悉可也。且傳語不能詳悉, 當更以文字往復矣。"島主曰："江戶之
意如此, 故不得變通, 而今日是盛會之日, 此等事何必。"云云。從當更
爲相議矣。遂罷還館所, 夜已深矣。

　初十日〔己酉〕晴。留江戶。
　關白欲觀我國射藝, 以微服來坐, 一太守之家, 使島主請得騎射之人,
故送三行軍官四人, 及遠射軍官二人, 馬上才二人。午後罷還。帿箭六
兩, 騎蒭各射一巡, 而邊儀獨於帿蒭並五中, 其餘騎射者, 皆能四中, 亦
頗不無色矣。

　十一日〔庚戌〕晴。留江戶。
　執政久世太和守源重之, 戶田山城守藤原忠眞, 二人來傳國書回答。
三使具公服出外廳, 則島主先奉書契櫃置于正廳案上。二執政隨後而
至, 三使迎揖於楹外同至廳上。相對兩揖, 分東西坐定。執政招島主,
傳關白之言曰："累日留館, 何以遣過？歸日不遠, 惟願愼涉大海, 行李
平安, 回答書與別幅回禮, 並善爲賚還"三使離席聽之起而還坐。行茶
一巡, 執政請聞回復, 三使使首譯傳答謝之辭。有紅衣官員, 持銀綿所
書之紙三幅, 使首譯各傳于三使。遂離席受之, 堂譯三人, 上通事一人,
製述官裨將一人, 言各跪而領受。中下官各一人領受後, 三使使首譯
傳言曰："念及使行, 又有盛賜, 深用感謝, 尊者之餽, 雖不敢力辭, 物其
多矣。心甚不安。"以此意歸告可也。 執政遂辭起而揖如初, 送至楹外
一揖而罷。回禮物種並陳廳中, 略爲看審, 出付馬島倭人。盖馬島人輸
納于釜山, 自是前例云。使行所賜銀子, 則將以大坂所在藏入者移納,

故只書枚數於片紙。綿子則已列置于西壁之下，使譯官看收，而心甚
愧怍矣。初昏島主使奉行傳示執政遣渠書，書曰：“今禮般曹參判金公，
贈我品物，比諸同職三員，則其數加多，是與舊例，祗以異也。且芳翰
亦不記，其指意如何？故所贈品物，以背國法，難採納之悉，皆就足下
還之，惟返翰述謝禮耳。三使或其聽而怪之乎，豫告諭焉。”奉行仍以島
主意懇言曰：“事機如此，極爲切悶，且此事專由於首譯誤着之罪，若以
歸咎首譯之意爲文字以惠，則庶可彌縫。”云。余曰：“首譯固有罪，其時
大差倭，亦以執政三人，以執事例爲之之意，成納手標，則豈可專責於
首譯？朝廷則只憑首譯手本，及差倭手標別幅物件，有此差等，此非朝
廷所失，而該曹別幅，若至還送，則事體大段不可，使臣不必煩諸文字，
島主以此意，詳言于執政，使知其委折可也。”奉行縷縷爲言而去。盖節
目講定時，執政以四人書送，則廟堂以有違壬戌前例，使韓後瑗，更往
<u>釜山</u>言于差倭，使之減其三執政，一遵前例，則<u>後瑗</u>累次爭卞，而差倭
堅執不從，以爲員數則雖不減，物件如執事之例，則彼此可無損，遂以
此停當，其實則執政四人，皆以執事例送物之意，而<u>後瑗</u>手本辭意，甚
不分曉，廟堂亦不細究。遂有首執政與次執政，差等之擧，而況此首執
政，適是句管<u>朝鮮</u>事者，故或恐關白有所致疑，此同僚之間，亦以不均
爲言，渠深以爲不安，有此趑趄云矣。

十二日〔辛亥〕晴。留<u>江戶</u>。
　館伴<u>中川內膳正源久忠</u>，呈柿子葡萄一籠，鯢二尺。奉行等願得文字
傳示執政，以爲彌縫之地，且書納一紙條列三段，語願依此措辭云，而
我無所失，則不必委曲爲言。故一從當初事實，裁書一通，使<u>朴春瑞</u>正
書，着圖書以給，則奉行等以爲書語如此，決難周旋，仍留置不傳於島
主。盖<u>韓後瑗</u>旣與<u>馬島</u>差倭往復講定，則渠輩亦將有罪，故必欲牢諱，
實狀糢糊爲說，全欲歸咎於韓譯，情態可惡。

十三日〔壬子〕晴。留江戶。

設上馬宴於外廳，宴禮如前儀。余使譯官言于奉行等曰："使行所送書辭，設令不副於所望，第傳于島主以難於周旋之意，措辭往復，則容或可矣，而無答還送，事體大不可，奉行輩何不指揮。"云云，則乘夕始爲推書而去，初昏作答書以來，其書曰："卽承翰敎，謹悉示意，惟此辭意，有難於周旋於其間者，須以昨日書送三件事中，最上下辭緣委曲，賜簡以爲彌縫之地，而如期發程如何不備，初欲不卽答送，更思之則執政事勢旣不可，厭然受之，不受則又不可循例回答，而竣事之後，因此細節，或有相持淹滯之患，則事涉不便，況旣減其數，降同執事之例，則在國家無損，而使臣之便宜變通，亦未爲不可。"故遂與副從相議，更作一書，且令寫字官，另寫別幅，如諸執政例，着使臣圖署而送之。

十四日〔癸丑〕晴。留江戶。

午間奉行以島主意來言，持其書往議於執政，董得無事彌縫，誠爲多幸云。盖首執政得此書，辭及改書，別幅輪示諸僚，以爲自明之證然後，始爲修送回答書契，及回禮物件，他執政亦皆觀望，不送書契，夕後始一齊送來矣。

十五日〔甲寅〕晴。次品川。

午時離發江戶。島主長老先行，將出門兩館伴揖送於楹外。使事順成速裝而出，一行無不鼓舞。薄暮抵品川，宿東海寺。豐前守澄猶，而館伴來候，仍呈生果三種，分與行中。

十六日〔乙卯〕雨終日。次藤澤。

寅時發行，行數十里，雨作冒雨渡六鄉江。午抵神奈川。黑田甲斐守長治，以館伴來候，呈柿、梨、葡萄一籠，分與行中。飯後卽發，到藤澤。堀左京亮直治, 以館伴來候, 仍呈索麵一箱, 分與行中。

十七日〔丙辰〕 陰洒雨。次小田原。

未明發行抵大礒站館。鳥居丹波守忠利以館伴, 呈柿梨一籠, 分與
行中。飯後卽發, 夕到小田原。大久保加賀守, 呈饅頭一箱, 分給轎夫。
夜呈酒饌如去時。品川以後至小田原, 大抵皆是山路處處, 長林錦樹
如花, 頓忘行役之勞也。藤澤、品川之間, 乞食者最多, 問諸居人, 則
答以此處生利極艱, 且聞使行將過, 故行乞者, 咸聚云矣。

十八日〔丁巳〕 晴。次三島。

明燈發行, 行可十里許, 天色始明。到箱根嶺, 雨後路泥石滑, 人馬
不得着足。暫憩茶屋, 艱辛上嶺抵館舍。加賀守又呈柑子一籠, 分與行
中。湖邊景物, 宛如去時, 而雲霧重蔽, 不見富嶽面目可欠。飯後下嶺,
黃昏到三島館所。支待奉行, 有馬左衛門佐純壽, 呈索麵一曲。兩長老
伻候。送譯官問島主安否, 仍及明日曉行之意。

十九日〔戊午〕 晴。次江尻。

丑時發行, 行三十里, 天始曙到吉原館舍。伊藝州太守, 送奉行支待
站館松平釆女正定基, 呈蜜柑一籠, 分與行中。飯後卽發, 暫憩路傍茶
屋, 初昏抵江尻。日昏行忙, 歷過淸見寺門前, 而不得入見。京極若狹
守高或, 以館伴來候, 仍呈索麵一箱, 分與轎夫。

二十日〔己未〕 晴。次藤枝。

平明發行, 到駿河府中。寶泰寺景物宛然如昨, 簷前有老柑子結子三
四十枚, 去時色靑未熟, 今則半黃矣。一柳對馬守末昆, 呈紅柿一籠,
分與行中。飯後催發, 申初抵藤枝。土岐丹後守, 呈海蔘一篋, 分給禁
徒及轎夫。島主送蜜柑一盤, 奉行三郎左衛門, 呈生栗與柑一器, 並分

行中。

二十一日〔庚申〕晴。次掛川。
未時發行抵金谷站館。小笠原佐渡守長寬, 以支待呈柑子一籠, 分與行中。飯後踰嶺, 暫憩路傍茶屋。申時到掛川館所。佐渡守又呈柿一籠。送譯官島主, 所謝昨日送柑之意, 仍問兩長老安否。

二十二日〔辛酉〕朝雨晚晴。次濱松。
雨達夜如注, 曉猶不止。平明冒雨發行, 行數十餘里雨始霽。到見付站, 松平伯耆守, 以支待送奉行, 呈柿一籠, 分與行中。飯後催發, 渡小天龍川舟橋, 夕抵濱松。伯耆守又呈干果子一箱, 分給禁徒及轎夫。

二十三日〔壬戌〕晴, 風寒。次吉田。
黎明發行渡金絶河, 逆風大作, 艱得過涉, 到荒井站館, 一名新居云。松平伊豆守信祝, 以支待呈蜜柑一籠, 分與行中。飯後行五十里, 過二川大村, 夕抵吉田館于悟眞寺。信祝又呈柿一籠, 分與行中。

二十四日〔癸亥〕微陰。次岡崎。
平明出門, 穿過閭閻十里許, 山勢平遠, 原野廣闊, 極目俱是田場。過御油大村, 行三十里, 到赤板站館。三浦壹岐守明敬, 以支待呈梨柑一籠, 分與行中。飯後卽發, 路出山野之間, 過藤川大村, 又再過大板橋, 行三十里, 夕抵岡崎。水野和泉守忠之方, 以執政在江戶, 使奉行支待呈蜜柑一籠, 分與一行上下。歷路大小店舍, 及道上擔持而行賣者, 無非柑橘。盖是土産之至賤者, 大柑未及成熟, 小者先熟云矣。

二十五日〔甲子〕朝雨晚晴。次鳴護屋。
雨終夜達, 曉猶未開霽。未明冒雨發行, 行十里許, 天色始明, 而人居猶不絶, 閭閻之盛可知也。有板橋跨大川, 高可十餘丈, 長亦數百餘步, 結搆堅牢, 望之如虹霓橫空, 可謂壯矣。行三十五里, 歷<u>池鯉鮒大村</u>, 暫憩路傍館舍。又行三十里有茶屋, 此乃<u>尾張州</u>地方。太守送酒饌以待, 奉行請入甚懇, 不得已乍入坐。待副從行齊到, 少話而起, 雨始晴天日淸朗矣。到<u>鳴海</u>站館, <u>尾張州</u>太守, 送使者問候, 仍呈生梨一籠。各以三行所呈, 分給護行、奉行、裁判、禁徒、通詞輩。里中人<u>島氏安敏</u>者, 呈竹筒冬柏花, 以五言絶一首謝之。飯後催發, 行三十里, 夕抵<u>名護屋</u>, 館于<u>性高院</u>。太守送人問候, 又呈杉重一折, 分給行中上下。島主兩長老來見而去。島主送小刀十柄, 分與諸裨及製述、書記、良醫。

二十六日〔乙丑〕 晴。次<u>大垣</u>。
未明發行, 穿過閭閻數十里, 左右層閣, 接屋連甍, 壯麗殷盛, 可與<u>佐和</u>相上下矣。出城門過大橋, 行四十里, 山川田野與<u>岡崎</u>略同。歷入路傍茶屋, 禁徒輩進酒饌, 此亦<u>尾張州</u>所供也。又行三十里 到起站, <u>尾張</u>太守送奉行問候, 仍呈柑子一籠, 並與副行所呈, 送于兩長老處。飯後卽發, 渡<u>起川</u>舟橋。觀光男女塡咽兩岸, 結幕沙上炊飯者甚衆, 似是遠地人來待者矣。又渡洲股三處舟橋, 行四十里, 初昏抵<u>大垣</u>。<u>戶田釆女正氏定</u>, 呈乾柿一篋, 黃橘一籠, 分與行中。

二十七日〔丙寅〕 陰, 夜雨。次<u>佐和城</u>。
未明發行, 行五十里到<u>今須</u>站館。午飯後卽發, 踰<u>摺針嶺</u>。嶺上有<u>望湖堂</u>, 與副從兩使, 歷入暫憩。望見<u>琵琶湖</u>, 浩淼無際。岸有一點小島在湖心, 如<u>洞庭</u>之有君山, 景致殊奇勝。壁上有辛卯從事所書小簇矣。又踰絶<u>通嶺</u>, 夕抵<u>佐和城</u>。<u>井伊掃部頭源直惟</u>, 方在<u>江戶</u>未還, 使奉行支供, 仍呈蜜柑一籠。

二十八日〔丁卯〕 陰, 風寒。次<u>守山</u>。

夜雨曉霽, 風寒頗作。凌晨發程, 出城門穿閭閻, 行十數里, 而天色
始明。晚來風勢益緊, 寒氣凜冽。又行六十里, 到八幡山專修寺。江州
水口城主, 加藤和泉守藤原嘉矩, 呈黃橘一籠, 分與行中。打午飯, 行
四十里抵守山。板倉近江寺重治, 以支待來館所問候, 仍呈柿一籠, 又
分行中。

二十九日〔戊辰〕晴, 風寒。次大津。

日出後發行, 過草津村, 歷勢多橋, 行五十里抵大津。館于本長寺,
此去三井寺甚密邇。寺在湖邊絶岸之上, 琵湖形勝, 盡輸於其前。登樓
一望, 領略可盡。景致之絶勝, 甲於近方云, 而懶於遊覽, 不果往見。
青山因幡守, 以館伴來問候, 仍呈蜜柑九年毋一籠, 九年毋卽大柑之名。
分與行中。因飛船便得家兒, 八月二十五平書, 殊慰客中懷。第伏聞王
候一樣彌留, 尚未有向安之喜, 焦慮難堪。兩長老伴候。島主送奉行言
曰: "明日去路, 當歷入大佛寺, 旣以關白之命, 預有待候之事, 幸勿緯
繣。" 余以不欲入見之意答送, 則島主再送伴, 力請不已。余曰: "曾聞此
寺, 稱以秀吉願堂, 義不可歷入, 雖有屢懇, 決難奉行。"云, 則奉行輩,
又請面陳余, 使之入謁, 奉行二人, 裁判二人, 及雨森東並入坐, 復申前
說縷縷不已。余曰: "吾性不喜遊觀, 自馬島至江戶, 往返數三千里矣。
其間可觀處, 指不可勝屈, 而雖門墻之內足跡, 未嘗下階庭一步地, 此
則君輩所知也。雖然若是無故之處, 則關白旣有命, 島主又力懇, 暫時
歷入有何難事, 而旣聞秀吉願堂之說, 則平賊之於我國, 卽百世之讐,
義不忍共戴一天, 吾輩況可歷過其地乎?" 奉行等曰: "願堂之說, 日本
人之所未聞, 何以傳到於朝鮮耶?"云云。余曰: "余志牢定, 斷不可撓
改, 須卽退去, 歸告於島主可也。" 奉行等遂悶鬱而退。

至月

初一日〔己巳〕晴。次倭京。

曉行望闕禮, 而余以外感不得參。奉行輩曉以島主言來言於首譯曰:
"大佛寺之行, 使行終始堅執不許, 固無奈何, 而關白分付之事, 亦不可
無端廢闕, 明日寺門之外, 別爲設幕, 如歷路茶屋之規, 暫爲歷入, 受饌
而過, 則彼此俱便, 願依此善處。"云。旣曰: "關白有所供, 又是寺門之
外, 則一時暫歷, 不至大害。"故遂與副從相議許之, 而設幕於野中, 亦
似苟簡, 使於稍遠處, 擇一閭舍以待之, 仍爲發行到倭京。京尹送伻問
候, 仍呈饅頭一折, 分與行中上下及轎夫。午飯後將發之際, 島主送言,
以爲今見京尹, 則有所云云, 不可不及時相議, 姑勿發行以待云。俄而
島主與兩長老來坐外廳, 使首譯傳言曰: "往見京尹, 仍及設依幕, 受供
之意, 則京尹大以爲不可云, 事將不順矣。幸深思事勢, 從長處之, 俾
無生事於我如何?"余曰: "使行自有所執道理甚當, 雖關白有言, 決不
可奉行, 況京尹之言, 豈足驚動, 且旣與講定, 又欲變改, 事涉無據, 寧
有他善處之道。"云爾。, 則島主送言曰: "使行所執義理至當, 果是願堂,
則吾豈敢奉請? 此言實出於訛傳, 而因此堅持, 致令島主受責於江戶,
豈不切悶乎?"仍與長老半日不去, 累次往復, 而終不許。仍言吾之所
執, 終難撓改, 此後則不必送言, 稟告于江戶爲可。吾輩越重溟數千里,
已置生死於度外, 雖經年留滯, 亦所不辭云, 則島主遂退去。

初二日〔庚午〕晴。留倭京。

食後, 裁判持一冊子來言曰: "此京尹家所藏, 而京尹使之送示, 故持
來"云。仍言曰: "此書卽所謂年代記, 而日本之史冊也。歷載大佛寺成
毁始末, 而無秀吉願堂可疑之蹟, 且其重建在於源家光爲關白之歲, 則
源氏豈有爲秀吉崇奉之理乎? 雖以此見之, 足知其願堂之說爲訛傳"云。
俄而奉行輩, 又以島主之言來, 申冊子之說, 余意以爲旣聞願堂之說,

則不許入見, 事理當然, 而願堂之說, 本出於傳聞倭人, 旣曰訛傳, 至以
渠國所秘之史記來示, 則何必强謂之願堂, 以實傳聞之說乎? 雖被懇
要, 暫爲歷過, 我國上下, 不忘讐之心, 義理則足以布聞於日本矣。因
此相持, 或至有留滯之境, 則殊非處變之道。遂議于副使, 而副使之意,
亦與之相合。雖從事獨以爲不可, 而見處有深淺, 固不必盡合。故遂以
暫歷之意答送。蓋聞島主往見京尹言, 及設幕之意, 則京尹曰: "事甚苟
簡, 決不可爲, 使行特以願堂之說有所持難, 若明辨願堂之眞僞, 則使
行必無不許之理, 遂以其家所藏冊子出給"云云。

初三日〔辛未〕晴。次淀城。

食後將發, 而從事以病, 不得同行。島主送伻請行, 仍及從事同發之
意。余以從事病勢如此, 而必欲使之偕行, 有若驅迫者然, 此何道理,
事涉駭然, 更勿如此之意, 責諭以送。遂與副使先發。東南行十里許到
大佛寺。佛軀宏偉, 坐高幾五六丈矣。以關白命進杉重各一折, 又進酒
果。諸裨及員役, 各有杯盤, 中下官並設酒果, 而極其豐侈。島主又設
酒饌於別處, 躬請暫往, 遂乘轎往赴。此卽三十三間者, 一字長廊, 間
架爲三十三, 而每間各坐諸佛, 號爲三萬三千三百三十佛云。所呈饌
品頗精。進酒三酌而勸止之。又進杉重。兩長老亦呈檜重各一折, 軍官
以下至中下官, 並有所餉。遂催發先行, 而歷路不見, 所謂鼻塚, 深以
爲訝問諸軍官輩, 則以爲高設竹籬十餘丈, 以障蔽之。蓋以使行持難於
入寺, 故猝設籬障之, 蓋欲其必歷, 而亦出於尊待之意云。路遇從事之
行。黃昏到淀城館所。松平和泉守呈蜜柑一籠, 分與行中上下。

初四日〔壬申〕晴。次大板城。

寅時發行到船滄, 樓船已艤待矣。遂卽行船, 辰時到平方。送中下官
受熟供, 以關白命致, 御折一合, 杉重一組, 御樽一荷, 分與裁判及倭人
之乘船者。各出羽守衛衝, 以支待呈丹波栗一籠。申到泊大坂。留船船

將及沙工輩來現, 而數月之間, 皆無一人病者, 喜慰殊極。渠輩亦無不
歡迎, 人情固自如此矣。館于<u>本願寺</u>。島主兩長老伴候, 館伴<u>岡部美濃
守長泰</u>, 亦送伴問候。

初五日〔癸酉〕晴。留<u>大坂城</u>。
<u>阿部伊勢守正緣</u>呈枝柿一箱, 館伴亦呈黃橘一籠, 並分與行中。送譯
官於島主長老處, 謝昨日來問, 仍及作速發行之意, 島主約以九日乘船。

初六日〔甲戌〕晴。留<u>大坂城</u>。
町奉行來問候, 仍故明日送示馴猿之意。盖島主在<u>江戶</u>時, 未及周旋,
故托之館伴云矣。

初七日〔乙亥〕晴。留<u>大坂城</u>。
兩長老伴候。館伴送示三馴猿, 二則雌, 雄一則其雛, 着斑爛小衣。
呈才於庭下, 跳踉盤舞, 隨人指使, 而厭見我國人, 每思走避, 故各戲不
能如常時云矣。

初八日〔丙子〕雨終日。留<u>大坂城</u>。
初以明日爲發行之期, 島主送伴以爲雨勢如此, 彼此卜物俱不得載船,
明日勢難作行, 請退一日發船云, 以歸期遷就, 不可退行之意答送, 則
送伴申請不已, 不得已許之。

初九日〔丁丑〕晴。留<u>大坂城</u>。
館伴來問候。先以卜物載小船, 發送<u>河口</u>。島主兩長老夜來見, 臨行
見使臣, 盖是前例, 仍請明日歷入島主家, 亦是舊規云, 故許之。

初十日〔戊寅〕晴。西風。次<u>河口</u>。

早發過船滄, 渡板橋往島主家。奉行裁判自下轎處, 先導而行。島主
兩長老出楹外迎入。至中堂對揖而坐, 循例酬答訖, 使首譯言于接伴長
老曰："今日一別後, 更無相見之期, 人情安得不悵然乎?"仍以七言近
體, 別詩一篇傳示之, 長老受而加額而見之, 仍納之懷中。俄而進酒
饌, 三酌而罷。前裁判<u>平眞致</u>, 自釜山隨來長老護行, 而爲人頗淳善,
凡事多周便, 以病見遞, 將落留<u>大坂</u>, 招致席前, 慰諭而起。還至船滄,
遂登彩船, 順流而下, 中流騁眺, 形勝特絶。左右觀光者, 比去時尤盛。
路傍男女, 皆言好去, 此則自<u>江戶</u>已然, 而此地尤多矣。夕到<u>河口</u>, 接
伴長老乘彩船追至, 揖別而去, 頗令人依然。遂移乘我國船, 船卒輩皆
歡迎。上船樓張幕而坐, 心甚快豁, 便同還家矣。仍宿舟中。是日行三
十里。

十一日〔己卯〕晴。留河口舟中。
因水淺不得發船。風勢猶可作行, 而盡日繫纜, 愁菀難堪。接伴長老,
自<u>大坂</u>追送別詩, 遂次韻謝之。島主送蜜柑一箱, 分與行中。護行奉行
呈金橘樹一盆, 結子滿枝, 團團可愛, 恨不得歸令達卿輩見之也。夜與
製述書記, 聯句作二十韻律, 次副使送示之韻。

十二日〔庚辰〕朝晴晚雨。留河口舟中。
曉行冬至望賀禮於船上。奉行輩來言, 連日送人, 覘水而灘淺, 不可
行舟, 稍待潮滿可以發船云。晚來雨, 又作終夜不止。掩蓬深坐, 殆不
可堪遣。奉行<u>平倫久</u>呈金橘小樹一盆, 生栗一籠。送譯官於島主船, 問
其安否, 兼謝昨日送柑之意。

十三日〔辛巳〕西風。留河口舟中。
自曉雨霽, 西南風又起, 而風勢極猛。水淺且狹, 幸免震蕩之患, 而
從事船爲風所驅, 掛在淺嶼, 不得浮出, 足知風力之狂矣。終日掩窓,

益令人憂惱。長老送伻問候。

十四日〔壬午〕晴。留河口舟中。

是日逆風不止，不得發船。合六船卒，又集衆倭之力，以轆轤引從事船。盖船沒泥濘之中，故拯涉開道而後，始能動得云。

十五日〔癸未〕東風。次兵庫。

曉行望闕禮於船上。島主送人請行，天明六船齊發。余所乘船爲淺灘所碍，最爲落後，過得淺港，仍卽擧帆。風順舟穩，如在平地。未末到泊兵庫，副從船已先到矣。卜物之在倭船者始移載，鷗木淀索之留置館所者，亦皆還載。島主送言請下陸，而以館舍之疎冷，往來之勞苦爲辭，仍宿舟中。站官呈日饌，而凡物精優，比來時不翅加厚，諸倭亦皆奔走效誠。探問其由，則答以關白別爲申飭，吾輩安得不然云。在陸路時，傳聞倭人之言，則以使行接待之不謹致賚各州，仍送使者，廉問諸站。故從前使行，則去時不如來時，今番則反是云云。以此地接待觀之，傳聞之說，似信然矣。松村遠江守忠喬，呈鴨五頭，鷄卵百介，鯛二尾，又呈鱸五尾，石決明十五，糟漬鯛一桶，並分與上下。是日行一百里。

十六日〔甲申〕晴。次室津。

丑時島主送言請行，遂卽發船，督櫓行五十里過明浦。松平左兵衛督，呈糟漬鯛一桶，蜜柑一籠，樽二荷，鯛及酒一桶，給禁徒通詞。倭人比天命乘風掛帆，舟行甚疾。晚來風變爲逆，遂落帆催櫓，申時到泊室津，仍宿舟中。神原式部大輔政邦，以支待呈蒸餠一器，鯛魚二尾，魯酒二樽，鯛則分送護行奉行。日饌種品，視兵庫尤多，以三行所供，分送一猪七鷄於島主，一猪則又給奉行裁判等。

十七日〔乙酉〕晴。次生窓。

榊原式部, 又呈蠟燭一箱, 粕漬鰒一桶。曉發船, 或櫓或帆, 行至路
中, 備前國主從, 四位待從源繼政, 呈葛粉一橫, 杉重樆一組, 薄酒兩
樽, 分給騎卜船格。逆風又作, 舟行甚遲, 未末到牛窓。島主請乍入館
受享, 而余從事俱以病不能動, 獨副使往來, 略設饌以待云。歸路歷入
舟, 穩話而歸。是夜仍宿舟中。

十八日〔丙戌〕東北風, 雲陰, 晩雨。次鞱浦。
　去夜三更後順風作, 三行騎船船將等, 合辭請行, 而冒夜涉海。終非
萬全之道, 且倭人必不順從, 亦難獨自行船遂不許。曉始發船, 擧帆出
港口, 風利舟迅, 諸船皆落後。行過下津, 備前國主, 又呈煙草一橫, 鰹
節一橫, 薄酒兩樽。行過水勢險處, 倭船輒相聚停留, 指示行船之處焉。
未時到泊鞱浦, 天陰雨下, 諸船遂掩蓬。或慮雨後風起, 波濤大作, 不
得已與副使, 下船入宿館所。支待奉行夜呈調麵及饌味數種, 阿部伊勢
守正緣呈昆布一箱, 酒一荷, 堂譯以下至中下官, 各以雉別餽, 數至三
百餘首矣。

十九日〔丁亥〕朝晴, 西風夕驟雨。次忠海。
　曉來伊歲守, 又呈杉重一組, 分餽騎卜船格卒。雨旣晴順風將作, 鷄
鳴登船, 待島主請行, 而日高三竿, 終無早白, 欲送人催發, 而先示欲行
之意, 必有操從之獘, 故飭諸船無動, 以觀其動靜。晩後始令奉行送言,
將待潮而發。俄而擊鼓而行, 諸船遂繼發。初則微有東北風, 故擧帆而
行, 行未十里, 忽變爲西風。諸船一時御帆督櫓, 行七八十里。逆風漸
緊, 陰雨四塞, 雨又亂洒。護行奉行以爲風雨如此, 日勢且暮, 而前路
無可停泊處, 此去數十里有忠海村, 姑爲留宿, 此處待明行船何如云,
遂許之。格卒盡力蕩櫓, 而風逆船遲, 昏黑後始得到忠海。近岸則水淺,
又無船滄, 不得已下碇中流, 仍宿舟中。夜深後雲陰捲盡, 風逆少定,
月色似晝, 海波如鏡, 登柁樓四望, 飄然有羽化之意矣。是日行一百里。

二十日〔戊子〕晴。大風。留忠海誓念寺。

西風自朝大作，晚來尤甚，波濤震蕩，舟中甚不寧。言于奉行等，覓得村中一寺，與副使乘小船，下陸避風。寺名誓念，而頗精灑。村居亦盛，幾數百戶矣。地屬安藝州，而支待未及來，故伊勢守追送人，供日饌云矣。

二十一日〔己丑〕晴。西風洒雪。留誓念寺。

是日逆風猶未已，不得發船，可鬱。午間微雪乍洒旋止，天氣稍寒。至月過半，始見玄冬氣候。庵前有老梅數樹，花蘂已綻，不日將開，物候可謂太早矣。島主送人致麵，且饋數種酒饌。夕後安藝州支待奉行來到問候，仍以太守之意呈鯛麵魚湯數器，松平安藝守吉長呈大田紙一箱，鹽鯛一桶，三原酒兩樽，分與行中。

二十二日〔庚寅〕乍陰乍晴。次鎌刈。

島主曉送人請行，卽起梳洗出到浦邊，天色已明矣。遂以小船迤登舟，或櫓或帆，半日行七十餘里。晚潮方上，水逆舟遲，艱辛作行，夕抵鎌刈，仍宿舟中。安藝守又呈煙草一箱，鹽鮎一桶，蜜柑一籠，分與行中。

二十三日〔辛卯〕晴。留鎌刈。

島主送言，送人洋口覘視風候，則風勢不順，中路又無可以泊船處，勢難行船云。天色雖欠淸明，旣無大段逆風，而遲留不發，誠未知其故，殊令人頗菀。

二十四日〔壬辰〕晴。西北風。留鎌刈。

是日風逆，不得行舟，仍宿舟中。安藝守又呈杉原紙一箱，粕漬鯛一桶。旣再受其饋，又連日支供，貽煩固多矣。有饋輒受，心甚不安，故不得已受之，分與行中。長老伻候。

二十五日〔癸巳〕晴。留鎌刈。

逆風比昨尤甚, 無路發船, 期日漸差遲, 悶鬱難狀。

二十六日〔甲午〕晴。留鎌刈。

逆風猶不止, 又不得發船。島主送奉行, 以爲連日留宿舟中, 恐致傷損, 卽宜下陸就館云, 而館舍疎冷, 妨於調攝, 又無風浪, 不必下陸之意答送。

二十七日〔乙未〕晴。次津和。

島主曉送言, 今日風勢似少定, 趂早發船爲可云。仍而擊鼓先行, 諸船相繼發行, 而風勢猶不順, 艱辛督櫓而行。晚來風水俱逆, 勢難前進。未時入泊津和港內, 下碇中流, 仍宿舟中。黃昏因飛船, 譯官輩得其家私書, 九月二十八日, 設行進宴云。伏想王候向安, 宴禮獲成, 逼逼慶幸, 不能名狀, 而第聞延岭君, 以十月初二日喪出, 意外驚慘極矣。是日行七里。

二十八日〔丙申〕晴。西北風。次上關。

平明發船。東北風頗緊, 擧帆行五百餘里。晚來風變爲逆, 落帆督櫓, 倭船又極力牽曳。申末到上關。五里許兩岸間隘項, 水勢最急, 舟進輒退, 無路前進, 不得已下碇午留, 黃昏待潮退, 始得到泊船滄, 仍宿舟中。是日行一百二十里。

二十九日〔丁酉〕朝陰晚晴。西北風。留上關。

西北風達夜不止, 朝來愈甚, 不得發船。松平民部大輔吉元, 呈檜重一組, 鍚一箱, 樽一荷, 分給船格。吉川左京經永, 呈磐國片折紙一箱, 鰹節一箱, 淸酒兩樽, 紙與鰹分給行中, 酒給格卒。晚來風勢轉急, 舟頗擔蕩, 與副使下陸入館舍, 站人進酒饌。吉元又呈枝柿一箱, 鮮鯛一折。<u>經永</u>亦呈園果一籠, 果卽柑橘柚三種, 並分與行中。

　三十日〔戊戌〕晴。留<u>上關</u>。
　是日朝有東北風, 差晚雖變爲北風, 猶可行船, 而島主諉以非順, 終不請行, 未免仍宿, 可恨。島主請得柴炭, 以日供給, 分送奉行裁判處, 亦各差等分給。盖聞島主以下, 本無柴炭供給之規, 皆出於自判, 故每患艱乏云矣。

十二月

　初一日〔己亥〕晴。西風。留<u>上關</u>。
　曉行望闕禮於館所, 從事以病不參。

　初二日〔庚子〕晴。西風。留<u>上關</u>。

　初三日〔辛丑〕次<u>笠戶</u>。
　島主早送伻, 以爲西風雖未止息, 不至大段, 波濤亦似少定, 可以行船云。遂與副使登船, 督櫓行五十里過<u>室偶</u>。本浦代官呈魚菜數種。晚來逆風頗緊, 艱辛行三十里到泊<u>笠戶</u>, 下碇中流, 仍宿舟中。代官又呈魚菜, 分給在船禁徒通詞。島主送驕飴一壺, 黃橘一盤, <u>吉川左京永</u>, 自<u>上關</u>追呈香茸一捲, 鮮鯛一折。是日行八十里。

　初四日〔壬寅〕晴。西風。次<u>向浦</u>。
　平明發船, 行五十餘里, 西風又大作, 格卒盡力催櫓, 而舟寸進不能疾行。申時董得到泊<u>向浦</u>, 下碇仍宿舟中。本浦代官呈魚菜若干種。送譯官問島主安否。是日行九十里。

初五日〔癸卯〕乍陰乍晴。西風。留向浦。

曉間洒雨旋晴。平明島主船中擊鼓請行。俄而島主送伻, 以爲將欲發船, 聞外洋風浪漸起, 決難行船, 勢將仍留云云。晚來逆風大作, 波濤頗盛, 夕間雨又亂洒, 天色黯慘, 諸船遂掩蓬。夜深風浪轉急, 舟甚震蕩, 不得穩眠。

初六日〔甲辰〕晴。西風。留向浦。

曉微雪卽霽。西風大作, 不得發船。

初七日〔乙巳〕晴。次元山。

曉來西風不作, 遂發船過九尾崎。代官呈秀魚五尾。行五十里, 歷新泊浦, 微有南風, 遂擧帆行三十餘里。風力漸微, 又督櫓行數十里, 天陰有雨態, 忽變爲東北風。申末艱到元山, 仍宿舟中。

初八日〔丙午〕晴, 夕雨。次赤間關。

未明發船, 或櫓或帆, 未時到赤間關。夕後東風雨作, 與副使下宿館所。松平民部大輔吉元, 呈干菓子一箱, 串鮑一箱, 樽一荷。串鮑卽全鰒。並給騎卜船格卒。雨終夜大注。

初九日〔丁未〕西風。留赤間關。

雨終日不止, 西風又大作, 舟甚搖盪云。奉行進數種酒饌, 湛長老送麵一篋。

初十日〔戊申〕雨陰終日。留赤間關。

十一日〔己酉〕陰洒雪風。留赤間關。

從事自船所來會, 終日談話而罷。支待奉行, 各以柑一小器呈餽。

十二日〔庚戌〕晴, 東南風。次藍島。

島主曉送伴請行, 遂與副使登船, 平明發船。過小倉以後, 海水漸闊,
且連日大風之餘, 怒濤未息, 風力不猛, 而舟甚震盪。申末到泊藍島,
下宿館所。松平筑前守呈果子一器, 蕎麥粉一捲, 昆布一箱, 干鯛一箱,
樽一荷, 以三行所呈, 分送島主、長老、奉行、裁判等處。

十三日〔辛亥〕晴, 夜雨。東南風。次一岐島。

鷄鳴島主請行, 遂卽登船, 仍爲發船。風力頗微, 而水勢不順, 未明
之前, 董行八十餘里。天明以後風色漸緊, 而波濤之盪瀁, 比昨尤盛,
舟出沒傾仄, 視初渡一岐時, 不翅倍蓰, 終日深臥, 艱得支過。酉初到
泊風本浦, 下宿館所。招見奉行裁判。松浦肥前守呈昆布一箱, 干鯛一
箱, 樽一荷, 給五日次知倭人。夜深後雨作, 竟夜不止。

十四日〔壬子〕雨。留一岐島。

雨意終日不止, 夕後始少霽。肥前守又呈杉重一組, 分給倭人。

十五日〔癸丑〕晴。西風。留一岐島。

所館無庭際, 不得行望闕禮。島主饋杉煮。長老送書問候, 兼索和韻。

十六日〔甲寅〕西風。留一岐島。

十七日〔乙卯〕雪。西風大作。留一岐島。

終日洒雪, 而落地便消, 野不留白。

十八日〔丙辰〕晴。西風。留一岐島。

連日風逆, 發船無期, 馬島船將, 祈禱於聖女祠云。

十九日〔丁巳〕洒雪。留一岐島。

終日洒雪，風勢少息。島主送五花糖一捲。

二十日〔戊午〕晴。北風。留一岐島。

倭人言風勢變爲北風，數日內當得順風云。一歧倭人，捉得一大鯨於外洋，合衆力而曳入。故諸裨往見而來言，長可七八把，黑如巖石狀，口濶數把，眼如小椀，是鯨之小者。衆倭一時屠割，海水爲之盡赤云矣。

二十一日〔己未〕晴。東北風。次對馬島西山寺。

去夜三更，島主送言請行，遂與副使登舟，仍卽發船時。月色如畫，風浪不作。登柁樓四望，天海一色，浩浩无涯，令人胸次頓覺豁然矣。出洋口擧帆，而風力甚微，達夜督櫓，行數百里。天明以後，風勢漸緊，晚來舟行甚駛，未末到泊馬島。因波濤不盛，舟中不甚震盪，得以穩過大海，誠幸誠幸。三更遂下陸詣館所。島主送杉重一組，又進酒饌。上官以下，皆有所供。夜深風雨大作，諸船各添碇索，謹得經過。

二十二日〔庚申〕晴。留西山寺。

食後，三使開坐，罪人吳萬昌、權興式等，並爲捧招。興式則到佐須浦，勘斷次着大枷，拘囚三卜船，萬昌則推諉於興式，故再次更推後，爲先刑推一次，着大枷，拘囚於副卜船。

二十三日〔辛酉〕晴。夜風雨。留西山寺。

島主長老見循例酬酢後，以漂差使力言之，島主答以纔修復書，未及正書，待畢書當送呈，委折具在書中云云。茶罷辭去。封先來狀達，兼修家書，定送吾所帶軍官崔必蕃，副使軍官韓世元，譯官韓重億，而因風勢不順，末卽發船。夜來風雨大作，諸船盪搏，恐爲折傷，夜分後始少定。

(24, 25, 26, 27, 28일자 缺落)

……守之罪, 鎖匠兩人, 並施刑一次。

二十九日〔丁卯〕晴。北風。次<u>南川</u>。

日出後, 將乘船, 而島主終無來見之事, 使首譯責諭奉行等曰:"宴後島主宜有回謝之禮, 而數日遷就, 終不一來, 今日將發, 而亦無聲息, 主客之道, 豈容如是"云爾, 則奉行等以爲島主感冒, 不得剃頭, 故不能回謝之意, 昨使使者, 傳語此必, 首譯忘置不爲告達之致, 送別次今將出來云云。三使遂登船將發, 而亦不卽來, 日晚後始爲乘舟, 揖別而去。必以漂差事, 亦有致責之語, 難於爲答, 故爲此回避之擧, 可笑亦可惡也。是日風勢卽逆, 日色又晚, 不得前進, 移泊<u>南川</u>港口, 仍宿舟中。島主送迎陽餠一器, 鹽魚一尾, 酒一樽, 又送杉重一備, 盖爲新歲節日, 故有是餽也。分與行中。副使夜來船上穩話而罷。

〔庚子〕

正月

初一日〔戊辰〕晴。次<u>船頭項</u>。

曉行望闕禮於船上。客裏逢新, 家國消息漠然, 難憑懷事, 殊不可堪, 與從事往見副使於舟中。平明乘潮發船, 風勢雖逆, 潮水方順。故櫓役行七十里, 申時次<u>船頭浦</u>, 仍宿舟中。與副使往從事船, 夜深乃罷。

初二日〔己巳〕晴。次<u>西泊浦</u>。

平明發船, 從<u>隘項</u>捷路而行, 督櫓行五十里。過<u>琴浦</u>, 風逆水逆, 舟寸進尺退, 將欲回船, 還向<u>琴浦</u>, 適會北風, 乍變爲西風, 仍掛帆前進。申末到泊<u>西泊浦</u>, 仍宿舟中。副使從事夜來穩話而罷。聞居人之言, 先來軍官, 去月二十九來宿此浦, 昨朝發去云, 不知見方住在何所也。

初三日〔庚午〕晴。北風。留西泊浦。
是日風勢大作, 終日不止, 不得已仍留。

初四日〔辛未〕晴。北風。留西泊浦。
倭人傳先來軍官, 盡以爲留鰐浦, 是日發船出洋口, 因風變還泊云。

初五日〔壬申〕晴。留西泊浦。
曉送倭小船, 寄書於先來軍官, 兼送饌物。夕間倭人來言, 先來船今朝已發向釜山云。

初六日〔癸酉〕朝晴夕小雨, 東風。次釜山。
平明奉行送言, 今日風勢似順請登船。六船遂齊發出洋口, 擧帆船行甚速。過豐碕下鰐浦石瀨, 東風極緊, 波濤亦靜。從事送言, 請向釜山, 而旣不與奉行等相議, 事涉率易, 故遂停船, 送通詞議于奉行, 則答以風勢雖順, 佐須浦旣是待風站館, 則越站可悶云。風勢果順, 則不必入站, 而從事船又已先發, 去留不可異同, 故與副使往復, 遂回船直向釜山, 時日已巳初矣。六船先後並進, 舟行頗穩。過水宗後, 風力漸微, 舟不迅行, 日色向暮, 天陰雨作。望見絶影島, 在數百里許, 而北風又漸起, 舟不得進。落帆督櫓, 行百餘里。格卒力盡, 夜黑如柒, 舟中之人, 頗以爲憂, 船卒輩盡死力蕩櫓, 夜五更始到泊釜山。釜山僉使及其軍官李燦來謁于舟中。三使遂下陸詣客舍, 鷄已亂鳴矣。東萊府使, 自府中疾馳來見, 萬里生還, 復對故國諸人驚喜, 茫如隨煙霧者, 信非虛語也。

【영인자료】

海槎日錄

해사일록

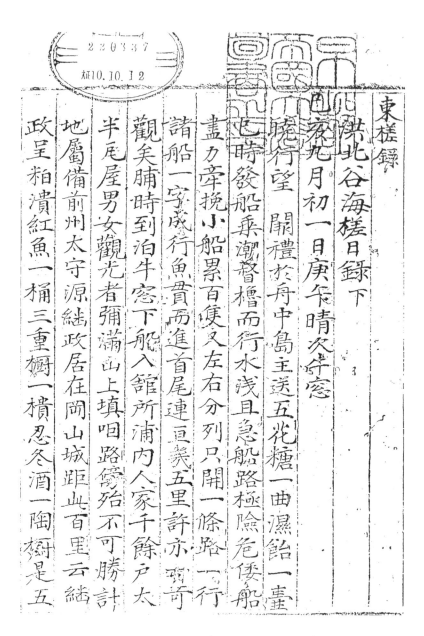

東槎錄

洪北谷海槎日錄下

月初一日庚午晴次守窓

已夜兀

曉行望　關禮於舟中島主送五花糖一曲濕飴一臺

巳時發船乘潮督櫓而行水淺且急船路極險危倭船

盡力牽挽小船累百便又左右分列只開一條路一行

諸船一字戚行魚貫兩進首尾連亘義五里許亦竒

觀矣晡時到泊牛窓下船入舘所浦內人家千餘戶太

半尾屋男女觀光者彌滿西山上填咽路傍殆不可勝計

地屬備前州太守源繼政居在岡山城距山百里云緒

政呈粕漬紅魚一桶三重橘一横忍冬酒一陶橢是五

1

層大器紅魚即鯣魚也 分與行中上下島 主長荒未見

是日行八十里

初二日辛未晴東北風次室津

巳未待潮發船摩曳而行行可五十餘里遙望左邊粉
堞透迤原樓隱暎山即播摩州所管森和泉守所居而
城名赤穗云向晡抵室津港口彎抱可容千餘艘藏船
之兩家優於沿海諸廳矣下艘八舘所舘舍亦甚軒敞
地屬播摩州即榊原式部大輔政邦所管而太守居在
姬路城距此百里云政邦呈蒸餅一器粕漬鰍一桶魯
酒雙樽鰍即銀口魚分與行中是日行一百里

初三日壬申晴東北風次兵庫

丑時發船或櫓或帆行五十餘里遥望北邊浦岸有城

稱是娘尼城云又行七十餘里見左邊平野之中城堞

環繞人居櫛比此是播摩州所管松平左兵衛督直常

所居明石城而地名亦稱明石浦云直常送奉行乘彩

船護行仍呈糧漬鯛二桶千菓子十箱石决明三十箇

酒一荷分與行中南望群山慶海水茫乙與天無際

似是四州之地始盡扵此復與大洋相連矣申時到泊

兵庫下船八舘所松平遠江守忠喬呈胡椒一匬南草

一匬酒二樽分與行中忠喬又呈杉重一組給護行奉

行此地屬扵圻內攝津州關白藏入之地而忠喬居在

尼﨑城以支待来到云開白別送人着撿支供偹致白

木折一衫重一組酒一荷折即大木槽盛以餅餌菓餚之

類者並分與行中上下是日行一百八十里

初四日癸酉晴次大坂城

夜半乘潮發船櫓後行一百里午抵河口村居頗盛亦

有舘舍從前使行或有止宿之時云往之山脚之漁入

湖中為島嶼者或稱蘆屋或稱店浦而皆有人家挹其

稠密兩岸蘆葦水禽飛鳴松竹之間籬落相連景致頗

絶勝樓船十餘隻已来艤於近慶盖自此至大坂水淺

不能容大船故前例必移乘無樓船而譯輩言三使樓船

乃關白所乘之船云故送譯官於島主以事體未安願

易他船之意為言則島主以為此非關白所乘乃是為

4

使行別造留待者不必固辭云遂以小船迤登樓船ロ制
上設層閣上下皆着黑㲯㲯爛然照人㯹桶㯹檻亦餙
黃金窓壁之間塗以金箔錦帳朱簾窮極侈美又以雜
色絨繰索繫二金鈴扵船尾時ロ掣鈴以爲運柁之號
着黃班龜紋衣者數十人持朱楫刺船棹歌齊唱清越
可聽旗纛所載船宷居前槍釖次之鼓角又次之ロ國
書先行三使繼進堂譯及上通事所乘者皆太守必船
亦皆輝煌與使臣舡無甚差別河廣或濶或狹渌不過丈
餘自淀口至大坂三十里之間左右並築石爲堤上流
之分派入河者殆五六慶輒設虹橋無慮百數而制甚
高大舟楫皆従橋下往来焉両㟁層樓傑閣接屋連甍

5

殆無虛空曠之地大小商舶之泊在江岸者首尾相接
數十里不絶間有粉墻華搆宏麗無比者皆是各州
太守之茶屋而輒引水爲塹設栅藏船已制之華侈與
使行所乘樓舡一樣矣男女觀光者彌滿岸上不知其
幾千萬人其繁華形勝彷彿北京之通州而富麗則過
之云過七大橋薄暮到大坂船滄鋪板爲浮階高與舡舷
齊兩傍設以竹欄制甚精緻倭人進屋轎紗窓漆杠
亦極華奢遂下船乘轎十二人肩擔而行堂譯製述良
醫皆乘懸轎中官以上並騎馬金鞍錦韉華麗無雙奴
隷之類亦皆有雙率後陪行可六七里始到館所左右
長廊俱是市肆而無非層樓廣廈觀者老少充溢房屋

填咽街巷視江岸尤盛而男女僧俗摩肩帖背全無分
別陋矣不足觀也十字街路井口方直以人家六十間
為一町每町必有里門閭日本之人身田宅俱有稅而
三稅之外終年無役則必給價雇之宅則計間徵
稅田亦以町法量其大小空其多寡云人物之繁盛里
閭之殷富已為東來募一壯觀矣舘舍即所謂西本
願寺而結搆宏麗殆近千間佛殿拄木皆用槐木紋理
燦然搨內數十柱鍍以黃金觸目輝煌倭俗茅宅之侈
靡纇多如此地屬攝津州而三分其地二為關白藏八
一則伊豫州太守主之故自江戶定送町奉行二人来管
此地所謂御城在五里許城壁極其堅完以近州太守

7

輪番遞守云矣島主長老及接伴長老龍菖者来見

仍設宴享於大廳上官以上皆設花床而飲食草ㄹ無

可觀夜深乃罷是日行一百三十里

初五日甲戌晴留大坂城

舘伴岡部美濃守藤原長恭及町奉行二人具其公服

来見三使遂改着團領出大廳接見禮如見島王之儀

而舘伴年老毳昏禮貌不能成樣護行倭人等以為舘

伴如此故不敢晝見乗夜而来云行茶一巡而罷

初六日乙亥晴留大坂城

倭人以関白之命製呈一行上下衾褥四百七十五件

三使與堂譯並以錦段為之次官以上則以紬中下官

則以木而或青或紅皆是班紋衾則有神如倭人所著

衣樣而製造多不致精中官以下所給則不用純綿雜

以他物此是馬島人受價防納故用奸如此云使行所

呈則分給騎卜船將以酊菴長老呈燒饅頭一折接伴

長老呈粽五十把粽是白餅以竹葉裹而蒸成者狀似

竹笥每十裹爲一把並分與行中站官送醯麁鹽鯨分

送島主及護行奉行裁判及待令倭人

初七日丙子晴留大坂城

舘伴呈杉重一組分與行中

初八日丁丑晴留大坂城

別幅禮單物件計數出付倭人使之改封裹運納於江

戶前例然也

初九日戊寅朝晴夕雨留大坂城

島主來侯且送索麺一盤烏賊魚一盤酒一樽以節日
故有是饋也護行奉行呈紅柹松茸各一盤並分與行
中異域逢重九佳節客懷殊覺作惡處已菊花已爛開
可想節候之早矣三行乾粮各具小饌夕後始雨終夜
大注

初十日己卯朝晴夜行仍宿舟上
朝來雨始晴乘轎出船滄登樓船舘伴呈杉重一組船
將以下二百九人留船其餘皆從行將發船將沙格等
拜辭江岸去住關情令人悵然饋酒食以慰之遂發船

歷二大橋行七八里許有城屹然挄江上麗譙粉壁掩

暎於松檜之間者即倭人所謂御城云過此以後人居

漸稀便有鄉村氣像而往巳斷崖臨江橘竹成林草屋

數十瀟洒如畫塞籬眺望却自忘疲着青衣曳纜者

殆近百人而迭所而行舟重行遲歷後始達平方五十

里之地送中下官入舘所受熟供站官送人問候仍呈日

餼雜物以關白命致折一合杉重一組樽一荷杉重及

酒一桶則給護行奉行董谷出羽守衙衛又呈菓子一

折此是守土之官杢分給在船倭沙工及禁徒通詞等

乘月行船夜深設寢具仍宿舟中是日晝夜行千里

十一日庚寅晴次倭京

11

天明睡起已泊舟沒浦轎亦来待矣下陸詣館所臨江

等城二堅濠潤城外設水車能自回斡挹水數十桶仍

以灘注於城中制甚奇妙故送裨將李長興具都事往

審制樣而来城東數里許有大塚山其上盖多倭皇之

塚云地屬山城州而松平和泉守送奉行支待呈折一

合分與行中飯後將裝而人馬太半不齊行中卜物多

不得載運盖聞站官所立戸馬不為不多而馬島之人

先運渠輩卜駄待其回還欲為再運故如此云不但情

狀可惡待使臣之道亦不當如是笒簡初欲傳行仍留

矣奉行裁判等惶悶罔措親来哀乞一遍鳩集人馬陸續

輸送不得已差晩裝行而五六從人及如干卜物猶未

12

免落後矣轎是大坂所乘而八人肩擔蓋別定壯丁三

十人相替而擔行云堂譯以下並與大坂下陸時威儀

無異矣行可十餘里望見東南間有城粉堞隱暎此即

所謂伏見城而舊日平賊所居之處距淀爲十五里云

又行數十里大小村落連延不絕左右原野阡陌縱橫

諸穀之末及收穫者穮稑在畝可想土品之膏沃而大

坂以後至江戶擧皆刀農云到寶相寺改着公服黃昏

到倭京燈籠之來迎者橫亘十餘里末及倭京八九里

路左有東寺二層門樓標緻羊空屋宇宏崇有如宮闕

之狀左右閭里鱗次相接市廛之壯人物之盛比大坂

不啻倍蓰焉舘于本能寺亦甚宏傑矣島主兩長老來

見俄而京尹来至島主至外門迎之先導而入三使具
公服出楹外迎入相對再揖京尹着公服戴長角紗帽
手執牙扇昂然就座弁可二十五六歲儀貌端整擧止
安詳方来守倭京而秋視江戸執政云使島主傳言島
主俯伏聴命惟謹退縮不敢入坐其體貌頗截然矣酬
酢爨語行茶一巡而罷仍設宴享於大廳亦関白之
命云餚品儀節與大坂一般矣京尹松平伊賀守呈下
鯛一筐昆布一筐巌樽一荷巌即酒名云舘伴本多下
総守藤原康命呈篠粽五百把此亦餅名云接伴長老
呈外即餅十竿外即餅長而有四隅裹竹葉蒸熟味
甘色赤衣以竹葉状如竹竿故稱之以竿以酊菴長老呈

14

紅柿一籠奉行杉村采女呈生梨小柑一筐鹽一合鹽

是別造云並分與行中上下飲謂倭皇宮在扵何慶而

出入皆不知其所在是日行四十里

十二日辛巳晴次大津 。

食後發行穿過市街不知其幾曲從闤闠中行十餘里

過一大扳橋攔柱輙以銅頭冒之攔木合縫處皆以長

鉄片掩之高可十餘丈長亦不下百餘步又踰一小嶺

路傍人家俱是酒店過此以後村落漸稀或三四里而

一遇之或至七八里而始有之雖其殘盛不一未有過

十餘里而無人家自此至江戶皆然路左右等土馬長

堤夾路栽以青松每十里對築大土墩上植槐木名里

塚而十里相去甚近較諸我國里數不過為七八里矣

中初抵大津閭里人民亦頗殷盛館于本長寺地即近

江州所管而青山回蟠守以支待呈饌品一累篋一盯

謂饌品即亦杉重之類分與行中此是過站而余伯倭

京患癰亂到此頗苦故不得已留宿是日行三十里

十三日壬午微雨次守山

早食後裘行穿閭閻中行丑里餘神堂佛舍與民戶相

錯鍾磬之聲相聞於道僧人女子雜處無別倭俗崇奉

神佛故如此云此則馬島以後到處皆然有長湖迷茫

不見其際此即所謂琵巳湖以其在近江州故又曰近

江湖瀰漫於三四百里之間日本湖水中最鉅者蘆花

宗安寺ヒ後有彦根山故一名彦根地屬近江州而井

折並分與行中飯後即發火熱路傍茶屋暮到佐和城

守藤原嘉矩以近江州水口城主為舘伴又呈菓子一

花木之勝井伊掃部頭源直惟呈杉重一組加藤和泉

平明發行午抵八幡山舘于專修寺庭前有奇岩巉石

十四日癸未晴次佐和城

折一組分與轎夫是日行五十里

名稱以森山此亦近江州地方板倉近江守重治呈杉

過草津橋又歷勒多大坂橋夕抵守山舘于東林寺一

人便欲忘行臨江有城名曰膳前本多隱岐守所居云

兼裡通舟泛ヒ島嶼之間鷗鷺成群宛如畫中光景令

伊掃部頭以世臣方守此城里閭人物之盛亦一大都

會也日本城池皆在平野而猶此城一面擄山誰樓粉

壁突兀扵林木之春像塹深濶極其堅完且倭城之制

有門輒築甕城設重門有城必引流水為深濠類非我

國城制所能及而俚不設雉堞只扵城上列植柱為土

壁塗灰內外間置銃穴上盖以瓦所見雖似菲美守禦

似不堅固矣舘宇華麗屏帳鮮明備置紋綿余褥及

枕席扵房中日饋所供及凡接待之具倍優扵沿路諸站

中官以下熟供有銀匙小童之類設餠餽以餽吞是日

行一百二十里

十五日甲申晴次大垣

18

曉行至關禮平明蓁行踰絶通摺針兩嶺轝惣路傍

茶屋挻目原野無非田畓禾穀已熟黃雲遍野可想年事

之豐登矣未及令頃十餘里行過一大村護行輦

固請少憇遂入坐路傍廣廈宅後有水石之勝塞水下

流作為小池遊魚潑ニ歷巳可數此是近江州太守徃

来江戸時休息之所云午飯于令頃站舘夜抵大垣迎

候燈籠連亘數十里舘于花林院繚山粉墻環以深壕

左右民戸亦甚殷盛地屬美濃州戸田釆女正氏定守

之云呈糖糕一篋分與行中是日行一百里

十六日乙酉晴次名護屋

日出後裝行過洲股三大橋皆縣舟鋪板兩邊置大索

興鉄鎖以撐結之及至起川則連船三百隻長可千餘

步功役之費可謂鉅矣兩崖男女不記其數乘舟縱觀

者亦甚盛午飯于趜站中納言尾張州太守源繼友呈

餠一大櫃分給轎夫與前道口禁徒飯後即發行二十里

路在新搆茶屋尾張守備待酒餞云因日暮不得歷入

住轎啜茶而行又穿過間里數十里始抵名護屋城郭

人民之盛實大坂以後初見館于性高院亦宇亦甚壯

麗城內寺刹無慮累十所矣尾張守又呈餠一櫃分與

行中太守以三宗室中一人故所守城邑若是殷富而

日本之長槍利釰皆出於此云是日行一百十里

十七日丙戌晴次岡𪗱

20

早蕀敷十里路傍多寺刹而天林山銅塔寂高可觀木

及鳴海五里許始見海水迤八時有遠に風帆令人意

緒頗暢舚午飯于鳴海站舘尾張守呈餅一樻分給轎

夫晼過阿野暫憇茶屋又過矢荻川大橋日本橋梁中

此橋為寂大云二更始抵岡崎城壕里閭之壯可與尾

張相埒矢地曆三河州而水野和泉守忠之府之呈折

一合分與行中江戶使者周防州太守平助元方来待

而曰夜深明將傳命云是日行九十里

十八日丁亥晴次吉田

平明島主長老来見俄而江戶使者来到三使具公服

出柵外迎之使者亦着其公服相讓而八虺席前相對

両揖而坐使者使島主傳關白之命盖是勞問之辭三
使乍離席聽之起而還坐仍以循例致謝之語答之行
茶一巡而罷出檻外揖送食後䥴行午抵赤坂舘三浦
壹岐守明敬以支待先送人問候於中路仍呈杉重一
折分給諸倭飯後即發過一大坂橋黃昏到吉田此亦
三河州所管而松平伊豆守信祝方守之臨湖築城民
戶撮盛舘于孤峰山悟真寺比甚宏麗且有池沼花卉
之勝信祝呈杉重一組分與行中是日行七十里
十九日戊子朝陰脫晴次濱松
平明䥴行乚四十里過一小嶺傍山遵海又行十餘里
午飯荒井此地即遠江州所管去松平伊豆守信祝呈

杉重一組盖以支待送奉行来待云分給一行飯後到
金絶河口距舘前堂六七十步行中夫馬到此始交替
故裨將負役皆步至船滄分乗黑茶粧屋之舟以次
两行河廣可數十里矣在昔信使之行禮單銀貨皆
投之此河故仍以金絶為名云倭人措東北方雲際而告
曰此是冨士山云而雲陰不分明可欠舟泊東崖人馬
已整待故下船登陸行三十里黄昏到濱松舘所舘在
市井之間甚不軒敞此乃遠江州太守江戶往来時所
舘之慶云松平伯耆守呈餅一折分與轎夫伯耆奉行
以支待来問候島主送求肥飴一器養命糖一器分與
諸裨及製述書記良醫是日行九十里

23

二十日己丑晴次縣川

夜雷兩曉晴平明蓐行過天龍川舟橋百餘步行四十
里午飯見付站伯老守又呈各色餅一折分給護行
禁徒倭人晚來天色清明始見冨士山屹立天表嶷色
皓然直與白雲無別記昔登甲嶺望白頭山大小雖不
侔形色正相類奇矣申末抵縣川此亦遠江州所舘云
小笠原佐渡守長寬來舘所問候呈杉重一組分與行
中是日行八十里

二十一日庚寅朝陰晚晴次藤技

平明蓐行二三十里暫憩金谷嶺底茶屋踰嶺又行二
十里抵金谷站舘長寬呈杉重一組午飯即蓐到大井

24

川邊倭人累百已待候矣作架子設欄于杈四面而前

後虛其兩傍以安橋杠仍載轎其上數十八擔護而渡

適値水淺得以利涉而若遇水漲則渡涉越艱辛卯便

行之阻水此川二日留滯無怖矣行過島田村結搆方

張問諸居人則七月失火延燒七十餘户令方改造云

行三十里夕到藤枝地屬駿河洲土岐舟後守源頼

稔送奉行支待仍呈餉果一重盒分與行中是日行七

十里

二十二日辛卯晴次江尻

平明癸行已三十餘里到宇津嶺火憩嶺上茶屋山

路高峻艱得踰越又行二十里渡阿平川穿過閭閻十

餘里抵駿河府中寶泰寺二有林園水石之勝此即家康

願堂関白時来焚香云立花出雲守種甀以支待呈檜

重一組給製述書記打午飯裝行二三十里到江尻宿

站所舘即富人私家而屋宇廣敞宅後粉墻之外清溪

環帯庭有梅橘松竹蘇鉄之植挺其瀟灑矣京挶若狹

守或来問候仍呈檜重一組分餽三行轎夫若狹守

請得寫官筆命書給各數幅是日行八十里

二十三日壬辰晴風次三島 ・

是日站遠初欲鶏鳴即裝因卜馬未備護行奉行請火

遲之芽待之際天巴已曙島主又請使行先馦故平明

啓行蹄薩隍嶺遵海而行二三十里乍憩路傍驛舘又

行四十里以舟橋渡冨士川兩處到吉原站舍此亦駿

河洲所屬云此去冨士山不過十數里而近是日雲霧

開豁一山全体露出天表望之屹然嵬其高大而上下

無石确特一大土　峯絶頂皓白皎然照日居人或言

雪色或稱土色未知何說為是而以白頭山已驗者觀

之雪色之說似得之矣峯上有他周圍可數十里峯高

近百里云己可為海外名山矣山腰以下草木慈蔚羊

腰以上則濯二無樹似是山高氣寒草木不得生而然

亦南北支麓之奔騰而去者甚多不知終止扵何方而

其延袤亦幾許也松平采女正定基以支待官呈檜重

一組分與行中及轎夫午飯後即發行二六十里三更

抵三島宿站有馬在衛門佐純壽亦以支待呈檜重一

合分與倍行負役此地屬伊豆州云是日行一百三十里

二十四日癸巳晴次小田原

平明發行穿過閭里殆七八里村家盡慶即是箱根嶺

路半日登陟行四十里而始到浔上頭峯密環抱重疊

作一洞府中有大湖水周囬數十里水蒼黑深不可測

松杉楓竹慈蔚於兩岸湖邊遞村家亦盛站舘壓臨湖水

景致殊絕勝此嶺即冨士山之支麓而其高至於四十

里之遠望見冨嶽屹立與在平地時所見無異其為高

大特絕可知也大久保加賀守源忠英呈杉重一組分

與行中午飯後即下嶺而石路崎嶇艱得作行初更抵

28

小田原此即相摸州太守所居里閭人民撲其殷盛夜
設麵酒及六七品饌饒以待之加賀守又呈檜重二組
分與一行及轎夫是日行八十里

二十五日甲午晴次藤澤

平明行數十餘里暫憩路傍茶屋相摸守設餠柿葡萄
氷糖等味使人來待又進餠果各二小器以備轎上携乃
去之資其接待之意頗勤矣又行二十里午飯大蟻舘
舍鳥居册波守忠利以支待呈檜重一組分與行中渡
馬八江舟橋行四十里夕抵藤澤宿站所舘即問舍頗
狹窄矢堀左京亮直治以舘伴来問候仍呈千菓子一
器各以三行所呈分送島主及奉行裁判慶護行奉行

言于首譯曰朝者江戶所留奉行送言以為使行到江
戶之日關白將率其兩兒子觀光云軍物前排必令齊
整行中必着華鮮之服俾為誇耀之地為可云是日

行八十里

二十六日乙未晴次品川
曉發行二十餘里天色始曙又行四十里過戶塚新田
大村到神奈川站舘黑田甲斐守長治以舘伴來問候仍
呈檜重二累籠分與行中午飯後即發行三十里到六
鄉江彩舟四隻已來待其一奉國書三使分乘各一隻
此外人馬渡涉船隻不知其數渡江行二十餘里夕抵
品川間里埭盛路傍佛寺甚多舘于東海寺松平豐前

30

守澄猶以舘伴呈抄重一累簋分給次知五日及次知
夫馬倭人自吉原以後一面濱海或遠或近而神奈川
及品川皆在海邊以此推之江戶亦去海不遠矣此地
屬武莊州而相摸武莊之間旨人之乞食者最多矣亦
風氣有別而然耶殊可異也是日行一百里

二十七日丙申午陰次江戶
早食後三使改具公服負役着團領軍官以戎服佩簜
箇前陪以次而藏由閭里中行十許里倭通詞告以已
到江戶其間人家相接未嘗斷絶八一城門一再過大坂
橋又出城門通計三十餘里之間左右閭舍皆是層樓
比屋連簷全無一凥空缺處宅前俱有小井屋上輒置

水桶禁火之具無不畢具老火男女如蜂屯蟻聚數十
里不絕而其中年火女子則必着斑爛錦繡之衣眩人
眼目市肆人物之繁華富盛比之倭京尤有倍焉未時
到舘所此舊所稱東本願寺而失火改搆今稱實相寺
云舘宇頗壯麗庭前引水作池等土爲造山多植花木
架以小橋通人往來而帷帳之屬甚覺草草日饌所供
與沿道諸站無異矣理馬金男與小通詞来誶扵門外
頗有欣迎之色矣島主来到外廳問候而去江戸形勝
開野寂遠四方無山麓之阻猾関白宮城之後地執稍
高而不過丘陵而止南去海十餘里引海水爲壕鞕小
小船隻之往来城外者甚多矣是日行四十里

二十八日丁酉晴留江戶

両館伴及支待奉行三人来館所問候食後館伴奉行

寺請謁三使具公服出正廳相揖而坐循例酬酢數語

後行茶一巡而罷仍設宴享器皿餚品畧如大坂倭京

之例而絕無下著之物仍及堂譯裨將負役以下小童

之類大畧相羊無甚羔別小童宴床之設館伴亦来看

拈云宴禮罷後差曉関白問安使者執政井上河内守

源正岑水野和泉守源忠之羊来到河内守即首執政

云将入門設鼓吹待之島主及館伴前道寸而来将上堂

三使出檻外迎入立席前相向両揖而坐首執政招島

主到関白之語曰遠路無事作行深用喜幸故遣使者

33

問安三使乍離席起而更坐執政又致關白之語曰
國王氣候何如復難席聽訖還坐余以首譯傳語录
聞大君氣候平安深以為喜大君以重隣好之誼推及
於使价之行既送使者勞問於中路又於今日至煩兩
執政之來枉拯用感謝仍行茶一巡使者將辭故三使
难席言曰 國王氣體萬安矣軫念使行至使執政委
問不勝感荷矣執政遂起相揖如初出檻外送之在剛
崎時江戶使者來致關白之諭而使臣之直為回答事
體不可故只以感謝之意言於使者之轉達此意矣
奉行輩屢言於首譯曰關白有問而使臣無答語事涉
未安且日本則不以直答為嫌此後必須回復爲可云

島主亦以為言故今以此荅之島主與長老乗父来見

出外廳相對略以數語往復島主以為國書傳命之日

定於初一日將無遲滯之慮揆可幸云行祭一巡而罷

歸

二十九日戊戌夜雨朝晴留江戶

舘伴問候仍呈檜重一組分給三行肵章弘文院太學

頭兼國子祭酒林信篤章其子信充信智來請謁遂與

副使邀見於吾肵舘相揖而坐年令七十六歲厖眉童

顏為人淳謹可愛其兩子皆少年方為經遊講官信篤

即林道春之孫以世襲主文之人今方專掌詞翰之任

云矣父子三人各出詩軸于懷中以呈文筆則無可觀

35

矣略設酒餞以待且言使事未畢之前閒漫吟咏道理

未安竣事歸時當奉和云則惟惟而去矣馬上才往島

主家馬塲試馬而來

三十日己亥晴風留江戸

整頓別幅禮單雜物列置外廳三使出往點視後出付

倭人島主夜與兩長老來見以爲傳命時儀往初欲持

來面議矣未及謄出而夜色將深故分付奉行使之畢

謄後呈納而大抵一依壬戌舊例矣茶罷即歸所謂儀

往督令速書而兩森東病卧又無辨文字者只以倭書

書出曉頭始爲來納

十月初一日庚子晴留江戸傳國書

曉行望　關禮儀往未傳當之前不可輕先傳俗故使

之怱招都船主源儀書出一本而倉猝之間卒難撰書

云故不得已使掌務官朴春瑞以我國音翻讀副使随

錄一本而見之則大抵與壬戌使行時朴再興日記所

錄相符而但壬戌則行酒時辭見時皆再拜而今番則

以四拜磨鍊此為差異矣然陳公私禮單後旣皆行四

拜則寒後再拜事涉斑駁不知曾前何以有此例而卒

卯承已行之事到今不必爭執故只以不為爭執之意

言于奉行辰時三使具朝服陪　國書進關白宮八莽

一城門則左右閭舍櫛比觀光者塡咽層閣之上垂箔

而窺者亦多八莽二城門則朱門甲第羅列其中皆是

執政太守之家云而制度樸其宏侈矣芽三重城門即

其闕門而皆有瞭礮磚礮樓壯固無比上官以下皆下馬

留旗纛傳鼓吹軍官解簡簡與釣至宮門三使下轎子

則島主兩長老及舘伴二人江戶奉行二人具公服迎

揖挾門內先導而行至玄關門首譯奉 國書先行三

使隨後步從八門內則又有着紅衣紗帽者七八人近

揖而前導至外歇廳安 國書于床上三使西向坐島

王東向坐西壁下有秩高倭官四五人對坐而不知其

為何人也少頃大目付言于島主島主傳于首譯首譯

告八內之意三使遂起立首譯奉 國書前行諸倭官

皆先導從閣道而行至倭人所謂松之間安 國書于

卓上此即關白殿隔壁之處諸州太守具公服跪足者

列坐重行三使咲於東邊島王南行曲坐火頃首執政

招島主傳　國書先奉之意首譯奉　國書而出至門

限跪傳于島主島主跪受入殿內傳于執事ヒヒ奉置

于關白之坐陳公禮單於下段之榡外禮單馬具鞍豆

於庭俄而島王引三使入殿內殿有三級而級高不過

三四寸許關白坐於茅一級重茵之上眼後談主色祀

戴角長烏帽坐處頻深左右垂帷簾面目依微不分明

大抵似精悍而面瘦黃欠豊偉矣三使陞中級廳上行

四拜禮還出歇所俄而島主又引而入陳私禮單於榡

外之南邊三使又四拜於下級廳上而退出歇所見倭官

39

公服者撤八幣物少頃世臣井伊掃部頭藤原直惟與首
執政來傳關白之言曰使臣涉重溟遠來良為勞苦請行
酒禮三使遂仅難席各致謝語執政等起去島主引三使
而入坐於東壁下著黑色公服者數人進素木盤撒三使
之前又有著紅色公服者三人各進素木盤撒三使之
前盤有三器而草略不堪食持銀筶者二八陞殿上關
白先以土盃受酒而飲島主目余匕進詣中級廳上俯
伏而坐一人進土盃一人斟酒余稱觴而飲置盃於右
俯伏而起持其盃復位置於盤上關白又飲一盃副使
陞飲如余關白又飲一盃從事亦陞飲如儀倭官撤盃
盤三使起行四拜出就歇所於是堂譯拜於檻內諸上

官拜於檻外次官小童拜於稍低退廳中官則拜於庭

下小頃井伊掃部頭與省執政來傳關白之言曰將以

宗臣代行宴禮頭任便受享島主引三使復入下級廳

上辭見禮而出火頃島主請入席三使遂入紀伊中納

言源繼友水戶中將源宗直二人着公服已先在於下

級廳西壁之下使臣就東壁相向手揖而坐垂彩簾於

中級廳上內有許多人窺見之狀關白聞亦在其中云

尖紅衣者各進饌於主客之前又以花床反爲排果十

數器揷以金花陳於坫壁之下酒行三盃而罷撤床記

又相向再揖而出軍官貞役以下分享於他盯遂令首

譯傳致謝之語於島主使之言於執政伊達關白島主

請出三使遂起而出執政四人隨來揖送於行閤門內

舘伴及兩長老揖送於乘轎之處三使遂各陳軍儀鼓

吹而還舘兩大抵關白之宮門闥殿閣不甚壯麗宮庭

狹窄中官八拜之時不能容成列此是其法殿而規模

如此良可異也且內外不見有一八戎裝者亦無軍衛

陳列之處豈爲接見使臣故令撤去耶闕門之外不設

大小衙門有官守者各於其家治事云矣島主長老舘

伴並來問候奉行等言於譯輩曰聞今日關白言於林

太學曰每稱朝鮮爲禮義之邦今見諸使臣禮貌果然

矣吾輩亦有光色云

初二日辛丑晴留江戶

曰京尹奉行恭姓名未及探問禮曹書契未得傳太學
頭林信篤又竟其兩子来請見余與從事適皆病不得
出接副使獨邀見具酒饌以待蓋聞此人聞白稱道
使臣之言欲為誇張而来云在江戸馬島奉行平真賢
呈種花一備後飴餹一匣花是牧丹假花餹是天門冬
和雲糖者

初三日壬寅晴留江戸
京尹姓名始為探問而来而奉行八人已減其負額云
書契外面填書後出給禮單雜物枚倭人使堂譯及諸
倭徒傳執政革則奉行恭以為壬戌前例既差退五六
日而傳之且執政革連以公故無暇姑待初六日分傳

為宜云該曹書契雖與　國書有異傳命後不即傳致
事涉未安累次督迫迫今日內分送而奉行等諉以
壬戌舊例必欲差退此必其間有甚曲折而亦不必強
爭起鬧故不得已姑爲遲待殊可痛心島主請見馬才
使上舡房裨將各一人上通事一人領送乘夕始罷還
日本太醫之子來見諸醫論難藥性醫理而去
初四日癸卯晴留江戶
儒生十餘人來會製述官所與諸書記唱和而去堂譯
三人往見四執政而來言執政家各以酒果待之云島
主使奉行封送回答書契草本觀其書辭不無未妥處
而蠻人文字不可責備且無慢辭可以爭下處可幸

初五日甲辰晴留江戶

關白欲觀馬才送三行兵裨及三堂譯領送午後罷還

馬場在於後苑宮墻之外別搆層閣而觀之各州太守

及諸侍臣皆在樓下觀光而馬上各技並無失勢之患

皆言此辛卯大勝云矣儒生十八又會製述所酬唱而

去此皆林太學門生云辛卯使行時則源璵秉權故所

與徃來唱酬者皆其門人而新關白屛黜源璵親信林

信篤凡詞翰之任林皆主張林與源自前不相能辛卯

國書爭詰之時林則多主徃便改撰之論而無權故

不能見雋即今兩家門生便成黨論每事不相合而林

則見其爲人平老淳謹議主和平似與源璵不同矣島

45

王送水果一筐水果即葡萄也分與行中奉行平倫之

呈水果一筐剪綠花一盤

初六日乙巳晴留江戶

堂譯革傳禮曹書契禮單及使臣私禮單於諸執政夜

深始還傳言首執政以為次執政以下品秩與我一般

而所送物件多寡不齊受之不安於心云累次往復故

自致夜深云此出於厥其同僚有言為此輾轉之言云

耳諸執政各送奉行致謝語館伴長岡城王牧野駿河

守源忠辰呈柿葡萄一籠鮭二尺鮭即鰱魚也云云行各

分島王夜來請於初九趍早臨宴以生光色云已遂許

之

初七日丙午晴留江戸

日萊伯書得家兒九月初九書蓋平信也慰不能言但

聞 王候有加藥房稷設厨院云而更無由承候焦菀

難狀堂譯一人與上通事二人傳私禮單招納言諸處

而還馬島奉行等貽書首譯以爲漂人事既有玉成約

條江戸亦不許改勢難愛通云乙假托江戸之狀殊可

絶痛島主請見簡簡弓矢遂許之夕後始還送此関白

之意云夜半従事曰人發告搜驗権興式吳萬昌卜物

興式卜中人蔘十二斤銀子一千一百五十两黄金二

十四两萬昌卜中得人蔘一斤而已無他物蔘貨之禁

断以一罪而此輩抵死冒禁太史公所謂貪夫殉財者

坐別堂少頃奉行來言島主延族諸太守請見云與副

島宴時之儀行九酌七味後島主請少歇遂與副使出

以次行禮後島主引入內廳已設交椅宴卓花床如馬

而入島主兩長老出迎至大廳上行兩揖禮堂譯以下

門內奉行一人前導而入少坐歇處待副使俱從退廳

公服行五里餘到島主家門墙第宅稍其宏俊下轎於

是日將赴島主家從事以病不得偕辰時余與副使具

初九日戊申晴留江戸赴島主家宴

島主以關白之意請見帳布尺量而去

初八日丁未雨留江戸

不其然予

使復入宴處宴卓之屬已撤去相對鋪紅氈矣就位而
立則所謂諸太守拱手而出着黑衣黑紬帽者一人先
行再拜禮此即藤堂和泉守高敏云紅衣着帽袍三又行
再揖禮對坐行茶以毀語往復後復出歇處改着便服
島主請陳戲具遂出坐外堂樂工彈琵琶吹笛擊缶美
童十人扮作綵衣女人狀迭相獻舞戲子陳各技殆至
十餘種迏匸有男女調謔之戲使首譯謂倭人曰褻慢
之戲所不欲觀即令禁止之大抵音樂皆不足聽歌是
梵音舞有擊刺之勢而呈戲之具錐多奇巧之狀亦無可
觀初昏島主復請入內堂更設花床陳饌換杯九酌而
罷撤床後余使首譯傳語曰今番行中事甚苟簡多不

成兼此由於奉行輩不解事之致歸期不遠須申飭任

事者俾無如來時為可云則島主曰當別為申飭矣余

又曰漂人一事使臣曰　朝令面言於相對時則可否

間太守宜自回報而況使奉行任答於首譯事体未安

矣且此事既有約條而貴州之分作兩段終是約條之

外今後則別差雖姦出米　朝廷決不許接待此意知

悉可也且傳語不能詳悉當更以文字徃復矣島主曰

江戶之意如此故不得遽通而今日是盛會之日此等

事何必云乙従當更為相議矣遂罷還館所夜邑深矣

初十日已酉晴留江戶

關白欲觀我　國射藝以微服來坐一太守之家使島

王請得騎射之人故送三行軍官四人及遠射軍官二

人馬上才二人午後罷還帳箭六兩騎蒭各射一巡而

邊儀猶於帳蒭並五中其餘騎射者皆能四中去頗不

無色矣

十一日庚戌晴留江戶

執政久世太和守源重之戶田山城守藤原忠真二人

來傳 國書回答三使具公服出外廳則島主先奉書

契槓置于正廳案工二執政隨後而至三使迎揖於掇

外同至廳上相對兩揖分東西坐定執政招島主傳關

白之言曰累日留舘何以遣過故日不遠惟願慎涉大

海行李平安回答書與別幅回禮並善為賣還三使離

51

席聽之起而還坐行茶一巡執政請聞回復三使ㄴ首
譯傳答謝之辭有紅衣官員持銀綿兩書之紙三幅使
首譯谷傳于三使遂離席受之堂譯三人上通事一人
製述官裨將一人言谷跪而領受中下官各一人領受
後三使ㄴ首譯傳言曰念及使行又有盛賜深用感謝
尊者之餽雖不敢力餘物其多矣心甚不安以此意歸
告可也執政遂辭起而揖如初送至檻外一揖而罷回
禮物種並陳廳中略為看審出付馬島倭人盖馬島人
輸納于釜山自是前倒云使行所賜銀子則將帆大坂
兩在藏入者移納故只書扱繫於尺紙綿子則已列置
于西壁之下使譯官着扱而心甚愧悚矣初昏島主使

奉行傳示執政遺渠書云今禮蔽曹叅判金公贈我品物
此諸同職三員則其數加多是與舊例祗以異也且
芳翰亦不記其指意如何故所贈品物以背國洪難承
納之悉皆就 足下還之惟返翰述謝禮耳三使戒其
聽而惟之乎豫告諭焉奉行仍以島主意息言曰事機
如此極為切悶且此事專由枚首譯誤着之罪若以歸
咎首譯之意為文字以惠則庶可繩縫云徐曰首譯固
有罪其時大差倭亦以執政三人以執事例為之々意
成納手標則豈可專責枚首譯 朝廷則只憑首譯手
本及差倭手標別幅物件有此差等此非 朝廷所失
而該曹別幅若至還送則事体大段不可使臣不必煩

諸文字島主以此意詳言于執政使知其委折可也奉

行縷縷為言而去蓋節目講定時執政以四人書送則
廟堂以有違壬戌前例使韓後援更往釜山言于差倭
使之減其三執政一遵前例則後援累次爭下而差倭
堅執不從以為貢獻則雖不減物件如執事之例則彼此可
無損遂以此傳當其實則執政四人皆以執事例送物
之意而後援手本辭意甚不分曉　廟堂亦不細究遂有
首執政與次執政差等之舉而況此首執政適是句管
朝鮮事者故或恐關白有所致疑且同僚之間亦以
不均為言渠深以為不安有此趑趄云矣

十二日辛亥晴留江戶

舘伴中川内膳正源久忠呈柿子葡萄一籠鰒二尺奉

行孝願得文字傳示執政以為縅縫之地且書納一紙

條列三段語願依此措辭云而我無所失則不必委曲

為言故一從當初事實裁書一通使朴春瑞正書着啣

書以給則奉行孝以為書語如此決難周旋仍留置不

傳於島主盖韓後瑗既與馬島差倭往復講定則渠輩

亦將有罪故必欲牢諱宗摸糊為說全欲故咎於韓

譯情態可惡

十三日壬子晴留江戸

設上馬宴於外廳宴禮如前儀余使譯官言于奉行等

曰使行所送書辭設令不副於所望崇傳于島主以難

於周旋之意措辭往復則容或可矣而無答還送事体

大不可奉行輩何不指揮云〻則乘夕始為推書而去

初昏作答書以来其書曰即承翰教謹悉示意惟此辭

意有難以周旋於其間者須以昨日書送三件事中取

上下辭緣委曲賜簡以為繍縫之地而如期發程如何

不備初欲不即答送更思之則執政事勢既不可廢然

受之不受則又不可循例回答而竣事之後回此細節

或有相持淹滯之患則事渉不便況既减其數降同執

事之例則在 國家無損而使臣之便宜変通亦未為

不可故遂與副从相議更作一書且令寫字官另寫別

幅如諸執政例着使臣舎署而送之

十四日癸丑晴留江戸

午間奉行以島主意来言持其書往議扵執政革得無

事繡縫誠為多幸云蓋省執政得此書辞及改書別幅

輪示諸僚以為自明之證然後始為修送回咨書契及

回禮物件他執政亦皆觀望不送書契夂後始一齊送

来矣

十五日甲寅晴次品川

午時離嶪江戸島主長老先行將出門兩舘伴揖送扵

榻外使事順成速裝而出一行無不鼓舞薄暮抵品川

宿東海寺豊前守澄猶以舘伴来候仍呈生果三種分

與行中

十六日乙卯雨終日次藤澤

寅時發行之數十里雨作冒雨渡六鄕江午抵神奈川

黑田甲斐守長治以舘伴來候呈柿梨葡萄一籠分與

行中飯後即發到藤澤堀左京亮直治以舘伴來候仍

呈索麪一箱分與轎夫

十七日丙辰陰洒雨次小田原

未明發行抵大磯站舘鳥居丹波守忠利以舘伴呈柿

梨一籠分與行中飯後即發又到小田原大久保加賀

守呈饅頭一箱分給轎夫夜呈酒饌如去時品川以後至

小田原大抵皆是山路處處長林錦樹如花頓忘行役

之勞也藤澤品川之間乞食者最多問諸居人則答以

此處生利極艱且聞使行将過故行乞者咸聚云矣

十八日丁巳晴次三島

明燈發行〻可十里許天色始明到箱根嶺雨後路泥

石滑人馬不得着足暫憩茶屋艱辛上嶺抵舘舍加賀

守又呈柑子一籠分與行中湖邊景物宛如去時而雲

霧重墨不見冨嶽面目可欠飯後下嶺黃昏到三島舘

所支待奉行有馬左衛門佐純壽呈索麪一曲兩長老

伂候送譯官問島主安否仍及明日曉行之意

十九日戊午晴次江尻

丑時發行〻三十里天始曙到吉原舘舍伊藝州太守

送奉行支待站官松平乘女正定基呈密柑一籠分與

行中飯後即發暫憩路傍茶屋初昏抵江尻日昏行⽌
歷過清見寺門前而不得入見京極若狹守高或以館
伴來候仍呈索麪一箱分與轎夫
二十日己未晴次藤枝
平明發行到駿河府中寶泰寺景物宛然如昨簷前有
老柑子結子三四十枚去時色青未熟今則半黄矣一
柳對馬守末昆呈紅柹一籠分與行中飯後催發申初
抵藤枝土岐丹後守呈海參一筐分給禁徒及轎夫島
主送密柑一盤奉行三郎左衛門呈生栗與柑一兜並
分行中
二十一日庚申晴次掛川

未時發行抵金谷站舘小笠原佐渡守長寬以支待呈

柑子一籠分與行中飯後踰嶺暫憩路傍茶屋申時到

掛川舘助佐渡守又呈柿一籠送譯官島主所謝昨日

送柑之意仍問兩長老安否

二十二日辛酉朝雨晚晴次濱松

雨達夜如注曉猶不止平明冒雨發行〻數十餘里雨

始霽到見付站松平伯耆守以支待送奉行呈柿一籠

分與行中飯後催發渡尖龍川舟撟夕抵濱松伯耆守

又呈干果子一箱分給禁徒及轎夫

二十三日壬戌晴風寒次吉田

黎明發行渡金絕河逆風大作艱得過淡到荒井站舘

一名新居云松平伊豆守信祝以支待呈蜜柑一籠分
與行中飯後行五十里過二叩大村又抵吉田舘于悟
真寺信祝又呈柿一籠分與行中

二十四日癸亥微陰次岡崎
平明出門穿過閭閭十里許山勢平遠原野廣潤極目
俱是田塲過御油大村行三十里到赤板站舘三浦壹
岐守明敬以支待呈梨柑一籠分與行中飯後即發路
出山野之間過藤川大村又再過大板橋行三十里又
抵岡崎水野和泉守忠之方以執政在江戶使奉行支
待呈蜜柑一籠分與一行上下歷路大小店舍及道工
擔持而行賣者無非柑橘盖是土産之至賤者大柑朱

及成熟小者先熟云矣

二十五日甲子朝雨晚晴次鳴護屋

雨終夜達曉猶未開霽未明冒雨發行〻十里許天色
始明而人居猶不絶閭閻之盛可知也有板橋跨大川
高可十餘丈長亦數百餘歩結搆堅牢望之如虹霓橫
空可謂壯矣行三十五里歷池鯉鮒大村暫憩路傍館
舍又行三十里有茶屋此乃尾張州地方太守送酒饌
以待奉行請入甚懇不得已下入坐待副使行齊到比
話石起雨始晴天日淸朗矣到鳴海站舘尾張州太守
送使者問候仍呈生梨一籠各以三行兩呈分給護行
奉行裁判禁徒道詞輩里中人島氏安敏者呈竹筒各栢

花以五言絶一首謇之飯後催發行三十里夕抵名護

屋舘于姓髙院太守送人問候又呈杉重一折分給行

中上下島主兩長老來見而去島主送小刀十柄分與

諸裨及製述 記良醫

二十六日乙丑晴次大垣

未明發行穿過間閭數十里左右層閣接屋連甍壯麗

殷盛可典佐和相上下矣出城門過大橋行四十里山

川田野與岡塲略同歷入路傍茶屋禁徒輩進酒餅此

亦尾張所供也又行三十里到起站尾張太守送奉行

問候仍呈柑子一籠並與副行所呈送于兩長老處飯

後即發渡起川舟橋觀光男女填咽兩岸結幕沙上炊

飯者甚衆似是遠地人來待者矣又渡洲股三處舟橋

行四十里初昏抵大垣戸田采女正氏定呈乾柿一筐

黃橋一籠分與行中

二十七日丙寅陰夜雨次佐和城

未明嚴行々五十里到今須站舘午飯後即嚴踰摺針

嶺々上有望湖堂與副使兩使歷入暫憩望見琵琶湖

浩瀚無際崖有一點小島在湖心如洞庭之有君山景

致殊奇勝壁上有辛卯從事所書小簇矣又踰絶通嶺

夕抵佐和城井伊掃部頭源直惟方在江戸未還使奉

行文供仍呈蜜柑一籠

二十八日丁卯陰風寒次守山

夜雨曉霽風寒頗作凌晨發程出城門穿闌闠行十數
里而天色始明曉來風勢益緊寒氣凜列又行六十里
到八幡山專修寺江州水口城主加藤和泉守藤原嘉
矩呈黃橘一籠分與行中打午飯行四十里抵守山板
倉近江寺重治以支待來舘所問候仍呈稊一籠又分
行中

二十九日戊辰晴風寒次大津
日出淩晨行過草津村歷勢多橋行五十里抵大津舘
于本長寺此去三井寺甚密通寺在湖邊絶岸之上琵
湖形勝盡輸於其前登樓一望頷略可盡景致之絶勝
甲於近方云而懶於遊覽不果徙見青山曰幡守以舘

伴来問候仍呈蜜柑九年毋一籠九年毋即大柑之名
分與行中日飛舡便得家兒八月二十五平書殊慰容
中懷蓁伏聞 王候兼彌留尚未有向安之喜焦慮難
堪兩長老伻候島主送奉行言曰明日去路當歷八大
佛寺旣以関白之命預有待候之事幸勿緯纑余以不
欲八見之意答送則島主再送伻刀請不已余曰曾聞
此寺稱以秀吉頤堂義不可歷八雉有屢恳決難奉行
云則奉行輩又請面陳余使之八謁奉行二人裁判二
人及雨森東並八坐復申前說縷，不已余曰吾性不
喜遊觀自馬島至江戸往返數三千里矣其間可觀處
拮不可勝屈而雞門墻之内足蹄未嘗下階庭一步地此

則君輩所知也雖然君是無故之慮則関白既有命島

主又力懇蹔時歷八有何難事而既聞秀吉頤堂之說

則平賊之於我 國即百世之讐義不忍共戴一天吾

輩況可歷過其地乎奉行等日頤堂之說日本人之所

未聞何以傳到於朝鮮耶云、余日余志牢定斷不可

撓改須即退去故告於島王可也奉行等遂悶鬱而退

至月初一日己巳晴次倭京、

曉行堡　閼禮而余以外感不得恭奉行輩曉以島王

言來言於首譯日大佛寺之行使行終始堅執不許固

無奈何而関白分付之事亦不可無端廢閼明日寺門

之外別為設幕如歷路茶屋之規暫為歷入受饁而過

則彼此俱便願依此善處云旣曰關白有所供又是寺
門之外則一時暫歷不至大害故逐與副從相議許之
而設幕於野中亦似苟簡使扵稍遠處擇一間舍以待
之仍爲蕺衙刻倭京之尹送伴問侯仍呈饅頭一折分
與行中上下及轎夫午飯後將蕺之際島主送言以爲
今見京尹則有所云之不可不及時相議姑勿發行以
待云俄而島主與兩長老来坐外廳使首譯傳言曰往
見京尹仍及設依幕受供之意則京尹大以爲不可云
事将不順矣幸深思事勢從長慶之俾無生事扵我如
何余曰使行自有所執道理甚當雖關白有言决不可
奉行況京尹之言豈足驚動且旣與講定又欲反改事

69

渉無擾寧有他善慶之道云甫則島主送言曰使行所

執義理至當果是願堂則吾豈敢奉請此言實出於詑

傳而曰此堅持致令島主受責於江戶豈不切憫乎仍

與長老牛曰不去累次往復而終不許仍言吾之所執

終難撓改此後則不必送言稟告于江戶爲可吾輩越

重溟數千里已置生死於度外雖經年留滯亦所不辭

云則島主遂退去

初二日庚午晴留倭京

食後裁判持一丹子來言曰此京尹家所藏而京尹使

之送示故持來云仍言曰此書即所謂年代記而日本

之史丹也歷載大佛寺成毀始末而無秀吉願堂可慤

之蹟且其重建在於源家光為關白之歲則源氏豈有
為秀吉崇奉之理乎雖以此見之足知其願堂之說為
訛傳云儀而奉行輩又以島主之言来申丹子之說余
意以為既關願堂之說則不許入見事理當然而願堂
之說本出於傳聞倭人既曰訛傳至以渠國所秘之史記
来示則何必強謂之願堂以宗傳聞之說乎雖被懇要
暫為歷過我 國上下不忘讐之心事義理則足以布
聞於日本矣因此相持或至有留滞之境則殊非處変
之道遂議于副使而副使之意亦與之相合雖從事猶
以為不可而見處有深淺固不必盡合故遂以暫歷之意
答送盖聞島主往見京尹言及設幕之意則京尹曰事

甚篤簡決不可爲使行特以願堂之說有所持難若明

辨願堂之眞僞則使行必無不許之理遂以其家所藏

丹子出給云〻

初三日辛未晴次涉城

食後將發而從事以病不得同行島主送伴請行仍及

送享同發之意余以從事病勢如此而必欲使之偕行

有若驅迫者然此何道理事波駭然更勿如此之意責

諭以送遂與副使先發東南行十里許到大佛寺佛軀

宏偉坐高巍五六丈矣以關白命進杉重各一折又進

酒果諸禅及負役各有杯盤中下官並設酒果而極其

豊侈島主又設酒饌於別處躬請暫迕遂乘轎往赴此

即三十三間者一字長廊間架爲三十三而每間各坐

諸佛彌爲三萬三千三百三十三佛云所呈饌品頗精

進酒三酌而勸止之又進杉重兩長老亦呈擔重各一

折軍官以下坐中下官並有所餉遂催發先行而歷路

不見所謂臭塚深以爲訝問諸軍官輩則以爲高設竹

雜十餘夫以障蔽之盖以使行持難於入寺故狰設雜

障之盖欲其必歷而亦出於尊待之意云路遇茂亭之

行黃昏到浪城館所松平和泉守呈蜜柑一籠分與行

中上下

初四日壬申晴次大板城

寅時發行到舩滄樓舩已艤待矣遂即行舩辰時到平

方送中下官受勢供以關白命致御折一合杉重一組御

樽一荷分與裁判及倭人之乘舡者谷出羽守衛以

支待呈丹波栗一籠中到泊大坂留舡乙將及沙王北軍

來現而數月之間皆無一人病者喜慰殊撥渠輩亦無

不歡迎人情固自如此矣舘于本願寺島主兩長老伴

候舘伴岡部美濃守長泰亦送伴問候

初五日癸酉晴留大坂城

阿部伊勢守近緣呈柹一箱舘伴亦呈黃橘一籠並

分魚行中送譯官於島主長老憑謝昨日來問仍及作

速發行之意島主約以九日乘舡

初六日甲戌晴留大坂城

町奉行来問候仍告明日送示馴猿之意蓋島主在江

戸時末及周故托之舘伴云矣

初七日乙亥晴留大坂城

兩長老伻候舘伴送示三馴猿二則雌雄一則其雛着

斑爛小衣呈才於庭下跳踉盤舞隨人招使兩厭見我

國人每思走避故各戲不能如常時云矣

初八日丙子雨終日留大坂城

初以明日為發行之期島主送伻以為兩勢如此彼此

卜物俱不得載舡明日勢難作行請退一日發舡云以

歸期遷就不可退行之意荅送則送伻申請不已不得

已許之

初九日丁丑晴留大坂城

館伴来問候先以卜物載小舡發送河口島主兩長老夜
来見臨行見使臣盖是舊例仍請明日歷入島主家亦
是舊規云故許之

初十日戊寅晴西風次河口

早發過舡滄渡扳橋迂島主家奉行裁判自下轎處先
導而行島主兩長老出棬外迎入至中堂對揖而坐循
例酬答訖使首譯言于接伴長老曰今日一別後更無
相見之期人情安得不悵然乎仍以七言近体別詩一
篇傳示之長老受而加額而見之仍納之懷中俄而進
酒饌三酌而罷前裁判平真致自釜山隨来長老護行

而為人頗淳善凡享多周便以病見遆將落留大坂招

致席前慰諭而起遆至舡滄遂登彩舡順流而下中流

騁眺形勝特絶左右觀光者比去時尤盛路傍男女皆

言好去此則自江戸已然而此地尤多矣夕到河口接

國舡之卒輩皆歡迎上舵樓張幕而坐心甚快窓便同

伴長老乘彩舡追至揖別而去頗令人依然遂移乘我

還家矣仍宿舟中是日行三十里

十一日巳卯晴留河口舟中

同水淺不得蒚舡風勢猶可作行而盡日繫纜愁窓難

堪接伴長老自大坂追送別詩遂次韻譽之氢主送蜜

柑一箱分與行中護行奉行呈金橘尌一盆結子滿枝

國々可愛恨不得斯令達卿輩見之也夜與製述書記
聯句作二十韻律次副使送示之韻

十二日庚辰朝晴晚而留兩口舟中
曉行冬至望賀禮於舟上奉行輩來言建日送人覘水
而灘淺不可行更稍待潮滿可以發舡云晚來雨又作
終夜不止掩逢深坐殆不可堪遣奉行平倫久呈金橘
小樹一盆生栗一籠送譯官於島主舡問其安否無謝
昨日送柑之意

十三日辛巳西南風留河口舟中
自曉雨霽西南風又起而風勢挃掫水淺且狹幸免震
蕩之患而從事舡爲風所驅掛在淺嶼不得浮出足知

78

風力之狂矣終日掩窓盖令人憂惱長老送伻問候

十四日壬午晴留河口舟中
昰日送風猶不止不得發舡合六舡率又集衆倭之力
以轆轤引從事舡盖舡误泥澤之中故抳扶開道而後
始能動得云

十五日癸未東風次兵庫
曉行陞、闕禮扵舡上島主送人請行天明六舡齊發
余所乘舡爲淺灘所碍寅爲落後過得淺港仍即擧帆
風順舟穩如在平地未末到泊兵庫副從舡已先到矣
卜物之在倭舡者始移載鴎木淀索之留置館所者亦
皆退載島主送言請下陸而以舘舍之踈冷泟末之勞

苦爲辭仍宿舟中站官呈日饌而凡物精備此來時不
翅加厚諸倭亦皆奔走效誠探問其由則答以關白別
爲申飭吾輩安得不然吾在陸路時傳聞倭人之言則
以使行接待之不謹致責各州仍送使者痛問諸站故
從前使行接待則去時不如來時今番則反是云云以此地
接待觀之傳聞之說似信然矣松村遠江守忠喬呈鷄
五頭鷄卵百介鯛二尾又呈鯏五尾石決明十五糟潰
鯛一桶並分與上下是日行一百里

十六日甲申晴次室津

丑時島主送言請行遂即發舩督櫓行五十里過明浦
浦松平左兵衛督呈糟潰鯛一桶蜜柑一籠樽二荷鯛

及酒一桶給禁徒通詞倭人比天命乘風掛帆舟行甚
疾晩來風變為逆遂落帆催櫓申時到泊室津仍宿舟
中神原式部大輔政邦以支待呈蒸餅一笥鯛魚二尾
曽酒二樽鯛則分送護行奉行日饌種品視兵庫尤多
以三行所供分送一揣七鷄於島主一揣則又給奉行
裁判等

十七日乙酉晴次牛窓
榊原式部又呈蠟燭一箱粕漬鰒一桶曉發舡式櫓式
帆行至路中備前國主從四位侍從源繼政呈葛粉一
櫝杉重榼一俎薄酒两樽分給騎下舡格逆風又作舟
行甚遲未末到牛窓島主請往入館受享而余與從事

俱以病不能動揖副使往來略設饌以待云歸路歷八

舟穩話以歸是夜仍宿舟中

十八日丙戌東北風雲陰晚雨次鞱浦

去夜三更後順風作三行騎舡々將寺冷辭請行而冒

夜泛海終非萬全之道且倭人云不順從亦難揖自行

舡遂不許曉始發舡舉帆出港口風利舟延諸舡皆落

後行過下津備前国王又呈烟草一櫃鰹節一櫃薄酒

两樽行過水勢險處倭舡輙相聚停留指示行舡之處

爲未時到泊鞱浦天陰雨下諸舡遂掩逢或應而後風

起波濤大作不得已與副使下舡八宿館所支待奉行

夜呈調麵及饌味數種阿部伊勢守正緣呈昆布一箱

酒一荷堂譯以下至中下官各以雉別餽數至三百餘

首矣

十九日丁亥朝晴西風夕驟雨次忠海

曉未伊勢守又呈杉重一組分餽騎卜舡格卒而飢晴

順風將作雞鳴登舡待島主請行而日高三竿終無色

白欲送人催發而先示欲行之意亦有操從之獎故飭

諸舡無動以觀其動靜晚後始令奉行送言將待潮而

發俄而擊皷而行諸舡遂徐發初則微有東北風故舉

帆而行之未十里忽復爲西風諸舡一時御帆皆撜行

七八十里送風漸緊陰雨四塞而又亂洒護行奉行以

爲風雨如此日勢且暮而前路無可停泊處此去數十

里有忠海村如此處…嵩山處得明行舡何如云或訃之

招平盡力蕩櫓而風送舡遲昏黑後始得到忠海近處

則水淺又無舡滄不得舡下破中流仍宿舟中夜深後

雲陰捲盡風亦少是月色似晝海波如鏡登柁樓四望

飄然有羽化之意矣是日行一百里

二十日戊子晴大風留忠海誓念寺

西風自朝大作晚末尤甚波濤震蕩舟中甚不寧言于

奉行等覓得村中一寺與副使乘小舡下陸避風寺名

誓念而頗精洒村居亦盛甍甍百戶矣地屬安藝州而

支待未及来故伊勢守追送人供日餼云矣

二十一日己丑晴西風洒雪留誓念寺

84

是日達風猶未已不得發舡可鬱爾午間微雪乍洒旋止
天氣稍寒至月過牛始見玄冬氣候庵前有老梅數樹
花藥已綻不日將開物候可謂太早矣島主送人致麵
且餽數種酒餌夕後安藝州支得奉行來到問候仍以
太守之意呈調麵魚湯製兒松平安藝守吉長呈大田
紙一箱盋鰂一桶三原酒西樽分與行中
二十二日庚寅乍陰乍晴次錨刈
島主曉送人請行即起搰洗出到浦邊天色已明矣遂
以小舡適登舟或櫓或帆牛日行七十餘里晚潮方上
水送舟遲艱辛作行夕抵錨刈仍宿舟中安藝守又呈
烟草一箱盋點一桶蜜柑一籠分與行中

二十三日辛卯晴留鎭刈

島主送言送人洋口覘視風候則風勢不順中路又無

可以泊舡處勢難行舡夫天色錐欠淸明旣無大段違

風而遲留不發誠未知其故殊令人頒鬱

二十四日壬辰晴西北風留鎭刈

是日風送不得行舟仍宿舟中安藝守文呈杉原紙一

箱粘淸鯛一桶旣再受其餽又連日支供貽饋固多矣

有餽輒受心甚不安使之言及此意而還給則使者抵

死不受必欲留之故不得已受之分與行中長老伴候

二十五日癸巳晴留鎭刈

達風比昨尤甚無路發舡行期日漸差違悶懣難狀

86

二十六日甲午晴留鑣刂

送風猶不止又不得發舡島王送奉行以為連日留宿

舟中恐致傷損即宜下陸就舘云而以舘舍踈冷妨拒

調攝又無風浪不必下陸之意咨送

二十七日乙未晴次津和

島王曉送言今日風勢似少定速早發舡為可云仍而

擊鼓先行諸舡拍繼發行而風勢猶不順艱辛督撸而

行晚來風水俱送勢難前進末時八泊津和港内下碇

中流仍宿舟中黃昏目飛舡便譯官寧得其家私書九

月二十八日設行進宴云伏想　玉候向安宴禮獲成

區區慶幸不能名狀而茅聞延嶺君以十月初二日袁

出意外驚悚撥矣是日行七里

二十八日丙申晴西北風次上關

平明發舡東北風頗緊擧帆行五百餘里晚来風㥑爲

逢落帆督擄倭舡又撥力牽曳申末剩上關五里許西

崖間隩項水勢最急舟進輒退無路前進迄不得已下縋

乍留黄昏待潮退始得到泊舡滄仍宿舟中是日行一

百二十里

二十九日丁酉朝陰晚晴西北風留上關

西北風達夜不止朝来愈甚不得發舡招平民部大輔

吉元呈搶重一組鰯一箱樽一荷分給舡拾吉川左京

經永呈磐國尼折紙一箱鰹節一箱清酒兩樽紙與鰹

分與行中酒給招率晚来風勢轉急舟頻搖蕩與副使

下陸八館舍站人進酒饌吉元又呈技柿一箱鮮鯛一

折經永亦呈園果一籠果即柑橘柚三種並分與行中

三十日戊戌晴留上関

是日朝有東北風羞晚雖霽為北風猶可行舡西島主

誘以非順終不請行未免似留可恨島主請得柴炭以日

供給分送奉行裁判慶亦各羞芋分給盖聞島主以下

本無柴炭供給之規皆出於自判故每患艱乏云矣

十二月初一日己亥晴西風留上関

曉行望 關禮於館所從事以病不叅

初二日庚子晴西風留上関

初三日辛丑次笠戸

島主早送伻以爲西風雖未止息不至大段波濤亦似少定可以行船云遂與副使登船督櫓行五十里過室偶本浦代官呈魚菜數種晩来逆風頗緊艱辛行三十里到泊笠戸下碇中流仍宿舟中代官又呈魚菜分給在船禁徒通詞島主送醇飴一壺黄橘一盤吉川左京永自上関追呈香蕈一捲鮮鯛一折是以行八十里

初四日壬寅晴西風次向浦

平明發船行五十餘里西風又大作格卒盡力催櫓而舟寸進不能疾行申時堇得到泊向浦下碇仍宿舟中本浦代官呈魚菜若干種送譯官問島主安否是日行

九十里

初五日癸卯乍陰乍晴西風留向浦

曉間洒雨旋晴平明島主舡仲撃鼓請行俄而島主送

伻以為將欲發舡聞外洋風浪漸起決難行舡勢將仍

留云乙晚來送風旣作波濤頗盛夕間雨又亂洒天色

黯慘諸舡遂掩逢夜深風浪轉急舟甚震蕩不得穩眠

初六日甲辰晴西風留向浦

曉微雪即霽西風大作不得發舡

初七日乙巳晴次元山

曉来西風不作遂發舡過九尾﨑代官呈秀魚五尾行

五十里歷新泊浦微有南風遂擧帆行三十餘里風乃

漸微又督櫓行數十里天陰有兩態忽憂爲東北風

申末艱到元山仍宿舟中

初八日丙午晴夕雨次赤間関

未明發舡或擼或帆未時到赤間関夕後東風雨作興

副使下宿舘所松平民部大輔吉元呈于菓子一箱串

鮑一翁樽一荷串鮑即全鰒並分給騎卜舡捨卒雨終

夜大汪

初九日丁未西風留赤間関

雨終日不止西風又大作舟埠搖盪云春好奉行進靉

種酒餞湛長老送麺一匳

初十日戊申雨陰終日苗赤間関

92

十一日乙酉陰洒雪西風留赤間関
從事自舡所來會終日談話而罷支待奉行各以柑一
小兕呈餽
十二日庚戌晴東南風次藍島
島主曉送伻請行遂與副使登舡平明發舡過小倉以
後海水漸濶且連日大風之餘怒濤未息風力不猛而
舟甚震盪申末到泊藍島下宿館所松平筑前守呈果
子一兕蕎麥粉一捲昆布一絹干鯛一箱樽一荷以三
行所呈分送島主長老奉行裁判等處
十三日辛亥晴夜雨東南風次一岐島
鷄鳴島主請行遂即登舟仍爲發舡風力頗微而水勢

不順未明之前重行八十餘里天明以後風色漸緊而

波濤之邊濶比昨尤盛舟出浸傾殆視初渡一歧時不

翅倍蓰終日深臥艱得支過酉初到泊風本浦下宿館

所招見奉行裁判等於浦肥前守呈晃布一翁干鯛一

箱樽一荷分給五日次知倭人夜深後雨作竟夜浮止

十四壬子雨留一歧島

給倭人

兩意終日不止夕後始少霽肥前守又呈杉重一组分

十五日癸丑晴西風留一歧島

所館無庭際不得行登一關禮島主餽杉荍長老送書

問候無索和韻

94

十六日甲寅陰西風留一岐島

十七日乙卯雪西風大作留一岐島
終日灑雪而落地便消野不留白

十八日丙辰晴西風留一岐島
連日風送發舡無期馬島舡將祈禱於聖女祠云

十九日丁巳灑雪留一岐島
終日灑雪風勢少息島主送五花糖一捲

二十日戊午晴止風留一岐島
倭人言風勢變爲北風數日內當得順風云一岐倭人
投得一大鯨於外洋合衆力而曳入故諸禪往見而來
言長可七八把黑如巖石狀口濶數把眠如小捥是鯨

之小者衆倭一時屠割海水爲之盡赤云矣

二十一日己未晴東止風次對馬島西山寺．

去夜三更島主送言請行遂與副使登舟仍即發舡時

月色如晝風浪不作登柁樓四望天海一色浩乄無涯

令人胸次頗覺窹然矣出洋口擧帆而風刀甚微達夜餘

撸行纔百里天明以後風勢漸緊晩求舟行甚駃未末

到泊馬島同波濤不盛舟中不甚震盪得以穩過大海

誠幸乄三使遂下陸詣館所島主送扵重一組又進酒

饌上官以下皆有所供夜深風雨大作諸舡各添碇索

謹得経過

二十二日庚申晴留西山寺．

食後三使開坐罪人吳萬昌權興式等並為捧招興式

則到佐須浦勘斷次着大枷拘囚三卜舡萬昌則推誂

於興式故再次更推後為先所推一次着大枷拘囚扸

副卜舡

二十三日辛酉晴夜風雨留西山寺

島主長老来見循例酬酢後以漂姜使力言之島主答

以緣修復書未及正書待果書當送呈委折具在畫中

云ゝ茶罷辭去封先来状　達無修家書送吾所帶

軍官崔必蕃副使軍官韓世元譯官韓重億而月風勢

不順未即發舡夜来風雨大作諸處邊搏恐為折傷夜

分後始少受

守之毋鎖囚兩人並施刑一次

二十九日丁卯晴北風次南川

日出後將乘舡而島主終無來見必事使首譯責論奉

行等曰宴後島主宜有回謝之禮而㪚羽還就終不一

來今日將發而亦無辭息主客之道豈容如是云喧劇

奉行等以為島主以感冒不得剃頭故不能回謝之意

昨使令喜傳語此云首譯忘置不爲告達之致送別次

今將出來云之三使遂登舡將發而亦不即來日晩後

始爲乘舟揖別而去安以漂到事亦有致責之語難於

爲答故爲此田迴之擧可笑亦可惡此是日風勢即送

日色又晩不得前進移泊南川港口仍宿舟中島主送

98

迎陽餅一器鹽魚一尾酒一樽又送杉重一備盖爲新

歲節日故有是餽也分與行中副使夜來舡上穩話而

罷

庚子正月初一日戊辰晴次船頭項

曉行坐 關禮於舡上客裡逢新家 國消息邈然難

憑懷事殊不可堪與從事往見副使於舟中平明乘潮

發舡風勢雖莛潮水方順故擼役行七十里申時次舡

頭浦仍寓舟中與副使徃從享舡夜深乃罷

初二日己巳晴次西泊浦

平明發舡從隘項捷路而行督擼行五十里過琴浦風

遝水遝舟寸進尺退將欲回舡還向琴浦適値北風牛

復爲西風仍拙帆前進申末到泊西泊浦仍宿府中副

使後亭夜來穩話西罷聞居人之言先來軍官去月廿

九來宿此浦昨朝發去云不知見方住在何所也

初三日庚午晴北風留西泊浦

是日風勢大作終日不止不得已仍留

初四日辛未晴止風留西泊浦

倭人傳先來軍官書以爲留鯉浦待風是日發舡出洋

口日風惡還泊云

初五日壬申晴留西泊浦

曉送倭小船寄書扵先來軍官蓋送饌物夕間倭人來

言先來舡今朝已發向釜山云

初六日癸酉朝晴夕小雨東風次釜山

平明奉行送言今日風勢似煩請登舡六舡遂齊發出

洋口擧帆舡行甚速過豊碕浦下鯉浦石瀨煉風挫緊

波濤亦静從事送言請向釜山而既不與奉行等相議

事涉營易故遂停舡送通詞議于奉行則答以風勢稚

順佐須浦既是待風站舘則越站可悶云風勢果順則

不必入站而從事舡又已先發去留不可異同故與副

使往復遂囬舡直向釜山時日已已初矣六舡先後並

進舟行頗穩過秋宗後風力漸微舟不迁行日色向暮

天陰雨作望見絶影島在數百里許而北風又漸起舟

不得進落帆督櫓行百餘里搭手力盡夜黑如䅂舟中

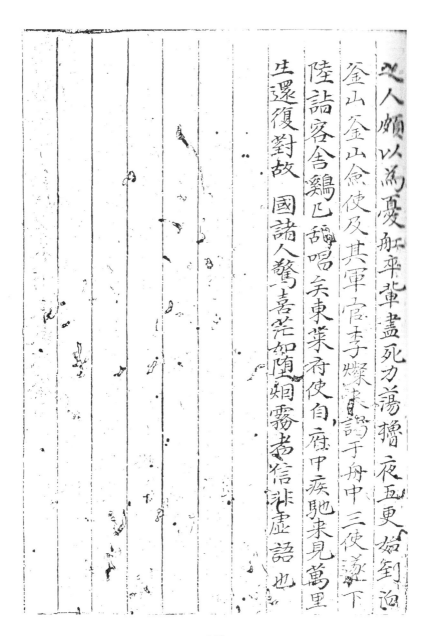

人頗以爲憂航平車盡死力盪擼夜五更始到迴

釜山釜山僉使及其軍官李燦來誇于舟中三使遂下

陸詣客舍鷄己啼唱矣東業待使自府中疾馳來見萬里

生還復對故國諸人驚喜知隨姻霧者信非虛語也

東槎錄

洪北谷海槎日錄上

正使戶曹參議洪致中

副使輔德　黄璿　乙酉司馬癸巳曾續穿海人一房

從事官校理　李明彦

製述官校書著作申維翰　周伯辛酉乙酉同馬癸巳曾續

軍官前府使　李思晟　汝昊丁巳　壬午別試完山人一房兵

前縣監　崔必蕃　君善甲午　壬午別試慶州人一房

折衝　禹成績　命數戊申　辛未增廣丹陽人一房

前虞侯　朴昌徵　士祥壬子　己丑謁聖務安人二房

都摠經歷　洪德望　大有壬戌　乙酉謁聖南陽人二房兵

3

宣傳官　元弼撥君弼丁卯壬辰庭試原州人二房

都摠都事具　伐汝大庚申癸巳增廣綾州人一房

前監察　趙　伩戊完伯乙未式年平壤人三房

武兼　柳善基乙必慶丁酉式年晉山人二房

備局郎　金　渝和源辛末丁酉式年安東人三房

子弈軍官折衝韓世元善卿戊申　清州人二房禮

折衝　洪得潤澤之戊午　南陽人一房

前萬戶　邊　儀鳳來己末己卯式年原州人一房

副司勇　鄭后僑惠卿己卯　河東人二房

副司勇　黃　錫子三癸亥　尚州人三房禮

禁旅軍官出身金漢圭祥佰戊戌別試異州人二房

4

出身　楊鳳鳴 周場 壬申 戊戌別試清州人 一房

書記幼學　張應斗 彌文 庚戌 丹山人 三房

進士　成夢良 汝弼 癸丑 壬午司馬昌寧人 二房

進士　姜栢 子青 庚午 甲午司馬晉山人 一房

醫員前主簿　白興銓 君平 丁巳 林川人 二房

副司果　金光泗 白汝 庚申 金海人 三房

良醫通德郎　權道 大原甲子 安東人 一房

譯官嘉善　朴再昌 道卿 乙卯式年務安人 首譯

折衝　韓後瑗 伯玉 己亥 戊午增廣清州人 一房

折衝　金圖南 仲羽 己亥 戊午增廣牛峯人 三房 首

僉正　韓重億 時仲 庚子 壬戌增廣人 一房 軋

判官　李　樟　濟卿 乙丑　癸巳增廣金山人 乾　二房

判官　鄭昌周　盛之　乙卯式年溫陽人 乾　三房

僉正　金世鑑　壬辰　癸酉式年宣城人 乾　三房

奉事　韓纘興　百朋 甲寅　戊子式年清州人 乾　一房

奉事　朴春瑞　和仲 丁卯　庚午增廣務安人 壹　一房

奉事　金震爀　仲明 癸丑　甲午增廣三陟人 二房

吳萬昌權興式以犯禁人拔去

寫字官護軍　金景錫　天錫 癸酉　保寧人 三房

護軍　鄭世榮　兆甫 甲寅　漢川人 一房

畫員副司果　咸世輝　君美 壬申　江陵人 一房

別破陣　尹希哲 一房

6

馬上才　金世萬　二房

姜尚周　三房

沈重雲　一房

典樂　金重立　二房

咸德亨　一房

理馬　金　男　一房以上達下居京

金鼎一　一房釜山　折衝

徐錫龜　二房釜山　折衝

騎舡将　金漢白　三房左水營

宋逸副　一房左水營

卜舡将　崔遑　二房釜山

7

都訓導

　　　崔必章　三房東箉

　　　張義哲　一房

　　　金得萬　二房

　　　辛再昌　三房以上左水營

伴倘三人

鄉書記二人　三房東箉

小童十六人　一房六人二三房各五人

鹽鑼直三人

使奴子六名

各員奴四十四名　一房十八名　二房十五名　三房十一名

小通事十名　一房四名二　三房各三名

及唱六名

刀尺五名 一房二名 房各二名 二三

房子三名 房各二名

樂工六名 乘三艇 各二名分

吹手十八名 三房各六名

羅將十六名 一二房合六名 三房四名

旗手八名 一二房 各四名

砲手六名 乘三艇 各二名分

沙工十四名 六艇各 四名

格軍二百五十名 一艇八十五名 二艇八十四名 三艇八十名

三行員役合四百七十四

己亥四月十一日癸丑晴次良才驛

晨謁 闕拜辭 大朝命中官宣醞于賓廳仍頒虎皮

膽藥弓矢油芚椒扇等物 東宮引接三使臣于尊賢

閤下慰諭之教受節鉞出城南門到關王廟改着便服

右相金炳判演俞綺判命弘湖南伯申思哲嶺南伯吳

命恒趙承旨榮福魚正言有龍李執義鳳翼圻都宋眞

明李內翰箕鎭趙注書趾彬李恭奉洞任迴韓鼎朝任

選朴民秀洪啓欽來別差晚發行前進柳恩津鳳逸尹

文義東魯柳注書弼恒坐松林要別遂下轎少話而罷

到漢江津頭金都正韓僉正徐監役諸兄汝一氏仲五

氏諸叔士晦子容致厚致玥諸氏及金佐卽鼎連金炳

10

奉聖運鄭正郎燦先趙校理尚綱申正郎義集朴佐郎

昌厚韓奉事謇朝吳佐郎晉周來送行及登舟李僉判

光佐李承旨喬岳朴襄陽乃貞鄭佐郎錫三趙直長永

命朴教官師漢成令必復趙金浦泰耆李僉議世瑾己

先來待舟中仍與同舟穩話不知舟之已泊江南崖矣

遂相與握別乘夕抵良才驛村濟獻晉朴光秀龍秀

李宗城益完汝承父子及韓重休來宿是日行二十里

十四日甲寅雨終日次龍仁

早起與諸人作別冒雨作行到板橋抹馬廣尹李享

以支待出站具酒饒來餞夕宿龍仁主倅洪重徵來見

是日行五十里

十三日乙卯朝雨晚晴次竹山

早發到陽智主倅朴明東出見思晟已來待矣李夏榮

自京而來夕宿竹山主倅李益馣出見受甶自梨湖來

會驪江奴董亦來現是日行七十里

十四日丙辰晴次崇善

歷見李夏榮新占山午到無極陰竹守鄭述先以副使

支待來見鄭興墪崔把摠子及驪邑李熳來見驪邑奴

篁並來現臨發置標村後山夕宿崇善沃川守李暉以

差負來待連源督郵沈叔平因夫馬八把亦為來見汝

順自鎮川追到縣枕而宿喜可知也是日行六十里

十五日丁巳晴次忠州

與汝順作別舟渡達川午到忠州清風守尹澤提川守

李泰岳永春守徐文佑来見李高靈君輔送其宷子来

問内外俱有書仍本州問安便付京書

十六日戊午晴次安保

歷見李尼山淂午到黃江拜遂庵夫打午飯即發夕宿

安保驛館従事一行己先到矣延豊懷仁两守以支待

来見是日行七十里

十七日己未雨次聞慶

冒雨早發踰鳥嶺深慶泥濘没踝高慶石角稜層人馬

俱困間關度嶺前後過此不知其幾而跋涉之艱未有

甚於今日也少憇嶺上邁馬夕宿聞慶主守柳綰長水

察訪李世冑以差員並来見是日行五十里

十八日庚申晴次龍宮

早發到幽谷善山守宋堯卿以支待来見久別乍話猶

覺欣慰金南献下休徵兄弟亦来見夕宿龍宮主守尹

昌来出見金山守朴致遠居昌守權問並以支待官亦

来見尚牧權明仲自試所罷歸乗夕来話是日行六十

里

十九日辛酉晴次安東

早別明仲朝飯于醴泉主守尹世謙来見午到豊山奉

化守沈潰以支待来見因禆將供饋之不謹推治醴泉

色吏七人金寮訪東来見入宿安東營將朴廷賓安寄

察訪尹啇来来見是日行卅里

二十日壬戌朝晴夕雨留安東

京試官李重恊適自試所来住西岳寺来話半日而罷

乗夕入見主守權以鎮主守亦夜来見

二十一日癸亥晴次義城

早發到曠湖樓因溪水大漲以三船先濟三行人馬從

事先行與副使坐樓上眺望仍邀京試官穩話而別午

到日直青松守成瓊以支待来見夕宿義城主守李久

叔仁同守金遇華皆来見夜與久叔會話予聞韶樓是

日行七十里

二十二日甲子晴次義興

歷東軒見久叔父子付京書於久叔子行歷拜六臣祠

宇午到義興主守曹汝謙來見朴泰彙以新恩來謁驛

卒一人患瘧在道不救可憐餞主守覓給木匹歙殯于

路側仍卽宿是日行五十里

二十三日乙丑晴次新寧

歷辭汝謙早發馳到新寧主守金膺濠出迎高靈守李

世鴻居昌守權問咸陽郡守族兄恭谷守張孝源皆以

支待來見與副從兩僚登環碧亭待方伯之行盖老泉

為餞宴將來會故尒久叔自聞韶追至方坐亭上閒話

差晚泉令始到八夜而罷是日行四十里

二十四日丙寅晴次永川

方伯朝設餞會月城花山開韶官妓若而人張樂少選

而罷仍作行送從事赴河陽路與副使宿永川主守李

贍伯來見晚登朝陽閣觀馬上才是日行四十里

二十五日丁卯朝晴晚雨留永川

送副使先向慶州移枕余于朝陽閣

二十六日戊辰朝陰次慶州

早發抹馬仇火未及慶州五里驟雨忽作疾驅入府一

行上下無不沾濕與副使會話主守來見永川使君亦

以差員追至主人夜設餞鷄鳴而罷是月行七十里

二十七日己巳晴次蔚山

早發歷琴鶴軒別主倅及永川使君抹馬仇於接慰官

崔君瑞適竣事還京容中邂逅驚喜如夢付書其行傳

報行信柃兒輩夕到蔚山左兵使李汝玉率其子基福

来見仍誤餞夜深辭歸是日行九十里

二十八日庚子晴次龍堂

宿龍堂倉解舍長鬢出站是日行四十里

二十九日辛末晴次東萊

早發到東萊十樹亭從事官已先來待矣回有雨意略

略搜撿卜駄三使臣齊到五里亭依幕改着黑團領具

旗幟鼓樂奉 國書上龍亭東萊府使徐止叔前導先

行三使以次八府奉安 國書于壁大廳府使兩拜後

行問 上禮禮罷會話于恵軒是日行三十里

三十日壬申晴留東萊

黃山察訪趙命臣以差員来見左水使申命仁亦来見

五月初一日癸酉雨留東萊

晚行望 闕禮修狀 達付撥夕陞見主倅

初二日甲戌晴次釜山

曉發到釜山五里程支待守令釜山僉使水營虞侯迎

國書問 上禮寺禮節如東萊儀是日行二十里

差員奉水虞侯趙畛釜山僉使崔鎮樞支待官金海

府使柳貞章熊川縣監李之長鎮海縣監前崔恭原縣

監元次周昌原府使李守身草溪郡守河沃泗川縣監

河安圖

初三日乙亥晴東南風留釜山

護行大差倭贈書其書曰時惟仲夏伏承三位大人閤

下邁中旋薰無恙已屆萊府方欲區區修賀之間又俄

聞紫氣必傳近在釜城矣僕向以迎聘之差又冒貴域

而當此炎威逼人之時拱聞三位大人閤下賢勞天祐

開舩有日委係是兩國間莫大之慶豈徒謂私心欣幸

而已栽此敢具不腆恭效奉接之忱切願三位大人閤

下俯垂諒特賜監納冒瀆威嚴伏增惶恐肅此不備

巳亥五月日迎聘正官着圖書

別幅龍眼一曲索麵一曲清酒一樽分賜一行員役

初四日丙子晴東南風留釜山

初五日丁丑晴南風留釜山

護行差倭又賻書曰節屆浚蒲伏惟三位大人閤下履

此佳辰尊侯多福不勝仰賀之至謹具不腆少效奉祝

之忱伏冀垂諒特賜監納肅此不備

別幅彩畵大硯一坐彩畵中鈎鏡一面木輪圖一坐大

酒湯器三坐白三合甫兒一坐木匣刀一箇節日饋遺

自是前例故有此再送云分賜一行作巻書兼送魚果

之屬以謝之

初六日戊寅晴南風留釜山

使三行裨將具舟楫威儀乘渡海諸船往来洋口與副

使會永嘉臺待船田泊往見諸船而歸

21

初七日己卯風雨終日留釜山

初八日庚辰晴留釜山

初九日辛巳晴南風留釜山

初十日壬午晴南風留釜山

十一日癸未晴南風留釜山

三行禍裡各以其行騎卜艖試于洋口與副使從事會

于永嘉臺乘夕罷還

十二日甲申晴南風留釜山

十三日乙酉晴東止風留釜山

左水使設宴于客舍東廳賓日軒三使臣具公脹與水

使分東西對坐一行員役軍官以次定坐合慶州東萊

22

蜜陽三邑妓衆樂迭奏笙鼓喧天觀者塡城不可勝計

十味九酌而罷

十四日丙戌雨留釜山

十五日丁亥微雨曉行盟 闕禮留釜山

十六日戊子晴南風留釜山

十七日己丑晴南風留釜山

興副使從事登釜山鎭後山頂上有壬辰天將萬世德碑新舊南石皆頑鈌不可讀矣遙見對馬島如一抹青烟橫亘海濤之中望之不甚遠矣

十八日庚寅晴西南風留釜山

是日即禮書兩所擇乗舩吉日書契旣未來到又不得順

23

風勢不能渡海而既擇之日不容虛度故三使具渡海

儀物各登其舩自舩滄擧碇搖櫓向南而行行可數十

里至洋口從事舩泊在網島下副使舩末及到欲試洋

中波濤之勢催櫓前行數馬場漸近大洋濤勢益壯而

曰風遂不得進遂回舩與副従舩會在一處向晚張帆

還到絕影島支待官具午飯於海邊沙堠遂少留打飯

與玄風倅鄭明卿同舟囬泊釜山盖明卿以從事支待

適出站故也海外萍會喜可知也

十九日辛卯雨東南風留釜山

二十日壬辰朝晴暮陰留釜山修狀　達付陪持

二十一日癸巳晴南風留釜山

二十二日甲午晴南風留釜山

二十三日乙未朝陰晚晴南風留釜山

二十四日丙申晴南風留釜山

倭沙工禁徒倭通事倭等乘小舩来到港口看審渡海

舟楫古例信使之行登舩擇日將近則倭人等必先看

檢舟楫而今番則擇日已過而因禮曹書契未到終無

看審之舉矣今聞書契還収停達之報始為来到今堂

上譯官饋酒饌送之

二十五日丁酉晴南風留釜山

寫字官李日芳遭母喪奔哭慘矣

二十六日戊戌晴南風留釜山

以倭人看審舟楫事修狀　達付陪持禮書書契来到

二十七日己亥陰南風留釜山

二十八日庚子朝陰晚雨夜大雷電南風留釜山

有成還京付書

二十九日辛丑晴南風留釜山

六月初一日壬寅晴南風留釜山

曉行聖　闕禮以首譯加定事修狀　達付陪持

初二日癸卯晴南風留釜山

與副使從事往會永嘉䑓者檢祈風壇而歸

初三日甲辰晴南風留釜山

初四日乙巳晴南風留釜山

26

初五日丙午晴南風留釜山

初六日丁未晴南風留釜山
曉行祈風祭令製述官撰奈文護行差倭平真長裁判
差倭平真致都船主等各乘船来泊毛豆浦鎮船滄為
護行待風故也

初七日戊申晴南風留釜山
與副使登濟南樓望見倭船所泊處得晦日出家兒書

初八日己酉朝陰晚晴南風留釜山
從事過姜持平宅嫄氏及李夏榮成服同往依幕望哭
而歸

初九日庚戌朝陰晚晴南風留釜山

送魚果于差倭處

初十日辛亥晴西南風留釜山

十一日壬子晴南風留釜山

十二日癸丑晴西南風留釜山

差倭致胡椒花糖蔦粉各一斤于三行分與一行倭人

別幅書以延聘使着圖書使首譯言其不可稱使之意

差倭頒懼然云矣

十三日甲寅晴南風留釜山

付京書于出使譯官之歸三使各以茶啖一床送于差

倭等處

十四日乙卯晴南風留釜山

撥便傳譯院関文首譯加帶狀請之事為該院所沮塞

矣

十五日丙辰晴南風留釜山

曉行望 闕禮夜往見副使乘月而歸

十六日丁巳晴南風留釜山

新寧倅金俞豪以支待来見

十七日戊午晴南風留釜山

新寧倅將歸乍往見之夜三更東北風微起差倭送通

詞倭首譯来言曰順風將作急々紫舩待明發舩為可

云一邊招集諸裨治任從事先往舩滄搜撿卜物一邊

招致我 國舩人間風順否則皆言風勢不長似難發

船云而既見便風不可虛送故當夜催促載卜修狀
達沿家書坐而待明朝來風力漸微日高而南風復作
不得已傳行

十八日巳末晴留釜山

東風微_不絶夜四更差倭又送通詞倭報順風而是
日東北風視前夜尤微不可登船故以半千里越海之
行不可以微風發船之意言送世称倭人善候風而其
言之無驗多如此或言島中以關白之令有催督之事
故差倭非不知風力之不長而故爲如是云矣止叔來

會

十九日庚申晴東風留釜山

30

居昌倅權侗以支待来見黃山督郵遣其從妹眼徃問
必差倭又送言今日風勢如此明日則必得順風必須
趂末明發舩云是夜修葺舩狀 達封付驛使治家書

報行

二十日辛酉晴東北風次佐須浦

鷄四鳴早起梳洗與副使從事具儀物奉 國書出徃

息波亭天色已向曙矣東菜府使釜山僉使黃山察訪

居昌縣監及李必弘李燦諸人来別少話而罷以兵舩

適登渡海舩是時潮水末生舩隻皆浮在港外故也遂

擧帆而行日己三竿矣風勢稍徵督櫓而行過五六島

出洋口則東方無阻故風力漸緊舟行頗快天無點雲

日候清明波濤不作舟中甚穩倭沙工以為前後涉此

海不知其幾遭而舡行之安穩未有如今日云時方未

末問前路幾許則倭人對以過水宗既久涉海已過半

云来時未曾見別有險慮而日水宗已過哳謂水宗豈

舊有而今無耶抑風恬浪平故人未之知耶日色將晚

而風力猶不猛布帆入無力故改掛筵風席而行黃昏

到佐須浦浦口倭舡十五六隻来曳舡到泊於舡滄副

舡已先泊而獨一二卜舩及従事舩落後末及到多送

飛舩使之迎接夜深後始為先後而来五百里大洋艜

無事得渡副使書記成夢良一人之外六舩哳載上下

諸人俱免水疾可謂奇矣島主送奉行三郞左衛門者

問候與副使奉　國書下舘所夜已向晨倭人餽以熟

供蓋前例云從事獨宿舩上佐須浦即對馬島西北過

初程距府中二百餘里水邊人居僅若千戸山之東一

麓遵海而西田轉彎抱作一洞府中成湖水可藏數千

艘椶欄冬栢楓橋之屬蔚然於左右山崖景致殊可觀

而舘宇鋪陳屏帳之類極其草草所謂熟供只飯羹魚

菜六七器而已亦甚簿略矣舟中得一絶製述官書記

皆次其韻

二十一日壬戌東風留佐須浦

島主送餽果酒分與一行上下問安差倭又呈饝麵而

別幅書以迎接使令首譯還給其物仍言不當稱使之

意差倭即改稱迎接官復請呈納許受之又分與行中
護行差倭及問安差倭等請謁問其禮節則首譯對以
差倭再揖則使臣立而舉手答之云使行曰古禮則差
倭皆拜謁矣近規雖不然使臣不可立答差倭再揖之
節當許近規而使臣則當坐而舉手矣往復數次差倭
讓以近例終不聽使行曰若尒則不必入見云問安差
倭怒形于色不見而歸島中差倭既受島主之命不見
使臣則便非傳命而徑自還歸殊可駭異矣是日修渡
海狀　達付飛舡使扵明日內送傳東萊從事下宿館
所

三十二日癸亥晴東風留佐須浦

持狀 達飛船令曉始發云從事出坐船上搜撿六船

卜物島主送饋生猪一口護行差倭呈道味小螺三行

合以民魚一尾乾秀魚二尾石魚三束分送護行差倭

裁判都船主處

二十三日甲子晴東風次豊碕浦

差倭送言鰐魚水路寘險必乘潮漲之時可以経過須

扵巳時發船為可云三行催食上船舉帆而行差倭船

在前三使船在後以次而進風猛水湧舟行甚疾不多

時而到鰐浦三十里之地海底巨石齒齒舟一失勢破碎

傾覆在俄頃韓天錫之敗盖在此處云潮退則石出

舟不得行故倭船十餘隻曳纜前導落帆督櫓艱辛

越險而風勢不順不可前進留泊豐浦港內距鰐浦十
里而近云此地形勝衍律佐須而開朗曠闊則勝之浦
邊村家僅數十戶男女老少之觀光者滿岸女人之嫁
者恭齒未嫁者不恭抱女員子指點啁啾之狀足為異
觀而但小兒啼笑之聲與我 國無異造化天機可謂
無別於華夷也與從事下舩卞懇岸上松陰之間神氣
爽凉頓忘炎暑之苦而副使以病不能會可恨差倭呈
酒饌生梨送醍醐湯一器以謝之是夜仍宿舩上盖將
待月行舩故也五日下程例於渡海翌日來呈而回其
未及措辦今日始先來納而物種猶多未備可想島中
物力之凋弊也

二十四日乙丑晴次西泊浦宿西福寺

鷄鳴發舩眽裹行三十里到泊西泊浦日已高矣岸上

觀者視豐碕尤盛島主送伻候問送糟漬鮎一桶酒一

樽差晥差倭以島主之意送西果各五箇裁判倭餽李

實一器乾烏賊魚一盤差倭又呈柚實林擒一筐因副

使病苦且値風迎不得前進下憩西福寺寺在富嶽山

下寂高廔結搆雖草草無可觀而冬栢棕橺橘柚木犀

樹菴蔚成陰遍蔭一庭坐來稍覺爽懷壁上有李義伯

辛竹使行時題詠一簇副使先次其韻余亦和之是日

仍留宿焉

二十五日丙寅或陰或晴徃徃微雨旋霽次琴浦

昨今南風連吹不得行舡半日禪堂與書記輩唱酬閑

坐末末差倭送言晚來風勢少止波濤稍靜可以發舡

云副使所苦既減行色又不可遷滯遂與副使從事登

舡督櫓行四十里到琴浦港內日已向昏笑下碇中流

仍宿舡上此地山水之勝尤多可觀而日暮不得周覽

可恨

二十六日丁卯晴曉小雨次舡頭浦

曉發櫓後而行七十里過佐下浦到舡頭頃日已午矣

島主送伻候問餽以果品一備浦上有舡頭祠昔在壬

辰年平秀吉舉兵東來行到此地風勢不順其時舡人

名其者諫曰風濤如此決難行舡於洋中此慶北邊山

麓中斷為島海水迤八為湖而兩崖如束僅通一艦若
由此過去則可保無虞秀吉以為妄言即斷之及行船
果為風浪所擊士卒多溺死其後罷兵歸時從間路試
之果如舡人之言無少差爽秀吉追悔之立祠祭之云
祠前斷石為柱作石門一間制造頗精工泊舟時為舡
板所觸柱折門毀可惜晚後兩作六船皆掩蓬向夕雨
霽而日勢已暮不得前進仍留宿護行差倭送潛水人
及漁倭設網前湖其網制如我 國揮羅而粗踈莫其
潛水人摘得一鰒而水淺不能網魚云
二十七日戊辰晴次馬島府中
曉發行七十里過鴨瀨慶知浦等地午到馬島府中十

里外島主來彩舟來迎三使具公服以待舟相邊與島
主各下交椅行再揖禮以酧奄長老所來舡來迎對揖
如島主禮中流俘舟待島主長老舩先八始泊舟舩滄
具儀物鼓吹奉　國書下舩奉安于西山寺寺在西山
下絕㟼上距舩滄寂近地勢逼尽不能安排舘宇礨石
爲階狀如築城髙可十餘丈其用力之鉅制作之工始
非我　國所能及寺之左右新刱舘舍近百間以備三
使行及員役留接之所上自使臣所處下至廚房圂厠
皆懸榜以標之四壁塗以羡花鋪陳亦皆新造結構雖
不廣敞精洒可愛倭俗本無房堗設重茵於廳上以過
寒暑而此則後面作半寢鋪堗爇火似爲使行當寒寢

廬而設也山勢自北而來東西兩麓迤邐八海彎回對
峙而南方一面全無阻閡大洋茫茫直與一岐相望每
當天晴雲捲則一點靑螺隱約於海濤之間者乃是一
岐島云地狹人多閭里接屋雖海宸山崖殆無一厾空
曠廬一島民戶可謂盛矣倭人進熟供饌品器皿視佐
須浦頗盛設而倭童十數人各執其器以次跪獻進止
有節尤可觀笑大小巷口輒設竹扉禁人出入禁徒倭
等廬廬結幕晝則帶釼卷坐夜則擊柝警守爲倭舡百
餘倭或泊住舡艙或浮留港內每於黃昏之後諸舡一
時懸燈而舡各有四五燈燦若明星光遍海門此誠渡
海後茅一壯觀海口一帶燈光羅列擺成一字竟夜不

滅此則把守倭船之所在云彼人守備之嚴可見矣是日

行七十里

二十八日己巳晴南風留西山寺

送首譯傳公禮單於島主及兩長老奉行等以現謁禮

節屢次爭下於首譯輩而終不撓改矣取見壬戌使行

時譯官金圖南日記則其時使臣亦立於席上擧手咨

之云壬戌辛卯既有立咨之親則近捨兩年己行之例

欲援百年前久遠之事所執終涉齟齬爭之恐難得力

而因一微事與渠輩呶呶較絜殊甚疲勞亦不無乘機

作梗之慮曰島主許問訊之便使首譯言及禮節相持

之由則島主以爲以朝鮮禮貌言之則固當如此而己

有前例之事一朝變改則奉行筆之稱寃亦不乏憫况

此奉行雖是島中之任既已護行則便是三使臣所寧

豈無別㨾幹恤之道乎十分顧念從便善慶則於太守

亦萬幸云云島主既有懇乞之語則因此許之似有節

拍故遂與副使相議遂許從近例八謁倭人供五

日下程而前後兩次猪脚並闕之真油亦多未収島中

猪與油絕貴皆貿得於釜山故如此云島主送伴問候

自此至發船之日日以為常島主送杉木一組所謂杉

重以杉木作三層凾第一層盛兩色餅第二層盛各色

飴糖等三層盛魚菜之類後皆倣此分與行中夕後飛

船自釜山至得茉伯及李必弘書又得家児平信殊慰

客中之懷

二十九日庚午晴東風留西山寺

食後奉行四人具公服來謁三使坐正廳北壁下奉行
詣席前使臣起立三重席上奉行再揖禮使臣擧手
谷之而仍賜之坐餽以參茶又以酒果待之酒三行即
罷出裁判二人又請謁行再揖禮三使坐而擧手谷之
亦以茶果待之差晓島主將來見設客東主西之位於
正廳盛陳旗纛節鉞皷吹於庭下以待之俄而島主至
門外觧一釖至階下脫草覆三使臣出橺外迎入詣席
前相向立各行再揖禮以酊菴長老継至相揖如島主
禮長老即江户所差遣而主管兩國文書者云西山僧

44

亦至舟揖如長老使臣坐而舉手荅之島主即前島主
平義方之子而名曰方誠年方二十六歲貌既不揚又
一無精悍着團領濶袖之黑衣戴上尖角長之烏帽所佩
短釰餙以黃金手執牙扇須吏不釋坐之使奉行傳循
例迎勞之語而使臣所問則島主輒略作開口之狀而
已其宗奉行皆以已意替荅其爲人之不慧亦可知矣
茶罷後設酒饌待之酒三巡而罷又餽以參茶盖倭人
酒禮如此云故循俗而爲之罷歸時又對揖如初出撫
外送之島主歸後送杉重西瓜分與行中
三十日辛未朝兩晚晴南風留西山寺
島主送摺扇十柄雪糖三斤西瓜十箇分與行中首譯

以下亦皆有送而西瓜諸白則遍及一行所謂諸白酒
即純米所釀倭酒中最美者云島主請見製述官寫字
官畫員及馬上才並許之日暮後始罷還製述則初無
請製之事只與雨森東酬酢而歸書畫各試數幅畫則
頗稱善馬才則島主親往路傍高閣上觀光極口稱奇
觀者皆言大勝於辛卯馬才云矣送上通事傳私禮單
於島主及巖九處巖九即前太守之子而後當襲封者
云護行差倭呈黃白菊各數莖而花方盛開如我　國
之鶴翎六月菊花亦異常矣
七月初一日壬申雨留西山寺
曉行望　闕禮於所館島主送生猪二口三行共分

初二日癸酉晴留西山寺

身在異域遇喪餘之日情理一倍痛隕送譯官傳給私
禮單於以酊菴萬松院西山僧諸奉行以下各處酊菴
長老送杉重一組分與行中又各以一律分送三行三
使皆以不開聲律未能和送之意作書答之

初三日甲戌晴南風留西山寺

睆赴太守宴席昨者奉行輩以今日設宴之意來傳太
守之語仍言於首譯曰上上官及軍官以下例當再拜
矣首譯以此來傳於使行從事曰奉行既已再揖於使
臣則使行所帶負役何可獨爲再拜耶此則不可不爭
云而辛卯所既行拜禮壬戌前例亦然則今不必爭執故

余曰使臣方與太守東西相對而貟役北向再拜今此
拜禮為使臣也非專為太守以此意使之言送矣是日
朝裁判倭以宴時儀注來示首譯他餘節目皆倣舊例
而其中有太守斜南向之節此必嫌我昨日之日顯示
太守受拜之意其情態極狡故余曰客在東位而主人
南向則是不以敵禮待使臣賓主之禮寧有如許道理
此一節不可不抹去即以筆打點以給裁判曰然則當
依教為之云云其下段私宴條又曰製述官八揖而再揖
則太守坐而舉手咨之云云又曰辛卯年太守宴時
製述書記八揖則太守下席立舉手咨之日記所載斑
斑可考而到今猝然降殺欲行新規此不但慢製述乃

48

所以慢使行決不可許施云則裁判等猶以島中謄錄

為諉縷縷爭話於首譯使行曰此禮不改則宴禮雖停

斷不可徑仍令撤軍儀停軍令送首譯於太守許以不

得徑赴之意言及則太守以為此少禮節不必苦爭如

有接見製述之事則當如教慶之莫重公宴何可遽停

顧即來臨云故三使遂具公服備鼓吹威儀以次行相

去幾七八里之間左右閭舍接屋連麗其中奉行之家

則門墻茅宅無不宏侈路傍男女之觀光者不可勝計

至島主府中洞壑幽邃屋宇壯麗僧踰者多殆非人臣

之居矣軍官員役下馬於茅三門外堂譯製述官下懸

轎於茅二門外三使臣下轎於茅一門外八門則奉行

四人分左右前導歷階陞廳從閣道以進重房複壁梯
其深奧行到宴廳則太守與長老出檻外迎入詣宴卓
前分東西相對而立各行再揖禮又與長老對揖如太
守禮太守略側身向南而立若將受拜余餘堂譯姑勿
八拜仍令首譯傳語極言不當南向之意太守即回身
東面對立堂上譯官再拜于檻內軍官製述官良遂酒貝
役等再拜於檻外中官拜於階上下官拜於庭中禮畢
各坐椅上盖廳有上下層而高不過半尺許設宴卓於
下層廳中宴卓圍以紅錦帳卓上預設高排果五器各
樣餼品十數種而皆盛以銀器賓主各行三酌後余與
太守授盃而飲副使從事亦如之授飲訖更進三酌通

50

前後為九爵每一爵進一味長老又別勸一酌酒禮罷
太守請少休各下椅一揖而出坐儼壁廳中三使改着
便服倭人以西瓜一顆雪糖一鍾具鍮匙盛之高足小
盤以太守之意來獻曰熱故為解渴別進云矣堂譯以
下各有坐處而輒闊屛帳以別之餅品草草大減於辛
卯而倭人之父手乞食者其多中官董則食猶未半而
因事下起則倭人董爭來護去梭其紛甾云島人之貧
饉紀律之不嚴可以推知矣數食頃後太守使奉行請
八座三使整衣冠由正門而八則宴卓交椅皆已撤去
只設紋錦方席於上層廳上實主八席前相對一揖而
坐長老亦在座矣此壁下先設大花床一座俄又分進

小花床各一於賓主之前花各異樣名色不同而花葉
枝幹真假難辨可謂請巧無比矣余使首譯傳申謝之
意仍及漂人事曰我　國漂海人領來時破舡須命之
外勿送別差事主成使行既有約條而貴州漸不遵行
朝廷屢加申飭而亦不奉承輒事爭執甚非交鄰誠信
之道而顧在道理亦未妥當使臣辭　朝之日朝廷別
有分付使於渡海後更為傳崔故玆以發說於相對之
時矣大抵破舡須命即措舡俾破碎以致人物淪沒之
謂而貴州強為區別分作兩段甚至於舟楫之少損者
混稱破舡沙格之病斃者亦謂須命輒送別差將無限
節此豈當初相約之本意哉前後別差之為此出送也

朝廷非不知嚴斥之爲得體而既來之後還爲退送似

有卑於寬大之道故雖姑許接待而今後則不容不另

爲憂通況且　朝廷所以待貴州者極其優渥公作米

和水者斷以一罪米布之未收者餙令継給成命既下

此爭執之端事其得宜須與奉行等相議劃即施行幸

可謂不多矢雖破船須命之類亦爲順付出送俾並彼

德意可見則貴州獨不念酬報之道于一年九送使不

甚太守則瞠然無語而所謂攝政奉行與傳語奉行有

相礭之状以太守之言来復曰　朝廷之軫念獘州至

此感祝何言破船須命一事島中本不敢爭執而一幅

書契　朝廷終始不許故尚不得憂通於江戸若得書

契何至今若爭乎須以此事歸票　朝廷則即當善虜

云云余荅曰此事未必江戶所知而必待關由於江戶

則何必歸矣　朝廷雖使臣亦可以變通於江戶須勿

持疑問議於奉行等即為善虜為宜俄而倭人進酒太

守與三使臣撥杯而飲長老亦與三使臣撥杯後又循

例各行三酌日已昏黑矣堂中列燭四座闃然從事以

我　國船搜檢時倭舩則自太守所一體搜撿之意使

首譯傳語則太守即許之長老以三層銀盒盛各色餅

果蔬菜如衫重兼分呈三使之前倭人以一大土杯各

置花床之上執樽者斟酒其上寙主受而飲之土杯乃

倭人之禮器尊故之地必用此器故宴後特以此終為

者重禮之意云倭人進筆硯及一軸短紙於三使之

前奉行以太守之言請製詩皆以不能辭焉長老即席

題一律以示而亦以非其所學不得奉和深用未安之

意答之仍使首譯傳撤床之意倭人進青茶一鍾茶罷

即起各立席前才對兩揖如初太守長老同出檻外揖

送奉行四人又前導至門而退既出門持燭籠隨行者

羅列左右路傍人家處處懸燈連亘七八里燭光不絶

至館兩夜已深矣太守送伴問候是日南風大作波濤

蕩激移泊三騎舡於舡滄之內

初四日乙亥晴南風雨留西山寺

奉行平田隼人以竹筒盛水挿蘭草數枝而來呈花葉

55

方新清香襲人足令人愛玩奉行大浦忠左衛門即自

馬島加差護行者呈生鰒十箇素麵一盤西瓜五顆分

興行中差晚裁判来言今夜大風必起諸卜舩冝並八

舩滄遂申餙舩卒一齊移泊於滄内其夜果大風雨波

濤极盛倭人可謂善占風候矣島主送別下程亦循前

例云分與行中

素麵一匣　香蕈一匣雙菌　茉菔菜十把菁根　茄子十七

顆　石决明十箇生鰒　乾烏賊七十五箇　帶葉芋二

十五箇　醃鰤二尾　家猪一盤　鷄五隻　牛一

頭　清酒一樽

初五日丙子雨大風留西山寺

是日獰風急雨終日不止滄內所泊諸船猶蕩漾靡定

若在滄外則其危可知大抵馬島地形南方無阻故受

風最甚不便扵藏船海邊築石為堤常時則泊船扵堤

外有大風則移泊扵堤內向所謂滄內即是堤內而水

淺且狹不能多容船隻辛卯年副卜船之敗盖在石築

之外而倭人之盡心看護亦懲扵辛卯而然云是日

倭舩一隻為風浪所擊破碎扵船滄之外島主送餽杉

賚及數器酒饌至及扵堂譯諸裨又送南草一樻銀烟

竹四箇以及堂譯上通事各有差此亦前例云南草則

受而留之烟竹則行中既有所儲加置不緊故即為投

還美島主旋使人還送縷縷為請曰此瑣細之物累次

往復亦涉多事故不得已勉受分與諸裨

初六日丁丑大風兩留西山寺

是日風浪比昨尤盛倭船之浮留港内者出没波濤所

見可怕故倭人輩各乘小舩叫噪救護裁判樋口孫左

衛門呈唐梧桐一瓶葉如常桐而花色甚紅可觀島主

送銀各一枚於馬宇官畫貟三人處又送各二枚於馬

上才二人盖是賣給倭銀一枚即我 國之四兩三錢

云矣島主送果品一備奉行平倫之呈鮮鰒一盤素麵

一盤西果五顆即分與行中

初七日戊寅晴留西山寺

島主送素麵一箱西瓜三顆鯛二尾鹽鯖五十尾酒一

樽鯛即道味鯖即古道魚以節日故有是餼循前例也
即分與行中裁判吉川六郎左衛門呈茄子一盤生梨

一盤此亦自馬島加差護行者又分與行中

初八日己卯晴西南風留西山寺

収聚三行下程餘米得十八石分給待令諸倭是日即
島主所擇来船之日護行奉行輩以島主之言来言明
日若有順風待此通報即為發船為望云使行以行期
漸遲一日為急如得便風雖夜當發之意答送分付六
船皆出滄外書筊衣包盡送舟中只留梢食而已裁判
以島主之意來言定額外加帶之類江戶若或聞知則
事渉不便到大坂城後申餘在船人俾不得任意出入

59

如何云余答曰雖額內之人固不敢私自出入而加帶之舉
自是壬戌辛卯已行之例況今番比辛卯則大減一依
壬戌謄錄江戶雖有問行中自當據例爲對非島中所
可慮矣裁判曰此事島中則非敢有他意而或恐歸咎
於島主有此過慮云云余曰到彼後自當隨事善對必不
生事於島主勿慮爲宜裁判唯而退是夜島主長老皆登舡
初九日庚辰大風雨留西山寺
是日開門後仍爲初吹起而梳洗坐而待之裁判来言
日出後可知風勢二吹則姑遅之爲可云天色微明而
雲陰漸塞至食時而雨作南風捲海怒濤如屋滄外諸
舡出没跳蕩而滄內水退猝不能移入裁判率諸倭出

舩滄惶揮諸裨亦聚會着護一騎舩爲風濤所驅將有

衝撞石簗之勢上下驚噪並刀救之而刀不觛敵正在

邊惹之境裨將具伐禁軍楊鳳鳴各持長楫椓力撑拒

舟不得進遂免觸擊之患觀者壯之待潮生移諸騎舩

扵滄內差晚島主長老皆下舩而歸

初十日辛巳晴南風留西山寺

風色不順發舩無期令人愁兗

十一日壬午晴留西山寺

是日適天氣淸明遠望東南間有島如拳與一岐對峙

問諸倭人曰此乃駿驪島即筑前州之所屬而有居民

爲距馬島六百餘里云馬島府中人家萬餘戶寺刹有

四十八矿其中海岸寺在西南邊立貴庵在正東並與

西山寺相望而寺後必有人家葵地倭俗無論貴賤人

病將絕則輒吐置木桶仍埋于山以鍊石盖其上又三

碑以表之貴人富家則斷石為坎置於坎覆之以石既

立碑又設木欄環其四面容排細契如戚　國紅箭門

而加柰其上以防人出入而無墳形一家則葵在一處

各有主者云火葵之法豈或廢而不用那午後裁判以

島主言来言明日將有順風預為整理舟檝以待云是

但島主長老俊晝舡飛舡自金山至得某伯書仍送家

兒六月十八日平書披慰倍常而聞崔康津家以紅疹

喪其嫡房六丁女憐焉離家四朔始有還家之夢

十二日癸未朝晴晚雨留西山寺

開門後仍爲初吹以待島主之報日出以後風勢不順

且有雨意又未免停行栰苑難言從事下往肶町捆扯

搜撿島主送裁判監供調麪及數罨酒饌六船皆掩蓬

移泊船滄内

十三日甲申雨終日留西山寺

送譯官於島主船问其安否魚謝昨日䭽饈之意島主

方與其姿同在船中故譯官不得真就其船所徑往

奉行船所泊夒傳語而来夕後島主送西瓜五顆雪糖

三寸分與行中

十四日乙酉雨留西山寺

63

島主送乾烏賊一盤清酒一樽明日是節日故有此餽

遺云分與行中酊菴長老又送西瓜五顆夕後島主冒

雨下舩而歸

十五日丙戌雨留西山寺

月望日為節日之宲家家賽神廢廢遊戱擊皷之聲坎

雨勢達曙不止無以備儀不得行望　闕禮倭俗以七

坎不絶且於其墳山徹夜懸燈而随其子孫多少人各

藝燈多者或至累十列若貫珠此則前期三日每夜如

此而至是日盛設餅祭之惟忌日則必設祭於僧舍云

笑、

十六日丁亥徵雨晓晴南風留西山寺

風雨經旬發船無期久淹蠻舘客懷轉覺難聊而倭人
以接待之需亦有窘乏難支之患云島主送果品一備
分與行中是日即七月既望三行禪將與製述書記借
得倭船三隻載笛工泛月前浦興盡而罷蘇長公亦壁
之遊固爲千古勝事而今於絕海之外卉服之邦乃舩
辦此勝遊視坡翁壬戌之遊尤可謂稀異矣

十七日戊子晴南風留西山寺
是日即倭俗出行禁忌之日而風勢又不順不得發舡
倭人以島主意送飛舡五隻以備諸禪及製述書記遊
賞賦詩之資云禪將輩泛舟浦口來夕罷歸

十八日己丑晴東風留西山寺

風勢稍順而倭人又以拘忌不行不得已仍留可恨島
主送饅頭一器生猪二口所謂饅頭即我　國之霜華
餅而品味頗佳分與行中是夜島主復登舡

十九日庚寅晴東北風次一岐島風本浦
島主曉送裁判以爲今日將有順風須即登舡待島主
舡打鼓聲發爲宜云遂與副使從事梳洗而起三吹後
奉
　國書備儀來舡日將向曙矣島主船中打三鼓發
舡先導三使舡以次而行至浦口大小諸舡百餘隻一
時擧帆雲帆蔽海鼓吹震天足爲行役中一壯觀矣及
出洋中風緊浪蕩舡往如箭不多時而已行數百餘里
回顧則副從兩舡及馬島護行諸舡擧皆落後獨倭舡

數隻與上副卜船先後而來晚來風力漸猛波濤益壯
雪山銀屋接天而起澎湃蕩漾聲若雷乳舟楫之傾仄
出沒如弄輕梭沒則如入無底之中出則如在高空之
上在船倭人及沙格輩太半昏倒相與枕籍幕中諸人
崔必蕃一人之外無不頹卧余亦不耐久坐嘔吐倚枕
菫骰鎮定倭人豈不習水而亦患水疾則今日風浪可
謂險矣初見一岐島菫如一髮顧眄之頃漸覺分明婁
時假艐起而視之倏已近在眼前舟行之迅意雖飛鳥
不舤過矣到一岐浦口日纔過午卯時而觧纜落帆於
午時不過消了四箇時而過得五百里大洋豈不快哉
一岐小舩之來迎者殆百餘隻曳艇八浦內停舟乍待

則落後諸舡次第來會副從兩使雖亦不免於嘔吐而

皆得無事而來誠幸幸遂來泊於風本浦舡艙山勢環

抱湖水平濶景致殊可觀浦邊公私家舍百有餘戶岸

上觀光者殆可千百數而着紅衣者過半紅白相錯爛

若林花盛開亦一異觀矣滄內水淺舟不得近岸故連

舡作橋鋪板其上設竹欄於左右者幾數十步奉國

書下舡到館所新刱舘舍過百間屛帳鋪陳挺其鮮潔

西但三使所舘三十餘間並在一架之內間間隔以藏

子面粧成房闥而又豪於最後面絶壁之下前後障

敞日光不入壅鬱殊甚決難久留矣一岐島即松浦肥

前守所管而太守源篤信居在平戶島距此一百七十

里島中山麓慶慶開懇蓋聞上品膏沃故居人無不刀
農云馬島主送伴候聞肥前守送昆布一箱于鯛一箱
鯣一箱酒一荷鯛即乾道味鯣即乾烏賊一荷即二桶
而稱酒必曰御樽倭俗大抵皆然笑分與行中一岐人
供日饋日饌即兩時所供而此諸辛叩膽錄多有未足
之數曾聞馬島倭人居間主張例多漁利之獎云故分
付首譯使之申餘仍令一岐人直爲來納馬島之人俾
不得干涉則所供無闕視馬島優厚此出於馬島人嘗
試之計良可惡也送譯官於馬島主舡泊慶問其安否

是日行四百八十里

白米四升 甘醬一升五合 艮醬六合 醋六合

酒二升　油五合　塩五合　真末四合　胡椒五錢

香物三箇　菓子二傛　燭五柄　茶一榼　南

草二両　生小魚五箇　加子二箇　塩道味二尾　烏

生道味二尾　羔古道里四箇　生鰒四箇

賊魚六尾　小螺三箇　鷄二首　夘子十六箇

塩猪二脚　菁根十五箇　茄子十三箇　芋莖

二束　土卯二把　生干三本　東培太二束　牛

房一束　柚子四箇　山藥三箇　葱一束　泡

二丁　冬瓜一箇　青太二束　录末煎二丁　炭

一石　紫二束　上上官以下各有差

二十日辛卯晴東風留一岐島

70

馬島主佇候此亦蕟行以後日以為常以酊菴長老送

一律以不能次韻之意為荅肥前守送杉重一組分興

行中

二十一日壬辰晴微有西南風轉變為東風留一岐島

従事徃船昕抽挂搜檢護行奉行平真長呈梅酒一瓶

南草一横昕謂梅酒即燒酒浸梅實和以雪糖者味甘

烈極佳給餉禅使之分飲

二十二日癸巳晴東風留一岐島

三行各出醍醐湯送島主及長老慶夕後三行適對坐

關話余曰昔吳楸灘李石門為通信使渡海時遇風浪

楸灘則嘔吐石門劉不出石門曰吾輩水疾亦不得入

格壘可爲次下矣就灘曰吾則可爲次下而君則不吐

只可爲更不乏爲次下云此語具在日記至今傳爲美

談吾輩水疾則將何居從事曰令行則三使皆吐乏以

僉擬三壁而寀未知誰當爲首也余曰職次居先以余

擬首無妨耶副使曰卷以水疾輕重定次則吾爲首壁

無疑矣從事曰副使方當路故雖水疾之壁亦能高擬

昨謂水疾亦可謂知世情矣遂相與大噱而罷

二十三日甲午朝晴暮兩大風留一岐島

馬島主送餽杉煑此前味頗佳與諸禪共嘗之晩後東

風大起兩勢驟作六舡皆掩蓬余有微感候服加味宵

苓湯三行各以日供所捧酒桶餽物分送於護行奉行

72

裁判都船主等處

二十四日乙未大風雨留一岐島

自曉風雨復大作食後雨下如注盲風刮地校屋上所

鎮石子尼ㄴ飛下崖上拱木太半摧折而中下官所處

新創屋宇一時頹圮適在天明之時人物得免於壓傷

誠幸ㄷ東南海門一帶驚濤接天港內湖水白浪如屋

停泊諸舡為風濤所盪互相觸搏折傷者甚多碇索相

継斷絶幾不得保一行舡卒及許多倭人終日呌噪並

力救護壴因夕後風勢少之堇能無事是日風雨不但

發行以後所未有實生平之所罕見令人懍ㄴ不自安

矣一騎舡為副舡所觸橛拔五間盡為折破馬島主聞

73

之使近手即爲修補一岐奉行主鈴束問候島主長老

各送伻問余病馬島倭人待令之類三行各以酒桶魚

物及乾柿分與倭人等以爲令方次知日供而受喫一

岐饌物則曰後人言可畏只受乾柿他皆辭焉

二十五日丙申乍陰乍晴西風轉爲東風留一岐島

是日朝微有西風而因余病未完不得行舡午後馬島

主與長老以便服而來强疾梳洗三使出檻外迎入各

抵席前行兩揖禮坐之余使首譯傳循例寒暄之語島

主答曰近日久不來拜且聞正使有所患專爲問候

無有告達之事故此委來來仍自懷中出一小紙給與奉

行曰江戸執政有所報而說話頗長有難以言語細傳

故略具文字而來云首譯持以示余所謂文字太半以
倭書相錯爲文不可曉鮮余使首譯飜以我 國語讀
之其語略回頃自執政許以繼船來報 國書之行一
日爲意速到江戸之意江戸亦爲知之而俟節漸風烈
或有中路波濤之患則事甚可慮須首風汛善爲護行
而三使臣亦爲詳愼預爲登陸俾無難事云如是今付
於太守者蓋山重鄰好爲使臣之意也此無前例而有
此別旨言念關白重 貴國之厚誼太守亦甚感激令
日專欲達此意而來也上項之事專出關白之厚念自
使行致謝之意僕當專人馳告於執政而比莫非誠信
之至意韋望三使臣亦感關白之意到江戸客舘之後

必有近侍相接之時懃懃更謝之事僕當臨時告知須

諒此意懇二稱謝不勝幸甚云二所謂縱旺即飛旺之

稱也執政所報不知果皆如此而此何足為別樣稀異

之舉為此來見顯示德色良可笑也使首譯言于長老

曰前後三惠詩律厚意可感而非但平日素不閑習身

膺重任留意於閑漫吟詠亦所不可故皆不得和送幸

須諒恕也長老又手答曰自前以酬菴未有不得信使

筆蹟之時勿拘早晚一賜德音萬幸云先勸蔘茶後略

具酒饌以待之酒三行而撤床又勸茶二罷即起相對

兩揖而出三使出檻外揖送長老敍後即送伻問候夕

聞送譯官問安否於馬島主仍令致言於長老

二十六日丁酉晴東風留一岐島

平戸奉行主鈴次奉行孫之尹来問候是夜夢拜桐湖

婦氏旦見一家諸人

二十七日戊戌晴東風留一岐島

馬島王送西瓜五顆雪糖二斤漕漬鮎一罷以古道魚

沈糟糠者名曰漕漬鮎而倭人稱為別味云分與行中

二十八日己亥晴南風留一岐島

松浦肥前守送安藤庄兵衛問候一岐倭人之看守浮

橋者數十人晝夜待候頗有勤苦故給日饋餘米十餘

石使之分食則倭人輩以國禁為辭終不受去似是馬

島人居中恐動之致孫可痛也

二十九日庚子晴西南風留一岐島

是日有順風之候使首譯言于裁判曰今日將有順風

云而奉行等無來告之事何也仍令我　國舡將及沙

工與倭沙工同乘小舡出洋口覘風而來倭人則終托

以非順頓無行意而島主又送人傳語以使行之不相

信頗有慍怒之意故不得已仍留可歎

八月初一日辛丑曉雨朝晴西南風次藍島

昨舘無庭除不得行禮　關禮食後島主送言順風將

一作待舡中擊鼓同時發舡為可云三使奉　國書登舡

次第擧碇而行出至洋口一時擧帆馬島護行舡及一

岐曳纜諸舡一百四十餘隻羅列前後馬島舡甘用白

布帆一歧船以青布爲帆而船上旗標皆以品字爲紋
大小帆幅相錯如織連亘數里首尾不絶望之若一道
白雲横帶半空可謂壮矣過一歧以後南邊海際山勢
連綿至藍島相續此皆筑前州地方云風勢不猛舟行
不快行到數百餘里而風力漸止日勢且暮櫂夫齊聲
蕩橋倭舡極力曳纜藍島倭人又乗大舡来近中路並
力曳挽行可百餘里遅(望)燈光千萬点照耀於雲海之
間問諸倭人此是藍島云到泊舡滄夜已過半矣下舡
八舘所新創舘宇近千間□架廣敞屏帳鮮明戸闥之
機皆着黑漆光澤暎人至於庫間茶房廚屋浴室圂厠
之類各有別處亦極精洒矣覽島即筑前州所管而太

守姓名即源宣政其所居即福岡在藍島東南五十里

外距福岡十里許有博多津倭音謂和家多而世梅覇

家墓想是傳訛乜此新羅忠臣朴堤上死節之處鄭圃

隱奉使被留亦此地云而訪諸居人皆不識故事無由

得其詳可恨太守送果一笾昆布一箱生鰒一鑑干鯛

一箱酒一荷分與行中其別幅書以松平肥前守盖興

一歧守分涯故皆梅肥前守云云是日行三百五十里

初二日壬寅乍陰乍晴東南風留藍島

風勢不順海氣陰翳不得發舡送譯官問馬島主安否

島主送香帒五枚盖以文錦作帒盛以雜香維其口長

廣可三寸許香氣如小腦似是我　國衣香之類只留

其一給與良醫其餘則盡還之

初三日癸卯大風雨留藍島

自曉風雨大作波濤接天騎卜六舡恐為風浪所盪致

有觸傷之患皆以倭鐵釘五六索浮留湖中而海門無

阻風濤直撞故諸舡出沒波浪所見極危奉行裁判等

舉請倭數百兩立舡滄叫號不已島主亦送其所帶奉

行間候仍令看護舡隻三行禆將輩擧皆蒼黃而

風擖浪意飛舡不得出無以相救正在危急之境故與

副使步出門外觀之懷然若難支保幸賴風少定得

免顚覆誠幸松平肥前守送博多索麵一捲乾鱈魚

一折博多練酒一樽分與行中鱈即大口之沱鹽者練

酒如我　國之梨花酒

初四日甲辰乍陰乍晴東風留藍島

是日風勢不順兩意摘末已不得發舡可菀送藥果燒

酒乾魚等物扵馬島主長老及護行諸倭等處上副騎

舡爲昨日風浪所觸頗有折傷處故覓材扵倭人即爲

修補．

初五日乙巳晴東風留藍島

倭人連呈日饌而隨其所得搜色来供故比之一岐所

供名色雖或不同種數則相等三行兩時之饌活鷄至

三百首鷄夘千有餘簡其廉費之多可知也夕後有兩

意武廬夜来有風浪騎卜舡並令浮留中流

82

初六日丙午雨終日留藍島

自曉雨作終日不止蠻錧稅苓客懷殊不自聊松平肥

前守送糟漬鯢一桶柬酒一壺分與行中聊謂柬酒不

知釀法如何而味如燒酒和蜜者矣夜深後護行奉行

夜言令夜似有大風之漸俾令中餂諸舡云故出送諸

禅首檢添給硬索使之達夜警守

初七日丁未乍陰乍晴東風留藍島

聞馬島主作客多日饋供頗艱之云故三行各以日供

鷄魚之屬分送馬島倭人雨森東鄠菕洲者都舡主倭

號霞沼者及筑前守詩倭數人日與製述書記來唱和

以酊菴長老師苓亦頻送詩律要和而無論識字與不

識字懷紙幅乞書者逐日甚至製述輩應接不暇殆無

閒隙矣

初八日戊申晴東風留藍島

日前送酒果於島主而辛□所饋不必具單只令譯官

傳語而送之矣奉行等来言於首譯曰島主則凡有所

送輒具別幅而使行則獨無之事涉不均願得追書以

惠云故三行遂相議使掌務官朴春瑞書單子出給仍

令首譯言于奉行等曰當初之無單非有他意只爲不

瞱之物備儀具單心甚歉然初果闕之矣到今追書錐

似頗倒而黽勉聽許者從使君輩知使行之無他意互

島主請見畫員寫字官許送之島主送龍眼生梨分與

行中

初九日己酉晴東風留藍島

初十日庚戌朝晴夜兩次地島
夜四更裁判以島主意来言今日差晩似有順風乘早
潮發舩爲可云故三使即起梳洗仍行三吹奉　國書
登舩島主舩不即發逢待之際天色已微明矣始次茅
行舩出洋口囬望則藍島地形南北甚狹東西不踰一
里居民鮮少戸不過數十竹白沙平湖拳山秀美頗有
清絶之勝海門有石屹立水中石有兩穴穿若臭孔故
居人稱以臭窟云矣中流拳帆而風力甚微舟行頗遲
筑前州大舡二隻今左右牽纜小舡十二隻又擺列在

前極力曳挽而船中招卒亦齊聲督撸行七十里過地

島前灘又行六十餘里到鍾屋野謂鍾屋者昔有大鍾

沉于海底故因爲地名云午後東風大作水勢悍急寸

進尺退舟不得前進忽見島王田舡大小諸舡一時皆

回乘風掛帆還向藍島驚踉風惡浪湧出後傾蕩舟中

之人昏倒者過半僅得回泊地島日已昏黑矣三使遂

下舡宿西光寺c在海雲山下去舡滄不遠而庵古且

槊一無可觀而處地頗高眼界敞豁大島在西鍾鑄在

南皆不過十里而近聖見諸山重疊橫亘不絕倭人以

爲一岐以後山勢連綿此卽西海道九州之地云俚島

小如彈丸人家若干戶皆草屋蕭條極其疲殘而居民

以農作爲業家ニ養牛新穀釜塲殊覺有田家之趣矣

十一日辛亥朝雨晩晴留地島

雨勢雖歇而昨日怒濤撘夫平不得發舡送澤官回島

至長老安否

十二日壬子晴東业風（留地島）

是日達風大作波濤極盛不免留滯可菀島主送人捕

細麵又饋數種饌味未餲三行夜深淩倭小舡失穴施

即撲滅云

十三日癸丑陰東風留地島

奉行等來言狸馬所騎舡已扵前月二十八日到泊大

坂城云

十四日甲寅微雨留地島

雨意未已風勢不順敀舡無期悶寞如何

十五日乙卯大雨終日夜大風留地島

曉行望　關禮天明後雨作大風又作驚濤激晚米漸

甚傳泊諸舡互相衝撞舡上欄檻擧皆折傷初因庵屋

狹隘　國書則仍奉于舡上風浪轉劇不能無慮不

淂巳奉　國書安于艗昉三行裸將輩冒雨出立舡滄

指揮格卒救護諸舡人皆沾湿而亦不假避其蒼黃可

知矣夜深後風勢少定始淂無事今日即中秋望日而

不淂見月色可恨島主送索麵一盤

十六日丙辰晴留地島

逆風不止波濤極盛不得發舡筑州日供大縮種數多

未備以其供饋多曰又経風浪勢似未及輸致故許令

捧之後次則俾無如此之意使之分付

十七日丁巳晴留地島

朝者奉行来言今日晚後似有順風之漸待潮可以行

舡云矣食後又来言晚来風勢轉變為逆勢難發舡云

又不免仍留極悶曰供此昨尤不戌揆故使之勾捧

十八日戊午晴東風次赤關開

鷄鳴護行奉行先言今日似無逆風可以乘潮發舡云

裁判又以島主意来傳作行之意三行曉起梳沈仍行

三吹奉 國書登舡朝日縱昇矣使通詞倭人言于筑

前奉行曰聞昨日□供苟簡想汝邑力殆盡故昨日不

捧盖出於此並與前日未扠而盡數蕩滌此意知悉可

也則奉行不勝惶恐云吳侪島主舡打皷諸舡一時齊

發出洋口徵有南風之候六舡擧帆催儐行六十里到

鍾屋東風又漸起遂落帆督㯭曳纜小舡又添四隻大

小十八隻極力牽曳又行數十里北有藻連島與鍾屋

相對又其東有地藻連島而無山只有小野平行似盤

形兩島相去可數十里而皆有人家此即長門州所管

云又行數十里南有小倉縣傍海為城□曲輒有譙樓

引海水為濠塹駕長橋其上以通人往來城門設五層

樓突兀半空林木蘙薈村居極盛望之壮麗不似小邑

摸樣此即豊前州所管云小倉出大舡一隻小舡九隻
與筑前人交遞曳纜到赤間関地方而退其間不過數
十里餘有大舡四隻四面圍以錦帳上設一大標旗而
旗色用使行本舡旗色前來曳舡未到赤関五里許湖
水中有石磧如馬潮漲則後潮退則出壬辰秀吉所乘
舡觸敗於此遂戮其舡人立碑其上以戒他人至今石
碑宛然矣北邊岸上有白馬塚諺傳新羅遣兵攻倭兵
到此地倭人請成刑白馬而盟埋其馬於此云云四
山環把仍成平湖悶闇攔此呈字宛傑山川之秀麗人
户之殷盛馬島以後所初見也自此至江戸始為連陸
之地而實日本関防之最緊慶矣薄暮抵舡艙所謂舡

滄非后等以大木累十株列植於水中鋪枝其上如枝

橋狀廣可六七間長亦如之高與岸齊便成陸地泊舡

其邊以便人上下杪力之費極其浩大矢三使奉 國

書八舘所舘一皆新創驚歎減於藍島而鋪設頗鮮潔

矢赤間關即長門州所管太守源吉元居於荻城去比

一百七十里云太守送檜重一組鰑一箱酒一樽分與

一行別幅書以松不民鄞次輔吉元云阿部伊勢守正

縁送索麺一樽此即前路支待之官而為探候先送人

云矢倭人呈曰饌種麩與筑前州一樣而上通事以下

所供此辛卯頒歲云元滝天皇之廟在阿彌陀寺僑云

而邊有微感又不便於遊覽不得徃見姑待歸路一訪

92

未晚故井護行奉行等勤苦遠來未嘗一接故三使同

坐招見兩奉行慰諭而送之是日行一百四十里

日饌白米四升　酒二升　甘醬一升五合　艮醬六

合　醋六合　塩六合　真油五合　燭五柄　扰

茶一桶　折草二兩　鷄一首　生雉一首　生道味

一尾　鱸魚一尾　生鮑四箇　虎朴一箇　烏賊

魚六箇　羌古道里四箇　卵子十六箇　胡椒五

錢　真末四合　果苓二倂　西瓜一箇　冬瓜一

箇　土蓮一束　茄子六箇　蒜三本　豆腐二丁

蕈古一倂　庚根六本　葱二束　生羌一束　軟菁

二束　山藥二箇　菁根六本　牛房六本　漬瓜

93

二箇　漬菁二箇　葛粉一帒　雪糖一帒　赤豆帒

十九日巳未晴東風留赤間關

是日風逆不得發長門州支使奉行以太守之意調麵

又設四種饌味兼呈軍官諸譯以下至中下官皆有餽

辛卯有此例故依前例舉行云矣以酊菴長老送烟草

一封忍冬酒一瓶

二十日庚申朝晴夜雨留赤間關

馬島主送烟草各一封胡椒各二帒兮與行中長門太

守送生梨一籠鮮鯛一折適少一行上下午後西風怒

起使首譯言發舡之意於護行諸倭則托以日晚約以

明日早行夕後有兩意自黃昏始兩達夜不止

二十一日＋首雨終日留赤間関

雨達夜如注終夕不止而風浪幸不作舟揖得無事長

門州奉行呈三色果一匲數種饌味及兩品酒各一小

壼

二十二日壬戌或雨或陰東風留赤間関

雨意未已且有逆風不得作行愁菀難堪

二十三日癸亥微有東風留赤間関

逆風不至大段猶可乘潮發舡而馬島諸倭頓無行意

故送言于島主勸以明曉發舡島主答以明若無風則

當待潮生通報云乚島主送䣼一匲果數種饌兩色酒

二十四日甲子晴西北風次三田尻

是日東風不作朝日巳昇而島主無所報故送譯官責
以既與約行而去留間尚無定白珠派主客相敬之道
未知有何曲折云弄則巻以帆詳知風候而仰報故姑
比差遲云仍請行舡卽時解纜過文字城乗潮催櫓四
隻彩舡又牽曳而行左右諸山逶迤似盡海水至此便
作長湖白沙青松曲々成灣自小倉以後却有江湖之
趣往々有絶勝處矣行可四五十里西北風頗緊中流
擧帆舟行甚快歷眎瑠元山送前使行之過比者以元
山揷爲猿山曰記中多言此山之産猿而特一江尾斷
隴決非猿猱操之所居良可異也黃昏到三田尻峽亦長
門地方而水邊村家只十餘戸舡滄水淺不浮近岸下

道四州之山不相屬故其間大洋相連一望無際北望

湖水至此始廣闊盖西海道九州之地盡於此慶與南

勢不順則從笠戶行舡云向浦距赤關一百八十里而

迤峀此滿間路一自德山直達上關此爲大路若值風

滿知委待候云矣水分兩岐中障一山一自笠戶浦前

舡載水與蔬菜魚鮮之屬迤舡来供而去盖其太守預

嶮海而行過向浦德山笠戶等慶所經大村則輒以小

護行舡及長門州隨行舡大小並四百餘隻一時掛帆

島主曉送言靖行未明發舡早潮方漲西風又緊馬島

二十五日乙卄晴晓陰西風次上關

碇中流仍宿舡上是日行一百四十里

山勢奔騰連亘不絕此皆北道諸山而止於長門州所
管臨海地窮之慶云矣歷室積中未到上関風色僧好
行中多勸前進而不但天有兩意前站遠近又未能知
不得已八泊舡於下宿舘盯此地即周防州盯管舘非
新荊供帳凡百多不及於赤関舘中有二層楼而慶地
頗深眼界不甚敞豁云故不爲登見此地山水亦勝而
比諸赤関則多讓矣赤関日本之稱爲上
下関者取其関防要衝之義云耳長門州太守呈槍重
一組綢一折酒一荷地雖爲於周防長門州太守魚管
周防故有是飽去吾行盯呈則送于島主副行盯呈則
分與護行奉行及裁判長門支待奉行呈杉重一組串

98

海鼠一箱盤國酒一樽分與舡格是日行一百六十里

二十六日丙寅晴西北風黃昏驟雨即止次鑣刕

平明藏舡從上關東兩崖間作行崖狹如東童通一水

或檣或帆半日行舟歷加室至津和加老渡之開島嶼

羅列相錯水勢屈曲縈回灘淺水急舡路極艱未到鑣

刕十數里日巳昏黑風水俱逆寸進尺退驟雨又作未

及掩篷舟中一塲喧閧旋得開霽人始少定而檣手力

盡勢難達潮而行不淂巳下破仍宿是日行二百里

二十七日丁卯晴東風密鑣刕

鷄鳴後乗潮上始浮到泊曛起巳日高三竿矣風勢不

順勢難前進故遂下舡偕舘所誤渟偕三所以備三使

99

舡傳泊自舡艙至館舍百餘步之間新創
行閣守鋪以

紅氈舘宇宏麗屛帳華美涵室機木並着黑添燦然照
映下官宿慶盡談全屛日供活難至及次官凡百豐侈

殆非所經諸站之比地屬安藝州太宇源吉之居廣島

城使支佇奉行淺野內膳天野傳兵衛呈于舘一箱煎

海蝟一箱三原州酒兩樽分與一行

二十八日戊辰晴次鞆浦

夜半島主送人請行三使趂鷄鳴來舡風勢太猛天色

黝黑故不得發舡黎明始擧帆而行風順潮漲舟行甚

疾歷高崎行數十里遙望左邊海岸粉堞嵯峨沿潮一

帶村閭極盛此即安藝州代官所住之地而地名三原

100

玄又行過由島未及鞴浦十里許見石壁臨海陡此崎

峻如削結小菴扵其巔有僧居之此是海潮山磐基寺

而自前客舡過此僧必鳴鍾以應之舡中各捐米斛以

遺居僧賴此資活云故命給二石米申初到鞴浦己口

日色高早風勢甚順正宿可惜故三使相議將欲發帆

前進倭禁使沙工通詞等合辭訴曰島主未及未而

若有過站之峯則吾輩必不免死功頗少待島主之至

徃復進退未晓云己其言頗似有理且不待進議徃先

揭行有歡扵主客之道故下碇中流始為厘留島主舡

始追到而日勢已暮宿站不便旦島主懇請留宿不得

己入泊舡滄而淺事舡禁使倭沙工等多可惡之習送

言島主請治其罪而所答不狀後事怒其不後不欲下舡

故余與副使送譯官責島主之失體仍及不可下陸之

意島主始為瞿然許以重治診工芽送裁判拜謝三使

遂奉 國書詣舘所舘是海㟁山福禪寺門臨大海山

川秀麗景致之勝歷路所未見而間畫之盛赤非赤因

以後諸站之比此則備後州阿郡伊勢守源正綠所管

太守居在福山城曾送使者迓問於赤間關者也送奉

行支待呈于餽一箱昆布一箱酒二俗又呈扇子二十

把菓子一折分與行中是日行一百四十里

二十九巳巳晴北風吹日此討

日出後發舡中流田望沿湖一帶等石為堤盧軒出檻

102

隱暎於林木之間視諸登眺之時不翅倍勝豈非工畫

者殆不可以摸擬矣乘舡掛帆過白石島到下津村前

有小島如馬石礁橫亘波流盤渦水勢悍急余乘舡倒

流盱駄幾子觸嶼堇免於危副卜舡則不及回避掛罣

於後慶俀舡百餘隻一時來集艖卸卜物艱以救得行

過賀室備前國主往四佳侍從源継政送奉行乘小舡

呈簾戸海苔一樻砂糖漬菓一壺酒酒難樽分與行中

前路多島嶼風勢又連不得行舡移泊於日比村港内

仍宿舟中副卜舡夜深後始為追到是日行一百四十里